Zum Geleit:

So richte deinen Geist nur aus -
Schau offnen Sinnes auch hinaus
In den Sternenhimmel bei der Nacht:
Tiefer ist er - als der tiefsten Augen Pracht -
Und weiter ist er als des weit'sten Herzens Macht -
Auch ist er klüger - als was je der klügste Kopf erdacht -
Und sehnender als je in einer Seel' an Liebessehnsucht sich entfacht.

1. Die feindliche Übernahme

„Unsere Unabhängigkeit jedenfalls haben wir behalten.“ Marsha Wiggles-Humperdijk, die renommierte Schulleiterin der Zwischenschule, blickte triumphierend um sich, als sie das sagte, (hätte sie da nur schon die ganze Wahrheit gewusst!) Eine große Schulkonferenz war anberaumt worden. Immerhin galt es, einiges aufzuarbeiten. Da niemand den Überblick hatte, hoffte die Schulleitung wohl, mit einer Art Brainstorming womöglich weiter zu kommen.

In Dorothea hatte sich die Zwischenschule ein unverhofftes Juwel erschlossen. Die Frau des berühmten Astrophysikers Scholasticus Schlauberger und Schwester der ebenso berühmten Sprachwissenschaftlerin Grisella von Griselgreif zu Greifenklau war keineswegs verlegen. Sie nahm die Ovationen gelassen und huldvoll entgegen. Und bezauberte das Auditorium mit ihrem wundervollen Lächeln, wie es eben nur ihr gelang, stellte Grisella betroffen fest.

Leise Eifersucht zupfte schmerzlich an ihrem Gemüt. Denn obwohl sie sich einer außergewöhnlichen Aura erfreute, war sie doch nicht gänzlich gegen dergleichen gefeit. ‚Will ich auch gar nicht‘, gab sie sich einen innerlichen Schubs. Sie griff mit liebevoller Hand zum Rücken ihrer so wunderschönen Schwester. Ja, sie bewunderte diese aufrichtig.. ‚Bei Dorothea ist alles so offensichtlich, da gibt es nichts Verborgenes, alles ist klar, rein und transparent.‘

Dorothea hätte die guten Gedanken ihrer Schwester postwendend zurückgesandt, hätte sie diese nur auch gewusst. Oder ahnte sie auf telepathischem Wege, was Grisella empfand? Solche Dinge hatten sich ihr weiter zugespitzt, seit sie das himmlische Licht durchflutete; - zusammen mit Amadeus übrigens, der damit kaum weniger aus dem Schatten seines berühmten Bruders trat. Als Auserwählte des Lichts erfreuten sich beide inzwischen besonderer Bedeutung und standen dem Lehrkörper nun nicht mehr nach.

Das Einverständnis aller voraussetzend hatte Marsha deshalb ein wenig selbstherrlich bestimmt, nun das Bord des Lehrkörpers zu erweitern. „Wir versuchen doch nur, keine falschen Hierarchien zuzulassen“, wischte sie die Zweifel beiseite, wie sie nicht nur von Moschus Mogoleia geäußert wurden.

Dabei sollte gerade der nur für sich selber froh sein, dass man ihn überhaupt hier noch duldete, nach allem, was er schon wieder angerichtet hatte. Adrian Humperdijk, Ehemann und Stellvertreter der Schulleiterin, nämlich hatte Mogoleia dabei erwischt, wie er Arundelles Köcher samt Zauberbogen aus der Asservatenkammer entwenden wollte.

„Zumindest hat es so ausgesehen“, beteuerte Adrian. Freilich war er inzwischen selbst doch auch wieder ganz schön verunsichert, da Moschus Mogoleia wie selbstverständlich alle Schuld von sich wies und von einem blöden Missverständnis sprach, das sich nur allzu bald ganz von selbst aufklären würde. Nicht zuletzt in dieser Runde, wo man doch wohl hoffen konnte, wenigstens von Arundelle oder auch von Billy-Joe (und sei's auch nur indirekt), - Aufschluss über den wahren Sachverhalt zu bekommen. Stünde es doch mit dem Verhältnis von Zauberbogen und Zwischenschule, (die ihm doch so viel zu verdanken hatte) nicht gerade zum allerbesten. Mogoleia hieb damit in eine Kerbe, die es dem Zauberbogen leicht machte, seinerseits allerlei vorzubringen. Was er auch tat. Freilich ohne auf die merkwürdige Angelegenheit näher einzugehen. Sie schien ihn nicht weiter zu berühren. Vielleicht hatte er davon gar nichts mitbekommen, sosehr wie er in seinen Ärger ob der schnöden Behandlung vergraben war.

„Wenn nicht heute, wann dann“, drängte der Zauberbogen folglich und sein rotes Auge funkelte voll des heiligen Zorns, „wenn nicht heute, wann würden sich die verkrusteten Strukturen dann endlich und ein für alle mal überwinden lassen?“ Dies hoffte denn auch Arundelle und hielt sich bedeckt, womit ihr Zauberbogen ganz einverstanden war.

„Wir brauchen eine Lex[1] Zauberbogen“, so sah er es und weder Arundelle noch gar Billy-Joe hatten dem etwas entgegen zu setzen - wollten sie auch gar nicht.

Sicher, viele Reformen waren auf dem Weg. Doch der Weg zum fernen Ziel wurde lang und länger und ehe man es sich versah, versandete alles im Niemandsland, so wie ein Fluss in der Wüste. Und Typen wie Moschus Mogoleia waren genau die, die Sand ins Getriebe schütteten, mit ihrem ewigen Gestänker und dem Rumreiten auf angeblich verletzten Statuten. Wegen Mogoleias fortgesetzten Beschwerden war es ja überhaupt erst zu der drastischen Maßnahme gekommen.

So stand es um die Beschlusskraft der Schulversammlung. Denn im Grunde war das Bord des Lehrkörpers längst abgeschafft worden. Doch niemand hatte sich überlegt, wie sich eine Neuverteilung in den Konferenzen gestalten sollte, und so fielen alle automatisch jedes Mal wieder in den alten Trott zurück. Der Hausmeister hatte sowieso nichts von den Veränderungen mitbekommen, jedenfalls tat er so. Er stellte seine Stühle so, wie er sie immer gestellt hatte.

Selbstverständlich musste es eine Diskussionsleitung geben, darüber bestand Einvernehmen. Niemand war ernsthaft gegen solch ein wichtiges Ordnungsinstrument. Niemand wollte Chaos. Aber warum sich automatisch alle dahin setzten, wohin sie sich immer setzten, trieb Arundelle die Zornesröte in die Wangen. Und ihr Zauberbogen gab ihr dabei nicht nur recht, sondern stachelte sie nach Kräften auf – eben, weil er wegen der erfahrenen Behandlung so schlecht auf die Zwischenschule zu sprechen war.

Billy-Joe wusste Arundelle ohnehin an ihrer Seite. Und nicht nur diesen. Ja, hätte sich überhaupt jemand gefunden, der öffentlich für eine andere Meinung als Arundelles eingestanden wäre? Aber das war dem tapferen Mädchen auch wieder nicht recht. - Duckmäusertum war so ziemlich das letzte, was sie bewirken wollte.

„Wir wollen endlich zur Sache kommen“, rief Frau Marsha Wiggles-Humperdijk mit hochrotem Kopf. So viel nutzlose Kritik brandete da an sie heran und machte sie ganz unsicher. ‚Telepathie kann ganz schön lästig sein', dachte sie.

„Immerhin haben wir doch ganz außerordentliche Erfolge zu vermelden. Das wollt ihr euch doch nicht nehmen lassen, meine Lieben“, versuchte sie sich in beschwichtigendem Ton.

Vielleicht wäre alles leichter, wenn sie sich einen Versammlungsleiter wählten und sie sich dann von diesem das Wort

---

[1] Lex=Gesetz: ein eigenes Gesetz, das nur für den Zauberbogen gilt.

erteilen ließe. An ihr sollte es nicht liegen. Wenn man auf Formalien wert legte, bitte schön.

„Die Letzten werden die Ersten sein.“ So schallte es ein wenig dumpf und verzerrt aus Billy-Joes Brust. Der trug seinen Medizinbeutel um den Hals, wie er es gewohnt war. Und wie Pooty es gewohnt war, saß der doch mitten zwischen den befremdlich riechenden geheimnisvollen Gegenständen, die Billy-Joe seit Kindertagen mit sich führte und deren Sinn und Zweck ihm selbst nicht mehr recht klar war. Aber darauf kam es nicht an, fand er. Immerhin wusste er sich dadurch eins mit seinesgleichen:

„Ja, die Wurzeln sind heilig. Schneid sie dir nie ab, wenn du wachsen willst und wenn du zu deiner Bestimmung finden willst. Das weiß im Grunde jeder und doch hält sich fast keiner daran.“ So hatte er sich Arundelle einst erklärt.

Pootys Einwurf drang aus dem Beutel. Aber da es so klang, als habe Billy-Joe gerufen, merkten alle doppelt auf. Und erst als Pooty sein niedliches Köpfchen aus dem Beutel streckte, begriffen die Umstehenden wie es sich verhielt.

Allgemeine Zustimmung brandete nun auf und per Akklamation[1] wurde Pooty plötzlich in die Rolle des Versammlungsleiters gehievt. Mit übertriebener Ehrerbietigkeit räumte Marsha Wiggles-Humperdijk ihren angestammten Platz und begab sich demonstrativ auf einen der hinteren Plätze, gefolgt von ihrem Stellvertreter und Ehemann Adrian Humperdijk.

Solche Entscheidungsprozesse gingen inzwischen ohne viele Worte über die Bühne. Und hätte Pooty nicht so einen fröhlichen Jubelschrei losgelassen, niemand hätte auch nur gezuckt, so aber brach schallendes Gelächter aus. Es befreite die ganze Versammlung und wischte die trüben Wolken der Ungeklärtheiten beiseite, um dem klaren weiten Himmel von Einverständnis und gegenseitiger Zuneigung Tür und Tor zu öffnen.

Ja, das war die Zwischenschule. „Da weiß man wieder, warum man hier ist“, fuhr es der Schulleiterin durch den Sinn. Sie fühlte sich halbwegs versöhnt.

Pooty wuchs mit seiner Aufgabe. Zunächst bestimmte er Arundelle und Billy-Joe zu Assistenten. Dann machte er noch ein paar Faxen - „um die Stimmung zu heben“, wie er sich ausdrückte, um dann das Wort endlich der Schulleiterin zurückzugeben, die bereits ungeduldig in den Startlöchern scharrte, wie ein feuriges Rennpferd.

„Es gilt, Bestandsaufnahme zu machen. Wo stehen wir“, schrie sie in das Saal-mikrophon, das man ihr eilig brachte.

---

[1] durch Beifallsbekundung

„Sicher, wir haben uns wieder. Die Zwischenschule ist fürs erste gerettet. Die Sponsoren sind beruhigt, ebenso die meisten Eltern. Ihr wisst wieder, wer ihr seid – ja, ich kann es deutlich sehen,“ unterbrach sie sich und blickte in die Runde der sich vielfältig überschneidenden Auren ihrer Schutzbefohlenen.

Wie hatte sie diesen schönen Anblick doch vermisst in der dunklen Zeit, die hinter ihnen lag. Wie hatte man das bloß aushalten können? Vom trüben Modder der Miserioren waren all die vielen Farbschattierungen überlagert worden.

Nun aber strahlten die Farben leuchtend und in eigenartigen Mustern um sie her. Große Flecken von silbrigem Taubenblau eher zu ihrer Linken, während sich das reine Seelenblau großflächig rechter Hand hinbreitete, das sich an den Rändern freilich verlor und ins Grau überging.

Zwischen diesen großen Komplexen fanden sich immer wieder grüne und rote Farbtupfer, auch diese gleichsam in Klecksen. Niemand saß eben gern isoliert. Das war selbst bei den Lehrkräften nicht anders.

‚Vielleicht, wenn wir unsere Farbenlehre zur Grundlage der Sitzanordnung machen', fuhr es Marsha durch den Sinn. Sie beschloss innerlich, diesen Vorschlag alsbald einzubringen, als sie auch schon von vielen Seiten Zustimmung verspürte. Sie hatte die all-durchwirkende Gedankenkraft der Telepathie nicht bedacht.

Ob man wohl gleich damit begänne? Ihre Ausführungen konnten warten. So raffte sie ihr Konzept wieder zusammen, das sie sich auf der schmalen Umrandung der Brüstung vor sich hingebreitet hatte. Freilich segelten dabei einige Blätter fröhlich davon und es war hilfreichen Händen zu verdanken, dass das große Ganze des wichtigen Konzepts nicht verloren ging.

Zunächst aber setzte ein großes Geschiebe und Gescharre ein, als sich die Farben durchmischten, um sich neu anzuordnen und dabei die schönsten Muster formten, die sich wie zufällig ergaben, dabei wurden sie doch oft genug willentlich oder doch halbbewusst herbeigeführt.

Pooty und seine beiden Assistenten fanden sich unversehens in einem seltsamen Mittelpunkt. Und um sie sichtbarer zu machen, wurden ihnen die hölzernen Kubikwürfel des ursprünglichen Bords untergeschoben, die offensichtlich beweglich waren. Der Hausmeister würde schön schimpfen!

„Nun, wir werden ihm sagen, dass das so bleiben darf“, nickte Marsha ihrem Vertreter zu. Ihre Blicke kreuzten sich anerkennend, als sie sich an entgegengesetzten Enden wiederfanden. Durch ihre Farben waren sie unwiderruflich getrennt worden – für den Augenblick. Da ließe sich vielleicht noch was machen.

Als Marsha Wiggles-Humperdijk endlich auch ihr Redekonzept wieder geordnet hatte, war auch im Saal Ruhe eingekehrt, das Scharren der Stuhlbeine, das Trappeln der eifrigen Füße verstummte und erwartungsvolle Stille breitete sich aus.

Leicht verunsichert ohne die eheliche Stütze, fuhr Marsha mit ihrer Rede fort.

„Wo war ich doch gleich stehen geblieben? Ach ja, unsere Farben, unsere Gloriolen, unsere unverwechselbaren Kennzeichen und Eigenheiten – wir haben sie wieder. Die Welt ist wieder bunt und harrt unser - verlockend und geheimnisvoll. Dank Dorotheas Bemühungen wurde die verstörte Öffentlichkeit beruhigt. - Was hätten wir nur ohne dich gemacht?“ – Marsha wandte sich direkt an die - seltsamerweise ganz in ihrer Nähe platzierte eine Schwester, die nun nicht weniger strahlend weiß leuchtete wie ihre Zwillingsschwester Grisella. Ja, die diese womöglich sogar noch überstrahlte. Sei es wegen ihrer überirdischen Schönheit, sei es, wegen der Frische des Erlebnisses, dem sie diesen unverhofften Glanz verdankte.

„Unsere kleine Welt hier drinnen ist wieder heil. Dafür gebührt dir großer Dank. Und nicht nur dir, liebe Dorothea. Ohne die mutige Tat zweier Studierender, wären wir jetzt nicht mehr hier. Was diese vollbrachten, grenzt schon an ein Wunder. Ja, ihr beiden, steht ruhig einmal auf, dass wir euch sehen können.“ Im Falle von Billy-Joe, einer der beiden Assistenten des Versammlungsleiters Pooty, war dies nicht weiter schwer. Er saß ja bereits überhöht auf dem Kubikwürfel, denn der Versammlungsleiter bedurfte seiner.

Tibor, der andere der beiden Helden, hingegen fand sich weit abgeschlagen ganz nahe bei Tika, ja, mit dieser seltsam vertraulich, Hand in Hand in seltener grünroter Harmonie. Ganz versunken war er in die Nähe des seltsamen Mädchens, das ihm um so vertrauter war, als es sich bei Tika immerhin um Billy-Joes Schwester handelte.

Tibor – an sich allzu schnell in seiner Ehre gekränkt – nahm die Situation diesmal sehr gelassen, ja geradezu erfreut hin. Er stand artig auf, verbeugte sich freundlich in die Runde. Er winkte Billy-Joe über die vielen Köpfe hinweg zu, grinste ein wenig verlegen, wegen der überzogenen Laudatio[1], (darin in eins stimmend mit Billy-Joe) und machte sich überhaupt nichts daraus, als die Aufmerksamkeit sich wieder von ihnen abwandte und die Schulleiterin in ihrer Rede fortfuhr.

Eigentlich, das wusste auch er, stand ihm der Platz neben Billy-Joe zu. Pooty hatte ihn nur nicht gesehen. Und das schien Tibor seltsamerweise diesmal überhaupt nichts auszumachen. Und jetzt noch immer nicht, als doch offensichtlich wurde, wie die Karten sich neu mischten.

---

[1] Lobrede

„Wir haben unser Etappenziel erreicht, wir haben einen Sieg errungen. Eine Schlacht ist gewonnen, doch beileibe nicht der ganze Krieg. Ja, schlimmer noch, wir wissen noch immer nicht so recht, wie und ob wir diesen Sieg überhaupt verdient haben. - Sicher, wir haben viel getan. Wir haben alles in unseren Kräften stehende gegeben. Ohne unsern Mut und unsere Einsatzfreude wären wir nicht da, wo wir jetzt sind. Das ist völlig klar. Und doch wissen wir nicht, wie uns geschah. Wo wären wir ohne den heldenhaften todesmutigen Walter – (nie wird er vergessen werden, immer wird er einen Platz in unseren Herzen haben, solange diese schlagen. Das ist doch selbstverständlich...)

Ich will damit sagen,“, fuhr Marsha in ihre engagierten Rede fort:

„dass wir zwar eine Chronik der Ereignisse kennen, doch was uns noch fehlt, ist das letzte Verbindungsglied. Wir wollen, ja, wir sollen unsere Heldentaten gern und aufmerksam studieren und erinnern. Denn vielleicht führt uns das zu dem entscheidenden Teilchen, ohne das dieses Puzzle der jüngsten Vergangenheit kein rechtes Bild ergibt, sondern eine unzusammenhängende Fläche bleibt - bestehend aus heroischen Einzelleistungen, deren tieferer Sinn sich uns verschließt.“

Aus Rücksicht auf Penelope M’gamba ging Marsha nicht auf Zinfandor Leblanc ein. Sie rätselte nicht an dessen zwielichtiger Rolle herum, die einerseits so völlig klar, andererseits ebenso völlig unklar geblieben war und womöglich für immer bleiben würde. Ja ihm selbst schien sich keineswegs geklärt zu haben, wie er in seine Rolle gelangte und weshalb es ihm so schwer wurde, sich wieder aus den Fallstricken zu lösen, schon gar ohne fremde Hilfe. Um so dankbarer war er nun seinen Lebensrettern, die unter dem Einsatz ihres eigenen Lebens das seine retteten.

„Was geschah eigentlich in London“, fuhr Marsha fort. „Was geschah in London wirklich? Wir kennen den Teil, der uns betrifft. Wir wissen aus zuverlässiger Quelle, um was für Leute es sich bei dieser Bruderschaft Infernalia handelt. Aber das ist dann auch schon alles. Über deren befremdliche und ungeheuerliche Projekte wissen wir so gut wie nichts. Und vor allem wissen wir nicht, ob oder wie es dieser Bruderschaft Infernalia gelungen ist, die Verhältnisse hier auf der Südhalbkugel und vor allem auf der Insel Weisheitszahn so nachhaltig und bedrohlich zu beeinflussen. Es wurde da womöglich etwas ausgelöst, von dem niemand weiß, wie es zustande kam, und von dem niemand die Folgen kennt. Wir wissen eben viel zu wenig. Und das ist ganz, ganz schlecht. Denn das bindet uns die Hände. Wie soll es nun weitergehen? Sind wir etwa auf Gedeih und Verderb diesen Umständen ausgeliefert, die wir so wenig kennen?

Denn was nützt uns heute die Gewissheit, dass Malicius Marduk im 23. Jahrhundert endgültig besiegt und ins angestammte Höllenreich zurückverbannt werden wird. - Was ist jetzt? - Was droht uns von dieser Seite? - In was für Masken wird der Unhold künftig schlüpfen? - Ist er schon wieder mitten unter uns? - Wir wissen es nicht. Auf diese Fragen kennen wir keine Antworten."

Marsha Wiggles-Humperdijk machte eine bedeutungsvolle Pause und blickte in die Runde in nachdenkliche Gesichter.

„So schön es ist, wieder bei sich zu sein", fuhr sie fort „und so sehr ich mich darüber freue, dass wir uns wieder gefunden zu haben, so ängstigen mich die Ungewissheit und die unklaren Verhältnisse doch sehr. Weder über die Bruderschaft Infernalia, noch über Malicius Marduk wissen wir genug. Walter hat den Legionärssergeanten getötet, das ist gewiss, dafür gibt es Zeugen. Bezeugt aber wurde auch, wie triumphal der Abgang des Schurken war. Der ist nicht wirklich gestorben. Malicius Marduk hat sich seiner leiblichen Hülle entledigt, das ist schon klar, aber was bedeutet das? - Nach allem was wir bis hierher wissen, heißt das doch nur, dass er sich ein neues Opfer sucht, um mit ihm zu verschmelzen und sein altes Unwesen in neuer Gestalt weiter zu treiben. Dabei hilft auch der Einwand des Advisors wenig, den Arundelle dankenswerter Weise mitbrachte, denn der bezog sich auf die Zukunft. Dort wurde befunden, dass es dem Bösewicht nicht erlaubt war, die Vergangenheit zu verändern, sodass dies auf den Verlauf der Zeit und damit auf die Zukunft einen verändernden Einfluss hat.

Leider hat uns der Advisor nämlich nicht wissen lassen, worin diese verändernde Tat von Malicius Marduk besteht. Was genau darf Malicius Marduk nicht in der Gegenwart tun? Das ist die entscheidende Frage. Und darüber wissen wir so gut wie nichts. Wir haben überhaupt noch kein Bild von dem, was sich hier - bezogen auf die Zukunft - abspielt und was den Lauf der Welt jetzt verändert. Wir wissen ja noch nicht einmal, ob die Nachrichten aus der Zukunft, die wir dankenswerter Weise durch Arundelles Bemühungen erhalten haben, von der richtigen Zukunft sind. Ob wir nicht an der Nase herum geführt werden, mit Gaukeleien aus parallelen Welten, deren Verlaufgeschichte die unsere eben gerade nicht ist."

Arundelle pfiff anerkennend durch die Zähne. ‚Da hat aber jemand seine Hausaufgaben gemacht', dachte sie. ‚Scholasticus lässt grüßen'.

Denn Marsha Wiggles-Humperdijk hatte es bis dahin für unter ihrer Würde erachtet, sich auf die – wie sie es ein wenig abwertend nannte - Weltraumspielereien der Physiker - einzulassen.

„Gestattest du, dass ich mich einmische", ließ sich auch schon Scholasticus Schlauberger vernehmen, der seine massige, gedrungene Gestalt erhob und auch ohne Kubikwürfel weithin Präsenz bewies. Er durfte sich der ungeteilten Aufmerksamkeit aller sicher sein. Das spürte auch Marsha und so überließ sie ihm bereitwillig das Feld.

Leider verstieg sich der Herr Professor Schlauberger jedoch alsbald in recht unzusammenhängende Betrachtungen über das Wesen der Zeit im Allgemeinen und das der Zukunft im Besonderen. Dies trug indessen nicht gerade zur Erhellung der brennenden Fragen bei – (ob oder ob nicht, vermochte von den Anwesenden jedenfalls keiner zu beurteilen) –. So lag es schließlich doch an Arundelle, in das verworrene Dunkel wenigstens einen Hauch von Licht zu bringen. Pooty überließ ihr das Wort nur zu gerne.

Die Schulleiterin räumte ihre verstreuten Blätter mit fahrigen Gesten zusammen und drängte dann schutzsuchend zu ihrem Mann.

In dem Moment pfiff sie auf die Harmonie der Farbenlehre, die sie ohnehin ganz minimal, (Falls überhaupt), wirklich verletzte. Aufsehen aber erregte ihr Abgang, wenn auch nicht dort, wo sie selbst es vermutete.

„Ich bin hier nicht die Einzige, die diese Erfahrung gemacht hat", begann Arundelle bereitwillig und deutet auf Dorothea, Amadeus, Pooty, ebenso wie auf Billy-Joe, Tibor und in eine immer vager werdende Runde. „Ihr alle wisst vielleicht mehr als ich, jedenfalls nicht viel weniger," schwächte sie dann nachdenklich ab.

„Der Advisor ist ganz und gar unfasslich. Nicht einmal umschreiben lässt er sich. Stimmt ihr mir zu?"

Zustimmung aus den genannten Reihen ließ sie bestärkt fortfahren: „Der Advisor ist nicht von dieser Welt. Nichts ist recht von dieser Welt, womit er uns konfrontiert, und doch erhalten wir einen Blick auf unsere Welt. Einen Blick, der diese verfremdet, ohne sie jedoch ad absurdum zu führen. So bin ich der festen Überzeugung, dass uns der Advisor schon unsere Welt zeigt. Dass er uns unsere Welt auch dann zeigt, wenn wir sie nicht wieder erkennen. Das liegt nicht zuletzt an uns. Aber auch an der befremdlichen Perspektive, die er einnimmt.

Nehmen wir bloß mal diesen pompösen Hofstaat. Diese schrägen Figuren. Etwa den Kaiser selber oder auch die Prinzessin. Ich denke, da steckt viel Gewolltes dahinter. Vielleicht ergeht es ja jedem so wie mir, vielleicht erleidet jeder und jede diesen Gefühlssalat, diese Mischung aus Identifikation und Ekel ob der Lächerlichkeit und Aufgeblasenheit der Personen und ihres Geweses, das sie um sich machen lassen, ja sogar einfordern.

Die, die mit dabei waren, haben vielleicht Ähnliches verspürt. Es ist so recht wie in einem Traum. Ebenso sprunghaft, ebenso übertrieben, ebenso gefühlsüberladen. Die Anlässe scheinen so nichtig und doch wallen die höchsten Gefühle auf. Es überschüttet einen mit den stärksten Empfindungen, gegen die es keine Abwehr gibt und die doch völlig ungerechtfertigt erscheinen."

Hatte Arundelle auch nun auf Zustimmung gehofft, so sah sie sich getäuscht.

„Nun, vielleicht werden jedem von uns die zu ihm gehörenden Bilder abgerufen. Solche Schlüsselsituationen, die nur für ihn oder für sie gelten", schwächte sie daher ab.

„Mir war, als entdeckte ich im Kaiser selber Züge meines Vaters. Und ihr könnt euch ausmalen, was das für mich bedeutete. Jedenfalls alle, die mich näher kennen, können das. Und damit nicht genug, musste ich auch noch diese Prinzessin ertragen, - deren huldvolle vertrauliche Herablassung. Ja, ich fühlte mich ganz schön auf den Arm genommen, das könnt ihr mir glauben – ‚das sind Bilder deines eigenen Größenwahns!' - Ja, glaubt ihr im Ernst, das würde ich mir seither nicht täglich, ja stündlich selber sagen?

Und wenn es nun kein Größenwahn ist, der mein Wunschdenken anstachelt, sondern eine ganz und gar anders gemeinte Botschaft, die damit zu tun hat, womit wir uns hier auf der Insel und andere anderswo beschäftigen?

Diese Bruderschaft Infernalia – was für Forschungen betreibt die? - Selbstverständlich, wir hassen deren verwerfliche Ziele. Wie kann man nur auf Kosten anderer sein Leben genießen wollen oder gar die Unsterblichkeit anstreben? - Aber was, wenn es diese Koppelung nicht naturnotwendig gibt, wenn sie nur in den krankhaften Hirnen dieser verfluchten Bruderschaft existiert? - Was, wenn Unsterblichkeit auch ohne diesen ungebührlichen Preis möglich ist?

Vielleicht stimmt es ja gar nicht, dass sich die Lebenszeit nur dort verlängert, wo sie zum Ausgleich an entsprechender Stelle gekürzt wird. Vielleicht sehen wir das viel zu mechanisch. Vielleicht funktioniert das Leben gar nicht nach dem Energiegesetz."

Wurde sie überhaupt verstanden? Kam an, was ihr da über die Lippen sprudelte? Hilfesuchend ließ Arundelle ihre Blicke schweifen und zugleich jene geheimnisvollen Gedankenfühler, ob ihr Verständnis entgegen wallte oder ob Abkühlung das Gegenteil signalisierte.

Sie mochte sich nicht entscheiden und wollte dies auch nicht. Vielleicht war es das beste, jetzt erst einmal inne zu halten. Auch anderen brannten ihre Eindrücke und Gedanken auf der Zunge. Denn guter Rat war teuer. Doch das wusste inzwischen auch der Letzte.

„Also, ich bin dafür, dass Arundelles Zauberbogen einen Ehrenplatz im Schulrat der Zwischenschule erhält. Wir wären in der Tat gut beraten, ihm eine Professorenstelle anzutragen. Das hätten wir im übrigen auch mit Walter besser getan.

Und so beantrage ich eine Professorenstelle für den Zauberstein von Uluru gleich mit“, krähte Pooty, der sich als Versammlungsleiter einfach selber auf die Rednerliste setzte, die zu führen Arundelle übernommen hatte.

Doch da diese noch ihren eigenen Gedanken nachhörte, merkte sie nicht auf und übersah ganz, dass Pooty eigentlich nicht dran war. Eigentlich war Scholasticus dran und nach ihm hatte sich wieder die Schulleiterin gemeldet. Außerdem wollte Dorothea noch etwas sagen und auch Amadeus. Auch aus dem weiten Rund der Zuhörer gab es einige Meldungen, sodass die Versammlung sich ganz schön ziehen würde, wenn die noch alle dran kämen.

„Tut mir leid, dass ich dazwischen geplatzt bin“, entschuldigte sich Pooty deshalb auch ein wenig zu hastig. „Als Versammlungsleiter plädiere ich für Redezeitbegrenzung. Eine oder höchstens zwei Minuten, sonst sitzen wir noch morgen früh hier.

Gibt es im übrigen zu meinen Antrag Wortmeldungen oder können wir dies peinliche Kapitel nun endlich schließen und unsere magischen Helden ehren, wie es ihnen gebührt, was sage ich, wie wir es nun einmal nur vermögen. Gebe Gott, dass sie uns erhalten bleiben.“

Geschickt wandelte Pooty wie ein gewiefter Politiker seine Zerknirschung in einen Antrag um, den es flugs abzustimmen galt.

Eine Gegenrede wagte niemand, aber einen Ergänzungsantrag - ausgerechnet von Amadeus, der sich tuschelnd mit Dorothea, seiner Schwägerin, beriet. „Wir beantragen, dass Pooty als Hüter des Steins in die Ehrung mit einbezogen wird. Er selbst und das gemeinsame Heim erhalten Kultstatus.“ Was immer das bedeuten mochte. Weder Amadeus noch Dorothea waren in der Lage, genau zu sagen, was denn Kultstatus bedeutete, aber darauf kam es ihnen gar nicht an. Sie wollten nur für ein wenig Gerechtigkeit sorgen und die Kleinen erhöht sehen. Außerdem stand dem Zauberbogen eine Entschädigung für die erlittene Missachtung in der Asservatenkammer zu.

Einstimmig wurden Zauberbogen und magischer Stein in den Rang von Professoren erhoben. „Mit eigenen Mitteln und vollen Bezügen“, merkte die Schulleiterin bedeutungsvoll an. Und Pooty wurde zum ‚Hüter des Steins’ bestimmt. Billy-Joes Medizinbeutel erhielt Kultstatus. Und genau so wurde der Antrag im Beschlussprotokoll festgehalten, abgestimmt und umgesetzt.

Ein Professor, der um den Hals eines Aborigines baumelt, war auch auf dieser Seite des Globus eine absolute Neuheit. Heftiges Klatschen und Rufen nach den beiden unterbrach die Sitzung erneut. Pooty ließ es gewähren. Er hielt den Stein mit beiden Händchen hoch über seinen Kopf. Ja, er kletterte in seiner Begeisterung aus dem - in den Kultstatus erhobenen - Beutel und setzte sich auf Billy-Joes Kopf. Damit jeder ihn sehen konnte – ihn und den Zauberstein, der zur Feier des Tages in allen Regenbogenfarben leuchtet.

Billy-Joe schwang den Zauberbogen in die Luft, dass auch der seinen ihm gebührenden Anteil der Standing ovations abbekam. Sichtlich gerührt drängte er sich aber alsbald von ihm fort hin zu Arundelle, die ihn zärtlich tröstete, was zu immer neuen Erschütterungen führte.

All die dunkel drohenden Wolken waren dahin. Schluss mit dem Darben in der Asservatenkammer. Freiheit, Weite und Aktion - das Leben eines Bogens eben.

Ja, von ihm ließ sich einiges Lernen, das hatten die Menschen richtig erkannt. Aber was – Menschen - Pooty war's doch gewesen, dem er seine so unverhoffte und in den kühnsten Träumen nicht erahnte Beförderung zu verdanken hatte.

„Professor Zauberbogen" – alles war er schon gewesen. Denn die Zeit war sein Problem nicht. So vielen Herrn hatte er schon gedient. Er konnte sie nur mit Mühe aufzählen – wenn überhaupt.

Husarenrittmeister, Erster Diener von Pascha Sultan, Mondbeschichter, Tagesbezwinger – Titel, so vielfältig und eigenartig wie das Leben selbst, das er führte. Mancher Wechsel war ihn ungeheuer hart angekommen. Oft hatte nur der Tod ihn trennen können.

Professor war er noch nie gewesen. Eine schönere, friedvollere Auszeichnung konnte er sich nicht vorstellen. Ihre Gespräche erhielten nun erst das gebührende Gewicht, sinnierte er voller Vorfreude. Professor Zauberstein blinkte wissend und bestätigend von oben aus seinem haarigen Olymp herab.

Inzwischen nahm die Sitzung ihren Lauf. Die Verwaltungsangelegenheiten regelten sich wie von selbst. Dorothea wurde die gesamte Öffentlichkeitsarbeit für die Zwischenschule übertragen. Sie erhielt ein eigenes Büro und eine eigene Sekretärin.

„Wenn schon dann Sekretär", warf sie ein und dachte an ihren Schwager dabei, und Intelleetus sollte der gleich mitbringen – zumal an den langen Nachmittagen.

„Das riecht ganz schön nach Vetternwirtschaft", glaubt Moschus Mogoleia sein Gift versprühen zu müssen, doch niemand gab auf ihn acht, außer Arundelle. ‚Mut hatte er immerhin. - Wenigstens der Zauberbogen – (Professor Zauberbogen, hieß das jetzt wohl besser), - hatte ihn dann doch noch entlastet, nachdem nun klar war, dass dieser nie wieder in der muffigen Kammer würde stehen müssen.

Mit Dorothea an der Spitze würde die Zwischenschule nie wieder in eine derart plumpe Falle geraten. Niemals wieder würden sie sich von jemandem wie dem selbstherrlichen Vorsitzenden der Bruderschaft Infernalia derart vorführen lassen. Wenigstens dafür war gesorgt.

Die eigentliche und viel wichtigere Debatte über den Charakter der Zeit und vor allem über die Einschätzungen zur Entwicklung der Zeitbeherrschung, kamen nicht recht voran.

Niemand vermochte Arundelles Erfahrungen am kaiserlichen Hof auch nur im Ansatz bestätigen. Wie es schien, waren diese doch einmalig. So musste man sie wohl zunächst für das nehmen, was sie waren, aber was war das? Eben darüber erlangte Arundelle keine Klarheit und niemand war da, der ihr hätte helfen können. - Professor Zauberbogen ausgenommen, dachte sie zärtlich und schon spürte sie sein leises Schnurren im Rückenmark.

Tat sie jemandem Unrecht? War da wirklich niemand sonst? ‚Nun ja, so fühlte sie sich manchmal eben. Manchmal ist ein jeder ganz schrecklich einsam und ganz allein auf der Welt. Vorbei geht das schon, aber ganz weg geht das nie.'

2. Noch ist Zeit nicht Geld

‚Da kann man sich nur wundern', dachte sich der rührige Vorsitzende der Bruderschaft Infernalia bei seiner Reise rund um die Welt. Man konnte wahrhaftig nur staunen, wie locker Geld überall saß. Mitunter wurde es ihm förmlich aufgedrängt. Dabei war seine Kampagne eher seriös geworden. Ja, er versprach nun nichts Nennenswertes mehr. Keine nennenswerte Dividenden. Klipp und klar sagte er überall, wohin die Reise ging, was Sache war. Doch seine Logik bestach und war dabei so ausgesprochen einfach.

„Stecken Sie Ihr gutes Geld in die Zukunft", lautete der eine Slogan. „Investieren Sie Ihren Überfluss in Lebenszeit", war der andere.

Bevor er sich dazu entschloss, größere Beträge anzunehmen, rückversicherte er sich inzwischen umfassend. Reines Spekulationskapital wurde rundweg zurück gewiesen.

Solch ein ungewöhnliches Finanzgebaren stachelte die Neugier an und je länger die Akquisitionstour dauerte, um so neugieriger wurde der Markt. Daran änderten auch die Rückschläge zunächst nur wenig, die es inzwischen bei der Forschung gab.

Allerdings herrschte hier bei der Forschung das Gegenteil von Offenheit. So leicht und locker Roland Waldschmitt auch mit den Investitionen jonglierte, so verschlossener wurde er, wenn es um konkrete Forschungsergebnisse ging. Hier war eindeutig sein Schwachpunkt. Und das wusste er.

Zu weit lagen die konkurrierenden Ansätze auseinander. Auf der einen Seite befasst man sich im Weltmaßstab mit gigantischen, ungeheuere Energiemengen verschlingenden Beschleunigern, auf der anderen mit Bionik, Transplantationsmedizin und Genetik auf der Basis von Nanotechnologie.

Er selbst wusste darüber wenig. Sein Wechsel in die Akquisition war zu einem Zeitpunkt erfolgt, als man noch mit der berühmten imaginären Mäuseschaukel experimentierte. Damals war zum ersten Mal der Nachweis der künstlichen Verjüngung bzw. der entsprechenden Alterung gelungen, welche durch das Herausschießen eines Elektrons zustande kam, oder war es das Hineinschießen? Nun ja, Roland Waldschmitt wusste auch dies nicht mehr mit Sicherheit.

„Brauchst du auch gar nicht, mon cher Ami“, gurrte Viola de Stäel angesichts solcher Attacken des Selbstzweifels, wie sie immer mal wieder vorkamen. „Wir schaffen das Geld heran und die Forscher hauen es auf den Kopf. Was ist schon dabei? Bleib du nur immer schön bei der Wahrheit.“

„Ja, aber glaubst du denn noch an unsere Forschung? - Kommen nicht auch dir Zweifel? - Du weißt doch wie es steht.“

„Papperlapapp – Rückschläge. Erfolge sind das. Eine lange Reihe von Erfolgen. Ein Erfolg löst den anderen ab. So sieht das aus. Das ist die Wirklichkeit. Kannst du etwa dafür, wenn dein Stellvertreter, der gute Botho van Zyl, in Panik verfällt, nur weil bei ihm der Wind ein wenig kräftiger bläst? Wärt ihr damals nicht eingeknickt und zurückgerudert, dann stünden wir jetzt anders da. Das musst du dir doch nicht ankreiden. Im Gegenteil, nütze das aus. Festige deine Hausmacht. Das Zeitwertsystem wird kommen. Die Zeit ist reif, weshalb sonst würdest du überschwemmt mit all dem überschüssigen Kapital? Jeder spürt doch da etwas, alle fühlen das Unbehagen am Kapitalmarkt. Dem Zeitwert gehört die Zukunft. Auf dieses Pferd springen sie früher oder später alle.“

Roland Waldschmitt brauchte solche Aufbauspritzen. Die Schreckensmeldungen aus der Londoner Zentrale saßen ihm ganz schön in den Knochen. - Und die eigene Tochter mitten drin.

Es hatte lange gebraucht, bis er dahinter kam. Der Kleinkrieg gegen diese wichtigtuerische Einrichtung da unten am Ende der Welt hatte unnütz Kräfte verschlissen, hatte Energien gebunden und hatte vor allem viel, viel Geld verschlungen.

So lückenhaft die Spionage auch gewesen war, soviel war doch herausgekommen: Die waren auch auf dem Weg, die kannten sich aus mit der Zeit, die wussten um die Problematik und arbeiteten an einem erstaunlichen Zeitplan, den zwar niemand recht verstand, der aber doch den Eindruck machte, als habe er Hand und Fuß. Wie auch immer die das anstellten.

So gesehen hatte die Einmischung des südafrikanischen Kollegen auch sein Gutes gehabt. Nicht auszudenken, wenn diese ganze Einrichtung da ausgelöscht worden wäre. Und das hätte sehr wohl passieren können, jedenfalls, wenn man den Berichten des Angsthasen aus Südafrika Glauben schenken wollte.

So war der Stand der Dinge. So jedenfalls stellte sich ihm die Sachlage dar. Doch das war nun alles Schnee von gestern. Die Bruderschaft war aufgeflogen. Irgendwo hatte es ein gewaltiges Leck gegeben. Die Geheimdienste aller bedeutenden Staaten machten Jagd auf die infernalischen Brüder.

Eine Verhaftungswelle ohnegleichen jagte das Führungspärchen durch die Nobel-Orte der Kontinente. Es war der reine Zufall, dass es sie noch nicht erwischt hatte.

Wer konnte, tauchte ab, zog sich aufs Land zurück, gebärdete sich als Pferdezüchter oder Gutsherr, mietete sich in verschwiegenen Ferienbungalows ein, irgendwo auf den Seychellen, in der Karibik oder sogar in einer der Strandburgen auf Mallorca. Unter falschem Namen versteht sich.

Kriminelle Energie war ohne Ende am Werk gewesen. Verprellte und Geprellte heizten gleichermaßen das öffentliche Klima an. Die abenteuerlichsten Anschuldigungen tauchten in der Presse auf. Nicht dass diese falsch gewesen wären. Aber woher wussten die das? Wo war das Leck? Etwa doch der Südafrikaner? Hatte man ihm zu übel mitgespielt? Oder war man den international operierenden Maffiabanden in die Quere gekommen?

Man konnte nur raten. Viola de Stäel und Roland Waldschmitt hatte es in ein kleines korsisches Nest verschlagen, wo sie sich relativer Sicherheit erfreuen durften. Sorgfältig hatte das Pärchen alle verräterischen Spuren getilgt. Niemand wusste von diesem Aufenthaltsort, niemand, auf den es ankam jedenfalls. Selbstverständlich lebte man dort inkognito. Viola de Stäel besorgte die Außenkontakte. Sie gab sich als Pariser Kunsthändlerin aus. Das Häuschen gehörte in Wahrheit ihr selbst und wurde klammheimlich mit modernster Kommunikationstechnologie ausgestattet, soweit dies in Korsika überhaupt möglich war.

Auf einer etwas entlegenen Bergspitze stand ein kräftiger Sender, mit einer raffinierten Wellenabstrahlung, die jede Ortung narrte und das Gerät an einigen viele hundert Kilometer weit entfernten wechselnden Standorten anzeigte.

Das Ganze funktionierte nach einem Verschlüsselungssystem, welches sie einem verschrobenen Spinner abluchsten, der sich selbst nicht recht verstand.

Langeweile wurde der wahre Feind. Eine trügerische Sicherheit gaukelte Freiheit vor, die es jedoch nicht gab. Roland, des Französischen nicht mächtig, taumelte alsbald von einer Depression in die nächste. Denn auch die Leidenschaft hatte gelitten.

In der Einöde, ohne Abwechslung, ohne Aufgabe und ohne Erfolge, drängten eher kindliche Wesenszüge hervor, bei beiden, aber bei Roland Waldschmitt deutlicher und vor allem noch schwerer erträglich. Die beiden gingen sich schrecklich auf die Nerven.

Nach vielen Wochen und Monaten, Roland vergaß sie zu zählen, so viele waren es inzwischen, ebbte die Berichterstattung ab. Die Bruderschaft Infernalia kam aus den Schlagzeilen heraus. In ein, zwei Monaten wäre sie vergessen.

Die Konten waren eingefroren, soweit sich die staatlichen Stellen nicht bedient hatten. Diesen schien es ein Anliegen zu sein, möglichst viele der Gläubiger auszuzahlen, um zu verhindern, dass die sich in die Forschungen einmischten, die seltsamerweise nun – (unter anderem Namen selbstverständlich) -, vielleicht zum ersten Mal überhaupt, an die Öffentlichkeit drangen.

Universitäten schalteten sich ein. Berühmte Professoren bemühten sich ihrerseits um Forschungsmittel. Und was zuvor im Geheimen von jener verschworenen infernalischen Bruderschaft betrieben worden war, das gelangte nun allmählich ins allgemeine Bewusstsein der Gesellschaft. Die Idee des Zeitwerts war geboren.

Roland Waldschmitt hielt es nicht länger in dieser Einöde. Das war kein Leben für ihn. Gejagt wie ein Krimineller, als der er sich nicht fühlte, ausgeliefert einer herrschsüchtigen Person, sehnte er sich nach Vertrautheit, nach Normalität. Er begann allen Ernstes seiner Ehe in Deutschland nachzutrauern. Überhaupt nach der guten alten deutschen Lebensart, - wie die ihm fehlte!

Der Weg zurück verbat sich von selbst. Das war auch ihm klar. Auch Kontakte zu den versprengten infernalischen Brüdern verbaten sich. Wenn überhaupt, dann... Aber das wagte er nicht einmal zu denken. Doch je länger er diesen Gedanken in seinem Kopf hin und her wälzte, um so verlockender erschien ihm dieser. Er malte sich allerlei Traumgespinste aus, verwarf sie alsbald wieder, nur um sie durch neue zu ersetzen, die womöglich noch versponnener waren.

Geld war da noch, das wusste er. Einige Nummerkonten in der Schweiz, in Andorra auf den Seychellen, ja sogar im biederen Sydney würden es ihm ermöglichen, an genügend Geldmittel zu kommen. Jedenfalls fürs erste. Dann würde man weiter sehen.

Zu aller erst brauchte er eine neue Identität. Das wollte gründlich geplant sein. Viel lag ihm daran, eine legale saubere Identität zu besitzen. Jeder Ganove kann sich einen Pass besorgen, wenn er nur genug Geld hat. Das war nicht nach seinem Geschmack. Roland Waldschmitt gelüstete es nach einer echten, zweiten Identität. Mit allem was dazu gehört.

Selbstverständlich durfte es keinerlei Bezüge zur Vergangenheit geben. Nicht nur die Geheimdienste, nicht nur Interpol und Gläubigeranwaltschaften waren ihm auf den Fersen, auch „die Leute mit Waschzwang" galt es zu berücksichtigen. Die waren womöglich die Gewieftesten von allen. Und deren Geld hatte er leider, besonders anfangs, ohne viel Federlesen in großen Mengen angenommen. Ein schwerwiegender Fehler, wie sich jetzt herausstellte.

„Dieses verdammte Weib", knurrte er ingrimmig. Denn er war der festen Überzeugung, dass es Viola de Stäel gewesen war, die ihn verleitet hatte, all das schmutzige Geld anzunehmen, das ihm nur zu dem einen Zweck überlassen worden war, es alsbald in Form einer völlig überhöhten Dividende als sauberes Geld zurückzubekommen.

Nicht zuletzt an dieser Stelle nämlich war die Lawine ins Rollen geraten, jedenfalls was die monetäre Seite betraf. Als die

Katastrophe dann nicht mehr zu verheimlichen war und man plötzlich vor ernsten Liquiditätsproblemen stand. Als es nicht mehr gelang umzuschichten, da die Forschung den Löwenanteil verschlungen hatte. Da erst war ihm so einiges klar geworden.

Er konnte und durfte nur den absoluten Überfluss abschöpfen. Das hätte er von vorn herein tun müssen. Nur wirklich langfristige Anleger lagen auf seiner Linie. Wen das schnöde Geld noch immer interessierte, wer nicht begriffen hatte, dass die Unsterblichkeit einen viel höheren Wert darstellte, der nicht mit allen Milliarden dieser Welt zu kaufen war, der musste sich bei ihm und dem Projekt der Bruderschaft Infernalia mit Notwendigkeit verspekulieren.

Ja, ein Club der Eingeweihten hätte man bleiben sollen. Ein Geheimbund in dem sich die Eliten dieser Welt zusammen tun.

Dieses verfluchte Weib, wie sie ihn hineingeritten hatte in ihrer kleinlichen bornierten Gier! Doch auch sie war jetzt ein ernstzunehmender Verfolger, der nicht leicht abzuschütteln wäre, wenn es ihm nicht gelang, sich ihrer zu entledigen.

Ja, das wäre überhaupt die Lösung. Ein Bergunfall in öder Natur. Kein Hahn würde nach der Fremden krähen. Nicht hier auf Korsika, wo so mancher naseweise Tourist spurlos verschwand. Die Korsen waren als sehr eigenes Völkchen bekannt, denen noch immer Korsarenblut durch die Adern floss.

Nun galt es, sich nicht zu verraten. Sie hatten einander tief in die schwarzen Seelen geschaut, kannten beide des andern Abgründe, in denen sie sich voll des süßen Grauens ergangen hatten. Sie waren sich im Hass nicht weniger nah als in der sinnestrunkenen Leidenschaft.

Sie umschlichen einander wie lauernde Raubtiere. Beide gaben sich keine Blöße. Und beide waren von den finstersten Absichten des andern überzeugt.

Wer machte den ersten Zug? Denn das wussten beide, war dieser erst einmal getan, gab es kein Zurück mehr.

Heimlich verschwinden oder nicht weniger heimlich verschwinden lassen? - so stellte sich ihm seine Lage dar. Wenn er verschwände, dann würde sie sich ihm an die Fersen heften, mit dem sicheren Instinkt eines Bluthundes. Denn Viola de Stäel roch das Geld wie jener Blut.

Hätte er sich mit einem bescheidenen bürgerlichen Leben zufrieden gegeben, dann wäre es ihm möglicherweise gelungen, sie abzuschütteln. Eben die zurückgezogene Beschaulichkeit, in der sie zu leben gezwungen waren, torpedierte ja ihre auf Macht und Geltung und rücksichtslosen Zugewinn ausgerichtete Beziehung.

Manchmal, in lichten Momenten, schauderte ihm. Dieser Frau war er nicht gewachsen. Mit ihrem schnellen Verstand, mit ihrem weiblichen Gespür, war sie ihm immer um mindestens eine Nasenlänge voraus. Deshalb kam er sich ja so ausgeliefert vor, so ganz ohne eigenes Stehvermögen.

So hoffte er mehr als er daran glaubte, dass er ihr wenigstens an kalter Mordlust überlegen war, wenn es hart auf hart kam, wenn er sie, wie er es sich oft ausmalte, in einen Abgrund stürzte.

Denn Schluchten gab es im Innern Korsikas viele. Nur, wie brachte er sie dazu, in eine solche auch zu stürzen? Die Zeit der unverfänglichen Ausflüge war definitiv dahin. Was auch immer er vorschlug, erst einmal stieß es auf Misstrauen und Ablehnung. Da konnte er inzwischen sicher sein.

Nein, er müsste es schon geschickter anstellen. Sie weniger locken als in eine ausweglose Lage manövrieren, in der sich ihm dann die Gelegenheit zur ruchlosen Tat bot.

Auch dieser Gedanke ließ ihn schaudern. War er am Ende doch der Schwächling, den ihm das erboste Weib nun täglich um die Ohren hieb? Die würde schon sehen!

Manchmal, wenn er allein war, brach es aus ihm heraus. Die wildesten Verwünschungen kamen ihm über die Lippen. In einer Orgie scheußlichster Gewaltphantasien schwelgte er und berauschte sich.

Dann wieder verspürte er kalte berechnende Nüchternheit. Und er überlegte, was ihn solche Ausbrüche kosten könnten. Der Nutzen stand in keinem Verhältnis zum Risiko, musste er sich dann ein gestehen.

Ging es um das Ausleben von Gewaltphantasien oder um ein erfolgversprechende Befreiungsstrategie? Erst wenn er sich darüber völlig im klaren war, würde sein Handeln endlich wieder von Erfolg gekrönt werden.

Tarnen und Täuschen sollte ihm zum geeigneten Handlungskonzept werden. Sorgfältig überlegte er sich eine Reihe von falschen Fährten. Er plante sie so genau wie möglich, und wusste doch selbst nicht, welche davon er tatsächlich einmal einschlagen würde. Dies entschiede sich erst ganz zuletzt, gleichsam in aller letzter Minute.

Doppelgänger hatte er freilich nicht. So mussten virtuelle Spuren genügen. Denn vieles ließ sich inzwischen im Internet erledigen. Lokale Präsenz konnte auch diese Weise leicht gegaukelt werden!

Roland Waldschmitt besorgte sich eine Reihe von Flugtickets. Sie eröffneten ihm die Möglichkeit, jederzeit von dem kleinen Flughafen in Bastia abzufliegen.

Dahin freilich würde seine erste Spur führen, die konnte ruhig breit sein. Denn das war unvermeidlich. Doch bereits für den Abflug besorgte er sich verschiedene falsche Identitäten.

Im Zuge der Vorbereitungen auf diese heikle Aufgabe war er vor Ort auf einen äußerst patenten Mann gestoßen, der ihm alsbald seine Hilfe anbot, kaum dass er die leiseste Andeutung machte.

Offensichtlich ein Fachmann, denn scheinbar ohne Mühe und in kürzester Zeit war er in der Lage, täuschend echte Reisedokumente herbeizuzaubern.

Ja, zu zaubern, anders ließ sich solch eine Geschicklichkeit kaum besser umschreiben. Sogar das Erscheinungsbild anzupassen war mit einem Mal kein Problem mehr.

Mit wenigen Utensilien und ein wenig Make-up, verwandelte sich Roland Waldschmitt in Professor Baranasias oder in den Handlungsreisenden Fuller, in den deutschen Touristen Semmelkorn oder in einen Flugzeugmechaniker auf Dienstreise namens Adrian vom Berg.

Da es mit den Sprachkenntnisse Waldschmitts nicht zum besten stand, beschränkte sich die Nationalitätenfrage auf wenige Länder. Dies war durchaus kein Nachteil. Als kanadischer oder australischer Immigrant ging er mit seinem Englisch allemal durch und des Deutschen war er ja nun einmal mächtig.

Der gewandte Agent einer nicht näher ausgewiesenen Einrichtung, angesiedelt irgendwo im überstaatlichen Raum (wie er sich ausdrückte), dachte an alles. Nichts blieb dem Zufall überlassen.

Die Flugpläne aller in Frage kommenden Flughäfen schien er im Kopf zu haben. Waldschmitt brauchte nur eine seiner zahlreichen Ideen zu äußern, schon präsentierte der geheimnisvolle, nicht mehr ganz junge Mensch eine passable Lösung. Wurde sie von Waldschmitt ernsthaft angenommen, dauerte es keinen halben Tag und die Route stand - mit allem was dazu gehörte.

Und so kam es, dass sich Roland Waldschmitt eines schönen Tages in Sydney wiederfand, wo er als Professor Henry A. Baranasias durch die Zoll- und Passkontrolle geschleust wurde.

Zwei Wochen Klinikaufenthalt genügten, um sein Äußeres der neuen Rolle perfekt anzupassen. Sogar an die Fingerkuppen wurde gedacht. Bei der DNA allerdings versagte auch dieser - in eine düstere Zukunft weisende – Klinikbetrieb, dem sich Waldschmitt bei einem Zwischenstopp in Singapur auf Gedeih und Verderb überließ.

Gerade befand sich der frischgekürte Professor mit dem neuen Gesicht auf dem Weg zum Privatbankhaus Schimmelpfeng, als sich zu ihm sein rühriger Agent aus der Vorbereitungszeit gesellte, der sich ihm tags zuvor noch im Flugzeug mit dem klangvollen Namen Rudolfus Catalanius vorstellte. - Auch er mit neuem Gesicht und veränderter Identität.

„Genauer Dr. Rudolfus Catalanius", wie er ein wenig gespreizt ergänzte. Ebenfalls Monetärökonom wie der Herr Professor.

Sie beide seien auf dem Weg zu einer internationalen Großtagung ihres Fachgebietes, so die flugs gezimmerte Legende seitens des selbsternannten, rührigen Assistenten.

Sie kämen offiziell geradewegs aus Etobicoke, das im schönen Ontario gelegene, wo sie – so die Legende - an der berühmten McGill -Universität von Toronto forschten und lehrten.

Nichts, aber auch gar nichts an dem falschen Professor Baranasias erinnerte noch an Roland Waldschmitt. Wie er da - das Kinn auf den kostbaren Silberknauf seines schwarzglänzenden Spazierstocks gestützt, vor dem Bankdirektor saß, um mit diesem die Modalitäten aller Transaktionen zu besprechen, die soeben von zahlreichen Nummernkonten rund um den Globus getätigt wurden.

Dergleichen erledigte sich in Sekundenschnelle. Noch vor wenigen Jahren hätte es dazu mehrerer Tage, wenn nicht Wochen bedurft.

Dr. Catalanius hielt sich diskret im Hintergrund. Er blätterte scheinbar desinteressiert in einer der ausliegenden Broschüren. In Wirklichkeit lauschte er angestrengt auf die Anweisungen, die der Bankdirektor empfing und dann sogleich weiter leitete.

‚Ja, ja, Zeit ist Geld, das mag schon so sein, jedenfalls alsbald in greifbarer Zukunft', sinnierte der aalglatte hilfreiche selbsternannte Assistent, der Herrn Waldschmitt schon auf Korsika zur Hand gegangen war. ‚Doch bis es soweit ist, kann es nicht schaden, sich auf der Geldseite schadlos zu halten'. Wer hätte dies besser gewusst als er?

„Kennen wir uns nicht?“, hatte Catalanius ironisch gefragt. - Unverfänglicher oder unverfrorener ging es kaum noch. - Im Flugzeug beim Abflug in Singapur erst waren sie mit neuen Gesichtern und veränderten Identitäten wieder zusammen gekommen, gerade als der frisch gebackene falsche Professor seine Reisedokumente überprüfte und gedankenverloren in seinen Papieren blätterte.

Eben da hatte sich Catalanius aufseufzend in den Sitz neben dem falschen Professor plumpsen lassen, hatte ihm – dem zunächst doch reichlich verwirrt dreinblickenden - mit ziemlich unverschämtem Grinsen die Hand entgegen gestreckt, bis der begriff und die ausgestreckte Rechte immer noch reichlich zögernd ergriff.

3. Die neuen Professoren

„Professoren sind nun einmal zum Unterrichten da“, erklärte Tibor. „Das stimmt; von Alters her gilt aber auch die Einheit von Forschung und Lehre. Das sollten wir nicht vergessen“, korrigierte Arundelle.

„Wir sollten uns nicht den Kopf der Schulleitung zerbrechen, denk ich mal“, ergänzte Billy-Joe. „Die werden ’s schon richten, ha ’m sie doch immer getan. Also, ich bin zufrieden, ihr etwa nicht?“

Der neue Lehrplan war noch nicht recht heraus, da war ein Kurs bereits völlig ausgebucht. Und die endlose Schleife derer, die sich auf der Warteliste standen, deutete schon jetzt an, dass es wohl nötig würde, den Kurs zu teilen, oder aber einen Parallelkurs einzurichten. Und das schränkte natürlich die Zeit der beiden Neuen drastisch ein, die sie sich ausbedungen hatten.

Nicht all ihre Kunst nämlich war für die Öffentlichkeit bestimmt, nicht einmal für die illustre Öffentlichkeit der Zwischenschule. Daher also die Debatte über Forschung und Lehre. Sie war aufgekommen, als es darum ging, den beiden Seiten Rechnung zu tragen.

„Was hat es denn für einen Sinn, die beiden gleich von Anfang an derart in die Tretmühle hineinzuzwingen?“, Adrian Humperdijk schüttelte entrüstet den Kopf.

„Das lassen die sowieso nicht mit sich machen, da kannst du sicher sein, lieber Adrian“, entgegnete seine Frau.

„Sehe ich genau so“, ließ sich Penelope M’gamba vernehmen.

In kleinem Kreis saßen die intimen Verschwörer aus der düsteren Zeit beisammen. Es hatte sich so ergeben, dass der neugewählte Schulrat eben von diesen beschickt wurde. Die Studierenden hatten ihre Vertreter mit überwältigender Mehrheit gleich im ersten Wahlgang durchbekommen. Für die beiden Schulleiter war immerhin eine Stichwahl nötig. Und das auch nur deshalb, weil die beiden Neuen noch nicht wählbar waren.

„Mangels Erfahrung in ihrer neuen Rolle", wie es hieß.

Dorothea von Griselgreif oder Amadeus Schlauberger, waren bereits im Vorfeld als Nichtakademiker ausgeschieden.

„Das müssen wir unbedingt ändern", hatte da Arundelle empört gemeint.

„Überhaupt, wieso sollen alle anderen im Schulrat gar nicht vertreten sein? Das geht doch nun wirklich nicht. Sind die etwa niemand?", ergänzte Intelleetus Arundelles Einwurf.

Er saß als Jüngster für alle Inselkinder im Parlament, denn um nichts anderes handelte es sich bei diesem Gremium ja.

„So eine Art Ständevertretung nach französischem Muster, könnte man sagen", ergänzte seine Tante.

„Da hat aber jemand mächtig aufgeholt", durchfuhr es Arundelle unwillkürlich. Doch dann schüttelte sie ärgerlich den Kopf über sich. Was für ein arroganter Gedanke das doch war.

Die erste einschneidende Verfassungsreform zeichnete sich ab, das war überdeutlich. Einstweilen aber erfüllte eifriges Treiben den Inselalltag. Es ging in ein neues Halbjahr und neben den obligatorischen Pflichtstunden ging es vor allem um das recht erkleckliche Angebot an Wahlfächern, das jedem Studierenden ab einem gewissen Alter und Leistungsniveau zustand und das im allgemeinen auch bis zur Neige ausgeschöpft wurde.

Da die beiden Neuen nicht in den Pflichtkatalog eingebunden waren, hatten sich um so mehr für ihr Angebot entschieden, zumal es übergreifend und unspezifisch angelegt war.

Unter dem albern klingenden Titel „Zauberkunst in Blumentopferde" stellten sich die meisten eine Art Ikebanalehrgang vor. Doch ganz gleich, was die Herren Professoren Zauberstein und Zauberbogen auch angeboten hätten, die Neugierde wäre auch von noch abschreckenderen Titeln nicht gebrochen worden.

Nur jene, welche die beiden kannten, hatten einen Begriff davon, was sie erwarten dürfte: Kleinliche, haarspalterische Streitgespräche, meist über belanglos erscheinende Details von Kursberechnungen oder Zielkoordinaten.

Doch darum konnte es in einem Seminar eigentlich nicht gehen. So waren auch die Eingeweihten, allen voran Arundelle, Billy-Joe und Pooty, sehr gespannt, was sie erwartete.

Da die Herren Professoren sich weigerten zu schweben, (was ihnen ohne jede Anstrengung möglich gewesen wäre), sondern darauf bestanden, getragen zu werden: – [„Das ist so schön würdevoll", meinten sie], blieb es Billy-Joe vorbehalten, mit dem Bogen im Köcher und dem Medizinbeutel um den bloßen Hals, durch die dicht an dicht hockenden Studierenden zu schlüpfen, was ihm mit Raubtier gleicher Geschmeidigkeit gelang.

Pooty durfte selbstverständlich nicht fehlen. Er nahm seine Aufgabe nun noch viel ernster. Die neue Würde seines Schutzbefohlenen umhüllte auch ihn. Sein noch immer schwach leuchtendes Köpfchen lugte vorwitzig aus Billy-Joes Medizinbeutel und erregte allgemeine Heiterkeit.

Am Ziel angelangt – (jenem Katheder inmitten des Halbrundes des größten Hörsaals) - blickte Billy-Joe hilfesuchend in Richtung Arundelle. Die hatte versucht, ihm im Windschatten zu folgen, war jedoch stecken geblieben. Sie bedeutete ihm aus der Ferne, sich erst mal hinzusetzen und seine Utensilien auf dem Katheder zu ordnen, denn um mehr handelte es sich bis jetzt ja nicht.

Pooty kletterte aus dem Beutel und legte den funkelnden Zauberstein dicht neben das rote Auge des Zauberbogens. Und sogleich begannen die beiden frischgebackenen Professoren zu tuscheln.

Die es gewahr wurden, die Studierenden in den vorderen Reihen, zischten um Ruhe und alsbald verebbte das aufgeregte vielstimmige Gemurmel und wich gespanntem Lauschen, das so angestrengt war, dass es in den Ohren knackte.

Hörbar war das Gemurmel nun zwar, doch mitnichten verstehbar. „So installiere doch jemand endlich die Anlage, wozu ist sie denn da", ließ sich eine Stimme aus dem Hintergrund vernehmen. Doch niemand wusste Bescheid. „Der Hausmeister muss kommen", tönte es von allen Seiten.

Die Herren Professoren ließen sich nicht stören. Selbstvergessen tauschten sie sich aus, so, als sähen sie sich nach Jahren zum ersten Mal und kämen jeder geradewegs aus seiner eigenen Welt. Denn für die Zeit fehlte ihnen das feine Gespür der Irdischen, das wussten sie bereits, aber daran ließ sich nun einmal nichts ändern.

So waren sie ganz erstaunt, als sie sich unversehens aus den Lautsprechern im Saalrund hallen hörten, ja sie erschraken und verstummten eingeschüchtert, ob solch unbekannter Zauberei.

Arundelle wurde nun doch nach vorn gebeten. Beruhigend redete sie auf ihren Zauberbogen ein und erläuterte ihm die technische Seite, die ihm selbstverständlich völlig geläufig war.

Doch da sich vor allem Professor Zauberstein über die Maßen erschrocken hatte, ließen sie beide Arundelle wissen, dass sie unter solchen Bedingungen nicht arbeiten könnten. „Entweder das Ding wird abgeschaltet, oder wir gehen!“

Was nun?

„Ich mache einen Vorschlag zur Güte. Überlasst euch der Situation, gebt euch dem Augenblick hin, lauscht nach innen, hört auf zu denken, lasst nur Blumentopferde zu.“ Mehr fiel Arundelle im Augenblick nicht ein, um die Situation zu retten.

Die Anlage wurde ausgeschaltet. Die Herren Professoren setzten ihren Disput fort - unüberhörbar doch völlig unverständlich. Die vielen Neugierigen versenkten sich gehorsam in sich selbst und gaben sich dem Augenblick hin und die wenigen Ungeduldigen, die es zum Aufbruch drängte, blieben da stecken, wo sie waren, so voll war es inzwischen, ja von den Türen her drängte es gar noch herein.

So nahm die seltsamste Unterrichtsstunde aller Zeiten ihren Lauf. Die große Uhr über dem Katheder tickte nun hörbar, so schien es den Nahen. Noch lauter knackte die Stille im Ohr und vielstimmiger Atem vereinigte sich zum meergleichen Gewoge. Was für eine Erfahrung!

Die murmelnden Professoren murmelten immer noch und machten doch kein Geräusch. Und allmählich senkte sich so etwas wie Sinn über die Versammelten. Da war ja gar nichts Unverständliches, jede und jeder verstand ja, verstand nur zu gut und was sie und was er auch immer verstanden, niemand hätte es wiederzugeben vermocht. Denn viele verstanden zum ersten Mal das Unsagbare.

Wann immer die vielen das Wort Blumentopferde künftig hören würden, die hier im Raum gesessen, gehockt, gelegen oder gestanden hatten, denen wäre das Stichwort gefallen und das Mehr, was sich im Wort verbarg, würde ihnen wieder entbunden.

„Das geht doch so wohl nicht das ganze Semester lang“, überlegte Tika (jene kleinen unscheinbaren Schwester in Schatten des großen Bruders), die sich von diesem auch noch schmählich im Stich gelassen wähnte. Immerhin fand sie in Tibor nun neuen Halt, der ihr nicht von der Seite wich, jedenfalls nicht, wenn es sich vermeiden ließ.

Billy-Joe war sehr darüber erleichtert diese Bürde nicht länger allein schultern zu müssen.

„Wo denkst du hin, ich mag deine kleine Schwester. Ja, ich bin wirklich gern mit ihr zusammen. Und manchmal glaube ich, auch ich bin ihr nicht ganz gleichgültig.“

„Nun ja, zum Lachen bringt er mich schon“, erfuhren die patagonischen Sublimatiorinnen, Tuzla und Patagonia, mit denen Tika sich kaum weniger verbunden fühlte.

Merkwürdig, aus den vier entferntesten Ecken der Erde stammten sie und doch schien sie ein einendes Band zu umschlingen, von dem niemand wusste, woraus es bestand.

An ihren Farben konnte es nicht liegen, die waren so weit auseinander, weiter ging's kaum noch. Aber woran dann? Es war nun einmal so und Tika war viel zu gefühlsbetont, als dass sie ihre Zuneigung hinterfragt hätte.

„An das Morgen verlieren wir uns bei uns zuhause nicht gerade", bestätigten auch Patagonia und Tuzla soeben Tikas nachdenkliche Überlegung, zum verantwortlichen Umgang mit gefühlsbezogenen Handlungen. Seit sich auch noch Tibors Steppenbruder Sandor Khan zu ihnen gesellte, gab es nun überhaupt keinen Grund mehr, auseinander zu gehen.

„Kommt, lasst uns tanzen", schlugen Tuzla und Patagonia wie aus einem Munde vor. Die beiden Steppenbrüder ließen sich nicht zweimal bitten. Sie nahmen Tika in ihre Mitte und ehe diese es sich versah, hob sie ein grüner Wirbelwind hinan und trug sie hoch und weit über die Insel hinaus.

Tika klammerte sich ängstlich an Tibor, der sie leise murmelnd beschwichtigte. „Lass dich nur fallen, du fällst nicht, wir halten dich, der Wind trägt dich, musst 's nur auch fest glauben..." - und tatsächlich - Tika fühlte den Wind, fühlte die Freiheit, fühlte, wie es sie emporhob, trug und voller Glück erfüllte. „So also geht das bei den andern zu!"

„Blumentopferde", sang sie „Blumento Pferde, Blumento Pferde, Blumentopferde, ach, was lieb ich Blumentopferde";

„und wir, wir reiten Blumento Pferde", stimmten Sandor und Tibor in Tikas Singsang ein.

„Reiten wir doch Blumento Pferde,
Blumento Pferde,
Blumento Pferde,
Blumento Pferde
aus Blumentopferde,
eine ganze große Herde
- weiß und grau –
- Blumento Pferde..."

Täuschte sie sich oder formten sich watteweiße graugefleckte Pferdchen um sie her? Luden ein auf sie zu springen – und dann immer höher, immer weiter himmelwärts der Sonne entgegen... Weit über den Wolken, wo die grenzenlose Freiheit wohnt.

Irgendwann ging es wieder hinab. Sie fühlte wieder Tibors starke Arme. Sie fühlte den sicheren Griff, mit dem er sie umschlang, und sanft auf die Erde niedersetzte.

Das Echo auf die denkwürdige Unterrichtsstunde war eher geteilt. Viele, ja die meisten trauten ihrer Erfahrung nicht mehr, kaum dass sie hinter ihnen lag und erinnerten nun den albernen Titel und das lange gemurmelte Schweigen oder war's eher ein schweigendes Gemurmel gewesen?

Nur die vier Sublimatioren und Tika wussten, was sie erfahren hatten. Besonders Tika, denn für sie war es tatsächlich das erste Mal gewesen.

„Ob es Sinn macht, wenn ich mal mit denen rede?", fragte Billy-Joe im Auftrag von Arundelle, die wiederum von der Schulleiterin beiseite genommen worden war. Denn diese hatte von Dorothea, der neuen PR-Managerin, diesbezüglich einen Wink bekommen.

Anscheinend hatten sich Kinder über die neuen Professoren bei ihren Eltern ausgelassen. Dorothea war kurz davor wieder den PR-Notstand auszurufen. „Und diesmal ist das keine Lappalie mehr. Da hat sich jemand hinter unsern Hauptsponsor geklemmt."

„Esoterisch ist das doch an sich überhaupt kein echtes Problem. Stufen wir's doch unter Yoga ein oder als transzendentale Meditation, da gibt's weiß Gott, schlimmeres. Ich denk da an Sachen wie Urschrei-Therapie und so..."

„Ihr begreift 's einfach nicht. Jemand hält die Mehrheit der Einlagen. Der Besitztitel ist auf geheimnisvolle Weise unter einen großen Hut gelangt. Da hat jemand systematisch alles aufgekauft, was von dem Projekt zu kaufen war. Alles, den Hubschrauber, unser U-Boot, einfach alles. Jeder Nagel, jeder Stein, jedes Brett gehört uns nicht mehr. Alles was wir halten, sind die lächerlichen achtzehn Prozent unseres schuleignen Anteils. Ist es nicht so?"

Dorothea blickte zur Schulleiterin hinüber. Doch als sie deren hochrotes zerknirschtes Gesicht sah, ahnte sie Schreckliches. „Die nicht auch -, das meinst du nicht im Ernst, liebe Marsha!"

„Was sollte ich denn machen? Ihr wisst doch selbst, wie es zu ging im letzten Schuljahr. Alles drunter und drüber. Ich war wohl ein wenig nachlässig. Aber nun bist du ja da, Dorothea. Bestimmt hast du eine Idee, wie wir da rausfinden... Es gibt immer einen Weg, weiß man doch...", setzte sie ohne rechte Überzeugung nach.

„Also, wenn das nun wieder so losgeht, dann nehmen wir unsern Hut, endgültig und unwiderruflich", mischte sich nun auch Adrian Humperdijk ein.

„Sag doch so was nicht, Adrian, das kannst du nicht im Ernst meinen."

„Nun ja, es gibt ein Verhandlungsangebot. Ganz ausweglos scheint die Sache nicht zu sein. Womöglich wird der Skandal aufgebauscht und dient nur als Türöffner. Ist doch bekannt wie zugeknöpft wir sind..."

„Da will jemand auf den Busch klopfen", mischte sich nun auch Scholasticus Schlauberger ein und seine Frau stimmte ihm zu. „Ich denke, ich mache mich erst mal auf den Weg nach Sydney. Wer wäre denn von euch dazu bereit, mich zu begleiten? – Nicht gleich alle...", rief sie als alle aufsprangen. „Darf ich mir meine Begleitung selbst aussuchen?"

„Nun ja, was bleibt uns übrig, selbstverständlich. Bei dir sind wir in den besten Händen, da bin ich mir sicher", meinte die Schulleiterin säuerlich.

„Dich, Scholasticus nehm ich schon mal nicht mit, du bist mir zu dominant. Was mir daheim gefällt, passt nicht überall. Sei mir nicht bös, Liebster."

„Wer ist denn überhaupt dein Ansprechpartner? Mit wem sollst du dich treffen?"

„Ein gewisser Professor Baranasias, eine Kapazität auf dem Gebiet der Monetärökonomie aus Toronto."

„Ganz recht hast du, davon verstehe ich nichts. Da wärst du mit unserm lieben Peter um einiges besser dran. Soll ich den vielleicht für dich fragen?"

„Lass nur, Liebster, das mache ich schon selbst. Außerdem hätte ich noch gern Arundelle mit dabei und wenn Peter Adams aus irgend einem Grund verhindert ist, stattdessen dich, liebe Marsha, das heißt, vielleicht ist es überhaupt sinnvoll, dich dabei zu haben. Mehr als drei schiene mir überzogen, jedenfalls fürs erste. Denn ich bin sicher, dass wir..."

Dorothea unterbrach sich mitten im Satz. Sie wollte nicht zuviel unken. Stattdessen griff sie nach dem Hörer und rief Adams an, der sich umgehend bereit erklärte.

„Aufgekauft waren wir auch ohne diesen aufgebauschten Skandal und unsere Sperrminorität war ebenfalls schon futsch. Was jetzt auf uns zukommt, schwebte bereits seit längerem über unsern Häuptern, dafür können unsere beiden frischgebackenen Professoren nichts. Aber begleiten dürfen sie uns gerne – nur zu gerne, würde ich mal sagen."

„Aber Pooty geht nicht ohne Billy-Joe und ohne Pooty kommt der Stein nicht mit", warf Arundelle ein.

„ Nun denn, so sind wir immerhin zu fünft, zu sechst, nein zu acht, um genau zu sein. Ach je, man ist aber auch zu anthropozentrisch[1]", korrigierte Dorothea sich gleich drei Mal. Sie zuckte unbekümmert mit den Schultern.

„Überlasst mir nur das Reden, dann wird das schon werden", sagte sie siegesgewiss. „Euch habe ich dabei zur Rückendeckung.

---

[1] Im Anthropozentrismus steht der Mensch im Mittelpunkt des Weltgeschehens und begreift sich als das Maß aller Dinge.

Vielleicht brauchen wir sogar ein wenig Zauberkraft. Und Marsha kennt die Schule wie sonst niemand. Sie weiß über all ihre Geheimnisse Bescheid. Schade, dass das passieren konnte. Ja, die Sperrminorität, die Sperrminorität, da lässt sich im Augenblick wohl wenig machen."

„Wir haben viel mehr als diese verdammte Sperrminorität", warf da Scholasticus ein. Wir haben unsere Forschungen. Unsere Erfolge sind eine Sensation, sie bedeuten eine wissenschaftliche Revolution gewaltiger als Mikrochip oder Internet. Und der größte Vorteil ist, sie sind hier drin." Scholasticus klopfte sich an die Stirn.

„Ach, Scholasticus, willst du nicht doch mit? Einmal kannst du doch im Windschatten deiner lieben Gattin segeln, überwinde dich! Aber halt dich auch dann dran... Ich verzichte gern, so wichtig sind meine Kenntnisse gar nicht. Ich habe längst den Überblick verloren, fürchte ich", ließ Marsha sich vernehmen.

„Nun gut, schlafen wir erst mal drüber. Morgen kommt der Hubschrauber und dann sehen wir weiter. Ich lade euch noch auf einen Schlummertrunk zu uns, - na, habt ihr Lust? Auf geht's ihr müden Krieger", Dorothea ging wiegenden Schrittes voran.

4. Hintergründiges

Was hatte sich Roland Waldschmitt doch für eine große Mühe gemacht, als er, statt finstere Rachepläne in die Tat umzusetzen, lieber das Weite suchte. All diese falschen Fährten, die er auf Anraten des gefälligen Helfers, der scheinbar aus dem Nichts zu ihm gestoßen war, in alle Herren Länder legte.

Dazu gehörten falsche Identitäten, für die er eigens Lebensläufe konstruieren musste. Und die hatte er zum größten Teil auch noch auswendig zu lernen. Da er ja zu keinem Zeitpunkt selber wusste, wofür er sich in letzter Minute entschiede. Dabei hätte er dieser Teufelin zu gerne den schönen Hals umgedreht. Doch davon hatte der Helfershelfer ihm abgeraten. Nun, bequemer lebte es sich ohne Blut an den eigenen Händen.

Als ob an diesen nicht schon genug Blut klebte. Doch das war, so fand er, etwas anderes. Ob man am Schreibtisch mit einem Federstrich ganze Dörfer ausradierte oder ob man mit eigenen Fingern den Hals einer ehemaligen Geliebten zudrückte, war etwas ganz anderes.

Was aus Viola de Stäel geworden war, interessierte ihn nicht in seiner neuen Identität als Professor Baranasias von der McGill Universität in Toronto. Mit seinem selbsternannten Assistenten, einem gewissen Dr. Rudolfus Catalanius reiste er durch die Welt von einem Bankschließfach zum nächsten. Dabei war äußerste Vorsicht geboten. Denn die Zielorte selbst galten als äußerst neuralgische Punkte, die ständiger Überwachung oblagen. So bedurfte es großer Ausgekochtheit eins nach dem andern der Schließfächer zu knacken.

Nur mit knappster Not entkamen sie dabei ihren Schergen immer wieder.

Und seit ihnen eines der Schließfächerkonten gleichsam abhanden gekommen war, verließen sie sich nicht mehr auf Boten. Was die Sache noch verkomplizierte. Eine schöne und loyale Frau wie Viola de Stäel hätte hier doch sehr geholfen. So blieb dem falschen Professor nichts anderes übrig als sich immer wieder selbst in die Höhle des Löwen zu wagen, wenn sich der eifrige Assistent wieder einmal nicht traute.

Man glaubt es kaum, aber mit Koffern voller Geld durch die Welt zu reisen, bedeutete ein noch größeres Risiko. Endlich verstand der falsche Professor seine ehemaligen Kunden erst richtig. Diesen war es ebenso ergangen wie ihm jetzt. Wohin mit dem Geld? Wie gelang es, Geld in harmlose Werte umzutauschen, die ebenso wertvoll waren?

Meist half nur der geheime Weg zur nächsten Privatbank und zum nächsten Bankschließfach oder sogar zu einem Tresor, zu dem niemand außer den Schlüsselbesitzern Zugang hatte. Da verließ man sich alsbald öfter auf den privaten Geldschrank im eigenen Domizil. Dazu hatten sie eine verschwiegene Ortschaft nahe Sydney auserkoren. Und von hier aus begannen sie alsbald ihren Börsenhandel.

So unauffällig wie möglich wurden alle Aktienpakete der Zwischenschule, derer sie habhaft werden konnten, aufgekauft. Die Kurse kletterten täglich, wie sich denken lässt. Der Markt horchte auf. „Wir kaufen um jeden Preis“, wischte Catalanius alle Bedenken beiseite, die den falschen Professor ankamen, als er sah, wie das ganze viele Geld, das er so mühsam eingesammelt hatte, dahin schmolz wie Schnee in der warmen Frühlingssonne.

‚Trotz allem war's eine schöne Zeit gewesen', sinnierte die elegante Frau mit dem wohlgeformten, wenngleich etwas strengen Gesicht. ‚Besonders zu Anfang. Doch so wie es war, konnte es nicht weiter gehen.'

Eigentlich von Anbeginn traute Viola de Stäel, denn um niemand anderen handelte es sich bei der Dame, dieser geheimen Bruderschaft Infernalia nicht über den Weg.

Sie sah ihr Misstrauen eher bestätigt, als ihr dann lieb war. Die Wahrheit kam in kleinen Portionen ans Licht. Jener entlarvte Spion auf der Insel Weisheitszahn nämlich war recht eigentlich ihr Faktotum gewesen. Sie hatte ihn sich gefügig gemacht und dann in die Enge getrieben. Sie hatte ihn sich systematisch heran gezogen und an sie erstattete er Bericht.

Ohne ihren Meister freilich wäre auch ihr dieses Bravourstück nie gelungen, das wusste sie wohl. Denn ausgespäht und die Lage gepeilt hatte ein anderer, während sie sich noch der Abrichtung widmete. Sie nutzte die wenige Zeit, die ihr blieb, weidlich.

Immer, wenn Roland Waldschmitt auf Geschäftsreisen mit potentiellen Kunden verhandelte, eilte sie in ihr geheimes Studio, das sie nie aufgegeben hatte. Denn darin wusste sie ihre echte Basis und Quelle der Kraft. Für sie lag zugleich dort das Geld auf der Straße und auch sie fand ihren Tauschwert unbezahlbar.

In einem äußerst raffinierten Plan, der auf intimer Kenntnis der Situation beruhte, war es dem Meister gelungen, ein Treffen der besonderen Art herbeizuführen. Irgendwo diesseits oder jenseits der Gefahrenzone, welche die südliche Hemisphäre darstellte, dank dieser gierigen Kerle, die es nicht abwarten konnten.

Schwarze Magie war ganz sicher dabei im Spiel gewesen. Aber wie sich die genauen Abläufe dann auch immer gestalteten, sie tat ihren Teil, leistete ihren Beitrag auch wenn sich die näheren Umstände ihrer Kenntnis - wahrscheinlich auf immer - entzogen. Nur soviel wurde ihr offenbar: Ihr kauziger Brummelpurzelebär gelangte mitten ins Zentrum einer um vieles bedeutenderen Zeitforschergruppe auf einer abgelegenen Insel irgendwo im Südpazifik. Und diese blöden Brüder torpedierten doch beinahe den schönen Plan, indem ihnen ein sehr merkwürdiges Experiment gelang, das die ganze Region dort in helle Aufregung versetzte und eine grauenvolle Kette der Zerstörung nach sich zog.

Damit besiegelte die Bruderschaft Infernalia ihr Ende. Viola selbst sorgte für die alsbald anrollende Verhaftungswelle, der die Unbedarfteren der Sektierer zum Opfer fielen, während die Gewieften abtauchten und sich in Sicherheit brachten.

Für sich, die als eine der Vorsitzenden der Bruderschaft, an sich im Visier der Ermittler stand, erwirkte sie die Kronzeugenregelung und den Status des Informanten. Damit entging sie der Strafverfolgung. So konnte sie sorglos in den Tag hinein leben, während sich in ihrer Umgebung fürchterliche Ängste ausbreiteten und gestandene Männer in Waschlappen verwandelten.

Ihr kalter Hohn hatte denn auch ein übriges getan. Roland Waldschmitt war schon bald nicht mehr er selbst. Und wäre er nicht selbst ein durch und durch selbstsüchtiger und egozentrischer Mensch gewesen, man hätte mit ihm Mitleid haben können. So aber geschah ihm nun am eigenen Leib einiges von dem Leid, das er anderen so gnadenlos zudachte.

5. Herzdame ist Trumpf

Unpünktlich wie meist landete der Hubschrauber gegen elf statt um halb zehn. Es war ein stürmischer Tag und die wenigen Passagiere kletterten blass und grüngesichtig aus der Passagierkabine.

Die emsige Stewardess wischte und wedelte noch durch die Sitzreihen als die Zusteiger schon die kurze Gangway herauf rumpelten. ‚Nun ja, zur Not musste es auch mal so gehen', dachte sie und setzte ihr berufsmäßiges Lächeln auf, um die Passagiere zu begrüßen.

Marsha hatte verzichtet. Schweren Herzens, wie sie ihrem Mann versicherte. Dorothea ahnte mit sicherem Instinkt, dass das ein Fehler war. Die theoretische Seite hätten Arundelle und Billy-Joe – (zusammen mit den beiden frischgebackenen Professoren) - ebenso gut übernehmen können.

Aber nun war es zu spät. Scholasticus jetzt wegzuschicken, hätte ihre Ehe gefährdet, und das war nun wirklich nicht nach Dorotheas Sinn.

In Sydney nahmen sie den Bus zum City-Terminal. Mit ihren Handtaschen spazierten sie dann durch die Straßen zu ihrem Hotel. Dort waren sie mit dem Professor aus Toronto mit diesem seltsamen Namen verabredet.

Eine Nachricht erwartete sie am Empfang. So bezogen sie ihre Zimmer und machten sich auf den Weg zu einem abgelegenen kleinen Konferenzraum, wo sie ungestört sein würden.

Auch Professor Baranasias war nicht allein. Sein Assistent Dr. Rudolfus Catalanius stand ihm zur Seite als die Gäste eintrafen. Letzterer übernahm auch die Begrüßung und Vorstellung und es schien fast, als dominiere er seinen Professor ein wenig.

Baranasias schien von leiser Unruhe erfüllt, ihm selbst wohl weniger bewusst als dem Assistenten und den Gästen. Doch bald hatte er sich wieder im Griff und begann stattdessen, Dorothea mit den Augen zu verschlingen. Ja, bald schien es, als sei er ihr umstandslos verfallen. Da sie die Verhandlung führte, durfte er ungestraft an ihren Lippen hängen.

In Scholasticus stieg Zorn auf. Mit Mühe beherrschte er sich. Erst als Arundelle beschwichtigend die Hand auf seinen Arm legte und gar das Auge des Zauberbogens heftig zu blitzen begann, besann er sich und rang um Beherrschung.

Professor Baranasias war eine Mann unbestimmten Alters und ebenso unbestimmbaren Äußeren. Scholasticus genierte sich seinerseits nicht, sondern musterte seinen Gegner unverhohlen und von oben herab.

Als Dorothea ihren Teil gemeistert hatte, übernahm Peter Adams das Gespräch. Er versuchte geschickt, die Gastgeber auszuhorchen. - Sie alle kämen ja nun einmal aus dem gleichen Stall, ließ er einfließen und gab sich als Absolvent der McGill University zu erkennen. Dort habe er ebenfalls gelehrt und geforscht. Bis er dann den Ruf hier herunter ins ferne Australien bekam.

Bei dem Versuch, alte Erinnerungen aufzufrischen, und über gemeinsame Studienkollegen oder Professoren zu plaudern, stellte Adams bald fest, dass es um derlei Kenntnisse des Professors dürftig stand. Nur der forsche Assistent konnte ein wenig mithalten. Während der ominöse Professor seinen Immigrantenstatus schon rein sprachlich nur schlecht verbergen konnte. Der war keineswegs der McGill-Universität entwachsen, soviel stand für Peter bald fest.

Mit dem Assistenten verband Peter Adams schnell eine tiefe wechselseitige Antipathie. Woher sie letztlich rührte, blieb ihm noch unklar. Auch er fühlte Zorn in sich aufsteigen. Irgend ein tiefer, tief verborgender Groll suchte sich Bahn und mit Mühe nur beherrschte er sich, sodass ihn Pooty schließlich unauffällig am Ärmel zupfte.

Er versank in stilles Grübeln. Woher kannte er diesen Menschen? Waren sie sich tatsächlich an der Universität begegnet, wie Catalanius behauptete?

Er riss sich zusammen. Dorothea hatte es übernommen, das Gespräch auf die Forschungen der Zwischenschule zu bringen und den beträchtlichen Wert herauszustreichen, der darin verborgen lag.

„Doch dieser Wert steckt nicht in Stein und Holz, nicht in Liegenschaften oder Transportmitteln“, assistierte Scholasticus ausnahmsweise einmal passend, „sondern hier“, dabei tippte er sich vielsagend an die Stirn.

„Da müssten Sie mir schon den Kopf abschrauben und ihn sich selber draufsetzen – ha, ha, ha“, wieherte er überlaut und gekünstelt los.

„Alles hat seinen Preis, auch ein kluger Kopf“, unterbrach ihn der Assistent scharf und völlig humorlos.

„In ihrer Welt mag das zutreffen, hier bei uns gelten andere Regeln.“

„Eben diesen gilt unser Interesse. Sie sind viel zu misstrauisch. Verstehen Sie denn nicht? Wir wollen doch nur helfen," - mischte sich der Professor ein.

„Mit unserer Hilfe kommen Sie schnell wieder auf die Beine, das verspreche ich Ihnen. Sie sollen sich keine Geldsorgen mehr machen müssen. Für Geld ist gesorgt. Treiben Sie nur in aller Ruhe Ihre Forschungen. Alles, was wir wollen, ist dabei sein. Auch uns rennt die Zeit davon. Wie gelingt es, sie einzuholen? Niemand ist da weiter als Sie, das sage ich Ihnen in aller Offenheit. Wir haben nichts zu verbergen, so glauben Sie uns doch. Lassen Sie uns mit offenen Karten spielen, mehr wollen wir nicht."

Arundelle merkte auf, diese Töne waren ihr seltsam vertraut. Sie spürte die verborgene Sehnsucht hinter den Sätzen. Eine verzweifelte Sehnsucht nach etwas Unfasslichem, etwas, das man nicht kaufen konnte.

Das war's. Da musste man einhaken. Das schien auch Dorothea zu spüren. Sie ergriff das Wort. Sie reizte ihren Charme voll aus und wusste doch, dass sie letztlich nicht gemeint war oder irgendwie vielleicht doch. Hier lag ein recht trübes Gemenge vor, so schien ihr.

Waren sie auf der Insel bereit für eine solche Umerziehung? Wäre es ihnen tatsächlich möglich, eine verlorene Seele zu retten? Denn hier bot eine verlorene Seele all ihren Reichtum, alle Güter dieser Welt, oder doch eine Menge davon. Hier wollte sich jemand allen ernstes in die Glückseligkeit einkaufen, und hoffte damit bei ihnen an der richtigen Adresse zu sein.

Catalanius sah die Entwicklung mit Sorge. Da lief etwas aus dem Ruder. Er merkte, wie der gefälschte Professor einknickte, wie er dem Charme dieser Circe erlag. Das hatte er nicht bedacht. Der Kerl war ein Waschlappen. Seine Agentin hatte es ihm immer wieder gesagt. Hätte er ihr nur mehr Glauben geschenkt.

„Da muss eine nur ein wenig mit dem Hintern wackeln und schon pariert er wie ein Hund. Format und Aussehen muss sie schon haben, selbstverständlich", hatte sie gesagt und er hatte ihr nicht geglaubt, hatte geglaubt, sie sei nur eifersüchtig.

– „Viola wie recht du doch hattest.", leistete er stille Abbitte, jetzt, wo es zu spät war, denn sie würde es nicht hören können, selbst wenn sie gewollt hätte.

Jemand schickte sich hier nun gerade an, ihm sein Geschöpf streitig zu machen. Das durfte er nicht zulassen. Überhaupt, was war das für ein Missverhältnis. Eine ganze Phalanx war da gegen ihn aufmarschiert.

Statt der vertrauten Miserioren um sich her nun dieser Schwächling. Sich dieser Situation auszuliefern, war ein großer Fehler gewesen, das wusste Catalanius, der Mann mit den tausend Gesichtern jetzt.

Die Luft schwirrte nur so von Magie, doch es war die seine nicht. Innerlich blies er zum Rückzug. Die Position der Stärke mit der er angetreten war, schmolz wie Eis in der Sonne.

Allein schon der erste Eindruck den diese Frau vermittelte, hätte ihn warnen müssen. Ihrem Ziel waren sie, trotz allem nicht näher gekommen. Trotzig nahm er sich vor, die Daumenschrauben alsbald anzuziehen.

‚Wer nicht hören will, muss fühlen', dachte er ingrimmig. Immerhin war die Insel nun ihr nominelles Eigentum, mit dem sie nach Recht und Gesetz tun konnten, was sie wollten.

Die heftigen Auseinandersetzungen jenes inzwischen unendlich weit entfernten Legionärs, die Umtriebe in der Tiefsee, all die schönen kleinen und großen Erfolge waren Schnee von gestern, Makulatur, von der nichts, aber auch gar nichts geblieben war. Dafür hatte dieser Trottel an seiner Seite hier gründlich gesorgt.

Man stand wieder vor dem Nichts, fand sich wieder ganz am Anfang. Was gewesen war, galt nicht mehr, gehörte in ein anderes Leben. Und doch steckte genau da die Knute, mit der er den Schwächling an seiner Seite voran zu treiben gedachte.

Nur schwer war die Umhüllung zu ertragen, die immer stärker wurde, die ihm in die Eingeweide zu dringen schien, sich in allen Windungen des Gehirns einnistete, jede Schwingung des Gemüts umschmeichelte. Voll der süßen, wispernden Lockung. Voller Ekel schüttelte er sich, doch ohne Erfolg.

Er blickte zu dem falschen Professor an seiner Seite hinüber und spürte, wie mit dem eine Veränderung vor sich ging. Allerdings mit einem gewaltigen Unterschied. Dessen Gesicht strahlte und in seinen Augen leuchtete ein absurder Schein von Güte. Der war tatsächlich dabei, umzufallen und die Seiten zu wechseln. Keinen Augenblick länger durfte er dies zulassen. Grußlos stürzte Catalanius davon. Den widerstrebenden, falschen Professor riss er einfach mit sich.

An der Tür kam es zu einer kleinen Rangelei. Für einen Moment verlor er sein Faktotum, zu dem der ausgetauschte Waldschmitt verkommen war, doch dann obsiegte die rohe Gewalt, zumal vor der Tür das Hotelpersonal stand, vor dem sich jede Gewalt verbat.

Hatte die Abordnung aus der Zwischenschule, hatte vor allem Arundelle mit ihrem Vorstoß ihr Ziel erreicht? Denn sie hatte vielleicht als erste die Sehnsucht des Menschen verspürt und mit ihr verbunden eine seltsam vertraute Nähe, die sie an ferne Kindertage gemahnte und das unweigerlich das verschwommene Bild eines Vaters heraufbeschwor, den sie längst glaubte vergessen zu haben.

„Nun haben wir uns erst mal eine Stärkung verdient“, sagte Dorothea in die betretene Stille hinein. Sie winkte einen der Kellner heran und bestellte für alle ein großzügig bemessenes zweites Frühstück. „Und zur Feier des Tages nehmen wir Champagner. Setzen Sie nur alles mit auf die Rechnung, wenn ich bitten darf...“

Immerhin waren sie die Gäste. Bis ihr Hubschrauber ging, hatten sie noch ein paar Stunden Zeit. So speisten sie erst einmal in aller Ruhe. Dann machten sie sich zu Fuß auf den Weg, doch als sie zum Terminal zurück kamen, erlebten sie eine unangenehme Überraschung. Der Hubschrauber samt Besatzung gehörte ihnen nicht länger.

Catalanius hatte schnell geschaltet und ganze Arbeit geleistet. Als Mehrheitsanteilseigner hatten sie das Recht auf ihrer Seite. Formaljuristisch gab es daran nichts zu deuteln. Catalanius hatte seine Drohung also wahr gemacht. Baranasias Aufbegehren war ein kurzes Strohfeuer gewesen. Er war folglich wieder eingeknickt, nachdem er dem Charme Dorotheas und der von seiner Tochter geweckter Erinnerung entronnen war.

„Der läuft uns nicht weg, werdet ’s ja sehen“, murmelte Arundelle und grinste in sich hinein. „Dann reisen wir eben zauberisch, was Professorchen?“

Der Zauberbogen ließ die Sehne unternehmungslustig schnurren. Pooty grub nach dem Zauberstein und mit gemeinsamer Zauberkraft fand sich die ganze Gesellschaft in Nullkommanichts auf Weisheitszahn wieder.

Dorothea wäre am liebsten gleich in Sydney geblieben, denn was sie sich überlegte, duldete keinen Aufschub. So machte sie sich sogleich auf in ihr Büro. Sie vergrub sich hinter ihrem Computer, wälzte sich durch endlose Websites, formulierte Anträge, Eingaben und Beweisführungen; setzte sich mit den verschiedensten Behörden auseinander; verhandelte vor allem über die Zeitschiene, denn die Mühlen der Behörden malen nun einmal langsam – hier unten womöglich noch langsamer als anderswo.

Deshalb wärmte sie auch alte, längst verschollen geglaubte Verbindungen auf, die sich tatsächlich bis in die Spitzen von UNO und UNESCO verfolgen ließen und die dann - zu ihrer größten Überraschung - auch noch funktionierten.

„So ist Adel doch zu was gut“, knurrte sie voller Zufriedenheit.

Die Dinge entwickelten sich über die maßen erfolgreich, wo sie erst einmal angegangen waren. Freilich gab es über dem Geheimhaltungspassus erwartungsgemäß Rangeleien. Noch war da einiges an Aufklärungsarbeit zu leisten, doch letztlich siegten Vernunft und Sachverstand.

Dorothea wirkte sehr überzeugend. Ihre Web-Cam tat ein übriges, mit deren Hilfe sie ihre Auftritte untermalte. Doch letztlich überzeugten nicht ihre Bilder, sondern die der Insel selbst.

Ein UNESCO Aufnahmeteam mit Sonderdrehgenehmigung suchte die Insel heim. Die armen Insulaner wussten nicht, wie ihnen geschah. Und Dorothea hatte alle Hände voll zu tun, die erregten Gemüter halbwegs zu beschwichtigen.

„Da ist an Arbeiten nicht zu denken.“

„So kann das nicht weitergehen.“

„Das halte ich keinen Tag länger aus.“

Derlei Tiraden musste sie sich während der ganzen Drehwoche ununterbrochen anhören, wo auch immer sie auftauchte und das war praktisch überall. Denn sie begleitete das Aufnahmeteam auf all seinen Wegen.

Letzte Tabus freilich wurden eingehalten. So blieb das große Fenster zur Tiefsee fest verschlossen. Die Abdeckung wurde sogar täuschend echt mit Felsmustern versehen, sodass die Wand völlig integriert wirkte, zumal einige dekorative Bilder daran hingen, die von der merkwürdig platten Formation erfolgreich ablenkten. Nicht auszudenken, wenn auch noch die Kunde vom Meervolk nach außen gedrungen wäre. Gerüchte waren eh bereits genug in Umlauf.

Dabei sollte das Ganze so natürlich wie möglich aussehen. Einen objektiven Eindruck sollte das Aufnahmeteam in dem Film vermitteln. Eine zünftige Doku-Soap am besten. Ganz nach Dorotheas eher etwas oberflächlichem Geschmack. Publikumswirksam eben. Unwirklich und unerreichbar zugleich. Ein wenig so, als sei man auf dem Mond gewesen, oder aber in eine ferne Zeit abgetaucht. So bliebe das Geheimnis bewahrt und geschützt zugleich. Eben diesen Drahtseilakt galt es hinzukriegen. Das war Dorotheas Ehrgeiz und es machte ganz den Anschein, als könnte sie diesen auch hinkriegen.

Per Gerichtsbeschluss gelang es, eine einstweilige Verfügung zu erwirken, die besagte, dass bereits während des laufenden Verfahrens keinerlei Veränderung mehr vorgenommen werden durfte.

Das ‚Keinerlei’ bezog sich ausdrücklich auf alles Immobile und ebenso auf alles Mobile: ‚dass der Betrieb der Schule, der Insel und des Lebens aller dort Weilenden in vollem Umfang gewährleistet ist...’

Dieser Beschluss umfasste unter anderem den Inselhubschrauber und deren Besatzung, sodass der Flugbetrieb alsbald wieder aufgenommen werden konnte, und die Insel nicht länger von der Außenwelt abgeschnitten war, sondern mit allem Nötigen versorgt wurde, wie bisher auch.

Außerdem startete die rührige PR-Managerin per Internet-Auftritt einen Fundraising-Zyklus rund um den Globus, der vor dem

Hintergrund des laufenden Verfahrens, das sie geschickt in ihr Anschreiben einfließen ließ, von außerordentlichem Erfolg gekrönt war, sodass die dringendste Geldsorge erst einmal gebannt war.

Auch die zurückgehaltenen Schulgelder solcher Schüler, deren Eltern sich großer Zurückhaltung befleißigt hatten, tröpfelten wieder ein. Nicht gerade ein schöner Zug, aber so waren die Menschen da draußen nun einmal.

Die Insel Weisheitszahn war auf dem allerbesten Weg. Worin aber bestand die glänzende Idee Dorotheas? Wie hatte sie es angestellt, all diese Umtriebe anzustoßen?

„Wenn du ein gutes Produkt hast und wenn du gut verkaufen kannst, dann verkaufst du es auch. So einfach ist das“, erklärte sie ihrem Mann, der sie inzwischen nicht nur von Herzen liebte, das hatte er schon immer getan, sondern auch noch ehrfürchtig bewunderte, wie hatte er seine Liebste doch schmählich verkannt!

Die Idee Dorotheas war so einfach wie brillant. Wie vermochte sie es, zwei Fliegen mit einer Klappe zu schlagen? In die Wege geleitet und bei der UNESCO eingereicht war der Antrag, die Insel Weisheitszahn und die darauf gelegene Zwischenschule zum Weltkulturerbe zu erklären. Und da es Dorothea, Freiin von Griselgreif zu Greifenklau, gelungen war, die überkommenen geheimen Verbindungen ihres Standes spielen zu lassen, war ihnen der Titel so gut wie sicher.

Zwar war das Hausieren damit vorab nicht ganz korrekt, doch so, wie Dorothea es geschickt formulierte – etwas so zu sagen, als habe sie es so nicht gesagt – kam sie sogar damit durch, sodass die Zuwendungen mehr als reichlich flossen.

Auch sie spürte es nur zu deutlich: Geld war im Überfluss vorhanden. Es drängte die Menschen sichtlich nach anderen Werten. Werte, wie sie die geheimnisvolle Zwischenschule in Aussicht stellte. Die Nachfrage nach den Schulaktien stieg ins Uferlose. Wahnwitzige Summen zirkulierten – vielmehr Gerüchte davon, denn der geheimnisvolle Aufkäufer war wie vom Erdboden verschluckt.

Zusammen mit dem Ausverkauf jener bedeutsamen achtzehn Prozent, die der Schulleiterin irgendwie abhanden gekommen waren, - (sie selbst konnte nicht mehr sagen wie) – die er anscheinend erworben hatte, anders ließ sich sein Vorsprung nicht erklären, - hielt er nun satte neunundvierzig Prozent.

Die restlichen einundfünfzig Prozent zersplitterten sich in viele tausend Partikel und steckten bei den Eltern der Schüler, deren Vorfahren und Vorvorfahren. Die wenigsten wussten überhaupt noch davon. Irgendwo im Sparstrumpf versteckt, in verstaubten Schließfächern eingelagert, die seit Jahren niemand mehr geöffnet hatte, schlummerten sie ihren Dornröschenschlaf und blähten sich dabei von Stunde zu Stunde auf, bildlich gesprochen.

Ihr Wert stieg und stieg. Ein Ende war nicht in Sicht. Doch selbst wenn es gelungen wäre, die größten Teil dieser gesamten einundfünfzig Prozent wieder in einer Hand zu vereinigen, das Patt wäre dadurch kaum gebrochen worden.

So stand es um die Zwischenschule. Daran war nicht zu rütteln. Die Aussicht auf den Titel des Weltkulturerbes, zusammen mit den geheimnisumwitterten zukunftsweisenden Forschungen dieses wahrhaft universellen und einzigartigen Braintrusts, (was die Gerüchteküche wie wenig sonst anheizte), stand gegen die schnöde Wirklichkeit des Mammons, an der derzeit noch kein Weg vorbei führte.

„Der Mehrheitseigner hat nun einmal zu bestimmen, so ist unsere Welt gepolt. Ob uns das passt oder nicht“, entschuldigte sich die zerknirschte Schulleiterin zum wiederholten Male.

Hätte sie nur auch einmal ihre vielen Büroschränke durchforstet, die zum Bersten überfüllt in Fluren und verstaubten Zimmer standen oder sich wenigstens an die losen offenen Stapel gemacht. Doch sie ahnte eben nichts, geschweige dass sie etwas wusste von verborgenen Schätzen ganz eigener Art.

Streng gesprochen gehörte all das nun niemandem mehr. Jedenfalls schon bald nicht mehr. Denn bald wäre jeder Papierfetzen, jeder Hosenknopf, jedes Bild und Foto, jede Urkunde, jede Auszeichnung, jeder Pokal und jede Trophäe, Teil des großen Ganzen des Weltkulturerbes. Als dieses würde es schon bald gesichtet, katalogisiert und für die Zukunft konserviert. Das war abzusehen und nur eine Frage der Zeit. Wieso also sich jetzt schon damit plagen?

Es gab drängendere Aufgaben, so sah es die überarbeitete Schulleiterin, die plötzlich merkte, wie wenig überarbeitet sie inzwischen in Wahrheit war. ‚Dorothea wird es schon richten, jemand müsste sie nur auch einmal auf das Verwaltungschaos aufmerksam machen.’

Marsha schämte sich gar zu sehr. So schob sie dieses Thema vor sich her. ‚Wir gehen das an, wenn es ein wenig ruhiger geworden ist’, nahm sie sich vor. So blieb ein geheimnisvoller höchst seltsamer Schatz ungehoben.

6. Arundelles Ahnungen

Seit sie aus Sydney zurückgekehrt waren, wirkte Arundelle in sich gekehrt und nachdenklich. Sie waren auf dem Weg zum Speisesaal. Florinna, ebenso wie ihre Schwester Cori zog es einmal wieder ins Südpazifische, zu dem langen palmblattgedeckten Büffet und Arundelle begleitete sie.

„Seht nur, da vorn ist Billy-Joe mit seiner kleinen Schwester."

Arundelle hatte Billy-Joe seit ein paar Tagen kaum gesehen. Wenn, dann von Ferne, wie jetzt. Als sie sich bedient hatten, setzten die drei dem australischen Geschwisterpaar nach, das sie alsbald ein wenig abseits sitzend fanden.

„Aber klar doch, so setzt euch, schön euch zu sehen", sprudelte Billy-Joe los als er einen fragenden Blick Arundelles auffing. Manchmal hatten die so ihre Geheimnisse, wussten die drei Freundinnen, die sie nun einmal waren und das schon seit so vielen Jahren.

Ob Tika auch so begeistert war, wie ihr großer Bruder? Jedenfalls wirkte sie weder verstört noch feindselig. Zwar lag die zwielichtige Geschichte inzwischen mehrere Jahre zurück, ganz vergessen aber war da nichts, zumal nicht angesichts der damit eingeleiteten Verwandlung Billy-Joes. Sie war deutlich zu ungunsten Tikas ausgefallen und war ihrer Entwicklung mithin nicht gerade förderlich.

Bereitwillig rückte Billy-Joe in die Ecke, und die drei setzten sich dazu. „So, ihr also auch", auf den Tellern entdeckte Cori die berühmten Fliegenden Hunde, eine rein vegetarische Spezialität von ihnen, mit dem irreführenden Namen.

Erst einmal machten sie sich an ihr Essen. Die Unterhaltung floss zäh und belanglos dahin. Aber dann, als alle gesättigt waren, wollte Arundelle nun doch endlich von Billy-Joe wissen, ob ihm an dem seltsamen Professor, dort in dem Sydneyer Hotel, nicht auch manches merkwürdig vorgekommen war.

Da weder Tika noch die beiden Schwestern in Arundelles Begleitung mit von der Partie gewesen waren, wandten diese sich ihren eigenen Themen zu. Es ging, wie bei Mädchen dieses Alters nicht anders zu erwarten, um Jungs. Nicht um irgendwelche Jungs, sondern um einen bestimmten. Sie überließen die Beiden mithin bereitwillig ihrem Gedankenaustausch, der sie ganz offensichtlich heftig umtrieb.

„Ein merkwürdiger Mann, bestimmt kein echter Professor", da war sich er sofort mit Peter Adams einig gewesen, bestätigte Billy-Joe jetzt.

„Und aus Kanada war der auch nicht, meinte Peter", ergänzte Arundelle.

„Sowieso nicht" – stimmte Billy-Joe zu.

„Überhaupt, sein Englisch, hasst tu tass kehörrt?" Schnarrte sie wie Kaiser Wilhelm auf Staatsbesuch im Commonwealth.

„Das auch, aber das meine ich eigentlich nicht", entgegnete Billy-Joe und fuhr fort ohne auf Arundelles launigen Einwurf zu reagieren: „War mehr so ein unbestimmbarer Eindruck, irgendwie erinnerte mich der auch an Zinfandor Leblanc. - Direkt ähnlich waren die sich nicht, und doch war da was Ähnliches, ich kann's dir nicht beschreiben. Du weißt doch, Tibor und ich waren damals auf dieser speziellen Tour in London, wo wir diesem sogenannten Spion, der sich als unser alter Bekannter herausstellte, den Koffer wegschnappten und dann noch mal, um den armen Kerl aus dem Knast zu holen."

Arundelle glaubte zu verstehen. Vielleicht war es genau das, was auch ihr aufgefallen war. Auch sie meinte Panik in dem gehetzten Blick entdeckt zu haben, immer dann, wenn er mal abschweifte und sich nicht wie gebannt auf die Frau heftete, die es ihm so offensichtlich angetan hatte:

„Als ob der eine Marionette war. Wann immer es um die Sache ging, ratterte der wie aufgezogen sein Sprüchlein herunter. Nichts an dem war echt."

„Ist dir diese dünne rote Linie im Haaransatz aufgefallen?" – wollte Billy-Joe wissen.

„Sah irgendwie frisch operiert aus." – nickte Arundelle.

„Ja, das war's, der roch so frisch aus dem Krankenhaus, so, als ob der gerade wieder auf die Beine gekommen war", ergänzte Billy-Joe.

„Vielleicht war sein Blick eher erschöpft als gehetzt?" - gab Arundelle zu Bedenken.

„Jedenfalls ist er ganz schön zusammen gezuckt, als du plötzlich vor ihm standest. Er hat sich zwar zusammen gerissen und sich gleich wieder in der Gewalt gehabt, aber den einen kurzen Moment konnte er dann nicht mehr rückgängig machen.", Billy-Joe war sich sicher.

„Nicht wahr, als ob der mich schon kannte. Aber wie soll das möglich sein?" - bestätige Arundelle.

„Wegen dir ist der jedenfalls zusammen gezuckt. Das warst eindeutig du. Du mit deinem Zauberbogen, sonst niemand. Dich hat er erkannt. Und erkannt hat er dich, weil er jemand anders ist als der, der er zu sein vorgibt. Oder hast du diesen Mann etwa jemals zuvor gesehen?", Billy-Joe blickte sie fragend an.

Arundelle schüttelte energisch den Kopf. Doch dann ging ihr heftiges Schütteln in ein nachdenkliches Wiegen über: „Nicht gesehen, aber gefühlt - ich denke, das trifft 's - da war gleich was Emotionales. Ganz kurz, als ob es jemand gewaltsam abschneidet. Vielleicht sollten wir auch einmal über diesen Assistenten reden, wie hieß der doch gleich noch mal?"

„Namen sind nur Schall und Rauch. Wenn du mich fragst, dann verbirgt sich hinter dem Assistenten ein wirklich alter Bekannter, aber ich will dir nicht vorgreifen. Wie war denn dein Eindruck von dem?“ - meinte Billy-Joe wegwerfend und fuhr fort: „Ich kann dazu nur sagen, was ich von Peter Adams gehört habe, der war sich jedenfalls sicher. Du weißt doch, wie der hereingelegt wurde als er sich beide Beine brach.“

„Du meinst doch nicht etwa...“, rief Arundelle.

„Eben den meine ich...“, nickte Billy-Joe.

„Natürlich. Den werden wir ja erst in ferner Zukunft los. Aber der Advisor hat mir versichert, dass dem die Flügel ganz schön gestutzt wurden. Der darf die Vergangenheit nicht mehr verändern. Seine Macht also muss sich in den vorgegebenen Grenzen bewegen. Mit den Miserioren wird folglich auf absehbare Zeit nicht zu rechnen sein. Denn das war sein Fehler, das war es, was ihm verboten wurde. Er hat es gewagt, seine Miserioren zu uns zurück zu schicken“, erklärte Arundelle und ergänzte: „Und das gleich mehrmals. Ja, ich fürchte auch, Malicius Marduk ist wieder da.“

„Wenn wir nur auch so genau wüsste, wo wir waren. Zukunft – das sagt sich so leicht. War das wirklich meine Zukunft, damals, als ich gegen den Prinzregenten antrat? Geleitet und behütet von der Magie eines uralten Schamanen, von dem alle mir nachher einzureden versuchten, das sei ich, bis ich es fast selbst geglaubt habe. Aber eben nur fast.

Doch so funktioniert das Leben nun einmal nicht. Niemand kennt seine Bestimmung. Das kann auch niemand, das lässt sich sogar beweisen. Frag Scholasticus mal nach Schrödingers Katze[1]...“

„Ich weiß, ich weiß, Einstein hat sich mit Händen und Füßen gegen die Unbestimmbarkeitsklausel gewehrt. Und du willst sie nun gerade für dich in Anspruch nehmen. Denn nichts anderes willst du ja im Grunde. Du willst sagen, dass die Vorhersage über dein Ende als Schamane bei den Churingas eine quantenmechanische Unmöglichkeit ist, verstehe ich dich recht?“ - fragte Arundelle.

„So ist es. Und das liegt nicht nur daran, dass diese Ereignisse nun schon wieder einige Jahre zurückliegen...“

Arundelle warf ein: „Wenn ich's recht erinnere sind es mindestens so sechs, acht Jahre. Und ich war dabei, du erinnerst dich?

---

[1] Schrödingers (spekulativer) Katzenversuch führt zwangsläufig zur Vielwelten-Interpretation und spaltet die Wahrscheinlichkeit in eine tote und eine lebendige Katze auf, die sich jeweils in einer Welt wiederfinden. Das Gedankenexperiment will damit die Unvorhersagbarkeit einer bestimmten Zukunft beweisen.

Ich habe dir den Kopf gehalten, als alle dachten, du seiest tot. Wenn da keine Magie im Spiel war, dann weiß ich nicht..."

„So wie es sich dann darstellte, bin tatsächlich ich gestorben, nur eben nicht das Ich, das hier jetzt vor dir sitzt, und das sich an diese Zukunft erinnert, sondern ein Ich, von dem wir überhaupt nichts wissen. Ein Ich, das über einhundert Jahre ein Leben gelebt hat, das nun angeblich vor mir und vor uns allen liegt."

„So verhält es sich mit der Zukunft", stimmte Arundelle zu.

„Oder auch nicht", wandte Billy-Joe ein: „Das eben will ich wissen... ich meine das jetzt überhaupt nicht rechthaberisch oder gar polemisch. Ich weiß es einfach nicht. Ich weiß nicht, was das ist, das ich erinnere."

„Ja, genau," Arundelle begeisterte sich: „Die extremste Variante wäre nun, die einer Parallelwelt. Damit sind wir alle Paradoxa los, -- jedenfalls einige...", schwächte sie ab.

„Das würde bedeuten", fuhr Billy-Joe fort: „Was ich erlebt habe, hätte zwar ich erlebt, jedoch in einer anderen Welt. In einer Welt neben unserer eigenen Welt. So wie dann ein Jahr später, als wir auf der Insel des steinernen Riesen nebeneinander her forschten, ohne uns zu sehen..."

„Immerhin ahnten wir voneinander", stimmte Arundelle zu: „Hat dann ja auch prima hingehauen mit dem Serum und allem, als wir wieder zusammen gekommen sind."

„Wie das genau gelang, wissen wir bis heute nicht", merkte Billy-Joe an.

„Nun ja, das ist Magie, das ist sozusagen tabu, da verlassen wir die Sphäre der Vernunft, die, wie wir wissen - oder wenigstens allmählich zu ahnen beginnen, winzig ist, angesichts der unendlichen Fülle des Wissbaren... und das meine ich keineswegs resignativ", setzte sie nach.

„Die Gedankenfülle als Ozean der Unendlichkeit..."

„Und wir schwimmen darin als winzige Materieklumpen, auf winzigen Gedankenblasen, die uns umhüllen wie atmosphärisches Gas einige Planeten."

„Ein schönes Bild..."

„Nicht wahr?" Arundelle schaute gar so lieblich drein. Billy-Joes Regung irritierte ihn, so wie damals als er in Arundelles Armen allmählich zu sich kam auf dem Schlachtfeld inmitten des Tumults um Leben und Tod.

Damals in der fernen Zukunft hatte er sich für das Leben entschieden, für ein Leben, das er überschaute, und in dem Arundelle zur Mitte würde, was auch immer das Leben dann daraus machte. Wenn's nur Gemeinsamkeit erlaubte.

Nie würde er zulassen, dass sie sich in Arundelles Welten verloren, sie nicht und er nicht. Immer würde er nach dieser Gemeinsamkeit streben.

Ein solches Vorhaben machte ein Schicksal wie das des Schamanen der Churingas eigentlich unmöglich. Doch was, wenn sich in einem Leben viele Leben verbargen? Was konnte in einhundert Jahren nicht alles passieren? Keine zwanzig Jahre brauchte es, um Kinder ins Leben hinein zu geleiten. An die zwanzig Familie also könnte er gründen, wenn es das war, was ihm im Sinn herumspukte.

Doch könnte es nicht gerade so sein, dass in den verschiedenen Welten gute oder auch böse Geister wachten? Voll des guten oder aber des bösen Willens und durchaus bis zu einem gewissen Grade fähig, Einfluss zu nehmen auf das Schicksal eines Menschen, der vielleicht seinerseits eine solche unbewusste Rolle spielte, wo noch nicht genug existentielle Tiefe gewonnen war?

Die Idee der Parallelwelten umfaßte ja innige Verwandtschaft. Im Grunde handle es sich um grundsätzlich identische, eben parallele Lebens – und Weltentwürfe. So sah es zumindest eine der Schulen dieser Denkrichtung.

„Gewiss ist es angebracht, über all die Phänomene des Parallelismus weiter zu forschen. Bleibt gar nicht aus, wenn wir unser Verständnis der Zeit vertiefen wollen“, mischte sich Arundelle in seine Gedanken, als habe auch sie sich darin befunden.

Auch das Auge des Zauberbogens signalisierte höchste Konzentration und Pooty krabbelte aus dem Beutel um zu schauen, was los war. Die Welle der Energie riss ihn aus seinem leichten Schlummer, in den ihn zunächst die friedvolle Unterhaltung der Beiden wiegte.

„Der falsche Professor, ein Besucher aus einer Parallelwelt? Meinst du das?“

„Könnte doch sein! Doch da war eben noch ein anderer, viel wichtigerer Gedanke, warte, ich hab’s gleich. Ja richtig, was, wenn nun der alte Schamane der Churingas damals in der Zukunft so etwas wie mein guter Schutzengel war, wäre ich dann nicht diese ganze drückende Last los? Hätte ich dann nicht mein eigenes, ganz und gar irdisches Leben zurück? Ein Leben mit offenem Ende, ohne Vorherbestimmung und vor allem, ohne das Wissen um das Schicksal, das mich dereinst ereilen wird?“

„Das sind genau die Fragen, die man am besten mit dem Advisor diskutiert, falls der sich nicht gerade wieder in Luft auflöst. Das tut der nämlich immer, wenn’s ihm zu eng wird, fürchte ich“, entgegnete Arundelle, die ihrerseits ins Grübeln kam.

Seit sie dieses Erlebnis mit dem Hofstaat und der verschleierten Prinzessin hatte, und seit sie fast überall in den reichlich aufscheinenden Vaterfiguren den eigenen Vater zu erkennen glaubte, fühlte auch sie den Druck der Zukunft und die Last des Wissens um das Kommende. Vielleicht flüchtete sie sich deshalb nur zu gerne in die Theorie der Parallelwelten. Denn sie machten einem vieles leichter.

Neulich in Sydney doch schon wieder. Der falsche Professor hatte eben diesen nämlichen Gefühlssalat in ihr ausgelöst, den sie so zum Kotzen fand. Und überall, wo sich diese väterlichen Emotionsauslöser fanden, war Malicius Marduk nie weit. So auch diesmal wieder, genau wie immer. War da nun etwas dran - oder spielte ihre Psyche ihr Streiche?

Andererseits kannte sie doch auch die guten Väter, die guten Engel, wie sie die gern nannte. Vaterfiguren aus dieser Welt wie Professor Schlauberger oder aus einer anderen künftigen Welt wie General Armelos.

Vaterfiguren, die sie weiterbrachten, von denen sie gestützt und gefördert wurde, von denen sie vieles lernen konnte und zu denen sie sich flüchten konnte. Nicht zuletzt gab es da sogar noch den geheimnisvollen Advisor. Auch der war ja irgendwie eine echte Vaterfigur, ein transzendenter Übervater sozusagen. – Eine Vaterfigur der besten Sorte, wenn sie es recht bedachte.

Um so mehr verwirrte sie dessen Rolle am kaiserlichen Hof, insofern er sich offensichtlich zum Hofstaat zählte. Denn der Kaiser selbst, dieser aufgeblasene ‚Rolandus Imperator Caput Mundi', löste kaum weniger Widerwillen aus als das Original Roland Waldschmitt. Die letzte gemeinsame Australienreise hatte das Fass denn auch zum Überlaufen gebracht.

Billy-Joe glaubte Roland Waldschmitt eigentlich nicht zu kennen. In London jedenfalls hatte er ihn verpasst. Damals in Australien aber, als Arundelle ihn angesprochen hatte, muss es dennoch gewesen sein. Doch wie kennt ein Page schon seine Hotelgäste? Oder besser umgekehrt – erinnerte sich ein Hotelgast an den Etagenkellner, gar ein Gast wie Roland Waldschmitt? Höchst unwahrscheinlich – erst hatte es diesmal in diesem Hotel in Sydney fast so ausgesehen, so breit Billy-Joe nun einmal auftrat, die schmale Arundelle verschwand zumeist ganz in seinem Windschatten.

Billy-Joe hatte die demütigenden Erinnerungen zusammen mit der Pagenuniform abgelegt, jedenfalls wollte er, dass es so war. Denn auch ihm gingen diese bösen weißen Übervāter auf den Geist. So also hatten sich die beiden Heranwachsenden in dieser wichtigen Abnabelungsphase gesucht und gefunden. Eine erste lose Bindungsspur, mehr nicht, denn wie weit führt eine Bindung schon, die sich negativ bestimmt?

Hätte jemand sie nach einander befragt, so wären sie in Verlegenheit geraten. Vom Unsagbaren band sie gar zu viel, sodass jede Aufzählung faszinierender Eigenschaften wechselseitig, beiden allzu dürftig und deshalb beinahe falsch geklungen hätte.

‚Ja, stimmt, stimmt alles, doch das ist es nicht, das ist es nicht eigentlich, eigentlich ist es...'. Und da nun stockte das Denken, das Reden sowieso, hier, wo sie vor dem Unsagbaren zu stehen kamen, von dem sie so viel wussten; ja, sie wussten voneinander, dass sie viel davon wussten.

Und dennoch galten diese Aufzählungen natürlich. Und die Eigenschaften und Fertigkeiten kamen durchaus zur Deckung, oft genug. Das Spezielle galt viel seltener, angesichts der Erscheinungen, die auf den ersten Blick miteinander gar nichts gemein hatten. Erst dem zweiten erschloss sich dann aber doch mancherlei. Sei's an Ausdruckskraft, an Wesenszügen, an Reaktionen oder, was sich mitunter zugleich als beider größte Schwäche erweisen könnte: An Berechenbarkeit. Jedenfalls in den Augen ihrer Neider und Feinde.

Sie waren ohne Arg, vermochten arglistig nicht zu handeln. Billy-Joe vielleicht noch ausgeprägter als Arundelle, deren kulturbedingte Naturentfremdung weiter fortgeschritten war.

Leicht zu durchschauen waren sie in jeder Auseinandersetzung. Diesen Eindruck machten sie. Und doch fand sich darin zugleich ihre größte, nämlich ihre entwaffnende Waffe. Meisterlich handhabten sie diese mit den Händen des Geistes und mit ungeheuerlichen Kräften der Seele.

Sie bedienten sich dabei des Beistands jenseitiger Mächte, ob sie gleichwohl doch selber nicht begriffen, wie ihnen da immer wieder geschah. So ereignete sich das Wunderbare mit ihnen und um sie her - ganz selbstverständlich und natürlich oft genug, dass es kaum auffiel und womöglich nur im Vergleich bemerkt werden konnte.

Wenn es denn jemand gab, der fähig war, einen solchen Vergleich überhaupt anzustellen. Denn am wunderbarsten ist das Wunderbare immer noch dann, wenn es ganz natürlich wie von selbst daher kommt und niemand es mehr bemerkt.

Verwaltungsreform nannte Dorothea ihr großes Projekt. „Zu aller erst brauchen wir ein Archiv", erklärte sie im großen Konzil der Zwischenschule, das zur all monatlichen Vollversammlung geladen hatte.

„Ich denke, wir sollten dieses wichtige Projekt Fächer übergreifend anlegen, sodass wirklich alle daran beteiligt werden können", griff Marsha Wiggles-Humperdijk den Vorschlag auf: „Ein solches Archiv ist nun einmal das Herz und die Seele jeder Einrichtung, die auf sich hält. Schande über uns, dass wir es bislang nicht schafften, damit voranzukommen. In der Vergangenheit wurde diese Seite der Forschung und Lehre allzu gering veranschlagt, fürchte ich. Schuld daran trage nicht zuletzt ich selbst. Ich selbst und meine Vorgänger auf diesem" – (Stuhl – wollte sie sagen, als ihr einfiel, dass das Bord der Honoratioren ja abgeschafft war, und dass der Stuhl auf dem sie nun saß, einer der gewöhnlichen Sorte war.) – „Äähm, - in der bevollmächtigten Gesamtverantwortung, wollte ich sagen, wie sie die offizielle Leitungsfunktion nun einmal mit sich bringt. Eine rein juristische Notwendigkeit, möchte ich nachdrücklich betonen. Ich will da keineswegs falsch verstanden werden, wie schon einmal. Nichts liegt mir ferner als das."

Marsha Wiggles-Humperdijk befleißigte sich der neuen Offenheit im Rahmen der durchgreifenden Demokratisierung aller Schulstrukturen. Dabei war sie weit davon entfernt, ausgebuht zu werden.

„Wichtig wäre dennoch auch", - ergänzte Dorothea die Ausführungen der Leiterin, - „wenn alle Fachbereiche sich einbringen. Und wenn darüber hinaus ein Fächer übergreifendes Gremium geschaffen würde, das sich mit den eher privaten Sammlungen befasst, wie sie zweifellos von den vielen Schüler- und Studierendengenerationen über die Jahre hinweg angelegt worden sind."

„Wir vom Lehrkörper schlagen gemeinschaftlich vor, mindestens eine ganze Woche für den Anschub des Projekts anzusetzen", ließ sich der stellvertretenden Schulleiter Adrian Humperdijk vernehmen: „Ich denke nicht, dass dies einer Abstimmung bedarf, oder vielleicht doch?"

Pooty als bewährter Diskussionsleiter hatte den Vorsitz erneut inne und da ihm Abstimmungen Spaß machten, ließ er dennoch abstimmen, „nur zur Sicherheit", merkte er fröhlich an.

Wie es immer war, so war's auch diesmal. Die Auszählung der vielen Arme war ein ganz schöner Akt.

„Gegenstimmen?"

„Enthaltungen?"

„Der Antrag ist mit dreißig Gegenstimmen und fünfzehn Enthaltungen angenommen. Nochmals weise ich Sie darauf hin, dass Enthaltungen immer der siegreichen Abstimmungspartei zugeschlagen werden", erläuterte Pooty das Wahlverhalten, das ihm ganz offensichtlich missfiel, dabei war die Zustimmung überwältigend ausgefallen.

„Dorothea, bist du so gut, und übernimmst die Organisation des praktischen Teils?" - fragte Marsha bang, die sich dazu völlig außerstande sah.

„Aber ja doch, tu ich doch gern. Am besten teilen wir uns jetzt hier gleich ein. Wir brauchen, wenn ich es recht sehe, insgesamt fünf Projektteams. Eines für jede Farbe, sowie ein übergeordnetes, das sich vornehmlich um die privaten Schätze zu kümmern hätte, die ich in meinem Büro entdeckt habe. Mit privaten Schätzen meine ich all das, was die Ehemaligen der Schule überließen, aus was für Gründen auch immer. Meistens wohl aus Dankbarkeit, so gewann ich den Eindruck, aus dem, was ich bisher gelesen habe."

Für das Archiv wurde eine eigene Etage eingerichtet. Die Gestaltung nahm einige Wochen in Anspruch. Während dieser Zeit aber blieben die Teams keineswegs untätig. Denn in der Sichtung des Materials bestand ihre Hauptaufgabe.

Die erste Woche verbrachte man damit, die Farbbereiche fein säuberlich abzutrennen, weniger allerdings in physischer Hinsicht als vielmehr in psychologischer. Eine Aufgabe, die sich als gar nicht so einfach erwies.

Vielleicht wäre man doch besser beraten gewesen, erst dann mit dem Sortieren zu beginnen, nachdem die Archivräume fertig waren. So entstand doch einiger Leerlauf.

Aber das Projekt war nun einmal angelaufen. Und so stolperten die vielen emsigen Helfer den frustrierten Handwerker alsbald zwischen den Beinen herum, die sich um so mehr eilten und ihre grobe Bautätigkeit in die Morgen-, Abend- und Nachtstunden verlegten, wenn der Schulbetrieb im Gange war, bzw., gänzlich ruhte.

So schritt das Projekt rasch voran und gewann erfreuliche Kontur.

Dorothea selbst widmete sich dem übergeordneten Bereich der Ehemaligen und was sie und ihre fleißigen Helfer da entdeckten, ließ ihre Herzen alsbald hoch und höher schlagen.

Viele der verschollenen Schulanteile nämlich waren von den Ehemaligen mehr oder weniger klammheimlich der Schule übereignet worden. Sei es, dass sie in Form von Aktienbündeln in Pappschachteln vor Ort lagerten, sei es aber auch, dass sie in Form von Schließfachnummern irgendwo auf der Welt in einer Bank darauf warteten, abgeholt zu werden.

Dorothea packte das Rechenfieber. Immer neue Briefe oder Stöße der Schulanteile erhielt sie. Kein Wunder, dass es an der Börsenfront so trübe aussah. Keinen Pfennig, keinen Cent oder Centime bräuchten sie für ihre Sperrminorität ausgeben, so sah es in Wirklichkeit aus!

Die Schulleitung sprach von einem Wunder. Dorothea rechnete und rechnete. Scholasticus rechnete ebenfalls und um ganz sicher zu gehen, wurde auch der schuleigene Rechner von der studentischen Projektgruppe mit den Daten gefüttert.

Jeden Tag wurde die Schulgemeinschaft mit neuen, aber immer ziemlich unterschiedlichen Daten bedient. In den absoluten Werten kam man sich stets nahe. Probleme machte die leidige Prozentrechnung; da dort die Ausgabedaten der Papiere berücksichtigt werden mussten.

Die Stückpreisdifferenzen schwankten enorm über die Jahre und Jahrzehnte. Eine tatsächliche Wertanalyse war deshalb praktisch unmöglich. Erst wenn wirklich alle vorhandenen Zertifikate nebeneinander gelegt würden, könnte eine solche Werteinschätzung überhaupt nur sinnvoll erfolgen. Und da dies ohnehin praktisch ein Ding der Unmöglichkeit war, nach Lage der streitbaren Parteien jedenfalls, könnte man sich getrost auf dem vorhandenen Schätzwert ausruhen.

„Ein zweifellos sicheres Zukunftspolster haben wir da. Es wäre verfrüht, schon jetzt von einem Kopf an Kopf Rennen zu sprechen, doch ganz utopisch ist die Aussicht keineswegs“, erstattete Dorothea Bericht.

Wie hatte sie sich doch gemausert! ‚Wieder einmal bestätigt sich die alte Weisheit: Der Mensch wächst mit seinen Aufgaben!’ - dachte ihr Mann voller Bewunderung.

7. Archiv der Ehemaligen

Die Einweihung des Archivs wurde zum großen Fest. Adrian Humperdijk und Cori Hase schaffte es sogar, ein Pumppummel-Turnier hinzukriegen. Auch für die noch junge Demokratie dort unter dem Sockel des Festlandschelfs kam solch eine Abwechslung recht.

Die Meermenschen hatten mitunter ein sehr heftiges Naturell. Sie waren allzu gefühlsbetont und standen, bei aller Intelligenz, ihren Anverwandten der Tiefe nahe. Den Verantwortlichen wurde oft ein enormes Fingerspitzengefühl abverlangt, das bisweilen über ihre Kräfte ging. Schließlich waren sie auch nur Menschen.

Ein solches Turnier war harmlos genug und band doch viel überschüssige Kraft. Der Alltag, ob nun in der Unterdrückung oder in der Freiheit, zeigte oft genug sein immer gleiches und tristes Gesicht. Auch die eintönigen Arbeiten mussten erledigt werden, bei denen dazu noch mancherlei tückische Gefahren drohten.

An den Rändern der Algenplantagen lauerten in lichtloser Düsternis achtfüßige Riesenkraken. Wilde Haie taten sich mit Deserteuren aus den Mörderhaikorps zusammen. Diese kannten sich bestens aus und wussten, wie die Menschen funktionierten. Gemeinsam überfielen sie vereinzelt gelegene Außenposten. Ihre blinde Zerstörungswut ließ nichts als Tod und Verderben zurück.

Das zu verhindern war ein Ding der Unmöglichkeit. Eher schlimmer ging es nun zu, denn die Armee (vormals der ganze Stolz der Melisandriens), verhielt sich zum neuen Regime skeptisch bis feindselig.

Der Terror der Haibanden lag also ganz auf deren Linie. Nur so konnte die Armee ihre Bedeutung beweisen.

„Früher hat es so was nicht gegeben", wurde denn auch eine geflügelte Redensart in den Spelunken der gefährdeten Außenbezirke. Überfälle waren dort alsbald an der Tages- oder besser gesagt - an der Nachtordnung. Denn im Schutze der tintenblauen Finsternis wurden die Raubzüge durchgeführt.

Boeties Vegetarier- und Frauenpartei war auf dem Vormarsch. Nicht nur als politische Bewegung, sondern als soziale Kraft der Veränderung. Immer mehr Menschen wechselten die Seiten und begannen sich in einem fleischlosen Dasein einzurichten und vor allem – wohl zu fühlen. Viel wohler oft als zuvor, bestätigen die Überläufer. Und doch steckte ihnen viel überschüssige Kraft im Blut, die einstmals bei der Jagd so bitter nötig gewesen war und nicht selten eine Frage von Leben oder Tod bedeutet hatte.

Von Corina erhielt Boetie wichtige Tipps, denn auch auf dem Festland lockten alte Fleischfresser Urinstinkte. „Raubtierartig sind die Menschen überall. Aus zwei Hälften sind sie gemacht. Ganz werden sie ihre dunkle Hälfte zwar nie besiegen, aber dominieren lassen müssen sie diese auch nicht. Weder hier bei uns noch unter dem Meer.", fasste Cori ihre Überlegungen zu diesem Thema zusammen.

Adrian Humperdijk nahm wieder einmal seine Aufgabe als Demokratieberater wahr. Der Zyklus hatte eingesetzt und Cori war dem Ruf ebenfalls gefolgt. Als Vertraute der Premierministern genoss sie hohes Ansehen bei dem Meervolk. Und so gestaltete sich ihre Ankunft regelmäßig zu einem kleinen Volksfest. Doch ihre Zeit war äußerst knapp bemessen und so hielt sie sich damit nur kurz auf. Viel Arbeit wartete.

Adrian musste sich um seine Reformen kümmern und Cori steckte ihre ganze Kraft in die unmittelbar anstehenden Probleme, mit denen sie von der Premierministerin überhäuft wurde. Und zum drängendsten Problem entwickelten sich die Überfälle. Wie konnte ihnen begegnet werden?

Über dieser Frage rätselte das junge Parlament und die beiden Sonderparlamentarier, in der eigens anberaumten Sondersitzung mit dieser Frage als einzigem Tagesordnungspunkt.

„Die wilde überschießende Kraft in den Dienst der Gemeinschaft zu nehmen, ist eine hohe Kunst, so lehren unsere Staatsphilosophen", ließ sich Adrian Humperdijk gerade vernehmen. „Die Idee dahinter ist, an sich verderbliche Bestrebungen in den Dienst einer guten Sache zu nehmen. Die Lust an der Gefahr, der Ehrgeiz, sich zu bewähren, sich und anderen etwas zu beweisen – all das überschüssige Aggressionspotential, das besonders junge Männer in sich spüren, in den Dienst der guten Sache einfließen zu lassen, darauf läuft diese Theorie hinaus.

Theoretisch sind solche Überlegungen auch bei uns weitgehend geblieben. Und doch ist etwas dran. Letztlich aber scheitert die Praxis daran, dass sich die sogenannte gute Sache als gar nicht so gut erweist. Unversehens nämlich werden die jungen Männer dann in sinnlosen Kriegen verheizt oder dienen schmarotzenden Oberklassen, die ihr Eigenwohl als Gemeinwohl ausgeben."

„Das ist bei uns aber nicht der Fall. Die Gefahr aus der Tiefe ist nur allzu real und die Überfälle der Mörderhaie...", gab die Premierministerin zu bedenken.

„Ehe wir uns allzu sehr auf das Fouriersche Modell konzentrieren[1], möchte ich dem ein anderes zur Seite stellen", ergriff Cori Hase das Wort: „Besonders die frühen Siedler und Freiheitskämpfer der jungen Vereinigten Staaten machten sich dieses Modell zu eigen und kamen damit, glaube ich, ganz gut zurecht, jedenfalls auf lange Sicht. Sie bildeten in ihren Siedlungen Milizen. Jeder wehrfähige Mann und oft auch manche Frau übte sich im Verteidigungskampf. Jeder hatte seine Waffen stets bei der Hand. So war die Verteidigung im Ernstfall blitzschnell organisiert."

Coris Beitrag fand breite Zustimmung. Ohne Mühe konnten sich die Meermenschen in ihrem Modell wiederfinden. Und wenn es schon einmal Erfolg gehabt hatte, warum sollte das nicht auch bei ihnen nun erfolgreich sein?

Die alten Vorderlader einstiger Pioniere freilich taugten als Bewaffnung hier unten weniger. Auf trockenes Pulver würde man vergeblich hoffen. Aber das waren Detailfragen, die sicherlich befriedigende Antworten finden könnten. Nun ging es darum, das Meervolk für diese Idee zu begeistern und das Milizsystem auf den demokratischen Weg zu bringen.

„Ich könnte mir vorstellen, dass dieses System sehr gut zu uns passt", beendete die Premierministerin die Debatte, Detailfragen verwies sie an die Unterausschüsse. Und Adrian bekam sein geliebtes Pumppummelspiel als Dreingabe. Die Premierministerin gedachte diesen Anlass zum Auftakt für die neue Idee zu nehmen.

---

[1] Charles Fourier, utopischer Sozialist und Vorläufer des Marxismus.

In der flugs anberaumten außerordentlichen Schulkonferenz, kam neben dem Bericht aus der Wasserwelt alsbald wieder die Rede auf den Stand der Berechnungen. Doch mit der Anteilsrechnerei tat man sich freilich schwer. Ein Durchbruch war nicht in Sicht. Und das trotz der mathematischen Genies in ihrer Mitte.

Nach Ansicht eines Teils der Experten näherte man sich dem ersehnten Kopf an Kopf Rennen an. Skeptischere Stimmen wollten den Prozentsatz so bei dreißig, höchstens vierzig Prozent einpendeln. Immer noch ein beachtliches Ergebnis. Und das nur, weil endlich jemand sich daran machte, das hauseigene Chaos anzugehen.

„Nun, früher hatte man das auch nicht nötig, wen haben damals solche schnöden Fragen interessiert?“ - verteidigte sich Marsha Wiggles-Humperdijk einigermaßen erfolgreich, denn insgeheim gab ihr jeder recht. Man vergaß allzu schnell.

„Lasst uns also getrost nach vorn schauen“, ergriff Adrian das Wort: „ - Ja, Asche auch auf mein Haupt, ich gebe es ja zu, meine Talente liegen auf anderem Gebiet. Wenn das nun die neue Zeit ist, dann ist die meine als stellvertretender Schulleiter abgelaufen. Überhaupt hielte ich auch hier eine Reform für dringend geboten.

Ich bin wirklich dafür, dass wir uns unsere Schulleitung demokratisch wählen, gemäß einer noch auszuarbeitenden Schulverfassung. Was nützt es uns, unsere Ideale nur zu exportieren? Wir selbst müssen sie schon auch einholen, gerade jetzt.“ Adrian knüpfte an die Erfahrungen an, die er und Cori gerade hinter sich gebracht hatte.

Marsha blickte überrascht, wo nicht gar bestürzt auf. So hatte sie sich das nicht gedacht. Vor allem nicht so schnell und nicht ausgerechnet aus dieser Ecke. Ihr eigener Mann stellte die Vertrauensfrage – gerade jetzt, wo sie wieder einigermaßen Boden gut gemacht hatte - und das, ohne zuvor mit ihr gesprochen zu haben.

Sie fühlte sich im tiefsten innern Markgetroffen. Hatte sie denn nicht recht? War früher alles nicht doch ganz anders gewesen? Jedem muss doch zugestanden werden, sich auf eine neue Situation einzustellen.

Die Ereignisse hatten doch nicht nur sie überrollt. Die ganze Zwischenschule hatte es kalt auf dem falschen Fuß erwischt. Statt sich über die unverhoffte Wendung zu freuen, fiel man nun über sie her und zieh sie der Nachlässigkeit, der Verantwortungslosigkeit und der Misswirtschaft. Und der eigene Mann machte sich auch noch zum Fürsprecher der Kritiker.

„Nun gut ihr wollt die Vertrauensfrage. Könnt ihr haben. Aber zunächst hört euch an, was ich dazu zu sagen habe“, donnerte sie los und ihr kräftiges Organ färbte der Zorn dunkel dabei, was sich gut machte. Und dann gab sie ihre Überlegungen zum besten, die ihr soeben durch den Kopf gegangen waren. Sie zeigten Wirkung.

Als dann auch noch ausgerechnet Dorothea für sie in die Bresche sprang, war die populistische Revolution perfekt. Per Akklamation wurde Marsha kommissarisch in ihrem Amt bestätigt (was immer das auch heißen mochte.)

Dorothea wurde ihr Vize und Adrian Humperdijk würde sich künftig ganz auf seine unterseeischen Aufgaben konzentrieren können. Das war auch allermeist genug. Denn es oblag ihm ja auch ein stattliches Lehrdeputat in der Zwischenschule.

Diese Entwicklung sagte ihm also durchaus zu. Und doch spürte er tief im Innern einen Stich. War er herein gelegt worden? War er das Bauernopfer in einem abgekarteten Spiel? Niemand war für ihn in die Bresche gesprungen. Niemand forderte lautstark seine erneute Kandidatur als Vize. So wurde ihm keine Gelegenheit gegeben, in Würde abzutreten.

Die Entscheidung war richtig. Er hätte sich den radikalen Rollentausch sogar auch noch vorstellen können, wenn Marsha den Vize und Dorothea den Vorsitz erhalten hätten. Aber so war es auch recht. Marsha stand für die Tradition und Dorothea für die Innovation.

Die große Eröffnungsfeier des frischgebackenen Archivs der Zwischenschule war um eine Attraktion reicher. Das Spiel draußen im Meer vor der riesigen Panoramascheibe im untersten Stockwerk, würde die Veranstaltung ganz sicher auflockern, die allzu voll gepackt war mit Ansprachen und Denkschriften aller Art.

Als draußen das Pumppummelspiel angepfiffen wurde und er in seine angestammte Rolle als Reporter schlüpfte, zerstoben die Zweifel und machten der Erleichterung Platz.

Eine zentnerschwere Last war ihm von den Schultern genommen. Er hatte sie viel zu lange ohne viel zu fragen geschleppt. Das hatte ihm nicht immer gut getan. Überarbeitung und schwere Sorgen nämlich sind ein schlechter Ratgeber.

So wünschte er vor allem Dorothea ein gutes Stehvermögen, viele gute Ideen und immer eine glückliche Hand und den Schutz und Schirm des gütigen Himmels.

Seine Rolle als graue Eminenz des Meervolkes ließe sich ausbauen. Und auch sein Conversiorendasein stellte er gern auf den Prüfstand. Allzu vieles hatte sich auch dort eingeschliffen, von dem er nicht wusste, was er davon zu halten war.

Das letzte, gemeinsame Großprojekt war der Zeitvergleich gewesen, als man inmitten der unterseeischen Ansiedlung ein Vergleichschronometer installierte. Die daraus abgeleitete Theorie der

Relativität von Zeit im Raum deckte federführend die damals vor sich gehende Miseriorenmanipulation auf.

Diese Forschungen waren gänzlich eingeschlafen. Niemand kontrollierte mehr die Messreihen, ja, diese waren einfach und grundlos eingestellt worden, als niemand mehr die Werte abfragte. Dabei wäre eine nahtlose Fortsetzung so einfach gewesen. Das Problem war keineswegs erledigt. So etwas erledigte sich nun einmal nicht von selbst.

Während des sogenannten Krieges, des Krieges in Anführungszeichen, (denn als richtigen Krieg waren die Auseinandersetzungen kaum zu werten) war der Kontakt abgebrochen. Vielleicht hatte es sogar an ihm selbst gelegen, dass dieser nach den Kämpfen nicht wieder erneuert worden war. Immerhin war er der Mittelsmann und bis heute ja auch der engste Vertraute und Berater des neuen demokratischen Parlaments.

In gewohnter Manier kommentierte er das heftige Spiel draußen vor der Panoramascheibe. Wenige Mutige hatten sich in Taucheranzügen hinausbegeben - ein paar ganz Tollkühne sogar unbekleidet wie Cori, nur ausgerüstet mit der kleinen Sauerstoffflasche für dreißig Minuten.

In zehn bis fünfzehn Metern Tiefe, ein äußerst riskantes Unternehmen, das an sich nicht hätte erlaubt werden dürfen. Adrian wollte schon Alarm schlagen, als ihm Arundelle bedeutete, dass dies ganz anders sei als es aussähe. In Wahrheit lägen Intelleetus und Cori und ihre Schwester in tiefem Schlaf, denn um diese beiden und um Florinna handelte es sich da draußen.

„Was wir sehen sind Traumfiguren. Übrigens eine sehr interessante Überlegung insgesamt zu dem, was wir da überhaupt meinen zu sehen. Unsere Panoramascheibe öffnet uns womöglich eine virtuelle Welt in die wir Somnioren auf unsere Weise einzudringen vermögen. - ...ist nur so eine vorläufige Überlegung, beileibe nichts Ausgereiftes“, setzte sie hastig nach.

Adrian pfiff anerkennend durch die Zähne und wandte sich wieder seinem Spiel zu, dem möglicherweise virtuellen Spiel am Fuß des Sockels der Insel, wo schaumumwogte Leiber um ein Stückchen Materie kämpften, das womöglich ebenso irreal war wie sie selbst.

Eine traum- und schaumgeborene Welt für Eingeweihte, an der nur teilhaben konnte, wer sich auf sie einließ.

Handverlesene Eltern- und Staatsvertreter (sogar die UNESCO hatte es sich nicht nehmen lassen, einen Beauftragten zu entsenden), erklommen nacheinander das Rednerpult. Von dem Spektakel einige Decks tiefer bekamen sie allerdings nichts mit. Doch auch dieser Saal war gut besetzt. Von den Rednern und Rednerinnen hörte man das Übliche. Freundliche wohlmeinende Ratschläge, die um Zustimmung heischten und entsprechend Beifall erhielten. Wieder und wieder wurde versichert, dass die Anerkennung als Weltkulturerbe in greifbare Nähe rücke, ja, praktisch eigentlich schon durch sei.

„Zieh nur dem Hasen das Fell nicht über die Ohren, bevor du ihn erlegt hast", unkte Scholasticus Dorothea ins Ohr als diese begeistert jubelte. „Papperlapapp, alter Frosch, mach dich nicht lächerlich!"

Immerhin war Scholasticus als führender Kopf des Rechenstabes eng eingebunden und mit der Materie auf das Genaueste vertraut. Allein schon einige Daten auf dem Großteil ihrer Schatzbriefe waren atemberaubend genug.

Noch ahnte ja niemand, dass sich aus eben diesem Umstand womöglich gerade ein Strick zusammendrehte, an dem sie alsbald baumeln sollten, so jedenfalls sah es der heimtückische Plan der Gegenseite.

Auch diese hatte es sich nicht nehmen lassen, einen handverlesenen Vertreter in die große Siegesfeier anlässlich der Archiveinweihung einzuschmuggeln.

Heute freilich war der Tag für die geplante Attacke nicht gekommen. Der falsche Professor hatte sich seiner eben erst aufgefrischten Erscheinung erneut entledigt und war in die Rolle eines betagten Ehemaligen geschlüpft.

Es hatte diesen tatsächlich gegeben, wenn er inzwischen auch verstorben war. Er war vor einigen Jahren ausgesprochen vermögend doch völlig vereinsamt aus dem Leben geschieden. Seine Schulanteile hatte er zuvor schon längst zur Verfügung gestellt. Es existierte sogar noch die Kopie des Dankschreibens seitens der Schulleitung der Zwischenschule.

Niemand schöpfte Verdacht. Nicht einmal Dorothea, welche die Überprüfung der Wackelkandidaten routinemäßig übernahm. So diente die neuerliche Maskerade weniger der Anähnelung, denn niemand wusste mehr, wie der Verstorbene ausgesehen hatte. Es galt vielmehr Baranasias alias Waldschmitt in unkenntlicher Erscheinung zu präsentieren.

Sogar an die Stimme war gedacht worden, die diesen womöglich verraten hätte. Ein künstlicher Stimmbandaufsatz sorgte erfolgreich und nachhaltig für eine verfremdete Modulation.

Ein solcher Aufsatz hatte den Vorteil, dass er jederzeit auch wieder entfernt werden konnte. Anders als das neue Gesicht durch das der ursprüngliche Roland Waldschmitt für immer der Vergangenheit angehörte.

In einer ziemlich aufwändigen Operation nämlich war ihm dieses angepasst worden. Waldschmitt fand ja, dass er viel von seinem animalischen Charme eingebüßt hatte, doch rein ästhetisch betrachtet, war das neue Gesicht wohl eher eine Verbesserung. Dieses nun wurde für dieses Mal durch Knebelbart und Glatzenperücke unkenntlich gemacht.

Aus Professor Baranasias wurde Holger Hansen, gefeierter Ehrengast, dem der späte persönliche Dank der Schulleitung gewiss war, betrug seine Einlage von ehedem doch stattliche runde fünf Prozent, wie er zu betonen nicht müde wurde.

Ein Haken sei an der Sache aber doch, so merkte er an, als er sich für die Lob- und Preisrede bedankte, die sich Marsha Wiggles-Humperdijk nicht nehmen ließ.

„Seien Sie doch bitte so gut und suchen Sie mir die Anteilscheine auf meinen Namen doch mal heraus“, bat er mit ein wenig alters-zittriger Stimme.

Marsha blickte zu Dorothea hinüber. Die schüttelte unmerklich den Kopf. Leider könne der Bitte nicht sofort entsprochen werden, erklärte die Schulleiterin:

„Sie müssen verstehen, unsere Schätze lagern wohlverwahrt an einem sicheren Ort. Doch es wird uns ein Vergnügen sein, Kopien anzufertigen. Diese senden wir Ihnen gerne zu. Seien Sie doch so freundlich und lassen uns Ihre Anschrift oder noch besser gleich Ihre Mail-Adresse da.“

Diese Auskunft missfiel dem alten Herrn sichtlich. Er brabbelte etwas von modernem Zeug und fadenscheinigen Ausflüchten, zückte dann aber doch seine Karte, die Marsha verbindlich lächelnd entgegen nahm.

„Auf dem Postweg werden Sie wohl oder übel mit zwei, drei Wochen rechnen müssen“, erklärte sie, als sie die Adresse sah. „...Selbstverständlich per Luftpost“, fügte sie hastig an, als der alte Herr aufbrauste. Und sie ergänzte sich: „Anders geht es bei uns gar nicht!“

Letzteres hätte sie besser nicht hinzugefügt. Denn dadurch folgerte der falsche Holger Hansen, dass sich die Aktienpakete und Schatzbriefe noch auf der Insel befanden. Und nur das hatte seine Anfrage bezweckt.

Professor Zauberstein und Professor Zauberbogen war sich keiner Schuld bewusst. Die vorsichtige Anfrage seitens der Schulleitung, ob es sich bei der gemeinsamen Veranstaltung etwa um einen Meditationskurs handle, verneinten sie einhellig. Man habe sich in Gegenwart der Schüler eben ausgetauscht, wie es nun einmal Brauch sei unter Eingeweihten. Der akustischen Seite gebühre dabei zwar eine gewisse Aufmerksamkeit, sie sei jedoch beileibe nicht die einzige Ebene auf der sich Verständigung bewege. Sie sei vielmehr eine willkommene Ergänzung, gleichsam eine Konnotation der Telepathie. Nach allem, was ihnen zugetragen worden sei, habe es ausgesprochen wunderbar geklappt. „Besonders für das erste Mal. Übung hatte da noch niemand, das war überdeutlich zu spüren.“

„Abgesehen vielleicht von alten Bekannten, aber die zählten wohl nicht“, ergänzte Professor Zauberbogen, der dem Kollegen Zauberstein ansonsten nur beipflichten konnte. „Von unserer Seite also besteht kein Änderungsbedarf“, meinte dieser denn auch.

Mit wem sie sich auch besprach, von jedem hörte sie etwas anderes. So gab sie schließlich klein bei und überließ die Dinge sich selbst. Zumal der Termin heranrückte. „Wem diese Art Seminar missfällt, wird schließlich nicht zur Teilnahme gezwungen, nicht wahr?“ - stimmte Dorothea ihr zu. „Laufen lassen ist immer am besten, besonders wenn's gut läuft...“ - meisterhaft verstand sie es, dem Oberflächlichen tieferen Sinn abzugewinnen.

Wer immer sich beschwert hatte, viele konnten es nicht gewesen sein, denn der Hörsaal war womöglich noch voller als bei Semesterbeginn. Kurzweilig waren die drei dazwischen liegenden Wochen dahingerast, praktisch ohne Leerlauf. Erst hatte die Arbeit am Archiv alle Kräfte gebunden, dann galt es, ein großes Eröffnungsfest zu gestalten, da war für die Pflichtveranstaltungen kaum Platz gewesen.

So hatten die beiden neuernannten Professoren großzügig einem Vierwochen-Rhythmus zugestimmt. „Wozu andere acht Stunden brauchen, das schaffen wir in vier.“, hieß es von der Seite des Bogens. Statt der üblichen zwei Stunden für ihr Seminar nämlich waren ihnen zum Ausgleich vier Stunden bewilligt worden.

„Nur zu, wir sind mit dem Block sehr einverstanden, das vertieft die Sache enorm, denke ich“, spielte auch der Zauberstein den Ball zurück.

Das organisatorische Chaos der ersten Stunde zeigte nun Wirkung. Was an technischem Gerät vorhanden war, funktionierte mustergültig und so unauffällig, dass es keinerlei Beschwerden gab. Kein „Wie soll man denn hier arbeiten“, seitens einer genervten Lehrkraft und auch kein gellendes: „Lauter, man versteht nix...“, auf studentischer Seite. Oder lag es daran, dass alle die richtige Einstellung hatten und die Äußerlichkeiten nicht mehr gar so wichtig nahmen?

Unbekümmert und ohne jede Vorankündigung unterhielten sich die beiden Professoren schon auf dem Weg zum Katheder. - Der Zauberbogen im Köcher über Billy-Joes Schulter, der Zauberstein im Medizinbeutel um dessen Hals. - Noch summte und brummte der Saal wie ein aufgeregter Bienenstock. Zauberbogen und Zauberstein waren einander genug, wo nicht gar sich selbst.

Doch darum ging es jetzt und hier nicht. So tauschten sie sich munter und unverdrossen aus. Redeten über allerlei Vermutungen, welche die Inselsphäre derzeit durchwogten. Aber das taten im Grunde alle, nur hier geschah es gleichsam aus der Vogelperspektive, jedenfalls aus einem anderen als dem üblichen Blickwinkel, so es diesen denn gab.

Vielleicht war es auch nur die befremdliche Ausdrucksweise, die dieses Zwiegespräch von anderen unterschied. Oder war es all das Nichtgesagte, das, worauf es wirklich ankam, was den Unterschied machte.

Es war ein bisschen so, als rede da jemand über das Wetter. Über die Großwetterlage eines bestimmten Gebietes. Und meine stattdessen die Besiedelungen des nämlichen Gebietes während der letzten dreißigtausend Jahre.

Die unbekümmerte Zeitlosigkeit jedenfalls fiel auf. Sie redeten in Kürzeln. Dann wieder dehnte sich die Zeit einer winzigen Sekunde und schien eine ganze Welt zu umfassen, denn ähnlich wie sie es mit der Zeitdimension hielten, achteten sie auch Größe gering. Sie galt ihnen nicht als besonderes Merkmal der Bedeutsamkeit. Eher war es umgekehrt und sie lobten die Winzigkeit der Größe im Nanobereich über den grünen Klee.

Auch ihre Pseudomathematik spottete jeder Beschreibung und strotze nur so vor Unexaktheit. Kein Wunder, dass die sich jedes Mal in die Haare kriegten, wenn es darum ging, exakte Koordinaten anzupeilen, da waren sich Arundelle und Billy-Joe insgeheim einig. Sie hüteten sich indessen, das jetzt hier auch nur zu denken.

Schälte sich allmählich doch so etwas wie ein Thema heraus? Manchmal konnte es so scheinen, als pegele sich da etwas bei den Wertpapieren ein. Ja, es war gerade so, als würden wilde Berechnungen, (auf riesigen Tafeln, mit mehreren Klappschiebern), angestellt.

Kreidestaub wirbelte. Eine Art Einsteinmännchen aus einem Computerspiel raste hin und her, raufte sich die Haare, stieß dunkle Verwünschungen aus. Wischte hier, setzte da hinzu, wischte erneut, und kam zu keinem Ende.

Eher wie ein Traum schien ihm der Aufbau, glaubte Billy-Joe sich wieder zu erinnern, während Arundelle bereits abtauchte und mit dem kreidebestaubten Genie in eins floss.

„Dass ihr mir nur auch die Deutung nicht vergesst", dröhnte eine Stimme ihnen überlaut im Ohr und ging ins Lied der gebrochenen Deutschen über, das **s i e** alle, alle singen, kaum dass **s i e** die

Sträußchenwirtschaft zu Assmannshausen (Äsmänshosn international; mit offenem o, Richtung a) verschluckt. Denn, was soll es bedeuten?

Ein lodenfarbener Sängerbund intonierte mit brüchigen Altmännerstimmen die Frage in allen Tonlagen - wieder und wieder - und fand zu keinem Ergebnis.

Wie denn auch? Nicht jede Frage findet eine Antwort. Eher ist es schon umgekehrt. So macht sich der Deutsche einen Kanon daraus.

Arundelle kannte des Vaters breite Tonspur, hätte sie aus Tausenden herausgehört. Vertraut war sie ihr von klein auf - vertraut und gräulich gleichermaßen. „Beneiden können wir uns leicht, um all das, was uns erspart blieb."

Arundelle konnte sich ein Säuglingsleben im Wolfsrudel nicht vorstellen und Billy-Joe ging das rechte Verständnis für die Unzulänglichkeiten der lieblosen Kleinfamilie ab, zumal unter dem gewissen Vorzeichen.

8. **Traumfenster**

Wer sich einmal im Labyrinth des Sockels der Insel Weisheitszahn verirrt hatte, nähme künftig ein dickes Knäuel roten reißfesten Bindfadens mit. Denn auch das untrüglichste Orientierungsvermögen versagte dort unten. Dabei waren die Gänge auf natürliche Weise entstanden – ja, vielleicht gerade deswegen!

Das Meer hatte sich durch den Stein gefressen, überall dort, wo sich weiche Einlagerungen fanden. Dabei hatte es nicht auf vertikale oder horizontale Fluchtlinien geachtet, sondern war seinem urtümlichen Drang gefolgt und heulte nun nur mehr gespenstisch und weitgehend unsichtbar in den zurückgelassenen leeren Gewölben, die selbst für die Fledermäuse zu ungastlich waren. Immerhin war die Luft atembar, wenn auch vom Salzwasser gesättigt.

Eben noch hastendes Rechengenie und nun wieder sie selbst: Arundelle durchforschte, begleitet von Billy-Joe, den Sockel auf der Suche nach Eindringlingen, so die offizielle Mission, ausgelöst durch den Eindringlingsalarm. Bekannt waren sowohl deren Absicht wie Identität:

Entwenden oder vernichten, galt es.

„Zinfandor ist rückfällig geworden", erklärte ihr Billy-Joe mit bedeutungsvoller Miene, die im Halbdunkel jedoch nicht zu erkennen war. Dennoch sah sie, was sie wusste, und Billy-Joe erging es nicht anders.

Arundelle oblag es, den Faden zu spinnen. Des Bogens magisches Auge funkelte gerade soviel Helligkeit, um zu erkennen, wie wenig man sah. Der schaurige Atem des Meeres brüllte von fern. Er überlagerte menschliches Schnaufen ganz nah: die geheime Grabkammer, Dorotheas sorgsam gehütetes Geheimnis, die Hoffnung und der ganze Stolz der Insel, befand sich in unmittelbarer Nähe. Das wussten auch der falsche Professor und seine geheimnisvolle Begleiterin.

An Zinfandor Leblanc wollte diese nur ihren langen Atem erproben. Zu viel Nütze war er nicht.

„Meine herrlich süße Macht -
ein Schnippen der Finger –
schon ist sie erwacht",

- trällert es tonlos von spröden Lippen. Und doch musste sie sehr acht Haben im fragilen Triumph. Denn wo Hass und Liebe einander durchdringen, da ist das Leben in steter Gefahr.

Als Wesen der Finsternis bedurften sie nicht des Lichts. So waren sie eindeutig im Vorteil. Sie ereichten den Sarkophag ohne Umstände. Zinfandor bekam seine Chance noch einmal. Zwei große Packtaschen hingen ihm von den breiten Schultern, hastig vollgestopft mit bunten Papierbündeln von immensem Wert, zumal jetzt, wo die Einheit sich herstellte.

„Das Schwierigste an solchen Traumgebilden ist Unterscheidungs -vermögen. Findest du nicht auch?" Das Seminar der frischgebackenen Professoren war zu seinem grandiosen Ende gekommen. Aus der Ereignisfülle ragte ihnen singulär die unverhüllt drohende Nachricht auf, die sich selbst interpretierte. Oder sollten sie nicht für bare Münze nehmen, was sich ihnen offenbarte?

Wie konnte man die Wirklichkeitsebenen fein säuberlich trennen und wie die Zeitschienen auseinander halten? War, was sie soeben erlebt hatten, bereits Wirklichkeit? Hatte der Überfall, hatte der Einbruch stattgefunden? War die geheime Schatzkammer geplündert worden?

Den großen Hörsaal hatten sie nicht wirklich verlassen, soviel stand fest. Doch was bedeutete das schon? Viele Male waren sie so gereist und hatten manch segensreiche Tat auf diese Weise vollbracht. Nur, so deutlich geträumt wie dieses Mal erschien Arundelle ihre Vergangenheit nun nicht mehr. Billy-Joe konnte das nur bestätigen.

„Ging eher zu wie im Traumland, fand ich auch", nickte er zustimmend.

Auf jeden Fall sollten sie Dorothea ungehend informieren, wenn es denn stimmte, dass diese die Einzige war, die den Aufenthaltsort jenes Sarkophags kannte.

Sie eilten zum Büro und platzten mit ihrem Verdacht herein und heraus.

„Kontrollieren geht über studieren", krähte Intelleetus fröhlich, der zufällig im Büro seiner Tante herumlungerte und auf seine Mutter wartete, die sich im Seminar offensichtlich verspätete.

„Eigentlich müsste sie längst da sein", stimmte Tante Doro zu. So überspielte sie ihren ersten Schrecken. Nicht auszudenken, was ein neuerlicher Verlust bedeuten würde.

Doch alles war beim Alten. Die sieben Schlüssel kreischten in den sieben Schlössern. Der schwere Deckel schwang ächzend auf, und bunte Papierhaufen blinkten im Licht der Stablampe.

„Da ist alles, wie es war", bestätigte auch die kommissarische Schulleiterin, um deren Beistand Dorothea gebeten hatte. Grisella und Intelleetus waren aus lauter Solidarität auch noch mitgekommen.

Jetzt, unmittelbar vor Ort, den Bogen mit solch offenkundiger Spiegelfechterei zu konfrontieren, machte wenig Sinn. Weder Zauberstein noch Zauberbogen konnten sich die Faktenlage erklären.

„...leer sein, hätte leer sein müssen..."

Ein weiteres Mal rächte sich der laxe Umgang mit der Zeit. Doch wie freuten sich die Menschen darüber. Wenn dies die Zukunft war, dann vielleicht abwendbare! Dorothea jedenfalls schien wild entschlossen, solche Zukunft niemals zuzulassen. „Da sei Gott vor", bekräftigte sie sich und reckte entschlossen das Kinn.

„Wir quartieren die Schatzbriefe um, ganz einfach. Zurück in den Tresor oben im Kabäuschen hinter der Direktion."

„Und davor kommt Tag und Nacht eine Wache", bekräftigte Billy-Joe und erhielt sogar von dem Zauberstein vor seiner Brust dafür einen aufmunternden Schubs.

„Träume, meine Lieben,", zirpte der Zauberbogen, „sind magische Fenster hinaus in alle Welt."

„Was des einen Traum, ist des andern Wirklichkeit, wusste schon mein alter Schamane", stimmte Billy-Joe zu.

„Zinfandor müssen wir fragen, wer diese Frau da war", warf Arundelle nachdenklich ein.

„Hat wahrscheinlich keinen Sinn. Erstens sind wir nicht in der Lage, ein Bild von ihr zu präsentieren, und zweitens wird Zinfandor alles abblocken, was mit seiner düsteren Vergangenheit zu tun hat", antwortete Billy-Joe.

„Dabei habe ich die Frau so deutlich gesehen, wie dich jetzt, obwohl es stockdunkel war", insistierte Arundelle, um dann nachdenklich fortzufahren: „Gesehen haben wir nämlich gar nichts, allenfalls gehört – den Atem des Meeres und so...“

„Schon im Traum waren die Bilder nicht real. Schon im Traum wussten wir eigentlich, dass wir Dinge sahen, die wir nicht sehen konnten. Immerhin war es stockdunkel und wir sahen ja nicht die Hand vor Augen. Aber den Sarkophag sahen wir und Zinfandor sahen wir mit seinen Tragetaschen voller bunter Papierbündel...“, bestätigte Billy-Joe.

„Ist schon ein ganz eigenes Seminar, was uns unsere Professoren da bieten... So kommt man der Sache wenigstens mal auf den Grund. Wir staunen doch schon gar nicht mehr. Wird alles viel zu selbstverständlich. Dabei, mal ganz ehrlich, wenn man das jemandem von draußen erzählen würde, der würde uns doch für verrückt erklären. Für uns aber ist das so normal wie...“ Arundelle rang vergebens um Worte.

„Und hier nun wird uns das Verfahren auch einmal klar gemacht. Wir sehen vielleicht zum ersten Mal hinter die Traumkulissen. Und am spannendsten finde ich die Idee, dass man hinausschaut in eine andere Welt, während gleichzeitig jemand zu uns herüberschaut in unsere Welt. Wir träumen uns hinüber und der träumt sich herüber - oder noch genauer, sein Traum ist meine Wirklichkeit und meine Wirklichkeit ist sein Traum.“

„Ja, und das musst du dir dann multidimensional vorstellen“, griff Billy-Joe den Faden auf: „Also gleichzeitig träumen eine unbestimmte Menge von Träumern aus allen nur denkbaren Welten sich in eine unbestimmte Menge von Wirklichkeiten hinein aus der sich zur gleichen Zeit eine ebenso unbestimmte Menge hinausträumt in die Wirklichkeiten all der unbestimmten Träumer, um dort Träume zu sein und als diese Wirkungen zu zeitigen. So wie die Schutzengelfunktion, an die viele von uns glauben. Da träumt sich ein Alter ego zu seinem Ich, um dessen Wirklichkeit zu umfließen.“

„...Und um es vielleicht sogar auch gelegentlich mal im Traum zu besuchen, nur um die Verwirrung perfekt zu machen...“, stimmte Arundelle zu: „So was muss man sich bloß mal alles so richtig klar machen... und dazu hilft so ein Seminar... also mir hilft es, andern mag es anders gehen, kann ja sein...“

„Bei dem Zulauf...“, meinte Billy-Joe: „da bist du ganz sicher nicht allein und ich auch nicht. So geht es uns allen, ob aber überhaupt oder nur hier auf der Insel, das ist vielleicht noch eine Frage, ansonsten...“

Die bunten Aktienpakete wurden umgebettet – aus dem Sarkophag zurück in den Panzerschrank und ein Wachdienst wurde im Büro organisiert. Außerdem wurde eine Sicherheitsanlage modernster

Bauart, sowie ein ebenfalls nach modernster Bauart hergestellter Panzerschrank bestellt, und schon nach wenigen Wochen tatsächlich geliefert und montiert, was wenigstens die Eingeweihten eigentlich hätte stutzig machen müssen.

Nach anfänglicher Begeisterung ließ das Engagement für den Rundumwachdienst seitens der Studierenden merklich nach. Und da eh Wachpersonal für die Conversioreninsel vorhanden war, das in der dienstfreien Zeit zwischen den Perioden, im Prinzip arbeitslos war, kam man mit deren Chef, dem Insel-Hausmeister, überein, dass auch der Wachdienst in Büro und Lehrerzimmer von dem geschulten Wachpersonal übernommen wurde. Nach menschlichem Ermessen, war alles getan.

So nahte eine neuerliche Sitzung zauberischer Traumtänzerei heran, die allseits heftig herbei gesehnt wurde. Was würde es diesmal geben? Würde man noch tiefer in die Materie eindringen? War dies überhaupt möglich?

Arundelle hoffte auf Bestätigung und Vertiefung ihrer Parallelwelten Theorie vom letzten Mal. Irgendwie fühlte sie, dass sich in der Wechselbeziehung zwischen Traumwelten und Wirklichkeiten der Schlüssel zum Geheimnis der Zeit verbarg.

Ansonsten gab es nämlich kaum greifbare Ergebnisse in dieser Richtung, außer des Serums, mit dessen Hilfe Lebewesen aus Fleisch und Blut wieder in die Zeit zurückgeholt werden konnten.

Alles andere war reine Magie, die sie nur allzu selbstverständlich in Anspruch nahmen, ohne sich groß Gedanken darüber zu machen.

Wenigstens das Serum gegen die Erstarrung hatte die Forschergruppe ohne Mithilfe hinbekommen. Die Apparatur stand weiter zur Verfügung und konnte jederzeit aufgebaut und wieder betrieben werden.

All ihre Aktivitäten in Sachen Zeit hatten stets der Rückkehr zur Normalität gegolten. Und doch war ihnen die Zeit überall davon gelaufen. Ob im fernen Laptopia, oder hier daheim im Uhrenvergleich mit der Meerestiefe. All diese verschiedenen Ansätze hatten sie denn auch aus gutem Grund verworfen.

Sei es die bionische Ergänzungstechnologie, mit Hilfe die alternden Körper praktisch unbegrenzt aufgepeppt werden konnten. Denn sie verwandelte alles Menschliche unmerklich aber unaufhaltsam in ein monströses gefühlloses Ungeheuer.

Von den schrecklichen Praktiken der Zeitnehmerautomaten ganz zu schweigen, durch die sich eine immer kleiner werdende, machthabende Oberschicht, die Lebenszeit der Massen aneignete. Ein

Verfahren, das sich in absehbarer Zukunft durchgesetzt haben würde. Die Frage war einzig wo und in welchem Umfang.

Vielleicht stand diese unmenschliche Praxis auch nur als eine Drohung im zeitlosen Hyperraum. Und sie hatten diese bei ihren Weltraumabenteuern in einer Probewelt - ohne universale Durchsetzungskraft - kennen gelernt.

Es war also ihre Zauberkraft, die sie bei ihren Gegnern hier in dieser Wirklichkeit so anziehend machte, schloss Arundelle aus ihren Überlegungen. Sie vergaß dabei so manche besondere Gabe, die sonst noch in der Zwischenschule ausgeübt wurde und die vielleicht den wahren und besseren Grund für ihr Hier sein abgab.

Vielleicht hingen die Dinge insgeheim und unerkannt auf eine ganz andere Weise zusammen. Nicht nur bei ihr, sondern bei all ihren Mitstudierenden ebenso.

So hoffte Arundelle nun weiter zu kommen. Um so mehr freute sie sich auf die Unterrichtsstunde.

Es war ihr Zauberbogen, der sich endlich bereit fand, ein wenig aus der Schule zu plaudern. Ihr gegenüber zeigte er sich diesbezüglich immer reichlich zugeknöpft. So herzlich ihr Verhältnis ansonsten auch war.

Wieder einmal war es Arundelle, als stünde sie ganz am Anfang. So tief ihr Blick auch drang, soviel sie auch erlebte und erkannte, im Grunde wusste sie, dass sie nichts wusste. Und dass sie damit nicht allein war. Vielleicht war das ihre wichtigste Erkenntnis.

Die suggestive Plauderei der beiden zauberhaften Professoren setzte ein - ohne Rücksichtnahme auf schwatzende und lachende Menschen, auf der Suche nach einem halbwegs gemütlichen Plätzchen.

Tische und Stühle waren durch Matten ersetzt worden. Nur das Katheder ließ sich nicht demontieren. Und so saß Billy-Joe kreuzbeinig darauf, während Arundelle die Füße baumeln ließ und Pooty auf dem Schoß hielt, der es in der Medizintasche nicht mehr aushielt.

Er war als Sachwalter des Zaubersteins in seinem Element und hielt diesen fest in beiden Händchen. Dessen pulsierendes Licht machte ihn ganz durchscheinend, als sei ihm ein Heiligenschein gewachsen. Hätte er sich selbst sehen können, er wäre vor Stolz geplatzt.

Der Zauberbogen lag Billy-Joe quer über dem Schoß. Sein rotes Auge funkelte. Energie pulsierte spürbar und dann auch sichtbar auf. Als ein Schwall goldener Pfeile, so unglaublich schnell und doch nacheinander – (denn wie anders hätte Billy-Joe es anstellen sollen) -

von der Sehne schnellte, um von oben aus der hohen Kuppel des Saales, als ein goldener Schauer herab zu regnen.

Alle die einen Pfeil ab bekamen, leuchteten auf. Sie begannen ihrerseits zu pulsieren und zu strahlen: Fleischgewordene Multiplikatoren von Energie der reinsten Art. Zart wie Schneeflocken landeten die goldenen Sendboten. Die eingezogenen Köpfe streckten sich, und das Erschrecken wich der Begeisterung.

Das professorale Raunen und Seufzen in das die Plauderei überging, während die Pfeile ihre Ziele erreichten, breitete sich mit diesen aus, erfasst die Epizentren und schlug dort Kreise, die niemanden mehr ausgeschlossen.

Ein wenig mochte die Szenerie einen außenstehenden Beobachter danach – (als nämlich die Epizentren ihre Aufgabe bereits erfüllten) - vielleicht an einen Ameisenhügel oder besser noch an einen summenden Bienenstock erinnern.

Dabei war dies erst der Anfang. Arundelle glaubte schon wieder an eine Vorführung ihrer Weltentheorie, diesmal aus anderer Perspektive und mit anderem Schwerpunkt. Nicht um die Interaktion von Traum- und Wirklichkeitsanteilen war es zu tun. Soviel glaubte sie bereits begriffen zu haben, als ihr jener alberne Satz dazwischen funkte, von dessen hypnotisierender Kraft sie nun erfasst wurde, die sie ganz in die entgegengesetzte Richtung zog und sich als Aufforderung zur Negation aufbaute.

„Als ob man das nicht auch mit einfachen Worten so sagen kann, dass jeder es versteht. Was soll das denn heißen: Negation?“ - Frug ihr Billy-Joe ärgerlich dazwischen.

Doch Arundelle ließ sich nicht beirren: „Es ist eben ein gewaltiger Unterschied, ob jemand sagt: ‚Ich weiß, dass ich nichts weiß.’ Oder ob jemand sagt: ‚Du weißt, dass ich nichts weiß.’ Oder gar: ‚Ich weiß, dass du nichts weißt.’ – das sind drei gewaltige Unterschiede. Mit ein paar goldenen Pfeilen ist es da nicht getan. Solch bisschen Energie kann man gerade so gut als Einstiegsdroge verkaufen.“

Billy-Joe war sich nicht sicher, wer da nun redete. Nur er selbst war es nicht mehr, soviel war ihm klar und das wollte er Arundelle aus einem sehr drängenden aber dennoch für ihn unerfindlichen Grund unbedingt wissen lassen. Er fürchtete sonst um ihre ihm so teure Gelassenheit, die wollte er keinesfalls aufs Spiel setzen. Sie erschien ihm als ein äußerst notwendiger Schutz, dessen er stark bedurfte.

Auch dann wollte er ihre Gelassenheit nicht aufs Spiel gesetzt wissen, wenn ihn keinerlei Schuld mehr getroffen hätte, weil die wahren Verhältnisse so aufgedeckt waren, dass selbst Arundelle sie erkennen konnte.

Doch es gelang ihm nicht, sich zu ihr hinzubeugen, die doch keine zwei Handbreit entfernt saß und noch immer die Beine unbekümmert baumeln ließ, dass sich ihm das Herz auftat, als habe auch ihn einer der goldenen Pfeile mitten hinein getroffen. Um so angestrengter versuchte er, sich ihr mitzuteilen.

Endlich merkte sie auf. Ob wegen seiner Bemühung oder aus innerem Antrieb, ließ sich nicht entscheiden. Gleichwohl stimmte ihn ihre Zuwendung glücklich, auch wenn ihre Worte, die er zu hören bekam, zunächst nicht recht zu seiner Stimmung passen wollten:

„Wenn du mir sagst, dass du weißt, dass du nichts weißt, dann weiß auch ich, dass du nichts weißt. So kann auch ich dir getrost sagen, dass ich ebenfalls weiß, dass ich nichts weiß, sodass auch du zu mir ebenso getrost sagen kannst, dass auch du weißt, dass ich nichts weiß. Ja wir beide wissen dann eben das voneinander und doch wissen wir im Grunde um die Koketterie, denn niemand hat diesen Satz je deshalb gesagt, weil er von seiner Richtigkeit überzeugt ist. Ganz im Gegenteil, wenn jemand also sagt: ‚Ich weiß, das ich nichts weiß', so sagt er damit, dass er sehr viel weiß, dass er jedenfalls mehr als alle die weiß, die noch nicht einmal wissen, dass sie nichts wissen."

Als ob er das je abgestritten hätte. Eine Gedankenspielerei mehr nicht. Wieder nahm Arundelle die Pose des Schulmeisters an, sprang mit grauem flatterndem Kittel in einer Kreidewolke vor der riesigen Tafel hin und her, kritzelte schwer lesbare Zeichen und Lettern hierhin und dorthin, bis sie endlich einigermaßen zufrieden, das winzige Kreidestummelchen weglegte und sich den Zuschauern zuwandte:

„Zwei Körper sind kongruent, wenn sie zur Deckung gebracht werden können. Parallel hingegen sind sie, wenn sie in ihren immanenten Verhältnissen zueinander miteinander gleichartig sind. Das Größenverhältnis spielt also nur eine immanente Rolle, wenn es differiert, dann muss es gleichmäßig und durchgängig differieren."

Verständnislos blickte Billy-Joe auf, verständnislos und irritiert zeigten sich auch andere in der Nähe. Über die weiter weg Sitzenden konnte er nichts aussagen, denn deren Mienen schluckte die Kreidewolke, die sich noch immer nicht wieder vollständig abgesenkt hatte. Und die jederzeit wieder aufstieben könnte, wenn sich die eifrige Lehrkraft herausgefordert fühlte, eine neue Beweislast hervorzubringen.

„Bei einfachen Körpern mag das Problem gleichsam irrelevant erscheinen. Schwieriger gestaltet es sich schon bei komplexeren Gebilden, denen ein eigenes Innenleben eignet. Doch dazu kommen wir später, viel später. Heute soll es uns nur darum gehen, den Unterschied zwischen Kongruenz und Parallelität zu begreifen. Denn die Vorstellung paralleler Welten enthält einen womöglich folgenschweren falschen Automatismus. Unwillkürlich denkt eine jede an eine Art Verdopplung und fragt sich mit recht, wo denn diese stattfinden soll. Zunächst also denken wir an eine zeitliche Verschiebung und eine räumliche Überlappung und beachten dabei nicht, wie sich diese zu Vergangenheiten und Zukünften verhalten können soll. Eine Art Fluss liegt dieser Vorstellung zugrunde. In dem einander völlig gleiche Tropfen neben einander herfließen. Der Parallelismus kann auf solch gleichartige Größe vollständig verzichten. Hier geht es nicht um Dimensionen, sondern einzig um Verhältnisse. Alle Maße, Winkel und Figuren müssen sich zueinander nur im Verhältnis völlig identisch zueinander verhalten, auch wenn ihnen ein völlig anderer Maßstab zugrunde liegt. So verhalten sich die Bilder der selben Fernsehsendung auf zwei unterschiedlich großen Bildschirmen stets analog, ob der Bildschirm nun Daumennagel klein oder Zimmerdecken hoch ist."

„Jetzt verstehe ich auch die Vorliebe für 's Fernsehen in Laptopia.", schoss es Billy-Joe recht unpassend durch den Kopf.

„...im Sonnensystem bildet sich eine Welt ab", redete Arundelle derweil weiter, „die erstaunliche Parallelen zum Sauerstoffatom aufweist. Unterstellen wir hier einmal vollständigen Parallelismus, dann bekämen wir ein sehr eigenes Bild von dem, was unter Parallelwelten verstanden werden könnte."

Zeichen äußersten Missbehagens ließen sich vernehmen:

„von völlig absurd bis hirnverbrannt,"

„Allein die Größenverhältnisse."

„da sieht man mal wieder, wo die Grenzen der Mathematik liegen"

„Geht 's nicht noch ein bisschen ungenauer?"

„Nun, hier steht es doch schwarz auf weiß, nee umgekehrt, weiß auf schwarz," wies Arundelle zur Tafel, wo sie angeblich die Verhältnisse beider Seiten berechnet haben wollte und zu ein und dem selben Ergebnis gekommen war.

„Die Verhältnisse im Sonnensystem und die Verhältnisse im Sauerstoffatom stimmen miteinander überein, soweit es um Massen und Distanzen geht, alles andere entzieht sich unserer Kenntnis."

„Sogar die Erde können wir im Atom orten", ergänzte sie triumphierend.

„Sie ist das Elektron im dritten Orbital oder ist es schon das vierte? – Na, egal... Siedlungen oder Menschen haben wir auf diesen Planenten freilich mit unseren Möglichkeiten bislang nicht entdecken können. Auch geographische Strukturen nicht... und aus der Zeit springen wir auch raus, das ist schon klar, aber sonst! - Ist doch frappierend, nicht wahr?"

„So was lernt man also bei dem Advisor oder in gar zu intimem Umgang mit einem Zauberbogen", dachte Billy-Joe und erntete einen fragenden Blick, der ihn sich beeilen ließ die negative Konnotation auszubügeln, die ihm da unversehens hineingerutscht war. Keinesfalls abwerten wollen habe er eine solch brillante Verstandesleistung. Wo auch immer sie herkäme.

9. Ein trojanisches Pferd

Es wurde höchste Zeit, Penelope einzuweihen. Schließlich war dieser ganze Umzug nicht zuletzt wegen Zinfandor Leblanc veranstaltet worden. Arundelle erzählte ihren Traum so naturgetreu wie möglich. Sie ließ nichts aus und beschönigte nichts. Und Billy-Joe, der damals mit ihr den gleichen Traum träumte, bestätigte Arundelle jetzt Punkt für Punkt. Über die geheimnisvolle Frau wussten freilich beide nicht mehr als sie geträumt hatten. Zunächst jedenfalls. Später fiel wenigstens Billy-Joe etwas ein, das vielleicht weiter half.

„Wir haben diese Warnung, wie du siehst, bitter ernst genommen. Arundelle bestätigte uns eindringlich wie lebensecht alles in diesem Traum war. Oder sollte man diesen gar als Vision bezeichnen?

Wir sind aus diesem Grund auch gleich zu der geheimen Gruft gegangen, konnten dort aber nichts feststellen. Trotzdem erschien es uns angebracht, ein neues und besser geschütztes Versteck für unsere Schätze zu wählen. Deshalb also der Aufwand; und deshalb haben wir jetzt diesen Wachdienst hier. Unsere Schatzbriefe lagern nun in dem neuen, garantiert einbruchssicheren Tresor und werden rund um die Uhr zusätzlich von unserem Wachdienst bewacht."

„Nur wenn die auf der Conversioreninsel gebraucht werden, übernehmen auch wieder Studierenden die Wache", ergänzte Marsha Wiggles-Humperdijk die Ausführungen ihrer Stellvertreterin.

Penelope M'gamba wirkte doch ziemlich irritiert. „Vielleicht ist dem armen Zinfandor ja gar nicht klar, was in ihm steckt. Hoffe ich doch jedenfalls. Denn anzweifeln hätte wohl keinen Zweck. Ich weiß schon, auch mein Zinfandor ist kein unbeschriebenes Blatt. Schließlich haben wir ihn gemeinsam sozusagen aus der Gosse geholt. Ich hoffte aber doch sehr, dass er seine schmutzige Vergangenheit damals hinter sich gelassen hat. So wie es aussieht, ist da noch ganz schön was zu tun..."

„Gut dass du es so siehst und uns keine Vorwürfe machst, liebe Penelope. Vielleicht erweist sich die ganze Sache ja als eine

Seifenblase. Vielleicht haben wir mit unserem Manöver bereits entscheidend in die düstere Planung eingegriffen. Doch Wachsamkeit ist am Platze, davon ist auszugehen..."

„Nun heißt es wachsam sein, alle Gäste müssen sorgsam überprüft werden, noch sorgsamer als bisher. Seit wir dieses große Fest hatten, haben wir diesbezüglich ein wenig den Überblick verloren, fürchte ich", ergänzte Marsha Dorotheas Ausführungen.

„Mit Zinfandor werde ich auf jeden Fall sprechen", warf Penelope ein. „Auch wenn er schnell zumacht, wo die Rede auf die Vergangenheit kommt. Er ist ja so verwirrt, der arme Kerl. - Ich glaube wirklich nicht, dass von ihm noch Gefahr ausgeht...", sie hielt einen Augenblick inne:

„Gefährlich war er so gesehen eigentlich nie."

„Ohne ihn wären wir im Sturm ganz sicher umgekommen oder säßen vielleicht noch immer auf dieser gottverlassenen Insel fest", bestätigte auch Arundelle.

Billy-Joe kaute nachdenklich auf einem etwas zähen Stück Fleisch herum.

Die kleine Unterredung fand während des Abendessens bei den Humperdijks statt, das sich alle nach dem ereignislosen doch zugleich so außergewöhnlichen Nachmittag schmecken ließen, soweit dies möglich war, denn Marsha Wiggles-Humperdijk war nicht gerade berühmt für ihre Kochkünste und Adrian liebte es sowieso roh. Dennoch langten alle tüchtig zu, denn auch meditieren macht hungrig, ganz ohne Zweifel.

„Ich glaube, was ich sagte, war nicht ganz richtig. Ich habe die geheimnisvolle Frau aus unserem gemeinsamen Traum doch schon einmal getroffen. Vielleicht kann Tibor oder sogar Pooty gleich hier bestätigen, was ich vermute. Als wir nämlich in diesem Londoner Büroturm herumirrten auf der Suche nach der Adresse von Dorotheas Zettel – wir glaubten natürlich überhaupt nicht daran, dass die Anschrift echt war und wir die Bruderschaft Infernalia dort wirklich vorfinden würden..."

„...richtig, wie ihr da vor der Tür gestanden seid und euch nicht rein getraut habt, habe ich für euch geklingelt und da hat jemand aufgemacht, einfach so - und plötzlich standen wir vor dieser Frau..."

„...genau – und diese Frau damals in dem Büro könnte die sein, die ich meine im Labyrinth wiedererkannt zu haben. - Sehen konnten wir nichts, dafür wussten wir um so mehr..."

Dorothea nickte zustimmend und aufmunternd:

„Und diese Frau scheint genau die zu sein, mit der ich damals so viel zu tun hatte. Wir haben nicht nur korrespondiert. Ein paar mal hatte ich die beim Telefonieren auch auf dem Monitor. Sie firmierte als stellvertretende Vorsitzende“, ergänzte Dorothea. „Ihr Name war Säel oder Stäel – ja, richtig, Viola de Stäel, so hieß sie.“

„Würdet ihr die denn wiedererkennen, du und Tibor und Pooty und natürlich auch du, Arundelle?“ - wollte Dorothea wissen.

„Käme auf einen Versuch an.“, Billy-Joe wiegte bedenklich den Kopf.

„Was ganz anderes. Professor Baranasias hat sich angekündigt“, fuhr Dorothea fort:. „Ihr wisst, dieser Mensch, der die Mehrheit der Schulanteile hält. Er will mal wieder verhandeln. Wahrscheinlich will er Druck ausüben. Diesmal ist er in weiblicher Begleitung. Von seinem Assistenten, damals im Hotel, scheint er sich getrennt zu haben.

Seit wir zum Weltkulturerbe erwählt sind und vor allem, seit wir unsere eigenen Anteile wieder gefunden haben, sieht der seine Felle davon schwimmen. Seine Mehrheit kann er sich an den Hut stecken, und das weiß er auch.“

„Lassen wir den überhaupt noch mal rein?“ - fragte Arundelle ein wenig rhetorisch, denn sie glaubte, sich die Antwort selber geben zu können.

Mit dem neuen Gesicht und einiger interner Verbesserungen, - so schlug in Baranasias Brust ein weitgehend mechanisiertes Herz und seine Gelenke an Beinen und Armen bestanden aus bestem Titan -, war Roland ein anderer geworden. An den neuen Namen freilich würde sie sich erst noch gewöhnen müssen.

Ihr selbst tat die kosmetische Verjüngung ebenfalls gut. Gesicht und Körper konnten sich mit der Erscheinung einer schlanken wohlgeformten Dreißigjährigen durchaus messen, wenngleich sie noch immer diesen herben, diabolischen Charme versprühte, dem viele Männer nicht widerstehen konnten.

So war sie selbst mehr sie selbst geblieben, während aus Waldschmitt ein anderer geworden war. Sogar an die Stimme, an die Augen und an die Fingerabdrücke war gedacht worden. Mit äußerster Gründlichkeit also waren die Chirurgen am Werke gewesen.

Die Versuche, sein Alterungs-Gen zu isolieren und auszuschalten, waren jedoch nicht von Erfolg gekrönt worden. Dennoch fand der Mann das bisherige Ergebnis soweit ganz beachtlich. Niemand aus seinem früheren Leben würde ihn mehr erkennen. Seine neue Vita als kanadischer Professor mit Migrationhintergrund stand felsenfest und unerschütterlich, so glaubte er.

Ganz anders erging es dagegen ansonsten der weitgehend unverändert gebliebenen Viola de Stäel. Die kleine Szene im

Londoner Büro wurde ihr nun zum Stolperstein. – Statt Trumpf im Ärmel zu sein, konnte sie sehr schnell zu einer Belastung werden. Aber davon ahnten die Besucher nichts, als sie den Boden der Insel betraten.

***

Malicius Marduk befand es für klug, die Maske zu wechseln. Der falsche Professor lief aus dem Ruder. So ließ Marduk auch Viola de Stäel ein wenig aufpolieren und setzte sie erneut auf Waldschmitt alias Baranasias an. Denn wo Hass brennt, da ist die Liebe nicht fern, schlussfolgerte er ganz richtig.

Waldschmitt hatte die offen zur Schau getragene Verachtung der Frau nicht mehr ertragen. Einen anderen Grund für seine Mordgelüste und seine Flucht vor ihr gab es nicht.

Feuer aber musste mit Feuer bekämpft werden, befand Malicius Marduk. Denn das offensichtliche Verlangen seines Schützlings nach dieser Inselfrau passte überhaupt nicht in sein Konzept. Schon einmal wäre beinahe alles schief gegangen.

Um ganz sicher zu gehen, fuhr er Viola de Stäel in die abgründige Seele, die selbst ihn, der allerhand gewohnt war, prickelnd schaudern machte. So fühlte er sich sogleich willkommen und seinerseits auf respektvolle Weise alsbald heimisch.

Den Assistenten Rudolfus Catalanius parkte er einstweilen im Krankenhaus, wo er ihm einen Satz komplett neuer Organe verpassen ließ, da sowohl die Lunge wegen des starken Tabakkonsums, als auch die vom Alkohol zerfressene Leber dringend erneuerungsbedürftig war. Und auch Herz und Nieren waren fällig. Gewiss - eine Rosskur und nicht ohne Risiko. Entweder der Körper verkraftete eine solche rundum Erneuerung oder er machte schlapp. Das würde man bald wissen.

Wenigstens dieser Forschungszweig der Bruderschaft Infernalia war voran gekommen, und folglich nahtlos in der Schulmedizin aufgegangen. Noch vor wenigen Jahren waren solche Operationen nicht einmal denkbar gewesen. Doch dank der bionischen Kombination von organischen und mechanischen Ersatzteilen machte die Chirurgie gerade einen gewaltigen Sprung nach vorn. Die neuen revolutionären Operationstechniken verbreiteten sich in Windeseile um den Globus und jeder, der auf sich hielt, und es sich leisten konnte, ließ sich sein marodes Innenleben auf der Basis der Forschungsergebnisse der Bruderschaft Infernalia sanieren.

Viola de Stäel litt, anders als viele vor und nach ihr, nicht unter dem Gast im Innern. Auch die Aufgabe, die er ihr zu dachte, überforderte sie keineswegs. Im Gegenteil, sie entsprach ganz ihrem Naturell.

Der Groll im Herzen des Mannes schmolz dahin wie Schnee in der Frühlingssonne. Zärtliches Gurren und schmeichelnde Blicke zeigte Wirkung. Bald war aller Hader vergessen und die alte Leidenschaft loderte auf wie am ersten Tag.

Diese Seite des Plans also ging auf. Nun aber stand die zweite Prüfung an. Würde Baranasias der Verlockung der Inselfrau widerstehen? Bald würde man es wissen.

Dorothea empfing in ihrer Eigenschaft als PR-Managerin die Gäste direkt an der Maschine und geleitete sie durch die Formalitäten der Einreise, die es hier ganz so gab, als handle es sich bei der Insel Weisheitszahn um einen souveränen Staat. – (Tatsächlich waren sie eigens für diesen Besuch eingeführt worden.)

Peinlich genau wurden die Besucher über ihre Rechte und Pflichten aufgeklärt. Verboten war ihnen so ziemlich alles, was nicht ausdrücklich erlaubt war und das war praktisch nichts. Ohne Guide war es ihnen untersagt, Gebäude zu betreten oder zu verlassen, spazieren zu gehen, mit Studierenden oder dem Personal in Kontakt zu treten, Fotoaufnahmen und Film- oder Videoaufzeichnungen zu machen.

„Ich werde immer für Sie da sein“, ließ sich Dorothea mit honigsüßer Stimme vernehmen. „Wir werden Ihnen den kurzen Aufenthalt so angenehm wie möglich gestalten. - Wenn ich Ihnen dann zunächst Ihre Suite zeigen darf,“ sagte sie und eilte voran auf das schwarze flache Gebäude zu, dessen Dach im Sonnenlicht funkelte.

Zwei große schweinslederne Rollkoffer polterten hinterdrein. Viel zu groß für eine Übernachtung.

„So, hier finden Sie alles, was Sie zu Ihrer Bequemlichkeit brauchen. Und sollte doch etwas fehlen, so scheuen Sie sich bitte nicht zu läuten. Ich selbst oder meine Assistentin werde sogleich bei Ihnen sein.

In circa einer Stunde hole ich Sie zum Diner ab. Dabei werden Ihnen dann alle wichtigen Gesprächspartner zur Verfügung stehen. Ich denke, drei Stunden Rede und Antwort werden genügen. Danach werden Sie gewiss erschöpft sein und sich Ruhe gönnen wollen. Morgen früh werden ich Sie pünktlich um acht Uhr fünfundvierzig abholen und persönlich zur Maschine bringen.“

So sprach sie und entschwand.

War Roland alias Henry gegen diese Frau gefeit? Das Stakkato ihrer Rede war allzu intensiv gewesen. Nicht einmal Malicius Marduk hatte diesbezüglich etwas an Baranasias bemerkt. Doch die kommende Stunde genügte, um alle Befürchtungen zu zerstreuen. Als Dorothea eine Stunde später läutete, blickte sie in nachglühende gelöste Gesichter.

Das Diner fand im engsten Kreise statt. Wenige auserlesene Professorinnen und Professoren der Zwischenschule fanden sich alsbald ein. Alle sehr förmlich gekleidet und darauf bedacht, nur nichts Unüberlegtes von sich zu geben. Aus taktischen Erwägungen brachte Professorin M'gamba Zinfandor Leblanc mit.

Der Anblick seiner einstigen Herrin bereitete Zinfandor große Pein. Keine fünf Minuten ertrug er ihre Gegenwart, als ihn Übelkeit übermannte. Er stürzte davon und Penelope M'gamba ging mit ihm. Nach einer Weile kam sie kopfschüttelnd zurück: „Der Arme kommt nicht wieder – Brechdurchfall, geht wieder um auf der Insel. Hab ihn gleich auf die Krankenstation gebracht."

Die Versammelten ergingen sich in Höflichkeiten, ohne wirklich etwas zu sagen. Dabei brannten die Gäste darauf, endlich zum Thema zu kommen.

Viola de Stäel konnte sich kleiner Sticheleien gegen ihre scharfe Konkurrentin nicht enthalten. Doch diese zahlte in gleicher Münze zurück und so kam es, dass ihr Schlagabtausch die Runde beherrschte, sodass Baranasias ins Hintertreffen geriet. Erst beim Dessert gelang es ihm, Scholasticus Schlauberger in die Enge zu treiben.

Widerwillig ließ der sich vermeintlich Bedeutsames aus der Nase ziehen. Aber eigentlich erfuhr der falsche Professor nichts Neues. Nichts, was nicht ohnehin bekannt war.

„In Sachen Weltkulturerbe wenden Sie sich besser an meine Frau."

„Gewiss doch, das weiß ich. Sehen Sie, mir läuft die Zeit davon. Man wird nicht jünger. Lassen Sie mich Anteil haben an Ihrer Forschung. Für jedes Lebensjahr, das Sie mir schenken, erhalten Sie eine Ihrer Aktien zurück. Nun, was sagen Sie, ist doch ein fairer Deal!?"

Scholasticus tat so als würde er angestrengt überlegen. In Wirklichkeit suchte er nur sein Erstaunen zu kaschieren. Wer so konkrete Fragen stellte, der musste die dazu gehörigen Vorstellungen von irgendwo her beziehen.

Doch diese Seite der Forschung hatte hier auf Weisheitszahn niemanden interessiert. Alles Interesse galt, ganz im Gegenteil, der Zeit, die aus dem Ruder gelaufen war.

Wie könnte man einem solchen Wunsch entsprechen? Scholasticus kannte schon den richtigen Weg dahin, aber der war mit Steinen gepflastert und führte in eine seltsame Ödnis. Ein ganzes Jahr war außerdem völlig vermessen.

„Eine Aktie pro Tag meinten Sie wohl, was glauben Sie, womit Sie es hier zu tun haben?"

„Nun ja, darüber eben müssen wir reden."

„Ihre fantastischen Wunschvorstellungen zeugen von absolutem Unverstand. Sie haben von der Materie augenscheinlich nicht die blasseste Ahnung, lieber Freund", sagte Scholasticus gönnerhaft.

„Tage, ja Wochen schafften wir bereits vor Jahren, von wegen - keine Ahnung. Ich denke da an unser sensationelles Mäuseexperiment. Hätten die Neider uns nicht vernichtet, dann wäre der Hebel längst serienreif."

Scholasticus tat völlig überrascht. Doch das brauchte er gar nicht, denn was Baranasias da von sich gab, war ihm tatsächlich neu. Er hatte von diesem Experiment noch nie etwas gehört.

„Sie und Ihre harmlosen Mäuschen. Von da ist der Weg ins Neuland noch endlos weit. - Ein Anfang, mehr war das nicht. Sie wollen sich doch nicht etwa mit einer Maus vergleichen?"

Baranasias alias Waldschmitt horchte seinerseits auf. Bluffte sein Gegenüber? Hatte er selbst sich in seiner Rage verraten und sich womöglich entlarvt? Es galt auf der Hut zu sein. Der eigentliche Zweck ihres Besuchs war ein anderer. Das wusste er wohl. So versuchte er dem Gespräch eine Wendung - weg von diesem heiklen Thema - zu geben.

Er brachte das UNESCO-Projekt wieder ins Spiel, wohl wissend, dass sein Gegenüber das Interesse verlor, wie es seine Absicht war. Stattdessen überließ er ihn unauffällig seiner Begleiterin, die auf Scholasticus mehr Eindruck machte, als der sich zugeben wollte. Vielleicht bekam die mehr und anderes aus ihm heraus.

Baranasias selbst wandte sich dieser PR-Managerin zu, deren hochrote Wangen noch vom Zorn glühten, welcher im Disput mit Viola de Stäel über die arme Dorothea gekommen war. Nur Arundelle hatte sie davon abhalten können, die Beherrschung vollends zu verlieren.

Waldschmitt alias Baranasias wusste über seine Tochter inzwischen bestens Bescheid. Um so größer war sein Unbehagen in ihrer Gegenwart. Wie leicht konnte er sich verraten. Und schlau war seine Tochter, schlau und gerissen.

Väterlicher Stolz wallte auf. Er überwandt sich aus taktischen Gründen. Es galt, die Zeit zu überbrücken, und währenddessen möglichst zugleich auf den neuesten Stand zu kommen, soweit es diese leidige UNESCO-Sache anging.

Ein brillanter Coup dieser aufreizenden Person. Das musste der Neid ihr schon lassen. - Was sein vorlautes Töchterchen allerdings in dieser illusteren Professorenrunde verloren hatte, fragte er sich ernstlich.

„Darf ich Ihnen Arundelle vorstellen“, sprach ihn da eine Stimme von der Seite an. „Sie ist uns wie eine Tochter, ja, wie eine leibliche Tochter. Wir selbst haben leider keine Kinder. Unsere Ehe blieb zu unserem großen Leidwesen kinderlos. Um so mehr erfreuen wir uns an Arundelle. Wäre nur auch ihre Mutter einverstanden, wir hätten sie längst adoptiert. Aber nun ist das wohl ein wenig spät geworden. Arundelle wird bald volljährig.

„Ja, eine richtige kleine Dame ist unser Wildfang schon.“ Ein zärtlicher Blick streifte Arundelle, die sanft errötete und zurück lächelte.

Solche Töne waren ihr neu. Soweit sie sich erinnern konnte, war Adoption nie Thema zwischen ihnen gewesen. So dachte sie sich ihren Teil und spielte die Komödie brav mit. - ‚Richtige kleine Dame unser Wildfang... Dass ich nicht lache... vielleicht gar nicht verkehrt, das brachte den alten Roland vermutlich aus der Fassung. Diesem etwas entwenden, war so, als wollte man einen hungrigen Pitbull um sein Fressen bringen. Und wäre sie ihm hundertmal völlig gleichgültig.’

Statt über das Weltkulturerbe informiert zu werden, erfuhr Baranasias alias Waldschmitt also, was sich im eigenen familiären Umfeld tat. Arundelles Mutter hatte wieder geheiratet und träumte ihren alten Traum von einer heilen Familie nun wieder aufgefrischt und da passte eine Adoption überhaupt nicht ins Bild. Ganz gleich, ob Arundelle nun zurück kehrte oder nicht.

„Hier wird immer dein wahres zuhause sein“, schrieb und telefonierte die geschiedene ehemalige Frau Waldschmitt bei jeder Gelegenheit und Tränen der Rührung tropften aufs Papier und durch den Äther, bildlich gesprochen.

So lieb ihr die beiden waren, familiär gesehen hielt Arundelle von Dorothea und Scholasticus nicht gar so viel. Wenn schon, dann Hases, die waren eine richtige Familie, von denen hätte sie sich damals ganz am Anfang zu gerne adoptieren lassen. Mit ihnen fühlte sie sich rundum wohl - als Schwester ebenso wie als Tochter.

Verstohlene Blicke zur Uhr zeigten an, dass der Abend fortgeschritten war. „Morgen ist wieder ein langer Tag“, ließ sich Adrian Humperdijk vernehmen, der sich, ebenso wie seine Gattin, die amtierende Schulleiterin, den ganzen langen Abend auffallend zurück gehalten hatte.

So war es vereinbart gewesen. Er hatte sich nur an die Absprache gehalten. Ebenso wie die gute Marsha, die ihr Temperament einige Male schwer hatte zügeln müssen.

Auch die Gäste zeigten sich bereitwillig und reagierten positiv auf die Zeichen zum Aufbruch. So geleitete Dorothea sie zu ihren

Zimmern nach oben. Nicht ohne zuvor mit ihnen ein reichlich steifes Verabschiedungszeremoniell durchzuziehen.

Noch einmal kontrollierte die aufmerksame PR-Managerin dann die Wachen vor dem Tresor und die Alarmanlage, bevor auch sie sich zurückzog. Sie war die letzte, alle anderen waren bereits verschwunden.

Doch Dorothea tat nur so als ginge sie schlafen. Im Kontrollraum hinter dem Lehrerzimmer befand sich die geheime Kommandozentrale, wo alles zusammenlief. Dort saßen bereits Arundelle, mit Scholasticus und Billy-Joe, sowie dem unvermeidlichen Pooty vor den blinkenden Monitoren, die mit vielen Wärmebildkameras verbunden waren. Diese waren tags zuvor an allen wichtigen Punkten im Umkreis des Sarkophags installiert worden.

Und um die Täuschung perfekt zu machen, war dieser mit gefälschten Zertifikaten gefüllt worden, während die echten wohlverwahrt und gut beschützt im neuen, einbruchssicheren Tresor lagerten.

Die Zeit verrann. Mühsam quälte sich der Zeiger der Uhr bergan. Die zwölfte Stunde nahte. Wer Stil besaß unter den Schwarzmagiern, für den wäre die Stunde nun gekommen.

Verstohlen schubste Dorothea den einnickenden Scholasticus. „Ich glaube, da tut sich was", flüsterte sie und wies mit dem Kinn auf den mittleren Monitor.

Alle stürzten herbei. Pooty setzte sich mitten vor den Schirm. „Weg da du nimmst uns die Sicht." Billy-Joes große braune Hand griff nach dem Possum, hob den Protestierenden sanft empor und setzte ihn sich ins lockige Haar.

„Na, besser so, seht ihr alle was?" - fragte er in die Runde. „Und wie ist es mit dir da oben?"

Wäre etwas zu sehen gewesen, alle hätten es nun gesehen. Doch da war nichts. Vielleicht hatte sich Dorothea ja getäuscht. „Wir müssen schon alle Monitore im Auge behalten, vielleicht ist es doch besser, wenn jeder wieder an seinen Platz zurückgeht. Sie alle hatten sich nämlich selbst eingeteilt.

Nur Pooty blieb, wo er war. Billy-Joe balancierte ihn ans andere Ende zurück zu seinem Monitor. „Vier Augen sehen mehr als zwei", krähte das aufgedrehte Kerlchen. Und tatsächlich kam die nächste Meldung aus ihrer Ecke. Diesmal war es kein falscher Alarm. Deutlich erkannten die Beobachter dunkle Figuren, die vorsichtig durch den Radius der Wärmebildkamera schlichen.

„Wie im Traum", flüsterte Arundelle als sie zu Billy-Joe trat. „Da sind die drei. Und nun erkennt man sie auch. Wie haben die es nur geschafft, Zinfandor aufzuspüren?"

Dann waren sie durchgelaufen, denn beweglich waren die Kameras nicht. Tiefe Schwärze verschluckte die Eindringlinge. Wenn sie die Richtung beibehielten, dann müssten sie gleich auf dem rechts stehenden Monitor auftauchen.

Und da waren sie auch schon. „Alle Achtung, die wissen genau, wo's langgeht und das bei völliger Dunkelheit", bemerkte Scholasticus.

„Na ja", nickte Dorothea, „sind schließlich Geschöpfe der Finsternis."

„Kann man das so wörtlich nehmen?" - fragte Scholasticus.

„Offensichtlich schon", entgegnete sie: „Wenn die so weitermarschieren, dann dauert es nicht mehr lange."

„Was sollen wir tun? Sollen wir Alarm schlagen?" - wollte Scholasticus wissen.

„Mein Plan sieht vor, sie gewähren zu lassen", verneinte Dorothea: „Lassen wir sie mit den gefälschten Papieren ziehen. Viel anfangen können sie nicht damit. Auf den Rückseiten sind die ganz deutlich als Kopien markiert."

„Seid ihr auch wirklich ganz sicher, dass die Zertifikate alle ausgetauscht wurden? Ist da wirklich kein Irrtum möglich?", Scholasticus hatte mit dem ganzen Umzug und den baulichen Aktivitäten nichts zu tun gehabt. Er wollte auch gar niemanden verunsichern. Eigentlich fragt er nur so vor sich hin. Denn er konnte sich sowieso gleich selbst antworten.

Seine blöde Fragerei aber verunsicherte Dorothea dermaßen, dass es sie nicht länger in der Zentrale hielt. Sie musst hinüber zum Tresor, um sich mit eignen Augen zu vergewissern, dass darin tatsächlich auch wirklich die Originale lagerten. Ein folgenschwerer Fehler zeichnete sich ab.

Doch Dorothea hatte noch einmal Glück. „Vor morgen früh um acht geht da gar nichts. Die Zeitsperre lässt sich nicht lösen, wenn sie einmal eingestellt ist. „Solange brauchen Sie schon noch Geduld. Dann aber können Sie gern ein Bad nehmen... Sie wissen schon – Dagobert Duck" - und der Wachmann wieherte los, als er Gesten des Eintauchens machte. Er fand seinen Witz zum Totlachen.

So verpasste Dorothea die Schändung des Sarkophags. Sie kam erst wieder, als sich die Diebe auf dem Rückweg befanden und im Nichts hinter der letzten Kamera verschwanden. Von dort, so wusste es Dorothea, ging ein Aufzug direkt ins Gästehaus.

In dieser Nacht tat Dorothea kein Auge mehr zu, und Scholasticus auch nicht. Konnte sie es wagen, die Diebe mit ihrem Diebesgut ziehen zu lassen? Was könnte man damit anstellen? Waren sie überhaupt berechtigt gewesen, solche Kopien anzufertigen?

Wie bereute Dorothea es nun, nicht einen wirklichen Experten zurate gezogen zu haben - einen, auf den man sich verlassen konnte. Denn so jemand gab es hier leider nicht – niemanden, der sich mit dem Börsenzeug richtig gut auskannte, jedenfalls.

Wie viele Papiere hatten sie überhaupt kopiert? Dunkel erinnerte Dorothea sich an die Frage nach den Ausgabedaten, seitens jenes zwielichtigen Ehemaligen. Der hatte sie gefragt, ob er seine angeblich von ihm stammenden Aktien noch einmal sehen dürfte.

Als sie verneinte, wurde der Mann sehr ungehalten. Sie hatte seinen Wunsch damals als Versuch verstanden, sich Zugang zum gesamten Depot zu verschaffen.

Was, wenn etwas anderes dahinter steckte? Etwas, dass die Risiken eines Einbruchs lohnte? Schon damals war sie auf der Hut gewesen. Schon damals war Verdacht aufgekommen.

Was hatte es mit den Ausgabedaten auf sich, für die sich jener Ehemalige so brennend interessierte? Vielleicht bargen diese bereits ein Wissen, das einen Wert an sich darstellte?

Bei dem Kopiervorgang hatte bestimmt niemand auf solche Details geachtet. Die Schüler und Studierenden verfuhren ganz sicher achtlos und ganz zufällig.

Waren am Ende alle diese Daten für sich schon wertvoll?

„Nein, Scholasticus, die lasse ich mit ihrer Beute morgen nicht ziehen. Von dieser Schlange lasse ich mir nicht höhnisch ins Gesicht zischen. Nicht mit mir...“- brachte sie ihre Überlegungen auf den Punkt.

Am liebsten wäre Dorothea sogleich ins Gästehaus gestürmt. Doch noch war tiefe Nacht. Sie müsste sich wohl oder übel noch ein paar Stunden gedulden.

„Aber was, nichts da. Am Ende ist morgen früh das saubere Pärchen längst ausgeflogen, wenn ich dann vor der Tür stehe. In flagranti gilt es, die zu erwischen, und du, Scholasticus, kommst mit!“

„Was, wie, wer kommt mit?“

„Na du, wer sonst, ich brauche dich, also los jetzt. Verlass dich **ein** Mal auf mein Gefühl.“ Sie betonte das ein Mal, mit einem sehr langgezogenen ‚ein’.

Vor dem Tresor fand gerade der Wachwechsel statt und so gab es genügend Personal. Kurz instruierte Dorothea die Anwesenden, was sie vorhatte. Der Wachhabende teilte seine Männer ein und der Trupp zog los Richtung Gästehaus. Dort wurden zunächst alle Türen und Fenster gesichert. Danach drang ein Spezialteam in die Gäste-Suite ein. Es fand die Diebe in tiefem Schlaf vor. Die Säcke mit dem Diebesgut standen neben dem Bett.

Bis zum Morgen blieb das saubere Pärchen unter Bewachung zurück. Das Diebesgut wurde abtransportiert. Mit Zinfandor würde

Penelope ein ernstes Wort reden müssen, da waren sich Schlaubergers einig.

Die Abschiebung erfolgte am nächsten Morgen, kaum dass der Hubschrauber gelandet war. Unter Bewachung, wenn auch nicht gerade in Handschellen, wurden die Diebe in die Maschine gebracht.

Zum Schutz der Besatzung flog eigens ein Wachmann mit. Von einer Strafanzeige wollte man absehen. Diese hätte unnötigen Wirbel gemacht. Schaden war keiner entstanden, dank der zukunftsweisenden Träumerei im Seminar der beiden neuen Professoren.

Dorothea machte sich noch am selben Tag daran, heraus zu bekommen, was an den Ausgabedaten der Zertifikate Wertvolles war. Doch soviel sie auch das Internet durchforstete, sie fand keinen Hinweis für den wertsteigernden (oder überhaupt für einen wertschöpfenden) Charakter von Ausgabedaten.

Sie untersuchte die Papiere sorgfältig und gründlich, kaum dass das Zeitschloss dies zuließ. Sie saß dazu tatsächlich ein wenig wie Dagobert Duck inmitten all des unverhofften Reichtums. Die Papiere füllten alle Fächer im Rund und ließen nur ein winziges Tischchen in der Mitte frei, an das sie sich setzte.

Mit einer Lupe machte sie sich an die Untersuchung der Originale. Sie hielt einige Blüten zum Vergleich bereit. Und wäre der Aufdruck auf der Rückseite nicht gewesen, sie hätte diese nicht von den Originalen zu unterscheiden vermocht.

Vielleicht war das des Rätsels Lösung? Wenn es gelänge, auch die Originalrückseiten zu vervielfältigen und mit den Vorderseiten zu verbinden, dann hätte einem Experten höchstens noch die Papierdicke auffallen können. Doch auch das war angesichts der vielen Veränderungen, die im Laufe der Jahre stattgefunden hatten, im Grunde ein Ding der Unmöglichkeit.

Denn nur wer ganz genau wusste, zu welcher Zeit, welches Papier verwendet worden war, hätte dann die Fälschung bemerken können. Doch wer sollte das heutzutage noch sein?

Vielleicht genügte auch schon die Tilgung des von ihnen aufgebrachten Aufdrucks. Für einen wirklichen Fachmann vermutlich kein ernstes Problem. Auch die Rückseiten veränderten sich im Laufe der Jahrzehnte stetig; weshalb dieses Charakteristikum - ohne Kopie-Hinweis - kaum zu verifizieren war.

Wie gut, dass sie ihrem Instinkt gehorcht hatte, dachte Dorothea. Nicht auszudenken, wenn all die Fälschungen den Markt überschwemmt hätten und sie selbst als die Drahtzieher der Fälschungen ins Rampenlicht geraten wären.

Beim Mittagessen berichtete sie Scholasticus von ihrer Schlussfolgerung und erntete hohes Lob. „Das sieht mir ganz nach der Handschrift von Malicius Marduk aus, dem Mann der tausend

Masken. Er ist berüchtigt für seine makabren Verwirrspiele. Ich fürchte, den sind wir noch nicht los. Dank dir haben wir ihn wahrscheinlich entdeckt.

Vielleicht gelingt es uns ja, ihn auch noch dingfest zu machen. Viel Hoffnung auf schnellen Erfolg habe ich zwar nicht, doch wir wollen alles in unserer Macht stehende tun, um ihn in die Schranken zu weisen. Lasst uns hoffen und beten, dass der Preis nicht auch dieses Mal wieder ganz und gar ungebührlich ist." Scholasticus spielte auf Walters tragisches Schicksal an.

Malicius Marduk fühlte die Eingänge, ihrer mindestens vier. Schwächer die einen, stärker die anderen. Nicht gerade einladend aber auch ohne starke Abwehr. Er beschloss, sich Zeit zu lassen. Auch der Flugbegleiter war dabei. Je enger die Vertrautheit, um so leichter der Übergang. Unmerklich vollzog er sich am sichersten.

Plötzliche Überfälle zeitigten oft die schlechtesten Ergebnisse und führten zu Ausfällen, zu Krankheit oder Tod, und davon hatte niemand etwas. Am bequemsten war es natürlich, wenn er willkommen war, wenn er sich als Gast geladen fühlte. Wenn er gleichsam als ein Geschenk betrachtet und als eine Bereicherung angesehen wurde, und bestimmte bereits vorhandene Anlagen bestätigte und bestärkte. Je lauter die gequälte Stimme des Gewissens schrie, je erbärmlicher die verlorene Seele heulte, um so leidiger gestaltete sich auch für ihn der Aufenthalt.

Malicius Marduk konnte auf einen reichen Erfahrungsschatz zurück blicken. Und so wurde der Wachmann Will Wiesle sein nächstes Opfer. Er war, wie es dann heißt, ‚zur falschen Zeit am falschen Ort' gewesen. Denn wäre er nicht zu dem Spezialjob abgeteilt worden, hätte er, wie seine Kameraden, mit denen er die Wache teilte, in der Koje gelegen, sein schlimmes Schicksal wäre ihm erspart geblieben.

Seine dunklen Regungen wären vielleicht nie ganz rein zu Tage getreten. Wie in den meisten Menschen hielten sich auch in ihm unter normalen Umständen die guten und die schlechten Eigenschaften die Waage.

Viola de Stäel fühlte ein leises Unbehagen. Ihr war so, als würde ihr etwas Kostbares genommen. Doch die Regung verflog, denn geändert hatte sich eigentlich nichts. Alles war wie immer - nur ein wenig schwächer vielleicht. Aber das konnte auch mit dem Misserfolg zu tun haben, den es erst einmal zu verkraften galt.

Dabei wäre die schnelle Flucht so einfach gewesen. Hätte sie die Leidenschaft nicht übermannt, sie wären vermutlich selbst drauf gekommen.

Der Wachmann Will Wiesle nutzte die Gelegenheit und besuchte seine Exfrau, die inzwischen wieder geheiratet hatte. Er tat dies unter dem Vorwand, seine Kinder sehen zu wollen, was ihm nach geltendem Recht auch zustand. Wenigstens einmal im Monat durfte er einen Nachmittag mit ihnen verbringen.

Da die Kinder in der Schule und der neue Ehemann auf Arbeit waren, traf er die Frau ganz allein an. Das war ihm eigentlich nicht erlaubt, denn seine Frau hatte sich aus Angst vor ihm scheiden lassen. Er hatte sie häufig geschlagen. Und obwohl er jedes Mal hinterher Reue zeigte, war er immer wieder rückfällig geworden.

Ein Wort gab das andere und schon prügelte er wieder auf die Arme ein, die nicht wusste wie ihr geschah. Zum Glück hörte die Nachbarin das Spektakel und alarmierte die Polizei, die den Rasenden erst einmal festnahm.

Aus diesem Grund verbrachte der Wachmann Will Wiesle die vier dienstfreien Tage im Gefängnis statt im Kurzurlaub.

Glück im Unglück hatte er insofern, als die Sache nicht an die große Glocke kam, zumal er sich pünktlich zum Dienstantritt bei seinem Wachleiter zurück meldete, der ihn sogleich auf die Conversioreninsel beorderte, denn es war wieder einmal soweit.

Malicius Marduk hatte sich also sehr natürlich und gleichsam organisch in das Inselleben eingefügt. Will Wiesle war über ein Resozialisierungsprogramm in den Wachdienst aufgenommen worden.

Sein gewalttätiges Naturell wurde durch ein eher harmloses, gutmütiges Wesen hintertrieben, das ihm soziale Kontakte ohne Schwierigkeiten ermöglichte. Vielleicht hatte er mit seiner Verflossenen tatsächlich nur Pech gehabt und wäre mit einer anderen Frau glücklich.

Leider schränkte sein Dienst auf der abgelegenen Insel seine Möglichkeiten diesbezüglich stark ein. Unter dem Personal gab es wenige unverheiratete Frauen im passenden Alter und die Studentinnen waren ohnehin tabu. Die durfte man kaum ansehen.

Das allzu aufbrausende Temperament Will Wiesles kam Malicius Marduk nicht entgegen. Im Gegenteil, es gefährdete die Operation, wie er seine Besetzung gern nannte. Er nahm sich vor, daran zu arbeiten. Vielleicht waren die kommenden stillen Tage dafür geeignet.

Im Schnellverfahren müssten dem Wachmann die Pfade der Durchtriebenheit aufgezeigt, und die Freuden der schlauen Bosheit nahe gebracht werden. Damit Wiesle darin größere Befriedigung als im rohen Gewaltausbruch fände.

Insgesamt war er mit seinem Manöver ansonsten trotzdem sehr zufrieden. Trotz der heftigen Abwehr, trotz aller vermeintlicher Niederlagen war es ihm einmal wieder gelungen, in die Festung des Feindes einzudringen. Unerkannt könnte er von hier aus viel Schaden anrichten. Vielleicht würde ihm so gelingen, die ganze Insel auf die dunkle Seite seiner Macht zu ziehen.

Seine Heerschar der Miserioren fehlt ihm nun doch sehr. Ganz allein auf weiter Flur waren seine Chancen eher gering, soviel Realitätssinn hatte er sich doch bewahrt.

Denn es ist ja nicht so, als gäbe es zwischen der guten und der bösen Seite der Welt keine Ähnlichkeit. Auch die böse Seite träumt und wünscht und hofft und sehnt. Nur ist es in allem das Gegenteil dessen, was die gute Seite erstrebt. Die Inbrunst ist beiderseits die gleiche.

Und so kann es passieren, dass sich die Wesen verirren und unversehens auf der falschen Seite aufwachen. Und da die Kraft des Guten letztlich doch stärker ist, geschieht dies den Bösen viel öfter. So sehr sie sich auch bemühen, das Böse voranzutreiben, so oft müssen sie doch feststellen, dass sie einmal wieder das Gegenteil von dem erreichten, was sie erstrebten.

Während Malicius Marduk seine ganze Aufmerksamkeit auf seine Aufgabe lenkte, bemerkte er gar nicht, wie auch auf ihn eingewirkt wurde.

Inmitten des Brunnens der Liebe kommt dem Hass das Dasein sauer an. Sogar Malicius Marduk war in seiner bösen Existenz gefährdet. Sein vermeintlicher Triumphzug des Trojanischen Pferdes könnte ihm auch zur Falle werden.

Die heftig aufgeflammte Leidenschaft zwischen Henry Baranasias alias Roland Waldschmitt und Viola de Stäel erkaltete rasch im Schatten der Niederlage. Beide hatten in der Auseinandersetzung mit ‚diesen Inselleuten' - wie sie die Vertreter der Zwischenschule verächtlich nannten - nicht gut ausgesehen.

Zu gierig hatten sie sich auf ihren vermeintlichen Triumph gestürzt und waren sich ihrer Sache allzu sicher gewesen. Dabei nagte auch an ihnen immer mal wieder ein seltsamer Zahn und machte sie auf ganz eigenartige Weise kraftlos.

Vergeblich versuchte Baranasias diese ekelhafte Schwäche zu überwinden, die ihn in den unmöglichsten Situationen überkam. Und Viola de Stäel trauerte der Selbstgewissheit hinterher, die sie auf der Insel so ungemein beflügelte und die ihr auf dem Rückflug auf so unerklärliche Weise abhanden kam.

10. Der Advisor lässt sich herab

„Nun geht das schon wieder los“, schimpfte Adrian. Das Boot mit den Conversioren entschwand in der Ferne. Da halfen weder Rufen noch Winken. Die wollten oder konnten sie nicht bemerken! Cori kam das ebenfalls sehr merkwürdig vor. Das hatte es so schon lange nicht mehr gegeben. Dabei waren sie extra früh losgeschwommen dieses Mal. Immerhin kannten sie die Zeitdifferenz. Ja, Adrian machte sich sogar anheischig, diese bis auf die Sekunde genau bestimmen zu können. Er hatte sich zu diesem Zweck extra ein wasserfestes Supervergleichschronometer zugelegt, das er ständig um den Hals trug wie ein schützendes Amulett.

Die Rückwandlung sollte ihn nie wieder kalt erwischen. Und das hatte sie auch gar nicht. Eher ging es diesmal umgekehrt. Sie waren zu früh gewesen. So hatten sie noch eine Runde um die Insel gedreht, dabei schauten sie sich noch einmal die Höhlen an, in denen die Flüchtlinge aus der Tiefe ausgeharrt hatten auf der Flucht vor der Mörderhaischwadron.

- Dergleichen konnte man sich nun schon gar nicht mehr vorstellen. Dabei war das gerade mal ein, zwei Jahre her.

Nun war guter Rat teuer. Was tun? Zu Fuß machten sich die beiden rückverwandelten Conversioren auf den Weg zum nächsten Wachposten. Dort hofften sie, irgendein Kommunikationsmittel zu finden, mit Hilfe dessen sie auf sich aufmerksam machen konnten.

Die Wachmänner waren zwar mit dem Boot abgerückt, doch ihre Gerätschaften ließen sie gewöhnlich zurück, jedenfalls war Adrian, der dies eigentlich hätte genauer wissen müssen, nichts Gegenteiliges bekannt.

Sie fanden in der Tat eine voll ausgerüstete Rettungsstation vor, mit allem, was man sich nur wünschen konnte, wenn man einmal in Not geriet. Sogar eine Seenotrettungsinsel gab es - aufblasbar und rundum geschützt gegen die grausamen Fluten des sturmgepeitschten Meeres.

Doch dieses war gar nicht sturmgepeitscht, sondern plätscherte in leisen, zärtlichen Wellen den sanften Sandstrand hinauf, über den sie die weiße Tonne zogen, um ins tiefere Wasser zu gelangen.

Aufgeblasen war die Insel schnell, doch dann stellten sie fest, dass es keinerlei Antrieb gab. Sie konnten zwar im Meer treiben, nicht aber sich aus eigener Kraft oder gar mit einem bestimmten Ziel fortbewegen.

„Da können wir ebenso gut hier bleiben“, stimmte Cori dem ehemaligen Stellvertreter der Schulleiterin zu. Außerdem wurde es allmählich dunkel. Hier unten im Süden kam die Nacht samten und schnell, kaum dass die Sonne im Meer versank.

„Morgen früh überlegen wir uns was, falls uns bis dahin niemand vermisst“, sagte Adrian.

„Eigentlich müssten die uns doch schon jetzt vermissen“, entgegnete Corina Hase kläglich. Adrian versuchte zu trösten und das Mädchen aufzumuntern.

„Am besten, wir machen uns keine großen Gedanken. Es ist nun einmal wie es ist.“

Bevor sie es sich in den Betten des Wachpersonals bequem machten, schoss Adrian noch einige Leuchtraketen ab, als es vollständig dunkel war.

Einige von den vielen, die drüben ihre Abendspaziergänge machten, müssten die Signale eigentlich sehen und Alarm schlagen. Denn auf der Insel hier hatte nun niemand mehr etwas verloren, das war allgemein bekannt.

Sie aßen von den Notrationen, die sie vorfanden und versuchten zu schlafen. Die Anstrengung der letzten Tage steckte ihnen noch ganz schön in den Knochen. Es war jedes Mal doch auch eine rechte Tortur, bei aller Liebe zu Meer und Tiefsee.

Um Rettern den Weg zu weisen, entzündeten sie zuvor aber ein Feuer vor der Umfriedung. Wilde Tiere gaben es hier nun ja nicht mehr. Die Insel war weitgehend unbewohnt, sah man von ein paar nistenden Seevögeln an den Uferfelsen ab.

Gegen Mitternacht weckte sie Stimmengewirr. Da waren sie, ihre Retter. Flori hatte Arundelle alarmiert als ihre Schwester nicht heimkam. Und Arundelle beriet sich mit ihren Bogen, der sich seinerseits mit seinem Kollegen Zauberstein in Verbindung setzte. Für eine magische Rettung – (ja, der Bogen wusste sofort Bescheid, dem brauchte niemand was erklären) – sei allerdings die Distanz ein wenig kurz, erfuhren sie.

Adrian und Corinia seien wohlauf. So beschlossen Billy-Joe und Tibor das Boot zu nehmen.

Keine Stunde später berichteten die Verschollenen in gemütlicher Runde, was ihnen widerfahren war. Niemand konnte sich erklären, wie so etwas überhaupt hatte geschehen können.

„Die Wächter kennen die Anzahl der Conversioren. Sie überprüfen sie vor dem Ablegen genauestens.“ erklärte die Schulleiterin. Doch auch sie selbst habe Adrian versehentlich einen Tag später erwartet, gestand sie kleinlaut.

„Grundsätzlich möglich also scheint so ein Fehler immerhin zu sein. Nun, wir werden das Wachpersonal befragen und noch einmal unterweisen. Wer bei denen nicht ermattet aus den Büschen torkelt, existiert für die anscheinend nicht. Dabei sind es nun oft sogar schon ihrer drei aus der Tiefsee."

„Wir sind einfach zu unauffällig", bestätigte Adrian Arundelles ein wenig anmaßenden Einwand.

„Ist ja noch mal gut gegangen", ließ sich Cori vernehmen. „Eigentlich ist uns überhaupt nichts geschehen. Im Grunde war's nur der Schreck. Plötzlich allein zu sein, gestrandet auf Robinsons Insel sozusagen..."

„Zeit zum Schlafen", ließ sich Professor Zauberstein vernehmen: „Für alle die es angeht. Morgen ab drei erwartet uns eine Überraschung." Er spielte auf das vierstündige Blockseminar an, das er zusammen mit seinem magischen Kollegen abhielt.

Es entsprach nicht der Art und lag nicht in der Absicht des Zaubersteins sich in die Angelegenheiten der Menschen einzumischen. Sein Hinweis hatte einen bestimmten Grund. Gemeint waren die Somnioren und bis zu einem gewissen Grade auch die Animatioren im Rund, denn ihrer harrte ein Vorgeschmack jener Überraschung, auf die der Professor anspielte. Nur wenigen war der Advisor bislang erschienen. Oder vielleicht war er ihnen erschienen, doch sie hatten ihn nicht in seiner Funktion wahrgenommen. Denn an sich war er von unscheinbarer Erscheinung. Ein vager Schatten, mehr nicht.

Nicht jeder verfügte über Arundelles Gespür für das Wesentliche. Da konnte ein solcher Schatten schon einmal unbemerkt vorüberziehen.

„Der Advisor ist nahe", so hatte Arundelle verstanden. Soweit sie sich erinnerte, war sie ihm niemals auf der Erde begegnet, jedenfalls nicht auf der gegenwärtigen. Aber sie konnte sich täuschen. So war sein Besuch auf jeden Fall etwas besonderes, zumal jetzt mit dieser Voranmeldung durch den Zauberstein.

Cori und Flori, die zusammen mit Arundelle ja einstmals vor vielen Jahren ihre Begabung entdeckten – sie waren einander denn auch erst einmal im Traum begegnet – mied der Schlaf. Kein Wunder angesichts der dramatischen Ereignisse. Und auch Arundelle dämmerte erst in der Morgendämmerung weg in einen traumlosen Tiefschlaf. In dessen tiefster Tiefe aber tauchte dann doch noch ein kleiner Traum auf. Ein sehr merkwürdiger Traum. Denn in diesem träumte sie, dass sie träumte. Sie träumte in dem Traum von einer Stimme, die sie als die Stimme des Advisors erkannte. Doch die Worte, die sie hörte, ergaben keinen Sinn. Zugleich ging mit ihnen jedoch ein Bewusstsein außerordentlicher Bedeutung einher.

Auch die beiden Schwestern Hase, so erfuhr sie beim verspäteten Frühstück in der kleinen Mensa, war es ganz ähnlich ergangen. Auch sie waren von dieser Stimme und ihrer besonderen Bedeutung heimgesucht worden.

„Wenn das ein Vorankündigung war, dann dürfen wir uns ja auf was gefasst machen, heute“, meinte Arundelle und die Schwestern nickten eifrig.

Da sie den Unterricht an diesem Morgen bisher geschwänzt hatten, beschlossen sie gemeinsam, den Rest des Vormittags auch noch zu verbummeln, was sonst überhaupt nicht ihre Art war, um sich für den Nachmittag zu wappnen. Sie schlichen sich zu ihrem Badeplatz hinunter, schwammen zu ihrer Insel hinaus und ließen sich die Sonne wohlig auf den Leib scheinen.

Als sie zum Mittag zurück kehrten, fing sie ganz aufgeregt Tibor ab. „Ihr werdet gesucht, vor allem Cori. Ich glaube es ist wegen gestern. Die wollen deine Aussage.“

Eilends und ein wenig schuldbewusst begab Cori sich zur Direktion, wo die Wachmannschaft versammelt saß, um ihre Aussagen protokollieren zu lassen.

„Wir brauchen auch von dir noch deine Aussage, vielleicht drüben bei der Sekretärin, dann brauchst du nicht extra warten“, meinte Dorothea und wies zur Tür.

Viel kam nicht heraus bei dieser Befragung. Niemand hatte etwas anderes erwartet. Wenn böse Absicht im Spiel gewesen war, dann würde diese durch eine Befragung sicherlich nicht ans Licht kommen. Doch so waren nun einmal die Statuten.

Es wurde höchste Zeit für das Blockseminar. Als Cori in den Hörsaal stürmte, machten es sich die Herrn Professoren am Katheder gerade bequem. Keine Chance bis dahin durchzukommen. Dicht an dicht hockten die vielen Schülerinnen und Schüler, sodass sie ihren Vorstoß selbst als Unrecht empfunden hätte, dabei war sie eigens in den inneren Zirkel bestellt worden.

Von Ferne erkannte sie die gespannten Gesichter ihrer Schwester, neben Tibor und Patagonia und Tika, den kleinen Sandor mit Tuzla, das unzertrennliche Paar neuerdings.

Arundelle hielt ihren Zauberbogen wieder auf dem Schoß, wie schon vor vier Wochen und Pooty lugte aus Billy-Joes Medizinbeitel und präsentierte den weithin leuchtenden Zauberstein.

„Bevor es losgeht“, ließ Billy-Joe sich vernehmen, „wo ist Corinia Hase? Wir bitten Corinia Hase – falls sie schon anwesend ist - umgehend nach vorn zu kommen.“

„Kann sein, dass die noch beim Verhör ist“, meinte Florinna und Arundelle nickte bestätigend.

Doch da meldete sich Corinia Hase auch schon. Sie wurde mit Hallo über die Köpfe hinweg nach vorne durchgereicht. So war es am einfachsten.

„Dann können wir ja beginnen." Um das Katheder herum stellten sich die Sublimatioren auf und begannen mit leichtem Schritt, zu kreisen. Nach wenigen Augenblicken schon erhoben sie sich in die Luft. Sie schwebten zur Decke hinauf und bewegten sich - wie eine grüne Wolke über die Köpfe hinweg - kreischend und lachend durch den Saal.

Ihr Jubel steckte auch die zurück Gebliebenen am Boden an und ließ sie wenigstens auf diese Weise Anteil nehmen, wenn es auch vielen in den Beinen juckte, die sich am liebsten ihrerseits versucht hätten. Denn vielen steckte das Tanzfieber im Blut, auch wenn es noch nicht ausgebrochen war, und möglicherweise auch nie ganz ausbrechen würde. Denn nicht jede Begabung wird zum Leben erweckt. Eher ist es umgekehrt, die meisten werden leider vor der Zeit abgetötet.

Als sich der grüne Wirbel herabsenkte und anhielt, entstieg ihm - ein wenig theatralisch - der Advisor. Arundelle erkannte ihn sofort. Er kam über dem Katheder zu schweben und stellte sich zunächst mit seiner leisen zugleich weithin tragenden Stimme vor.

Eine besondere Ehre sei es ihm, hier her gebeten worden zu sein. Sich all ihrer Probleme anzunehmen sei er hier, nur Fragen könne er leider keine beantworten, allenfalls stellen könne er sie. So seien nun einmal die Regeln. Er habe sie nicht gemacht.

Seine Erfahrung habe ihn jedoch gelehrt, dass diese Regelung nicht nur sinnvoll, sondern die einzig mögliche sei. Man möge sich die Allmacht nicht fragwürdig vorstellen. Besser sei ohnehin, sie sich gar nicht vorzustellen. Wenn alles möglich ist, dann ist alles zugleich unmöglich, das leuchtet ja wohl ein! Oder etwa nicht? Nun, dann fasst es aus Herausforderung auf und verfasst euern ersten philosophischen Diskurs. Nennen wir ihn ruhig ‚die Preisfrage der altehrwürdigen Akademie der Wissenschaften von und auf Weisheitszahn' – ja gewiss, in Anlehnung an...'[1], - sagte es und entschwand lachend im leeren Dunkel der fernen Decke. „So ist er, der alte Advisor", Arundelle zuckte resigniert die Achseln. Sie kannte das schon. Wann immer einem die Fragen Löcher in die Zunge brennen wollten, entschwand der.

---

[1] Jean-Jacques Rousseau - dieser findet im *Mercure de France* 1749 die Preisfrage der Académie von Dijon: *Le Rétablissement des sciences et des arts a-t-il contribué à épurer les mœurs?* („Hat die Wiederherstellung der Wissenschaften und Künste dazu beigetragen, die Sitten zu läutern?"). Er gewinnt den Preis mit seinem berühmten *Discours sur les Sciences et les Arts* („Abhandlung über die Wissenschaften und die Künste").

„Merkt euch bloß alle den Titel für den Diskurs. Nehmt ’s als Offenbarung meinetwegen.“ - merkte Arundelle an. Sie wusste schon warum.

„Kann jemand den Titel wenigstens mal an die Tafel schreiben?“

„Keine Fragen, hat der Advisor doch gesagt.“

„Ich habe doch bloß gefragt, weil...“

„Wem das nun doch zu flott ging, dem empfehle ich etwas Meditation. Kann nie schaden, sollte man sich ruhig in den Alltag einbauen. Ist gut für den Kreislauf, stärkt Herz und Nieren und den Geist sowieso...“

Der Zauberstein gab sich äußerst konziliant und leutselig, wie noch nie im Seminar, sichtlich eingeschüchtert vom Auftritt des illusteren Gastes. Er hoffte, dass wenigstens der Titel sich auf diese meditative Weise einprägen würde. Denn ohne Fragstellung war man in der Philosophie verloren.

„Nun denn, flugs an die Arbeit, was zögert und zaudert ihr noch. Eine Überraschung war euch versprochen. Eine Überraschung habt ihr erhalten.“

„Eher schon eine Enttäuschung“, murrten einige. Nicht jedem floss die freie Schreibe nur so aus der Feder.

Im Blockseminar verfielen die Professoren Zauberstein und Zauberbogen nun für die verbliebene Zeit in ihren gewohnten Dialog. So senkte sich alsbald meditativer Friede auf die Versammlung und allgemeines rhythmisches Durchatmen kündete vom Gleichklang vieler Herzen.

Frustration wurde abgebaut, und wo dies nicht gänzlich gelang, gleichsam vertagt. Und die nicht einzustimmen vermochten in den tiefen Sog der Unendlichkeit, der seine zarten Fingerspitzen herein zu strecken schien, der gab doch wenigstens Ruhe. Und vielleicht gelangte auch er oder sie ein wenig verspätet in den nämlichen Zustand.

Den Weg des Advisors galt es sich vorzustellen. Irgendwo weit, weit aus den fernsten Tiefen des Alls kam er zu ihnen her. Er verfehlte dieses Staubkorn nicht. Das Staubkorn Erde - so winzig, dass es praktisch nicht zu treffen war. Und doch hatte der Advisor nicht nur das winzige Staubkorn richtig getroffen. Er hatte sogar darauf noch einmal getroffen, als er die südliche Hemisphäre ansteuerte.

Er hatte das Staubkorn im Staubkorn getroffen, die Insel Weisheitszahn. Er hatte sich dann leiten lassen vom grünen Ehrenkranz der aufgestiegenen Bewillkommner, um endlich einzuschweben und um einige seiner zarten Andeutungen zu machen, für die er stand.

Hilfe zur Selbsthilfe nannte er sein meist ein wenig frustrierendes Programm. Zumal er plötzliche Abgänge liebte, wie auch diesmal wieder. Nicht dass er auf Ergebnisse wirklich aus war. Aus war er auf jedes Heureka und jedes erstaunte Aha ebenso wie auf alles Gelingen, das dem gemeinhin auf dem Fuß folgte, sogar noch wenn falscher Sinn die Umsetzung eintrübte.

So war der Advisor nun mal.

‚Ja, ja, die Dimensionen - das abgedroschene Staubkorn. Jeder benutzt es ständig. Was sagt das denn noch weiter groß aus!

Die Stichworte sind längst gefallen:

So richte deinen Geist nur aus -
Schau offnen Sinnes auch hinaus
In den Sternenhimmel bei der Nacht:
Tiefer ist er - als der tiefsten Augen Pracht -
Und weiter ist er als des weit'sten Herzens Macht -
Auch ist er klüger - als was je der klügste Kopf erdacht -
Und sehnender als je in einer Seel' an Liebessehnsucht sich entfacht.

Wenn unser Sonnensystem nun gar kein Sonnensystem wäre, sondern ein Sauerstoffatom oder auch ein Fluoratom - man kann sich über die Anzahl der Planeten und Monde streiten. Andererseits kennt niemand die wirklichen Bahnen der Elektronen, von deren Annahme so vieles abhängt, das unser Leben bestimmt.'

‚Vergesst mir nur die Streitfrage der Akademie nicht.'

‚Adios, Adieu, und Gott befohlen...'

Die Untersuchung der Ereignisse auf der Conversioreninsel verlief im Sande. Klammheimlich und diebisch freute sich Wachmann Will Wiesle, dem der Streich gelungen war. Besonders freute er sich darüber, dass ihn niemand verdächtigte. - Noch testete er seine Möglichkeiten aus. Dem Einflüsterer im Innern konnte er vertrauen, das wusste er jetzt.

Dieser hieß ihn sich hervor tun, sich stets und überall willig zu zeigen, wo es um Freiwilligkeit ging. Keine Zeit war ihm künftig zu unbequem. Kein Dienst zuviel. Es gab so für ihn keine Ferien mehr. Seit dem Fiasko in Sydney hatte er die Nase voll von der Stadt, samt Ex und Familie. Freizeit brachte ihn nur auf dumme Gedanken. Er kannte seine Neigung nur zu gut.

Um so lieber war es ihm, seine Bedürfnisse in den Dienst seines Einflüsterers zu stellen, der ihn von nun an leitete. Und nicht nur das.

Er warnte ihn auch beizeiten, richtete seine Gedanken aus und zügelte sein rohes Temperament, um es in Bahnen zu leiten, die nicht weniger verworfen waren, dafür aber unauffällig und um vieles intelligenter als alles, was er je aus eigenen Stücken zuwege brachte.

Der Streich auf der Conversioreninsel war da nur ein erster Anfang. Auf diesem Wege kam er dem Ziel des Einflüsterers immer näher. Bald stand er der Wachmannschaft am Tresor vor. Doch sogar er kannte die Kombination der Alarmanlage nicht oder war gar befugt, diese zu bedienen, und selbstverständlich auch nicht das Zeitschloss, das sowieso niemand bedienen konnte.

Die Säcke mit dem Diebesgut hatte Dorothea zwar sicher gestellt, doch niemand befand es für notwendig, sie wieder in den Sarkophag zurück zu bringen. Dieser galt seit dem Raubzug des diebischen Pärchens im übrigen als unsicher. Zumal ja auch Zinfandor möglicherweise mit von der Partie gewesen war, der nun freilich behauptete, sich an nichts erinnern zu können.

Penelope M'gamba bestätigte seine Aussage. In der fraglichen Nacht habe Zinfandor sein Bett sicher nicht mehr verlassen. „Mir ist völlig unerklärlich, wie mein armer Schatz schon wieder ins Visier der Ermittler gelangen konnte. - Dem spielen die doch ganz übel mit, das muss uns allmählich klar werden. Wann immer es denen passt, wird Zinfandor aus der Versenkung geholt. Ihr habt doch mit bekommen, wie schlecht es ihm ging. Erst hat er sich ständig übergeben, dann ist er zum Glück eingeschlafen. Und als ich dann später wieder zu ihm ging, hat er fest und selig geschlafen, das kann ich bezeugen."

Freilich, das wusste auch sie, wäre es rein theoretisch möglich gewesen, dass er sich davon schlich, nachdem sie ihn verlassen hatte, um zum Bankett zurückzukehren. Er hätte dann schnurstracks in den entfernten Gang gelangen müssen, von dessen Existenz er eigentlich nichts wissen konnte. - Das war alles sehr unwahrscheinlich.

Jedenfalls standen die Säcke mit den gefälschten Papieren erst eine Zeit lang im Büro, bis Dorothea es für klüger befand, sie ebenfalls einschließen zu lassen. So konnte Wachmann Will Wiesle seine neuen Talente nutzbar machen und die Säcke nicht nur unauffällig durchstöbern, sondern auch um gut ein Drittel ihres Inhalts erleichtern. Ein Umstand, der um so weniger auffiel, als er ihn durch andere Papiere aufwog.

Es war ziemlich unwahrscheinlich, das sich in absehbarer Zeit jemand die Mühe machen würde, die Säcke bis auf den Grund zu durchsuchen und dabei den Schwindel zu entdecken. Und selbst wenn die Sache aufgeflogen wäre, wer sollte ihn verdächtigen? Eher noch fiele der Verdacht auf die ursprünglichen Kopierer, dass die ihren Job nicht ordentlich gemacht hätten, zum Beispiel.

Einen entscheidenden Vorteil hatte die Meditation ohne Zweifel. Auf diese Weise wurden viele der Teilnehmer irgendwie gleichsam gleichgeschaltet. Sie gingen dann vielleicht von der selben Voraussetzung aus und an ein bestimmtes Problem heran.

Ganz anders verhielt es sich mit der Preisfrage. Die ja noch nicht einmal eine richtige Frage war und die die meisten schon wieder vergessen hatten – jedenfalls nicht auf die Reihe kriegten. Hieß das nun zugleich auch: „Wenn nichts unmöglich ist, dann ist alles möglich?" - oder auch „Alles ist möglich – nichts ist unmöglich?"

„Am Titel selbst sind Änderungen unstatthaft", glaubte Arundelle die durchdringende Stimme des Advisors zu vernehmen: „Und der Titel lautet nun einmal: ‚Wenn alles möglich ist, dann ist alles zugleich unmöglich.' Es empfiehlt sich denn doch, eine solche Kausalität erst einmal einwirken zu lassen, und mir nicht gleich mit dem Nichts zu kommen", nickte der Advisor und war schon wieder dabei zu entschwinden, diesmal in dem eigens isolierten Sauerstoffatom eines Wassertröpfchens. „Nur damit nicht auch **d a s** noch zu Streitigkeiten führt", lachte er und es schien Arundelle, als lachte er sie aus:

„Nichts ist da, wo niemand sich auskennt. Hat sich was mit nichts. Guter Rat: vergesst nichts."

Damit war er endgültig in seinem Sauerstoffatom entschwunden, und wieder war da nichts als ein Wassertröpfchen, das im freien Fall begriffen, mit lieblicher Stimme sang:

„ Alles in einem -
Und Eines in Allen -
Das lässt der Advisor sich gern gefallen."

Als es auch schon die seidige Haut einer wabernden Oberfläche mit vernehmlichen Klatschen durchschlug und sich im Meer verlor. – Wo es sich womöglich tatsächlich verloren hätte, wäre da nicht eben der Advisor zu Besuch auf der dritten Umlaufbahn eines Elektrons namens Erde angekommen, und in einem grünen Kreis jauchzender Sublimatioren über einem Katheder schwebend, zum Stehen gekommen.

So erhielt sich eben dieses unverwechselbare Elektron in seinem ebenso unverwechselbaren Bezugssystem, das der Besuch des Advisors zwar kenntlich machte und womöglich auch aufwertete. Dessen Bestand aber zweifellos auch ohne diese Aufmerksamkeit garantiert wäre. Es handelte sich, wie gesagt, ja nur um einen Besuch, um mehr nicht.

„Im Meer gehen die Uhren nun einmal anders, daran gewöhnt man sich am schwersten." Aber das hörten die, außerhalb und im unendlich fernen All, längst nicht mehr und die drinnen, die es hörten, verstanden es nicht, da sie von all dem nichts oder doch nur wenig wussten; Vielleicht, dass sie gerade zu ahnen begannen.

11. ‚Das gewisse Etwas'

Der Wachmann Will Wiesle merkte, dass es viel schwerer war, die gefälschten Zertifikate von der Insel zu kriegen, als sie zu stehlen. Schon die Lagerung bereitete ihm Kopfzerbrechen. Er konnte die Bündel nicht einfach unter das Bett schieben, wie er sich das gedacht hatte. Denn jeden Morgen kam ein Putzmann und feudelte durch das Wachlokal. Er war überaus gründlich dabei.

Erst einmal vergrub Will Wiesle seine Beute in reiß- und wasserfesten Beuteln nahe dem Hangar auf neutralem Boden. Wer sollte sie dort schon finden? Solange die Papiere nicht vermisst wurden, würde sie auch niemand suchen.

Andererseits konnte man hier nie sicher sein, dass irgend so eine vorwitzige Kleine (meist waren es Mädchen!) - im Traum oder auch im Seelenflug über die Insel fleuchte. So war es durchaus möglich, dass ihn jemand beim Vergraben beobachtet hatte, ohne jedoch irgend einen - schon gar keinen dringenden - Verdacht zu schöpfen. Aufkommen aber könnte ein solcher Verdacht auch im nachhinein noch jederzeit. Schon der winzigste Fehler konnte genügen.

Wachmann Will Wiesle musste sein Diebesgut von der Insel kriegen, da biss die Maus keinen Faden ab. Erstens wurden die Zertifikate gebraucht, um Verwirrung zu stiften, zweitens lief er Gefahr, durch sie aufzufliegen und drittens waren sie auf der Insel zu gar nichts nütze, während sie an der Börse Geld brachten.

Da half nur eins, es müssten sich für ihn wieder gute Gründe finden, regelmäßig aufs Festland zu fliegen und zwischendurch viele Briefe zu versenden, so wie dies früher der Fall war, als er noch mit seiner Familie zusammen lebte.

Und wenn er sich nun neu verliebte? Dann hätte er wieder gute Gründe, Briefe zu schreiben und regelmäßig Urlaub auf dem Festland zu nehmen.

Da in seinem Innern ein diabolischer Gast saß, blieb ihm keine große Auswahl. Will Wiesle wurde den Fängen von Viola de Stäel überantwortet. Diese Lösung erschien dem Dämon in seinem Innern nicht nur eine praktische, sondern auch eine angenehme Lösung. Denn Viola de Stäel besaß all die besonderen Reize einer vollendeten Verführerin.

Der beschränkte Wachmann war ihr selbstverständlich in keiner Weise gewachsen. Eine solch armselige Figur hätte sie unter anderen Umständen völlig ignoriert. Doch da Malicius Marduk die Fäden in der Hand hielt und ihre Schritte lenkte, liefen sich die beiden nicht nur über den Weg, sondern entbrannten auch sogleich in einer heftig aufflammenden Leidenschaft für einander.

Viola de Stäel war wieder zu ihrer alten Praxis zurück gekehrt und hatte sich auch hier in Sydney ein kleines verschwiegenes Studio eingerichtet, wo sie ungestört ihren Neigungen nachgehen konnte. Es war wie geschaffen für die sich anbahnende Liaison mit dem Wachmann.

Alsbald nun kam es zu einem Zustrom gefälschter Zertifikate. Anfangs schrieb der verliebte Mann fast täglich und immer legte er ein buntes Papierchen bei. Es wurde sozusagen sein Markenzeichen, das die Postkontrolle, (der sich alle Beschäftigten in jedem Falle, die Schüler nur in besonderen Fällen, unterziehen mussten), alsbald unbesehen passierte. Die Postkontrolle war ein hilfloser Versuch, der Neugier einen Riegel vorzuschieben. Doch diese fand inzwischen viel raffiniertere Wege über irgendwelche Internet-Plattformen. Jeder konnte sie anklicken. Sie ließen sich nicht kontrollieren.

Auch die Ausreisekontrolle wurde immer lockerer, je öfter Will Wiesle reiste. Er reiste jeden Monat mindestens einmal, wenn er sich wieder einige Tage am Stück zusammen gespart hatte.

Das ging leicht, besonders weil er sich freiwillig und gern auf die Conversioreninsel abkommandieren ließ, denn dort wurde jeder Tag mit sechzehn Stunden vergütet, sodass man in drei Tagen achtundvierzig Stunden gutmachte.

Am schwierigsten gestaltete sich bald schon das Ausgraben der Papiere hinter dem Hangar. Aber auch dafür fand Will Wiesle eine patente Lösung, indem er um Erlaubnis nachsuchte, sich ein eigenes kleines Gärtchen anzulegen, was ihm gewährt wurde.

Im Verlauf mehrerer Wochen wurde so das ganze gestohlene Aktienpaket transferiert und danach sorgfältig präpariert und vom lästigen Stempelaufdruck befreit. So stand es endlich dem Professor Baranasias zur Verfügung, der damit den Markt überschwemmte.

Dorothea, die den Börsenhandel täglich beobachtete, bekam die Entwicklung selbstverständlich mit als es bereits zu spät war. Sie ließ die angebotenen Papiere unbesehen aufkaufen, auch wenn diese dadurch erheblich an Wert gewannen. So fanden sie den Weg zurück und wurden nun, statt in einem Erdloch hinter dem Hangar, im Tresor der Zwischenschule eingelagert, wo sie sich bunt und unschuldig mit den echten Zertifikaten vermischten.

Je dicker das Aktienpolster anschwoll, das Dorothea anzuhäufen meinte, um so zufriedener wurde sie. Nicht einmal im Traum dachte sie daran, Opfer einer gezielten Intrige zu sein. Dabei hätte sie sich eigentlich fragen müssen, woher diese vielen Zertifikate stammten, die da so plötzlich auftauchten.

Sie hielt auch dann nicht ein im Kaufrausch, als ihre Barmittel erschöpft waren und sie Geld aufnehmen musste. Es war für einen guten Zweck. Die ungedeckten Verbindlichkeiten holte sie in einer Akquisitionstour schnell wieder herein, hoffte sie.

Wem ‚das gewisse Etwas' fehlte, oder wem es abhanden kam, der hatte bei Viola de Stäel kein Glück. Davon konnte Henry Baranasias alias Roland Waldschmitt ein Lied singen. Worin ‚das gewisse Etwas' genau bestand, konnte sie selbst nicht sagen. Das spürte man schon, wenn es da war. Und wenn es fehlte, dann spürte man das auch, nur umgekehrt.

Der armen Wachmann Will Wiesle wusste nicht, wie ihm geschah. Ihm war es, als habe jemand plötzlich das Licht ausgeschaltet und ihn allein in einem leeren dunklen Raum zurück gelassen.

Seine Aufgabe war erfüllt; seine Möglichkeiten an weitere Papiere der Zwischenschule heran zu kommen waren gleich null.

Malicius Marduk verließ ihn während eines Besuchs im Hause de Stäel, als sich dort gerade der – (von umfangreichen Operationen) - genesene Assistent von Professor Baranasias einfand.

Frisch renoviert und voller Tatendrang wie er war, bot er sich als idealer Kandidat. Plötzlich versprühte er nun ‚jenes gewisse Etwas', wie es Viola de Stäel aufmerken ließ und so war es nur folgerichtig, dass er es verpasst bekam, indem Malicius Marduk sich in seiner Seele einrichtete.

Der von seinem Charisma verlassene Will Wiesle verfiel in längst vergessen geglaubte Verhaltensweisen zurück, was ihn umgehend in Polizeigewahrsam brachte. Nur mit viel Mühe bekam ihn die Schulleitung der Zwischenschule zurück. Letztlich doch nur mit der Auflage, ihn nie wieder auf die Stadt loszulassen.

In der Tat - in seinem Liebeskummer hatte der Wachmann denn auch ganz schrecklich gewütet. Er hatte sich damit dazu noch auf Jahre hinaus verschuldet.

Dankbar nahm er die Hilfe an. Er war sogar so dankbar, dass er den Diebstahl und den Schmuggel der gefälschten Schulanteilscheine gestand.

Die Spreu vom Weizen zu trennen erwies sich als äußerst schwierig. Denn die Fälschungen sahen den Originalen so täuschend ähnlich, dass diese letztlich nur durch die unterschiedliche Einlagerung zu trennen waren. Außerdem verfügten die Fälschungen ja über keine eigenen Ausgabedaten, sondern nur über solche, die sich bereits auf Originalen fanden. Auch dies war ein weiteres Indiz.

Die Börse, die inzwischen Wind von dem Schwindel bekommen hatte, - Professor Baranasias war nicht untätig geblieben – reagierte nervös. Erste öffentliche Anschuldigungen tauchten in den einschlägigen Magazinen auf. Die Zwischenschule war dabei, ihren guten Ruf zu verlieren. Denn der Kreislauf der faulen Aktien wurde unzweifelhaft dokumentiert. Der Schmuggler allerdings tauchte nicht als dieser auf, sondern wurde zum offiziellen Boten der Zwischenschule.

Zum großen Glück für die Schulleitung war der reuige Sünder umfassend geständig. Aus Liebe habe er seine Verfehlungen begangen. Nur den Grund seiner Leidenschaft selbst verriet er nicht namentlich.

Bis auf den finanziellen Schaden, der beträchtlich war, ging die Angelegenheit noch einmal glimpflich für die Zwischenschule ab. Dorothea begab sich auf eine neuerliche Akquisitionsreise nach Europa und den USA. Sie flocht diesmal ihre bahnbrechenden Forschungen noch geschickter ein. Sie begab sich damit allerdings in ein ganz ähnliches Fahrwasser, in dem der ehemalige Vorsitzende der Bruderschaft Infernalia einst segelte und dann Schiffbruch erlitt.

Die Kurse fingen sich in der Folge. Geld war wieder da. Nur stieg auch der Erwartungsdruck. Scholasticus ärgerte sich nun doch sehr, dass er seine Frau hatte ziehen lassen, statt mit ihr zu kommen. Immerhin bestanden seinerseits noch alte Kontakte und diese schienen ihm doch bei weitem seriöser, als die, von denen er nun erfuhr.

Alle Welt blickte wieder hinunter oder hinüber zu der kleinen Insel im fernen Südmeer, wo sich manch Wunderbares zutrug und wo die Suche nach der verlorenen Zeit angeblich zu Einsichten unerhörter Art gelangte.

Malicius Marduk frohlockte klammheimlich und ließ es sich in der schwarzen Seele des runderneuerten Assistenten Wohlsein. Wenn er nur dafür Sorge trug, dass das Ausbeutungsprinzip auch der neuen Weltwährung Zeit eignete, dann bliebe alles nach seinem Geschmack. Denn diesbezüglich sah es zur Zeit gar nicht so schlecht aus.

Es war eben alles nur eine Frage der Zeit, wann die neue Weltwährung Zeit kommen würde. Das neue Währungsprinzip aber leuchtete schon jetzt am Horizont der Weltgeschichte auf, auch wenn dies bislang nur die Wenigsten ganz verstanden.

Käme die neue Währung als Befreiungs- oder als Ausbeutungs- und Unterdrückungsinstrument? Das war für Malicius Marduk die entscheidende Frage, die er in seinem Sinne beantwortet haben wollte.

Es galt, die neue Gier weiter anzustacheln, die sich mehr und mehr breit machte. Nur wenn die Gier nach Leben ins unermessliche stieg, würden sich auch geeignete Menschen finden, die das neue Ausbeutungssystem voran trieben.

Das Kalkül war im Grunde ganz einfach. Zeit war ein knapper Rohstoff und wenn es gelang, ein geeignetes Speicherungssystem für die Zeit zu erfinden oder zu entdecken, dann konnte Zeit gehortet werden. Und um sie zu horten, musste sie eingezogen werden, musste sie von der breiten Masse abgezogen werden. Deren Lebenszeit also galt es auf diesem Wege zu verkürzen.

Hingegen versprach der neue Reichtum allen, die es sich leisten konnten, ewiges Leben. Der Konflikt der Klassen war damit vorprogrammiert und einher ging damit wie immer schon - Chaos, Zerstörung, Krieg und Not, und das war ganz im Sinne von Malicius Marduk.

Die Forschungen der Zwischenschule passten ins Bild und zugleich passten sie auch nicht hinein. Hier in der Zwischenschule schälte sich allmählich eine ganz andere Perspektive der Problemlage heraus. Die Anschauung der Zeit wurde aufgrund von vielerlei Indizien radikal umgekehrt. Der veränderte Ansatz ging von der Vorstellung verschwenderischer Fülle aus. Nicht Mangel, sondern Überfluss kennzeichne die Zeit in Wahrheit.

Erst ein verfehltes Leben lasse die Menschen vorschnell aus dem Fluss der Zeit ausscheren und an den Gestaden des Todes stranden. So sei dies ein keineswegs notwendiges Übel, das überwunden werden könne.

Malicius Marduk sah auch darin eine Chance. Wenn es gelänge, diese Forschung zwar voranzutreiben, dann aber rechtzeitig von den Massen abzukoppeln, dann käme man dem Ziel der allgemeinen Ungerechtigkeit ein gutes Stück näher, und das Gute hätte für immer ausgedient.

Nachdem der reuige Wachmann Will Wiesle sein Gewissen erleichtert hatte, ging es ihm besser. Zwar pochte der Schmerz noch immer dumpf in seinem liebeswunden Herzen, doch die Routine des Dienstes, die Kameraden und überhaupt die freundliche Atmosphäre auf der Insel Weisheitszahn, gaben ihm Halt und linderten den Schmerz. Zwar war es ihm nicht erlaubt, sich Studierenden zu nähern, es sei, diese sprachen ihn direkt an, doch da sie dies taten, denn viele wussten ja, wie übel ihm mitgespielt worden war, knüpften sich doch so etwas wie freundschaftliche Bande.

Pooty, der völlige Narrenfreiheit besaß, erzählte ihm denn auch von Walters Schicksal und versprach ihm ein Treffen mit diesem bei nächster Gelegenheit.

Billy-Joe war nur allzu einverstanden. Sein Herz schlug ohnehin für die Betrogenen und Entrechteten dieser Welt. Und Will Wiesle war einer von ihnen, das spürte Billy-Joe genau.

Vielleicht kam er so dem noch immer düster und schrecklich in ihm steckendem Geheimnis Walters auf die Spur. Denn Billy-Joe wähnte ganz richtig, dass Malicius Marduk auch für Will Wiesles Absturz verantwortlich war. Was Wiesle andeutete, hatte ihn jedenfalls hellhörig gemacht.

Will Wiesle hatte überlebt. Walter nicht – (jedenfalls nicht umstandslos.) Wie konnte das geschehen?

Arundelle, mit der Billy-Joe sich deswegen immer wieder besprach - glaubte, dies habe mit dem Verbot zu tun, das sie erwirkt hatte. Danach war es Malicius Marduk vom Advisor verboten worden, die Vergangenheit nachträglich zu seinen Gunsten zu verändern.

Angesichts der sich abzeichnenden parallelen Welten sei dies allerdings eine eher schwächelnde Argumentation, fanden auch Billy-Joe und Pooty. Immerhin, so betonte Arundelle, sei damit Walters Tod nicht ganz und gar sinnlos und umsonst gewesen.

Seid Billy-Joe sich all monatlich in Walter verwandelte, konnte er sich in alle Opfer von Malicius Marduk einfühlen. Es war ein sehr merkwürdiges Gefühl mit zwei Seelen in einer Brust zu leben, zumal wenn diese in ständigem Widerstreit mit einander lagen. Diese innerliche Zerrissenheit war für Walter schlecht ausgegangen.

Wachmann Will Wiesle wusste ebenfalls um das Gefühl, nicht mehr er selbst zu sein. Doch in seinem Falle, so erzählte er es Billy-Joe, fühlte er sich, als habe ein erfahrener Lehrer die Regie übernommen. Und zum ersten Mal in seinem Leben verspürte er das süße Gift der Macht. Ein Gefühl, dem er sich mit der Faszination des Grauens überließ. Und je mehr Schandtaten ihm gelangen, um so heftiger berauschte er sich an der Macht.

Wo es Walter zerrissen hatte, da baute sich Will auf zu dem brutalen Monster, das zu sein er sich in seinen kühnsten Träumen immer ausgemalt hatte.

Die Frage war nun die, hatte Walter sich solche Regungen nur versagt? War er daran zerbrochen? War Will einfach ehrlicher in seinem Innersten oder war Walter ganz anders gewesen und war deshalb zerbrochen?

„Fehlt dir nun was, wo du wieder allein bist?“ - wollte Billy-Joe von Will denn auch wissen. Doch er löste nur Ratlosigkeit aus. Die Selbstreflexion war nicht Will Wiesles starke Seite. Anders als Billy-Joe, der inzwischen mehr ahnte als er wusste, wie es um Walter stand, war Will Wiesle von einer solchen Selbsterkenntnis noch weit entfernt. Während Billy-Joe Walter inzwischen beinahe besser kannte als der sich selbst gekannt hatte.

„Niemand ist je ganz frei von Allmachtsphantasien. Ich denke, darüber brauchen wir nicht streiten“, meinte Arundelle ein wenig zu beiläufig, denn damit entzog sie Billy-Joe eine - wie er meinte - solide Grundlage, die er sich für Walter zurecht gelegt hatte.

„Vielleicht gilt deine Ansicht nicht für Kängurus, sondern nur für Menschen?“ - gab er zu bedenken: „Wenn du mal zurückdenkst, es waren immer Tiere, die Marduk und den Miserioren zum Opfer gefallen sind, Menschen haben, soweit ich weiß, alle wenigstens überlebt.“

„Du meinst, in allen Menschen stecken solche Allmachtsphantasien. Wir alle sind anfällig für die Verführungen durch die diabolische Macht?“ - fragte Arundelle zurück.

„Ja, ich glaube, Walter ist deswegen gestorben, weil er sein Innerstes nicht nach außen stülpen konnte, weil er die fremde Macht nicht abstoßen konnte, die ihm so ganz und gar fremd war, dass er lieber tot sein wollte, als sie länger auszuhalten.“, antwortete Billy-Joe und fuhr dann fort:

„Will Wiesle hat es indirekt zugegeben. Er hat den Zustand genossen. Nicht nur, sondern gefürchtet hat er sich schon auch und geekelt, aber er war nicht ganz und gar auf Abwehr eingestellt. In den Augen seiner Angebeteten erlangte er damit nämlich erst ‚das gewisse Etwas’, die Voraussetzung für ihre Zuwendung, das dürfen wir nie vergessen...“

„Und das hat sogar er irgendwann spitz gekriegt“, mischte Pooty sich nun ein.

„So könnte es sein“, nickte Arundelle.

„Ich denke, wir erraten, um wen es sich bei der Person handelt.“, schob sie nach einer Weile nach und machte eine nachdenkliche Pause, bevor sie fort fuhr:

„Könnte natürlich sein, dass ihr Conversioren noch einmal eine ganze Ecke gefährdeter seid. Obwohl - vielleicht wusste Walter womöglich gar nichts von dem, was alles in ihm steckte... sich zu verwandeln, etwas in sich entdecken und ganz konkret frei lassen...“

„Schon gar nicht solche Monster...“, stimmte Pooty zu, der an den ekelhaften Farmer dachte, wie dieser auf dem Leichenberg posierte. Dass Walter mit dem nichts zu tun haben wollten, war sonnenklar.

Billy-Joe fiel das äußerst zwiespältiges Verhältnis zu dem gelben großen Dingo ein. Bevor er ihn als den Killer seiner Menschenmutter erkannte, war er ihm ziemlich hilflos ausgeliefert gewesen.

Ihm war es ganz ähnlich ergangen wie Walter. Und er hatte überlebt, Walter nicht. Das gab ihm nun zu denken. Der redliche Walter war zerbrochen, während er selbst sein mörderisches Erbe wegsteckte und von sich abkoppelte oder in sich abkapselte. Denn der gelbe Dingo war noch immer ein Teil von ihm und würde es immer bleiben. Jedenfalls wusste er um keine Überwindungsstrategie. Keine, die Erfolg versprach, wenn nicht Walter ihm gerade die richtige Medizin verabreichte.

***

Für die meisten im Seminar war der Advisor einfach verschwunden. Die Teilnehmer glaubten gesehen zu haben, wie er in einem grünen Wirbel ebenso verschwand, wie er her gekommen war.

Aber die Sublimatioren hatten ihn überhaupt nicht verabschiedet. Tibor meinte, er hätte beobachtet, wie der Advisor immer schwächer, immer durchscheinender wurde, um erst ganz zuletzt gänzlich zu verschwinden.

„So war es vielleicht beim ersten Mal. Doch als er dann zum zweiten Mal verschwand, war es anders."

„Wie, was, beim zweiten Mal? Da war kein zweites Mal. Willst du behaupten, der kam zweimal?" - fragte Tibor ganz erstaunt.

Außer Arundelle schien ihn niemand zweimal gesehen zu haben. Nicht einmal Billy-Joe oder Pooty, die die ganze Zeit unmittelbar neben ihr am Katheder gestanden hatten.

„Ist vielleicht auch nicht so wichtig", schwächte sie ab. „Eigentlich wollte ich auf was ganz anderes hinaus. Ich dachte, auch euch sei das aufgefallen. Vergesst einfach, was ich gesagt habe."

Nachdenklich verstummte sie. Man sah ihr an, wie es in ihr arbeitete. Hatte denn niemand mitgekriegt, wie der in diesem Sauerstoffatom verschwand? Natürlich war eine solche Vorstellung der reine Blödsinn, das wusste auch sie. Niemand verschwand in einem Sauerstoffatom, schon gar nicht sichtbar. Und doch wusste sie um ein solches Verschwinden. Sie hatte sich das nicht eingebildet.

Der Advisor hatte sich in sein Sauerstoffatom hinein begeben, zielstrebig und wohl wissend, was er tat. Allem Anschein nach war er sogar erwartet worden.

Hatte sie etwa wieder einen dieser Aussetzer gehabt? So was passierte ihr in letzter Zeit öfters. Sie merkte plötzlich, wie sich um sie herum alles drehte, dann sah sie etwas, etwas in der Art wie das Verschwinden des Advisors. – (Es konnte aber auch schon mal was Akustisches sein - und manchmal fühlte sie nur!) – Doch im nächsten Augenblick war alles wie zuvor.

Nichts war geschehen. Für sie war es ein langer Augenblick, für ihre Umgebung ein Kurzer. (Einer der Augenblicke, die man gar nicht bemerkt, weil sie so kurz sind und so schnell vergehen.)

Ja, sie glaubte sich wieder an jene besondere Stille zu erinnern, die sie dann umgab und wurde wieder jener eigenartigen Hellsichtigkeit inne, die mit dem Stillstand einher ging. Auch in diesem Falle.

Eine intensive Beratung mit dem Zauberbogen könnte nichts schaden, dachte sie, als sie auch schon dessen Zustimmung spürte und seine etwas umständliche Erklärung vernahm, nach der es sich um Zeitfenster handelte, durch die sie hinausblickte.

„Eine Art Ohnmacht vielleicht, jedenfalls etwas, worauf man keinen Einfluss hat und Dinge zu sehen bekommt, die nicht für einen bestimmt sind, weil man für diese Dimension gar nicht gemacht ist, normalerweise. Aber du bist nicht normal. Doch das wissen wir schon."

Arundelle rebellierte schwach. Eigentlich wusste sie, dass der Zauberbogen recht hatte. Andererseits sehnte sie sich nach Normalität. Von einer Unwägbarkeit in die nächste zu taumeln war doch kein Leben.

„In deiner Asservatenkammer warst du auch nicht glücklich", motzte sie.

Sie wusste es ja, sie steckte in keiner Asservatenkammer. Sie starb nicht vor Langeweile. Vielleicht ging ihr nur die hohle Umtriebigkeit der Schule auf die Nerven. Vieles tat sich, doch nichts geschah. Alle Forschung stand still. Ständig wurde nach undichten Stellen, nach Spionen und Diebstählen gefahndet. Alle witterten überall Verrat und Betrug. Jeder musste ständig auf der Hut sein. Vertrauen war ein Fremdwort geworden und die Freiheit der Forschung bestand nur noch auf dem Papier.

Sie wusste es selbst, sie war ungerecht. Ein Gutteil der aufgetauchten Probleme hing unmittelbar mit ihr zusammen. Es war ihr Vater, der im Verdacht stand, die Schule ausbluten zu lassen und für seine dunklen Zwecke zu manipulieren. Wäre sein neuerlicher Angriff nicht erfolgt, alles liefe ja wie zuvor und der Betrieb erhielte sich selbst. Möglicherweise fand er Zugang zu ihren Forschungen deshalb, weil sie sich außerstande sah, ihr Verhältnis zu ihm zu klären.

Schon als sie das dachte, wusste sie, wie recht sie hatte. Doch sie wusste auch, dass es da nichts zu klären gab. Es ging überhaupt nicht um Klärung. Tief im Innern brannte eine ganz andere Überzeugung, das fühlte Arundelle.

Etwas wurde von ihr verlangt, über das sie nicht verfügte und das sie nicht kannte. Nur so viel glaubte sie verstanden zu haben, sie sollte diese Aufgabe besser lösen, zu ihrem und ihres Vaters besten.

***

Henry Baranasias alias Roland Waldschmitt war endgültig am Ende. Er stand vor dem Scherbenhaufen geplatzter Träume. Ausgelaugt, verstoßen, benutzt und beschmutzt. Seine vertraute Welt ekelte ihn an. Er begriff, wie unmöglich sie im Grunde war, wie wenig Leben darin lebbar, wie wenig Freude darin spürbar, wie wenig Glück darin möglich war.

Und diese Welt wollte er verbreiten? In dieser Welt wollte er ein sehr, sehr langes, ja gar ein ewiges Leben führen? Er merkte erst jetzt, wo er ganz tief unten saß und seine Wunden leckte, dass so ein Leben nichts wert war. Der Rausch der Macht, den er für Glück zu halten gelernt hatte, war allzu vergänglich und hinterließ stets ein schales Gefühl. Aber dies war kein Glück. Das wusste er jetzt, wusste es zum paradox gerade jetzt.

Denn er hatte den Blick über den Zaun getan, hatte glückliche Menschen erlebt, ja er hatte sich für kurze Momente von ihnen mitreißen lassen. Dies war der Beifang zu seiner Spitzeltätigkeit gewesen. Niemandes Absicht: und doch sprang ein Funke – mehrmals; und je öfter er verlöschte, um so größer wurde die Sehnsucht.

Henry Baranasias alias Roland Waldschmitt fühlte in seinem halbmenschlichen Herzen, das ihm verblieben war, eine große unerfüllte Sehnsucht. Jetzt womöglich noch krasser im Kontrast zu der mechanischen zweiten Hälfte des Herzens, die ihm erst kürzlich verpasst worden war.

Und je länger er diese Sehnsucht fühlte, um so konkreter wurde sie. Henry Baranasias sehnte sich danach, etwas Ungeheuerliches, etwas ganz Großes, Gewaltiges und Unerhörtes zu tun, etwas, das er in seinem ganzen Leben noch nie getan hatte.

Noch konnte er das Unnennbare nicht fassen, noch ahnte er mehr als er wusste. Noch fand er keine Worte, um sich auszudrücken.

Irgendwann dann platzte wie eine Seifenblase die Erkenntnis über ihn herein, dass sein Kindheitstraum vom ewigen Leben damit zu tun hatte.

Er sah plötzlich den Irrweg, auf den ihn das Leben drängte. Immer weiter kam er ab von seinem Traumziel. All seine Anstrengungen führten ihn weiter ab von seinem Ziel. Etwas drängte ihn, Dinge ins Lot zu bringen, ja, wieder gut zu machen.

Seiner Frau schrieb er. Obwohl er wusste, dass sie sich ein neues Leben aufgebaut hatte. Er schrieb sich seinen ganzen Kummer von der Seele und hoffte, dass sie ihn verstünde und ihm verziehe.

Dann war da noch Arundelle. Seine Scham war zu groß, um sich ihr zu offenbaren. Wie schändlich hatte er sie hinters Licht geführt, belogen, betrogen, ausgenutzt – das eigene Fleisch und Blut!

Dabei war sie es gewesen, die den Anstoß für seine Selbstbesinnung gab. Wie bewunderte er sie insgeheim! Die strahlenden Gesichter um sie her. So viel Kraft spürte er in ihrer Nähe. Was war das nur für eine Kraft? Doch er wusste es ja insgeheim. Ganz tief verborgen glimmte die Erinnerung - eine leise Gedächtnisspur, mehr nicht.

Nie war sie ganz verloschen. Und als sie ihm nun von Arundelle mit so viel Macht entgegen kam, brach sie sich auch in ihm Bahn.

Wieder machte er Pläne, doch diesmal war alles anders. Es ging nicht mehr um seine Haut, denn jetzt wollte er seine Seele retten. Er machte sich auf die lange Suche nach sich selbst. Er machte sich auf die Suche nach seiner besseren Hälfte – nach seinem wahren Selbst.

Sein äußeres Erscheinungsbild hatte er ändern können, ohne sich innerlich zu wandeln. Doch diese Veränderung reichte nicht hin. Ganz im Gegenteil - er fühlte sich mehr denn je in sich hinein verbannt. Er konnte sich nicht entfliehen.

Jetzt wurde es Zeit für den inneren Wandel. Und dies war ein ganz neuer Weg für ihn. Er begab sich auf eine Reise ins Niemandsland seiner geheimsten Träume. Noch wusste er nicht, wohin ihn sein Weg führen sollte; er hoffte ans Ziel. Wie weit der Weg sein würde, ahnte er nicht. Von den Stationen seines Weges wusste er nichts. Die ersten Schritte aber waren getan.

12. Anonymus

Wen der Teufel erst einmal in seinen Fängen hat, den lässt er so schnell nicht los. Henry Baranasias alias Roland Waldschmitt hatte die Rechnung ohne den Wirt gemacht. Einmal mehr bemerkte er, dass er an der langen Leine lief, schon die ganze Zeit.

Sein Tun als Vorsitzender, seine Verwandlung und Flucht, seine Einsätze auf der Insel Weisheitszahn – alles, was ihm in letzter Zeit gelungen war, ging nicht auf sein eigenes Konto. Direkt oder indirekt wurde alles durch Malicius Marduk gesteuert, wo nicht gar bewirkt.

Solange Waldschmitt sich im Aufwind fühlte, genoss er seine Rolle. Rückschläge jedoch steckte er schlecht weg. Sobald er sich in seiner Eitelkeit gekränkt fühlte, reagierte er erst mit aggressiver Abwehr und dann mit Resignation und Flucht.

Er erkannte sich als der, der er war: im Grunde seines Herzens war er ein Feigling. Es tat weh, sich zu seiner Schwäche zu bekennen. Wer gesteht sich schon gerne ein, dass er nicht groß und stark, sondern mickrig und ängstlich ist? Viola de Stäel hatte es ihm auch noch leicht gemacht, indem sie zielsicher jede Blöße entdeckte und gnadenlos ausnutzte.

Doch hätte Malicius Marduk ihm nicht jenes ‚gewisse Etwas' immer wieder weggenommen, die Dinge hätten sich für ihn womöglich doch nicht derart drastisch zugespitzt. So kam Vielerlei zusammen, erst im Gemisch wurden die Prozesse der Selbstreflexion angeregt, fing Roland Waldschmitt an, richtig über sich nachzudenken.

Dagegen nun half auch keine nackte Gewaltandrohung durch seinen ehemaligen Assistenten mehr. Dieser war nun so ganz und gar aufgemöbelt, und wurde folgerichtig von Malicius Marduk mit dem gewissen Etwas beglückt, (was ihn zu allem Überfluss auch noch in den Augen von Viola de Stäel unwiderstehlich machte). –

Auch auf dessen Drohung also reagierte Roland Waldschmitt mit einer Sturheit, die noch aus alter Zeit stammte. Sie übersprang seine Entwicklung ins gehobene Management und war anscheinend darin nicht vonnöten gewesen. Sie erweckte sich als eine verborgen schlummernde Größe, aus der sich nun ungeahnte Kräfte erhoben.

Es handelte sich dabei wahrscheinlich um Reste eines Ur-Selbst hinter und unterhalb des aufgeblähten Vorzeige-Selbst, das die Laufbahn des Vorsitzenden der Bruderschaft Infernalia bestimmte.

An Körperkraft und Skrupellosigkeit war der frisch restaurierte Assistent, - der ja nun auch noch von Malicius Marduk mit dem ‚gewissen Etwas' ausgestattet worden war -, Henry Baranasias natürlich weit überlegen. Andererseits störte die jämmerliche Gegenwart von Baranasias die leidenschaftliche Beziehung zu Madame de Stäel ungemein. Und nachdem sich der Aktienschwindel mehr und mehr in einen Bumerang verwandelte, der mehr Schaden als Nutzen brachte, insofern als die gestiftete Verwirrung in sich zusammen brach; und darüber hinaus die sauberen, guten Anteile, die Baranasias hielt, beschmutzte, - hatte dieser eigentlich ausgedient. Er war vom Werkzeug zum Störfaktor geworden. Er war jemand, der zu viel wusste und damit niemand, den man leben lassen sollte.

Madame de Stäel wurde aufgetragen, sich etwas Diskretes aus ihrer Hexenküche einfallen zu lassen.

Das also war der Stand der Dinge, als Roland Waldschmitt alias Henry Baranasias beschloss, auszusteigen und auf der Insel Weisheitszahn um Asyl zu bitten. Die Zeit drängte, da sich Höllenhunde an seine Fersen hefteten. Und weil Baranasias um sein Leben bangte, verwies ihn die geballte Zauberkraft, wie sie auf der Insel zur Verfügung stand, kurzerhand der Erde und überantwortete ihn dem Mond. – „Nur vorübergehend", hieß es „bis sich die Dinge - so oder so - geklärt haben."

Grisella, Freiin von Griselgreif zu Greifenklau-Schlauberger, die Literaturprofessorin der Zwischenschule, wurde eingeschaltet. In reger Korrespondenz mit ihr - (die wegen ihrer Flugangst den Besuch auf dem Mond standhaft verweigerte) - verfasste Waldschmitt alias Baranasias in wenigen Monaten eine gleichsam intergalaktische Bekennerschrift, die sich zu einem literarischen Werk von beachtlicher Qualität auswuchs, wie Grisella nicht müde wurde zu betonen.

Es gelang ihr sogar, einen renommierten Verlag für das Werk – (die, wie sie vollmundig ankündigte: Schonungslose Enthüllung eines gigantischen Skandals von welthistorischem Rang.) - zu interessieren.

Roland Waldschmitt schrieb sich all sein Elend, alle Sünden und Verbrechen schonungslos von der Seele. Er deckte Abgründe auf, in die der Leser beinahe zu schauen verweigerte - zu groß war das nackte Grauen, das die Lektüre in ihm hervor rief.

Niemand kannte den geheimen Aufenthaltsort des Anonymus (als der der Autor firmierte). Niemand wusste, woher all dies Insiderwissen stammte. Gewisse interessierte Kreise wollten das Werk gar in den Bannkreis der utopischen Märchen und Fabeln rücken, doch dazu war der Stoff zu brisant und zugleich bereits zu breit verankert.

Weniger die einzelnen Elemente als vielmehr die Komposition nämlich gaben dem Werk die ungeheure Sprengkraft und aufklärerische Wirkung.

„Eine fundiertere Warnung vor den Gefahren des anstehenden Paradigmenwechsels im weltweiten Wertschöpfungsprozess sucht man vergebens", titelte das größte internationale Börsenmagazin und die Boulevardpresse setzte mit spitzfindiger Rhetorik drauf:

„Droht die Weltherrschaft der Zeitmogule?"

Oder „Proleten wollt ihr ewig Leben?"

Und ein wenig gehobener: „Sensationelle Enthüllungen aus der Welt der Hochfinanz oder sollte es statt ‚Hochfinanz' besser Zeitdominanz' heißen?"

Oder „ist das Ende des Monetärsystems gekommen?"

Oder ganz primitiv aber doch auf den Punkt gebracht: „Die Zeche zahlt der Dumme mit dem Leben."

***

Roland Waldschmitt fand sich, ehe er es sich versah, in einem flachen Gebäude wieder. Für sein leibliches Wohl war gesorgt. Nur leider verlassen durfte er das Gebäude nicht ohne Schutzkleidung, erfuhr er bei der Einweisung durch einen Roboter, der sein Sprüchlein mit gekonnter Routine herunter leierte.

Da er bei seiner Ankunft den Wunsch geäußert hatte, schreiben zu wollen. Stand ihm ein eigener Laptop zur Verfügung, an dem auch ein Drucker angeschlossen war. Anscheinend kannte man hier die Abneigung gegen das Bildschirmgeflimmer mancher Erdbewohner.

Seine Flucht aus Sydney war erstaunlich reibungslos verlaufen. Er hatte sich beim letzten Trip den kleinen privaten Wartungshangar des Inselhubschraubers gemerkt, wo er dann tatsächlich eine abflugbereite Maschine vorfand.

Ohne große Mühe überzeugte er die Besatzung von seiner Notlage und nach kurzem Rückcheck wurde er tatsächlich äußerst höflich an Bord gebeten und schon ging die Reise los. Er war der einzige Passagier und so genoss er die ganze Aufmerksamkeit der freundlichen Stewardess.

Auf der Insel blickte er in bekannte, inzwischen beinahe vertraute Gesichter eines - eigens für ihn zusammen gestellten - Empfangskomitees. Seine Arundelle war ganz selbstverständlich wieder dabei und mit ihr jener etwas wild aussehende Australneger in Landestracht, dem Arundelles Zauberbogen aus dem Köcher hinter dem Rücken stak.

Jener Zauberbogen, dem in der Vergangenheit so mancher heftige Ausbruch seinerseits geschuldet war. Und auch den Farbigen meinte Roland Waldschmitt jetzt wieder zu erkennen.

Viel Zeit blieb nicht. Der Ernst der Lage wurde beschworen. Sein Leben sei in Gefahr, deshalb hielt man es hier für das Beste, ihn erst einmal ‚aus der Welt zu schaffen.'

„Nein, nein, wo denken Sie hin, nicht auf diese radikale Weise, die Ihnen von Ihren ehemaligen Freunden zugedacht ist. Hier auf Weisheitszahn gehen die Uhren etwas anders. Sie werden gleich sehen“, erklärte jene freundliche ausnehmend attraktive Dame, an die er sich nur zu gut erinnerte.

Und schon ging es los - ohne viel Federlesen. Arundelle und der Wilde nahm ihn in die Mitte. Waldschmitt hörte Arundelle etwas mit ihrem Zauberbogen murmeln, ein haariges Köpfchen streckte sich aus dem Beutel auf der Brust des Australiers und schon ging es ab, dass die Sterne nur so flogen und wie buntschillernde Schmierseifespuren vergingen.

„Wir haben uns in ein hoffentlich gut getarntes Zeitloch fallen lassen, außerhalb unserer Zeit. Denn auf dem Mond dort finden wir alles, was du zum Überleben brauchst, das haben wir vorher ausgecheckt", erklärte Arundelle und fuhr fort: „Schluss übrigens mit dem Versteckspiel. Ich weiß wer du bist. Gut siehst du aus, gut und gewöhnungsbedürftig. Aber dazu haben wir ja jetzt reichlich Gelegenheit, wie ich verstanden habe. Ja, die Buschtrommeln haben uns die Nachricht übermittelt. Du bist jetzt einer von uns. Stimmt 's?"

Und damit fiel sie ihm um den Hals und weinte vor Freude und auch ihm trat das Wasser in die Augen als er seine Tochter an sich zog. Der Wilde schüttelte ihm heftig die Hand.

„Das ist Billy-Joe, erinnerst du dich?" Waldschmitt nickte vage.

„Billy-Joe – Roland, Roland – Billy-Joe", stellte Arundelle die beiden ungleichen Männer einander vor und freute sich über deren Lächeln; mehr über das ihres Vaters, der dabei war, wieder über einen seiner vielen Schatten zu springen, die noch über ihn gebreitet lagen.

„Rome wasn't built in a day", nickte Billy-Joe, der sich noch gut an Waldschmitts unmögliches Verhalten erinnerte.

„Alles ist Schnee von gestern", rief Arundelle fröhlich. „Richte dich erst mal häuslich ein - wir besuchen dich, sobald wir können."

Ein wenig unheimlich war es Waldschmitt denn doch, so ganz allein mit den Robotern und diesem sprechenden Laptop, dem er sogleich zu erzählen anfing. Die waren hier tatsächlich schon so weit. Stimmenkennung war für die kein Problem mehr. Hut ab! Er machte eine Probe aufs Exempel und tatsächlich, sogar ein Korrekturprogramm beherrschte diese Wundermaschine aus dem FF. So druckreif hatte er noch nie gesprochen.

Statt lange zu grübeln, machte Waldschmitt sich an die Arbeit. Er rollte die Geschichte von allem Anfang auf. Erzählte von seinem Kindheitstraum, von all den Irrwegen, die er einschlug, bis er endlich meinte, den richtigen Weg gefunden zu haben.

Von den ersten Anfängen der Forschungen in ihrer Hinterhofgarage bis zur Gründung der weltweiten Bruderschaft Infernalia. Auch die Machtkämpfe und Intrigen übersprang er nicht und beschönigte auch nicht seine eigene Rolle – im Gegenteil. Er suhlte sich geradezu in seiner Schlechtigkeit.

Je mehr er erzählte, um so mehr fiel ihm ein. Er arbeitete bis zur Erschöpfung und versank nach einem Abendimbiss und einer halben Flasche recht ordentlichen Rotweins in einen unruhigen von heftigen Träumen durchsetzten Schlaf. Ihm war, als würden ihm fatale Varianten seiner so glücklich verlaufenen Flucht vorgeführt.

In einem Alptraum mischte die ehemalige Geliebte Schierlingskraut ins Essen, das er unter schrecklichen Krämpfen sterbend erbrach.

Ein Killerkommando machte in einem anderen Traum Jagd auf ihn, der sich im hintersten Busch der australischen outbacks - deep down under vergeblich versteckte. Ohren und Nase wurden ihm abgeschnitten und auch noch die Zunge. Eine Eingeborenenfamilie nahm sich seiner an, pflegte ihn mehr recht als schlecht und brachte ihn dazu, sich ihren Lebensgewohnheiten anzupassen.

Eine Scud-Rakete wurde auf den Hubschrauber der Zwischenschule abgefeuert. In einem riesigen Feuerball sah er diesen zerbersten. Er fühlte tiefes Bedauern und wusste, da war nichts mehr zu machen. Und wo die Insel Weisheitszahn gewesen war, stieg der schaurig schöne Pilz einer Nuklearbombenexplosion auf.

Als er erwachte, blickte er in das besorgte Gesicht seiner Tochter. Er hatte äußerst lebhaft geträumt, wie so oft. Vom Zahnarzt war ihm eigens deshalb ein Zahnschutz verordnet worden, da er sich durch das ständige Zähneknirschen während er träumte, den Zahnschmelz ruinierte.

Zunge, Nase und Ohren waren jedenfalls noch an ihren Plätzen, konnte er fühlen. Doch Billy-Joe, der hinter Arundelle auftauchte, erschreckte ihn maßlos. Denn dieser schien eben jenem Alptraum entstiegen.

Womöglich bekam ihm die Einsamkeit nicht, überlegten sie gemeinsam und suchten nach einer Lösung. Auf keinen Fall durfte die Spur zu breit und sichtbar werden, die nach hierher führte. Denn auch Miserioren – allen voran ihr großer Meister Malicius Marduk - verstanden sich darauf, entlang der Zeit zu reisen.

Das gänzliche Verschwinden Baranasias alias Waldschmitt war zur Kenntnis genommen worden. Der Konflikt erhielt nun eine ganz andere Dimension und die war keineswegs weniger gefährlich.

Arundelle hielt es für eine besonders gute Idee, ihren Vater zum Mond von Laptopia zu bringen. Dort kannte sie sich aus und wusste oder hoffte zumindest, dass dort ein bequemer Aufenthalt möglich war.

Fast ohne jede Atmosphäre nämlich war der Mond an sich eine äußerst ungastliche Stätte, die man besser mied.

Ein etwas labiler Mensch bekam dennoch Probleme, auch hier, auch unter diesen Umständen. Die leere Weite des Alls, die schwache Gravitation und vor allem die völlige Abwesenheit vertrauter Menschen und menschlicher Zivilisation konnten letztlich jeden in arge Bedrängnis bringen.

Wann immer Roland Waldschmitt aus seinen Phasen der Erinnerungsbewältigung – als die er seine Arbeit an dem Buch begriff - auftauchte, sich zum Essen setzte oder zum Schlafen nieder legte, überfielen ihn die Phantome und Phantasmagorien vergangener Zeiten. Sie lehrten ihn das Grauen nun nachträglich, das er seinerzeit nicht empfunden hatte. Und da tat Einsamkeit gar nicht gut.

Die Eingeweihten auf der Insel beratschlagten, wie sie diesem leidigen Umstand abhelfen konnten. Und kamen schließlich auf die Idee, Waldschmitt Gesellschaft zu verschaffen, mit der er seine Einsamkeit teilen konnte. Aber es müsste schon ein Mensch aus Fleisch und Blut sein, denn Roboter hatte er ja zur Genüge, mit denen sich allerhand anfangen ließ.

Dennoch empfand sie der einsame Flüchtling nicht als gleichwertig, so hatte seine Tochter ihn verstanden.

Ob sie sich selbst abkommandieren sollte? Der Weg nach hier war an sich ja keine große Sache. Andererseits würde die Spur immer ausgetretener, und damit wuchs auch das Risiko der Entdeckung.

„Stell dir so eine Spur vor, wie einen Gedanken, den du in deiner Erinnerung aufbewahrst. Je flüchtiger er dir bleibt, um so schneller verschwindet er auch wieder aus deinem aktiven Gedächtnis, du vergisst ihn ganz einfach und kannst dich bewusst an ihn nicht mehr erinnern. Dennoch bleibt er dir und es kann geschehen, dass er irgendwann ganz zufällig von selbst wieder auftaucht und du dich wieder erinnerst. So ähnlich geht es auch zu mit den Zeitspuren, die wie Kometen am Rand der Zeit entlang huschen und irgendwo verglühen, wenn das Ziel erreicht ist“, erklärte Arundelle ihr Zauberbogen, als sie nicht recht einsehen wollte, warum das wechselnde Besuchsprogramm auf dem Mond von Laptopia keine gute Lösung war.

„Je öfter sich ein Gedanke wiederholt, um so sicherer steht er dem Gedächtnis zur Verfügung. Aus der flüchtigen Spur des Augenblicks wird allmählich eine Art Trampelpfad“, ergänzte der Zauberbogen.

„Ja, ja, ich bin doch nicht blöd, hab's ja begriffen“, stöhnte Arundelle ungeduldig. „Wir sollen nicht täglich jemanden zum Mond von Laptopia schicken, damit kein Trampelpfad entsteht, den jeder sehen kann. Richtig?“

Einer Antwort würdigte sie der Zauberbogen nicht.

Gab es noch andere Optionen?

„Wie wär's, wenn wir mal andere fragen, die betroffen sind? Den Wachmann Will Wiesle zum Beispiel oder Zinfandor Leblanc?“ - schlug Billy-Joe vor.

„Bei dem macht Penelope nicht mit, denke ich“, gab Dorothea zu bedenken.

„Kommt auf einen Versuch an. Soll ja nicht für ewig sein. Nur solange Anonymus an seinem Buch arbeitet und bis Gras über die Sache gewachsen ist“, warf Arundelle ein.

„Ob da je wieder Gras wächst?“ - fragte Pooty in die Runde und machte ein putziges Gesicht dabei, dass alle lachten.

„Wo Malicius Marduk hin schlägt, da wächst kein Gras mehr – nie wieder, fürchte ich“, setzte der nach einer Weile noch eins drauf. - „und Fragen kostet nichts.“

„Aber fragen stört auf und weckt schlafende Hunde“, gab Marsha zu bedenken, die als kommissarische Schulleiterin das Gewicht der Verantwortung mit Macht auf den Schultern spürte.

So rätselte die kleine verschworene Gemeinschaft. Sie saß um den großen runden Tisch im Hause der Schlaubergers. Grisella war eben zu ihnen gestoßen, schon wieder mit einem Packen Papier.

„Alles von deinem Herrn Papa“, sagte sie triumphierend zu Arundelle gewandt. „Talent hat er, das muss ihm der Neid lassen - da dürfen wir uns noch auf einiges gefasst machen.“

„Fragen wir doch Penelope ganz einfach“, griff Arundelle den Faden zu Zinfandor wieder auf.

„Als ob die das zu entscheiden hätte“, meinte Billy-Joe ein wenig empört darüber, dass Zinfandor selbst anscheinend gar keine eigene Meinung zugebilligt wurde.

„Denke schon“, widersprach Marsha. Sie glaubte ihre Freundin Penelope inzwischen gut genug zu kennen.

„Was ihr hier treibt, ist seitenverkehrter Chauvinismus“, warf nun auch Adrian ein, und nickte bestätigend zu Billy-Joe hinüber, der ärgerlich den Kopf schüttelte.

„Außerdem ist Zinfandor nicht koscher. Seid dieser Nacht, ihr wisst schon...“, wollte Marsha nun entschärfen. Doch ihr Versuch ging nach hinten los.

„Fängt das schon wieder an. Wo bleibt euer Selbstvertrauen?“ - schimpfte Dorothea: „Da ackert man und tut und macht und ihr klebt an euren Ängsten, als wären sie euch angewachsen. Zinfandor ist da genau so raus wie Arundelles Vater oder wie dieser Wachmann. Abgeschworen haben sie alle inzwischen.“

„...Und trotzdem holt der Böse sie ein - immer wieder. Haben wir doch gesehen“, insistierte Marsha auf ihrer pessimistischen Haltung, doch niemand wollte sie recht unterstützen. Allen war, als verwechselte sie da was.

„Erst mal müssen wir heraus finden, ob die überhaupt wollen“, sagte Arian nach einer Weile allgemeinen Schweigens. „Wir zerbrechen uns hier den Kopf über ungelegte Eier. Wenn die nicht wollen, dann brauchen wir sie auch nicht einweihen und wenn die nicht eingeweiht sind, sprich – wissen, wo der Flüchtling versteckt ist, dann passiert erst einmal gar nichts."

„Außer, dass mein Vater Depressionen kriegt und sich womöglich was antut in seiner Einsamkeit. - Wenn sich niemand findet, dann übernehme ich das eben selbst...", rief Arundelle in die Runde hinein: „Wie lange denkt ihr, wird das noch gehen?"

„Wenn der so weiterschreibt, kein viertel Jahr", meinte Grisella, die es wissen musste: „Ich bin an dem Verlag schon dran und habe die Zusage so gut wie in der Tasche. Für die Korrektur braucht 's dann freilich auch noch mal einige Wochen, erfahrungsgemäß. Doch zur Not können das andere übernehmen. Aber wohin soll er denn dann bitte schön verschwinden? Wo wollt ihr unsern Gast langfristig verstecken? Mit neuer Identität und so, war ja wohl nichts, das hatten wir alles ja schon", meinte Billy-Joe und Dorothea pflichtete ihm bei.

Arundelle dachte sich ihren Teil. Sie ahnte mehr als sie wusste, dass es einen Ort gab, an dem ihm niemand jemals wieder etwas anhaben könnte. Doch dieser Ort war auch ihr unvorstellbar, obwohl sie wusste, dass es ihn gab. Sie war schon einmal dort gewesen. Sie ahnte mehr als sie von dieser leisen Gedächtnisspur wusste. Ein Trampelpfad konnte sie gewiss nicht genannt werden.

Sowohl der Wachmann Will Wiesle als auch Zinfandor Leblanc war sofort und ganz spontan einverstanden. Sie kannten die innere Hölle aus eigener Erfahrung und waren nur zu bereit, einem Leidensgenossen aus der Patsche zu helfen. Auch ihnen würde eine systematische Aufarbeitung der Vergangenheit nicht schaden. Außerdem verbanden den ehemaligen Vorsitzenden der Bruderschaft Infernalia und Zinfandor Leblanc ebenso wie Will Wiesle weit engere Bande miteinander, als sie zunächst voneinander wussten, aber das käme alsbald heraus.

Auch die Vorstellung, an einem Buch, wenn auch nur indirekt, mit zu arbeiten, gefiel den beiden Neuen ausnehmend gut. Kitzelte dieser Gedanke doch angenehm an dem verdrängten Ego, das sich in ihrem Innern kleinlaut versteckte. Wenn es auf diese Weise zur Sprache käme, dann wären ihre Leiden vielleicht doch nicht ganz umsonst gewesen.

Das Buch bekam neue und erfrischende Impulse. Madame de Stäel erschien in einem noch schwärzeren Licht (das zu sehen, ausschließlich Satanisten vorbehalten ist). Das geteilte Leid der Männer machte die Last für sie erträglicher, und um so mehr, als auch der dritte im Bunde seine Last hinzu tat.

Auch wenn alle drei noch immer nicht vollständig fassen konnten, weshalb sie dieser Frau so ganz und gar mit Haut und Haaren hatten verfallen können, entdeckten sie doch gemeinsame

Wesenszüge, die sie anscheinend öffneten und für die diabolische Sinnlichkeit der Frau empfänglich machten.

So drohte die Gedächtnisspur am Rand der Zeit zu verblassen. Tage und Wochen gingen ins Land, in denen die kleine Wohngemeinschaft am äußersten Rand der bewohnten Welt, irgendwo auf dem Weg in die Zukunft, ganz sich selbst überlassen blieb.

Die Drei - auf den ersten Blick ganz unterschiedlichen Typen - lernten sich kennen und akzeptieren, jedenfalls ein Stück weit. Das erfahrene Leid aus gemeinsamer Quelle verband sie wie Brüder, die eine gemeinsame Erfahrung teilen. Und vielleicht war der familiäre Vergleich gar nicht so weit hergeholt. Vielleicht waren sie in Viola de Stäel einer früh verschütteten Spur aus ihrer eigenen Kindheit auf gesessen, der sie deshalb so hilflos ausgeliefert waren, weil sie bis dahin keine Möglichkeit gefunden hatten, sie zu bearbeiten.

Durch die gemeinsame Arbeit an dem Bericht des Anonymus änderte sich dies.

Die drei Männer begriffen das Buchprojekt bald als ihr gemeinsames. Der eine mehr, der andere weniger, fühlten sie sich in der Tat an der aufgezeigten Entwicklung beteiligt, wenn auch oft nur indirekt, was vor allem die Forschung betraf. Denn diese bildete zweifellos allein im Leben des Vorsitzenden der Bruderschaft Infernalia den Mittelpunkt.

Zinfandor Leblanc war zweifellos Opfer der Machenschaften dieser infamen Bruderschaft geworden. Auch seine Peinigerin erfüllte sozusagen ihre infernalische Pflicht, indem sie ihn für die auf ihn abgestimmte Aufgabe vorbereitete.

So wurden sie alle in das Räderwerk des Bösen eingespannt. Verheißen waren ihnen Macht und das hemmungslose Ausleben aller Regungen und Antriebe bis in alle Ewigkeit. Erst allmählich begriffen sie, dass auch sie nur benutzt wurden, dass sie nur als gut funktionierende Rädchen im Getriebe von Wert waren.

„Nach vertrauensvoller Selbstbestätigung strebte man in diesem System vergeblich“, erklärte Waldschmitt alias Baranasias seinen Mitbewohnern. „Denn die wahre Bosheit kennt nur die Lüge und den Verrat. Sie basiert einzig auf Unterdrückung. - Alle Versprechen von Glück und Freiheit und den Freuden jenseits der Ziellinie sind nichts als Lügen. Ein solcher Entwurf kann überhaupt keinen Bestand haben, denn er gründete auf Zersetzung und Zerstörung. Als mir das klar wurde, gab es für mich nur noch die Flucht. Flucht um jeden Preis.

Verlängere die Linie eines Lebens wie das, - das wir führen mussten - ins Unendliche und dann frage dich, ob du wirklich und allen Ernstes auf ewig so weiter machen willst?

Im Licht der Vernunft bleibt dir bald keine andere Wahl mehr als zu erkennen, dass du dich im Verfolg dieser Linie in die Hölle hinein begibst. Denn viel unsinniger und quälender kann es dort nicht zugehen. Ja, ich glaube allen Ernstes, dass wir einen Blick in die ewige Hölle geworfen haben und ich hoffe und bete inständig, dass dieser Blick der letzte war. Vielleicht kann ich der Qual noch entkommen - so oder so", ließ Henry Baranasias alias Roland Waldschmitt seine beiden Gäste wissen.

Besser hätte man den Zustand, dem sie zu entrinnen suchten, nicht beschreiben können, fanden diese und sie bewunderten ihren Gastgeber um sein Talent der freien Rede und um seinen wachen Verstand.

„Die Bruderschaft Infernalia strebte nach dem ewigen Leben. Doch das ewige Leben sollte das Vorrecht weniger sein. Was den Massen genommen wurde, das wurde den wenigen Bevorzugten gegeben, so war der Grundgedanke.

Er wurde durch das universale Energiegesetz gerechtfertigt, das nun einmal nur Umschichtungen zulässt, während die Gesamtenergiemenge immer gleich bleibt. Doch diese mechanistische Weltsicht ist eine beschränkte Interpretation dessen, was in Wirklichkeit in unserem Universum vor sich geht. Die physikalische Welt, die dieser Anschauung zugrunde liegt, umfasst nur einen Bruchteil dessen, was uns umgibt.

Der größte Teil des Vorhandenen entzieht sich uns als das große und unbekannte Nichts. Das Nichts – so wächst die Vermutung - ist gar kein Nichts. Es ist vielmehr die große Unbekannte und birgt ungeahnte Geheimnisse.

Das Energiegesetz war für die Bruderschaft Infernalia ein äußerst bequemer Vorwand, um eben die Privilegien neu zu begründen, die unsere Welt schon seit Jahrtausenden bedrücken."

Zinfandor Leblanc atmete tief und regelmäßig. „Der ist doch nicht etwa eingeschlafen?" - dachte Wachmann Will Wiesle. Doch er wunderte sich nicht allzu sehr darüber, denn auch an ihm rauschte der Redefluss des begeisterten Mannes nur so vorbei. All das klang ja ungemein gelehrt, nur verstehen konnte er davon so gut wie nichts.

Vielleicht musste man Physiker sein oder Philosoph – am besten beides. Leblanc und er waren definitiv die falschen Ansprechpartner. Ab hier mussten sie sich wohl auch aus dem Buchprojekt verabschieden. Hier wurde es wissenschaftlich – und war nur noch etwas für Insider und Spezialisten, nichts für die einfachen Leute.

Vielleicht wurde es ja Zeit für eine Wachablösung. Denn soviel hatte Will Wiesle schon mitgekriegt, unten auf der Insel Weisheitszahn redeten sie alle so geschwollen daher. Leute seines Schlages waren dort die Ausnahme.

„Ist das überhaupt ein Notfall?“ - wollte Zinfandor Leblanc wissen, als Wachmann Will Wiesle die Notfallrettungsreißleine zog um den geheimen Notfallkanal frei zu bekommen.

„Na ja, von alleine kümmert sich von denen da unten anscheinend keiner mehr um uns. Wie lange sind wir jetzt hier schon allein? Bestimmt drei Wochen.“

Es dauerte eine Weile bis endlich ein Kanal geöffnet wurde. Über den Monitor rauschten verschwommene Bilder und Töne, aber keine Ansage, mit der man etwas hätte anfangen können. Entweder niemand saß unten im Kontrollraum, oder die Verbindung kam nicht zustande.

Auf die Uhrzeit konnte man sich sowieso nicht verlassen. Die Uhren gingen hier anders. Die Zeit lief ihnen buchstäblich davon. Vielleicht war das schon des Rätsels Lösung. Trotzdem, auch die gefühlte Zeit zog sich.

Und wäre der Engpass nicht entstanden, an dem die Gäste ihre Grenzen erkannten, sie hätten einfach so weiter gemacht. Außerdem wurde es Zeit, dass jemand kam und die ganzen Manuskripte abholte, die inzwischen angefallen waren und fertig bereit lagen.

Ja, und ein wenig ging man sich schon auch auf die Nerven – die immer gleichen, miesepetrigen Gesichter: Denn so sehr gerade in ihrem Falle die Redensart ‚Geteiltes Leid ist halbes Leid’ zutraf, so nervte doch auch das verbleibende halbe Leid noch ungemein, besonders auf lange Sicht. Ein wenig Frohsinn, eine kleine Aufmunterung, etwas Abwechslung wäre da nur allzu willkommen.

„Kontrollcenter Weisheitszahn, was ist los da unten? Bitte melden, Kotrollcenter Weisheitszahn. Melden bitte, ovä. Ovä, Kontrollcenter Weisheitszahn hier Anonymus bitte kommen, ovä.“

Wachmann Will Wiesle war in seinem Element. Er liebte die Fortbildung und hatte unter anderem diesen Kurs in Weltraumtelekommunikation besucht. Ob er gar ein SOS hinunter morsen sollte?

Wohl besser nicht. Das sparte man sich doch lieber für echte Notfälle auf. Einsamkeit war nun einmal kein echter Notfall, jedenfalls nicht im eigentlichen Sinne. Niemand war verletzt, keine unmittelbare Gefahr drohte. Die eintönige Routine war die einzige Bedrohung und die zählte nicht.

„Kontrollcenter Weisheitszahn, tissis Anonymus, ovä“, versuchte er sich noch einmal.

„Anonymus tissis Kontrollcenter Weiheitzn, ried yu laud ’n clia, ovä.“

Endlich, wurde aber auch Zeit. „Sie sind dran, Leblanc. Wir haben Verbindung. Hol Waldschmitt, na los.“

„Kontrollcenter tissis Anonymus, was ist los bei euch? Ablösung überfällig, ovä.“

„Hier auf den Knopf drücken zum Sprechen und dann loslassen um die Antwort zu hören. Ist ganz einfach.“

Roland Waldschmitt presste den Finger auf die Taste: „Hier Waldschmitt, Waldschmitt hier...“, legte er los, bevor ihn jemand hindern konnte. „Benötige dringend fachliche Unterstützung am besten...“

Wachmann Will Wiesle wand ihm das Mikrofon aus der Hand. Waldschmitt hielt den Sendeknopf noch immer krampfhaft gepresst.

„Anonymus tissis Kontrollcenter Weiheitzn, rodscher, ovä ’n aut.“

Diese sparsame Redeweise nannte sich Funkdisziplin und war gedacht als Schutz gegen feindliche Abhörmaßnahmen. Eigentlich hätten sie ihre Texte sogar verschlüsseln müssen. Wachmann Will Wiesle hatte es in der Aufregung nur vergessen. Womöglich wären sie ohnehin nicht klar gekommen bei dem Zeitsalat mit dem sie es zu tun hatten. Der Verschlüsselungscode änderte sich täglich um Mitternacht, allerdings bezogen auf normale Zeitverhältnisse. Und die waren nicht gegeben.

Aus dem Nichts traten wenig später drei Figuren: Arundelle, Billy-Joe und Professor Scholasticus Schlauberger, Astrophysiker und Zeitspezialist der Zwischenschule, eine weltweit anerkannte Kapazität auf seinem Gebiet.

„Wir hatten eure Spur verloren und sehr gehofft, dass ihr euch meldet“, sagte Arundelle und blickte erleichtert in die Runde als sie sah, dass alles soweit in Ordnung schien.

„Den Apparat da schalten wir besser wieder ab, wir wollen doch unter uns bleiben, nicht wahr?“, meinte Professor Schlauberger und Wachmann Will Wiesle beeilte sich, der Aufforderung nach zu kommen.

Hungrig waren die Neuankömmlinge nicht und auch nicht erschöpft von der Reise, die im eigentlichen Sinne gar keine Reise war.

„Was wir hier erleben, gleicht eher einer Versetzung,“ - meinte Professor Schlauberger. Damit wollte er sich wohl den Zeitsprung entlang der Zeitlinie erklären. Und er erläuterte, da er sich nicht sicher war, ob er verstanden richtig wurde: „Wir haben es hier weniger mit Bewegung im physikalischen Sinne zu tun. Wobei der Tatsache, dass wir uns auf dem Mond befinden, allerdings Rechnung getragen werden muss, jedoch in einem - von den Experten als vernachlässigbar begriffenen - Umfang. So jedenfalls verständigt sich die Fachwelt inzwischen und spiegelt damit die wohl allgemein geteilte Meinung zu diesem Phänomen wider.“

„Na, das kann ja heiter werden.“, Wachmann Will Wiesle verdrehte die Augen und Zinfandor Leblanc schluchzte gar auf. Ihn überkam plötzliches Heimweh nach Penelope M'gamba - wie er deren Wissenschaftskauderwelsch doch vermisste!

„Nachhaus, Nachhaus, ich will Nachhaus“, seufzte er aus tiefstem Herzen, mit einem Stimmchen wie selbst Pooty den unvergessenen ET nicht besser hätte nachmachen können.

„Das lässt sich doch machen. Will noch jemand mit?“ - fragte Billy-Joe und Pooty streckte sein Köpfchen aus dem Beutel vor seiner Brust und nickte. „Der Stein ist dabei.“

Auf den Wachmann Will Wiesle wartete niemand. Niemand zum Liebhaben. Höchstens die Kameraden seiner Wache. Ohne Zinfandor käme er sich hier oben noch verlorener vor. So zögerte er nicht, sondern schloss sich der Reisegesellschaft an.

Zauberbogen und Zauberstein waren schon vorab überein gekommen, ihre Kräfte zu teilen. Sie hofften damit ihre Spuren zu verwischen. Da ein jeder seine ganz eigene Signatur besaß, die sich in der Verdopplung noch einmal veränderte - umgekehrt natürlich genau so.

„Waldschmitt hätte sich nicht namentlich melden sollen. So was schallt nun durch die Äonen für Lichtjahr-Jahrmilliarden. Ist nichts mehr dran zu ändern.“ Wachmann Will Wiesle staunte, als er Arundelles Erklärung hörte. So gewaltig hatte er den kleinen Faux Pas[1] nicht gesehen.

Doch war diese Sicht nur logisch. Was immer in den leeren Raum geworfen wurde, seien es dicke Materiebrocken oder feinste Ionenspuren, das flog dahin im Strom der allgemeinen Ausdehnung des Alls, bis es irgendwo auflief, was im Falle einer akustischen Wellenmodulation praktisch ein Ding der Unmöglichkeit ist.

Im Nanobereich löst sich nun einmal alles ins Riesenhafte auf. Auch hier triumphiert ja die vermeintliche Leere in Form von gigantischen Lücken, die praktisch alles hindurch lassen, was ihren Weg kreuzt.

„Wir könnten 's mit Zerhackern versuchen“, schlug Billy-Joe vor.

Scholasticus Schlauberger schüttelte den Kopf: „Hat keinen Zweck mehr, die Tonspuren sind schon zu weit weg.“

„Die Wahrscheinlichkeit, dass jemand Böswilliges unser Signal empfängt und versteht, ist so gering, dass der Erdumfang nicht ausreicht, um die Zahl dieser Unwahrscheinlichkeit aufzuschreiben“, beruhigte er den besorgten Wachmann Will Wiesle, der sich für den Patzer indirekt verantwortlich fühlte.

---

[1] - - falscher Schritt

***

Ab ging die Post. So schnell wie Billy-Joe aufgetaucht war, so schnell verschwand er wieder und mit ihm Zinfandor Leblanc und Will Wiesle, der Wachmann.

Die Erde hatte sie wieder. Die beiden Fernreisenden fühlten ihre Glieder bleischwer nach den Wochen in der schwachen Gravitation des Mondes. Leiser Schwindel ließ sie taumeln, doch nach wenigen Stunden war die Anpassung wieder vollzogen. Ein kräftiges, außerplanmäßiges Mahl in der formidablen Küche half ihnen auf die Beine.

Die Arbeit am Buch war so gut wie fertig. Pünktlich zur Frankfurter Buchmesse im Herbst würde es soweit sein. Und Verlag und Zwischenschule bastelten gemeinsam an einem Auftrittsplan für den geheimnisumwitterten Anonymus. Denn der sollte Waldschmitt alias Baranasias auch bleiben. Man dachte unter anderem an eine neuerliche Gesichtsoperation oder gar an eine Geschlechtsumwandlung, beziehungsweise an einen weiblichen Klon. Den heranzuzüchten die Kürze der Zeit allerdings so gut wie unmöglich machte - von den Kosten und der ethischen Dimension ganz abgesehen.

Doch bevor dergleichen spruchreif wurde, überlegten die drei Verbliebenen auf dem fernen Mond von Laptopia, wie nun weiter zu verfahren sei.

„Am besten wir zeigen Anonymus auch einmal, wie es in Laptopia zugeht“, schlug Arundelle vor.

Laptopias Nöte ließen niemanden kalt. Da waren sich Arundelle und Scholasticus einig. „Ja, zeigen wir ihm das Laptopia, das wir damals vor Jahren vorgefunden haben“, meinte auch Scholasticus.

„Vielleicht versuchen wir es gleich mit einem Besuch in den Geheimtresoren des Palasts. Das Grauen, das einen dort beschleicht, prägt sich für immer ein. Ich denke, das ist das rechte Propädeutikum“, stimmte Arundelle zu.

„Zauberbogen, kannst du uns zielgenau an die Stelle führen, wo wir mit dem Prinzen Nichtgernfern nach seiner Machtübernahme eine Schlossbesichtigung machten?“

„Kein Problem, wenn’s weiter nichts ist. Tauchen wir in ein Zeitsegment, dessen Bedeutung gar nicht hoch genug bewertet werden kann:

‚Zeit komme wieder, wieder herbei,
ob zurück oder vor - dir ist’s einerlei’:

Mit leisem Knirschen, so, als öffne sich eine schwere Tür, glitten Körper ineinander, addierten sich hinzu und schienen zu verschmelzen. Aus dem Nichts ließ sich eine Stimme vernehmen, die in Arundelle die lebhafteste Erinnerung weckte. Ein Déjà-vu par excellence[1]:

„... Hier unten lagert noch immer der größte Teil von Laptopias Reichtum“, erklärte der Prinz seinen Gästen, und führte sie durch lange Gänge vorbei an endlosen Reihen von Schließfächern. „Hinter jeder dieser Türen wartet ein ungeheures Vermögen – vielleicht nicht hinter jeder, jedoch hinter den meisten. – Ein wenig hat sich inzwischen denn doch getan. Aber noch lange nicht genug“, fuhr der Prinz fort.„Hier also liegt all das Geld?“, fragte Roland Waldschmitt.

„Wer redet denn von Geld? Geld hat seit langem jede Bedeutung verloren, außer für Münzsammler und Historiker. Nein, hier lagern Zeitkonserven, meist in umgewandelter Form als Seelenschmelz. Es ist nämlich nicht ganz einfach, Zeit dauerhaft zu konservieren. Früher gab es da ungeheure Verluste. Etwa neunzig Prozent der eingenommenen Zeit ging bei der Konservierung verloren. – Unvorstellbar! – Arundelle, du erinnerst dich gewiss an eure Weltraumpanne. Sie führte euch in die Epoche, in der das Geschäft mit der Zeit in voller Blüte stand. Damals ahnte noch niemand von den verheerenden Konsequenzen. Die Verluste wurden hingenommen. Erst, als dann immer mehr Menschen vorzeitig alterten, wurde offenbar, wohin die Entwicklung führte. Doch da war es bereits zu spät. Der Trend ließ sich nicht mehr rückgängig machen. Das monetäre System war unwiderruflich ersetzt worden und irgendein Ordnungsprinzip brauchte die Gesellschaft, wollte sie nicht zum einfachen Tausch zurückkehren. Und bald wurde offenbar, wohin der Weg führte. Immer mehr Zeit sammelte sich in immer weniger Händen...“

Gedankenvoll schritt der Prinz mit seinen Gästen die langen Korridore mit den vielen Schließfächern ab. Jedes war fein säuberlich mit einer Registriernummer versehen.

„Wem gehören all diese Fächer eigentlich?“ - fragte Roland Waldschmitt. Der Prinz warf ihm einen langen Blick zu. Dann sagte er: „Ich will Sie nicht belügen. Alles was ihr in diesem Bereich seht, ist Eigentum meiner Familie. Mein Vater war besessen von seiner Gier. Und das schlimmste ist, er kaufte auf dem Schwarzmarkt, als sein Kontingent ausgeschöpft war. Aber dazu kommen wir gleich...“

Arundelle merkte an dem lauernden Blick mit dem ihr Vater den Prinzen musterte, kaum dass der weg sah, wie bei diesem das Misstrauen erwachte. Doch sie fand, wenn der Prinz sie hinters Licht führen wollte, dann hätte er niemals zugegeben, wem die Schließfächer gehörten.

---

[1] Die beispielhafte Wiederholung eines außergewöhnlichen Ereignisses.

„In jedem Fach sind die Werte eines ganzen Menschenlebens gehortet", sagte der Prinz bitter. – „So eine Verschwendung."

„Und wenn du nun die Zeit kostenlos zurück gibst?" - wollte Arundelle wissen.

„Wenn das nur so einfach wäre... – glaub mir, ich hätte es längst getan. Doch ich fürchte, ich würde die Verhältnisse damit nur noch ungerechter machen, als sie bereits sind. Seit der großen Währungsreform, als die Wechselkurse willkürlich auf zwei zu eins hinauf gesetzt wurden und dem freien Zeithandel enge Grenzen gesteckt wurden, kann man nicht mehr beliebig daran gehen, Zeit auszuschütten. Früher gab es sogar eine staatliche Lotterie. Dem Gewinner der Wochenziehung winkte ein Scheck über ewiges Leben, wie es damals hieß. – Natürlich lebt niemand wirklich ewig, aber ein paar Hundert Jahre waren schon drin, zumal nach der Zeitwährungsreform, die ich bereits erwähnte."

„Was genau bedeutete diese Reform?" - fragte Arundelle, die zu ahnen begann, was nun folgen würde.

„Als der freie Handel mit den Zeitreserven immer unüberschaubarer wurde, und die Eltern oft schon ihre eigenen Kinder für ihren Luxus zu opfern begannen, und überall Aufruhr entstand, beschloss der Kaiser einzugreifen. Überall im Land wurden die Zeitentwerter und Zeitbuchungsmaschinen eingezogen. Die Zeitbörse wurde geschlossen. Bestehende Konten wurden eingefroren. Und statt der Zeitwährung versuchte man zu einem Kreditsystem zurückzukehren, das entfernte Ähnlichkeit mit eurem Geld besitzt. Allzu halbherzig, fürchte ich..."

Sie waren inzwischen ans Ende des Korridors gelangt und standen nun vor einer riesigen stählernen Tresortür. Sie versperrte den Gang vollständig. Der Prinz gab eine lange Geheimzahl in das Kombinationsschloss ein, und die mächtigen Flügel schwenkten zur Seite.

„Hier betreten wir nun ‚die Werkstatt der Erneuerung'", erklärte der Prinz.

An den Wänden und von der Decke hingen Unmengen von Körperteilen. Erst kamen die linken Beine, alle fein säuberlich nach Größe und Gewicht sortiert, dann folgten die rechten Beine, die Arme, Rückenpartien, Wirbelsäulen – überhaupt verschiedenste Knochen. Meist waren die Teile von Fleisch und Haut umgeben. Doch überall schauten auch Metallverschlüsse, blitzende Gelenke, goldene Wirbel und dergleichen Verbindungsstücke hervor.

„Das ist die Werkstatt der Lebensverlängerer. Diese Zunft hat ungeheuren Aufschwung genommen, wie ihr euch vielleicht denken könnt. Denn sie setzen die verfügbaren Zeitquanten um in konkrete Lebensqualität. Wer sich hier ausrüsten lässt und regelmäßig zur

Inspektion kommt, kann der Zukunft gelassen begegnen. Denn er wird zumeist älter, als ihm lieb ist. Und das bei völliger Gesundheit und jugendlicher Spannkraft. Mein Vater war dafür das beste Beispiel, wie ihr wisst.“

– Wie im Schlachthaus sah es inzwischen aus, denn sie durchschritten den Bereich ganzer Leiber. Auch hier wieder überraschte die Fülle und Jugendlichkeit. Die Leichenteile wirkten völlig frisch.

„Die müssen doch von irgendwo her stammen“, rief Roland Waldschmitt empört. Der Prinz nickte ernst. Das sind die armen Opfer des Zeitsystems, die sich selbst verkauft haben oder von anderen verkauft wurden. Wer sein Zeitkonto vor der Zeit geplündert hatte und unfähig war, es beizeiten wieder aufzufüllen, der wurde kassiert. Die Gläubigerschergen kannten keine Gnade. Auch dieses Unwesen ist inzwischen weitgehend abgeschafft worden“.

„Und wir wundern uns noch, woher die Aggression stammt“, sagte Arundelle und schüttelte den Kopf. „Ja, wieso haben wir das denn nicht herausgefunden? Grisellas Interviewer hatten den Leuten doch Löcher in den Bauch gefragt?“

„Ich glaube, die Angst stopfte ihnen den Mund“, antwortete der Prinz. „Wer es nicht anders kennt, der nimmt das Grauen als gegeben hin. Und vor allem spricht er nicht darüber.“

„Werden die etwa bei lebendigem Leibe geschlachtet?“, fragte Roland Waldschmitt entsetzt.

„Das nicht gerade, zuvor erlischt ihr Lebenslicht. Die Gläubigerschergen – sie werden Miserioren genannt – verlesen die Einzugsermächtigung. Dann ergreifen sie ihr Opfer, und es haucht sein Leben aus. Denn es ist tatsächlich abgelaufen und wird von ihnen in eigens dafür vorgesehenen Tüten eingefangen“, erklärte der Prinz.

„Dann würden die sowieso sterben?“ - fragte Arundelle.

„Vermutlich“, antwortete der Prinz „aber das ist wohl nie vorgekommen, dafür waren die Lebensverlängerer viel zu scharf auf die Körperteile.“

Arundelle schüttelte sich.

„Ihr erzähltet etwas von einer Reform, die dann kam. Durchlaucht. Was genau hat sich denn da verändert?“ - wollte Roland Waldschmitt wissen.

„Zunächst einmal war das Ausmaß dieser hässlichen Praxis betroffen. Niemand durfte mehr außerhalb des staatlich geregelten Systems mit Zeit handeln. Die Zeitnehmerschalter wurden, wie gesagt, eingezogen, die in jedem Supermarkt oder Autosalon gestanden hatten.

Man stelle sich vor - Jugendliche zahlten bedenkenlos zehn oder fünfzehn Lebensjahre für einen schicken Flitzer. Sie brauchten nur ihren Finger in den Abbuchungsautomaten stecken und schon war der Glider ihrer. Das war schon sehr verführerisch. Denn was schert die Jugend schon das Alter. Die Rechnung wurde dann leider meist allzu bald präsentiert. Wer einmal damit begonnen hatte, sich auf diese Weise zu verkaufen, überlebte selten die nächsten fünf Jahre.“

„Ach, und so kam es zu all den jugendlichen Körpern, die dann ausgeschlachtet wurden.“

„Richtig, kassiert wurde ‚mit Leib und Seele’, wie das dann hieß. Und ich fürchte, den Leibern erging ’s dabei um vieles besser als den Seelen. Obwohl es darüber nur Gerüchte gibt, die niemand bestätigen kann. – Der Advisor hat mir Dinge berichtet, die einem die Haare zu Berge stehen lassen.

Er wäre ohnehin besser fähig, eure Fragen zu beantworten, zumal hier auch Malicius Marduk als Chef dieser unseligen Schar der Miserioren wieder ins Spiel kommt.“

Des Kaisers geheimnisvolle Advisor tauchte wie auf sein Stichwort hin unter einer ausladenden Konsole hervor. Er verbeugte sich höflich und begrüßte die Gäste des Prinzen gemessen. Freilich ohne erkennen zu lassen, ob er sie wieder erkannte.

„Ich habe auch über den da etwas herausgefunden“, erklärte der Prinz und deutete auf den Advisor, als sei der ein Gegenstand. Arundelle fand ihn beinahe unhöflich. Der tat ja gerade, als sei der Advisor gar kein Mensch aus Fleisch und Blut.

„Er ist so was wie ein Gedanke, glaube ich“, erklärte der Prinz weiter. „Versuch mal, ihn zu berühren, dann merkst du, was ich meine.“ Der Prinz griff zum Beweis mitten durch den Advisor hindurch ins Leere.

„Seht ihr, nichts – nur Luft, ein Spiegelbild, weiter nichts.“

Der Advisor lächelte sanft und verbeugte sich erneut: „Aber ich erfülle meinen Zweck“, erklärte er. „Seine kaiserliche Majestät lässt das Fräulein und seinen fremden Begleiter übrigens grüßen.“ Wieder verbeugte er sich lächelnd, einmal in Richtung Arundelle, dann, ein wenig steifer, zu ihrem Vater hin, der ihn kritisch, musterte.

Inzwischen waren sie in einen weiteren Raum gelangt. Es herrschte eine drückende Atmosphäre und Arundelle vermochte zunächst nicht zu sagen, wodurch diese verursacht wurde.

Der Advisor gesellte sich zwanglos zu ihnen und übernahm die Führung. „Bis hierher ist auch der Prinz noch nicht gedrungen“, bemerkte er beiläufig und deutete auf merkwürdige Blasen, die eine neben der anderen an der niedrigen Decke klebten. Beim näheren Hinsehen entpuppten sie sich als aufgeblasene Frischhaltebeutel. Ein jeder wurde fein säuberlich durch ein Bändchen mit einem Schildchen daran verschlossen und war mit etwas Milchigem gefüllt.

Der Advisor griff sich einen der Beutel, öffnete das Schleifchen und klopfte sacht von oben gegen die Tüte. Aus dem Innern erschallte ein dünner Schreckensschrei und Arundelle sah, wie zwei Händchen verzweifelt versuchten, sich an die glatte Haut zu klammern und dabei unaufhaltsam nach unten auf die Öffnung zurutschten. Ehe das graue Schemen heraus fiel, hielt der Advisor sacht die Hand unter die Öffnung und schubste ihn wieder zurück. Die schreckensweiten Augen in dem kleinen Gesichtchen, das Arundelle nun erst zwischen die ausgestreckten Armen bemerkte, schlossen sich. Einer der Daumen wurde zum Mund geführt, und dann rollte sich das Wesen schon wieder zusammen, während der Advisor das Bändchen sorgsam verschnürte und den Beutel an seinen Platz an der Decke hängte.

„Hier hängen sie nun, die verlorenen Seelen", erklärte der Advisor. „Aber immer noch besser hier, als da oben", und dabei zeigte er über sich. Die Decke, an der die Beutel hingen, erwies sich bei näherem Hinsehen als eine Art Trockengitter.

„Dahinter lauert etwas viel schlimmeres", sagte er und zeigte auf große dunkle Schatten, die sogleich anfingen ihm fürchterliche Grimassen zu schneiden.

„Die wissen genau, das ich ihnen nichts anhaben kann", sagte der Advisor und die Ungeheuer ließen zur Bestätigung ein schauerliches Gelächter ertönen.

Schon als der Advisor den Beutel öffnete, geiferten und lechzten sie und streckten gierig ihre langen schemenhaften Glieder nach der Seele aus.

„Vor nichts haben die verlorenen Seelen mehr Angst als vor den Miserioren", erklärte der Advisor – „diesen Sendboten des Verbrechers Marduk. ... und das aus gutem Grund. Zwar geht es ihnen in ihren Beuteln auch nicht gerade gut. Aber wenigstens haben sie ihren Frieden und sehen einem erträglichen Verwendungszweck entgegen. Doch wehe, sie fallen den Miserioren in die Hände..."

„Wozu dienen die Seelen denn überhaupt, und woher stammen sie eigentlich", wollte Roland Waldschmitt wissen. Er schnitt Arundelle mit seiner Frage das Wort ab, die eigentlich nach dem schrecklichen Schicksal, das den Seelen von Seiten der Miserioren drohte, fragen wollte.

„Die verlorenen Seelen entstammen den kassierten Schuldnern und sind der wertvollste Teil der Ausbeute", erklärte der Advisor. „Beim Kassieren der Schuldner werden sie als erstes aus den Körpern gelöst und in diese Beutel eingefangen, bevor sie noch ins Nichts entweichen können. Da sie ohnehin dazu verdammt sind, den Miserioren zu verfallen, lassen sie es sich im Allgemeinen gerne gefallen. Sie dienen im übrigen quasi als Schmierstoff. Ein totes Bein zum Beispiel wird erst wieder lebendig mit einer Seele. Die Seele ist das A und O bei der Organverpflanzung. Diese hier“, der Advisor zeigte in einem weiten Bogen über sich, „warten darauf, irgendwo wieder verwendet zu werden.“

„Ja, aber ist das nicht entwürdigend? Die Seele ist doch zu Höherem berufen. Ein Bein zu beseelen kann doch wohl nicht alles sein!“ - warf Roland Waldschmitt empört ein.

„Ursprünglich wohl schon, aber das sind komplizierte philosophisch –theologische Fragen, die erörtern wir besser an anderer Stelle. Ihr habt selbst gesehen, welchen Schrecken das arme Seelchen bekam, als ich es aus seinem Beutel klopfen wollte. Es hatte die Miserioren viel früher als ihr bemerkt. Deshalb hat es sich so verzweifelt an sein Behältnis gekrallt.“

„Besteht denn gar keine Möglichkeit, die Miserioren zu vertreiben?“ - fragte Arundelle und sah unbehaglich nach oben, gerade als ihr eines der Monster die Zunge herausstreckte, und dazu scheußliche Grimassen schnitt.

„Leider nein“, mischte sich der Prinz in das Gespräch ein. „Uns sind die Hände gebunden. Wir können zwar den staatlichen Sektor kontrollieren und versuchen, den schwarzen Markt zu bekämpfen, aber gegen die Geister aus einer andern Sphäre als der unseren sind wir machtlos. Und solange Malicius Marduk sich zu seinen Miserioren in das Zwischenreich verkriechen kann, werden wir das Problem der Zeitschwarzhändler wohl nicht völlig in den Griff bekommen. Da sind ganz andere Maßnahmen erforderlich.“

Der Advisor nickte bedauernd. „Trotzdem muss alles menschmögliche getan werden, um den Schwarzhandel einzudämmen, sonst bleibt jede Entwertungsmaßnahme unsererseits letztlich unergiebig. Sehen Sie, wir sind bereits bei dem Faktor vier angelangt, das ist uns sehr wohl bewusst. Dennoch, wenn es so weiter geht, werden wir wohl noch einmal abwerten müssen, dabei hatten wir so gehofft, bald zum Faktor drei zurückkehren zu können.“

Arundelles Vater sah ihn verständnislos an. Der Advisor bemerkte seinen Blick. Er nickte beruhigend und erklärte: „Es ist doch so ... oder nein, ich fange besser historisch an.“ – Vielleicht war die Sache doch schwerer zu erklären, als er dachte. – „Eine der Maßnahmen zur Eindämmung der Unruhen, von denen ich der Prinz eingangs sprach, zielte darauf ab, wieder ein allgemeines und gleiches Niveau für alle herzustellen. Mit anderen Worten ging es darum, die Zeit wieder auf alle gleichmäßig zu verteilen – jedenfalls halbwegs. Der Kaiser entschloss sich damals zum ersten Mal zu einer allgemeinen Zeitentwertung. Beginnend mit einem bestimmten Stichtag war die Zeit für alle zehn Prozent weniger wert, das heißt, die Zeit wurde sozusagen um ein Zehntel gekürzt. Sekunden, Minuten, Stunden – eben alle Maßeinheiten wurden um ein Zehntel gekürzt.

Gleichzeitig wurde der freie Zeithandel abgeschafft und auf einen eng begrenzten staatlichen Sektor beschränkt.

Wir hatten jedoch nicht mit dem Schwarzhandel gerechnet. Gerade als unsere Maßnahmen damals zu greifen begannen, setzte ein schwunghafter Handel mit Zeit, Zeitnehmern, Kontenentwertern und Organteilen ein – eben mit allem, dessen es bedurfte, um sich einzudecken, beziehungsweise, um die Leichtsinnigen zu verführen, ihre Lebenszeit zu verschleudern.

Dabei hatten wir mit den vorhandenen Schwierigkeiten bereits alle Hände voll zu tun, denn es blieb ja nicht bei der zehnprozentigen Abwertung. Nach wenigen Jahren waren wir bereits bei fünfzig Prozent. Man stelle sich vor – die Nacht hat nur noch sechs Stunden – denn beim Schlaf ließen sich die Menschen noch am wenigsten betrügen, im Gegensatz zum Arbeitstag, da hätten wir getrost gleich vierteln können...“, lächelte der Advisor.

„Ganz gleich wie oft wir die Zeit abwerteten. Immer wieder begannen einige Wenige im geheimen in unterirdischen Tresoren – wie diesem beispielsweise –, (obwohl dieser hier immerhin genehmigt war), Zeit und alles was dazu gehörte, zu horten. Die Folge war nach jedem Schritt, dass die Menschen schon wieder begannen, früher und früher zu sterben. – Unsere Maßnahme hatte ja gerade darauf abgezielt, allen wieder das durchschnittliche Leben von siebzig Erdenjahren zu gewährleisten. – Die Zeitschwarzhändler aber machten uns immer wieder einen gründlichen Strich durch die Rechnung. Und leider fanden sie mehr als genug Kunden, die sich bei ihnen eindeckten und denen es völlig gleichgültig war, wie die Gauner sich ihre Opfer beschafften.

Wieder und wieder starben große Teile der Unterschicht – oft schon im jugendlichen Alter – dahin. Es war wie eine immer wiederkehrende Seuche. Die Entwicklung führte, wie sich denken lässt, zu erheblichen Unruhen. Diese folgten bald in regelmäßigen Abständen. Gerade die Jugendlichen, die glaubten, nichts mehr zu verlieren zu haben, terrorisierten die Bevölkerung, brachten teilweise ganze Stadteile in ihre Gewalt, wo sie zusammen mit den Miserioren, die sich solche Gelegenheiten natürlich nicht entgehen ließen, unvorstellbar wüteten.“

„... Und immer wieder tauchte der Name Malicius Marduk auf“, warf der Prinz ein. Wieder nickte der Advisor:

„Malicius Marduk entwickelte sich zum großen Widersacher des Kaisers. Die Miserioren sind beschränkte Kreaturen, wenn auch voller Bosheit. Ohne die Regie von Malicius Marduk ist ihr Treiben leicht zu kontrollieren. Jedenfalls gelang es früher, sie erfolgreich abzhren.“

„Was tun die denn so Schreckliches?“ - wollte Arundelle wissen.

„Das ist eine gute Frage. Ich kann nur wieder auf die verlorenen Seelen verweisen“, entgegnete der Advisor.

„Unter den Lebenden weiß darüber niemand so recht Bescheid“, griff der Prinz ein – „und aus den Seelen ist nichts heraus zu bekommen. Es müssen jedenfalls höllische Qualen sein, sonst würden die sich nicht derart an ihre Beutel klammern. Immerhin ist es der natürliche Zustand einer Seele, frei durch die Fülle zu schweifen. Wenn sie also lieber in einem Beutel steckt, weil draußen die Miserioren lauern, dann muss dies ja wohl etwas bedeuten“, erklärte der Prinz. Und wieder stimmte der Advisor zu, wenn auch mit einem kurz aufblitzenden Lächeln, als habe der Prinz die Dinge ein wenig zu sehr vereinfacht.

***

Roland Waldschmitt blinzelte. Hatte er geträumt? Seine Tochter Arundelle und Scholasticus Schlauberger werkelte in der kleinen Teeküche herum. Sie schienen zu kochen.

Was war geschehen? So was hatte er ja noch nie erlebt. War das nun ein Tagtraum? Hatte er etwa geschlafen? Er konnte sich an nichts anderes erinnern als an den Traum. Er war von einer nie gekannten Lebhaftigkeit.

Hätte es noch eines Anstoßes bedurft, hier hätte er ihn erhalten. Wenn das die Zukunft der Menschheit war, dann Gnade ihr Gott und vor allem, dann Gnade ihm Gott, denn er war federführend an dieser Entwicklung beteiligt. Wie im Zerrspiegel blickten ihm die Ergebnisse seiner eigenen Bemühungen entgegen. Was für eine grauenvolle Welt war er dabei gewesen zu schaffen!

Dem Buch müsste unbedingt noch ein weiteres Kapitel hinzu gefügt werden, beschloss er spontan. Sogleich machte er sich daran, seine Eindrücke festzuhalten, zumal er keinen großen Hunger verspürte. Appetit auf die ewigen Konserven hier oben hatte er ohnehin nicht mehr. Vielleicht dachte man auch einmal daran, etwas Frisches einzufliegen, falls das ging.

Im Moment glaubte er sich stark genug, der Herausforderung gewachsen zu sein, die er fühlte. Zumal er nicht allein war. Doch er müsste aktiv werden, das konnte ihm keiner abnehmen. In seiner Tochter und in dem Professor hatte er die besten Ansprechpartner für seine Überlegungen, das fühlte er. Vielleicht sollte man noch etwas zuwarten, vielleicht bedürfte man der gründlichen Planung, aber den Kampf aufnehmen stand an, daran führte nach menschlichem Ermessen kein Weg vorbei.

Es galt Malicius Marduk das Handwerk zu legen, möglichst hier und jetzt, damit dieser Alptraum in dieser Welt niemals Wirklichkeit würde. Noch sträubte er sich zu glauben, dass das, was er gesehen hatte, eine Zukunftsvision der Erde war - der Erde, auf der sie lebten. Zwar nicht im Augenblick, jedoch der Erde irgendwo und irgendwann; – (denn er war ja nicht nur räumlich, sondern auch zeitlich verschoben worden) – der guten alten Erde da unten, die er alsbald wiederzusehen hoffte. Ebenso wie er hoffte, dass es die nämliche Erde war, die er vor wenigen Wochen verlassen hatte, um hier oben ein prophetisches Buch der Warnungen zu schreiben. Doch auch damit konnte er sich nicht mehr sicher sein, war doch auch er zu seinem Alter ego geworden. Er war jetzt ein anderer, ein neuer Mensch.

Sein altes Ich war abgestorben. Er hatte es hinter sich gelassen. Und er verspürte ein starkes Interesse, dass dies auch Wirklichkeit würde. Denn es sagt sich so leicht, dass ein Ich abgestorben sei. Denn wenn der Körper noch lebt und das Gedächtnis, wie soll ein solcher Tod dann aussehen?

Es juckte ihn in den Fingern, die Probe auf 's Exempel zu machen und in die Höhle des Löwen zu gehen. Und was war da geeigneter als die große Weltbühne, die eine Veranstaltung wie die Frankfurter Buchmesse darstellte?

Zunächst besprach er sich mit Scholasticus und Arundelle, doch die waren literarisch nicht die Stärksten und verwiesen ihn an Grisella, von der wiederum bekannt war, dass sie nicht flog. So beschlossen die drei gemeinsam hier oben erst einmal die Zelte abzubrechen und zur Zwischenschule zurück zu kehren.

Grisella war heilfroh über diesen Entschluss, denn die Verantwortung für das Buchprojekt wuchs ihr allmählich über den Kopf. So konnten sie in tagelangen Disputen alles für und wider der möglichen Öffentlichkeiten abwägen. Am Ende legten sie sich eine weniger überraschende als beinahe schon als tollkühn zu bezeichnende Variante zurecht. Der Verlag war mit allem einverstanden, wenn es nur rechtzeitig in die Vermarktungs- und Werbestrategie eingebaut werden konnte.

„Wer verbirgt sich hinter der Maske des Anonymus?“ titelten denn auch alsbald die einschlägigen Magazine in Erwartung einer Sensation auf der „weltgrößten Bücherschau“, wie sich die Frankfurter Buchmesse gern nennen ließ.

Im tiefen Süden verabschiedete sich der Winter und im Oktober brach der Frühling mit Macht hervor. Die Insel Weisheitszahn glühte in einem doppelten Aufbruchsfieber.

Während allenthalben Blümlein und Gräser die zarten Häupter reckten, wurde für Anonymus geplant, durch Zauberkraft nach Frankfurt rein zu platzen. „Möglichst punktgenau und medienwirksam“, so Grisella; „ruhig ein bisschen schräg und nicht ganz legal“, ergänzte Dorothea.

Das würde den Medienrummel zusätzlich anheizen. Dazu bedurfte es seitens des Probanden allerdings eines gerüttelten Maßes an Disziplin.

„Ich denke, wir machen es so...“, legte Arundelle die Strategie fest. Und dann breitete sie vor ihrem verblüfften Vater eine so raffinierte Doppelstrategie aus, dass diesem vor Bewunderung die Luft weg blieb.

„...Und jetzt an die Arbeit, denn was dir fehlt, ist eindeutig die Routine. Eine solche Begabung wie die deine will nun einmal gefördert werden. Und damit war's ja wohl bisher nicht viel bei dir. Außerdem bist du nicht mehr der Jüngste. Aber keine bange, das schaffen wir schon. Florinna und Corinia sind schließlich mit von der Partie...“

Doch die Übungen zogen sich und die Erfolge wirkten mager, viel zu mager für die ungeduldige Arundelle, die zusehends in Panik geriet.

„Es kommt uns auf die Sichtbarmachung an“, schrie sie ihre Assistentinnen an: „Sichtbarmachung ist und bleibt unser erklärtes Ziel. Alles andere ist zweitrangig...“

Die Schwestern blickten sich an und schüttelten leise die Köpfe, was um alles in der Welt meinte die mit ‚Alles andere ist zweitrangig', was sollte da denn noch sein? Aber sie unterließen es, die aufgeregte Freundin mit solchen Rückfragen zu nerven. Ihr Vater bereitete ihr sichtlich genug Stress.

„Und denkt immer an Plan B, sollte etwas schief gehen!“, wieder wussten beide nicht recht, wie dieser Einwurf gemeint war. Immerhin, bei Plan B klingelte etwas. Darüber hatten sie mit Billy-Joe und Pooty geredet.

„... Und denkt um Gottes Willen an die Grasharfe. Nicht auszudenken, wenn wir da plötzlich ohne Grasharfe stehen...“, schrie sie und stolperte über ihre Füße.

„Arundelle, du brauchst mal ne Pause. Wie wär's, du ruhst dich erst mal ein wenig aus und überlässt uns die Sache. Wir machen das schon - und ganz in deinem Sinne, verlass dich drauf...“

Herr Waldschmitt, als Objekt der Bemühungen seiner Tochter, wirkte gleichfalls überanstrengt. Dabei, das wussten die Schwestern, war Bemühtheit das letzte, was man brauchte. So gönnten sie auch ihm erst einmal eine Pause, um dann mit lockeren Entspannungsübungen weiter zu machen, die wie durch ein Wunder denn auch alsbald zum Erfolg führten; wenn es dann aber mit der Sichtbarmachung doch auch noch immer wieder ein wenig haperte und Herr Waldschmitt ziemlich häufig flimmerte oder sogar ganz verschwand.

„Macht sich dann im Ernstfall vielleicht gar nicht schlecht“, nickten sie einander bestätigend zu. „Mal sehn, was die andern dazu meinen“, überlegte Cori, „ich denke, die sehen das genau wie wir“, stimmte Flori zu.

Für den exotischen Teil waren Pooty, der Zauberstein und Billy-Joe verantwortlich und der fand auf einer ganz anderen Spielwiese statt. Doch auch hier bestand Arundelle darauf, mit von der Partie zu sein. Und Roland Waldschmitt war das sehr recht, denn der ‚Wilde’ - wie er Billy-Joe insgeheim noch immer nannte - und sein merkwürdiges Pelztier war ihm denn doch noch immer recht unheimlich. Ganz war der alte Adam in ihm also doch noch nicht überwunden, gestand er sich selbstkritisch ein.

So rückte der Termin nah und näher. Der Ausflug ins australische Hinterland fraß mehr von ihrer kostbaren Zeit, als veranschlagt. Es mangelte Roland Waldschmitt ganz eindeutig an Beweglichkeit und das durchaus in zweifacher Hinsicht.

Die Jahrzehnte in der verknöcherten Weltanschauung rächten sich jetzt ebenso wie die chronische Unsportlichkeit, die damit einher gegangen war. Kraft und Durchsetzungsvermögen, eiserner Wille, und was dergleichen mehr an ideologischen Floskeln seine Weltsicht bestimmt hatte, entlarvten sich nun als hohle Phrasen.

Ein Aufbautraining ganz von Anfang an war ganz sicher notwendig. Dabei erwiesen sich einige der Ersatzteile, die man ihm eingepflanzt hatte, nicht unbedingt als hilfreich. Immerhin machten die Organe mit, das war doch immerhin schon etwas.

Auch die musische sensitive Seite hatte allzu lange brach gelegen. Zunächst schien gar nicht sicher, in dieser Ödnis überhaupt etwas zum Grünen zu bringen. Doch so schnell gab Billy-Joe nicht auf und tatsächlich nach einigen Tage konnte sich das erzielte Ergebnis doch halbwegs sehen lassen.

„Vielleicht brauchen wir diesen Teil überhaupt nicht“, schwächte Arundelle ab, als sie bemerkte, dass bei Billy-Joe der Perfektionismus ausbrach. „Und wenn doch?“, Billy-Joe wollte seine Seite auf keinen Fall blamieren.

Da der Stellenwert dieser Einlage - bezogen auf das Werk des Anonymus - letztlich nicht ganz klar war, stellte sich ohnehin die Frage, ob diese überhaupt eingesetzt würde.

Für den Verlag war eine solche Einlage zweifellos ein werbeträchtiger Gag und die Presse würde sich darauf stürzen. Um mehr ging es denen gar nicht. Verheizen lassen aber durfte sich Anonymus keinesfalls, darüber waren sich alle einig.

„Durch unsere Maßnahme erhält dein Vater ohnehin eine beispiellose Leichtigkeit, da macht es gar nichts, wenn die alten Knochen nicht mehr ganz so elastisch sind. Vielleicht entsteht dadurch sogar ein schöner Effekt“, warf Grisella ein, die der Meinung war, dass sie es allmählich genug sein lassen sollten.

Das Telefon klingelte. „Es ist für dich, Grisella“, rief ihre Schwester durchs Büro - „der Verlag...“. Grisella eilte hinüber. Nach wenigen Minuten kam sie freudestrahlend zurück:

„Die Entscheidung ist raus“, schrie sie in die Runde der Beteiligten, die um ihren Kandidaten versammelt saßen. „Wie aus gut unterrichteten Kreisen zu vernehmen ist, geht der Preis des Deutschen Buchhandels in diesem Jahr an keinen Geringeren als an - na an wen wohl, ihr ratet es nicht – an keinen anderen als an – richtig – an - **Anonymus**...“, platzte Grisella heraus:

„So war all unsere Mühe doch nicht vergebens... Herzlichen Glückwunsch und dank euch allen, ohne euch hätten wir das nie geschafft...“

„Gemach, liebe Schwägerin, zieh dem Hasen das Fell nicht über die Ohren, ehe du ihn gefangen hast. Noch liegt der Auftritt vor uns...“

„Du mit deinen geschmacklosen Vergleichen“, ärgerte diese sich - als Vegetarierin und Tierschützerin ganz besonders – doch Scholasticus winkte nur ab.

„Wir wollen doch sachlich bleiben“, murmelte er in sich hinein und war sich der Schwere seiner Schuld nicht so recht inne.

***

Alle wussten es, der ersten Auftritt war der entscheidende. Die Verhältnisse waren dem Schläfer hier unten im Süden günstig. In der tiefsten Nacht galt es, sich nach Frankfurt auf die Buchmesse zu träumen, um sich dort mit der Begleitmannschaft, die mit der vereinten Magie von Zauberstein und Zauberbogen reiste, am Verlagsstand zu treffen: Halle II G3, um Punkt zehn Uhr dreißig Ortzeit.

„Und seid bloß pünktlich“, bat Grisella aufgeregt, die trotz des Anlasses ihre Flugangst nicht überwinden konnte. An ihrer Stelle reiste Dorothea mit. Grisella war sicher, ihre Schwester würde sie sehr würdig vertreten.

Roland Waldschmitt trank ein Bier zur Nacht wegen der nötigen Bettschwere und um seine leichte Nervosität in Schach zu halten. So schlief er pünktlich gegen halb elf ein und begann sehr zielsicher von der Buchmesse zu träumen, ganz wie sie es in der Vorbereitung geübt hatten.

Am Stand traf er auf sein Team, das ihn mit Hallo begrüßte und immer wieder verstohlen den Durchlässigkeitstest bei ihm machte. Verstohlen deshalb, damit von den doch recht zahlreichen Besuchern niemand etwas vor der Zeit merkte.

Im Auto ging es dann in die Paulskirche zur Preisverleihung. Die Reden waren gehalten, der Preis war übergeben und nun war es an Roland Waldschmitt sich zu bedanken. Er tat dies zunächst mit artigen Worten, zog dann aber unvermittelt seine Grasharfe aus dem Medizinbeutel unter dem aufplatzenden Hemd. Warf Schuhe und Jacke von sich und stimmte auf der Grasharfe einen der monotonen australischen Gesänge an.

Er begann zu schweben – erst auf und nieder, dann ließ er sich durch die Reihen wehen und alsbald bemerkten auch die Letzten wie transparent und flüchtig er war.

Ein Raunen ging durch den Saal. Wer weit ab saß vom Schuss, drängte herzu. Rüde Pressemenschen schubsten sich rücksichtslos in günstige Schusspositionen. Keine fünf Minuten dauerte es, und die sensationellen Bilder gingen um die Welt. Waldschmitts ein wenig brüchiger Gesang zur Grasharfe verzeichnete im Internet innerhalb von nur fünf Stunden über eine halbe Million Besucher und versprach ein Welthit zu werden. Der Verlag wusste nicht, wie ihm geschah und war auf einen solchen Rummel in keiner Weise vorbereitet.

Das Buch selber geriet nur scheinbar ins Hintertreffen - denn Anonymus, eine Art Aborigine, das war die Sensation:

- „Die Anthropologie muss umgeschrieben werden", titelte eine eher prätentiös gefärbte ansässige Tageszeitung und entlarvte sich nebenbei als eurozentristisch.

Hartnäckig hielt sich das Gerücht vom Aborigine mit dem großen Durchblick. Vom „Einstein aus dem Outback" featureten die Abendnachrichten.. Da konnte Dorothea dementieren, soviel sie wollte. Die Bilder und das Video waren aber auch zu schön und gar so elegisch!

„Der Auferstandene unter uns?" - titelte ein Boulevardblatt dreist und zeigte Waldschmitt mit seiner Grasharfe gut einen Meter in graziler Pose über dem Auditorium der Paulskirche schwebend.

Die Zeitung handelte sich postwendend eine saftige Verleumdungs- und Unterlassungsklage seitens des Heiligen Stuhls ein. Was diesen indes in keiner Weise hinderte, umgehend den höchsten Vertreter der Glaubenskongregation nach Frankfurt zu entsenden, um sich vor Ort ein Bild zu machen.

Vom Ansatz her war etwas ganz anderes beabsichtigt gewesen. Der esoterische Auftritt diente in erster Linie dem Schutz des Anonymus. Und die Befürchtungen waren nur allzu berechtigt.

Zähneknirschend musste das eigens angereiste Paar Viola de Stäel und Rudolfus Catalanius erkennen, dass hier nichts zu machen war.

Dieses Phantom ließ sich weder jagen noch töten. Das Original konnte überall sein. Und selbst wenn der Aufenthaltsort bekannte geworden wäre, hätte das nicht viel gebracht. Jetzt, wo das Buch Furore machte und der Name des Autors in aller Munde war, hatte der Schreiber alles erreicht, was er wollte und konnte sich in irgendeinem versteckten Winkel dieser Welt seines Werkes freuen, während sie das Nachsehen hatten.

Beide waren sich einig, wie zweifelhaft ihnen Waldschmitt immer schon erschien. Von allem Anfang an. Denn gelesen hatten sie sein Buch. Es war die schonungslose Abrechnung eines Verräters, eines Nestbeschmutzers und Renegaten, der mit seinem weichen Herzen hausieren ging und den Gutmenschen heraushängte mit nicht zu überbietender Blödigkeit.

Die geheimsten Pläne, die verborgensten Absichten, die dunkelsten Geheimnisse zerrte dieser Mensch ans Licht. Ein solches Buch war gefährlich, denn es sammelte die blöde Herde der Gutmenschen und Weltverbesserer und legte den Finger auf die Schwachstellen der anbrechenden Zeitökonomie.

Zähneknirschend mussten sie mit Ansehen, wie der Überläufer gefeiert wurde und mit seinen Sprüchen von Liebe und Gerechtigkeit punktete.

Malicius Marduk kannte die Quellen nur zu gut, auf die sich Anonymus stützte. Aber wie kam dieser zu einer solch anschaulichen Einsicht? Das entsprechende Kapitel las sich, als sei er persönlich dort gewesen. Da war eine Dienstaufsichtsbeschwerde wegen unzulässiger Veränderung der Vergangenheit durch Rückgriff auf die Zukunft aber fällig, soviel stand fest.

Doch Beschwerden dieser Art lagen Malicius Marduk gar nicht. Seinem sprühenden spontanen Geist widersprach alles Langwierige; und Eingaben dieser Art waren wohl das Langwierigste, was man sich vorstellen konnte.

So was war nach dem Geschmack dieses himmlischen Hausgeists namens Advisor, ein aufgeblasener arroganter Kerl, der sich was besseres dünkte, nur weil er sich angeblich niemals den süßen Lockungen der Macht ergab und der Folterqual mit Ekel begegnete.

Ihn selbst band ein solcher Entscheid und trennte ihn von seinen höllischen Heerscharen. Ein Umstand, der ihm mehr zu schaffen machte, als er sich ein gestand. Die Menschen, die er schon zu Lebzeiten unter seine Kontrolle brachte, blieben in der Regel schwach und anfällig. Das beste Beispiel hatte er ja nun gerade vor sich.

Denn Malicius Marduk konnte sehr wohl zwei und zwei zusammenzählen. Hinter Anonymus verbarg sich kein anderer als der ehemalige Vorsitzenden der Bruderschaft Infernalia. Und wie schnell der die Seiten wechselte!

Die Menschen blieben Malicius Marduk ein ewiges Rätsel. Im Grunde ihrer Herzen waren sie seine Geschöpfe, ersehnten und wünschten sich alles nach seinem Geschmack. Und doch steckten sie voller Schwachheit und Skrupel und brachen an den unmöglichsten Stellen ganz unerwartet ein und warfen all das von sich, was sie bis dahin als ihr Lebenselixier vergötterten.

Kann ein einziges Buch den Lauf der Welt verändern? Das war die entscheidende Frage. Anonymus stellte sie sich immer wieder und ein süßer Kitzel focht ihn dabei an. Er wäre besser dran, wenn er sich auf den Rummel um sein Buch nicht eingelassen hätte. Er fühlte, wie die Fänge der Macht mit ihm spielten, wie zur Hintertür herein kroch, was er so demonstrativ zur Vordertür hinaus geworfen hatte.

Es wurde Zeit, aus dem Traum zu erwachen. Es war ein schöner Traum, zweifellos, doch nur ein Traum, und Träume hat man vielleicht deswegen, weil man aus ihnen auch wieder erwachen kann. Und weil all die Dinge, die in der Wirklichkeit geschehen, im Traum noch nicht passiert sind, oder sich vielleicht nie ereignen werden – und was vielleicht am allerwichtigsten war: Weil im Traum Dinge geschahen, die es so hoffentlich in der Wirklichkeit nie geben würde.

‚Das ist ja so schön am Träumen. Träume sind nicht manifest, solange sie dauern, was auch immer hinterher daraus wird. Denken wir nur an den uralten Traum vom Fliegen, den fast jeder Mensch kennt. Ohne ihn wären Menschen vielleicht niemals auf die Idee gekommen, sich in die Lüfte zu erheben.

Denn vogelfrei sein bedeutete über Jahrtausende eine der schlimmsten Strafen. Doch der innere Antrieb, die eigene erträumte Erfahrung des Fliegens überwand die Angst vor der Gefahr des freien Fluges.'

Anonymus kam schon wieder ins Philosophieren, dabei ging es doch nur darum, aufzuwachen. Eben das fiel ihm so schwer. Wäre alles, was er in Frankfurt erlebt hatte, nur ein Traum gewesen, wenn er aufwachte? Dann wollte er gar nicht mehr aufwachen.

Alle Bösewichter dieser Welt konnten seiner Traumgestalt nichts anhaben. Es tat gut, für einen Beitrag zur Verbesserung der Welt geehrt zu werden. Ihm bedeutete das viel mehr als aller Schrecken ihm einst einbrachte, den er früher verbreitete. Wenn man das überhaupt vergleichen konnte.

Auch hier kitzelte die süße Lust der Macht. Doch dies war nun eine ganz andere Macht, sie erwuchs ihm aus Zuneigung und

Ehrerbietung, wo er früher Angst und Schrecken verbreitete, um die eigene Bedeutung bestätigt und den gebührenden Respekt entgegen gebracht zu bekommen.

Es half alles nichts, aufgewachte musste einmal wieder werden, so verlangte es das Leben. Wer niemals wieder erwachte, war dem Tod übereignet.

***

Das Begleitteam lief eben ein, als Baranasias alias Waldschmitt die steifen Glieder reckte und herzhaft gähnte, nach dem langen Schlaf und den süßen Träumen. Doch als er loslegen wollte, denn allzu lebhaft standen ihm die Traumsequenzen vor dem innern Auge, da winkten die Freunde nur lachend ab.

„Kennen wir, kennen wir... - sind doch dabei gewesen. Toll war 's. Und Glückwunsch übrigens, nun auch hier drüben, hast du ganz prima gemacht, das alles...“, gab Scholasticus den Eindruck aller wieder.

Doch was nun? Früher oder später wären die Verfolger heran. Denn auch die verfügten über Kräfte der anderen Art. Wut und Jähzorn gepaart mit List und Tücke führten bei ihnen das Regiment. Die Rachsucht waberte wie eine bedrohliche Gewitterwolke heran. Die sensiblen Gemüter auf der Insel Weisheitszahn konnten sie förmlich riechen. Und wenn sie sich auch wappnen konnten, so wollte doch niemand die Garantie für ihren Gast übernehmen, dem die geballte Wut aller Mächte der Finsternis galt.

Zumal jetzt der förmlichen Beschwerde statt gegeben worden war, die Malicius Marduk eingereicht hatte. Das Höllentor stand offen, die Heerscharen des Finsterlings sammelten sich. Das war die drohende Wolke, die so gewaltig heranstürmte auf die Insel zu.

„Diesmal wird es Ernst“, meinte Arundelle und blickte ihren Vater besorgt an. Billy-Joe stimmte ihr zu: „Da gibt's nur noch eins: Himmelfahrt!“

Pooty holte schon mal den Zauberstein aus der Tiefe des Medizinbeutels und Arundelles Zauberbogen ließ sein rotes Auge unternehmungslustig funkeln.

„Ich denke, wir versuchen 's diesmal direkt. Keine Umwege, kein zeitlich zu ortendes Ziel diesmal mit...“, besprach sich Arundelle mit ihren Bogen: „Am besten wir steuern gleich die kaiserliche Hyperstation im Schnittpunkt aller Galaxien an.“

Der Zauberbogen stimmte zu. Er besprach sich kurz mit dem Zauberstein und dann ging's auch schon los im kleinen Convoy ab durch die Mitte, Arundelle, Billy-Joe mit Pooty und dem leibhaftigen

Anonymus diesmal - haste nicht was kannste, dass die Sterne nur so stoben, und ihre bunten Lichterbogen achteraus glühten.

Für Anonymus würde es eine sehr lange Reise, ob eine Reise ohne Wiederkehr stand in den Sternen. Erst einmal aber nahmen ihn die Sterne nun auf und in ihre Mitte, als sei er ein verlorenes Schaf, das nach langer Irrfahrt zur Herde heimfand.

Arundelles wehmütiger Abschiedsgruß verhallte in der Leere des Raumes. Ein letzter Wink und – Anonymus - war auf sich gestellt.

Die magische Fuhre drehte eine elegante Schleife um die Zeitachse und versetzte sich zurück in die Ausgangslage, wo man inzwischen nicht untätig war, sondern allerlei Anstrengung unternahm, um der heran brausenden Gefahr zu begegnen.

Wie einst Moshe seine eherne Schlange aufrichtete gegen den tödlichen Angriff der feurigen Schlangen, so stand nun auch Scholasticus da wie ein Fels und stemmte seinerseits den Schlangenstab in den Grund, nicht weniger fest überzeugt wie weiland Moshe, dass er hielt.

Und der Stab hielt! Doch dann wankte Scholasticus und drohte unter der Wucht des Angriffs zu fallen. Billy-Joe sah es und stürzte hinzu. Gewaltige Energien rasten durch die Eisenschlange hindurch und verschwanden scheinbar im Nichts des Erdreichs, das sich auftat als die Pforte der Hölle. Die Miserioren verschwanden einer um den andern in ihrem angestammten Pfuhl.

Als Malicius Marduk seinen Fehler bemerkte, war es schon zu spät. Sein Heer war verloren. Seine gewaltige Streitmacht verblutete in sinnloser Attacke. In grenzenloser Wut stürzte er den Seinen nach. So gewaltig war der Stoß, der durch den Stab fuhr, dass die eherne Schlange zerbarst und Billy-Joe und Scholasticus die Handflächen bis auf das rohe Fleisch versengte.

„Seid ihr ganz sicher, dass dies die Pforte der Hölle war, durch die die verschwanden?“ - fragte Pooty in die Runde der erschrockenen Gesichter um sich her.

Allgemeines Achselzucken. Billy-Joe und Scholasticus, die der Pforte am nächsten gestanden hatten, waren mit ihren Schmerzen beschäftigt und sorgten sich erst einmal um ihre Hände.

Arundelle zog den Zauberbogen zurate und der wusste auch sogleich um Abhilfe. „Eine Weile wird's schon dauern. Sind zum Glück vor allem die Handflächen, die Finger kaum, das ist gut. Ab ins eiskalte Wasser damit und die nächsten zwölf Stunden drin lassen, dann sehen wir weiter“, war sein Rat, den die beiden Helden ohne Murren befolgten.

Dick eingemummelt hockten sie in der Küche vor dem Eisfach und hielten ihre Hände in eine große Schüssel mit Wasser, in die sie von Zeit zu Zeit Eiswürfel nachwarfen.

Um sie abzulenken, versammelte sich eine große Schar der vielen Eingeweihten um sie. Doch nicht nur aus diesem Grund. Cori und Adrian machten sich schon ernstliche Sorgen um das Meervolk, „was ist, wenn die Miserioren nun das Meervolk heimsuchen, wie schon einmal?“, fragte Cori und Adrian setzte nach:

„War das auch wirklich die Höllenpforte, die ihr gesehen habt? Und woher wisst ihr überhaupt wie die aussieht?“

Scholasticus und Billy-Joe blickten sich an. „So was fühlt man“, sagte Billy-Joe nach einer Weile und Scholasticus nickte „in dem Moment weiß man das“, sagte er: „...hinterher fragt man sich selber, woher man das plötzlich wusste.“

Jetzt waren sie ihrer Sache nicht mehr so sicher. Ganz so unwahrscheinlich war das ja nicht, was Adrian und Corinia da befürchteten. Aus Erfahrung wussten alle Einwohner der Insel Weisheitszahn, dass man mit einfachen Fragen nicht weit kam.

Wen auch immer die Miserioren befielen, dem wurde dies ja nicht bewusst, jedenfalls nicht in vollem Umfang. Außerdem veränderte ein solcher Überfall die Persönlichkeit radikal. So jemand log ganz einfach, bei solch einer Frage.

„Ist doch eigentlich logisch. Wer würde so was schon zugeben“, meinte Pooty und dachte an Walter und Tränen traten ihm in die Augen.

13. Das Nanoversum

„War wohl doch falscher Alarm“, meinte Adrian nach seinem Besuch im Meer. Und auch Cori konnte seinen Eindruck nur bestätigen.

Da beide an ganz verschiedenen Stellen eingesetzt wurden, und nichts bemerkt hatten, sprach doch einiges dafür, dass das Meervolk unbehelligt geblieben war und die Höllenfahrt der Miserioren auch tatsächlich statt fand.

„Ach“, seufzte Cori, „die stehen sich so oft selbst im Wege. Es ist manchmal zum Verzweifeln.“

Ein wenig entmutigt kehrte Corinia diesmal von ihrem monatlichen Ausflug in die Meerestiefe zurück. Ihre Schwester Florinna holte sie vom Boot am Landungssteg unten an der Bucht ab, als es nach etwas stürmischer Überfahrt endlich anlegte. Einer der wenigen Sommerstürme fegte seit dem Morgen über die Insel.

„Ist das nicht überall gleich?“ - entgegnete Florinna.

„Mag sein – trotzdem...“, widersprach Cori.

„Worauf willst du eigentlich hinaus?“, Florinna verstand nicht ganz.

„Eigentlich auf nichts Bestimmtes, ich mein bloß so“, warf Cori möglichst beiläufig hin. Bei Florinna klingelten die Alarmglocken:

„Und da redet Adrian von falschem Alarm!“,

„Du meinst? -“, fragte Cori

„Du nicht auch? -“, gab Florinna zurück.

„Jetzt, wo du’s sagst“, entgegnete Cori nachdenklich.

„Erinnere dich, niemand klebt sich ein Schild auf die Stirn worauf steht: ‚Hier wohnt ein Miserior‘,“ setzte Flori nach.

„Ich versteh, was du meinst“, nickte Corinia: „Ja, ich denke, das Gefühl reicht schon. Dieses Gefühl - nichts geht weiter, alles bleibt irgendwie stecken, man tastet sich wie durch einen zähen Morast und kommt nicht wirklich voran. Während früher alles wie von selbst ging und dir überall fröhliche Gesichter begegneten. So ist es nicht mehr“, erklärte Corinia und fuhr nach einer Weile nachdenklichen Schweigens fort: „Vielleicht ist es das. Die Leichtigkeit ist weg. Die sind irgendwie wieder so verbissen...“

„Du und Adrian solltet das auf jeden Fall demnächst im Plenum ansprechen, denke ich“, schlug Florinna vor.

Ihre Schwester nickte. Dann aber gähnte sie und meinte, sie sehne sich nach ihrem Bett. „So eine knappe Woche da unten schlaucht ganz schön, das kannst du mir glauben.“

Florinna konnte sich das Leben ihrer kleinen Schwestern nun nicht mehr so umstandslos vorstellen wie sie es von Kindheit an vermocht hatte. Das gab ihr jedes Mal einen leisen Stich. Es war, als sei ein Schatten zwischen sie getreten, der sie entzweite. Aber vielleicht war das Leben so und vielleicht ging auch an ihr diese Entwicklung nicht spurlos vorbei, nur merkte weder sie selbst es - jedenfalls nicht derart drastisch -, noch bekam dies ein anderer mit.

Sie selbst ging weiter zum ‚großen Nachmittag‘ wie die Folgeveranstaltung des Blockseminars der beiden neuen Professoren inzwischen genannt wurde. Denn obwohl das Semester zu Ende war, mochten die Beteiligten den unerklärlichen Schub nicht mehr missen, der davon ausging.

Zumeist fanden Zauberstein und Zauberbogen sich auch bereit, ihren monotonen Singsang anzustimmen, mit dem sie so nachdrücklich für Furore sorgten. Die kollektive Tagträumerei, die sich daraus ergab, war qualitativ etwas völlig anderes als alles, was Florinna selbst in dieser Beziehung zustande brachte, und das war nicht wenig. Immerhin waren sie beide, - (Cori stand ihr diesbezüglich in nichts nach), - ausgebildete Somnioren und befanden sich mütterlicherseits am Ende einer langen Ahnenreihe, die bis in graue Vorzeit zurück reichte.

Voll war ’s wie immer. Doch sie schlüpfte behänd durch kaum sichtbare Lücken und setzte ihre zierlichen Füße in winzigste Lücken. Sie wollte zu ihrer Freundin Arundelle. Die saß bereits am Katheder und hielt ihren Zauberbogen auf dem Schoß, während Billy-Joe es sich auf den Katheder bequem machte und Pooty den Zauberstein aus dem Beutel holte.

Dieser erstrahlte alsbald in allen Farben des Regenbogens und der Zauberbogen antwortete in schönstem Leuchtendrot seines Auges. Billy-Joe übernahm für diesmal die Einstimmung und sang das große Lied seiner Ahnen vom Regenmachen, während draußen der Sturm heulte, der durch den Mittelschacht bis hier unten zu hören war.

„Da ist das ja wirklich keine große Kunst mit dem Regenmachen mehr“, mochte der eine oder andere abfällig denken und kriegte zur Strafe einen extra kalten Guss über den Nacken, dass es ihn zusammenzog wie den Mund beim Lutschen einer Zitrone. Immer wieder vergaßen einige die telepathische Grundatmosphäre, die hier herrschte, sobald die Zauberfarben leuchteten.

Die kleinen Sanktionen gingen ganz punktgenau nieder und niemand mit sauberem Kopf bekam auch nur den leisesten Tropfen ab.

Es war nicht leicht, den Kopf zu klären und sich des Gedankensalats zu entledigen. Florinna bemühte sich für dieses Mal besonders. Deshalb hatte es sie ja auch gedrängt, ganz bis zur Mitte des Raumes zu dringen, um die dort vermutete Intensität voll abzubekommen.

Außerdem wollte sie ihrer Freundin nahe sein, gerade jetzt, wo sie die Entfremdung zur eigenen Schwester so schmerzlich spürte. Seltsamerweise nämlich drängte sich hier keine störende Wand dazwischen wie sie dies bei Corinia wähnte – eher freilich befürchtete als schon recht glaubte. Und doch sprang sie immer leise Panik an, sobald sie auch nur daran dachte.

Etwas ging vor zwischen ihnen, das sie nicht fassen konnte und das hatte nur vordergründig mit Coris Ausflügen ins Meer zu tun. Ausflüge machte sie früher auch und da war nichts gewesen.

Billy-Joes Gesang schwoll an und mischte sich ins hohle Orgeln des Windes, der sich im Innenschacht fing. Seit Anonymus so großen Erfolg mit seiner australischen Outback Einlage hatte – (anlässlich der Verleihung des Preises des Deutschen Buchhandels in der Frankfurter

Paulskirche) -, fand Billy-Joe Auftritte - wie den jetzt wieder hier mitten im Seminar -, völlig angemessen. Viel zu selbstverständlich nahm auch er es hin, dass seine ureigenste Volksseele übersehen oder gar verleugnet wurde.

Was glaubten diese Weißen denn, was sie waren, dass sie sich anmaßten, zu beurteilen, wie bedeutsam der australische Anteil an der Menschheit war? Wüssten sie nur schon auch erst einmal, was ihnen tatsächlich entging, weil sie daran eben keinerlei Anteil zu nehmen befähigt waren!

Ja, das sagte sich so daher, ganz recht! – Wenn es so daher gesagt war, dann war es auch nichts wert. Doch was, wenn es eben nicht so daher gesagt wurde, wenn galt, was auf ewig verschlossen bliebe, dem, der sich scheut, weil ihm der Mut fehlt und die Geduld, die es braucht um einzutauchen in die wahren Geheimnisse der Welt?

Mit Äxten und Halogenscheinwerfern tat man das besser nicht. Und vielleicht taugte auch kein Sinfonieorchester recht dazu, während es die Grasharfe tat, auf der seit Jahrtausenden versucht wurde, den Gesang der Grille nachzuahmen und ihrer über der Nachahmung inne zu werden.

‚Was soll das wert sein?' - lautet die törichte Frage der Weißen, denn sie wissen die Antwort schon. Die Weißen wissen, dass das Wesen der Grille nichts wert ist. Dass der Gesang der Grille so wertlos ist, wie das Hälmchen Gras der monochromen Grasharfe.

Und jetzt wissen sie sogar, dass all ihr eigener Reichtum nichts wert ist, weil sie einen neuen Wert erfunden haben, von dem auf einmal alle wissen und an den sie mit alter Inbrunst glauben – die Zeit!

Und da kommt die Grille wieder ins Spiel und der Gesang der Grasharfe, denn eben darin findet sich das Geheimnis der Zeit, nämlich, was es braucht, um sie inne zu halten.

‚Die hohe Kunst des Grasharfenspiels besteht darin, das Leben zu entschleunigen.'

- ‚Hört, hört', ließ eine Stimme sich vernehmen.

‚So wie sich das Leben der Grille in einem kurzen Sommer zerdehnt zum Äon im Nanoversum, so nimmt uns das Spiel der Grasharfe aus der Zeit - hinein in eben dieses Nanoversum', ließ der Advisor sich vernehmen.

‚Zirp, zirp, zirp', sagte die Grasharfe. – Wehes Stöhnen und auch ahnendes. Das Auditorium zerteilte sich in Verstehende und nicht-verstehende.

Die Nicht-verstehenden neideten den Verstehenden ihr Verstehen. Das schmerzte die Verstehenden, und so baten sie Billy-Joe doch nicht nachzulassen, bis auch wirklich alle Verstehende würden.

Billy-Joe hoffte auf die Kraft der Grasharfe und blies sie mit Macht. Ihr schwacher Ton verband sich dem Heulen des Sturms im Schacht bis zur Unkenntlichkeit. ‚Lasst euch Zeit, lasst euch Zeit, lasst euch Zeit...' Mehr konnte auch er im Augenblick der Ewigkeit nicht tun.

***

Die Professoren Zauberstein und Zauberbogen packten ihre Sachen, bildlich gesprochen. Sie ließen packen und entschwebten dann würdevoll durch den Mittelgang, der sich respektvoll teilte. Florinna heftete sich in den Sog der Enteilenden und blieb Arundelle dicht auf den Fersen, die ihren Bogen hocherhobenen Hauptes noch darüber schwenkte, als intoniere ein unhörbares Orchester einen fröhlichen Defiliermarsch.

„Lasst uns essen gehen", schlug Arundelle vor. „Wieder mal südpazifisch? - Was meint ihr? Haben wir schon lange nicht mehr gemacht."

„Jedenfalls nicht zusammen", nickte Billy-Joe „Fliegende Hunde, und so, nicht wahr", grinste er schelmisch und drängte sich an Arundelle, denn er wusste, was sie mochte in jeder Hinsicht. Fliegende Hunde waren eins ihrer Lieblingsessen.

„Und wenn der Sturm uns lässt, dann würde ich gern noch ne Runde Schwimmen nachher", schlug Billy-Joe vor.

Schlag halb acht sank jetzt im Sommer die Nacht herunter. Jetzt war es fast sechs. Viel Zeit bliebe da nicht.

„Schauen wir mal", meinte Arundelle lächelnd. Sie mochte ihm seinen Wunsch nicht rund heraus abschlagen. Womöglich dachte er sich was dabei nach der heutigen Erfahrung, von der sie nicht recht wusste, was sie davon halten sollte.

Das Wasser war aufgewühlt und ziemlich frisch. Sie machten, dass sie zu ihrer Plattform hinaus kamen. Doch die tief stehende Sonne hatte kaum Kraft sie zu erwärmen und letzte kurze Böen des scheidenden Winds ließen sie immer wieder frösteln.

Da kam keine wohlige Stimmung auf und sie machten sich alsbald auf den Rückweg. Geübte Schwimmer wie sie waren, legten sie die Strecke in wenigen Minuten zurück, doch diesmal dehnte sich die Strecke befremdlich und zunehmend ungemütlich.

Sie hatten den Sog der abfließenden Ebbe, der nach der Springflut des Sturms heftiger als sonst war, nicht bedacht und wären beinahe an ihrer Insel draußen vorbeigetrieben, denn die Dämmerung senkte sich hernieder, ganz so, wie sie es sich ja vorgerechnet hatten.

So fassten sie mit letzter Kraft nach den Holmen der Leiter und einer nach dem andern schwang sich hinauf ins Trockene. Arundelle,

Billy-Joe, Florinna, Tika, Tibor und Tuzla. Arundelle rief nach ihren Zauberbogen und Billy-Joe nach Pooty, als das nicht half.

Im schwachen Dämmer leuchtete der Strand wie ein letzter Gruß zu ihnen herüber. Sollten sie tatsächlich die Nacht hier zubringen müssen, so würden sie ohne Zweifel frieren.

Ein vergessenes Handtuch aus früheren Zeiten wurde ihr einziger Schutz. Sie kauerten dicht an dicht und umschlangen sich damit, zitternd und bebend. In die Kälte mischte sich Angst.

Billy-Joe schämte sich und fühlte sich schuldig. Arundelle schämte sich, weil sie sich über ihn deswegen ärgerte, Tuzla und Tibor schämten sich, weil es ihnen als Sublimatioren ein Leichtes gewesen wäre hinüber an den Strand zu wirbeln, sie hätten sogar noch jemand der andern mitnehmen können. Doch statt sich auszusprechen, bibberten alle stumm vor sich hin.

Billy-Joe stimmte eines seiner Lieder an, die im Grunde alle gleich klangen, jedenfalls für Außenstehende. Dies war das ‚Wärme-Dich-Lied' für kalte Tage und diente dazu, sich zu wärmen, wie es der Name sagte.

Alsbald fühlte sich Billy-Joe tatsächlich wärmer an, bemerkte Arundelle wohlgefällig, die ihm zunächst hockte. Und auch sie spürte in sich die Lebensgeister erwachen, kaum dass sie einstimmte in den eintönigen Singsang.

Eine einfache Lösung für ein großes Problem, schien es ihr. Und sie fühlte sich sehr zufrieden. Und so erging es allen auch.

Und wieder hielt die Zeit inne, wie schon einmal an diesem Tag. Und das Nanoversum tat sich auf, wo die Sekunden Jahre, die Minuten Jahrzehnte, die Stunden Jahrhunderte, die Tage Jahrtausende und die Wochen Jahrmillionen, die Monate Jahrmilliarden und die Jahre Jahrbillionen sind, jedenfalls im groben Vergleich so Pi mal Daumen ungefähr...

Wem das richtige Auge wuchs, der konnte da rein sehen wie in einen Guckkasten und sich gemütlich ein Stück Weltgeschichte ansehen, im Parallelogramm - sozusagen.

„So also kämen wir wirklich zur Spökenkickerei", durchzuckte es Flori. Ihr Vater war Hamburger und liebte diesen Ausdruck, mit dem er die Gaben seiner Frau und ihren beiden Töchter umschrieb, ohne freilich zu ahnen, wie weit deren Träumerei von solch einer Einsicht noch entfernt war. Das hatte andererseits nicht allzu viel zu sagen, wie jede gute Träumerin wiederum weiß. Die weiß vielleicht nicht so genau, was sie eigentlich sieht, dennoch erlebt sie es zumeist hautnah.

„Ganz egal wo man sich einloggt, du kannst dich und deine Zeit überall im Nanoversum wieder finden. Es geht gar nicht anders, nichts anderes heißt Unendlichkeit", ließ sich eine Stimme – („sag ich hier jetzt mal ganz und gar unbotmäßig") – wie sie selbst hervor hob, vernehmen.

In Wirklichkeit vergingen keine zehn Minuten. Er sei mit dem Zauberstein in einen Disput verwickelt gewesen, erklärte Arundelles Zauberbogen entschuldigend, deswegen habe es einen Moment gedauert. „Soll nicht wieder vorkommen."

„Gesehen haben wir nichts. Ich jedenfalls nicht. Aber wir wissen nun, wie's richtig geht, wenn man den Zugang erst mal gefunden hat. Da gibt's doch sicher eine Prozedere[1] für, oder nicht", wollte Tibor wissen. Und Arundelle staunte ganz schön, wie locker der das sah - als wär's ein neues Computerspiel.

„Nun ja, nach dem Abendessen auf die Insel rausschwimmen. Dann beim Zurückschwimmen, vergeblich versuchen, gegen den Sog der Ebbe anzukämpfen. In letzter Sekunde den Holm der Insel zu fassen kriegen. Sich retten, frieren, sich warm singen und gut fühlen, dann tut sich das Nanoversum auf, war's nicht so?" - konterte Arundelle spöttisch. „Das ist dann das Procedere! – jedenfalls ungefähr."

„Wir hätten jederzeit weg gekonnt, wenn wir gewollt hätten, stimmt 's Tuzla?" - meinte Tibor patzig.

„Na ja, bei dem Wind, weiß nicht. Und dunkel war 's außerdem. Wenn uns eine Bö erfasst hätten, dann wären wir ganz schön ins Schleudern gekommen", entgegnete die Angesprochene und Tibor schwieg stille. Er wusste, wie recht sie hatte. In Wirklichkeit war es so gewesen, dass sie bei den andern hatten bleiben wollen, so erinnerte sich mindestens er jetzt.

Sobald die Rettungsaktion abgeschlossen war, sprach der Zauberbogen ein ernstes Wort mit Arundelle und der Zauberstein ebenfalls mit Billy-Joe. Es ging um Verantwortung und darum, Zauberkraft nicht sinnlos zu verschleudern. Dazu sei die zu kostbar. Sie seien nun einmal kein Transportunternehmen, jedenfalls nicht im herkömmlichen Sinne.

Arundelle redete sich mit dem Nanoversum heraus. Doch das ließen die Experten nicht gelten: „Wer Fragen hat, kommt besser zu uns. Aber Träumerinnen sind ja so gescheit - wissen alles besser."

Arundelle protestierte, das Schwimmen sei überhaupt nicht ihre Idee gewesen. Aber Billy-Joe anzuschwärzen, schien ihr denn doch nicht richtig. Wie waren sie nur auf die blödsinnige Idee gekommen?

Im dunklen Wasser der Bucht schlierten seltsame Schwaden. Eine neue Quallenart oder Schwerölreste von der letzten großen

---

[1] Verfahrensweise

Tankerhavarie, die der Sturm herein gedrückt hatte? Wer ihnen zu nahe kam, fühlte befremdliches Unbehagen und wusste es nicht einzuordnen.

Nach dem missglückten Ausflug zur Badeinsel war das Wasser den Jugendlichen in den kommenden Tagen verleidet. Und statt zu schwimmen oder zu segeln, lagen sie lieber faul in der prallen Sommersonne.

Über das Meer und seine vielen Facetten war im Laufe der Menschheitsgeschichte viel nachgedacht worden, ging es Arundelle durch den Sinn, wie sie da so lag. Die Menschen der Küstenregionen überall auf der Welt verband eine unauflösliche Hassliebe mit dem nassen Element, das ihre Söhne stahl und zugleich Leben schenkte. Das sanft aus eigenem Antrieb lockte und herrisch aufbrauste, vom Sturm getrieben.

Das Meer in der Phantasie mit allerlei Fabelwesen zu bevölkern, schien den Menschen ganz und gar unvermeidlich. In den tiefsten Tiefen hausten verstoßene Titanen, Wächter allerlei Höllengetiers. Ja, das Meer selbst konnte die Hölle sein, wo der Schiffbrüchige inmitten des köstlich blinkenden Nasses verdurstet.

Doch so allgemein ließ sich Arundelles Unbehagen nicht abspeisen. Dergleichen hatte sie immer schon gewusst und trotzdem hatte sie mit den andern ihren Spaß im Wasser und in der Bucht gehabt, besonders dort.

Auch keine Unfälle, deren sie nun wirklich reichlich erlebten, hatten sie vom Wasser abhalten können. Da war jetzt etwas anderes. Eine viel konkretere Bedrohung, der sich jeder auszusetzen schien, der überhaupt ins Wasser ging.

An Cori habe sie es zuerst bemerkt, erinnerte sich Florinna als sie sich mit Arundelle über diese merkwürdige neue Abneigung austauschte. So etwas hatte es früher nicht gegeben. Alle waren sich einig, wie sie da am Strand lagen und darüber grübelten, weshalb sie lieber die dreihundert Meter bis zur Dusche liefen, statt sich im Wasser direkt vor ihrer Nase abzukühlen.

So ging der goldene Oktober ins Land. Mit Macht brach auf der Südhalbkugel der Sommer herein. Adrian fühlte die all monatliche Unruhe nahen. Doch diesmal wollte keine rechte Freude aufkommen. Auch Corinia überlegte ernsthaft, ob sie diesmal überhaupt mit los schwimmen sollte.

Intelleetus hatte sich schon beim letzten Mal verabschiedet. Er müsse sich die Sache doch noch einmal reiflich durch den Kopf gehen lassen, entschuldigte er sich. Die brausenden Wogen zeigten ja doch ein allzu raues Gesicht, fand er, ganz gleich, wie viele Meere einer schon gezogen ist.

Das Meervolk liebte die Menschen nicht, jedenfalls nicht so wie sich die Menschen lieben, glaubte er, denn er kannte nur seine Familie und Freunde und die Menschen auf Weisheitszahn. Aber er war ja noch jung und Enttäuschungen würden auch ihm nicht erspart bleiben.

Corinia legte sich stattdessen mit Migräne ins Bett und ließ sogar den Inselarzt kommen. Doch der fand nichts. Er redete etwas von hormonell bedingten psychischen Schwankungen und empfahl heiße und kalte Wadenwickel und eine leichte Aufbaugymnastik mit Massageeinlage. Zu meiden seien tiefenpsychologische Experimente aller Art, sowie die extremen Belastungen conversionellen Rollentauschs.

Als die Schmerzen nicht nachließen, fragte Florinna Billy-Joe um Rat und der zog alsbald den Zauberstein hinzu, der sich wiederum mit dem Zauberbogen besprach, weil der ohnehin gerade zugegen war. Denn Arundelle ließ es sich selbstverständlich nicht nehmen, der Freundin beizustehen.

„Ein klassischer Fall von Exorzismus, würde ich meinen", dozierte der Zauberstein alsbald und vertiefte sich in einen langen Disput mit dem Zauberbogen. In dem sie die Vor- und Nachteile der verschiedenen Verfahren erwogen.

Dann wurde Tibor hinzu gezogen. Seine Meinung müsste den Ausschlag geben, wenn sich die Experten nicht von alleine einigten. Eingedenk der schlechten Erfahrungen mit den durchgedrehten Schweinen, vor allem mit dem Hauptschwein, dem Rieseneber, verzichtete auch Tibor darauf, den Hausschamanen seines Stammes einschweben zu lassen. Zumal dieser ebenfalls nicht recht wollte, denn auch er hatte seinen Einsatz damals auf der Insel als schwere Niederlage erlebt.

Billy-Joe meinte zwar, er sei noch nicht so weit. Seine Lehrzeit habe jählings der Tod abgebrochen, doch wenn kein anderer Schamane zur Verfügung stünde, würde er sich nicht entziehen und aus der Verantwortung stehlen. „Wie auch immer, dies wäre mein erster Fall", erklärte er.

Corinia wurde es ganz anders. Sie bekam das alles hautnah mit und wünschte beinah, sie hätte nie was gesagt. Andererseits empörte sie die boshafte kleine Stimme in sich drinnen. Die hätte sie schon gern wieder los gehabt.

Dass sie sich überhaupt eingestand, etwas stimme nicht mit ihr, war schon ein enormer Fortschritt gegenüber den anderen Fälle dieses Befalls, fanden die anderen und beglückwünschten Cori zu ihrem außerordentlichen Mut.

„Hätte Walter nur auch...", seufzte Pooty und Tränen traten ihm in die Augen. Corinia streckte die Hand nach ihm aus, um ihn zu trösten, doch ein plötzlicher unkontrollierbarer Impuls ballte ihre

Hand zur Faust und knuffte den armen Kerl, - der nicht wusste wie ihm geschah -, so derbe auf die Nase, dass sogleich das helle Blut aus ihr sprang.

Hätte es eines Beweises für den Befall bedurft, hier war er gegeben. Ein einziger Aufschrei des Entsetzens erfüllte den Raum. Corinias helle Stimme übertönte die Stimmen der anderen. Das nackte Entsetzen stand ihr im kreidebleichen Gesicht. Gehorsam ließ sie sich alle Glieder fesseln und nahm auch einen Knebel zwischen die Zähne.

„Leider müssen wir ohne Betäubung arbeiten. Ich kann dir zur Beruhigung jedoch ein halluzinogenes Pulver eingeben, wenn du willst. Vielleicht wird die Prozedur dann ein wenig erträglicher. Ein Spaziergang wird es nicht. Das muss dir klar sein. Bist du bereit?"

Corinia nickte tapfer. Ihre Hände verkrampften sich in der Hand von Arundelle zur Linken und in der Hand von Florinna zur Rechten.

Billy-Joe strich mit allerlei Büscheln und Rauchbüchslein über sie hin, murmelte, wie es sich gehörte halblaut vor sich hin und hoffte sein Tamtam würde nicht nur die Zuschauer, sondern auch den Ungeist beeindrucken.

Wider Erwarten klappte das auf Anhieb. Der böse Geist fuhr Corinia aus dem schmerzverzerrten Mund, schnitt eine schreckliche Fratze und zerstob als schwarzer Schleier im Nichts.

„Für diese Runde ist der richtig tot und darf nicht wieder zurück ins Spielfeld", erläuterte Arundelle: - „Das war auch einer von den Riesenklopsen, die sich Malicius Marduk beim letzten Mal geleistet hat. - Raus aus den Schweinen und rein in die Meersoldaten, ging das damals, ihr erinnert euch? Wäre uns die großartige Idee mit der Umerziehung nicht gekommen, da ginge es heut noch so zu wie...", erklärte Arundelle, als Florinna unterbrach: „...und wenn es das tut? Du siehst doch was mit Cori ist, vielmehr was mit ihr war, die hat sich das doch da unten geholt."

„Sehe ich genau so", stimmte Arundelle zu: „uns allen empfehle ich deshalb ebenfalls eine Untersuchung. Das Wasser neulich war nicht koscher, haben wir doch irgendwie alle gemerkt..."

„Au ja, kollektives Geistersuchen, huhu" schrie Pooty, der als einziger mit Wasser nicht in Berührung gekommen war, denn Billy-Joe hatte ihn zusammen mit seinem Medizinbeutel und dem Zauberstein darinnen zum Schwimmen abgelegt.

Corinia, die ja nun clean war, assistierte und ließ sich von Billy-Joe das Verfahren erklären, denn der wollte auch selber mitmachen. Man wusste ja nie.

„Wenn du auch besessen wärst, hättest du die Austreibung bei Cori doch gar nicht hingekriegt", merkte Pooty an. Doch Billy-Joe schüttelte den Kopf und sagte ein wenig unpassend „Einer für alle, alle für Einen", und wusste wohl selbst nicht recht, was das jetzt hier sollte. Gemeint hatte er wohl das andere Sprichwort: ‚Mit gefangen mit gehangen.' Obwohl das eigentlich auch nicht recht passen wollte.

Die gemeinsame kollektive Geisteraustreibung durch Pooty und Corinia war erfolgreicher als erwartet. Mindestens noch drei von diesen Schattenfratzen suchten das unsichtbare Loch im Boden und verschwanden unter Protest. Also waren die doch im Wasser gewesen. Der wunderbare Geisterblitzableiter, den Scholasticus Schlauberger so heroisch aufgerichtet und mit letzter Kraft gehalten hatte, verlor ein Gutteil von seinem wunderbaren Nimbus.

„Von wegen direkt in die Hölle, da haben wir dem Meervolk einen schönen Bärendienst erwiesen", äußerte Corinia empört.

„Haben wir ja nicht extra getan, wir wussten halt auch nicht Bescheid", wollte Florinna besänftigen. Doch Cori ließ sich nicht abwimmeln und bestand darauf, dass so ein gestandener Professor es eigentlich besser wisse.

„Was, wenn da nun die ganze Streitmacht versammelt ist? Dann sind wir genau wieder da, wo wir damals schon vor Jahren waren und keinen Deut weiter", fragte Cori beklommen in die Runde hinein.

„Wir haben immer noch unsere Strategie. Die war einmal erfolgreich und wird es wieder sein... - aber das haben wir nicht allein zu entscheiden. Erst mal müssen wir die Schulleitung informieren und Adrian um seine Meinung fragen", mischte sich nun auch Arundelle ein, die übrigens nicht befallen worden war und Billy-Joe auch nicht.

„Auch schwarze Zecken gehen nicht gerne an weiße Hunde", erklärte Pooty dieses Phänomen und machte den Beiden damit ein Riesenkompliment, was aber die wenigsten mit bekamen. Das Problem war viel zu Ernst für solch witzige Finessen.

Die Doppelstrategie hatte eines Riesenaufwands bedurft und dauerte damals Tage und Wochen. Außerdem war das Feindbild klar gewesen. So war es diesmal aber nicht. Die Miserioren verhielten sich eher wie infiltrierte Schläfer im Spionagebetrieb, die erst zu ihrer Zeit geweckt werden sollten. Die Lust- und Antriebslosigkeit, von der Adrian und Corinia berichteten, stand also nicht für ein Verfahren wie die Umerziehung mit Hilfe einer Doppelstrategie.

Außerdem war bei keinem der Meeresbewohner ein Befall überhaupt festgestellt worden. Adrian zum Beispiel ließ sich testen - mit eindeutig negativem Ergebnis. Das ganze Meervolk könnte man auf gar keinen Fall untersuchen. Dazu war dieses Volk zu stolz. Wenn schon, dann bedurfte es eigener Anstrengungen und vor allem eines eigenen Untersuchungs- und Heilungsverfahrens.

Auf der nächsten Schulkonferenz kam deshalb so einiges zur Sprache. Der Antrag, Anonymus auszuliefern, etwa wurde allen Ernstes eingebracht. In der Begründung dieses Antrags hieß es, alle Probleme seien nur wegen dessen Werk und dessen Person entstanden. Die Schulleitung habe sich ohne Rücksprache selbstherrlich für Asyl und Buchveröffentlichung eingesetzt und auch das absurde Theater auf der Frankfurter Buchmesse habe sie unterstützt, und das erst habe zu dem Miseriorenangriff geführt.

„Wir sollten einen Vertrag aushandeln, in dem wir den Abzug aller Miserioren fordern und als Gegenleistung die Übergabe von Anonymus anbieten“, hieß es wörtlich.

„Die Antragsteller würde ich zu gerne auf Befall untersuchen“, flüsterte Billy-Joe Arundelle, die vor Ärger kochte, ins Ohr.

Wie nicht anders zu erwarten war, machte sich Moschus Mogoleia zum Fürsprecher der Antragsteller. Von ihm einen freiwilligen Test zu erwarten, war völlig illusorisch. Arundelle und Billy-Joe wähnten sogar, dass der Antrag direkt auf ihn zurück ging. Aber beweisen konnten sie das nicht. Dazu war die Sache zu schlau eingefädelt. Denn niemand anders als Tika, Billy-Joes kleine Schwester, hatte den Antrag eingebracht.

„Der würde sich freiwillig nie untersuchen lassen“, wisperte Arundelle.

„Das käme auf einen Versuch an. Wichtig ist ja weniger der Test als vielmehr das Resultat“, entgegnete Billy-Joe.

„Ja, im Testergebnis müsste die Austreibung schon enthalten sein“, stimmte Arundelle zu: „So tun wir denen auch noch einen Gefallen.“

„Niemand bewirtet gern einen Miserior. Bestimmt nicht!“

„Es sei, er gehört von Haus aus zum üblen Gelichter.“

„Selbst dann nicht...“

„Menschen können sich ändern, mein Vater ist das beste Beispiel.“

„Mut kann man trotzdem nicht lernen, fürchte ich.“

„Und der fehlt hier ja wohl, eindeutig.“

„Ausliefern, dass ich nicht lache. Erst mal müssen sie den überhaupt finden.“

„Darum geht es doch. Das ist ja der Trick bei der Sache. Die wollen von uns den Weg zu ihm gewiesen kriegen. Das ist die neue Strategie von Malicius Marduk, ganz klar.“

„Nur über meine Leiche.“

Der Schulkonvent wurde vertagt. Eine so grundsätzliche Kontroverse war beispiellos. Um sich dazu zu verhalten, bedurfte es der Vorbereitung und einer Untersuchung der Motivation, die sich hinter dem Antrag verbarg. Aus diesem Grund fand sich eine offene, bunt gemischte Arbeitsgruppe zusammen, an der jeder teilnehmen konnte. Ihr gehörten – wie könnte es anders sein - Arundelle und Billy-Joe an.

Und so lautete die Eingangsfrage:

‚Handelt es sich bei dem Motiv hinter dem Antrag um existentielle Angst oder verbirgt sich darin eine raffinierte Falle?'

Tikas schüchterner Auftritt als Antragstellerin sprach sehr für die Angsthypothese. Jeder glaubte ihr die existentielle Not aufs Wort. Und dies wertete den Antrag durchaus auf. Nun glaubten die Freunde aber um Tikas Gefühle zu wissen, so geheim sie diese auch hielt.

Allein die Tatsache, wie gern sie in letzter Zeit mit den Sublimatioren abhing, die ihr doch eigentlich vom Naturell her eher fremd hätten sein müssen, wies in eine bestimmte Richtung.

Billy-Joe glaubte heraus zu spüren, wie gern Tika mit Tibor zusammen war. Dass dieser Sublimatior war, störte sie dabei nicht. Ganz im Gegenteil, in einem grünen Wirbel war ihr Herz ja entflammt.

Spielte Moschus Mogoleia etwa seine Macht als Dekan aus? Ließ Tibor sich in dessen Absichten einspannen? So sie denn die seinen waren? Für Tibor wäre es ein Leichtes gewesen, Tika für den Antrag zu erwärmen, sie dazu zu bringen, diesen zu ihrem eigenen zu machen. - So könnte es gewesen sein.

„Ja, ich denke, wir haben es hier mit einer neuen Strategie von Malicius Marduk zu tun. Er hat, wie es aussieht, aus seinen Niederlagen gelernt. Moschus Mogoleia ist der Schlüssel, davon bin ich überzeugt. Niemand anders als er steckt dahinter. Tibor und Tika sind nur vorgeschoben. Tibor hat seinem Dekan einen Gefallen tun wollen, um den der ihn bat und Tika wiederum tat Tibor einen Gefallen, um ihm zu gefallen, so einfach ist das."

„Und wen sollen wir nun auf Befall überprüfen?"

„Moschus Mogoleia, ist doch klar... oder meinst du, der hat Hintermänner?"

„Wie wär's mit einer Hinterfrau?"

„Doch nicht etwa wieder die arme Penelope..."

„Wenn, dann eher schon Zinfandor..."

„Nicht der schon wieder, der war doch gerade mit meinem Vater mehrere Wochen in Klausur – kann ich mir eigentlich nicht recht vorstellen, das würde ja nun überhaupt nicht ins Bild passen..."

„Und wenn wir bei der Suche nach dem Motiv völlig auf dem Holzweg sind?"

„Vielleicht steckt Malicius Marduk tatsächlich nicht hinter dem Antrag?"

„Eigentlich haben wir ja ein ganz anderes Problem, statt uns dem zu widmen, verplempern wir jetzt unsere Energie vielleicht mit einem Randproblem, das womöglich überhaupt nicht existiert, jedenfalls nicht in der Form, wie wir's angehen."

„Wie sind wir überhaupt auf Penelope und Zinfandor in diesem Zusammenhang gekommen? Doch nur über einen ganz vagen

Verdacht. Seine Geltungssucht mache Moschus Mogoleia offen für Einflüsterungen seitens bewunderter Autoritäten. oder so..."

„Der bewundert Penelope?!"

„Nun mal ganz von vorn. Wir wollen wissen, wer hinter diesem Antrag steckt, weil wir vermuten, dass der Antragsteller nur darauf aus ist, den Aufenthaltsort von Anonymus zu finden. Richtig?" Alle stimmten Arundelle zu.

Bewusst sprach sie nicht von ihrem Vater, sie wollte die Sache so objektiv wie möglich halten.

„Aber wollen wir den nicht alle wissen?! Ich jedenfalls schon. Ich wüsste gern, wie's ihm so geht und was er macht..."

„Malicius Marduk will seinen Aufenthaltsort aus einem anderen Grund. Er will Anonymus bestrafen für seine Abtrünnigkeit."

„Jedenfalls stellen wir uns das so vor. Vielleicht will er ihn auch bloß wiederhaben..."

„Quatsch, mein Vater hat es doch gesagt, als Vorsitzender war er nur noch im Weg und als Spion hat er versagt."

„Außerdem kommt da wieder diese Frau ins Spiel, wegen der er Mutter verlassen hat", fuhr Arundelle nach einer Weile fort: „Das war ja so gemein nach so vielen Jahren."

„Jede dritte Ehe wird heutzutage geschieden..."

„Aber nicht meine Eltern..."

„Manchmal ist es besser so, auch für die Kinder..."

„Trotzdem, wenn ich mal heiraten sollte, was wahrscheinlich nie der Fall sein wird, dann lasse ich mich nicht scheiden... - auf keinen Fall."

Wieder drohte der Diskurs zu entgleiten.

Der Frage, ob dem Antrag ein legitimes Recht zugrunde lag oder eine infame Verschwörung, waren sie keinen Deut näher gekommen. Im nächsten Plenum aber würde abgestimmt werden, und dann käme allerlei zur Sprache, was bislang nur hinter verschlossenen Türen und vorgehaltener Hand die Runde machte. Außerdem könnte der Antrag auch noch angenommen werden. Eine Vorstellung, die den Gegnern die Haare zu Berge stehen ließ.

„Wenn Anonymus schon durch das Licht gegangen ist, dann hat Malicius Marduk sowieso keinen Zugriff mehr auf ihn, ganz gleich wo er sich aufhält. Sieht man ja an uns, ist euch das nicht aufgefallen?" - warf Billy-Joe in die Runde.

„Vielleicht bringst du auch Ursache und Wirkung durcheinander", gab Arundelle zu bedenken.

„Wie meinst du das denn?" - wollte Billy-Joe wissen.

„Kann doch sein, dass nur die durchs Licht dürfen, die dazu bereit sind, und das heißt dann ja was, das meine ich", entgegnete Arundelle.

Die andern hatten es so noch gar nicht gesehen. „Dann ist das ja ein richtiges Privileg“, meinte Pooty ganz stolz.

„Kann man so sehen“, nickte Arundelle: „Aber ist nur so ’ne Vermutung von mir.“

„Und ihr meint, Malicius Marduk weiß das und will rausfinden, ob Anonymus tatsächlich durch das Licht gegangen ist?“

„Klingt ganz logisch, wenn der auch logisch wäre, dafür ist der viel zu durchgeknallt. Ich glaube dem macht das Aufmischen einfach nur Spaß.“

„Und wie finden wir raus, ob dein Vater tatsächlich in Sicherheit ist?“

„Machen wir uns doch hin, mein Zauberbogen weiß wie ...“

„Vielleicht bringt das mehr, als die Diskussion jetzt, irgendwie drehen wir uns im Kreise, hab ich das Gefühl. Wir kommen nicht recht weiter...“

Alle schienen einverstanden. Und so machten sich Arundelle und Billy-Joe zusammen mit Pooty, dem Zauberstein und dem Zauberbogen auf den Weg ins intergalaktische Zentrum, wo sie sich mit dem Advisor treffen wollten, und wo es dann für einige von ihnen auch noch durch das Licht ging.

Wieder zuckten die bunten Lichtstreifen wie Kometenschweife hinter ihnen drein, als sie auch schon an ihrem Ziel, der künstlichen Weltrauminsel im virtuellen Zentrum des Universums, ankamen.

Arundelle erinnerte sich schwach der Belehrung durch den Advisor, dass man mit einer solchen Formulierung vorsichtig sein müsse. „Das Zentrum des Universums befindet sich ungleichzeitig an jedem beliebigen Ort. Einzig auf die Zeit kommt es an, denn diese ist ortsgebunden“, hatte er erklärt, ohne dass auch nur irgend etwas dadurch klar wurde.

„Sie meinen wohl überall und nirgends?“ - hatte sie zurückgefragt und unerwartetes Lob geerntet.

Schon von weitem erkannten sie, dass Anonymus ebenfalls durch das Licht geschickt worden war. Ihn erleuchtete die lichte Aura und gab ihm ein vornehmes Äußeres fand Arundelle und fühlte Stolz aufwallen. Vielleicht war Stolz auch nicht ganz das, was sie fühlte. Vielleicht fühlte sie eher so etwas wie Genugtuung darüber, dass sie den alten Querkopf nie ganz aufgegeben hatte, sondern bis jetzt etwas von dem Geschichteerzähler aus früher Kindheit, als sich ihr dessen glühender Traum mitteilte, in sich aufbewahrte. Die Genugtuung bezog sich auch darauf, dass sie ihn seinem Traum nun so nahe wusste.

Ob sie ihn wohl wieder mitnehmen konnten? Doch schon als sie dies dachte, schüttelte der Advisor, der unversehens heranschwebte, den Kopf. „Anonymus wird hier gebraucht", hieß es von offizieller Seite.

„Seine Hinterlassenschaft, genauer das Testament, das er hinterlässt, verleiht ihm Unsterblichkeit. Unsterblichkeit erlangt, wer sterblich ist. So gesehen ist dein Vater heimgegangen, sein Traum hat sich ihm erfüllt."

„Vielleicht sollte ich endlich anfangen, sein Buch auch mal zu lesen. Obwohl ich denke, dass ich schon weiß, was drinnen steht", dachte Arundelle und kämpfte mit den Tränen, als sie endlich begriff, was das, was sie erfahren hatte, hieß. Es hieß ganz eindeutig und ohne jeden Zweifel, dass ihr Vater tot war.

Sie würde ihn nun vielleicht nie wieder sehen, dachte sie noch als er bereits wieder heranschwebte und neben dem Advisor zum Halten kam.

„So sind wir nun auch einmal ganz und gar ungestört", ließ er sich vernehmen, mit eben jener Stimme aus Kindertagen, an die Arundelle sich erinnerte und nach der sie sich so viele Jahre lang vergeblich sehnte.

Pooty drängte zum Aufbruch. Irgend ein Zeitfenster schlösse sich alsbald, durch das sie unbedingt noch hindurch müssten.

„Hier unten im Nanoversum soll sich auskennen, wer will", schnarrte auch der Bogen unwillig, beeilte sich dann aber doch, seine Position einzunehmen.

„So, wir sind gar nicht im Universum?" - fragte da auch der Zauberstein.

„Man muss sich dies so vorstellen...", setzte der Advisor an, doch dann unterbrach er sich.

„Auf ein anders Mal, - euer Zeitfenster, husch, husch."

Den Hintergrund durchstreiften wieder bunte Lichterbogen. Der wilde Zeitwind brauste über sie hin und schob sie vor sich her zurück an die richtige Stelle im Raumzeitkontinuum.

Die Nachricht vom allzu frühen Tod des eben erst zu Ruhm Gekommenen, erschütterte die Fachwelt und nicht nur diese. Die Verkaufszahlen des Buches von Anonymus kletterten ins Uferlose. Der Verlag kam mit den Nachdrucken kaum noch klar. Kommerziell gesehen könne der Erfolg nicht größer sein, hieß es denn auch.

Schade war es trotzdem, so empfanden die Verlagsleute, denn so verkaufsfördernd der Umstand auch war, hätte ein lebender Autor seinem ersten Erfolg durchaus weitere folgen lassen können. Und auf Briefe aus dem Jenseits wollte man sich denn doch noch nicht verlassen, an die tatsächlich bereits gedacht wurde.

Grisella hielt denn auch noch ein vielfaches von dem in petto, was an Manuskriptseiten bisher verarbeitet worden war. Und wie Arundelle versicherte, war Anonymus so tot nun auch wieder nicht.

Sogar auf die Erde käme er alsbald womöglich zu Besuch, allerdings wieder in der schwebenden Sparversion, wie damals auf der Buchmesse.

So hatte der Ausflug ins innere Zentrum des Alls wenigstens einige Klärung erbracht, wenn es auch der Rätsel nun eher mehr als weniger gab.

Der nächsten Plenarsitzung konnten die Antragsgegner nun gelassen entgegen sehen. Ganz gleich wie die Abstimmung ausginge, eine Spur zu Anonymus würde damit nicht gelegt, dazu war sein Leib allzu eindeutig entrückt.

In esoterischen Zirkeln wurde Anonymus denn auch alsbald als Heiliger verehrt und in eine Reihe mit Moshe und Elia gestellt, von denen Ähnliches bekannt war. Sogar die katholische Kirche beeilte sich nun mit dem internen Verfahren voran zu kommen.

In Sachen Befall hingegen tat sich die Zwischenschule sehr viel schwerer. Wenigstens zeichnete sich ein sauberes Gremium in Gestalt der Lichtumflossenen ab. Aufgrund von empirischen Daten, die Billy-Joe zusammen mit Scholasticus aufstellte, bestand die gut begründete Wahrscheinlichkeit, dass die Lichtumflossenen gegen Miseriorenbefall immun waren. Damit war automatisch die Kommission gefunden, der die Durchführung von Befallstests übertragen werden konnte. Ihr gehörten neben Scholasticus und Billy-Joe auch Arundelle, Pooty, Dorothea, Amadeus und Grisella an.

Zwar führte die Debatte, wie und ob überhaupt die aufwändigen Befallstests flächendeckend durchgeführt werden sollten, zu keinem Ergebnis, doch die Suche nach einem geeigneten Serum kam wenigstens ingang.

Das Meervolk schien man inzwischen indessen mehrheitlich seinem ungewissen Schicksal überlasen zu wollen. Adrian schäumte und Cori weinte. Rat aber wussten auch sie beide nicht. Da die sporadischen Tests da unten ohne Befunde endeten, schlief die Sache alsbald erst einmal ein. Es gab wichtigeres.

14. Ferienlektüre

Die großen Sommerferien standen an. Florinna und Corinia würden schon in zwei Wochen von ihren Eltern in Sydney abgeholt. Diesmal ging's nicht nach Ägypten, sondern in die Wüste Gobi, mitten in die Mongolei - Tibor und Sandor Khans Heimat. Beide wussten es noch nicht, doch ihnen stand eine große Überraschung ins Haus. Heinrich Hase beabsichtigte, sie als ortskundige Führer zu engagieren, falls sie dazu Lust hätten. Dort wollte Heinrich Hase nach Spuren des großen Dschingis Khan und der ganzen Khan-Familie forschen.

Arundelle wollte Billy-Joe eigentlich in den Outback begleiten, war aber nicht sicher, ob nicht ihre Mutter nun doch noch einmal den weiten Weg machte. Die sensationelle Wendung des Schicksals ihres früheren Mannes bewegte sie denn doch über Gebühr, zumal ihrer neuerlichen Beziehung keine Dauer vergönnt war.

Frau Waldschmitt war nun selbständige Steuerberaterin mit gut florierender Praxis. Allerdings fraß sie die viele Arbeit auf.

„Komm her und lass die Seele baumeln. Hier unten gehen die Uhren anders. Die Leute haben Zeit, besonders im Outback. Wir können Papas Buch gemeinsam lesen oder auf Fotosafari gehen oder wir legen uns irgendwo an den Strand", schlug sie ihrer Mutter vor und hatte sie schon halb überredet.

Geld war nicht das Problem. Und Ausspannen täte ihr wirklich gut, jetzt Ende November in dieser trüben Zeit nach der kaum verwundenen Trennung und dem Tod ihres Ex.

Sie hatte ihn sich natürlich angesehen, ging ja kaum anders, so oft wie der im Fernsehen kam. Und einen seiner Auftritte hatte sie sogar live mitgekriegt. Er hatte ganz anders ausgesehen, als sie ihn in Erinnerung hatte.

Doch es war ja nicht die Zeit allein gewesen, wusste sie von Arundelle. Auch sie erwog nun ernsthaft, den Weg zum Schönheitschirurgen zu wagen. Alle ihre Freundinnen waren schon unterm Messer gewesen, manche sogar mehrmals.

Richtig gut hatte er ausgesehen, ihr Roland. Doch darauf nimmt Meister Hein wohl keine Rücksicht. Nun war er also tot. Gerade als ihn der Sog des Glücks endlich erfasste. Nicht einmal ein Grab gab es.

„Er ist einfach verschwunden", berichtete Arundelle, die sich freilich hütete, allzu viel zu verraten. Denn soweit war ihre Mutter wohl noch nicht. Die Auferstehungsgeschichte hätte sie bestimmt nicht verkraftet.

„Ja, und woher weiß man, dass er tot ist?", - fragte sie. Arundelle meinte, sie wisse es auch nicht besser als die Medien, sagte sie jedenfalls und schämte sich ein bisschen wegen ihrer Mogelei. Doch die Wahrheit hätte ihre Mutter ganz sicher überfordert.

ANONYMUS:

'DIE ZUKUNFT HAT BEGONNEN'

So lautete der Verlagsseitige Titel seines Buches. Frau Waldschmitt kaufte es sich extra für die Reise. Zu Hause kam man ja doch nicht zum Lesen.

Die Paperbackausgabe, die es inzwischen schon gab, tat es auch, sie kostete nur die Hälfte. Außerdem war sie bedeutend handlicher und leichter. War immer noch ein ziemlicher Schinken. ‚Wer soll das alles lesen?' - fragte sie sich und blätterte gedankenlos darin herum.

Fotos gab 's jedenfalls keine. Ein richtiges trockenes Sachbuch eben. ‚Eher wohl was für Männer.'

„Und wenn **du** nun mit **uns** kommst, statt ich mit dir?" - fragte Arundelle den sich Windenden. Denn Billy-Joe war die Vorstellung, mit Frau Waldschmitt zusammen zu treffen, unheimlich. Doch das war sie für Arundelle plötzlich auch. Deshalb suchte sie ja Rückhalt bei ihm.

„Doppelt genieren ist halbes Genieren. Heißt es nicht so – nein? Macht nichts - sei trotzdem kein Frosch, - bitte, ich brauche dich. Mit Papa bist du doch auch klar gekommen..."

Viel lieber wäre sie jetzt mit ihm in die karge rote Steppe gegangen. Doch ihre Mutter war nun einmal im Anflug und sie selbst hatte es ihr vorgeschlagen.

„Wir lesen Papas Buch, und du kannst es uns erklären. Das macht dir doch auch Spaß. Und abends geht Mama in ihr Hotel und wir machen, was wir wollen, von mir aus auch draußen schlafen, warum nicht? Und bei deiner Sippe schauen wir auch noch vorbei, wieso eigentlich nicht? Wir mieten uns ein Wohnmobil und nennen unsern Trip Fotosafari. Da steht Mama drauf, das weiß ich."

***

Malicius Marduk war nicht vor Ort, als sein finsteres Miserioren-Heer in die Falle ging, sondern nistete stattdessen in der Seele des ehemaligen Assistenten Dr. Rudolfus Catalanius von der McGill Universität in Toronto. Auf diese Weise hatte er Anteil an den düsteren Leidenschaften der Viola de Stäel.

Seine Beschäftigung lenkte von seinem eigentlichen Vorhaben ab, ganz ohne Frage. Um so heftiger kochte die Wut in ihm, als das ganze Ausmaß des Fiaskos deutlich wurde.

Statt die Insel endgültig zu erobern und das Nest auszuheben, in dem sich der Flüchtige versteckt hielt oder doch einen Rückzugshort besaß, musste er dessen Triumph mit ansehen. Während sein Heer kopflos durch die Meerestiefen irrte oder schon wieder im Höllenschlund fest steckte, aus dem er es mit so viel Mühe gerade frei gekauft hatte. In seinem Zorn fiel er über das Paar her, das nicht wusste wie ihm geschah und dem Hören und Sehen verging.

Catalanius strafte er durch Entzug. Darauf hin fühlte Viola de Stäel nichts mehr. Die Beziehung zerbrach. Catalanius war nicht der Mann, der lange fackelte. Er lauerte Viola de Stäel in dunkler Nacht vor der ehemaligen gemeinsamen Wohnung auf. Als sie dort mit einem Kerl auftauchte, tötete er sie mit einem Messerstich mitten ins Herz.

„Wenn ich dich nicht haben kann, soll dich keiner haben", knurrte er ihr voll Hass in ihr Sterben. Dem Mann schnitt er die Kehle durch. Danach verschwand Catalanius und ließ nichts zurück als eine goldene Spur heiß begehrter Aktien.

Diese tauchten wie durch ein Wunder anderntags an der Börse zu sagenhaft günstigen Konditionen auf. Der erzielte Erlös belief sich immer noch auf gut eine viertel Million US Dollar, die Dorothea, die nicht von gestern war, ziemlich locker aus dem weiten Ärmel einer noch weiteren Gönnerschaft schüttelte.

Im Hinblick auf die zu erwartenden Einnahmen für das Buch des Anonymus, war der Einsatz für die restlichen Schulanteile, denn um nichts anderes handelte es sich, geradezu ein lächerliches Sümmchen.

Das war die Rache des Dr. Catalanius an Malicius Marduk, dem so viel Bösartigkeit und solch entschlossenes Mordhandwerk einiges Wohlwollen abnötigte.

Auch wenn die verdammte Zwischenschule triumphierte - jetzt, wo die Geheimnisse der Zeit durch das Buch sowieso auf dem Tisch lagen - (und jedermann nach Belieben sich in der einen oder anderen Richtung orientieren und engagieren konnte) -, gab es auch kein Wettrennen mehr.

Wer auch immer wollte und konnte, sollte die Entwicklung nur voran treiben. Wenn die Zeit gekommen wäre, würde er, Malicius Marduk, schon dafür sorgen, dass genügend Gelichter auf den Plan traten, die dem neuen Kurs die teuflisch-richtige Richtung gaben.

***

„Wenn man sich an den Teint erst einmal gewöhnt hat, entpuppt dieser Mensch sich als durchaus liebenswert und patent dazu, und nicht nur vielseitig gebildet, sondern auch praktisch veranlagt." - Frau Waldschmitt war sichtlich angetan.

Sie verbrachte angenehme Tage in Gesellschaft ihrer Tochter. Eben ging es mit dem Wohnmobil geradewegs in die Steppe hinaus. Entsprechend abenteuerlich war ihr Aufzug.

Arundelle und Frau Waldschmitt steckten in zweckmäßigem Safarikhaki vom Kopf bis zur Schuhsohle und Billy-Joe trug einen schicken neuen Lendenschurz, ansonsten nur Haut.

Munter pfeifend steuerte er das Mobil durch die glühende Tageshitze. Das Bisschen Fahrtwind loderte heiß wie aus dem Ofen zu Fenstern herein. Sand knirschte einem zwischen den Zähnen und man konnte gar nicht so schnell trinken, wie man dürstete.

Trotzdem herrschte freudige Erwartung vor. Dabei hatte man nicht einmal ein genaues Ziel. Es sei, man betrachtete die Abendkühle als ein Ziel, auf das sich zu freuen, lohnte.

Frau Waldschmitt hielt sich gut. Das vergleichsweise naturnahe Leben hier Downunder im Outback ließ sie aufblühen. Die karge Landschaft sog sie in sich auf und belegte den größten Teil ihres Denkens und Fühlens mit Beschlag.

Das kleinliche Gezänk, das ihr das Leben an der Seite ihres neuen Mannes vergällte, wirkte in der Erinnerung und vor dem Hintergrund ihrer neuen Erfahrungen in dieser grandiosen Kargheit so absolut lächerlich. Sie fragte sich, wie sie es als vernünftiger Mensch nur habe fertig bringen können, dabei mit zu spielen.

‚Ja, ja, wie recht du doch hattest ‚Das Sein bestimmt das Bewusstsein'[1], so zitiertest du deinen Lieblingsphilosophen, und erst jetzt verstehe ich, was du meintest, Roland. - Wo magst du jetzt nur sein?'

Von Arundelle erfuhr sie nun doch das eine oder andere, was das Bild dieses Mannes radikal veränderte. Und wenn sie sein Buch auch noch immer nur halb verstand, staunte sie doch über die ungeheure Gelehrtheit, die darin zum Ausdruck kam.

‚Wer hätte gedacht, dass dieses stille Wasser so ungeheuer tief gründet?' - fragte sie sich das eine um 's andere Mal. Sie konnte gar nicht genug davon bekommen, wenn Arundelle ins Plaudern geriet und von ihren letzten Begegnungen erzählte.

Auch die Ehrerbietung mit der Billy-Joe Anonymus behandelte, - er sprach diese Bezeichnung wie einen Ehrentitel aus - gefiel ihr über ausgesprochen gut. Und auch dessen verständige Weise, das Gelesene zu kommentieren, mochte sie, wenn sie denn beim Schein einer trüben Lampe abends vor dem Zelt zusammen saßen und noch ein wenig lasen und sich besprachen.

Über die Anfangskapitel war sie inzwischen hinaus. Gerade diese waren für sie so spannend gewesen, denn in ihnen kam auch die allmähliche Entfremdung in der Ehe und im Berufsleben zum Ausdruck. Wie sich da mehr und mehr staute und immer heftiger und aggressiver auf Befreiung drang.

Immer wieder musste sie kopfschüttelnd feststellen, wie wenig sie davon mitbekommen hatte, wie fremd ihr der Mann war, mit dem sie ein langes Leben teilte.

---

[1] Karl Marx

Doch irgendwie war sie auch stolz. Immerhin handelte das Buch auch von ihr. Und wie es aussah, würde es nun von vielen tausend Menschen auch gelesen, manche sprachen gar von Millionen. Und wenn es denn tatsächlich stimmte, dann trug dieses Buch dazu bei, die Welt entscheidend zu verändern. Ob zum Guten oder zum Schlechten – darauf eben kam es an.

Beides sei angelegt und beides sei möglich, so der Tenor des Buches, das zugleich als Warnung verstanden werden wollte.

In einem sehr realistisch anmutenden Kapitel - gab Anonymus Einblicke in das grausige Szenario einer Zukunftsvision, die es so hoffentlich niemals geben würde. Die aber doch irgendwo und irgendwie als Ausführung gedacht ist, als eine unter vielen tausend Möglichkeiten, wie sich die Zukunft der Menschheit wirklich gestalten wird.

Billy-Joe hatte ein anderes, nicht weniger interessantes Kapitel im Buch von Anonymus entdeckt, das sich dem düsteren Szenario dieses Kapitels gleichsam anschloss. Darin ging es um die Systematik von Zufälligkeiten und um die Schwierigkeit von Zukunftsprognosen:

„ ... denn das größte Geheimnis ist und bleibt die Zukunft“, las er.

„Ein letztes entscheidendes Sandkorn fällt zur Erde und löst zu einem ganz bestimmten Zeitpunkt einen Erdrutsch aus, dem ein urlaubender Minister zum Opfer fällt. Er kann nun seinen reiflich und lang durchdachten Entschluss nicht mehr durchsetzen und ein Gesetz zur Vorlage zu bringen, an dessen Umsetzung die Entscheidung für die Energiewende hängt.

Wäre das Sandkorn den Bruchteil einer Sekunde später gefallen, wäre die Lawine mit der entscheidenden Verzögerung niedergegangen, der Minister wäre nicht verschüttet worden. Die Gesetzesvorlage wäre Wirklichkeit geworden. Die Energiewende hätte sich vollzogen. Das Kernkraftwerk XY wäre gerade noch rechzeitig vom Netz gegangen. Der Mega-Super-Gau wäre deshalb verhindert worden. Eine Region von der Größe eines deutschen Bundeslandes wäre nicht verstrahlt worden. 3,5f Millionen Menschen würden nicht verseucht, u.a. wäre ein Genie ohne Erbschäden gezeugt worden, von dem drei Generationen später die Entdeckung eines bewohnten Planeten abhing... -

Dergestalt ließe sich das Szenario weiterspinnen bis in alle Ewigkeit. Und es wäre nur ein Strang, der zu jedem beliebigen Zeitpunkt den Beginn eines neuen und anderen Stranges bildete und zwar an jedem zeitgebundenen Ort im gesamten Kosmos.

Ein Gedanke, bei dem Schwindel nicht ausbleibt, lässt man ihn erst einmal zu. Mögen auch noch so viele Parameter unverrückbar festgelegt erscheinen und etwa das Bett des Geschichtsflusses einen wohl gefügten Eindruck machen, so wird es doch an jedem Morgen sich so wenig ganz gleichen wie ein frisches Blatt dem anderen in jedem neuen Frühling..."

Frau Waldschmitts Gedanken lösten sich auf. Sie begann zu träumen. Die murmelnde Stimme Billy-Joes bekam etwas Suggestives, und besagte auf einmal mehr und anderes, als die Worte ausdrückten. Doch da war sie schon hinüber geglitten in Somnias Arme, die sie gerne empfing und mit sich nahm auf eine Reise in das Traumland der Aborigines, in dem sie sich befand.

*

Adrian Humperdijk fühlte sich mit den Problemen des Meervolks ganz schön allein gelassen. Die Entwicklung des Befallstests für die Unterwasserwelt blieb auf halber Strecke stecken. Der Befallstest war schon von seiner Grundanlage her viel zu umständlich. Außerdem verletzte er das Schamgefühl der Betroffenen. Dergleichen war oberirdisch wohl möglich, unter dem Meer aber verbat sich ein solches Verfahren.

„Wenn unsere Vorschläge unannehmbar sind, dann müssen die sich eben eigene Gedanken machen", meinte auch Grisella, die wegen ihrer Flugangst geblieben war. Vom Lehrkörper war niemand sonst mehr da. Auch die Studierenden waren alle weg und außer dem Wachmann Will Wiesle auch die Bediensteten. Ganz so vollständig entblößt hatte sich die Insel Weisheitszahn noch nie gezeigt.

Zufall oder Fügung? – es war nun einmal so. Wenigstens käme Marsha alsbald von ihrem Trip nach Europa zurück. In drei Wochen sähe es auch sonst hier überhaupt wieder ganz anders aus. Die wenigen Tage stünde er auch noch durch.

Grisellas Logik vermochte ihn nicht zu überzeugen: „Aber wieso denn? Wir haben denen die Suppe doch eingebrockt und nun stellen wir uns hin und sagen: ‚Löffelt eure Suppe mal schön selber aus'. Als ob das unter Wasser so einfach wäre", versuchte Adrian zu scherzen, so schwer ihm das auch fiel.

„Und was bitteschön würdest du vorschlagen?" - hielt Grisella dagegen, als sich Wachmann Will Wiesle meldete, der immerhin auf diesbezügliche eigene Erfahrungen zurückblicken konnte.

„Man fühlt sich mit Befall anders, ich glaube, soviel gilt für alle. Da können wir doch immerhin ansetzen." – „Ganz recht", pflichtete Adrian bei – „und je, nachdem, wie viele sich melden, soviel Serum stellen wir dann bereit."

„Und wenn denen das kleine pieks soviel ausmacht, dann kriegen die das Serum eben oral in einem Gelatinekisschen mit Waltrangeschmack, meinethalben. Das dürfte doch nicht so schwer sein", stimmte Grisella zu.

- Seit der ersten Austreibung des Miseriors, der Corinia befiel, gestaltete sich diese für die Oberirdischen deutlich vereinfacht. Der Zufall brachte die Forscher auf die Spur jenes alten Antiversteinerungsserums, wie es zur Befreiung von Penelope M'gamba und Zinfandor Leblanc entwickelt worden war. Es erwies sich für die Miserioren als ganz und gar unerträglich. Schon ein paar Sekunden oder höchstens Minuten nach einer Impfung mit dem Serum, fuhren sie mit Geheul unter Schmerzen aus dem Leib des Infizierten.

„Am besten wäre letztlich sogar eine Schutzimpfpflicht, auch und gerade für das Meervolk, nicht nur für uns hier oben auf der Insel Weisheitszahn", meinte Wachmann Will Wiesle.

„Da müssen unsere dünnhäutigen Freunde aus dem nassen Element aber auf jeden Fall erst mal zustimmen", antwortete Adrian: „So was können wir denen nicht von außen aufzwingen, ist doch wohl klar. Gerade bei dieser jungen Demokratie. Ansonsten halte ich den Vorschlag für annehmbar. Ich will ihn gerne bei nächster Gelegenheit im Parlament da unten vorbringen."

Wachmann Will Wiesle bekam ganz rote Ohren vor Freude und Verlegenheit. Seit das diskriminierende Anredeverbot auf der Insel Weisheitszahn erst gelockert, dann ganz aufgehoben worden war, entwickelten die Wachmänner sich vor den staunenden Augen und Ohren der Intelligenzija ebenfalls zu intelligenten Zeitgenossen, die sie selbstverständlich zuvor auch schon gewesen waren. Sie hatten dies nur nicht recht zeigen dürfen.

In den langen einsamen Stunden auf Wache schweiften die Gedanken unwillkürlich. Und so blieb es nicht aus, dass sich der eine oder andere Wachmann hin und wieder Gedanken um die ihm Anvertrauten machte. Dabei stolperte er wohl oder übel auch einmal über die viel engere Nähe zwischen Mensch und Tier, die zum Beispiel im Meervolk noch viel augenscheinlicher war, jedenfalls für oberirdisch menschliche Augen.

Andere Wachmänner freilich sahen in ihrem Job nur ein notwendiges Übel des Broterwerbs. Die all monatlichen Qualen der Kreatur auf der Conversioreninsel, wenn sich nach außen stülpte, was inwendig lechzte und waberte, waren ihnen herzlich gleichgültig.

Auch ihnen nun eine Dosis des Serums zu verpassen, hielt Wachmann Will Wiesle, zumal nach der - am eigenen Leib erfahrenen - Läuterung, für unabdingbar. Vermutete er doch in solch einer rohen Gleichgültigkeit eine leichte Form des Befalls.

***

Corinia schickte Adrian Humperdijk eine Karte aus der Wüste. Sie vermisse das Wasser doch sehr, schrieb sie und sehne sich nach Haus, heim ins Meer zu ihren Lieben der Tiefe.

Gerade Jetzt, wo sich bei ihm die Conversion anzukündigen begann, hätte er nicht mit ihr tauschen mögen. Aber vielleicht kriegte sie das ja diesmal auf dem Trockenen hin. So lange war es schließlich noch nicht her, dass sie ihre neue Begabung entdeckte. Überhaupt war die ihre eine milde Form der Conversion. Als Nixe behielt sie praktisch alles bei, was sie ohnehin besaß.

Anders erging es da den großen Räubern, oder auch ganz kleinen Tieren. Denn deren Verwandlung erforderte Verrenkungen ganz unvorstellbar schmerzhafter Art. Wer dergleichen auf sich nahm, musste schon wissen wofür.

Es gab zwar keine wirkliche Befreiung oder auch Heilung – (manchen erschien die Conversion wie eine Krankheit) – doch eindämmen ließ sich ein solcher Anfall inzwischen doch - vor allem, was die zeitliche Dimension anbelangte. Statt ihrer vier Tage, lief die abgemilderte Conversion - mit wenigen Ausstülpungen oder Haarbüscheln - in ein paar Stunden ab, wie in einem schlechten Film, den die Betroffenen in abgedunkeltem Raum zubrachten. Denn die heftige Migräne blieb auch ihnen nicht erspart.

Aufgrund seiner Beobachtungen hielt Wachmann Will Wiesle den Miseriorenbefall für eine leichte Form der Conversion. Das um so mehr, als die Symptomatik auffallende Ähnlichkeiten aufwies. Und tatsächlich, die Behandlung mit dem neuen Serum zeitigte auch hier Erfolge. Wenn denn als Erfolg zu verstehen war, sich seiner zweiten Natur zu entledigen.

Erst die Miseriorenbefallsbehandlung also machte es Corinia möglich, für diesmal ihre kritischen Tage einigermaßen unbeschadet in der Wüste bei ihrer Familie zu überstehen. Ihre tierische Natur wurde für diesmal weitgehend eingedämmt und zurück gedrängt. Denn sie hatte sich nach dem erfolgreichen Exorzismus dann vor dem Abflug in die Mongolei auch noch vorsorglich impfen lassen.

Jedes Mal ließe sich ihre zweite Natur wohl nicht so ganz zurückdrängen, zumal ja der Wechsel der Atmungsorgane bei ihr eigentlich vorgesehen war. Doch solange die auslösenden Reize durch das Antibefallsserum blockiert wurden, ließ sich das wohl machen.

Corinia aber wollte gar nicht geheilt werden, schon gar nicht grundsätzlich. Einen solchen Anwurf wies sie vehement und empört zurück. Nur weil sie für diesmal in der Wüste bei ihrer Familie hatte bleiben wollen, hieß das doch noch gar nichts. Die Vorstellung, nie wieder ihre so bewundernswerte Boetie zu treffen, bereitete ihr regelrecht Übelkeit.

Wie auch immer, ein Stück Freiheit rückte in greifbare Nähe für all diejenigen, die in ihrer Tiergestalt mehr litten als lebten. Wachmann Will Wiesle machte sich auf seinen Wachen so seine Gedanken und vertraute seinen Beobachtungen.

Manchmal war es ihm inzwischen, als sähe er klarer und weiter als manche der Betroffenen selbst. Dass die meisten ihr Los in Geduld und Würde trugen, hieß eben nicht, dass sie damit auch rundum glücklich und zufrieden waren.

***

Auch die Fotosafari im Hinterland Australiens näherte sich ihrem Ende. Wieder brauste das eingestaubte Wohnmobil tapfer durch die weglose Wildnis. Billy-Joe am Steuer entging nichts. Jede Bodenwelle sah er voraus und allen Wanderdünen wich er geschickt aus, dafür ging's auch gemächlich voran. Noch drängte die Zeit ja nicht. Bis zu Frau Waldschmitts Abflugstermin in Sydney blieben noch vier volle Tage.

Mit dem Buch ihres Ex war sie noch immer nicht ganz durch. Doch sie besaß jetzt den rechten Zugang und das war die Hauptsache. Sie glühte für die gute Sache und wähnte nun überall böse Zeitdiebe am Werk, wo es mal wieder knapp wurde, so wie jetzt.

Treu und brav las Billy-Joe jeden Abend mit seiner einschmeichelnden Stimme vor und kommentierte oder interpretierte schwierige Passagen. Arundelle half ihm nach Kräften, hielt sich aber doch erstaunlich zurück, so vorlaut sie Frau Waldschmitt auch in Erinnerung hatte - zumal in der Auseinandersetzung mit ihrem Vater.

Das Buch hielt nun nichts mehr auf und sein Siegeszug um die Welt war im vollen Gange. Täglich gab es Meldungen neuerlicher Übersetzungen. In mehreren hundert Sprachen wurde es bereits gelesen. Und immer noch kamen neue Übersetzungen hinzu.

Die Kunde von der Werteumwertung, der Abgesang auf den Geldwert spülte ungeahnte Mengen dieses angeblich sich gerade entwertenden Wertmaßstabs in die Kassen der Recht-Inhaber und das waren zunächst und unzweideutig die direkten Familienangehörigen des Autors.

15. Heile mit Weile

„Und wenn wir mal wieder auf Tauchfahrt gehen", fragte Adrian Humperdijk in die Runde der heimgekehrten Urlauber hinein, die sich aufgrund seiner Anregung sogleich zusammen fanden, um das Problem des Meervolks zu beraten. „Immerhin trifft uns ein gerüttelt Maß an Schuld", begründete er die Dringlichkeit seines Vorschlags.

Niemand widersprach oder machte Einwände. Bis auf den Bordingenieur und den Navigator befand sich die U-Boot-Besatzung gewöhnlich ohnehin auf der Insel. Die Wachmannschaft selbst nämlich stellte die Stammbesatzung nach entsprechender Kurzausbildung, was sich als äußerst praktisch erwies.

Im Trockenen gestaltete sich die Füllung der Geleekisschen für die Impfung deutlich weniger problematisch als unter Wasser. Da so das Serum garantiert unverdünnt eingespritzt werden konnte. Auch die trockene Lagerung, die unabdingbar für die dauerhafte Konservierung der Kisschen war, ließ sich so viel besser bewerkstelligen.

Die befüllten Kisschen wurden in handliche wasserdichte Schachteln verpackt, je fünfzig Stück pro Box, die dann - nach der Öffnung der Verpackung unter Wasser - an einem Tag verbraucht werden mussten.

Auch Wachmann Will Wiesle diente nebenberuflich als Obermatrose an Bord des U-Boots. Von ihm stammte denn auch der Vorschlag, für das Unterwasserschutzimpfprogramm das U-Boot einzusetzen. Damit würden zwei Fliegen mit einer Klappe geschlagen.

Darin stimmte die ganze Schulgemeinschaft - soweit sie denn wieder zurück war – überein. Zum einen stärkte ein solcher Ausflug das Zusammengehörigkeitsgefühl zwischen den Oberirdischen und den Unterseeischen. Darüber hinaus erhielt man nicht nur einen Überblick zum Stand der Dinge in Sachen Impfschutz, sondern erregte auch die Neugier der Tiefseebewohner. Für die stellte das gläserne Kuriosum aus der Oberwelt eine hochwillkommene Attraktion dar. Dies wussten die Insulaner noch aus der Erfahrung vergangener Tage.

Niemand von der Zwischenschule wollte sich das Abenteuer entgehen lassen. Zumal der Schulbetrieb erst ganz allmählich in Gang kam. Außer der sechsköpfigen Stammbesatzung meldeten sich jede Menge Freiwillige. Von der Stammbesatzung durfte sich ein jeder und eine jede – (die kleine Bordküche war fest in Frauenhand) - bis zu drei Freiwillige aussuchen. Und so stach man letztlich mit vierundzwanzig - (besser gesagt mit siebenundzwanzig) - Seelen an Bord in See. Denn Pooty mochte auf seine Seele ebenso wenig verzichten wie der Zauberstein oder der Zauberbogen. Und die waren selbstverständlich mit von der Partie.

Nicht alle wurden aufgrund ihrer zweckdienlichen Befähigungen erwählt, doch man würde sich schon zu helfen wissen, hofften die

Verantwortlichen - an Bord federführend durch Adrian Humperdijk vertreten.

Impfstoff war genug an Bord. Und dank einer sinnreichen Umbaumaßnahme, war es möglich, die Impfdosen auszugeben. Die Bedienung der Ausgabeschleuse war tagelang und mit unterschiedlicher Besetzung geprobt worden. Medizinischer Kenntnisse bedurfte es da eigentlich nicht. Wichtig war nur die Markierung, damit nicht jemand aus versehen die doppelte Dosis abbekam. Man konnte nie wissen.

Zu diesem Zweck hatten sich Corinia (auch sie war nun wieder da) und Adrian etwas Nettes einfallen lassen, jedenfalls hofften sie, damit die Meermenschen zu erfreuen.

Jede Geimpfte bekam ein Schönheitspflästerchen à la Pompadour auf die Wange, und jeder Geimpfte einen leuchtend roten Punkt auf die Stirn, wahlweise auch umgekehrt.

Das Boot stach in See und tauchte alsbald in einiger Entfernung vom Inselsockel in die Tiefe bis fast an den Meeresgrund hinunter. Alle Ausgucke wurden zu diesem Zweck besetzt, denn allenthalben fanden sich unvermutet steile Riffe und klaffende Felsvorsprünge.

Die vielen nutzlosen Passagiere pressten sich an jedem freien Fleckchen der gläsernen Wände die Nasen platt. Denn der zerklüftete Sockel der Insel Weisheitszahn bot allerlei buntem Meergetier Schutz und Obdach. Seesterne und Seepferdchen, glitzernde Schwärme subtropischer Fische, bunte Quallen und Riffhaie tummelten sich in oder entlang den Rändern der von Tang und Algen überzogenen vielgestaltigen Felsformationen.

Erste versteckte Ansiedlungen tauchten auf. Zunächst noch fast gänzlich in die unterseeische Landschaft eingepasst. Allenfalls die Regelmäßigkeit und Einförmigkeit des Bewuchses ließen Rückschlüsse auf menschengemachte Kultivierung zu.

Sie waren in der landwirtschaftlichen Nutzzone angekommen. Früher eine höchst gefährdete Zone am Rande der unterseeischen Zivilisation, (soweit von Zivilisation überhaupt schon die Rede sein konnte) – heute immer noch gefährlich, aber im Gegensatz zu früher, durch außergewöhnliche Anreize verschiedenster Art aufgewertet.

So etwa stand jedem Siedler hier im sogenannten Grenzland ein kompletter Hausstand zu. Eine schwimmende Schule umsorgte die Kinder, während die Eltern auf den Feldern arbeiteten. Patrouillierende Wachposten unterbanden Angriffe aller Art, sei es durch ausgestoßene Gesetzlose, die es noch immer gab oder durch versprengte Mörderhaibanden, die aus dem melisandrischen Militärdienst entlassen worden waren und die sich gelegentlich mit den Gesetzlosen zusammen taten, wodurch diese ganz besonders gefährlich wurden. Einer solchen Formation fiel denn auch gelegentlich die eine oder andere Siedlung im Grenzgebiet zum Opfer.

Die unterseeischen Bauern waren inzwischen mehrheitlich ins Lager der Vegetarier übergewechselt und betrachteten die Gesetzlosen als Kannibalen, die ihresgleichen fraßen.

In den inneren Bereichen des Stadtstaates war der Vormarsch des Vegetarismus noch ausgeprägter und schlug teilweise bereits in einen unangenehmen Rigorismus um.

Wer dabei ertappte wurde, dass er sich eine Krabbe einverleibte oder gedankenlos in einen vorüber jagenden Fischschwarm langte, dem konnte es schon passieren, dass er von aufgebrachten Vegetariern gejagt und - wenn man ihn erwischte - auch verhauen wurde.

Die nötige Aggression im einst so wichtigen und sinnreichen Jagdverhalten lag ganz offensichtlich brach und brach sich auf diese unschöne Weise Bahn.

So erhofften sich die Besucher in der Schutzimpfaktion nicht nur den garantierten Schutz vor äußeren bösen Geistern, sondern insgeheim auch den Schutz vor den eigenen Inneren.

Diese standen denn auch der Entwicklung eines wahrhaft demokratischen Gemeinwesens ganz ohne Zweifel noch ebenso oder – wie manche wähnten - noch viel mehr im Weg als der Befall durch versprengte Miserioren.

An die demokratisch aufgeschlossene und aufgeklärte Bevölkerung im Ballungsgebiet heranzukommen war keine Schwierigkeit. Kaum hielt das U-Boot irgendwo, schwammen auch schon die Freiwilligen von allen Seiten heran, um sich jeder und jede ihr Impfkisschen und die Markierung abzuholen, die es nur dann gab, wenn das Kisschen vor den Augen der Verteiler auch tatsächlich hinunter geschluckt wurde.

Die vier Ausgabeluken - zwei im Bug und zwei im Heck, jeweils an Steuerbord die einen, die anderen an Backbord -, waren praktisch immer belagert. Die Meermenschen streckten ihren Kopf kurz durch die Luke herein, sie bekamen ihr Kisschen in den Mund gelegt und den Stempel auf Stirn oder Wange gedrückt und das war's auch schon. Der Impfling tauchte ab und schon streckte sich der nächste Kopf durch die Schleusenluke herein.

Das Bedienungspersonal arbeitete wie am Fließband. Pro Luke wurden auf diese Weise in einer Stunde bis zu einhundert Impflinge bedient. Sodass täglich an die zweitausend Impfungen vorgenommen werden konnten. Da wäre man in einer Woche dicke fertig.

„Außerdem haben wir nur neuntausend Kisschen präpariert", meinte Arundelle. „Wenn die aufgebraucht sind, ist sowieso erst einmal Schluss“, ergänzte Pooty unnötigerweise, denn das konnte sich jeder eigentlich selbst sagen.

„Wie viele Meermenschen wohnen eigentlich hier unten in Australis?“ - fragte Florinna ihre kleine Schwester, die es eigentlich wissen müsste.

„Das weiß hier unten niemand so genau. Volkszählungen hat es hier noch nie gegeben. Und es wird sie auch so schnell nicht geben, denke ich. Es sei denn, wir begreifen die Impfung als ein solche“, antwortete sie.

Alsbald freilich versiegte der Zustrom. Immer weniger Impflinge fanden sich ein als das U-Boot eine zweite Runde folgen ließ und noch einmal die Route durch die Stadt machte, damit auch jene Gelegenheit bekamen, die vielleicht nicht zu Hause oder sonst wie verhindert gewesen waren.

Noch immer saß man auf gut der Hälfte der Kisschen. „Wir versuchen noch einen letzten großen Bogen, dann geben wir auf“, ließ sich der Kapitän vernehmen. „Bei so vielen Menschen an Bord verbraucht sich der Sauerstoff schneller als er hergestellt werden kann. Die Stickstoffkonzentration ist jetzt bereits grenzwertig.“

Adrian und Corinia ließen sich in Taucheranzügen zu Wasser, denn ihre Zeit war für diesmal noch nicht gekommen und stapften unbeholfen in das Regierungszentrum hinein, wo sie sich mit der Ministerpräsidentin besprechen wollten, die ihnen, als sie sah, wie beschwert sie waren, entgegen eilte.

Von Ministerpräsidentin Boetie erhielten sie wenig Aufschluss. Doch als diese die Anzahl der ausgegebenen Dosen erfuhr, schien sie eher freudig angetan, denn enttäuscht.

So kehrten die beiden Botschafter zurück und erstatteten Bericht. Der Kapitän beschloss, die Mission zu beenden. Er setzte Kurs nach oben und kehrte ins geschützte Dock im Inselsockel zurück.

Vermutlich hatten sie genau die Falschen geimpft und all diejenigen, die es nötig hatten, waren ihnen durch die Lappen gegangen. So war das doch immer. Doch niemand machte ihnen einen Vorwurf, das war vielleicht das ermutigendste Ergebnis des Einsatzes.

Der Konflikt zwischen der Vegetarierfraktion und der Fleischesserfraktion wurde da unten von niemandem auf die Ansteckung durch die Miserioren zurück geführt.

Diesen Konflikt hatte es immer schon gegeben, praktisch seit Anbeginn der neuen Zeit. Zwar gab es eine klare Mehrheit für den Vegetarismus, doch die Opposition war keineswegs schwach, vielmehr bestand sie oft genug gerade aus den Fähigsten.

‚Jäger oder Beutetier, was steckt im Menschen? Sicherlich irren diejenigen, die sich für eine der beiden Seiten entscheiden und diejenigen irren nicht, die sich gleichmäßig auf beide Seiten festlegen.'

‚Der existentielle Konflikt aber, den der Befall durch die Miserioren hervorruft, ist auf Vegetarierseite ungleich heftiger und führt nicht selten sogar zum Tod des Befallenen.'

Zu diesem Schluss kam jedenfalls die Arbeitsgruppe, die sich an die Aufarbeitung der ganzen Aktion machte.

Diese Erkenntnis war keineswegs neu. Schon der Tod von Walter hatte ja zu dieser Schlussfolgerung geführt, doch sie zeigte zugleich auch, wie sinnvoll und notwendig die Impfung gerade deshalb war. Denn durch die Impfung wurden gerade die echt Gefährdeten geschützt und das war natürlich auch ganz besonders gut so.

Etwas anderes war es, wenn man die Perspektive wechselte und die Welt aus der Sicht der Fleischesser betrachtete. Sie fühlten sich in ihrem angestammten Existenzrecht bedroht. Und die Bosheit der Miserioren, so sie denn in sie gedrungen war, verstärkte ihren Kampfeswillen und ihre Skrupellosigkeit.

Auf diese indirekte Weise also könnte sich die Schuld der Inselbewohner denn doch noch erweisen und beim Meervolk zu schlimmen Entwicklungen führen, die sich freilich auch ohne den Befall und zuvor schon abzeichneten.

Den Konflikt trugen diese reißenden Geschöpfe in sich selbst aus. Wem es nicht gelang, die mörderische Natur in sich zu zähmen, der wurde von ihr alsbald beherrscht und der benötigte eigentlich dabei keine Unterstützung von außen.

Anders war es bei den Wechselfällen, die mal so, mal anders fühlten und die sich ihrer reißenden Natur in lichten Momenten schämten und sich ein schlechtes Gewissen machten.

Ihnen verhalf der Miseriorenbefall zu Eindeutigkeit und bei der Überwindung aller Skrupel. Zugleich wurde ihnen damit aber ihre Menschlichkeit genommen. Sie wurden zurück versetzt in eine dumpfe, freudlose Raubtierexistenz.

Im Grunde wurden sie zu Mörderhaien. Sie sanken auf diese urtümliche primitive Stufe zurück und gaben ihr Menschsein unwiderruflich preis.

Sie mit dem Antibefallsserum zu behandeln, hatte gar keinen Zweck. Doch sie waren ohnehin diejenigen, die einen weiten Bogen um die Vergabestellen machten.

Die wichtigste Zielgruppe aber waren die Wechselfälle, die sich zwischen ihren beiden Naturen nicht endgültig entscheiden konnten. Ihnen half das Serum auch ohne Befall, sich deutlicher auf die friedliche Seite zu schlagen und das Raubtier in sich immer wieder zurück zu drängen.

Wenn es gelungen war, viele von den Wechselfällen zu erreichen, dann war die Mission ein Erfolg.

Adrian schwärmte bereits von einer allgemein verbindlichen Erstschutzimpfung für Neugeborene, damit die dann später erst gar nicht in Versuchung geführt würden, ihre Raubtiertriebe zu entwickeln. Denn wie alles im Leben, müsse auch ein solcher Trieb systematisch ausgebildet werden. Die Anlage allein reiche nicht, argumentierte er völlig richtig.

Darin aber sah Grisella ein echtes Problem. Sie war der Ansicht, man dürfe weder ein einzelnes Individuum noch gar eine ganze Gesellschaft auf chemischem Wege zu grundsätzlichen Verhaltensänderungen bringen.

Aus diesem Schlagabtausch entwickelte sich ein vielschichtiger heißer Diskurs, in den ganz andere Überlegungen auch noch einflossen. So meinte Arundelle, wer sich Grisellas Position zu eigen mache, stelle im Grunde die gesamte Zivilisation in Frage, deren Ziel letztendlich die Befriedung der menschlichen Gesellschaft sei.

Und diese könne nur dort gelingen, wo die Demokratisierung aller Lebensbereiche – aber wirklich aller Lebensbereiche, hob sie nochmals hervor - vollzogen sei. „Demokratisiere die Lebensverhältnisse, und du veränderst die Menschen“, setzte sie nach.

„Und weil dem so ist, deshalb helfen die Menschen gern nach. Nur eben am falschen Ende. Sie züchten und manipulieren angeblich ideale Menschentypen heran, indem sie ins Erbgut eingreifen und sogar anfangen, die DNS zu verändern, vom Klonen ganz abgesehen – die ‚schöne, neue Welt‘ des Aldous Huxley lässt grüßen“, mischte sich nun auch Billy-Joe ein, der aus gutem Grund ein lebhaftes Interesse an Stammeskulturen hatte.

„Letztlich nämlich weiß sich dann keiner mehr Rat, wenn sich die Dinge ins Alptraumhafte entstellen. Und dann bleibt nur der Rückgriff auf sogenannte Primitivkulturen, wo vielleicht noch Anknüpfungspunkte für ein gelingendes Leben zu finden sind.“

„Ganz recht,“, mischte sich nun auch Scholasticus ein: „Denken wir nur an Laptopia. Auch dort versprechen sich die Verantwortlichen - bei der Rückkehr zu einem lebenswerten menschlichen Leben - ja Beispiel und Hilfe bei den freien Stämmen.“

An diesem herrlichen Sommertag fand die Diskussion im lauschigen Park der Insel statt, gleich neben dem kleinen Flugplatz.

Eben schwebte der Hubschrauber ein und ergoss einen Schwall schwatzender fröhlicher Heimkehrer, und alle begrüßten einander mit lautem Hallo. An eine Fortsetzung der Auseinandersetzung war nicht zu denken. Doch dazu wäre auch im neuen Jahr, das sich dieser Tage wendete, nun reichlich Gelegenheit.

Die Verantwortung für das Meervolk bildete auch künftig einen gewichtigen Punkt auf jeder Tagesordnung der zahlreichen Schulversammlungen, Gruppentreffen und Plena.

Der Strand lockte verführerisch. Arundelle, Billy-Joe, die Schwestern Hase, Tibor, sein Bruder Sandor und Tika, sowie die koreanischen Zwillinge Li Mei und Li Chang und zwei Neue in ihrer Begleitung, die sie eben gerade aus dem Hubschrauber abgeholt hatten, bildeten einen recht bunt zusammen gewürfelten Haufen am Strand.

Die Entscheidung zwischen Schwimmen und Segeln wurde ihnen aus der Hand genommen, denn auf die Idee, den Sommertag auszunutzen, waren auch andere gekommen. So waren alle großen Boote schon weg. Und im Dingi segelte man besser allein.

„Dann schwimmen wir eben... wer als erster auf der Badeinsel ist..." rief Arundelle und sprang los. Die andern ließen sich das nicht zweimal sagen. Und schon schäumte das Wasser in langen weißen Bahnen auf, als eine jede und ein jeder aus Leibeskräften ins Weite strebte, der Insel entgegen, die leise im sanften Wellenschlag der Lagune vor sich hin schaukelte.

16. Südmichel vom Wendekreis

‚Wie schön das Leben doch ist', Arundelle entspannte sich, gab sich ganz dem Augenblick hin. Sie spürte unter sich die leise bebenden Planken, hörte das geheimnisvolle Glucksen der kleinen Wellen von unten. Das raue Holz drückte ein wenig, nur ein klein wenig zu fest gegen den Rücken. Doch das ließ sich ertragen und wettmachen durch den linden Luftzug, welcher das Flirren der Hitze auffächerte. Dieser war es auch, der davon eben jenes Übermaß heraus nahm, das ein Zuviel bedeutet hätte und im Verein mit dem drückenden Holz Unbehagen verursacht haben könnte, und das vielleicht sogar der warme vibrierende Körper neben ihr nicht hätte verhindern können.

‚Billy-Joe, Billy-Joe, wie schön, dass es dich gibt.' Für das wilde Rudel war die Badeinsel fast ein wenig klein geraten. Eben drehte Tibor sich schwungvoll auf den Rücken herum und seine nassen dünnen Zöpfe klatschen ihr gegen den Bauch, dass sie erschrocken aufschrie.

Der Bann des Augenblicks war gebrochen. Ihr schien er nun und im nachhinein von schier unendlich süßer Dauer, als zerdehne auf solche Weise genossenes Glück sogar die Zeit.

Unbekümmert schwatzten die Zwillinge Li Mei und Li Chang mit ihren neuen koreanischen Freunden aus dem Hubschrauber. Melodisch und fremd waberten die Laute über sie hin. Die Schrecksekunde lag längst hinter ihr und wohlig räkelte Arundelle sich nun wieder in jenen Augenblick zurück, der sich nicht festhalten ließ, und der doch zugleich unvergänglich war.

Ob aus Langeweile oder aus Übermut wussten sie selber nicht, hätte sie jemand gefragt – jedenfalls begannen die beiden mongolischen Brüder – jeder auf einer der beiden Breitseiten der Insel – diese in rhythmische Schwingung zu versetzen.

Die Wellen unter den Bohlen gluckste nun weniger als dass sie schmatzten, um dann in Klatschen überzugehen, das indessen von lautem Kreischen und Lachen übertönt wurde. Panisch und alsbald auch vergeblich, griff eine jede und ein jeder nach Halt auf den immer steiler sich neigenden Planken.

Ein unmissverständliches Zeichen zum Aufbruch, ganz ohne Frage. Als letzte hopsten die Störenfriede dem Pulk der Abgeworfenen hinterdrein. Die Sonne neigte sich dem Horizont zu. Der ablandige Abendwind war dabei einzusetzen. Höchste Zeit also Land zu gewinnen.

Außerdem nahte die Essenszeit. Die Mädchen würden auch noch duschen und Haare waschen wollen. Ja, in der Tat, es wurde höchste Zeit.

‚Südpazifische Tage' - (wie Arundelle, Flori und Cori sie immer schon bevorzugten) - ergänzt durch ein wenig Hinduismus, dominierten das Essgebaren vieler Insulaner inzwischen. Das entwickelte sich gleichsam parallel zum Geschehen in der Tiefsee.

So war es auch heute. Ohne große Verabredung fanden sich die Freunde des Nachmittags zum Abendessen am langen Tresen unter dem Palmblattdach wieder und stellten sich aus den dort gebotenen - meist vegetarischen Köstlichkeiten - ihre Mahlzeit zusammen.

Lange Zeit stand auf der Kippe, ob es wieder ein gemeinsames Blockseminar der Professoren Zauberstein und Zauberbogen geben würde. Thematisch hätten sie nichts mehr auf der Pfanne, meinten sie - jedenfalls nichts, was geeignet wäre, so äußerten sich die Professoren bereits im Vorfeld in der Planungskonferenz, wo die Termine abgesprochen werden sollten und jede Lehrkraft ihre Schwerpunkte geltend machte.

Vielleicht aber mochten sie nur nicht verplant werden. Vieles könne man nun mal nicht planen, ja genau genommen könne man gar nichts planen. Das sei nun mal die Selbstüberschätzung der Menschen, die meinen, durch Planung Macht über die Zukunft zu erlangen. Was dabei heraus kommt, zeige sich ja.

So ergingen sich die beiden in vagen Andeutungen, statt die Karten offen auf den Tisch zu legen. Vielleicht wollten sie auch nur hofiert und umworben werden. Grisella argumentierte, im Semesterplan werde ja nicht die Zukunft, sondern lediglich der Lehrstoff verplant. Natürlich könne immer was dazwischen kommen, das sei doch ganz selbstverständlich. Trotzdem könne man Absichten verfolgen, wie auch immer die dann umgesetzt würden.

Alle merkten, wie sie an einander vorbei redeten. Zauberstein und Zauberbogen sträubten sich gegen die Entzauberung der Welt. Daran wollten sie nicht auch noch mitwirken. Alles, was die Menschen begriffen, galten ihnen nichts mehr. Mit dem Geheimnis verlor sich auch der Wert. So manches wurde auf diese Weise gänzlich entwertet, was es nicht verdiente.

Beispiele wurden ihnen abgefordert, sie sollten doch endlich auch mal Fakten auf den Tisch legen, statt hier immer nur Dinge in den Raum zu stellen, von denen niemand recht wisse und die sich dann niemand vorstellen könne.

Auf einmal standen die Beiden also im Mittelpunkt und die Sitzung ‚bekam Profil', wie sie sich ausdrückten. Vielleicht ging es darum. Nachdem die Beiden die Sitzung erst blockierten und dann schließlich ganz sprengten, schienen sie zufrieden.

Ohne Murren akzeptierten sie den Termin – es war ohnehin der alte – und auch den vier Wochen Rhythmus behielten sie bei, sodass die dazwischen liegenden Wochen für andere Veranstaltungen zur Verfügung standen. Die ganze Aufregung war also reine weg für die Katz gewesen.

Insgeheim beschlossen die menschlichen Kollegen künftig solche Absprachen anders zu treffen, sie gleichsam von innen heraus sich organischer entwickeln zu lassen. Denn aufgefallen war vielen schon auch der Sand im Schulgetriebe. Harmonisch oder gar idealtypisch konnten die Lehrpläne nicht genannt werden. Wenn sie ehrlich waren, dann gestünden sie sich ein, selbst nicht nur nicht zufrieden, sondern davon jedes Mal wieder bei solchen Planungen ganz schön frustriert zu werden. Weshalb eigentlich sollte es ihren Schülern anders ergehen?

„Hatten wir alles doch längst. Die Debatte ist nun wirklich nicht neu. Doch wenn's dann ans Umsetzen geht, dann schweigt des Sängers Höflichkeit allzu bald. Ein jeder und eine jede wirft ihr Brot dann – wie ehedem - wieder auf das Wasser und hofft darauf, dass genügend begehrliche Fischlein danach schnappen. So wie es früher vor der großen Reformlawine eben war, wir alle erinnern uns. - Und sie war noch so schön, die gute alte akademische Freiheit. Ich möchte sie nicht missen und erinnere mich mit Freuden an sie. - Der darin herrschenden Beliebigkeit wollten wir entrinnen, als wir dann selbst soweit waren. So wurde die neue Ordnung alsbald verordnet. Uns selbst wollten wir disziplinieren, dass es eben nicht in erster Linie um unsere Interessen zu gehen habe, sondern um die der Studierenden." So brach es in atemlosem Redeschwall aus Marsha Wiggles-Humperdijk hervor, die noch nicht zu Ende war:

„Selbstverständlich sind wir dann bald auch hinter die Schwächen dieser Argumentation gestiegen. Wer legt fest, was wichtig ist? Wie breit sollte ein Studiengang angelegt sein? Was ist unabdingbar, was ist beliebig? Brauchen wir überhaupt einen Bildungskanon? Lässt sich die Einteilung der Schule in Wissende und Unwissende überhaupt aufrecht erhalten?"

„Liebe Marsha wie recht du doch hast", stimmte Grisella ihr zu. „Was du schilderst, ist mir wohl bekannt. Denn so lautet der nördliche Wendekreis der Bildungsreform – möchte ich ihn mal nennen - mit all den angedeuteten Schwierigkeiten, die wir zur Genüge kennen und fürchten gelernt haben. Diesem System sind wir glücklich entronnen, indem wir uns hierher auf diese Insel zurückzogen. Wir hier leben jetzt am südlichen Wendekreis und es wäre doch gelacht, wenn es uns nun nicht gelänge, eben diese Tatsache auch geltend zu machen. Ich finde es gut, dass wir mit der Nase auf uns selbst gestoßen werden. Sind wir uns unseres eigenen Ansatzes inne? Wir sind es nicht. Deshalb - dank euch beiden – ihr Zauberer des Südens!" - brach es nun auch ein wenig theatralisch aus ihr hervor - eher ungewöhnlich für Grisella.

Doch an dieser Stelle glimmte auch in ihr eine sehr heftige Leidenschaft. Dem erfolgreichen Buch des Anonymus könnte von hier ruhig ein weiteres folgen. Vielleicht mit einem ganz anderen Ansatz, das dem Thema dennoch verwandt blieb. Was es indessen sichtbar zu machen galt. Doch da war Grisella guten Mutes:

„Viel selbstbewusster müssen wir auftreten, liebe Marsha, wir haben doch was zu bieten. Selbstkritisch müssen wir uns dennoch eingestehen, dass wir allzu einseitig auf die Forschung ausgerichtet waren - im vergangenen Jahr zumindest. - Forschung ist schön und gut, doch unser eigener Ansatz blieb dabei auf der Strecke. Wir haben uns selbst aus den Augen verloren."

Scholasticus stimmte seiner Schwägerin grundsätzlich zu, wenn er auch nicht genau verstand, worauf sie gerade hinaus wollte. Im letzten Jahr war es in der Tat äußerst turbulent zugegangen. Die Ereignisse überschlugen sich nur so, da war für grundsätzliche Überlegungen dieser Art kein Raum geblieben.

Die ständige Bedrohung schweißte zusammen, doch sie zermürbte auch. Da stumpft man dann ab, resigniert und zieht sein Ding durch, wie gut es eben geht. Woher sollen pädagogische Impulse da auch kommen? Dass man diesbezüglich grundsätzlich einer Meinung war, - und selbst daran wagte Scholasticus inzwischen zu zweifeln – so unterschied man sich im Detail ganz gewiss.

Zu weit drifteten die Notwenigkeiten und Belange der einzelnen Fachbereiche denn doch auseinander. Allein diese Farbenlehre, wo gab es denn so was sonst? Eben da galt es anzusetzen, genau hier zeigte sich ja der südliche Wendekreis der Reformpädagogik, um 's mal so rum auszudrücken.

Ja, hier unten im tiefen Süden gingen die Uhren eben anders. Hier gab es andere Prioritäten und vor allem ganz andere Inhalte, die auf die Form zurück wirkten, das war entscheidend.

‚Wenn von Wundern schon die Rede sein soll', sinnierte er. ‚dann von den Wundern der Form viel mehr als von den Wundern der Inhalte. Gerade das Hineingehen in die anderen Wirklichkeiten machte den Unterschied aus. Nirgends sah hier ein abstrakter Betrachter von außen herein, analysierte fernab jeder Beteiligung, tat sein grausames Untersuchungswerk, nicht einmal wissend, ob oder wie grausam es war.

Wo hingegen die Welt so lebhaft und wirklich wie bei ihnen auf der Insel Weisheitszahn herein drängte, da wurde aus der Innenschau wieder die Weltbetrachtung.

Im gedankenlosen, und unbewusst bleibenden Tun und Treiben ereignen sich eher mehr denn weniger Verfehlungen und Vergehen in der Menschheit', sinnierte Scholasticus. ‚Je unmittelbarer die Zielfixierung ist, um so weniger Gedanken werden auf den Weg zu dem Ziel verwendet. So gesehen ist die Gedankenlosigkeit nicht weniger schlimm als die Bosheit.

Wie viel Leid, wie viel Angst, aber auch wie viel Anstrengung erwuchs uns Menschen aus der Gedankenlosigkeit anderer, die sich eben gerade nichts dabei dachten, wenn sie uns (oder wir ihnen nicht anders) Dinge antaten, die mit Absicht und Vorsatz so kaum jemand tun würde; - ist kein Ende abzusehen?

Eingesehen haben dies womöglich inzwischen sogar Mehrheiten, jedenfalls in den gemäßigteren Zonen der Nordhalbkugel, wo der Despotismus als überwunden gelten will. Aber ist die Gedankenlosigkeit damit ebenfalls besiegt? Geht sie nicht vielmehr Hand in Hand mit unabänderlich daher kommenden Systemzwängen?

Sachzwänge – in Wahrheit - Ableger der Despotie, sind in der Wirkung nicht weniger grausam, nicht weniger willkürlich, nicht weniger zerstörerisch, eher von all dem mehr. Ja es ist, als ob es sich bei den Systemzwängen um Geschwisterkinder der Despotie handelt, so verschieden sie auch aussehen mögen und so anders sie sich auch gewanden.'

***

Die Sonne wendete pünktlich kalendarisch am einundzwanzigsten Dezember kurz vor Beginn des neuen Jahres. An diesem Tag stand die Sonne zu Mittag fast senkrecht über der Insel Weisheitszahn und wer sich hinaus begab in die sengende Hitze dieses Hochsommertages, der konnte bemerken, dass er keinen oder doch so gut wie keinen Schatten warf.

Einige Strich südlicher als der Wendekreis war man hier denn schon, aber das fiel kaum ins Gewicht. - Den Kopf zu bedecken, war selbstverständlich geworden, seit das Ozonloch über dem Süden klaffte. Überhaupt setzten die Weißen sich der grellen Sonne besser überhaupt nicht ungeschützt aus.

Aus der guten, voller Sehnsucht erwarteten Himmelslicht-Sonne wurde so sehr schnell die - Tod und Verderben bringende - Höllenglut-Sonne.

Aber um die Sonne ging es an sich gar nicht. Es ging vielmehr um die eigentliche Fehlleistung, die sich ihr hier nur verband. Diese Fehlleistung war grundsätzlich. Sie steckte in den Grundlagen der weltbeherrschenden Kultur der Weißen, sozusagen am Grund der Grundlagen selbst.

So viel Billy-Joe auch studierte und so viel er auch von ihnen lernte, immer wieder stieß er an diese merkwürdige Barriere, hinter die kein Weg führte. Der Fehler war vor langer, langer Zeit eingebaut worden. Und je mehr sich diese Kultur entwickelte, um so vielfältiger versteckte sich der Ursprungsfehler.

Er nahm andere Gestalt an, änderte sein Geschlecht, seine Farbe, seinen Geruch, sein Wesen, aber er blieb sich dennoch irgendwie treu. Denn er war **der** eigentliche Fehler – und blieb **die** eigentliche Fehlleistung, an die nun womöglich niemand mehr heran kam und an der vielleicht nichts ausgebessert werden konnte.

Verhielt es sich damit wie mit dem linksdrehenden und dem rechtsdrehenden Joghurt? Als Joghurt war Joghurt gleich Joghurt und war es zugleich nicht. Alles an diesen beiden Joghurts schien völlig identisch zu sein, niemand war in der Lage, den Unterschied zu bemerken, außer man verfolgte einerseits das unerklärliche Gedeihen oder andererseits das ebenso unerklärliche Verkümmern der Probanden in Langzeitstudien.

Lief die Uhr des Lebens auf beiden Erdhalbkugeln gleich schnell? Und drehte sie sich auf beiden Hälften in die gleiche Richtung? Schon einmal waren Arundelle und Billy-Joe auf diese

Frage gestoßen. Und wie verhielt diese Frage sich zu der Frage nach dem grundsätzlichen Fehler?

„Wir wollen nicht lernen, die Zeit zu manipulieren, wir wollen die Welt heilen, und dabei ist es unabdingbar, sie so richtig wie möglich zu verstehen“, so sah es Arundelle und Billy-Joe sah es beinahe ebenso, nur irgendwie anders herum.

***

Die Stunde der Zauberer war gekommen. Professor Zauberstein und Professor Zauberbogen liebte das kleine Ritual. Billy-Joe schritt voran. Pooty schaute aus dem Beutel vor dessen breiter Brust und balancierte den Zauberstein in seinen viel zu kleinen Händchen.

Der Zauberstein leuchtete wegen des Anlasses in allen Farben auf und lief nur scheinbar Gefahr, hinunter zu fallen. In Wirklichkeit nämlich schwebte Professor Zauberstein, beflügelt von einer unsichtbaren Kraft, und es war Pooty, der nach ihm griff und sich an ihm festhielt.

Auf Billy-Joe folgte Arundelle mit dem unsichtbaren Köcher, in dem sich der Zauberbogen befand sowie ein nie versiegender Vorrat an goldenen Zauberpfeilen, die sie bei der letzten Blocksitzung als goldenen Regen auf die Versammelten hatte nieder gehen lassen.

Gespannte Stille setzte ein, als sich die Einlaufenden am und auf dem Katheder einrichteten. Billy-Joe, wie gewohnt, im Schneidersitz darauf und Arundelle auf einem Stuhl daneben, wie sie es inzwischen schon ganz unbewusste machte. Ob Arundelle auch heute wieder ihren legendären Pfeilregen abgehen ließ?

Für das menschliche Auge kaum sichtbar schnellten die Pfeile einer um den andern von der Sehne und schwirrten im Formationsflug über die Köpfe hinweg. Doch diesmal gingen sie nicht nieder, sondern kehrten nach einer Weile an ihren angestammten Ort zurück.

Vielleicht war das Herumfliegen der Pfeile diesmal als Ablenkung gedacht, denn als die Versammlung sich nach dieser Kapriole wieder einkriegte, saß neben Billy-Joe ein Männlein. Es trug, wie es sich gehörte, denn es war ein Zwerg, eine rote Zipfelmütze, ein grünes Wams und gelbe weiche Stulpenstiefel über einer im Schottenkaro karierten Hose.

Der Zwerg stellte sich als Südmichel vor. Dazu erhob er sich, kreuzte die Beine, spreizte den rechten Arm mit der Mütze ab und verbeugte sich tief und gleichzeitig nach allen Seiten, was an sich ein Ding der Unmöglichkeit ist, ihm aber dennoch gelang.

Daraus folgerten die versammelten Studierenden völlig richtig, dass es sich bei dem Zwerg um einen Zauberzwerg handelte. Wahrscheinlich ein Genosse oder Kollege von dem Zauberstein. Denn dessen Ursprung wurde in der Landesmitte von Australien vermutet, wo die Erde ein Loch hat, das bis zum Ermittelpunkt und noch weiter reicht, weshalb in den Klüften Des - dort gelegenen - Uluru immer wieder Menschen verschwanden. - (Vorzugsweise ganze Schulklassen junger Mädchen und zwar dann, wenn sie dort am Valentinstag picknickten, was inzwischen nur alle Jubeljahre einmal vor kam, seit es darüber einen Film gab.) - Die in solcher Weise Verschwundenen tauchten dann im Bermudadreieck wieder auf, doch das ist eine andere Geschichte.

Südmichel hatte nördliche Wurzeln und war deswegen eine so einmalige Erscheinung, weil er den Kardinalfehler seiner angestammten Kultur nicht mitgemacht hatte. Er hatte ihn einfach verschlafen; tief verborgen im tiefsten Erdinnern, vor der Hitze durch einen magischen Panzer geschützt und durch einen Beatmungsschlauch mit der Erdoberfläche verbunden.

Zunächst nur den einen Beatmungsschlauch rückwärts zum schottischen Hochland rüber, von wo er ursprünglich in die Neue Welt ausgewandert war. Doch dann auch vorwärts, eben hin zum Uluru und der staubigen roten Luft Zentralaustraliens.

Im Saal über den Köpfen spulte Südmichels Film ab. Kein eigentlicher Stummfilm, aber doch äußerst wortkarg, zu wortkarg, um ihn zu synchronisieren. Das Neujahrslied von den auld lang sine lohnte die Synchronisation wohl nicht.

Wie zum Beweis stimmten die Studierenden im Saal in das Lied mit ein. Zünftige Tränen traten manchen in die Augen. Alle lagen sich in den Armen und machten auf gut Freund, obwohl sich viele kaum kannten, da das Semester noch jung war und für diesmal wieder ein großer Schwung Neuer eingeflogen war. Hier also fanden sie sich ein, statt in ihrem Blockseminar zu sitzen und das rechte Sehen zu büffeln. Doch das taten sie wohl auch, nur eben jetzt nicht.

Südmichel werkelte als Hauptdarsteller im Untergrund und er werkelte nicht allein. Hunderte von Komparsen und Statisten wuselten ebenfalls im Zwerghabit mit ihm umeinander. Anschaulich zeigte der Film, dass das, was sich im Untergrund tat, die getreue spiegelverkehrte Abbildung dessen sein sollte, was sich oberirdisch tat. Alles, nur eben anders herum. Eine schauspielerisch höchst anspruchsvolle Leistung, mit großem technischem Aufwand gemacht, fast wie im wirklichen Leben auch.

Arundelle war immer wieder fasziniert davon, wie es den beiden Professoren gelang, sich thematisch so dicht an den Puls der Zeit zu halten.

‚Wir haben verstanden', brandete es wortlos und als unauflöslicher Widerspruch in sich - allenthalben um sie her - heran. Wie durch ein Brennglas starrte ein riesiges Auge herein in die kleine Filmwelt wie in einen Guckkasten: Ein Schnitt durch die Erde – halbierte Gänge, halbierte Höhlen, halbierte Nester eines Fuchs- oder Dachs- oder Kaninchenbaus.

In der Tat, eine raffinierte Technik wurde angewendet, zumal die schnellen Schnitte es ermöglichten, Dinge zu visualisieren, die eigentlich in kein Kontinuum passten. Und doch wurde ein gewollter Effekt erzielt, da war Arundelle sich sicher, zumal die Zustimmung um sie her ihr dies bestätigte.

Groß wird ein Film dadurch, dass es dem Regisseur gelingt, sich in den Zuschauern wirklich einzunisten, und sie mitzunehmen in die eigene innere Welt. Ja, sich ihnen sogar aufzuzwingen. Ihnen keine Möglichkeit der Weigerung zu lassen.

Das ist etwas anderes, als sie anzuregen, sich eigene Gedanken zu machen, oder eigene Empfindungen zuzulassen, fand Arundelle und auch dazu umgab sie die allgemeine Zustimmung.

Ob das nun gut und richtig war, stand auf einem anderen Blatt. Vielleicht war das nur notwendig. Vielleicht musste so verfahren werden, wenn es darum ging, eine neue Perspektive einzunehmen und mit alten Sehgewohnheiten - überhaupt mit eingefahrenen Gewohnheiten - zu brechen.

Das Auge entschwand ins Riesenhafte. Im Zeitraffer raste es ins Gigantische hinaus, verlor immer mehr Kontur indem es wuchs. Bald wusste der Betrachter nicht mehr, ob das Auge wuchs oder ob er schrumpfte. Doch auch dieser Effekt war beabsichtigt. Der Betrachter sollte nicht wissen, ob das Auge wuchs oder ob er schrumpfte. Es ging genau darum, in Frage zu stellen, was sich als Gewissheit eingenistet hatte, nämlich dass letztlich nichts schrumpfen konnte. Gemäß der Überzeugung - Zeit sei linear nur in einer Richtung. Es gäbe nur ein Voranwachsen. So wie ein Säugling voranwuchs oder ein Setzling und erst klein war und dann groß wurde.

‚Aus den Seniorenheimen hören wir es inzwischen doch ein wenig anders tönen', mischte sich hier die feine durchdringende Stimme Südmichels ein. Arundelle stimmte zu: ‚Der Kreisbogen des Erdenlebens - ist altes griechisches Kulturerbe, ohne Zweifel! Das Rätsel der Sphinx von Theben, wenn ich nicht irre. Oedipus löst es nur, weil er die Lösung schon kennt', hörte sie sich vielsagend denken.

Sie löste damit allgemeine Wirrnis aus. Niemand wollte sich entscheiden müssen. Zumal Südmichels Steilvorlage noch immer nicht unter Kontrolle gebracht war, sondern weit jenseits der Mittellinie vor sich hin hopste. Dort war er einerseits unerreichbar für die eine allzu beschauliche Sturmspitze und andererseits selbst dem recht passablen Innenverteidiger am Strafraumrand der Mühe eines Sprints nicht wert. Denn er baute an seiner Abseitsfalle.

‚In Sachen Seniorenheim gilt es, den Ball flach zu halten', schrillte wieder Südmichels durchdringende Stimme ins Traumgeschehen. Arundelle mochte sich nun nicht mehr zwischen Traum und Kino entscheiden müssen. Schließlich einigte sie sich für sich darauf, dass auch im Kino ein Einschlafen nicht unmöglich war, ja, dass sich dort den Träumen sogar besonders anregende Umstände böten.

‚Über das fehlende vierte Bein am Abend, sollte sich etwa Niemand so seine Gedanken machen?' - drängte Südmichel, dem das Denken allmählich zu bunt und zähflüssig zu wurde, jedenfalls spürte Arundelle die Ungeduld gleichsam hautnah.

‚Also, noch mal ganz langsam zum Mitschreiben: Wer geht am Morgen auf vier, am Mittag auf zwei und am Abend auf drei Beinen?'

‚So ein Quatsch', mischte nun endlich Pooty mit. ‚Am Abend fährt der Senior entweder gleich im Rollstuhl, oder, wenn er noch nicht so weit ist, rollt er mit seinem Rollator.'

‚So kommen wir nicht weiter. Ihr Verhältnis zur Klassik lässt doch sehr zu Wünschen übrig. Sie strahlen eine nachgerade blütenreine Ignoranz aus, dabei sind Sie prinzipiell auf unserem Niveau – in mehrfacher Hinsicht. - Rollator, dass ich nicht lache. Da sage ich nur Laufrad – was sagen Sie nun? Da fällt Ihnen nichts mehr ein, was? ...', Südmichel schnaubte verächtlich.

‚Und wenn wir das ganze Rätsel gleich auf Räder stellen?' - schlug nun auch Arundelle sichtlich um Ausgleich bemüht, vor: Wer fährt morgens auf vier Rädern, mittags auf vier Rädern und abends auf vier Rädern?'

‚Nun ja, klingt eintönig, ist aber nicht weniger schwer und nicht weniger leicht zu lösen wie das Original. Zumal, wenn eine laptopianische Robocoptesse die Sphinx am Hofe des Prinzregenten von Laptopia ist.' - Pooty glühte vor Zustimmung. Endlich doch eine vertrautere Spielwiese, die nun wirklich der Zeit stand hielt.

Versöhnlich wollte auch er nun so von oben her vor sich hin spekulieren, als ihm etwas einfiel, das ihn eben noch - eine Minute zuvor - ganz schrecklich geärgert hatte. ‚Spielte der Zwerg vorhin etwa auf Körpergröße an?' - überlegte Pooty. Dabei hatte gerade er Südmichel eben deswegen mit offenen Armen empfangen.

‚War das nun nötig – von wegen - kleiner Geist in kleinem Körper – und so?' - fragte er ins Blaue und konnte sich aus der Flut von Antworten die gewünschte heraus suchen. Nur Südmichel – auf den es ankam - vernahm er nicht.

‚Vielleicht hat Arundelle ihren Advisor und ich habe nun auch jemand eigenen, ob mir das passt oder nicht. Arundelle liegt sich mit ihrem Advisor doch auch meist in den Haaren. Warum sollte es mir mit Südmichel andres gehen?'

Pooty konnte nie lange böse sein. Sich selbst hielt der Zwerg bestimmt nicht für blöd. Aber blöd hatte der ihn ja nicht geheißen, sondern ungebildet. Das schmerzte, das saß, das traf tief. Vielleicht, weil es stimmte. Walter hatte sich in dieser Hinsicht vergeblich die Zähne an ihm ausgebissen, bildlich gesprochen.

Südmichel war durch das Loch gefallen, das den Uluru unterirdisch mit der Nordhalbkugel verband. Eine Kolonie von Zwergen lebte tief unter dem Meer in einer Luftblase noch unter dem Saragossameer nahe dem Bermudadreieck. Die Kolonie lebte dort seit Urzeiten. Über die Herkunft gab es viele Spekulationen. Eine besagte, dass die Vorfahren der Zwerge damals mit dem Untergang von Atlantis in die Tiefe gerissen worden waren, als sie in ihren Bergwerken arbeiteten.

Heute vermochte niemand mehr zu sagen, weshalb ausgerechnet die Zwerge überlebten. Außerdem wusste auch niemand, ob sie die einzigen waren, die überlebten, vielleicht dachten ihre Urahnen auch nur, dass sie die einzigen waren.

Jedenfalls hatten sie überlebt. Mit Hilfe einer gläsernen Luftglocke am Meeresgrund und mit Hilfe von raffinierten Tiefenbohrungen nach einer speziellen geheimen Technik, war es ihnen gelungen, bis an die Erdoberfläche zu gelangen, von wo sie inzwischen ihre Atemluft bezogen, die durch ein spezielles Kühlungsverfahren auf Normaltemperatur herunter gefahren wurde.

Ein Verfahren, dem auch die Wände ausgesetzt wurden, sodass sie sogar die Gluthitze des Erdmittelpunkts abhielten beziehungsweise absorbierten und in andere Energie umwandelten, die dann den vitalen Lebensfunktionen unmittelbar zugeführt werden konnte. Ein Verfahren, auf das die Zwerge besonders stolz waren.

Damals bei ihrem Einschluss, - (so nannten sie die Epoche des Untergangs, als Atlantis im Meer versank - und die ganze Kultur unterging, auf die sich später das Abendland stützen sollte), hatten sich ihre Ahnen geschworen, niemals den Kardinalfehler der Atlanten zu begehen. Niemals sich in die Strudel der rationalen Hybris reißen zu lassen, sondern ihr eigenes Ding zu machen und da anzusetzen, wo es noch richtig zugegangen und bevor noch der große Kardinalfehler begangen worden war. Denn das wussten sie, wer den einmal drin hatte, der würde ihn so leicht nicht wieder los.

Inzwischen lebten die Bermudianer Zwerge längst auch in Australis. Und da sie in ihrer riesigen Luftblase noch unterhalb des

Meervolks lebten, kannten sie deren Gewohnheiten und Lebensweise sehr gut. Sie beobachteten sie nämlich von unten durch die Kuppel ihrer gläsernen Umhüllung. Inzwischen nämlich hatten sie auch eine Kolonie in Australis gegründet. Sie befand sich unter dem Festlandssockel des australischen Kontinents direkt unterhalb des Schelfs, in dessen Schutz die Melisandrische Kolonie einst entstand. Sie war eben dabei, sich demokratisch zu organisieren und erlitt dabei so mancherlei Kinderkrankheiten, was Südmichel, der Abgesandte der Zwerge, überhaupt nicht gern sah.

Freilich sah er sich außerstande - schon gar allein - einzugreifen. Nicht zuletzt dies war ja der Grund, weshalb er sich den Menschen auf der Insel Weisheitszahn nun zeigte. Ein Privileg, das sonst nur besonders Begabten - ausnahmsweise und meist nur einmal in deren Leben - gestattet wurde.

Südmichel trat nicht in Wirklichkeit in Erscheinung, dazu waren die Verhältnisse zu ungeklärt und für jemanden wie ihn viel zu gefahrvoll. Immerhin begriff er sich selbst als der Abgesandte. So war auch er eine Projektion. Insofern hatte Pooty ganz richtig geraten, der Südmichel in eins mit dem Advisor setzte, der sich ebenfalls nur virtuell als Projektion zeigte.

„Die Wurzel von uns allen ist die gleiche", erklärte Südmichel: „Mit Atlantis ging ein blühender Teil der frühen westlichen Kultur unter. Die Atlanten sind untergegangen, doch den Kardinalfehler, der ihren Untergang beschleunigt, wo nicht gar bewirkt hatte, blieb in der Welt. Ihn rissen sie nicht mit sich in den Tod. Und vielleicht war es ein Wink des gnädigen Schicksals, dass ausgerechnet die als minderwertig geltenden Zwerge in den Tiefen von Atlantis einen Weg fanden, dem Inferno zu entrinnen. Denn sie waren in der Kultur der Atlanten nicht vorgekommen, sondern nur als dienstbare Sklaven tief im Innern der Erde geduldet gewesen.

Dort hatten sie all das entwickelt, was es zum Überleben braucht, auch und gerade Untertage, wo die Sonne nie hinscheint und die Luft schlecht ist, wenn sie überhaupt bis dorthin vordringt.

So war es fast selbstverständlich, dass die Zwerge ein System der Atemluftaufbereitung entwickelten. -Stollentechnik und Tunnelbau kannten sie ohnehin schon und so gruben sie denn weiter und weiter. Sie kümmerten sich wenig und später überhaupt nicht mehr darum, was über ihren Köpfen vor sich ging.

Denn dort vollzog sich eine dramatische Wandlung. „Um zu verstehen, wie diese Entwicklung überhaupt möglich war, bedarf es der Erläuterung. Die Atlanten waren zwar in ihrer Mehrzahl eingebildete hochnäsige Adlige, die Sklaven für sich schuften ließen, doch sie waren durchaus auch intelligent. Sie liebten die Wissenschaft und die Philosophie. Nicht umsonst galten sie als die erste Hochkultur der Menschheit.

Sie lebten auf ihrer Insel fernab des Getriebes der restlichen Welt. Dort waren die Menschen eben dabei, sich Waffen und Werkzeuge nicht länger aus Stein, sondern aus Metall zu fertigen. Während die Atlanten gerade die Demokratie erfanden und Einsteins Relativitätstheorie vorwegnahmen, was sie in die Lage versetzte, dem Geheimnis der Atome auf die Spur zu kommen und auch Uran anzureichern. - Vermutlich zündeten sie die erste Atombombe, was zu ihrem Untergang führte.

Auch vor den Menschen selbst machten ihr Wissensdurst und ihre Entdeckerlust nicht halt. Da sie als Inselbewohner dem umgebenden Meer verbunden waren, experimentierten sie mit allerlei Meeresbewohnern und auch mit Wassernixen und Seekühen, für die sie sich besonders interessierten, da sie sich ihnen näher verwandt fühlten als den Fischen.

Kurz und gut, auch die Urahnen des Meervolks, so, wie es heute unter dem Festlandsschelf von Australien lebt, gehen auf eine Kreuzung zwischen Nixen und Atlanten zurück.

Interessant ist vielleicht die Tatsache, dass sich auch das Meervolk eben dort ansiedelte, wo auch die Zwerge ihre Luftblase ausbauten. Ich selbst darf mich rühmen - in meiner Eigenschaft als Gesandter - mit dazu bei getragen zu haben, dass auch das Meervolk eine Art Ethik entwickelte. Das war beileibe nicht von Anfang an so.

Deshalb beobachten wir Zwerge, und ganz besonders ich, als der Gesandte, ja auch mit großer Sorge, was sich in der jüngsten Vergangenheit dort ereignete. Zwar freuen auch wir uns über die Fortschritte. Doch wir sehen auch den hohen Preis, der dafür gezahlt wird. Und da fragen wir uns natürlich, ob wir tatenlos zusehen dürfen, oder ob wir nicht doch besser wieder einmal eingreifen. Denn diese Aufgabe obliegt uns nun einmal als den Hütern des Vermächtnisses von Atlantis.“ So sprach der Gesandte Südmichel vom Wendekreis und verschwand.

***

Nur allmählich lösten sich die Studierenden aus ihrer Trance. Manche glaubten auch aus dem Tiefschlaf zu erwachen. Allen aber war das Bewusstsein gemeinsam, Zeuge eines bedeutsamen Geschehens gewesen zu sein. Und alle fühlten die Enttäuschung, denn ihnen brannten Fragen auf der Zunge, die keinen Aufschub duldeten. Zuviel war da auf sie eingestürmt. Vieles gälte es erst einmal zu verarbeiten und richtig einzuordnen. Über die untergegangene Kultur von Atlantis etwa wussten die wenigsten etwas, und das wenige, was einige wussten, war äußerst dürftig und konnte mit solch einem tiefgründigen Vortrag nicht mithalten.

Und wie selbstverständlich hier die Proportionen dargelegt worden waren, etwa die wissenschaftliche Seite. Sicher, alle Welt wusste, dass man im alten Griechenland auch schon über Atome nachdachte. Doch das war ja wohl auf einer anderen Ebene gewesen, als der, von welcher der Gesandte Südmichel geredet hatte.

Es war vor allem der Kardinalfehler, der die Gemüter erregte. Er war zwar mehrfach erwähnt, nicht jedoch benannt worden. Niemand wusste genau, worin er bestand. Jeder konnte sich zwar seinen Teil denken, doch das genügte nicht.

War die Kernspaltung schuld am Untergang von Atlantis? Hatte sich diese Hochkultur selbst in die Luft gesprengt? Sollte das schon der Kardinalfehler sein, an dem auch die ganze westliche Zivilisation nun zu scheitern drohte? Und was hatte das alles mit der Zeit zu tun? -Südmichels Erklärungen warfen mehr und mehr Fragen auf.

„Und genau wie der Advisor verschwindet er, wenn's am spannendsten ist", ärgerte sich Arundelle: „Überhaupt, wie soll das gehen? Ein Loch durch den Erdkern bohren, was soll das denn für eine Technik sein? Das glaubt der doch selber nicht."

„Braucht er vielleicht auch nicht, der war doch gar nicht real. Also brauchte der auch kein reales Loch, so mein ich das", widersprach Billy-Joe, der in Sachen Südmichel von Pooty stark beeinflusst wurde. Nachdem dieser sich erst einmal dazu entschlossen hatte, Südmichel doch zu mögen, ließ er nichts mehr auf ihn kommen. Und er mochte Südmichel, seit dessen Vortrag.

Pooty glühte förmlich vor Zustimmung und mit ihm der Zauberstein. Die beiden zogen sich regelrecht an einander hoch. Billy-Joe hütete sich tunlichst, deswegen mit ihm in Streit zu geraten. Denn er selbst hatte alle nur denkbare Sympathie für den kleinen Kerl übrig.

„Ganz so virtuell hat uns Südmichel seine Welt denn doch nicht vorgestellt", wandte Billy-Joe ein. „Da ging es immer um wirkliche Luft und um wirkliches Handwerk, fand ich", stimmte Arundelle zu. „Und wenn's doch ein Material gibt – eine Art Schirm vielleicht -, was der Hitze standhält? Rein theoretisch könnte es sich doch immerhin um eine Art Energiefeld handeln, oder so...", meinte Billy-Joe vage. Ihm war schon klar, dass sein Argument nicht gerade als Trumpfkarte bestach.

***

Der Saal schwirrte und summte, vibrierte und brummte. Niemand wollte schon auseinander. Selbstvergessen, der Zeit und dem Raum gleichsam enthoben, suchten die Studierenden aneinander Halt und überhäuften sich mit mehr oder weniger ausgereiften Gedankengängen, die oft allein schon akustisch scheiterten. Aber darauf kam 's gar nicht an, jedenfalls nicht nur. Es sei, das Naturell selbst sagte etwas über die einzelnen aus, was diese womöglich gar nicht gern entäußerten. Doch das stand auf einem anderen Blatt. Hier entbehrte die Lage der Analysten und so ging dergleichen nicht ganz unbemerkt, aber doch weitgehend folgenlos, über die Bühne.

Alle konnten es fühlen, etwas stand im Raum. Es war, als hätten sie alle, alle die sie da standen und eiferten, das Ohr am Puls der Zeit, die ihr Geheimnis kund tat, freilich auf ihre Weise, denn noch war niemand da, der auch zu deuten vermochte, was es zu hören gab.

17. In der Heimat des Zauberbogens

Scholasticus Schlauberger vor allem - aber auch seine Schwägerin, die Professorin Grisella von Griselgreif zu Greifenklau-Schlauberger – ärgerten sich ein wenig darüber, all das nun aus zweiter Hand zu erfahren. Wie wäre er den Kollegen aus dem Zauberreich doch dankbar gewesen, hätten sie ihm einen Wink gegeben, wer da geladen war. Denn eingeladen hatten sie Südmichel ohne Frage.

Adrian Humperdijk reagierte sogar noch heftiger. Immerhin handelte es sich bei Südmichel um ein Wesen höherer Art für das Meervolk. Warum hatte er davon nie etwas erfahren? So lange kannte er das Meervolk jetzt, aber davon war nie die Rede gewesen.

Hielt man ihn etwa für einen Atheisten, mit dem so etwas nicht besprochen werden konnte? Vielleicht war man aus Höflichkeit nicht an ihn heran getreten. Kein Wunder, dass all seine Bemühungen auf rationellem Wege voran zu kommen, scheiterten. Auf seinem Wege erreichte er nur die Köpfe, nicht aber die Herzen, und auf die kam es an. Nur wer die Herzen gewinnt, gewinnt auch die Köpfe. Und erst wer beides gewinnt, der hat gewonnen.

Gleich bei der nächsten Gelegenheit würde er sich mit Corinia besprechen. Vielleicht wusste sie Rat. Glücklicherweise war er nicht so allein, wie er sich fühlte, nachdem er diesen seinen Kardinalfehler, wie er selbstkritisch befand, einsehen musste. Ihm fiel kein Weg ein, sich zu korrigieren. Sein Kopf war wie leergefegt. Am liebsten hätte er sich irgendwo verkrochen, doch seine Zeit war nicht reif. Er setzte sich reumütig zu Marsha an den Küchentisch und schüttete ihr sein Herz aus.

Auch Marsha fühlte sich ein wenig betrogen, wie alle anderen Professoren und Professorinnen auch. Waren sie zu nichts mehr nütze? Wäre es nicht sinnvoller gewesen, erst mit ihnen zu sprechen? Doch dann erinnerte sie sich an die didaktische Krisensitzung zur Seminarplanung mit den beiden Zauberkollegen und wie einhellig sie da Front gegen diese gemacht hatten.

Vielleicht war es deren Absicht ja gewesen, sie einzuweihen und sie hatten ihnen bloß keine Gelegenheit gegeben? Nun war es zu spät den Fehler zu korrigieren. Alles hatte eben seine Zeit, und sie hatten die ihre anscheinend verpasst. Ob sich doch noch einmal eine Gelegenheit böte?

Ihr Trost für Adrian fiel deshalb dürftig aus. Die Unruhe ließ sich nicht bannen. Da erging es dem Schulleiterpaar nicht anders als den anderen Kolleginnen und Kollegen auch.

Alle gackerten durcheinander, wie ein aufgescheuchter Hühnerstall. Denn alle hatten das dringende Bedürfnis nach einer Krisensetzung. Und für diesmal nahmen sich alle vor, den Zauberkollegen genauestens zuzuhören und diese nicht vorschnell abzuwürgen, schon gar nicht mit den abgedroschenen Phrasen aus der Schuldidaktik.

Ganz prima wäre es, wenn auch sie den Südmichel erleben dürften, ließen sie so beiläufig wie möglich bei Arundelle und Billy-Joe anklingen. Die besprachen sich mit Pooty, Zauberstein und Zauberbogen: „Ist denn eine Sondersitzung, nur für Professorinnen und Professoren, grundsätzlich möglich?“ – fragten sie ganz offiziell an und lösten damit einen langen Disput aus, an dem sich Pooty lebhaft beteiligte und der lange zu keinem Ergebnis zu führen schien. In der ehrfürchtigen Stille der versammelten Professorenschaft ließ ihr Geflüster besonders deutlich vernehmen. Es dauerte eine kleine Weile bist sie widerwillig zustimmten.

Doch wie Ärzte als die schrecklichsten Patienten bekannt und verrufen sind, so schien es auch mit den Professoren zu sein. Sie waren ganz schreckliche Schüler. Sie konnten oder wollten sich nicht einlassen auf die Situation. Immer wieder fiel jemand aus dem Rahmen, störte die aufkeimende Konzentration und machte die Mühe des Augenblicks zunichte, als begriffen sie einfach nicht, wohin die Reise gehen sollte.

So griff Billy-Joe schließlich zu einem Kunstkniff und lud die steifen Herrschaften zu einem inneraustralischen Festtanz ein. Dieser unterschied sich für Außenstehende freilich in nichts von dem schon altbekannten Regentanz. Diesen tanzte Billy-Joe bei jeder Gelegenheit immer wieder gerne, als sei er ihm auf den Leib geschrieben, was er in der Tat auch war. Doch das sollte sich erst in seiner ferneren Zukunft womöglich als wirklich erweisen.

Die Tanzerei jedenfalls half, denn als alle so richtig zugange waren, schwebte Südmichel ein. Allein schon sein Anblick ließ die Ergriffenen erbeben.

‚So sollten die mit dem Advisor aber auch umgehen', dachte Arundelle fast ein wenig ärgerlich, doch ansonsten war sie froh darüber, die Unbelehrbaren am Wickel zu haben. Denn reden konnte Südmichel, daran kam kein Zweifel auf.

Aufmerksam hing die Professorenschaft an seinen Lippen, die sich indessen nicht bewegten, denn was Südmichel zu sagen hatte, drang unmittelbar in sie ein, ohne den Umweg über die Sinne. Trotzdem oder gerade deshalb - war sein Anblick eine Augenweide: diesmal in gelbem Wams und grünen Stulpen, ansonsten aber doch vertraut.

Wie schnell sie doch Vertrauen schöpfte, dachte Arundelle und wie lieb ihr Südmichel schon geworden war – vielleicht, weil er so klein war und aus der Tiefe kam, während der Advisor den unendlichen Weiten des Alls entstammte?

Atlantis war Südmichels Thema für diesmal erst einmal nicht, glaubte Arundelle wahrzunehmen. Denn wieder griff Südmichel ins Denken direkt ein, sodass entweder jeder hörte, was ihn anging, oder alle erfuhren, wie es um die Ethik des Meervolkes bestellt war, und wo diese klemmte.

Doch dann kam der Fluch von Atlantis doch noch zur Sprache. Diesmal war es der Fluch - nicht mehr nur der Kardinalfehler. Aber gemeint war das Gleiche damit. Das merkte Arundelle auch allein, ohne die Bestärkung durch das rotglühende Bogenauge, das sie fixierte, als wolle es sie hypnotisieren.

Billy-Joe erging es übrigens genau so. Pooty lag längst auf den Knien und betete. Das heißt, er schwebte kniend vor dem Brustbeutel von Billy-Joe. Es sah aus, als kniete er in den Schlaufen. Die Händchen hielt er andächtig gefaltet nach oben gefaltet. Er verdrehte die Augen, sodass das Weiße aus ihnen leuchtete.

Der Zauberstein schwebte ebenfalls - in allen Farben leuchtend - über seinen Händchen und es sah so aus, als betete Pooty diesen an, was er aber gar nicht tat. Denn hinter dem Zauberstein schwebte Südmichel - das wahre Objekt seiner Inbrunst.

Was immer zwischen Pooty und Südmichel in diesen Augenblicken abging, niemand wird es je erfahren. Wahrscheinlich enthüllte sich Pooty eins der unaussprechlichen Geheimnisse der Mystik und vielleicht kam die Erleuchtung: ‚Vom Nutzen und Nachteil der Historie für das Leben'[1] gerade über ihn, wer kann 's wissen?

---

[1] gleichnamiger Titel einer Frühschrift von Friedrich Nietzsche

Ob auch den Professoren entging, was sich wirklich ereignete, vermochten weder Arundelle noch Billy-Joe auch nur zu vermuten. Einmal, weil auch sie sich mit sich beschäftigten und versuchten, alles mitzukriegen, was es mitzukriegen gab. Zum andern, weil es ihnen herzlich egal war.

Es war nämlich ein Kardinalfehler zu glauben, es komme auf die Sekunde an, bei einer schönen Frau. Was auch immer diese Botschaft nun wieder zu bedeuten hatte - gleichwohl merkten beide wegen des Stichworts auf.

Arundelle blickte schelmisch zu Billy-Joe hinüber und der lächelte sein unbeschreiblich fröhliches Lächeln zurück, als ginge der Kardinalfehler ihn ebenso wenig an.

Auch sie spürte nun, dass in ihr gerade etwas Wesentliches vorging. Nur was es war, das wusste sie nicht. Zu gerne hätte sie sich eingeredet, dass es etwas mit Billy-Joe zu tun hatte und mit seinem bezaubernden Lächeln, das ihr so nah ging und kleine kabbelnde Wellen der unerklärlichsten Zärtlichkeit in ihr auslöste.

Schade, fühlte es in ihr, doch dann wurde sie einer viel älteren Spur gewahr, die eilends vor ihr herlief. Sie konnte nicht anders, als ihr folgen, zumal die Spur sich aus lauter goldenen Pfeilschäften zusammen setzte, wie für sie hingeschossen.

Seit unvordenklicher Zeit lockte sie diese Spur des Zauberbogens. Ihr war sie gefolgt – schon bis hierher – und wie es aussah, würde sie ihr weiter folgen. Da gab es kein Vertun und hatte überhaupt nichts mit Billy-Joes Lächeln zu tun. Sollte es nur immer schön hinter ihr herlächeln, solange sie die Spur nicht verlor.

Denn alles, was sich ihr auf diese Weise fügte, war gute Fügung, soviel ließ sich in der Rückschau sagen. Denn obwohl sich die Spur alsbald verlor, reichte sie doch viel weiter als das Auge reichte. Denn was das Auge sieht und was das Auge sehen könnte, war nicht ein und dasselbe. Sicher womöglich ein weiterer Beleg für den Kardinalfehler.

Die Spur der Pfeile entführte sie in ein Niemandsland, wohin selbst Billy-Joe der Zutritt verwehrt wurde. Arundelle bemerkte ihn schwerfüßig und immer schwerfüßiger hinter sich drein tappen, so, als klebe er mit jedem Schritt fester am Grund.

Genau so war es auch. Billy-Joe konnte ihr nicht folgen. Wehmütig winkte er und ließ sie schweren Herzens ziehen.

Sie schwenkte den Zauberbogen, dessen Auge funkelte aus eigener Kraft von innen heraus, auch wenn die Abendsonne noch einmal aufschien, bevor sie hinter dem Horizont verschwand, denn es wurde Nacht.

Gen Westen führte die Spur und nun leuchteten die goldenen Schäfte, plusterten zart die Flaume im säuselnden Abendwind.

‚Heim, ich will Heim', seufzte der Bogen auf. Im selben Augenblick schienen die goldenen Mauern von Atlantis von Ferne auf. Silberne Drachen mit goldenen Hörnern bliesen darüber schwebend ein pathetisches Willkommenshalali.

Dem Zauberbogen floss das Auge über. Seine Tränen netzten Arundelles kleine feste Faust, die den Schaft mit Entschlusskraft umschloss, so, als wolle diese ihm unbedingte Loyalität zusichern. So, als wolle sie ihm - und sich selbst - versichern: ‚Ich bin dein, und du bist mein.' Eine womöglich tröstliche Einlassung wie das Mädchen im nämlichen Augenblick instinktsicher zu wissen glaubte.

Leise surrende pferdlose Chaisen schwebten heran, denen goldene Atlanten entstiegen, kaum dass sie hielten. Fast wie in Abwehr streckte Arundelle die Faust mit dem Bogen aus. Da neigten die wohlgestalteten Atlanten gemessen die Köpfe. Und Arundelle tat es ihnen gleich.

Sehnsüchtig wünschte sie sich Billy-Joe herbei. Doch der stapfte immer noch beinahe auf der Stelle und kam trotz übermenschlicher Anstrengung nicht voran.

In der Faust fühlte sie ein Vibrieren, das sie richtig zu deuten hoffte. Tatsächlich hörte sie wenige Augenblicke später Billy-Joes schweren Atem neben sich. Sie mochte die Augen nicht von den Atlanten wenden, als gelänge es ihr, diese mit ihrem Blick zu bannen.

‚Wir suchen den Kardinalfehler. Hier soll er zu finden sein', dachte es in ihr. Sie wusste nicht, ob aus ihr selbst heraus oder aus dem Bogen in ihrer Faust.

Die Atlanten taten, als hätten sie nichts verstanden. Stattdessen ermunterten sie Arundelle und nun auch Billy-Joe – letzteren etwas zögerlich – in die pferdelose Chaise einzusteigen. Offensichtlich hielten sie die Pferdelosigkeit der Chaise für besonders erklärungsbedürftig. Sie ließen Arundelle wissen, dass unter der Motorhaube ein winziges hundertmal stärkeres Pferd verborgen sei, um die Kutsche zu ziehen.

‚Ein Automobil, nicht wahr?' - antwortete Arundelle artig. ‚Wir sind aus der Zukunft, dort sind Chaisen aller Art üblich.' Arundelle machte Gesten des Fahrens, Fliegens und Tauchens. Die Atlanten nickten und lächelten so, als glaubten sie ihr kein Wort.

Der Bogen in ihrer Faust ließ sie spüren, sich nichts anmerken zu lassen, ihr immer noch glimmendes Misstrauen zu vertuschen, so gut es eben ging, und auf keinen Fall in diese Chaise einzusteigen.

Wie Arundelle längst bemerkte, war bisher kein Wort gesprochen worden. Niemand bewegte auch nur die Lippen, außer um zu lächeln oder um sich ironisch auf die wohlgeformten Lippen zu beißen. Schön anzusehen waren sie.

Zweifellos stammte der Zauberbogen aus Atlantis, was unschwer daran zu erkennen war, dass sich in vielen Köchern hinter vielen Rücken, viele seiner Brüder zeigten. Sie alle ließen ihre roten Augen aufleuchten, zum Zeichen, dass auch sie ihn gewahrten. –

Allzu kurz freute ihn das brüderliche Wir-Gefühl. Doch gleichzeitig nagte auch etwas an ihm, denn was sollte ihm all das junge Gemüse ohne Welterfahrung und Lebensphilosophie? Es war einzig dazu da, um zu dienen. Es war zu nichts nütze, als um auf gute Form zu achten und um Pfeile abzuschießen.

Jetzt, wo er endlich daheim war, schmolz seine Sehnsucht dahin wie Butter in der Sonne.

'It's a long way to Tipperary, it's a long way to go', intonierte er aufgeräumt. Seine kleine Heimwehkrise schien überwunden.

Arundelle sagte sich immer wieder, dass all das hier nicht echt war. Und dass sie sich deshalb in Wirklichkeit nicht beunruhigen musste. Denn die versteckte Feindseligkeit der Atlanten drang unaufhaltsam durch die vorgezeigte Maske.

Die Schönheit tünchte die hässliche Grausamkeit nur mit Mühe. Immer wieder blitzte sie auf, zumal sich nun auch Billy-Joes mächtige dunkle Gestalt immer deutlicher aufbaute, die zuvor im Hintergrund nur schemenhaft dagestanden hatte. Und der trug ja nun keinen Bogen.

Und Pooty mit dem Zauberstein ließen sie schon gar nicht gelten. ‚Für Tiere ist hier kein Platz', glaubte sie zu verstehen.

Schon ließ Billy-Joe, der den Braten zuerst roch, seinen Bumerang schwirren, dass es nur so krachte und Hunderte dieser goldenen Pfeile zersplitterten und wild durch die Gegend flogen, ehe Arundelle ihrerseits einen Pfeilhagel losließ, der sich gewaschen hatte.

Eilig suchten die falschen Helden sichere Deckung und auch Arundelle und Billy-Joe machten, dass sie sich davon träumten, denn dass sie träumten, daran zweifelten sie nicht, auch wenn Arundelle im Erwachen eine Pfeilspitze im Arm steckte und Billy-Joe ihrer gleich drei aus seinem Standbein zog.

Zweifellos eine äußerst lebhafte Art zu Träumen war das dann ja wohl gewesen. Sie machten, dass sie Pflaster aus dem unsichtbaren Köcher zauberten und sich in aller Eile verarzteten, denn solche Lappalien lohnten die Störung der Konzentration der Professorinnen und Professoren nicht, die zum Glück immer noch vorherrschte.

Auf der Suche nach dem Kardinalfehler waren sie jedenfalls ein gutes Stück voran gekommen, soviel glaubten beide zu wissen.

Alle wie sie da so saßen, machten also ihre Erfahrungen und diese hinterließen die lebhaftesten Eindrücke. Arundelle überlegte nun bereits, wo sie sich, während sie schlief, den Pfeil eingezogen haben könnte. Vielleicht waren einige Pfeile ja aus dem Köcher gerutscht und sie hatte sich davon einen in den Arm gerammt und Billy-Joe ihrer gleich drei ins Bein.

Aber im Grunde glaubte sie nicht so recht an solch eine fantastische Geschichte, da war die zauberische doch viel einleuchtender. So geschah es, dass sich auch ihr die Wahrnehmung derart verschob, dass sie dem an sich völlig unmöglichen, wundersamen Traumgeschehen mehr Wirklichkeit zubilligte als dieser selbst.

‚Schon komisch, so eine Umkehrung der Verhältnisse', dachte sie. Und Billy-Joe dachte zurück und bestätigte ihr, diese Wahrnehmungsverschiebung. Indem er darauf hinwies, dass eben solch eine Verschiebung das ganze Geheimnis seines Volkes war, von dem die Weißen viel Aufhebens machten, was niemand recht verstand, der auf solch eine Weise lebte. Dabei war diese Lebensweise an sich überhaupt nichts Außergewöhnliches, wie sie ja nun gerade am eigenen Leib erfahren hatte.

‚Frag mich nicht, wie die Pfeile in uns hinein gekommen sind. Die offensichtlichste Erklärung, dass sie uns in den Leib geschossen wurden, von diesem üblen Gelichter aus Atlantis, magst du ja wohl als Letztes gelten lassen, verstehe ich dich richtig?'

Billy-Joe verstand sie richtig. Alles sträubte sich in ihr, die einzig vernünftige Erklärung zu akzeptieren. Stattdessen zog sie es vor, sich ein völlig unmögliches Konstrukt zurecht zu machen, an das sie selbst nicht glauben konnte.

Es war ihm, als versuchte Arundelle, sich die Welt im Stile der Alten zu erklären. Die stellten sich - gemäß einer Legende - die Erdoberfläche auf dem Rücken einer Riesenschildkröte liegend vor. Die Schildkröte stand auf einer anderen Riesenschildkröte, und diese wiederum auf einer anderen und so weiter - nur weil sie die Vorstellung, eine Kugel könnte im leeren Raum schweben, als völlig absurd zurück wiesen.

Arundelle gab sich geschlagen. Ihr Zauberbogen war Beweis genug. Immerhin wusste sie jetzt, woher er stammte und welch schwere Jugend ihm in Atlantis bei diesem grausamen Volk auferlegt gewesen war. Auf Rücksprache bestätigte der Bogen nämlich, dass die Atlanten genau so waren, wie sie es erlebt hatten.

‚Die waren immer so rassistisch, rassistischer geht's gar nicht', hob er noch einmal hervor: ‚Jeder der zwei Handbreit unter Gardemaß war, wurde in die Minen gesteckt. Und Tiere dienten einzig als Nahrung. Und wenn man sie dafür als ungeeignet betrachtete, wurden sie als Schädlinge bekämpft und ausgerottet.

Billy-Joe war ihnen ganz offensichtlich ein doppelter Dorn im Auge gewesen. Zum einen besaß er für sie die Hautfarbe der Sklaven, zum andern trug er um den Hals einen Beutel, in dem ein nutzloses

Pelztier steckte. Hätte Billy-Joe nicht so geschickt sein Schwirrholz vor der Brust schwirren lassen, dann wäre Pooty wahrscheinlich jetzt tot – und zwar richtig mausetot nicht etwa geträumt tot. Die Pfeilspitzen waren durchaus echt, wie ihr am eigenen Leib erfahren habt.'

Eben die fliegenden Pfeile machten Arundelle das größte Kopfzerbrechen. Alles andere ließ sich recht plausibel einordnen, nur nicht die Pfeilspitzen, die ihr im Arm und Billy-Joe im Bein steckten, als sie erwachten. Besser hieß es jetzt wohl – als sie in die Wirklichkeit zurück kehrten.

Überhaupt, wie konnten sie in die ferne Vergangenheit gelangen? Denn wenn die Pfeilspitzen echt waren, dann war auch die Zeit echt gewesen, in der sie sich befunden hatten. Südmichel hatte sie – als Traum getarnt, am Zeitstrang entlang - zurück geschickt. Ob der etwa selber auch - Arundelle kam da so eine Idee...

Sie fühlte sich ganz stark an ihren ersten Besuch in Laptopia erinnert. Nur da waren keine Menschen über sie hergefallen, sondern die Scherenlaptops der laptopianischen Robocops unter dem Kommando von General Armelos. Aber die waren aus einem ganz anderen Grund über sie hergefallen, damals. Die Anklage damals lautete: Misshandlung eines Laptops.

Und wenn es hier nun das gleiche Missverständnis gegeben hatte? - und die Atlanten dachten, Billy-Joe habe Pooty misshandelt? Was, wenn sie Pooty für ein schützenswertes, ja womöglich sogar für ein heiliges Tier hielten? Vielleicht hatten sie alles völlig falsch verstanden? Aber hätte ihr eigener Zauberbogen sie dann nicht warnen müssen? - Hatte er sie denn damals in Laptopia gewarnt? - Arundelle versuchte, sich zu erinnern. General Armelos war gekommen und hatte sie aus der unangenehmen Lage befreit. Doch kam es überhaupt darauf an, sich genau zu erinnern?

Es ging ihr eigentlich mehr um ihr Gefühl. Eben nämlich glaubte sie, das gleiche Gefühl empfunden zu haben wie damals. Obwohl es eigentlich nicht sein konnte, denn die Situation war eine völlig andere gewesen. Oder vielleicht doch nicht? Und wenn nun stimmte, was sie zunächst vermutet hatte, dass Pooty der Schlüssel zum Geheimnis der Atlanten war? Aber wie konnten diese dann einen derartigen Pfeilhagel auf sie niedergehen lassen? Sie mussten doch wissen, wie sehr sie gerade Pooty damit gefährdeten. Denn die Atlanten konnten ja um Billy-Joes Abwehrkünste nicht wissen, oder vielleicht doch? Abbekommen hatte jedenfalls sie einen Pfeil im Arm und Billy-Joe drei im Bein. Dem kritischen Bereich, wo Pooty sich aufhielt, hatte sich vielleicht überhaupt kein Pfeil genähert.

Und wenn das tatsächlich Zauberpfeile waren, so besaßen sie auch besondere Eigenschaften, wie sie selbst nur zu gut wusste. Zielgenauigkeit war eine davon, da konnte der Schuss noch so beiläufig abgegeben worden sein. Hauptsache, der Schütze war sich seines Ziels inne, dann kam der Pfeil auch dort an, wenn ihn auf seinem Weg kein Hindernis aufhielt. Dazu mochte Billy-Joes Schwirrholz ja tatsächlich gehören, das selbst wohl auch einige magische Eigenschaften besaß, jedenfalls vermutete Arundelle dies stark.

Billy-Joe freilich verließ sich ganz auf seine Kunstfertigkeit bei der Handhabung seines Bumerangs. Er pflegte ihn denn auch mit großer Sorgfalt. Er schärfte seine Schneide und schliff die Macken weg - (sie waren nach einem solchen Abwehrmanöver unausbleiblich) - bevor er ihn wieder verschwinden ließ. – Er steckte ihn entweder lässig in den Gürtel, oder brachte ihn tatsächlich ganz zum Verschwinden, indem er ihn auf eine lange Traumreise schickte, jedenfalls behauptete Billy-Joe das.

Arundelle war nicht geneigt, ihm das so ganz abzunehmen. Andererseits war der Bumerang zeitweise tatsächlich verschwunden, so, als sei er ein streunender Hund, dessen inneres Band zum Frauchen dennoch nie zerreißt, ganz gleich, wie weit er sich auch entfernt.

Antworten fände sie hier jedenfalls nicht. Sie müsste sich schon nochmals auf den Weg machen. Und da sie selbst keinen Zugang wusste, war sie auf die Hilfe von Südmichel angewiesen. Am besten, sie besprach sich mit Billy-Joe deswegen und ließ ihn an ihren verschiedenen Überlegungen und Gefühlen von jetzt und damals Anteil haben. Zumal Billy-Joe in Laptopia überhaupt nicht dabei gewesen war, jedenfalls nicht in dieser Anfangsphase.

In Laptopia war Billy-Joe erst später in Erscheinung getreten, dann aber um so eindrucksvoller. Ihren kleinen Läppi, der damals so viel Unmut auslöste, hatte Arundelle nie wieder mit nach Laptopia genommen, um dort niemanden unnötig zu provozieren.

Das gab sie nun auch hinsichtlich Pooty zu bedenken. Andererseits, wie sollten sie je herausfinden, wes Geistes Kind die Atlanten waren, wenn sie alles Anstößige schon im Vorfeld beseitigten? Aber durften sie Pooty wissentlich gefährden? Wie wichtig war die Suche nach dem Kardinalfehler überhaupt?

***

Um sie her spürte sie allgemeines Erwachen. Aus tiefer Trance taumelten die Professorinnen und Professoren hinüber in die Wirklichkeit, wo allem wieder sein angestammtes Gewicht zukam.

Als hätten sie sich in der Schwerelosigkeit des Alls befunden, so benahmen sie sich.

Grisella fiel sogar in eine kurze Ohnmacht. Doch alle waren glücklich, und, um eine – wie sie sich ausdrückten – ‚ganz wesentliche Erfahrung reicher'. Da war viel vom Unsagbaren die Rede, von Unaussprechlichkeit und von der Unio mystica[1].

Besonders Grisella wollte von einer solch mystischen Vereinigung ergriffen worden sein, das erkläre auch die leichte Ohnmacht beim Wiederauftauchen.

Womit sie sich vereinigte, konnte sie nicht sagen, denn das war eben jenes Unaussprechliche, von dem die ganze Mannschaft schwärmte. So nahm es ihr niemand außer ihrem Mann Amadeus übel, als sie stumm blieb.

Amadeus aber wähnte schlimme Verfehlungen dort drüben in der schweren Trance, sodass die Eifersucht über ihn kam. Sein Bruder Scholasticus versuchte ihn zu beschwichtigen und erklärte ein wenig umständlich das Verfahren der Unio mystica, das Amadeus indessen nicht wirklich interessierte. Ihm genügte das aufgelöste Erscheinungsbild seiner Frau, das sprach, wie er fand, eine deutliche Sprache und konnte mit philosophischen Spitzfindigkeiten nicht wegdiskutiert werden.

Grisella gab sich denn auch schuldbewusster als nötig, denn im körperlichen Sinne war sie unberührt. Andererseits hätte sie Amadeus zu gerne dabei gehabt. Und wünschte sich sehr, dass dies möglich wäre. Zumal Marsha ganz den Anschein erweckte, als sei ihr eben das, mit Adrian gelungen.

So redeten alle um das Unsagbare herum. Doch dieses blieb, was es war: das Unsagbare. Immerhin wussten sie nun Bescheid und kannten die Macht von Südmichel, wenn darüber auch nicht gesprochen werden konnte.

18. Atlantis

Sie saßen zu zweit allein am Strand. Es war wieder einer jener Sommertage, an denen sich alle nach Kühle sehnen. Arundelle äußerte ihre Zweifel, und Billy-Joe fiel der undankbare Part zu, ihr systematisch zu widersprechen und sie auf Widersprüche aufmerksam zu machen.

---

[1] Mystische Vereinigung

Ihre Erfahrung in Laptopia habe sie gelehrt, dass die Dinge oft nicht so sind, wie sie scheinen. Und sie werde nun einmal das Gefühl nicht los, wieder auf dem Holzweg zu sein. Trotz Südmichel und seiner Schilderung der Verhältnisse in Atlantis, die zum Untergang führten. Wenigstens daran war kein Zweifel möglich.

„Wohlgemerkt, ich zweifle ja nicht daran, dass Atlantis untergegangen ist, es könnte doch aber sein, dass der Grund dafür ein anderer war, als der, den Südmichel andeutete. Seiner Erklärung müsste ja keineswegs böse Absicht zugrunde liegen. Die schlechte Behandlung der Zwerge nehme ich ihm durchaus ab. Das heißt aber doch noch lange nicht, dass Südmichel in allem, was er behauptet, auch wirklich recht hat, vielleicht hat er manches einfach falsch verstanden, so wie wir damals in Laptopia. Nehmen wir nur mal erste Annäherung, als die pferdelose Chaise auf uns zukam, diese durchaus respektvolle Begrüßung."

„Ja, da könntest du recht haben. Die waren tatsächlich um Freundlichkeit und Offenheit bemüht, jedenfalls ganz am Anfang. Aber dann ist was passiert und das hat dann die Stimmung umschlagen lassen..."

„Eben, das meine ich, und das hat, - das muss mit Pooty zu tun haben oder mit dir oder mit euch beiden, als ihr dann plötzlich in den Vordergrund getreten seid. Hast du mit Pooty irgend etwas gemacht oder hat der selber..."

„Wird mit seinem Zauberstein rumgespielt haben wie immer, um sich wichtig zu machen, nehm ich mal an, ich habe nicht drauf geachtet. Dazu war ich viel zu außer Atem vom Stapfen durch den zäh klebrigen Grund da. Versteh gar nicht, dass du davon nicht auch betroffen warst."

Ratlos starrten beide vor sich hin. Pooty schlief offensichtlich, denn sonst hätte der sich gemeldet als Billy-Joe über ihn redete, zumal nicht gerade günstig, so was konnte er nicht leiden, aber wer kann das schon?

„Und wenn ich Pooty wecke?" - fragte Billy-Joe: „Vielleicht erinnert der sich ja besser, was es gewesen sein könnte. Pooty hat so ein feines Gespür für Atmosphärisches", meinte Billy-Joe und zwinkerte Arundelle zu, denn er bemerkte, wie Pooty aus dem Beutel blinzelte und offensichtlich jedes Wort verstanden hatte.

„Ich mache mit dem Stein nicht rum, um mich wichtig zu machen", ließ das Possum sich vernehmen: Und was ‚mein feines Gespür für das Atmosphärische' betrifft, so muss ich dir sagen, dass es mich für diesmal ganz offensichtlich im Stich gelassen hat.

Wie stand es denn um ‚dein feines Gespür für das Atmosphärische', Billy-Joe, oder um deines, Arundelle?"

Weder Billy-Joe noch Arundelle ließen sich provozieren, wenn beide auch ein wenig verlegen beiseite guckten und nachsannen, ob sie sich gerade ein wenig daneben benommen hatten.

„Ich glaube, bei denen schwang die Stimmung um, als du ihnen erklären wolltest, was dir so alles bekannt ist an Fahrzeugen, die sich ohne Pferde von der Stelle bewegen, das haben sie dir nicht geglaubt. Von da an verhielten sie sich anders. Ist nur so ein Gedanke. Wir waren da ja noch nicht ganz heran..."

Arundelle war mit allem einverstanden, solange es nur ihre Zweifel stützte. Sie wollte den Sack nicht so einfach zumachen und die Atlanten vorverurteilen, ehe noch ein paar mehr Fakten auf dem Tisch lagen, die die schlechte Meinung von Südmichel stützten. Denn so machten sie es sich mit der Suche nach dem Kardinalfehler, um den es ihnen ja ging, womöglich doch ein wenig zu einfach.

„Wie kriegt man bloß diesen Südmichel zu fassen? Ich will da noch mal hin und denen eine Chance geben", rief Arundelle entschlossen und zückte den Zauberbogen. Pooty beeilte sich den Zauberstein zu suchen, der sich wieder einmal versteckte, weshalb auch immer.

„Ohne Südmichel finden wir den Weg niemals. Ich selbst war am meisten überrascht, plötzlich mit meinen Anfängen konfrontiert zu werden, das könnt ihr mir ruhig glauben. All die kleinen Brüder da zu treffen, war schon recht merkwürdig", schnarrte der Bogen.

Inzwischen fand sich auch der Zauberstein ein und es deutete sich an, dass sich beide wieder in ein endloses Palaver verstricken würden, denen niemand zu folgen vermochte, selbst wenn er oder sie gewollt hätte. So gingen Arundelle und Billy-Joe schwimmen. Pooty, der sich für diesmal wasserscheu gab, wollte bei den Zauberprofessoren bleiben und Bescheid geben, sobald Südmichel auftauchte, falls er denn auftauchte.

So schwamm das Paar zur Insel hinaus und legte sich auf die heißen Planken. Doch kaum hatten sie sich niedergelassen, da schallte auch schon jenes It's a long Way to Tipperary zu ihnen herüber, das der Zauberbogen anstimmte und worin alsbald eine weitere Stimme recht melodiös einfiel.

So machten sie, dass sie zurück kamen. Südmichel riet ihnen zu Kleidung, die er indessen nicht näher benannte, und so streiften sie sich wenigstens ihre Hemden und Hosen über. Arundelle schulterte den unsichtbaren Köcher mit dem Zauberbogen. Billy-Joe hängte sich seinen Medizinbeutel mit Zauberstein und Pooty um den Hals und die Bademattewie eine Tunika über den breiten Rücken, während Südmichel den Weg am Zeitstrahl, der in die Vergangenheit führte, entlang wies, dem es nun unverzüglich zu folgen galt.

Die vier Sänger schmetterten noch immer ihr Lied, sogar mehrstimmig, dass es eine helle Freude war und so recht feldmarschmäßig in die Knochen fuhr. Allen fiel das Marschieren nun leicht, leichter jedenfalls als beim letzten Mal, wo Billy-Joe beinahe schlapp machte.

Pooty klopfte Billy-Joe den Rhythmus mit dem Fuß auf die Brust, während er lauthals zum Beutelausgang hinaus sang. Auch Billy-Joe brummte ein wenig, dann summte er schon und fiel endlich auch mit ganzer Stimme ein. Und so erging es auch Arundelle.

Das Lied bestand gewiss nicht aus den beiden Zeilen, die die Sänger wieder und wieder wiederholten, aber sie kannten nur diese beiden Zeilen, doch das nahm ihrer Begeisterung nichts.

It's a long Way to Tipperary,
It's a long Way to go.

So marschierten sie in Atlantis ein, mitten durch das goldene Tor, direkt in die Stadt hinein. Die Atlanten standen Spalier und klatschten Beifall, als handle es sich hierbei um eine Art Triumphzug. Dabei gab es nichts zu triumphieren. Die Atlanten schienen nur große Gesten zu lieben.

Der Zug führte auf einen weiten Platz vor einem prächtigen Gebäude. Und da sich dem Zug inzwischen immer mehr Atlanten anschlossen, machte er nun auch tatsächlich etwas her.

Billy-Joe verließ sich ganz darauf, dass sie sich auch diesmal wieder ebenso schnell davon träumen konnten wie beim letzten Mal. Er sah zu Arundelle hinüber und bemerkte mit Verwunderung deren verzückten Gesichtsausdruck.

Es war, als stände sie irgendwie unter Drogen. Wahrscheinlich berauschte sie sich an dem Jubel der Massen, der nun in der Tat recht gewaltig daher brauste und noch zu nahm, als die Spitze des Zuges vor dem prächtigen Palast inmitten des großen Paradeplatzes hielt.

Die Atlanten griffen ihr Lied nun auf und lallten Laute ohne Sinn, die so ähnlich klangen wie die Worte selbst. - Posaunen fielen ein und Hörner und Zimbeln und Pauken, und bald waren Worte und Melodie enthusiastisch bis zur Unkenntlichkeit zersungen und zerspielt.

Auf einmal brach der Lärm ab, scheinbar grundlos. Doch sicher hatte es ein Zeichen, das alle Atlanten zugleich empfingen, gegeben. Auch für diesmal wieder fuhr die pferdelose Chaise vor und auch das Zeremoniell wiederholte sich.

Nur diesmal enthielt Arundelle sich jedes überlegenen Gedankens. Stattdessen stiegen die Gäste ein und glitten in der Chaise nahezu geräuschlos auf den Palast zu.

Die Chaise kam vor dem Palasttor zum Stehen. Die Gäste wurden durch das prächtige Portal geleitet und gelangten in eine riesige Halle, auf deren beiden Längsseiten eine große Menge von Säulen aufgereiht standen, auf denen sich allerlei Statuen befanden.

Gemessenen Schrittes wurden die Gäste zunächst der linken Reihe zugeführt. Anscheinend handelte es sich bei den Säulenheiligen um wichtige Persönlichkeiten in Gegenwart und Geschichte von Atlantis. Zum wiederholten Male drückte Arundelle ihre Erinnerung. Beinahe wie ein déjà-vu schien ihr dieser Gang jetzt. Es war ihr, als schritte sie nun wieder den Säulengang in der Halle des Ruhmes und der Ehre im kaiserlichen Palast ab. Sie musste sich wirklich zusammen reißen und sich nichts anmerken lassen. Denn soviel wusste sie inzwischen, die Atlanten mochten es überhaupt nicht, wenn ihre Einmaligkeit angezweifelt wurde.

Außerdem verbot das erste transgalaktische Universalgesetz jede Einmischung aus der Zukunft in gegenwärtige Belange, und eine solche Einmischung stellte ja nun jede Äußerung von ihr dar, zumal wenn sie auf die Veränderung einer jeweils herrschenden Gegenwart abzielte. Ob da ihr Lied bereits als eine solche Einmischung verstanden wurde? Offensichtlich nicht, sonst hätten sie es gewiss zu spüren bekommen. Vielleicht lag hier ja das Problem und gar nicht so sehr bei den Atlanten.

Immer wieder galt es, sich klar zu machen worum es ging. Sie waren auf der Suche nach dem Kardinalfehler, der sich im Laufe der Geschichte der Menschheit eingeschlichen hatte und von dem nun niemand mehr wusste, wie und wann. Vor allem wusste niemand mehr, wie der Fehler selbst aussah. Denn der war nun absolut fest und tief in allem verwurzelt, was die Kultur hervor brachte. So mochte es zwar viele Ideen geben, wie man dem Kardinalfehler zu Leibe rückte, doch solchen Überlegungen waren zu gar nichts nütze, solange niemand mit letzter Sicherheit sagen konnte, worin der Fehler überhaupt bestand.

Doch die Säulenheiligen beanspruchten ihre Aufmerksamkeit. Ihre Gastgeber geleiteten sie mit würdevollen Gesten. Sie verfügten über die Gabe der Telepathie, soviel hatten die Gäste bereits gemerkt. Auf diese Weise gestaltete sich die Kommunikation einfach, denn sowohl Arundelle als auch Billy-Joe verstanden sich aufs Gedankenlesen und die Zauberprofessoren ebenso. Pooty verständigte sich sowieso nur auf diese Weise mit dem Zauberstein. Der hatte noch nicht einmal einen Mund zum Reden oder Ohren, um zu hören. Das brauchte er auch gar nicht, denn er verstand sowieso alles.

Bei jedem zweiten und dritten Säulenheiligen machten die Gastgeber halt und deuteten kurz die Zusammenhänge an, die hier zum Ausdruck kamen. Niemals hieß es einfach, ‚hier sehen Sie den berühmten Feldherrn Y oder die göttliche X'. So als gälten Personen wenig und ihre Lebensumstände alles. Wenn das der Kardinalfehler war, dann hatten sie Glück, denn der war mit Sicherheit ausgemerzt worden.

So zog sich der Rundgang hin und die kleine Prozession näherte sich endlich dem Allerheiligsten an der Stirnseite. Und nun verstand nicht nur Arundelle, sondern auch ihr Begleiter, weshalb Pootys Auftritt beim ersten Besuch so heftige Reaktionen auslöste.

Auf der Säule stand ein äußerst merkwürdiges Mischwesen, das im unteren Bereich deutliche Merkmale eines Riesenkängurus aufwies, welches sich im oberen Teil mit dem Oberkörper eines Aborigines verband. Auf dem Kopf, der durchaus Ähnlichkeit mit Billy-Joe aufwies, turnte eine steinerne Kopie Pootys.

Vor dem Unterpfand der göttlichen Weisheit befanden sie sich, so erfuhren die Gäste: ‚das Abbild des verzauberten blinden Tierwesens Walt Yio auf dessen Kopf das weitsichtige Zwergwesen Puh Tzi sitzt. Hier haben wir die Summe aller Weisheit vor uns', hieß es voll Ehrfurcht.

Pooty konnte es nicht lassen, seine neugierige Nase aus dem Beutel zu strecken. Diesen Puh Tzi wollte er sich doch mal ansehen. Als die Atlanten das mitbekamen, verfielen sie in allerlei Zeichen des Entsetzens, was sie eigentlich schon früher hätten tun müssen, denn auch Billy-Joe sah dem Walt Yio auf der Säule recht ähnlich, jedenfalls oben herum. Aber nein, immer auf die Kleinen und Schwachen.

Dann kam Pooty die rettende Idee. Er klettert Billy-Joe auf den Kopf und hielt sich mit seinen kleinen Fäusten in dessen Haar fest. Als dies geschah, beruhigten sich die Atlanten sofort. Ihre Welt war auf einmal wieder in Ordnung und alle heiligen Dinge auf dem rechten Platz.

Das war es also gewesen. Die Atlanten ertrugen es nicht, ihre geliebte Kultfigur in einem alten Beutel zu wissen. Ihre Vorstellung sah nun einmal vor, dass Puh Tzi auf Walt Yios Kopf saß. Dann sollte es eben so sein. Pooty jedenfalls genoss den Rest des Ausflugs sichtlich. - Billy-Joe ertrug es mit Gelassenheit.

Auf dem Rückweg zeigte sich Südmichel sichtlich in sich gekehrt und äußerst einsilbig auch auf telepathischer Welle. Ob ihm da etwas quer gelaufen war, ob er sich seines Irrtums bewusst wurde oder ob an ihm Selbstzweifel nagten – jeder der Mitreisenden konnte sich davon etwas aussuchen und wahrscheinlich war das Richtige dennoch nicht dabei.

Vielleicht währte sein Aufenthalt unter Tage schon zu lange, vielleicht hatte er den Anschluss an die obere Welt verpasst. Das Bild von den grausamen Rassisten jedenfalls konnte er nicht aufrecht erhalten, weder vor sich selbst noch vor seinen Mitreisenden. Das war allen klar. Im grausamen Rassismus also steckte der Kardinalfehler nicht, so falsch Rassismus auch war. Der Kardinalfehler musste früher in die Menschheitsgeschichte eingedrungen sein, oder war an anderer Stelle über die Menschheit gekommen.

War der Untergang von Atlantis also die falsche Fährte? Ja, könnte Atlantis sogar deswegen untergegangen sein, weil es sich weigerte, diesen Kardinalfehler zu machen? Dieser Gedanke überfiel Arundelle blitzartig und je länger er sich in ihrem Kopf einnistete, um so weniger absurd wollte er ihr erscheinen, zumal vor dem Hintergrund des durchaus positiv erlebten zweiten Besuchs.

War es nicht überhaupt völlig absurd den Untergang von Pompeji dem Verhalten der Pompejaner anzulasten? Und ebenso absurd wäre es im Falle von Atlantis oder im Falle der Dinosaurier.

Es ist in der Tat sachlich falsch, geophysikalische Ereignisse als Strafen oder umgekehrt vielleicht auch als Belohnung aufzufassen. Allenfalls könnte argumentiert werden, die Betroffenen hätten sich zur falschen Zeit am falschen Ort befunden. Der Frage, warum dem in der Geschichte immer wieder so war, freilich gebührte Aufmerksamkeit. Warnzeichen etwa mussten doch wohl ausgeschlagen - oder gar die Fähigkeit, solche zur Kenntnis zu nehmen, verloren worden sein.

Auf der Suche nach dem Kardinalfehler hatten sie sich in Atlantis mithin womöglich verrannt. Nur weil diese wunderliche Hochkultur untergegangen war, war man nicht gezwungen, der schlimmen Mär von der Strafe für die dort ausgebrochene Überheblichkeit aufsitzen. Zumal es dafür keinerlei Beweise gab.

Einen unmittelbaren Zusammenhang zwischen menschlicher Überheblichkeit und tektonischer Erdverschiebung konnte jedenfalls so leicht niemand herstellen. Wer hier einen Zusammenhang behauptete, der müsste gute Gründe und stichhaltige Beweise vorlegen.

Vielleicht käme dem anderen Gedanken, dass Atlantis deswegen unterging, weil es den Kardinalfehler nicht mitmachen wollte, viel mehr Aufmerksamkeit zu, als sie auch nur ahnte. Es war bei Arundelle nicht mehr als ein vages Gefühl bis jetzt. Auf der Suche nach dem Kardinalfehler wäre die Ehrenrettung von Atlantis außerdem nur ein kleiner Umweg, wenn es überhaupt einer war.

19. Puh Tzi und Walt Yio

Wie war der halbe Walter, der halbe Billy-Joe und der ganze Pooty nach Atlantis gelangt? Welche Wundertaten hatten sie dort gemeinsam vollbracht? Weshalb wurden sie nun als Säulenheilige verehrt? Ganz offensichtlich kam Puh Tzi, wie er hier hieß, die führende Rolle zu. Der blinde Riese Walt Yio trug das Abbild des weitsichtigen Zwergwesens Puh Tzi auf dem Kopf. Zusammen bildeten sie die Summe aller Weisheit.

Pooty schüttelte den Kopf über soviel Unsinn und auch Billy-Joe konnte sich keinen Reim aus der Sache machen. Ihm schmeckte vor allem nicht, dass er blind war und ganz offensichtlich für ein minder bemitteltes Tierwesen gehalten wurde, während Pooty als Puh Tzi in messianischem Glanz erstrahlte, als hätte er den vollen Durchblick..

Immer wieder musste Arundelle ihm versichern, dass es sich hier um eine Jahrtausende alte, längst vergessene Kultur handelte. Doch gerade deshalb war ja Billy-Joes Neugier erwacht. Da war der kleine pieks für sein Ego fast belanglos. Immerhin befände er sich später einmal in diesem merkwürdigen Zustand, wie sonst hätte er so in die Vergangenheit gelangen können?

Die Sache war doch so: Weder er selbst, noch Pooty erinnerte sich an eine - auch nur annähernd vergleichbare Situation. Beide wiegten sich in der sicheren Gewissheit, niemals auch nur in einer ähnlichen Lage gewesen zu sein wie Puh Tzi und Walt Yio. Bis Arundelle sie auf ihre Abenteuer auf der Conversioreninsel aufmerksam machte.

„Könnte sich die Vorlage für diese Karikaturen nicht doch irgendwann als Schnappschuss während der kritischen Umwandlungsphase auf der Insel ergeben haben“, fragte sie und verunsicherte beide gehörig.

„Aber wer soll uns da denn beobachtet haben? Und nicht nur das. Unser Monument haben wir bestimmt erst nachträglich erhalten. Zuvor müssen wir in Atlantis ja doch wohl allerhand außergewöhnliche Taten vollbracht haben. Warum sonst sollten uns die Atlanten jetzt – (will heißen damals, als es sie noch gab selbstverständlich,) – so stark verehren?“

„Ja, und daran erinnern wir uns nun wirklich nicht“, bekräftigte Pooty. „Photoshooting auf der Conversioreninsel möglicherweise ja, Wundertaten in Atlantis definitiv nein. Ich sehe das genau so“, stimmte Billy-Joe zu. An eine wundertätige Phase in ferner Vergangenheit nämlich würde man sich doch erinnern.

„Ja, und wenn das alles von uns aus gesehen, erst in der Zukunft liegt? Was, wenn euch dieser Trip als Wundertäter noch bevorsteht?“ - überlegte Arundelle und merkte selbst, wie verzwickt dieses Jonglieren am Zeitstrahl entlang war.

„Ihr beide kehrt ‚morgen‘ nach ‚vorgestern‘ zurück und wir alle kehren ‚heute‘ nach ‚gestern‘ zurück, dann klappt das auch mit dem Monument und der Verehrung. Wobei ihr euch die ‚Morgens‘ und

‚Heutes' und so weiter, schon ein bisschen gestreckt vorstellen müsst", warf Arundelle so hin und freute sich über die verduzten Gesichter.

„Hauptsache, du verstehst dich noch selbst", merkte nun auch der Bogen an, der von Logik nicht viel hielt.

„Dass Menschen immer alles wissen müssen. Und wehe, ihr vergesst mal was. Dabei vergesst ihr andauernd was, das ist dann der halbe Weltuntergang", mischte nun auch der Zauberstein mit - auf seine sprachlose durchdringende Weise.

„Könnten wir denn dann bis ‚morgen' warten, und dann nach ‚vorgestern' reisen, bildlich gesprochen?" - fragte der schlaue Pooty an, der sofort begriff, was Arundelle verständlich machen wollte.

„Ja, müssen wir denn überhaupt bis ‚morgen' warten? - mischte sich nun auch Billy-Joe ein: „Können wir nicht gleich ‚heute' nach ‚vorgestern' reisen, dann wissen wir, was Puh Tzi und Walt Yio so getrieben haben und vielleicht verstehen wir dann auch die Atlanten besser und kriegen vielleicht mit, ob sie nun den einen Kardinalfehler begangen haben oder nicht."

„Falls das technisch möglich ist?" - Arundelle blickte fragend in Richtung Zauberbogen. Der wiederum ließ sein Auge aufleuchten und versetzte damit den Zauberstein, der schon wieder zu schweben anfing, in helle Farbenglut. So, wie es aussah, fühlten die beiden Zauberwesen sich dazu imstande.

„Da ziehen wir den Zeitstrahl eben ein bisschen länger, was meist du, alter Knabe?"

„Ja, so müsste es gehen - also dann, auf ein Neues." Für diesmal stimmten sie allerdings ein anderes Wanderlied an, „nur für diesmal", hieß es. Aber das wusste man nie - nicht einmal sie selbst:

„Das Waandahn iest des Müülers Luust
Das Waandahn iest des Müülers Luust
Dass Waahaandahn.

Ehes muss kein rähächtähä Müüler sein
Dem niemals fiehiel dahas Wandann ein
/:Das Waahaahaahahahaahaandahn./:
Das Waahaandahn."

Ohne Südmichel führte sie der Zeitstrahl auf staubige Straßen und entlegene Felder. Keine goldene Stadt weit und breit, stattdessen näherte sich ihnen eine kleine zerlumpte Schar. Vorneweg watschelte Walt Yio mit Puh Tzi auf dem Kopf, wie ein zum Leben erwachtes Monument. Ihm folgte eine Jüngerschar hochgewachsener wohlgestalteter Atlanten unterschiedlichen Alters und Geschlechts, so etwa zwanzig an der Zahl.

Um nun keine Peinlichkeiten aufkommen zu lassen, wenn Pooty und Billy-Joe auf ihr ‚Alter ego' trafen, ließen sich der Zauberstein und der Zauberbogen etwas besonderes einfallen. Sie machten die Besucher den Atlanten unsichtbar.

Der Zauberbogen hatte dafür eigens das Tarntuch vergrößern lassen, damit auch alle darunter passten. Ursprünglich gehörte es nur Pooty. Doch dann war es in Vergessenheit geraten und fristete nun ein unbeachtetes Dasein am Grund des unsichtbaren Köchers, den Arundelle stets mit dem Bogen bei sich trug, meist über dem Rücken. So war es auch diesmal.

Noch außer Sicht wurde auf Geheiß des Bogens das Tarntuch heraus genommen und säuberlich entfaltet. Arundelle, Florinna, Corinia und Billy-Joe nahmen jeder eine Ecke und zogen schön gleichmäßig in alle vier Richtungen, bis das Tuch nicht nur unwahrscheinlich dünn, sondern dazu noch groß genug war, dass alle Reisenden bequem darunter passten.

Dass es so dünn war, hatte den Vorteil, dass man nun ohne große Beeinträchtigung hindurch sehen konnte. Pooty machte es seinem Alter ego nach und krallte sich im krausen Haar von Billy-Joe fest, sodass er an oberster Spitze der geheimen Pyramide zu sitzen kam und folglich auch den totalen Überblick hatte.

So schwebte die luftig flatternde Pyramide unbemerkt hinter der Jüngerschar drein und belauschte auf telepathischem Wege deren Gedanken und Reden, die sie mit sich und mit einander führten und tauschten.

Es war ein rechtes Durcheinander. Die Zwanzig vom Geist ergriffenen sprudelten nur so über. Doch Puh Tzi schien zu schlafen oder zumindest zu dösen, denn von ihm empfing Pooty kaum etwas, wo ihn dieser doch am meisten interessierte, schließlich war der er selbst, bildlich gesprochen jedenfalls.

‚Hoffentlich wacht der bald auf', wünschte er sich. Doch das hätte er besser nicht einmal gedacht, denn auf einmal schreckte Puh Tzi aus dem Schlaf, schrie gellend auf und reckte den Zeigefinger seiner linken Hand anklagend gegen die unsichtbare Pyramide, die anscheinend gar nicht unsichtbar war, jedenfalls nicht für Puh Tzi.

Womöglich war diese übernatürliche Hellsichtigkeit bereits der Grund für die Heiligenverehrung, die ihm zuteil wurde.

Ein wilder Tumult brach los. Die Jüngerinnen unter den Zwanzig kreischten wie wild, und die Jünger schossen nicht weniger wild mit goldenen Pfeilen um sich, die aber alle – so hatte es ganz den Anschein - die Gabe Puh Tzis nicht teilten. Außerdem rutschten die Pfeile, - wenn sie denn trafen - am glatten seidigen Tuch der Tarnung, die ja nun gründlich aufgeflogen war, wirkungslos ab. Sie kehrten, soweit sie nicht unter den stampfenden Füßen der aufgeschreckten

Schar zerbrachen, in ihre Köcher zurück, ganz so, wie auch Arundelles Pfeile gemeinhin gewöhnlich taten. Es sei, sie trafen auf ein Hindernis oder eben ins erklärte Ziel.

Da half nur eins: Rückzug. Doch von frohem Wandergesang verabschiedete man sich besser, das gab die Situation nicht her. So wuselte ein jeder auf seine Weise davon, mehr oder weniger behindert durch das flatternde Tuch. Und von den gellenden Schreien Puh Tzis verfolgt, der seinen Jüngern vergeblich das Ziel wies. Zumal auch die Pfeile, die trafen, keine Wirkung zeigten, sondern am glatten durchscheinenden Seidentuch abperlten wie schimmernde, silberglänzende Wassertropfen auf Seerosenblättern im Tümpelteich an einem windstillen Sommermorgen.

Durch das Tuch behindert, waren die Flüchtenden auch nicht schneller als ihre Verfolger - Puh Tzi fand alsbald folglich zu einer ganz neuen Strategie. Er ließ die Pyramide einkreisen und umzingeln. Aber er hatte nicht mit der Findigkeit seines Originals gerechnet. Pooty drehte so lange an dem Zauberstein, bis dieser wie eine Pfeilspitze senkrecht nach oben davon stieß und den Tross unter dem Tarntuch mit sich zog.

Zwar dehnte sich das Tuch bedenklich bis zum Zerreißen, doch es zerriss nicht, dank der Kraft des Bogens, der sich damit keine Blöße geben wollte. Immerhin stammte das Tuch aus seiner ganz eigenen geheimen Geheimschatulle.

Nun waren sie zwar weg, aber weiter waren sie nicht. Sie standen wieder da, wo sie angefangen hatten, als sie sich ein wenig zerzaust und von der Hatz noch rotgesichtig eben dort wieder einfanden, von wo sie - den Augenblick zuvor, mit fröhlichem Wandergesang auf den Lippen - aufbrachen.

„Wenn ich nicht wüsste, dass du das bist, würde ich sagen, Puh Tzi ist ein Psychopath“, knurrte Billy-Joe verärgert und rieb sich die schmerzende Kopfhaut. Pooty hatte sich in seiner Aufregung ein wenig zu fest festgehalten.

„Ganz deiner Meinung – ich glaub, ich spinne...“, kicherte Pooty und kriegte sich dann nicht mehr ein vor Lachen. Er steckte auch die anderen damit an, und alle lachten länger als eine ganze Minute, so witzig fanden sie Pootys Wortspiel.

„Ich glaub, ich spinne...“, setzte er nach, als das Lachen abebbte, das sogleich wieder einsetzte.

„Ich glaub, ich spinne...“

Aber war Puh Tzi wirklich nicht ganz bei Sinnen? Oder hatte sein Verhalten nachvollziehbare Gründe? Wenn er das Tarntuch durchblickte, dann hatte er ohne Zweifel sich selbst auf dem Kopf seines Walt Yio sitzen sehen, so, als ob er in einen Spiegel schaute. Nur die Zeitreisenden hatten ja gewusst, was sie erwartete, Puh Tzi hingegen war völlig ahnungslos in diese Situation geraten. Und da war seine Reaktion vielleicht durchaus verständlich.

Ob sie eine zweite Annäherung, diesmal ohne Tarntuch, wagen sollten? Vielleicht ließe man dem weisen Paar besser erst einmal einige Zeit zum Verdauen. So ein Schock verlangte nach Aufarbeitung, soviel war allen klar.

Außerdem wäre es endlich an der Zeit, auch hier auf der Insel noch andere einzuweihen. Scholasticus oder auch Grisella, die so weit schon in der Materie steckten, hatten ein Recht darauf. Marsha und Adrian nicht minder, von ihren Freunden unter den Mitschülern ganz zu Schweigen.

Überhaupt wäre es wohl das Beste, eine große Schulkonferenz einzuberufen, vor der es ihre Abenteuer verdienten, ausgebreitet zu werden. - So geschah es. Das Geschehen in Atlantis wurde mit großem Interesse zur Kenntnis genommen. Die Schlussfolgerungen wurden allgemein begrüßt. Niemand entdeckte darin Fehler.

Scholasticus hob besonders lobend hervor, dass es gelungen sei, nicht mit dem transgalaktischen Universalgesetz in Konflikt zu geraten, wenn in dieser Hinsicht auch das Auftreten dieses Puh Tzi bedenklich erscheinen könne. So sei eine klärende Expedition quasi unumgänglich. Selbstverständlich mit entsprechenden Vorsichtsmaßnahmen.

„Im Klartext heißt das, er will mitmachen", flüsterte Arundelle Billy-Joe ins Ohr.

Diesmal wurde nicht lange gefackelt. Da man auf das Tarntuch nicht zurückgreifen wollte, gab es wegen der Mitgliederzahl groß weiter keine Bedenken. Zauberstein und Zauberbogen hielten sich diesbezüglich bedeckt wie immer. Unbedingt mit wollten außer Scholasticus diesmal auch die Literaturhistorikerin und Sachverständige für prähistorische Antike, Frau Professorin Grisella von Griselgreif zu Greifenklau-Schlauberger.

Als Arundelle und Florinna ihr nämlich beschrieben, wie sie nach Atlantis gelangten, überwand sie ihre Flugangst. Auch die Professorin Penelope M'gamba ortete sich als Sachverständige für Mysterienkulte und Paganismus und musste deshalb ebenfalls mit.

Arundelle erbat sich erneut die Begleitung der beiden Schwestern Hase, wegen deren archäologischen Kenntnissen und Interessen, und Billy-Joe brachte noch Tibor, wegen seiner okkulten Ader, ins Gespräch.

So wurde die Gruppe zusehends größer und wäre sie nicht umgehend los marschiert, sie wäre gewiss noch weiter an gewachsen.

Auf Südmichels Mithilfe war man ja nun nicht länger angewiesen, das hatten Zauberbogen und Zauberstein hinlänglich bewiesen. Der einmal getrampelte Pfad entlang des Zeitstrahls war ganz offensichtlich breit genug auch für - an sich - Uneingeweihte, als die man sowohl den Zauberstein als auch den Zauberbogen nehmen konnte. - Trotz der Tatsache, dass letzterer ja ursprünglich selbst aus Atlantis stammte. Vielleicht lag in dieser Tatsache dennoch seine Fähigkeit begründet, den richtigen Weg tatsächlich zu finden.

So stimmten die beiden Zauberprofessoren wieder ein zünftiges Pfadfinderlied an und marschierten zu den martialischen Klängen der Internationale los.

Als Arundelle sie korrigierte und sie wissen ließ, dass es sich hierbei keineswegs um ein Pfadfinderlied handelte, da war es schon zu spät. Alle stimmten mit ein, diesmal ohne Verzögerung. Und so schallte es aufrührerisch durch die abendliche Inselstille:

„/:Völker höört die Signaale
Auf zum lätztän Gefäächt
Die Internationale erkäämpft das Menschenräächt/:“

Wieder hielten sich alle dicht an dicht am Zeitstrahl - beflügelt durch den eigenen Gesang und den Gleichklang der Schritte. Die staubigen Wege von Atlantis erstreckten sich bereits über den nahen Horizont, als sie auch schon der Jüngerschar um Puh Tzi und Walt Yio angesichtig wurden, die nicht minder entschlossen auf sie zuhielten, und alsbald in den nämlichen Marschrhythmus verfielen, ebenso wie in den martialischen Gesang, den sie lautmalerisch bis zur Unkenntlichkeit aufdröselten. Sogar Posaunen ließen sich vernehmen, und eine Pauke schlug mit schwerem Schlag den Takt.

Die beiden Gruppen trafen sich und vereinigten sich. Und weiter ging es durch das Land, an kleinen Ansiedlungen vorbei, aus denen ihnen alsbald zerlumpte Atlanten zuströmten, um sich dem Zug anzuschließen.

Und so ging ‚der Marsch der Millionen', als der er berühmt wurde, erst richtig los. Niemand machte sich, auch später nicht, die Mühe, die Zahl nach unten zu korrigieren. Ein Problem der Nullen viel eher als des Glaubens, so hieß es dann hinter vor gehaltener Hand unter den Politikern. - Bis die goldene Stadt erreicht war, aber mochten es schon einige Tausend geworden sein, die vor sich die - Iiiiihaanahaahaaaleee – hingrölend, zum Takt von Pauken und Posaunen, hinter Pooty und Puh Tzi, welche beide einträchtig nebeneinander auf Walt Yios und auf Billy-Joes Köpfen jonglierten, und sich - zumindest im Falle von Puh Tzi - vor Stolz nicht lassen konnten.

Die Zeitreisenden waren begeistert und mischten sich unter das Volk auf dem großen Platz vor dem Palast, der bald so dicht an dicht besetzt war, dass die Chaisen nicht durchkamen, die eigens für den hohen Besuch ausgemottet worden waren.

Denn im großen Saal des Palastes sollte heute die alljährliche Weihestunde für den weisen Puh Tzi stattfinden. Und alle Atlanten glaubten wegen der Verdopplung natürlich an ein Wunder und an göttliche Fügung.

Wie sich denken lässt, wertete die Ankunft der Zeitreisenden seine Person und Position mächtig auf, weshalb ihr Auftritt zu eben jenem Marsch der Millionen hochstilisiert wurde, als der er in die Annalen von Atlantis einging. Nur leider dann auch mit unterging und das hatte, wollte man Grisella und Scholasticus Glauben schenken, viel mit eben diesem Auftritt zu tun.

Zwar ungewollt aber doch unausweichlich, habe ihr Auftreten das Schicksal von Atlantis besiegelt, meinte Scholasticus ein wenig pathetisch. Niemand mochte ihm das zunächst so richtig abnehmen. Doch dann präsentierte er Beweise, die nicht von der Hand gewiesen werden konnten. Aber all dies geschah erst einige Zeit später, und man war längst zur Insel Weisheitszahn zurück gekehrt.

***

Leider ergab sich für Pooty kaum Gelegenheit, mit Puh Tzi in Kontakt zu treten. Brannte er doch darauf zu erfahren, wie Puh Tzi es anstellte, als sein Ebenbild Atlantis seinen Stempel aufzudrücken, und - wie es aussah – nachhaltig zu prägen.

Ob er denn vom Klonen Ahnung habe, fragte ihn Puh Tzi so nebenbei, als sie sich zum Staatsakt vor ihrem Standbild einfanden und für einen Moment Ruhe einkehrte.

„Du mein Klon“, lallte zum ersten Mal nun auch Walt Yio an Billy-Joe gewandt, der ja unmittelbar neben ihm stand, und blinzelte blöde aus blinden Augen, dass es Billy-Joe ganz anders wurde.

‚Wohl hoffentlich eher umgekehrt’, schoss es ihm durch den Kopf, doch dann schämte er sich, wie konnte er mit sich selbst derart umspringen?

Noch ahnten sie nicht, wie bedeutsam diese kurze Szene war und von welch großer Tragweite, nicht nur für Atlantis, sondern auch für die Zukunft der gesamten Menschheit.

Zu weiteren Kontakten kam es nicht mehr. Die offiziellen Feierlichkeiten banden vor allem Puh Tzi und Walt Yio voll ein, während Billy-Joe unauffällig um Sammlung bemüht war. Der Zauberstein vorn auf seiner Brust in dem alten Lederbeutel bedeutete ihm, dass die Zeit des Rückzugs unmittelbar, bevor stehe.

Wenig später begriff Billy-Joe auch, was der Zauberstein meinte. Anscheinend waren draußen auf dem Platz inzwischen reichlich Drogen konsumiert worden, was die Atlanten mehr und mehr enthemmte, sodass wieder die befremdlichen und fremdenfeindlichen Züge versteckter oder verdrängter Grausamkeit aufzuflammen begannen. Dergleichen kannten einige noch zur Genüge vom ersten Besuch.

Eilends also sammelte er seine Reisegenossen. Der Zauberbogen ließ das Tarntuch wieder auspacken, Arundelle warf es über die kleine Schar, die es wunderbarerweise bedeckte und beamte die ganze Mischpoke aus der Gefahrenzone.

Ehe die von Flugangst geplagte Grisella es sich versah, saß sie verdattert in ihrem Lehrstuhl und wusste nicht, wie ihr geschehen war.

***

Ja, da gab es viel aufzuarbeiten. Niemand war müßig gewesen, alle hatten sie ihre Feldstudien gemacht und haufenweise Material zusammen getragen. Tausende Bilder hatten die Jugendlichen mit ihren Handykameras geschossen. Sogar einige Speichelproben hatten Penelopes Helfer genommen. - Steine, Stoffe, Staub und Stallmist, alles, was so rumlag, war probeweise eingepackt worden – unauffällig und nebenher.

Das Gelalle von Walt Yio („Du mein Klon“) war auf Band, ebenso die brausende Internationale. Nur leider an den Gedanken scheiterte die Aufnahmekunst. Dafür gab es einige Videos, unter anderem vom Staatsakt vor der Statue.

20. Der Klonklauer

Die Auswertung all des Materials dauerte Wochen. Ganz allmählich begann sich ein doch recht klares Bild der Atlanten heraus zu kristallisieren. Sie unterschieden sich in ganz bestimmten Bereichen nur unwesentlich von anderen Kulturvölkern der Antike, jedenfalls im Vergleich mit deren Hinterlassenschaften.

Die Athener standen ihnen in mancherlei Hinsicht am nächsten, vor allem, was das Äußere betraf, aber auch manch ähnliche Verhaltensweisen glaubte Grisella auszumachen, nicht immer die vorteilhaftesten.

Jäh aufflammende Wut, mühsam unterdrückte Grausamkeit und elitärer Rassismus stach unangenehm hervor. Den ganz großen Durchbruch auf der Suche nach dem Kardinalfehler aber gab es nicht. In dieser Hinsicht war die Feldforschung womöglich gescheitert.

Interessant aber waren die Forschungsergebnisse allemal. Einen lebhafteren und naturgetreueren Einblick in eine fremde Kultur hatte es wohl noch nie gegeben. Aus den vielen Fotos wurden die besten zu einer Ausstellung zusammen gestellt und durch die Videofilme ergänzt. So erhielt man einen ungefähren Eindruck davon, wie die Atlanten einst lebten und feierten.

Leider war es nicht möglich, die telepathische Dimension dieser Gesellschaft fassbar zu machen. Weder die Videoaufnahmen noch die Fotosammlung oder die vielen Artefakte, die Beides ergänzten, lieferten auch nur eine vage Idee von dieser bemerkenswerten Fähigkeit. Erst viel später würde eben diesem Umstand einmal ungeahnte Aufmerksamkeit zukommen.

Ganz außergewöhnlich aber war der DNA-Abgleich, der dank der Proben, die Penelope M'gamba heimlich genommen hatte, möglich wurde.

In die DNA unterschieden sich die Atlanten erheblich von anderen. Wie anhand der vorhandenen antiken Knochenfunde nun festgestellt werden konnte. Dies widersprach der Abspaltungsthese. Demnach war Atlantis doch keine frühe griechische Kolonie, wie viele Experten vermuteten.

Auch mit DNA heute Lebender waren sie nicht zu vergleichen. Daraus zogen die Forscherinnen von der Insel Weisheitszahn den Schluss, dass es sich bei den Atlanten um eine eigene, fremdartige Rasse handelte.

Aufgrund ganz bestimmter Merkmale entschieden sie sich sogar zu der steilen Hypothese, dass es sich hier um Außerirdische, ja, um eine Art gefallene Engel handeln müsse.

Von daher verböte sich die Suche nach dem Kardinalfehler ohnehin. Was auch immer in dieser Hinsicht womöglich noch gefunden würde, hatte mit der Menschheitsentwicklung erst einmal nicht allzu viel zu tun, so die Überlegung der Wissenschaftlerinnen. Es sei, dass es zu Vermischungen kam. Doch dies sei nun wirklich erst einmal reine Spekulation.

Fälschlich wurde so auch die Telepathie zum engelhaften Wesen geschlagen - womöglich ein schwerer und folgenreicher Irrtum. Allzu schnell waren die Forscherinnen um Frau M'gamba mit dieser extraterrestrischen Engelsthese bei der Hand.

Die womöglich wichtigste Forschergruppe aber befasste sich mit den Klonen von Pooty und Billy-Joe. Ihr gehörten, außer diesen, Scholasticus, Arundelle und Grisella an, die auf mehreren Hochzeiten tanzten.

Als erstes verglichen die emsig Forschenden die heimlich genommenen Haarproben von Puh Tzi und Walt Yio mit denen von Pooty und Billy-Joe. Das Ergebnis überraschte nicht weiter. Beider

Proben waren jeweils identisch. Das hatten alle erwartet. Dies war der eindeutige Beweis dafür, dass es sich bei Puh Tzi und Walt Yio um Klone von Pooty und Billy-Joe handelte.

Rein theoretisch bestand natürlich auch die Möglichkeit, dass es genau anders herum war, aber das schloss das Forscherteam kategorisch aus, zumal ihm die beiden ‚Laborratten' - (wie sie sich selbst sarkastisch bezeichneten) - ebenfalls angehörten. Ihnen war die Vorstellung, Klone dieser schrägen Typen aus Atlantis zu sein, äußerst befremdlich und ganz und gar unangenehm.

Andererseits sprach natürlich auch einiges dafür, dass die zeitlich frühere und damit ältere Erscheinungsform auch die ursprünglichere war. Und daran ließ sich ja nun im Falle von Puh Tzi und Walt Yio wirklich nicht zweifeln. Hier nun trat Grisella in ihrer Eigenschaft als Linguistin auf den Plan.

„Der Name Puh Tzi ist eine Verballhornung des deutschen Adjektivs putzig", dozierte Grisella ziemlich oberlehrerhaft – „was soviel wie - niedlich, fein heraus geputzt - bedeutet. Die deutsche Sprache aber entstand auch in ihren grauen Anfängen erst sehr viel später, nachdem Atlantis längst untergegangen war. Wie der Name, so ist folglich auch die ganze dazu gehörige Figur ein Import aus der Zukunft. Eine andere Erklärung ist gänzlich unwahrscheinlich und macht keinen Sinn.

Der Name Pooty hingegen" - (Wolle sie hier der Vollständigkeit halber nur ergänzen) - „Stellt die - wohl hier in Australien erfolgte - lautmalerische Anglisierung eben dieses selben deutschen Adjektivs dar", ergänzte sie ihre Überlegungen.

„Im zweiten Falle liegt die Sache noch klarer auf der Hand. Das Mischwesen Walt Yio besteht zur unteren Hälfte aus dem Känguru Walter und zur oberen Hälfte aus Billy-Joe. In Walt haben wir die Kurzform von Walter vor uns und in Yio erkennen wir unschwer den Joe. Damit scheint mir auch dieses Rätsel gelöst. Walt Yio kann, allein schon wegen seines Namens, für Billy-Joe nicht der Klonspender sein. Dennoch bringt uns die halbmenschliche Figur Walt Yio womöglich auf die richtige Fährte. Eine Entnahme von gentechnisch manipulierbarem Material kann eigentlich nur während der Verwandlungsphase eines Conversiors erfolgt sein. In diesem gleichsam androgynen Zustand nämlich werden genügend Keimmutterzellen frei, wie sie zum Klonen unabdingbar sind.

Klonen heißt ja nichts anderes, als die künstliche Teilung einer Keimmutterzelle. Es geht hier ganz ähnlich zu wie bei der Entstehung von Zwillingsembryonen... soviel erst mal zur Entstehungsgeschichte von Walt Yio."

„Bleibt immer noch die Frage, wer Billy-Joe bei seiner Conversion belauscht hat und wer ihm auch noch eine

Keimmutterzelle abluchste, gerade als er sich in dem kritischen androgynen Zustand befand, den ja auch Walter für sich in Anspruch nahm, wie wir nun wissen. Denn Walter war eines der wenigen männlichen Riesenkängurus mit Beutel und damit die ganz große Ausnahme auch in biologischer Hinsicht. Über seine sonstigen Qualitäten brauchen wir hier ja wohl kein weiteres Wort verlieren“, mischte sich nun auch Scholasticus ein.

„...Ist überhaupt die Frage, ob der uns bekannte Weg des Klonens hier beschritten werden konnte. Streng gesprochen würde die Entnahme von Zellen eines erwachsenen Lebewesens bei deren Teilung zu zwei miteinander identischen Embryonen führen und nicht etwa zu einer identischen Kopie des Zellspenders“, gab Arundelle zu bedenken.

„Da bin ich anderer Ansicht, liebste Arundelle“, entgegnete Scholasticus: „Aber die für uns entscheidende Frage ist nicht, wie der Klon genau entstand, sondern vielmehr, wie er nach Atlantis exportiert werden konnte. Denn dass er entstand, davon sollten wir erst einmal ausgehen und sei’s auch nur als vorläufige Arbeitshypothese.“

„Ja, und wo er heran gezogen wurde“, setzte Arundelle nach. „Vielleicht wurde ja nur die Embryonalzelle geraubt, die dann nach Atlantis kam, wo sie irgendwie heran wuchs. Vielleicht hat man sie irgend einem weiblichen Tier eingepflanzt oder auch einer Frau, - sucht ’s euch aus. Vom Aufwand her wäre das der geringste, würde ich sagen“, mischte sich nun auch Grisella wieder ein.

„Ganz schön viel Aufwand allerdings“, merkte Pooty an.

„...Und viel Planung obendrein“, sekundierte Billy-Joe.

„Ja, und Sinn musste darin ja wohl auch stecken. Wozu das Ganze? Weshalb soviel Aufwand? Ich kann mir nicht helfen, da steckte mehr als ein übler Streich unseres altbekannten Widersachers dahinter, möchte ich stark vermuten...“, sagte Arundelle und blickte in die Runde.

„Du meinst, **der** steckt mal wieder dahinter?“ - fragte Billy-Joe zurück.

„**Der**, - Hilfe, - nicht schon wieder...“, rief Pooty.

„Die Zeit ist ihm jedenfalls nicht im Wege, so viel steht fest – insofern ... logisch wär’s und sein Ziel – Hass, Chaos, Vernichtung, Untergang – hat er erreicht, daran besteht kein Zweifel“, antwortete Arundelle.

„Dann wären Puh Tzi und Walt Yio direkt oder indirekt verantwortlich für den Untergang von Atlantis“, stellte Grisella fest.

„Vielleicht nicht im technischen Sinne, denn die Insel selbst ist ja wohl einer tektonischen Katastrophe zum Opfer gefallen, aber das heißt ja nicht, dass die Kultur zuvor nicht schon an ihrem Ende war.

Herunter gekommen genug war da vieles schon, und das Land sah wie eine Wüste aus... ist euch das nicht auch aufgefallen?" - fragte Scholasticus.

„Ja, da war viel von vergangener Größe zu spüren, Betonung liegt auf vergangener...", nickte Arundelle.

„Und Puh Tzi lieferte die passende Untergangsreligion. Ich habe mir da eine hochinteressante kleine Broschüre mitgenommen. Die wurde übrigens frei verteilt, wundert mich, dass ich die einzige zu sein scheine, der die auffiel. Na, jedenfalls ist das starker Tobak", hub Grisella zu einer längeren Rede an:

„Das Ende der Welt wird da in grellen Bildern herauf beschworen, doch nicht etwa drohend, sondern auf das heftigste begrüßt, wenn ich das richtig deute. Lesen kann man diese Schrift ja nun nicht. Doch das wenige, was ich interpretieren konnte, deute in eine ganz klare Richtung. Wir haben es hier mit dem, was in späteren Jahrtausenden als der manichäische Bazillus bekannt wurde, zu tun, so will es mir scheinen.[1]

Dieser Bazillus hetzt die Menschheit wie ein irrer Poltergeist durch alle Zeiten. Meist irgendwie verbrämt als Licht- und Erlösungsreligion. Doch dahinter steht letztlich der eiskalte Vernichtungswille einer zutiefst lebensfeindlichen Macht.

Als Licht- und Seelenkult verbrämt, tritt diese Abkehr von allem was lebt und liebt, was üppig drängt und über sich hinaus treibt - in Erscheinung. Geist und Seele gälte es zu retten aus der irdischen Verhaftung. Als blinkendes Gold tritt die Seele auf, die vom boshaften Demiurgen gefangen wird und im Schlamm abgrundtief verworfener Materie versinkt. Letztlich kann erst der ganz große Knall den Seelen die Freiheit wieder geben, und die Welt durch Zerstörung befreien. Ist das geschafft, dann hat die Seele endlich Ruhe.

So sehen es Leute vom Schlage Mani, der um die christliche Zeitenwende eine weitverzweigte Religion aus dieser Weltverneinung machte. Und Puh Tzi macht mir ganz den Eindruck, als nahm er

---

[1] Ungefähr zur gleichen Zeit wie das Christentum begründete Mani seine Religion. Diese unterschied sich sehr grundsätzlich, insofern als der Hervorbringer der Welt darin ein teuflisches Wesen ist. Entsprechend gilt die materielle Welt als verdorben und verworfen und dem Untergang geweiht. Dem teuflischen Schöpfer gelang bei seinem Werk, göttliche Seelenfunken einzufangen und in der Materie zu verstecken, die nun in manchen Menschen zu finden sind. Diese erkennen sich in ihrer wahren Natur, indem sie auf die Zerstörung der materiellen Welt und damit auf die Befreiung des gefangenen Seelenstoffs hinarbeiten.

diesen vorweg. - Wer wohl sein Lehrmeister war? Dreimal dürft ihr raten – richtig, Malicius Marduk war's – kein anderer, dafür lege ich meine Hand ins Feuer."

„Das kannst du laut sagen, liebste Grisella", stimmte Scholasticus seiner Schwägerin zu: „Und dem traue ich das auch zu und zwar in vielerlei Hinsicht. Nicht nur, weil er völlig skrupellos ist, sondern vor allem auch wegen seiner Schläue und seiner überzeitlichen Ressourcen, die ihm – wie keinem anderen – zur Verfügung stehen, besser gesagt, die er sich zusammen raubt ohne Rücksicht auf Verluste."

„Wird wirklich Zeit, dass der Advisor davon erfährt", fügte Arundelle bei.

„Noch vermuten wir nur...", mahnte Billy-Joe zur Vorsicht und erntete einen strafenden Blick von Arundelle. Sie ignorierte seinen Zweifel, denn sie war sich ihrer Sache sehr sicher. Wie schon einmal, gelang es ihr, sich in die finsteren Gedankengänge ihres Widersachers hineinzufinden. Ein nicht ungefährliches Unterfangen, wie sie wusste. Trotz aller Irrtümer, die ihr dabei immer wieder unterliefen, war es ihr - wie niemandem sonst - möglich, ihren Gegner richtig einzuschätzen:

„Ich glaube, Malicius Marduk ist stocksauer, weil ihm jemand sein Spielzeug geklaut hat. Seit ihm die Schöpfung definitiv und ein für alle Mal aus der Hand genommen wurde, sinnt er nur noch auf Rache und trachtet danach, alles das, was der Weltenschöpfer mit viel Liebe und Mühe hin bekommen hat, madig und kaputt zu machen. Er pfuscht darin nach Kräften herum und oft genug sieht es so aus, als wäre ihm Erfolg beschieden. Die Atlanten jedenfalls scheinen auf ihn herein gefallen zu sein."

„Vielleicht ist's ihm eine grausame Genugtuung und ein teuflisches Vergnügen, Walter wieder und wieder und über den Tod hinaus zu demütigen, indem er ihn nun auch noch zum blinden Tiermenschen und Träger des durchgeknallten Puh Tzi macht. Er hat ihn wahrscheinlich abseits jeder menschlichen Zivilisation irgendwo als Klon heranziehen und mit seinem Gift voll pumpen lassen", ergänzte Billy-Joe ernst und bestätigte Arundelles Einschätzung nun doch voll und ganz.

„Und dem gelingt es dann, mit seiner Religion die Atlanten völlig aus dem Gleichgewicht zu bringen und die Todessehnsucht zum erklärten Lebensziel zu machen.

So also funktionierte das... und die Atlanten waren dafür anfällig, weil eh schon vieles schief lief, ökologisch und soziologisch: die Böden verkarsteten, und die Führung versagte...", ergänzte Grisella.

Sie hatte das aus dem Büchlein, das sie noch nicht lesen konnte. Sie betonte das **noch** nicht, denn bald würde es so weit sein. Sie fühlte sich bei ihrem Ehrgeiz gepackt.

Auch Scholasticus stimmte ihr zu: „Da sehnt man dann den Tod herbei, zumal, wenn er in den süßesten Farben ausgemalt wird, nehme ich mal an."

„...und die Seele endlich ihr ersehntes Reich der Glückseligkeit gewinnt", griff Pooty das Wort auf und begann zu singen:.

„Wen schert schon, wenn alle marschieren,
Und alles in Scherben fällt? –
Heute ganz Atlantis und morgen der Rest der Welt..."

„Verstehe", nickte Scholasticus nachdenklich, denn eben fiel ihm ein, in welchem Zusammenhang er diese Zeilen schon einmal ganz ähnlich gehört hatte.

„Deswegen also liebten die Atlanten das Marschieren so sehr,... so kriegt man die Kurve. Auf einmal sieht alles ganz selbstverständlich aus, so schrecklich wie es auch ist", nickte Arundelle, und schämte sich ein wenig dafür, wie begeistert sie alle mit marschiert waren.

Die Klonerei von Walt Yio glaubten sie nun einigermaßen verstanden zu haben. Gelegenheit dazu hatte es in den vergangenen turbulenten Monaten sicherlich genug gegeben auf der Conversioreninsel, als sich dort die Überfälle häuften und sogar Todesopfer beklagt wurden.

Malicius Marduk war da quasi ein- und ausgegangen. Denn erst viel später waren sie ihm drauf gekommen.

Gerade in diese kritische Zeit oder doch kurz darauf, veränderte sich Billy-Joes Totemtier. Denn da begriff er allmählich die Geheimnisse seiner frühen Kindheit. Insofern kam ihm die Metamorphose gerade recht (von Walters Tod war im wahrsten Sinne des Wortes eigentlich überhaupt nicht zu reden).

Walter fand auf diese Weise sein Auskommen in dieser Welt und Pooty erhielt seinen Ziehvater zurück, wenigstens für eine knappe Woche in jedem Monat. So war allen gedient und Billy-Joe erhielt Gelegenheit, sich an Walters Weisheit zu laben, was er auch willig und ausgiebig tat, ebenso wie Pooty übrigens.

Bei einer solchen Conversion also, als Walter in die Gestalt von Billy-Joe schlüpfte, oder genauer gesagt, - sich aus dem Innersten von Billy-Joe nach außen stülpte, um Billy-Joe seine Form zu geben; - bei einer solchen Gelegenheit also, musste Malicius Marduk zugeschlagen haben und zwar so, dass weder Billy-Joe, noch Walter, noch auch Pooty, (der immer mit von der Partie war, wenn es auf die Conversioreninsel ging) - davon etwas mitbekamen.

Da bei einer solchen Umwandlung immer auch Blut fließen kann – immerhin verändern sich die Körper zum Teil ganz dramatisch – wäre es nicht ganz unmöglich, an das geeignete Material zum Klonen heranzukommen.

Was im Falle von Pooty schon bedeutend schwieriger war, denn der unterzog sich ja nicht eines solchen Conversionsprozesses, sondern behielt seine Gestalt unverändert bei.

Pooty selbst zermarterte sich das Hirn. Hatte es womöglich doch eine brenzlige Situation gegeben und er hatte sie nur vergessen? War er auf der Conversioreninsel je verletzt worden? Aber natürlich – im Eifer des Gefechts beim Angriff der Meersoldaten – da hatte auch er Blutzoll zahlen müssen.

Unter den Angreifern musste sich damals ein Klonkundiger befunden haben. Es könnte sogar sein, dass Malicius Marduk den Angriff selbst führte. So wichtig war ihm damals die Eroberung der Conversioreninsel gewesen.

Pooty stellte sich vor, wie Malicius Marduk in seiner perfiden Weitsichtigkeit natürlich auch damals schon voraus geahnt haben konnte, was er dann alsbald in die Tat umsetzte, nachdem seine Absichten vor Ort erst einmal vereitelt worden waren. Dort war auch sein besonderer Hass auf Walter entstanden, der ihm, zusammen mit Billy-Joe, immer wieder gründlich in die Quere kam.

21. Der Kardinalfehler

Die Tage gingen ins Land. Die Nachbereitung der Materialien ging ihren Gang. Grisella ruhte nicht, bis sie die Schrift der Atlanten entzifferte und mit ein wenig Sinn erfüllte. Denn je ganz in diese äußerst komplexe Sprache einzudringen, verbat sich schon deshalb, weil sie durch eine Fülle von gedanklichen Einschüben angereichert war, die nur durch Leerzeichen kenntlich gemacht wurden und die nur demjenigen Sinn machten, der sich im kulturellen Kontext zu bewegen verstand.

Zu gerne wäre Grisella noch einmal nach Atlantis gereist. Jetzt, wo sie wusste wie es ging. Sie hatte nun überhaupt keine Angst mehr. Alle rieten ihr jedoch ab.

Was, wenn sie ins Untergangsszenario hinein gezogen würden, malte ihr Dorothea aus, die von ihrem Mann über die Ereignisse dort ins Bild gesetzt worden war.

„Lass sie doch ihre letzten Geheimnisse mit ins ewige Grab nehmen“, wies sie ihre Schwester ein wenig schulmeisterlich zurecht. „Wir können nichts mehr für sie tun.“

„Aber sie vielleicht für uns“, entgegnete Grisella trotzig. „Vielleicht kriegen wir ja noch mehr über den Kardinalfehler heraus.“

Grisella wähnte sich auf der richtigen Spur. Wenn es ihr auch noch zu früh schien, darüber bereits zu reden. Doch Dorothea in ihrer praktischen Art ließ sich von solch vagen Hirngespinsten nicht beirren.

„Nehmen wir mal an, du erfährst von ihnen den Fehler. Wem ist damit geholfen? Glaubst du allen Ernstes, du kannst die ganze Menschheitsgeschichte revidieren? Was geschehen ist, ist geschehen. **Jetzt** werden die Weichen gestellt...“

„Eben deshalb brauchen wir ja den Kardinalfehler“, rief Grisella aufgeregt dazwischen. „Eben deshalb brauchen wir den Kardinalfehler ja, wir brauchen ihn, damit er ausgemerzt wird; ein für alle mal, und nie wieder gemacht werden kann, solange es Menschen gibt.“

„Träum weiter, Schwesterherz. Menschen werden nicht nur den einen Kardinalfehler, sondern alle ihre Fehler immer wieder machen, so sind sie nun mal gestrickt. Vielleicht hast du da ja deinen Kardinalfehler bereits: Der größte Fehler der Menschheit ist, dass alle Menschen immer, und immer wieder die selben Fehler machen. – Meist aus Unerfahrenheit, Dummheit oder Gedankenlosigkeit, aber auch aus niederen Beweggründen und egoistischen Motiven. Ja, diese stehen allzu oft Pate bei allerlei Gräueln und Vorteilsnahmen.“

Grisella war beeindruckt, wie klar und bodenständig Dorothea die Dinge sah. Überzeugt hatte sie die Argumentation jedoch nicht. Dazu war ihnen der Kardinalfehler bereits zu nah gekommen. Grisella glaubte ihn fast mit Händen greifen zu können, so deutlich schwebte er, - einem Damoklesschwert gleich –, über ihnen.

Aber vielleicht hatte der Kardinalfehler ja nur diese Gestalt angenommen, um sie zu foppen. Sie musste der Sache auf den Grund gehen, koste es was es wolle.

So bekniete sie ihren Schwager, seinen Einfluss geltend zu machen und Billy-Joe oder Pooty für einen neuerlichen Ausflug nach Atlantis zu gewinnen. Mit Arundelle würde sie schon fertig. Da half ein Gespräch von Frau zu Frau auf Augenhöhe, glaubte sie aus Erfahrung zu wissen.

Es gelang ihr mit beredten Worten die Dringlichkeit rüberzubringen. „Diesmal wissen wir wenigstens, worauf es ankommt“, betonte sie und berichtete von ihren Erfolgen bei der Entschlüsselung der Sprache. „Ich brauche etwas mehr Tonmaterial, kleine Gespräche, einzelne Wortfetzen. Die kann ich dann durch den Computer jagen und in ein System einbauen. Ich habe einfach zu wenig Material. Wenn ich wenigstens vage Anhaltspunkte für deren Grammatik hätte. Aber ich erkenne ja noch nicht einmal so was wie Substantive."

„Gestatte, dass ich widerspreche", entgegnete Arundelle kühl. „Wir haben immerhin die Broschüre – ein vergleichsweise umfangreiches Manifest mit klaren Bezügen. Verglichen mit den wenigen Schrifttafeln der Sumerer oder Assyrer ist das unendlich viel."

„Ja, aber die arbeiteten damals nicht mit telepathischen Leerstellen, die nur der kundige Leser zu füllen vermag...", Grisella ließ nicht locker, und eigentlich hatte Arundelle gar nichts gegen eine neuerliche Wanderung auf dem Zeitstrahl.

Zur Not könnten sie sich immer noch weg beamen, wie gehabt. Wenn Grisella das mit ihrer Flugangst mitmachte - bitteschön - ihr sollte es schon recht sein. Sie sah zwar den Zweck des neuerlichen Besuchs nicht so ganz ein, denn die Entzifferung der Broschüre allein konnte es ja wohl nicht wirklich sein. - Wenn Grisella soviel daran lag - der Zauberbogen war dabei. Er übte bereits ein neues Wanderlied ein und hoffte, diesmal etwas weniger Mitreißendes zu finden, da ja nun die Schwäche der Atlanten zur Genüge bekannt war.

Außerdem ging es darum, sie soviel wie möglich zum Reden zu bringen. Das hatte ihnen Grisella bei der Vorbereitung immer wieder eingeschärft. Weiter überlegten sie, ob es ratsam war, wieder mit Billy-Joe und Pooty aufzukreuzen, deren Klone in Atlantis den Aufruhr schürten.

„Mir wäre es am liebsten, wir würden ganz unauffällig irgendwo abseits in einem kleinen Dorf mit ganz gewöhnlichen Leuten ins Gespräch kommen", wünschte Grisella sich.

So besprach sich der Zauberbogen ausführlich mit dem Zauberstein, ob es eventuell möglich wäre, dass ein anderer ihn übernähme, ausnahmsweise wegen der politischen Unruhen und den zu erwartenden Ausschreitungen, wenn Pooty und Billy-Joe persönlich in Erscheinung träten.

„Ich kann mir ja den Medizinbeutel von Billy-Joe um den Hals hängen", schlug Arundelle vor. „Da tun wir dich dann rein und alles ist ansonsten wie immer, nun, was meinst du?" - fragte sie zum Zauberstein gewandt, der vor Aufregung wieder leuchtete und hilfesuchend zum Zauberbogen hinüber blinkte.

„Darf ich mir selbst jemand aussuchen?" - wollte der Zauberstein nach einer kleinen Weile heftigen Kommunizierens mit dem Zauberbogen wissen.

„Keine Frage - das versteht sich doch von selbst..."

„Dann wünsche ich mir, dass mich Professor Scholasticus Schlauberger trägt und statt Pooty wünsche ich mir einen kleinen Koala aus Plüsch im Medizinbeutel. Ist das zu machen?“

„Nun aber freilich – danke, danke zuviel der Ehre, vielen Dank. Ich nehme mit Freuden an“, stimmte Scholasticus zu.

„Und ich besorg den Plüschkoala“, rief Grisella.

Grisella fielen gleich zwei Steine vom Herzen, zum einen hatte sie schon nicht mehr an die Reise geglaubt, als klar war, dass Pooty und Billy-Joe nicht mit dabei sein sollten – aus naheliegenden und durchaus nachvollziehbaren Gründen. Zum andern war sie hocherfreut darüber, dass ihr lieber Schwager mit von der Partie war. Denn der stellte für sie inzwischen so was wie einen Fels in der Brandung dar, auf den sie sich hundertprozentig verlassen konnte.

Arundelle und die Schwestern Florinna und Corinia, auf denen sie bestand, stellten sich hinter Scholasticus, Grisella und Dorothea, die es sich nicht nehmen lassen wollte, für diesmal ein Auge auf ihren Mann zu haben und ihre Schwester beim Sammeln von Tondokumenten zu unterstützen. Alle also reihten sich eine nach der andern entlang dem imaginären Zeitstrahl auf. Vorneweg nun doch Arundelle, gefolgt von Scholasticus, und den beiden Schwesterpaaren. Der Zauberstein stimmte sein stimmloses Wanderlied an und alle fielen mit ein:

„Wer hat die schönsten Schäfchen?
Die hat der goldne Mond,
der hinter unsern Bäumen,
Am Himmel droben, wohnt.“

Wieder und wieder schallte das Lied durch die Abendstille, denn der Abend senkte sich nieder. Und über dem kargen Land von Atlantis zog der silberne Mond herauf. In der Ferne blinkten die Lichter eines kleinen Anwesens und die Wanderer hielten darauf zu.

Ihr Singen erregte Aufmerksamkeit. Als sie das Dorf erreichten, begrüßten sie wohl zehn Atlanten, teils Kinder, teils Alte, ein Mann und seine Frau – eine Familie, wie sich heraus stellte.

Alle stimmten in das Lied mit ein, so recht und schlecht – und Dorothea übernahm es, alles unauffällig im Handy mitzuschneiden.

Mit den Kindern ließ es sich am schönsten reden. Sie plapperten genau so los wie alle Kinder in dem Alter und scherten sich wenig darum, ob sie verstanden wurden, denn sie verstanden auch nicht alles.

So lernen Kinder nun einmal sprechen und das war hier nicht anders als überall, wo es Kinder gibt.

So ging das beinahe für eine ganze Stunde. Es war Zubettgehzeit und hier wie überall verlangte es den Kindern nach einer Einschlafgeschichte. So las die Mutter aus einem abgegriffenen Buch laut vor, während sich die Kleinen in ihre Lumpen kuschelten und die schmutzigen Däumchen in die Mündchen steckten.

Auf dem Tisch standen die Reste des kärglichen Mahles, bestehend aus Hafergrütze und schalem Dünnbier, zu dem die Gäste ohne Umstände geladen wurden, sie mochten sich noch so zieren.

Auch die Alten schlichen sich alsbald davon und rumorten hinter einem Vorhang. Die Gäste erkannten die Zeichen der Stunde. Und da die Kinder schliefen und niemand noch redete, zogen sie sich - freundlich zu dem Elternpaar hin nickend - leise zurück. Sie wanderten an ihrem Zeitstrahl, - für diesmal ohne Gesang, - zurück bis sie nach mühevollem Stapfen, - ohne Musik war die Bodenhaftung enorm – im Dunkeln die vertrauten Umrisse der Insel Weisheitszahn unmittelbar vor sich gewahrten. Sie waren daheim.

Eigentlich war's kaum mehr als ein verlängerter Abendspaziergang gewesen – nun gut – auch ein Ausflug wäre keine Übertreibung – jedenfalls nichts, was Grisella gemeinhin mit Fernreisen, gar mit Weltraumreisen verband, weshalb sie sich ja in ihre Phobie zurück gezogen hatte und nicht einmal ganz normale Flugreisen machte. Wozu gab es schließlich Schiffe, Züge und Busse – ihre bevorzugten Reisemittel.

Ob es an dem Lied gelegen hatte, oder am Abendfrieden? Sie waren auf ausgesprochen umgängliche Leute getroffen, arm aber nicht elend. Durchaus mit Zeichen von Lebensfreude versehen, wenn ein so kurzer Besuch eine solche Einschätzung denn schon zuließ. Jedenfalls aber herrschte da nicht das blanke kannibalische Grauen des Untergangs.

***

Das Sprachmosaik verband sich im Computer mit den Zeichen durch Zuordnung und Tonabgleich. Eine erste Systematik ließ nicht lange auf sich warten. Anhand der geschriebenen Worte aus der Broschüre und den gesprochenen Worten aus der Gutenachtgeschichte ließ sich ein recht vollständiges Sprachsystem erschließen.

Der Computer versuchte sich nun mit Sinnzuordnungen und probierte diese an allen möglichen Stellen beider Vorlagen aus, bis sich allmählich bestimmtere Zuordnungen ergaben, die womöglich Gültigkeit beanspruchen konnten.

Die Broschüre entpuppte sich als das, was Grisella vermutete. Sie war ein Hasspamphlet auf die nichtswürdige diesseitige Welt und zugleich die hymnische Preisung der zu erwartenden Freuden im Jenseits.

Jeder Atlant wurde aufgefordert, sich aktiv an der Zerstörung der Welt zu beteiligen. Dazu gab es detaillierte Handlungsanweisungen und genaue Verfahrensanleitungen. Und zum Heiligen Krieg gegen Staat und Gesellschaft wurde auch aufgerufen. Im Krieg zu sterben, galt als höchstes Ziel.

Eine solch aggressive Form der Weltverneinung und Weltflucht hatte es bis dahin in der Menschheitsgeschichte nicht gegeben. Soviel glaubte Grisella zu wissen. Immerhin befand sie sich hier auf heimischem Grund, denn in der frühen Geschichte der Menschheit kannte sich kaum jemand so gut aus wie sie. Sie galt auf dem Gebiet als die Spitzenfachkraft.

So glaubte sie sich am Ziel. Der Kardinalfehler der Menschheit war damit ihrer Meinung nach gefunden und zwar dort, wo er gerade im Entstehen begriffen war.

Das war **die** Sensation. Vor Aufregung bekam sie einen ganz roten Kopf und wusste nicht, was sie zuerst tun sollte. Am liebsten wäre sie in die Luft gehüpft und hätte Hurra gebrüllt wie bei dem Siegestor der heimischen Fußballmannschaft. So aber begnügte sie sich damit, ihren Mann abzuküssen und Intelleetus an sich zu drücken, der nicht wusste wie ihm geschah. Seine Mutter war an sich eher der zurückhaltende Typ.

In einer eilig einberufenen außerordentlichen Plenarversammlung stellte sie ‚die wissenschaftliche Sensation von unvergleichlichem Rang' einer - weitgehend auf Durchzug schaltenden - Zuhörerschaft vor. Aber das hemmte ihre Begeisterung keineswegs.

Ganz allmählich würde sich die Sensation schon in alle Köpfe einnisten. Wissenschaftliche Revolutionen dieser Größenordnung und Tragweite brauchten nun einmal ihre Zeit bis sie die zugehörige Gesellschaft auch wirklich durchdrangen.

Dieser Kardinalfehler sollte nun systematisch aus allen Lebensbereichen und in allen gesellschaftlichen Einrichtungen aufgespürt und ausgeschaltet werden. Das hätte sicherlich einschneidende Veränderungen zur Folge. Es galt, sich und der Gesellschaft klar zu machen, wie einschneidend die Veränderungen sein würden. Doch als sie endlich daran ging, auch auf diese Konsequenzen einzugehen, da merkte sie, wie undurchführbar utopisch ihr Unternehmen doch anmutete und wie viel Gegenwind sie zu gewärtigen hatte.

„Liebe Grisella", hob Dorothea denn auch zu einer Gegenrede an, nachdem Grisella ein wenig an der Oberfläche der Konsequenzen gekratzt hatte und selbst schon merkte, wie kitzlig die Sache dort war.

„Liebe Grisella, ich möchte dich nur an meine Worte erinnern, die ich dir schon **vor** diesem, für dich so ungeheuer bedeutenden Besuch, mitteilte. Ich sagte:

‚Träum weiter, Schwesterherz, träume weiter. Menschen werden nicht nur den einen Kardinalfehler, sondern alle ihre Fehler immer wieder machen, so sind Menschen nun mal.' Und deshalb sage ich es dir hier nun noch einmal in aller Deutlichkeit:

Der wirkliche Kardinalfehler der Menschheit ist viel grundlegender. Denn er besteht in der Tatsache, dass alle Menschen immer wieder die selben Fehler machen. – Meist aus Unerfahrenheit, Dummheit oder Gedankenlosigkeit, aber auch aus niederen Beweggründen und egoistischen Motiven. Und daran wirst auch du nichts ändern, wenn es dir denn gelingen sollte, den manichäischen Ungeist zu bannen und die Welt vom Bannfluch der Nichtswürdigkeit zu befreien."

Die Zornesröte verdunkelte Grisellas Gesicht zusehends, während sie sich anhören musste, was ihre Schwester zu sagen hatte. Derart auf ihrem eigenen Gebiet abgekanzelt zu werden und dann auch noch öffentlich und von ihrer eigenen Schwester, die ihr doch so viel zu verdanken hatte, war mehr als sie ertragen konnte.

„Komm, Amadeus, wir gehen", zischte sie und rauschte hoch erhobenen Hauptes aus dem Saal. Amadeus folgte ihr auf dem Fuß.

Marsha löste eilends die Versammlung auf und versuchte es so aussehen zu lassen, als sei Grisellas Abgang Teil des allgemeinen Aufbruchs.

22. Schwesternzank

Längst verheilte Narben brachen plötzlich auf. Tief im Innersten der Seele fühlte Grisella den Schmerz wieder, den sie verdrängt und vergessen hatte. Nie war sie über die erste Zurücksetzung hinweg gekommen, das spürte sie jetzt ganz deutlich. Im Schatten der strahlenden Dorothea war sie verkümmert. Was sie auch versuchte, damals, - nichts und niemand konnten ihr helfen.

Wie hatte sie ihre Schwester heimlich bewundert - wie sehr sie geliebt, und doch war der Hass nie von ihr gewichen und der Neid und die Missgunst. Wie oft hatte sie heimlich vor dem Spiegel geübt, wie Dorothea zu sein. Doch sie hatte es nie weiter als bis zur lächerlichen Karikatur gebracht.

Erst allmählich dann war sie dazu übergegangen, sich bewusst etwas eigenes zu schaffen, um aus dem Teufelskreis auszubrechen, in dem sie gefangen saß. Sie fühlte es, sie hatte es im Grunde immer gewusst: wenn sie ganz tief in sich hinein horchte, war da etwas anderes, das mehr war und dieses ‚Mehr' wartete darauf, befreit zu werden.

Lange Zeit war sie nicht in der Lage gewesen, dieses ‚Mehr' auch nur vage zu bestimmen. Denn vielleicht war es da auch noch gar nicht real gewesen, war vielleicht nur der Traum von einem Etwas gewesen, das ein ‚Mehr' hatte sein wollen, mehr nicht.

Sie bemerkte, dass auch sie etwas besaß, das Dorothea nicht hatte. Und auch das konnte sie so wenig klar benennen wie den Traum von dem ‚Mehr', das sie in sich wusste und mit dem es zu tun hatte.

Als sie nun das Pamphlet aus Atlantis entzifferte, da fiel ihr dieser verborgene Traum von damals wieder ein. Auch in der Flugschrift aus Atlantis war ja von etwas sehr Kostbarem die Rede, das im Schlamm der Materie verborgen lag. Und genau so hatte sie sich damals im Schatten ihrer Schwester gefühlt. Und auch ihr war die Welt um sie her, die anderen so strahlend schön und bunt erschien, in ein trübes trauriges Einerlei geronnen, dem zu entkommen alles sie drängte.

Dorothea plagten die gleichen Skrupel, nur anders herum. Die süße kleine Doro, das Zuckerpüppchen, das alle knuddelten wie ein Plüschtier, fühlte sich zum Dummchen abgestempelt. Grisella, die Intelligente, Grisella die, mit der man vernünftig reden konnte.

‚Nimm dir ein Beispiel an Grisella', hieß es bei den leidigen Hausaufgaben. Die eigene Begriffsstutzigkeit wurde ihr ständig unter die Nase gerieben.

Es ging gar nicht anders, sie musste das Sonnenscheinchen werden, denn sonst wäre sie im Windschatten ihrer klugen Schwester untergegangen. Und so war sie zu einer Schönheit erblüht. Da hatte die Natur nachgeholfen. Und Grisella entwickelte sich zu einem typischen Blaustrumpf, was sich besonders in der Pubertät dann für sie negativ auswirkte.

Dorothea konnte jeden Jungen haben, den sie wollte, Grisella aber wollte keiner; das war so grausam wie die Welt nun einmal sein kann.

Aus Dorotheas Sicht also standen sich beide Schwestern in nichts nach. Beide hatten sie unter einander gelitten und beiden war etwas Wesentliches von der anderen genommen worden.

So sah es Dorothea und eigentlich hätte Grisella es ebenso gerecht sehen müssen, zumal sie nun als Erwachsene als erste mit einem Kind gesegnet war. Ein Glück, das Dorothea bislang und vielleicht für immer, versagt blieb. Dies war auch der Grund, weshalb sie sich in letzter Zeit verstärkt daran machte, in die Domäne ihrer klugen Schwester einzudringen, um auch ein Stück vom Reich des Geistes zu erobern.

Dafür war Grisella im Gegenzug mit den Segnungen der Weiblichkeit überhäuft worden. Sie besaß einen schönen Mann, der dazu noch treu war wie Gold und einen ausgesprochen liebenswerten intelligenten Jungen, um den sie jede Frau beneidete. Dorothea selbst machte da keine Ausnahme, zumal deshalb, weil ihre eigene Ehe kinderlos geblieben war.

Eine dumme kleine Broschüre aus der fernen Vergangenheit, geschrieben auf durch und durch fremdes Material, nicht Papyrus, nicht Ziegenhaut, unzerreißbar und doch hauchdünn wie Papier! – Eine Broschüre, die gerollt, gefaltet und gefalzt, nicht aber zerrissen werden konnte, zerriss die geschwisterliche Harmonie, und verwandelte die geschwisterliche Liebe in Missgunst und Geringschätzung.

Dabei hatte Dorothea doch nur versucht, nicht die Bodenhaftung zu verlieren und ihre Schwester davon abzuhalten, sich in eine irrationale Utopie zu versteigen. Gerade sie beide mussten es besser wissen. Was ihnen von klein auf passiert war, ließ sich eben nicht so einfach vermeiden. Natürlich waren mit ihnen Fehler passiert, doch wie hätten die vermieden werden können?

So stand es um Dorothea und sie sah keinen Fehler in ihrer Position. Das kam daher, dass ihr – nach Grisellas Ansicht - eine Dimension fehlte, die diese für sich beanspruchte, und von der sie felsenfest überzeugt war.

Alle Welt wusste davon und nur wer wie der Vogel Strauß den Kopf in den Sand steckte, konnte sich etwas anderes einreden. In die Geschichte der Menschheit hatte sich ein früher Fehler eingeschlichen, den zunächst niemand recht wahrhaben wollte oder auch nur bemerkte. Zwar war immer wieder versucht worden, diesen Fehler zu korrigieren, doch da niemand ihn recht genau fassen konnte, blieben solche Versuche bereits im Ansatz stecken.

In Grisellas intellektuellem Werdegang spielte die Bestimmung dieses Kardinalfehlers eine zentrale Rolle. Lange Zeit glaubte sie - zusammen mit anderen - in dem Begriff der Entfremdung diesen Fehler richtig erkannt zu haben. Doch dann traten unerwartete Irritationen auf und am Ende sah es dann so aus, als sei die Aufhebung der Entfremdung letztlich nichts anderes als die himmlische Heimkehr der Seele aus der Verhaftung im materiellen Chaos der Welt.

Genau das also, was Puh Tzi für Atlantis im großen Maßstab plante und wie man weiß, auch durchsetzte, indem Atlantis schließlich mit Mann und Maus unterging.

‚Vielleicht lachen die atlantischen Seelen da jetzt und freuen sich, es geschafft zu haben. Doch das Wissen wir nicht'. - Lag der Kardinalfehler wo anders, oder gab es ihn überhaupt nicht, wie Dorothea behauptete? Setzte er sich zusammen aus der Summe der kleinen Fehler, die Menschen deshalb machen, weil sie Menschen sind?

Es musste einen Weg aus der Entfremdung - auch im Hier und Jetzt – also in der wirklichen Welt um uns her - geben. Grisella wollte es so und wer sie daran hinderte, diesen Weg zu suchen, der machte sich unbeliebt.

Erst einmal galt es deshalb, den ganzen psychologischen Popanz beiseite zu schieben. Da war doch allerlei durcheinander geraten bei ihr und hatte Dinge ins Spiel gebracht, die überhaupt nicht auf diese Spielwiese gehörten.

Eigentlich hatten die Schwestern nämlich ihren Frieden längst gemacht und die Vergangenheit war zwischen ihnen bereinigt und begraben und die Wunden waren verheilt und nicht nur irgendwie vernarbt, jederzeit bereit wieder aufzubrechen, so war es ja nicht.

Grisella fühlte sich sehr wohl in ihrer Haut und liebte sich mit Haut und Haaren, besonders im Glanz der Augen ihres wunderschönen Amadeus. Ebenso wie Dorothea inzwischen um ihre intellektuellen Fähigkeiten wusste und beileibe nicht mehr im Windschatten der Schwester segelte. Nicht zuletzt deshalb war die an sich harmlose Auseinandersetzung ja derart ausgeufert.

Vielleicht hatte sie die Übersetzung der Schrift aus Atlantis sowieso schon aus der Fassung gebracht und als dann auch noch Dorothea mit ihrer Fundamentalkritik ankam, da platzte ihr einfach die Hutschnur.

Dorotheas Position bedeutete ja, dass es für die Menschheit überhaupt keine Chance gab, jemals aus dem selbst verschuldeten Jammertal heraus zu finden, außer sie folgte der Prophetie eines Puh Tzi.

Gerade, weil sie mit sich inzwischen recht einverstanden war und die sinnliche Seite des Lebens genießen gelernt hatte, fühlte sie sich nun um so drängender bei der Suche nach dem Weg aus der Entfremdung bestätigt.

Wer den Wert der Verbindung von Körper, Geist und Seele gering schätzte, der resignierte im Grunde, denn es gab für ihn keine Hoffnung auf die Heilsgeschichte der Menschheit. Rettungslos verstrickte sich solch ein Mensch in die Verwirrungen eines Puh Tzi. Dieser Irrweg erwies sich in Wahrheit immer wieder als der Gipfel der Entfremdung. - Weltverachtung und Weltflucht erst vollenden die Entfremdung.

***

Arundelle und Billy-Joe glaubten bei den Schwestern ein ganz anderes Problem zu entdecken. Wer derart grundlos über einander her fiel, litt erfahrungsgemäß an Miseriorenbefall und sollte sich schleunigst impfen lassen.

Wer nun aber wie Dorothea, entweder durch das Licht gegangen, oder wie Grisella, von vorn herein mit einer lichtfarbenen Gloriole umgeben war, den schützte das Innere Licht gegen Miseriorenbefall.

Gleichwohl bestand die unwahrscheinliche Möglichkeit, dass es bei einem der Rückmärsche auf dem Zeitstrahl, - (und dann auch noch mit Marschmusik) -, ausnahmsweise zu einer ernsthaften Schädigung der Immunität gekommen sein konnte.

„Nutzt 's nix, schad 's nix“, meinte Billy-Joe frei nach dem französischen Philosophen Blaise Pascal. Er wollte damit sagen, dass eine Schutzimpfung von Nutzen war, wenn sie keinen Schaden anrichtete.

Grisella zierte sich zunächst und wollte genau über die Nebenwirkungen dieser Impfung informiert werden. Dabei hatte sie selbst bei der Entwicklung des Serums mit gewirkt. Aber dann ergab sie sich ihrem Schicksal.

Und ob es nun ein Placeboeffekt war oder nicht, die Schwestern waren fortan wieder ein Herz und eine Seele. Wechselseitig bestätigten sie einander, wie völlig unverständlich ihnen ihr scharfes Vorgehen gegeneinander nun erschien. Beide fragten sich, woher ihre heftigen Aggressionen gekommen waren.

Niemand hatte indessen graue Fratzen davon huschen sehen, aber das mochte am Sonnenlicht liegen, das den Behandlungsraum, in dem die beiden Impfungen parallel durchgeführt wurden, durchflutete.

Wie sie später erfuhren, konnte sich die Wirkung des Serums bei einigen Patienten um bis zu drei Tage verzögern. Die Austreibung hätte also rein theoretisch jederzeit stattfinden können, etwa auch nachts (und da sind bekanntlich alle Katzen grau.)

Vielleicht wäre auch der Advisor bereit, Grisella nun doch noch einmal durchs Licht zu schicken, wenn es denn stimmte, und sie ihre Flugangst bei den feldmarschmäßigen Wanderungen auf dem Zeitstrahl und bei der wunderbaren Notrettung aus atlantischer Bedrängung, überwunden hatte.

Arundelle nahm sich vor, ihn bei nächster Gelegenheit darauf anzusprechen. Ihr brannten ohnehin äußerst wichtige Fragen auf der Zunge, wenn diese auch nicht völlig mit der Frage nach dem Kardinalfehler, welche die beiden Schwestern so entzweite, überein stimmten.

23. Südmichel beim Rapport

Niemandem schmeckte es, zum Rapport geladen zu werden. Da machte Südmichel keine Ausnahme. Und um so weniger schmeckte ihm diese Einladung, als er mit dem Advisor, von dem sie ausging, ein Autoritätsproblem hatte – und das seit Alters her. Das Problem hatte mit der Perspektive zu tun, so glaubte Südmichel zu wissen.

Ein jeder von ihnen glaubte, den ganzheitlichen Blick zu haben, der Advisor deshalb, weil er den großen Überblick von oben hatte und Südmichel deshalb, weil er den totalen Durchblick von unten hatte.

In Wirklichkeit sah jeder von ihnen allerdings nur, was sich seiner Perspektive zeigte. Der Advisor sah die Oberfläche, und Südmichel, den Untergrund.

Denn Südmichel schaute auf die Welt durch das Prisma seiner Unterwasserkugel unter dem Meer, wo die Zwerge hausten, und der Advisor blickte vom virtuellen Mittelpunkt des Universums aus auf alle Galaxien, Sterne und Planeten.

Weil er soviel sah, glaubt der Advisor an seine Allmacht, doch das tat Südmichel nicht weniger, denn er sah in die Tiefe und die war nicht weniger groß wie die größte Größe, nur ganz anders.

Einmal erst war es Südmichel gelungen, den Advisor in das innere Universum (ins Nanoversum) einzuladen, was diesen nicht wenig beeindruckte. Seither – so schien es Südmichel zunächst – hatte sich ihr Verständnis füreinander vertieft, genauer, hatte sich das Verständnis des Advisors für ihn vertieft, (zumindest hoffte Südmichel dies.) - Bis dann dieser Brief kam, der ihn zum Rapport bestellte.

Lange grübelte Südmichel, ob er den Termin nicht einfach verschwitzen sollte, ob er einfach so tun sollte, als habe er diesen Brief nie erhalten. Zumal er wirklich viel unterwegs war, seit sich die Ereignisse überschlugen und aus dem Trudeln gar nicht mehr heraus kamen.

Doch dann entschloss er sich, trotz allem hin zu gehen. Zuvor allerdings bestand er auf einer ordentlichen Tagesordnung. Zum Teil, um sich vorzubereiten, zum andern, um sich anwaltlichen Beistand zu besorgen, den er bei den Inselmenschen zu finden hoffte, die auf ihn den denkbar günstigsten Eindruck machten, jedenfalls in ihrer Mehrzahl.

So meldete er sich bei Arundelle, indem er sich in ihre Träume mischte und dort sein Anliegen vortrug. Die kleine Agenda mit den Diskussionspunkten hatte er inzwischen erhalten. Und er ließ sie ihr auf diesem Wege gleich da.

Leider aber war diese flüchtige Form der Übermittlung nicht dazu angetan, ein solch formelhaftes Dokument im Schlaf festzuhalten und im Wachen zu erinnern. Immerhin kriegte Arundelle den Termin wenigstens mit, und da sie keinerlei Beschränkungen erinnerte, nahm sie - als es dann ans Reisen ging, - Billy-Joe, Pooty und den Zauberstein gleich mit, zumal die verdoppelte Zauberkraft sich günstig auf die Reisegepflogenheiten auswirkte. Der Advisor hatte Südmichel nämlich hinaus ins virtuelle Zentrum auf die kaiserliche Weltrauminsel bestellt.

Südmichel erwartete sie bereits, als sie mit wenigen Minuten Verspätung eintrafen. – (Die war einzig der Zeitverschiebung im interstellaren Raum geschuldet, betonte der Zauberstein, der diesmal für die Navigation verantwortlich zeichnete.) Ein wenig zerzaust und atemlos waren sie schon, jedoch alles in allem recht wohlbehalten.

Gerade noch rechtzeitig, um den Auftritt des Hofstaats mitzukriegen, dieses bombastische – stets ein wenig lächerlich wirkende – Spektakel, das dem kaiserlichen Erscheinen unweigerlich einher ging.

Südmichel stand der neben Arundelle und flüsterte dieser sichtlich irritiert und eingeschüchtert zu, er habe eigentlich nur mit dem Advisor gerechnet. Arundelle wisperte zurück, damit sei aber auf der virtuellen kaiserlichen - im Zentrum aller realen und fiktiven Universen gelegenen - Weltrauminsel nicht zu rechnen.

Das Zeremoniell nahm seinen Lauf. Die hohen Persönlichkeiten wurden wie immer auf ihren wackeligen Thronsesseln in den Himmel gehievt und die Audienz konnte beginnen.

Südmichel wurde die rote Ecke des Herausforderers zugewiesen, hingegen schickte man den Advisor in die blaue Ecke.

„Durchaus kein ungünstiges Zeichen“, wisperte Arundelle erneut. Sie mimte den Coach und Billy-Joe den Betreuer, der seinen Champion diensteifrig und pflichtschuldig mit Trinkflasche betreute und mit Wedelhandtuch eifrig umwedelte, als er da auf seinem Ringhocker hockte.

Als Referee hopste Pooty aufgeregt in der Ringmitte umher. „Das Duell der scharfen Worte kann beginnen“, quäkte misstönend ein vorsintflutlicher Ringlautsprecher, der hoch über den Köpfen aller von der Decke herab baumelte.

Durch die faire Gestaltung des Rapports ermutigt, startete Südmichel sogleich seinen ersten Angriff und knallte dem Advisor dessen – wie er sich ausdrückte – unverschämten Ton, in dem seine sogenannte Einladung gehalten sei -, um die Ohren,

Dass diese anfingen,
Ihm seltsam zu klingen.
- Diagnose Tinnitus
Erfuhr er vom Ringmedikus.

Der blitzschnelle Kontre des Advisors ließ indes nicht auf sich warten und -

Südmichels Nase blutete heftig,
Der Schlag des Advisors war äußerst kräftig,
Geführt zum Wohl der Meeresleute,
Die recht zu hüten Südmichel sich scheute,

- tönte es als Antwort nun noch einmal aus dem Ringlautsprecher. Diesen Vorwurf wollte Südmichel nicht auf sich sitzen lassen, blutüberströmt wie er war. Doch der Kampf wurde abgebrochen, noch ehe er seinen Gegner erneut stellte, und kam zu einem frühen Ende.

Südmichels Nase schwoll noch immer an. Dicke Stöpsel in den Nasenlöchern sollten die Blutung stoppen. Der Schiedsrichter disqualifizierte den Mann aus der blauen Ecke und Südmichel wurde zum Sieger durch Abbruch in der ersten Runde erklärt. Frenetischer Jubel von den Rängen zeigte an, wie sehr der Kampf trotz der Kürze gefallen hatte. Beinahe schien es, als habe niemand etwas anderes erwartet.

Die kaiserlichen Stilstühle konnten sich vor Begeisterung nicht lassen und begannen heftig zu schwanken.

Immer mehr,
Hin und her
Wie Bambusrohr im Sturmwind –
Sich biegt und nicht bricht.

Arundelle staunte nicht schlecht und glaubte sich übergeben zu müssen, als sie zum Glück bemerkte, dass die Stühle ja leer waren und ihre Kaiserlichen Majestäten womöglich abgestiegen, wo nicht gar abgesprungen waren. Allerdings hatte sie davon nichts mitbekommen. Ob die sich für derlei Volkssport zu schade waren?

Sie musste unbedingt den Advisor sprechen, bevor der sich wieder dünne machte. Sie fragte sich ohnehin, wie es möglich gewesen war, dass die beiden sich solch einen Schaden hatten beibringen können; - zumal der Advisor (den sie als äußerst friedfertig kannte) dem Südmichel.

Doch auch dessen Tinnitus war wohl nicht von schlechten Eltern. Vielleicht wäre es unter diesen Umständen ratsamer, ein

Telegramm, besser gleich eine E-Mail an ihn zu senden, wegen der Anfrage, die sie ausrichten sollte.

Doch wie sie so grübelte, mochte ihr die Dringlichkeit der Anfrage nicht mehr recht gegeben scheinen. Wieso musste Grisella unbedingt durch das Licht?

- Wenigstens erinnerte sie sich an Grisellas Anliegen. Dahinter stand freilich die große Frage nach dem Kardinalfehler. - Jetzt fiel ihr auch die wieder ein. Es standen zwei einander widersprechende Alternativen gleichsam im leeren Raum, um bei der Situation, in der sie sich hier wohl befanden, zu bleiben.

Doch schon da spürte sie Südmichels Widerspruch und sein energisches Kopfschütteln. Wo sei Raum denn leer und wie solle das bitteschön zugehen?

„Das eben sind mein Leid und Elend mit diesem Advisor und seiner Großmannssucht. Größe sieht der grundsätzlich nur im Großen. Er kann nicht anders, das ist seine Natur“, klagte er laut lamentierend sein Leid in eben diesen leeren Raum hinein, der angeblich gar nicht leer sein konnte.

Als Coach und Betreuer gestatteten sich Arundelle und Billy-Joe ein rückblickendes Gespräch über den Kampfverlauf. Sie wollten einfach noch ein wenig quatschen, wo der Kampf doch schon zu Ende war und an sich noch eine ganze Weile gedauert hätte, normalerweise.

Billy-Joe packte die blutstillende Watte ein, warf Südmichel den seidenen Bademantel mit der Aufschrift – Südmichel – über, und dann gingen sie zum Tresen rüber, über dem sich dicke Qualmwolken erhoben. - Boxpublikum ist diesbezüglich sehr traditionell und setzt sich über kleinliche Vorschriften locker hinweg. – Südmichel hustete unentwegt. Seit er mit dem Rauchen aufgehört hatte, bekam ihm der Qualm gar nicht.

„Ein schneller Drink, wird schon nicht schaden“, warf Billy-Joe so leicht hin, dabei mühsam seine Besorgnis verheimlichend. Auch Arundelle war nun nicht mehr sicher, ob die Entscheidung, ausgerechnet hier ihren Drink zu nehmen und über den Kampf zu quatschen, eine wirklich brillante Idee war.

So kam auch nicht viel dabei raus. „Wer so an die Sache ran geht, muss sich nicht wundern, wenn er scheitert“, wisperte der Tinnitus geschädigte Advisor, als er sich zu ihnen gesellte und Südmichel kokett an die blutigen Stöpsel stupste, die ihm aus den Nasenlöchern ragten. Südmichel schrie leicht auf und stöhnte. Doch es war das satte Stöhnen des Siegers.

„Wenn man die Reichweite bedenkt“, sagte er selbstzufrieden und streckte seine kurzen Ärmchen aus. Selbst auf dem Barhocker stehend überragte er den Advisor kaum um Haupteslänge.

„Wahre Größe steckt im Kleinen.“

Alle am langen Tresen bekamen allmählich mit, wer da stand und freudige Zustimmung mischte sich in aggressives Buhen, je, nachdem, für wen Partei ergriffen wurde. ‚The winner gets them all', dachte Arundelle ein wenig unpassend, wie sie selbst fand. Was war dran am Vorwurf der Vernachlässigung seiner Aufgaben? Dabei hatten gerade sie dem Advisor die Lage haarklein erklärt, in die sie Malicius Marduk gebracht hatte. Südmichel traf keine Schuld. Wenn überhaupt, dann hatten allein sie sich blamiert. Die ganze Idee war eine einzige Farce. Jemanden zum Rapport bestellen, den man über Jahrhunderte – wo nicht gar Jahrtausende (so lange war das nun auch schon wieder her) - hatte hängen lassen.

Damals, bei ihrem unterirdischen Einschluss, (so nannten die Zwerge die Epoche des Untergangs von Atlantis), hatten sich ihre Ahnen geschworen, niemals den Kardinalfehler der Atlanten zu begehen, sondern ihr eigenes Ding durchzuziehen. Immer auf der anderen Seite zu bleiben, dort, wo der große Kardinalfehler noch nicht begangen worden war. Denn wer den einmal drin hatte, der würde ihn nie wieder los.

Südmichels Standpunkt war mithin nur logisch, aus seiner Sicht. Er hatte sein bestes gegeben, fand er und verstand die Unzufriedenheit des Advisors nicht.

„Wer seine Tage unter Tage verbringt, verliert eben leicht den Überblick", konterte der Advisor.

„Besser so, als ohne Durchblick. Gerade der hat's nötig, von wegen Überblick, Durchblick fehlt dir. - Mann Gottes", maulte Südmichel zurück.

Die Nase begann ihm wieder zu bluten, als derart sein wunder Punkt berührt wurde.

„Verlange von einem Maulwurf nicht den Adlerblick", merkte er ein wenig pathetisch und vielleicht auch unpassend an. Doch er meinte, was er sagte, und dem Advisor begannen folgerichtig die Ohren heftig zu klingeln.

Auch das war ein untrügliches Zeichen.

„Tue nur niemand so, als trage er den Marschallstab in seinem Tornister", setzte Südmichel nach. Und es freute ihn, dass der Advisor auf dem Schlauch stand. Dort ließ er ihn eine Weile stehen;. - fein köstlich schmeckte ihm das. Umständlich fächerte er ihm dann an Hand von allerlei rhetorischen Fragen, die er ziemlich wahllos aneinander reihte, die wahren Verhältnisse, - wie er sich ausdrückte – auseinander, „wie sie auf der Erde nun einmal herrschen."

Neulich erst habe er dazu ein recht Aufschluss reiches Buch eines berühmten südamerikanischen Autors[1] gelesen, ließ sich Südmichel vernehmen. – Es handelte von einem urban geprägten

[1] Mario Vargas Llosa; Der Geschichtenerzähler

Juden, der sich in seine eigenen ethnologischen Studien verlor und als Geschichtenerzähler eines aussterbenden Indiostammes endete, wo nicht gar sein wahres Leben erst begann. Auch der versuchte, vor oder auch hinter den Kardinalfehler zu gelangen. Sein Leben war entweder ein gewaltiges Scheitern oder ein grandioses Gelingen, vom Kardinalfehler her betrachtet.

Arundelle und Billy-Joe merkten auf und fühlten sich wie Kolonialisten des Meervolkes, besonders Billy-Joe, der das Leiden seines Volkes noch viel deutlicher im eigenen Blut spürte.

Dem Advisor hörten die Ohren zu klingeln auf, merkte er erstaunt und befreit. Er lächelte sein glückliches entwaffnendes Lächeln, das nur noch vom Lächeln Billy-Joes getoppt wurde, fand Arundelle, die sich jedes Mal aufs neue wunderte, und über alle maßen staunte, wie ein Mensch so zu lächeln vermochte.

„Hilfe ist ein Bumerang“, bestätigte Billy-Joe Südmichels Einwurf, denn mehr war sein Verweis ja nicht: „Sie verfehlt ihr Ziel und kommt zurück.“

Das klang enorm weise. Allmählich konnte Arundelle ihn sich schon als alten Schamanen vorstellen. Ob es ihm dereinst auch so erginge, wie dem jüdischen Geschichtenerzähler im peruanischen Regenwald?

‚Was wissen wir schon über das Glück der Menschen?

Was wissen wir schon über die Erfüllung des Lebens?’, dachte sie und fühlte, wie der Advisor und Südmichel in Gedanken bei ihr waren und sich versöhnliche Gedankenküsschen gaben. Und doch piekste sie leiser Eifersuchtsstachel auf den Schamanimus im allgemeinen und auf Billy-Joes Schamanimus im besonderen, der sozusagen noch gar nicht ausgebrochen war. Und den sie fürchtete, wie sich so manche Frau vor dem Brustkrebs fürchtet.

Davor hätte sie zu gerne erst einmal ein gemeinsames Leben, malte sie sich aus und bekam ganz verträumte Augen dabei, während sie sich an ihn schmiegte und nicht wusste, wohin mit den Händen. Sie ihm hier in aller Öffentlichkeit um den Hals zu legen, hätte sie als unpassend empfunden und der Situation unangemessen. So war sie nun mal. So gesehen ging es mit dem Erwachsenwerden quälend langsam voran.

Der Advisor versprach, Grisella durch das Licht zu schicken, wenn diese es über sich brächte, zu ihm heraufzukommen. „Das ist die Grundvoraussetzung“, betonte er und hob warnend oder auch verheißend den Zeigefinger und den Mittelfinger und entschwebte.

Südmichel suchte nach einem übervollen Aschenbecher und legte seine vom schwarzen Blut verkrusteten Nasentampons oben auf. Es würde die Leichtsinnigen vielleicht vom Rauchen abhalten, hoffte er. Denn von seinem Tun geschah so leicht nichts ohne seine erklärte Absicht. Auch wenn er diese nicht immer erklärte, zumal nicht überall und immer Zeugen zugegen waren, denen er seine Weisheiten hätte unterbreiten mögen, so etwa jetzt wieder. Also setzte er ein Zeichen, das selbstverständlich gründlich zu missdeuten war und vermutlich auch von der Mehrheit der Anwesenden gründlich missdeutet wurde.

Sie spürten hinter ihrem Ekel nichts weiter. Sie begriffen nicht oder wollten nicht begreifen, worauf es ihm ankam, sondern hielten ihn für einen rücksichtlosen Giftzwerg, der ihnen mit solchen Schweinereien die Stimmung verderben wollte.

Ja, es kam ihnen nicht einmal in den Sinn, nach dem tieferen Sinn seiner Maßnahme, zu der er die Tat nun bereits stilisierte, zu fragen.

Sinnfragen waren hier am Tresen nicht angesagt. Hier ging es um Spaß, um gute Laune und um die zarte Umnebelung durch König Alkohol. Er schwang sein Zepter bisweilen wie eine Knute über die, welche ihm verfielen und das taten sie letztlich noch alle, wie sie dort abhingen.

Ob sie ihn mitnehmen sollten, fragten die Menschenkinder Südmichel auf Pootys Geheiß. Der Zauberstein drängte zum Aufbruch und Arundelles Zauberbogen schlüpfte wie von selbst aus dem Köcher. Der Boxring verschwamm im Zigarettendunst über dem sich entfernenden Tresen, der sich allmählich leerte und von eiligen Kellnerinnen oberflächlich flott übergewischt wurde, während sie mit der andern Hand wie beiläufig einen Strauß Gläser nach dem andern griffen und sanft in die blasige Brühe ihrer Spülen gleiten ließen.

Die Unentwegten machten sich auf den Absackerweg. Sie pafften heftig und angeberisch, kniffen, - die Zigarette oder Zigarre im Mundwinkel -, die Augen zusammen, während sie sich umständlich in ihre Überzieher wurstelten und sich gegenseitig dabei ungeschickt oder gar unschicklich halfen, denn auch Frauen waren mit von der Partie.

Ihr aufreizendes Kreischen gellte in das Wiehern der hustenden Männer, die dem Gardarobenfräulein zweideutige Münzen oder auch Scheine zusteckten.

24. Arundelles halber Durchblick

Südmichel ließ sich nicht lange bitten und war dabei. Der Zauberstein regelte das mit den verflixten Koordinaten wie immer kontrovers. Der Zauberbogen packte, genauer er ließ die Gleitschutzhülle - für Weltraumaufenthalte und interstellare Fernreisen, so die offiziell korrekte Bezeichnung – auspacken und schon ging die Post ab.

Auch einmal die andere Seite näher kennen zu lernen, mochte bei Südmichel eine Rolle spielen, denn an sich wäre er auch allein zurecht gekommen und sogar ganz bequem direkt bis nach Haus.

Die Fuhre platzte mitten in eine der vielen Dienstbesprechungen hinein, die wegen Grisellas Beschwerden angesetzt worden war. So war sie hoch erfreut, als sie von Arundelle die gute Nachricht erfuhr, dass sie mit ihrem Antrag auf Lichtumflutung durch gekommen war.

Es sei angeraten, sich unverzüglich auf den Weg zu machen, hieß es in der offiziellen Verlautbarung weiter.

So entlud sich Südmichel, und Grisella checkte an seiner statt ein, und schon ging es wieder zurück an jenen virtuellen Ort von überall und nirgends - im Zentrum des Universums.

Und wo sie schon mal da waren, schlüpften Arundelle und Billy-Joe gleich auch noch einmal durch die Lichtschleuse und fühlten sich saugut und affengeil dabei.

Grisella ging es ähnlich. Sie fühlte ihre alte Gelassenheit wieder kehren und die warmherzige Aufgeschlossenheit zurück fluten, die sie unsagbar sehr vermisst hatte. Ein gutes Gefühl.

Sollten sich Miseriorenresten irgendwo in ihr im Verborgenen festgekrallt haben, nun wurden sie ausgespült. Ihre Suche nach dem Kardinalfehler umfasste nun auch ein Geschehen, das sie selbst noch gar nicht erlebt hatte und so fühlte sie sich um einiges verständiger.

Südmichel ließ sich auf der Insel herum führen. Die Dienstbesprechung wurde vertagt, und als die Weltraumfuhre wieder einlief, fuhr er gerade mit dem Lift die zwanzig Stockwerke am Innenschacht entlang. Er staunte über die fachmännische Schürfarbeit, und natürlich darüber, wie es nicht nur gelang, Pflanzen in solcher Tiefe zu ziehen, sondern auch genügend Licht von der Oberfläche für sie herabzuspiegeln.

Scholasticus übernahm nur zu gern den Part des Sachverständigen und schwelgte nur so in weitschweifigen Erläuterungen. Unten in circa fünfzig Metern Tiefe angelangt, ließ er eigens für den Gast das große Panoramafenster aufziehen, das den Blick in die unergründliche Meerestiefe frei gab.

„Hier kommentiert Adrian für uns die berühmten Pumppummelspiele, die alljährlich am Tag der Demokratie abgehalten werden. Sogar der greise König Melisander ist dann mit von der Partie“, erklärte er.

„Aber das erfahren Sie besser aus berufenerem Munde“, sagte er und deutete auf Adrian Humperdijk, dem die unterseeische Bewegung nicht entgangen war. Ihm gelang es tatsächlich, auch einige der Meermenschen auf den Plan zu rufen, die sich draußen vor der Scheibe in neckischen Wasserspielen zu Ehren der Zuschauer und Gäste ergingen.

So schwanden Südmichels Vorbehalte gegen die Inselmenschen. Imperialistische Züge waren ihnen nicht eigen, soviel glaubte er schon jetzt mit einiger Sicherheit sagen zu können.

Als die Meermenschen ihren Gesandten erblickten, trauten sie erst ihren Augen nicht, doch dann verneigten sie sich voller Ehrfurcht und huldigten ihm als ihrem Erlöser. Südmichel riss sich sichtlich zusammen und grüßte immer wieder huldvoll zurück, indem er Kratzefüße machte und elegant seine Mütze zog und schwenkte.

Immer mehr strömten draußen herbei, um das Wunder zu bestaunen. - Wie Adrian bei seinem nächsten Besuch erfuhr, ging der Tag als ‚Tag des verkehrten Südmichel’ in die Geschichte ein, was sich darauf bezog, dass Südmichel, wenn er erschien, immer an der unteren Seite erschien.

Und doch hatte die Sache einen schlimmen Haken. Auch die Abgesandten der Insel wurden in den Status von Heiligen erhoben, - jetzt, wo sich ihr Gesandter Südmichel mit ihnen zeigte. Und was bisher lockere Vorschläge gewesen, wurde nun in den Stand von Doktrinen erhoben.

Endlich konnte die Impfung flächendeckend durchgeführt werden, auch wenn ihre Nebenwirkung, die Zwangsbefriedung, an der Grundsubstanz und dem Selbstverständnis der Meermenschen nagte. Mit dem Beelzebub trieb man den Teufel gleich mit aus. Das war einerseits ganz prima, andererseits verfälschte es die Wirklichkeit doch erheblich.

Als Südmichel davon erfuhr, war das Unglück schon geschehen. Die wenigen Unverbesserlichen, die der Impfung dennoch widerstanden, wurden zu den neuen Gesetzlosen, für die in dieser Gesellschaft kein Platz mehr blieb.

So passierte, was eigentlich niemand wollte: Unter fremdem Einfluss veränderte sich das Zusammenleben der Meermenschen dramatisch, ebenso wie diese sich selbst.

Aus kannibalischen Fleischfressern wurden quasi über Nacht artige Vegetarier, die höchsten mal nach Kleingetier haschten, ansonsten ihre fischköpfigen Artgenossen aber in Ruhe ließen.

Die wenigen Raubtiere unter ihnen lebten abseits der großen Ansiedlungen am Rande der bewohnten Welt, wo sie sich mit den

Deserteuren und Veteranen der Mörderhai-Schwadronen zusammen taten, die den Weg an den Rand der Gesellschaft schon in Folge der demokratischen Revolution gegangen waren.

Aus Herrenmenschen wurden Gesetzlose und aus Elitesoldaten gebrandmarkte Vogelfreie in beiden Hemisphären. Denn auch die melisandrinische Armee entledigte sich ihrer. Sie wurden nicht mehr gebraucht und stellten nur noch eine Gefahr für das friedliche Miteinander aller Milizionäre dar. Denn sie konnten es nicht lassen, immer wieder heimliche Raubzüge zu organisieren und scheuten auch vor Seekühen und Milchwalen und deren Kälbern nicht zurück.

Wo immer sie auftauchten, verbreiteten sie Angst und Schrecken und zogen eine Spur der Verwüstung hinter sich drein. Sie begnügten sich nicht etwa damit, den eigenen Appetit zu stillen, sondern mordeten um des Mordens willen immer weiter und weiter, bis auch noch das allerletzte Kälbchen einer Herde ihrer unersättlichen Gier zum Opfer fiel.

Es wurde nur allzu deutlich, dass solch ein Verhalten, nicht geduldet werden konnte. Zumal die wilden Gesellen auch noch daran gingen, sich Meerfrauen zu rauben, um mit ihnen Kinder zu zeugen.

Sie pferchten ihre Gefangenen in verschwiegenen Camps zusammen und befriedigten ihre Lust an ihnen, wie sie wollten. Und als Nahrung zwangen sie ihnen rohen Fisch auf, bis auch diese in den verwilderten Zustand zurück fielen, aus dem sie sich allmählich mit viel Mühe befreit hatten.

Sie selbst sahen sich als die letzten einer untergehenden Rasse. In ihren grausamen Ritualen opferten sie ihrem Gesandten Südmichel - je länger je mehr - Mensch und Tier. Seine Gesten des Abscheus werteten sie als Zeichen des Ungenügens, was sie ihre Anstrengungen verdoppeln ließ.

So trieften die Opferstätten vom Blut, das sich in großen Wolken ausbreitete. Nur im tiefsten dunkelrot, so ging die Mär, fühle Südmichel sich wohl.

Da sich das Blut zum Grund hin sättigte, wo Südmichel gemeinhin erschien, nannten sie den unteren Südmichel ihren Südmichel. Den oberen Südmichel aber beschimpften sie als Scharlatan und falschen Propheten der Vegetarier, den die Landlubber erfunden hätten, um die wahre und einzig echte Lebensart des Meervolks zu zerstören.

Durch die Berichte von Adrian und Corinia erfuhren die Menschen von dieser Entwicklung. Und so deutlich die besorgten Menschen auch erkannten, was da vor sich ging und wessen Handschrift diese Entwicklung trug, konnten sie doch nicht von dem verzweifelten Anspruch absehen, der hier angemeldet wurde. Wie sie es auch drehten und wendeten, sie trugen ein gerütteltes Maß Schuld an dieser Entwicklung. Und so schwierig die Verhältnisse im alten Melisandrien auch gewesen sein mochten, so waren sie doch authentisch gewesen, was man von der neusten Entwicklung in Australis nicht mehr ohne weiteres sagen konnte.

Fremde Einflüsse ganz anderer und verschiedener Art waren zweifelsfrei nachzuweisen. Adrian oder Corinia machten daraus auch überhaupt keinen Hehl, zumal sie hauptsächlich mit solchen Meermenschen zusammen trafen, die gerne von ihnen lernten und wissbegierig alles aufgriffen, was ihnen geboten wurde.

***

Der Boxkampf jenseits von Zeit und Raum im virtuellen Zentrum aller Galaxien und Multiversen – so schien es Arundelle jetzt - fand zu keiner Entscheidung. Welche Seite recht hatte, ja, welche Seite überhaupt einen eigenen Standpunkt vertreten hatte, blieb in den Sternen stehen, wo es vielleicht hin passte und hin gehörte, nicht aber hilfreich war, um sich den schwierigen Fragen nach dem Kardinalfehler zu stellen.

Was bedeutete es, ihn auszumerzen? Und gehörte es nicht doch zur Freiheit eines jeden Menschen unabdingbar dazu, sich an allen kritischen Eckpunkten des Lebens zu entscheiden?

Entscheidungen zu treffen, die millionenfach zuvor und danach entschieden wurden oder einst entschieden werden würden? Und doch führte für jeden von uns Menschen daran kein Weg vorbei, überlegte Arundelle.

Alle Menschen - wir alle - müssen diesen Kardinalfehler entweder machen oder vermeiden. Die Frage, auf die es jedoch ankommt, ist, ob wir den Kardinalfehler überhaupt als Fehler begreifen, oder ob uns unsere in Jahrtausenden gewachsene und verfestigte Weltanschauung daran hindert, diesen Fehler überhaupt als Fehler zu erkennen.

Als die Menschen meinten, auf einer Scheibe zu leben, konnten sie sich schließlich auch nicht vorstellen, dass diese eine Kugel war.

So grübelte Arundelle vor sich hin und nahm sich vor, ihre Fragen zeitnah dem Advisor vorzulegen, zumal sie wieder keine Gelegenheit gefunden hatte, sich nach ihrem Vater zu erkundigen, dessen Verbleib irgendwo da draußen anzunehmen war.

Aber war der nun auf dem Mond, wohin er sich schon früher gerne hinträumte, oder steckte er in irgendwelchen Erziehungsmaßnahmen fest, wo er seiner ruchlosen Vergangenheit entwöhnt wurde, und wovon es sicherlich einiges aufzuarbeiten galt?

Sie weigerte sich, hier weiter zu spekulieren und sich unnötige Sorgen zu machen. Die Zeit erschien ihr jetzt so günstig wie stets und so ungünstig wie immer, denn einfach so weg konnte sie eigentlich nie, immer gab es etwas zu bedenken oder zu tun, von ihren Studien und Forschungsvorhaben ganz abgesehen.

Seit dem Antiversteinerungsserum, das nun so gute Dienste bei der Befallschutzimpfung tat, war ihnen eigentlich nichts mehr gelungen. Ihr Verständnis vom Wesen der Zeit dümpelte vor sich hin, war so wenig greifbar wie je und forderte sie dennoch heraus wie nie.

Wenn das neue Wertesystem schon kam, das anstelle des Geldes die Zeit vorsah, und wenn diese Entwicklung angeblich nicht mehr aufzuhalten war, dann wollte sie wenigstens wissen, wie verhindert werden konnte, dass auch dieses neue System den Zwecken der Ausbeutung zugeführt wurde.

Denn wie es jetzt im alten System genug Reichtum in der Welt gab, um allen Menschen ein gutes Leben zu ermöglichen, so musste auch das neue Wertesystem ein langes Leben für alle in Aussicht stellen. Und nicht das ewige Leben Privilegierter auf der einen Seite, und die drastische Lebensverkürzung bei den Vielen, wie sich dies bereits abzeichnete.

Ob es zuviel verlangt war, wenn sie den Advisor um ein Treffen mit ihrem Vater bat? Oder war das schon zu viel verlangt? Auch sie fühlte so etwas wie eine Sperre. Es war ihr, als sei die Zeit einfach nicht reif, als müsse noch allerlei geschehen oder doch geklärt werden, von dem sie viel zu wenig verstand. Deshalb konnte sie sich durchaus vorstellen, dass daraus nichts würde. Doch ein ablehnender Bescheid wäre wohl nun wirklich nicht zuviel verlangt.

- Südmichels lächerlicher Boxkampf mit dem Advisor etwa. Das war ja wohl „die größte Verarsche aller Zeiten“ (Originalton Pooty). Was sollte das? Alle erwarteten selbstverständlich eine Klärung der Fragestellung oder wenigstens ein Zurechtrücken der Sichtweisen.

Was hatte es mit Südmichels Sicht auf die Größe im Kleinen auf sich? Was meinte der mit dem Vorteil des Durchblicks. Was hatte er gegen die Übersicht des Advisors einzuwenden? Wieso fand er die Übersicht oberflächlich, während er mit seinem Durchblick beanspruchte, bis zum Wesen der Dinge vorzudringen?

Noch während sie all das dachte, fühlte sie sich davon getragen ins Traumland, wo der Advisor sie lächelnd erwartete, ihr eine Tasse Tee anbot und sie nötigte, Platz auf einem zierlichen, rotbespannten Empiresesselchen, zu nehmen. Was sie auch tat. Und während sie geziert aus ihrem Tässchen schlürfte und versuchte, ihre eigenen Beine mit den fein künstlich gedrechselten Goldbeinchen des Stuhls zu verschränken, erging sich der Advisor in einer umfassenden Erklärung.

Einschränkend bekannte er gleich zu Beginn, nicht all ihren bohrenden Fragen auf den Grund gehen zu können. Nicht etwa, weil er nicht wolle, sondern deshalb, weil bislang noch keine Antworten gefunden seien, - weil er im Gegenteil von ihr solche erhoffe.

Da war sie wieder, diese hohe Erwartung, gegen die sie sich vergeblich wehrte, weil sie von allen Seiten ganz selbstverständlich an sie heran brandete. Sie fand das so gemein und konnte sich doch nicht dagegen wehren.

Insgeheim war sie freilich auch ein wenig stolz auf sich, wenn sie ganz ehrlich mit sich war. Wie hieß das doch gleich? ‚Unter den Blinden ist der Einäugige König.' Wenn er nicht gerade einen Puh Tzi auf den Schultern trägt oder auch auf dem Kopf wie Walt Yio, jene Propheten, die doch nichts besseres zu tun hatten, als ganz Atlantis in den Tod zu stürzen. Eben das hielt sie ganz persönlich ja für den wirklichen Kardinalfehler. Hier bewies er, vielleicht zum ersten Mal, seine durchschlagende Vernichtungskraft: Wer die Schöpfung verachtete und verdammte, - wer sich selbst höher und weiter dünkte, - wer sich über sie erhob, sie als nichtswürdig, widerwärtig und nichtig hinter sich ließ, - wer das Leben verneinte und die Welt verachtete, - der saß dem Kardinalfehler auf, der beging ihn und versteckte ihn für alle Zukunft im Unterbau menschlicher Zivilisation und Kultur.

Sie trug dem Advisor ihre Ansicht vor und erntete vorsichtige Zustimmung, durchsetzt mit gelegentlichem verlegenen Hüsteln, was sie ganz schön ärgerte. Zumal sie damit so gar nichts anfangen konnte. Es klang fast, als hielte er ihre Argumentation für etwas minderbemittelt, als zeuge sie nicht gerade von Intelligenz, sei vielmehr ganz schön naiv und allzu oberflächlich.

Gar so moralisch dürfe man an eine solch ernste und grundsätzliche Frage nun einmal nicht herangehen, war vielleicht die naheliegende Schlussfolgerung aus seinen kleinen Sticheleien.

‚Mit Papa wird auch nix', erfuhr sie dann recht unvermittelt. ‚Ist noch nicht so weit, da wird noch dran gearbeitet. Eine unserer vielen Baustellen, wo's immer wieder klemmt, aber wir bleiben am Ball. Verzögerungen sind eher die Regel als die Ausnahme.', und so ging das in einem fort, was auch immer sie anschnitt.

Bei Südmichel kriegte der Advisor gleich wieder Tinnitus. Damit war der für ihn erledigt und zugleich „diese ganze leidige Dimensionierungskiste", wie er sich ausdrückte. Damit glaubte er wohl, Südmichels ganze Fundamentalkritik abschmettern zu können, dachte Arundelle ärgerlich. Durchblick oder Überblick - das ist die Frage hier, ob's edler im Gemüt...

25. Leben und so weiter

„Auf solche Treffen kann ich verzichten“, berichtete Arundelle in kleiner Runde. Florinna, Corinia, Tibor und Tika saßen bereits und aßen, als Billy-Joe, den unvermeidlichen Medizinbeutel vor der Brust und ein großes Tablett artistisch auf vier Fingern jonglierend, hinter Arundelle heran tänzelte, als diese ihr Tablett ein wenig heftig aufsetzte, und damit ihrem Ärger über den Advisor Luft machte.

„Als es brenzlig für ihn wurde, bekam er wieder Tinnitus, so kann man's auch machen. Verarschen kann ich mich selber.“ Arundelle nahm dem den erneuten Tinnitusanfall nicht ab.

„Und dann diese Hüstelei - was immer ich sagte, erschien ihm wohl schräg oder unausgegoren. Ich will gar nicht mehr dran denken. -- Was machen wir heut Nachmittag“, lenkte sie das Gespräch, das sie ohnehin allein bestritt, auf ein anderes Gleis.

Wie sollte es auch anders sein. Die Sechs trafen sich wie üblich unterm südpazifischen Palmblattdach, wo es so gut wie kein Fleisch mehr gab, dafür aber um so mehr abwechslungsreiche vegetarische Kost.

Eigentlich verstanden sie sich als eine Untergruppe der übergeordneten Zeit - AG. Doch nicht nur ihre Forschung war ins Stocken geraten, die ganze AG hing in den Seilen. Es fehlte der rechte Biss, denn es wurde immer unklarer, worauf das Ganze hinaus lief.

Mit den Zeitmessungen am Meeresgrund wurde aufgehört, als diese über einen längeren Zeitraum stabil blieben. Ob dies mit der Demokratisierung zusammenhing oder mit der ‚flächendeckenden Schutzimpfung gegen Miseriorenbefall’ – so die offizielle Bezeichnung – mochte weder auf der Seite des Meervolks, noch auf Forscherseite jemand bestätigen oder verneinen.

Ein wenig erinnerte Arundelle dies schon auch an den Advisor und seine schwammige Art, Fragen von Belang aus dem Weg zu gehen.

Am interessantesten war da noch die Studie zum aktuellen Stand der Nanotransplantationsmedizin weltweit. In diesem Bereich tat sich beinahe stündlich etwas und hätte es die modernen Rechner nicht gegeben, sie hätten längst das Handtuch werfen müssen.

Hier war das Problem die Fülle des Materials, das durch eine einzelne Einrichtung nicht mehr gesichtet werden konnte. Deshalb war es hier unmöglich, den aktuellen Stand von der Theorie und vor allem von der Praxis angemessen zu erfassen. Es sah ganz so aus, als sei inzwischen alles möglich oder umgekehrt - nichts unmöglich.

***

Eine frische Brise wehte. Ob sie versuchen sollten noch ein Boot zu ergattern? Doch da kamen sie leider zu spät. Nur ein paar Surfbretter waren noch da. Alles andere was Segel hatte, kreuzte bereits draußen in der Lagune.

Ungeübt wie sie waren, hatten sie eine Menge Spaß auf den schwankenden Planken. Doch nach zwei Stunden waren sie das ständige Rein und Raus Leid. Sie brachten die Bretter zurück und schwammen zu ihrer Insel hinaus, die aus völlig unerfindlichem Grund unbesetzt war.

„Diesmal bitte ohne Schaukeln“, bat sich Tika aus. Tibor versprach es.

Im frischen Wind war es angenehm kühl, auch wenn die Sonne strahlte, und so hielten sie es länger aus, als ihnen gut tat. Arundelle zog sich einen Sonnenbrand zu. Sie war die weißeste von allen. Dies war durchaus kein reiner Vorteil, bemerkte sie wieder einmal.

Der Zauberbogen wusste Abhilfe. Als sie wieder an Land kamen, hieß er Billy-Joe ihr den Rücken mit einer Spezialsalbe aus dem unsichtbaren Köcher einreiben. Die half sofort.

Der Abend kündete sich mit langen Schatten an, welche die Felsen hinter dem Bootshaus warfen, und der Wind drehte sich, doch zuvor schlief er ein, um dann die flirrend warme Luft aus dem Felsgestein der Insel abzusaugen.

Eine der üppigen Tropennächte brach an und lud zur Beach Party, die sich denn auch wie von selbst arrangierte. Feuer flammten auf. Grillgerät klapperte. Kühlboxen wurden heran geschleppt. Flaschen klirrten. Einige holten ihre Instrumente und begannen erst ein wenig zaghaft, doch dann immer mutiger, drauf los zu spielen, ermuntert durch freundlich aufmunterndes Klatschen.

Aus exotischen Pfeifen qualmte merkwürdiger Rauch. Das absolute Alkoholverbot wurde schon eher eingehalten. So stieg die Stimmung und Bewegungsdrang überkam die Ausgelassenen, dem sie willfährig nachkamen.

Die samtweiche Nacht neigte die blaue Stirne tiefer und tiefer herab. In dem nachtdunkel dämmerten Sterne herauf. Das breite Band der Milchstraße scheitelte das mondlose, firmamentene Halbrund der Himmelskuppel. Es erleuchtete sich selbst, gab aber kein Licht her für heimliches Nachtschattengetier und –Gewächs. Das wisperte und knisterte, plätscherte und gluckste - mal weit von draußen, dann wieder zum Erschrecken nah.

Schemen tanzten von Glühwürmchen gekränzt, - nicht auszumachen, ob Tier, ob Mensch, ob Kind, ob Gnom – ganz dicht überm Wasser oder drüben am Fels, wo Büsche sich um die Kanten wanden, und schon bei Tage Gefahr anzeigten.

So unendlich weit sich der Raum der Himmelskuppel auch dehnte, die Nacht schmiegte sich doch weich und hüllend um die Glieder, fast wie ein seidig samtener loser Anzug, oder wie ein luftiges Kleid vielleicht, nachlässig übergeworfen auf feuchte, dampfwarme Haut.

Tuzla stimmte ein wehmütiges Lied ihrer Heimat an. Der seltsame Rhythmus wurde von Billy-Joe an der Gitarre aufgegriffen. Leichtfüßig tänzelten die andern durch den Sand und verbogen sich zu mancherlei Phantasiefiguren.

Der Pfeife in seinem Mundwinkel entwich ein fremdartiger Geruch. Arundelle nahm sie ihm ab, als er zu singen ansetzte. Aber er summte nur. Doch er sah es gern, dass auch sie nun dran zog.

Sie löste sich innerlich auf und schmolz dahin, überließ sich ganz ihrer momentanen Stimmung und schob alle drückenden Gedanken beiseite. Ihr gelang, was ihr nie gelang, sie hörte auf zu denken, wurde eins mit dem Gesang und dem Spiel der Gitarre und den Bewegungen, die über sie kamen, ohne dass sie es wusste. Das Leben selbst geschah ihr, das sie doch so fest in Händen hielt. Es gab sich ihr ganz hin, jetzt zum paradox, wo sie es fahren ließ.

Alles Grübeln, alle Suche, alle Fragen nach Sinn und Zweck, nach Nutzen oder Verderben - flatterte mit den herben Schwaden davon und zog sie mit sich ins selige Nirwana des Vergessens.

Als das Lied verstummte, trat sie hinter Billy-Joe und beugte sich über ihn, und fühlte Haut an Haut, spürte unvergleichliche Vertrautheit und süße drängende Nähe. Von Südmichel – sie wusste nicht wie – glaubte sie einen schottischen Reel zu erinnern, den sie anstimmte, indem sie Billy-Joe den Takt auf der Schulter vorgab, den der umsetzte und in die Saiten hinein schlug. Text war da groß weiter keiner und doch summte und brummte der Reel alsbald daher, wie es sich gehörte.

Ein wenig benommen erst, doch dann sichtlich konzentriert, stapfte ein sich vergrößernder Kreis rhythmisch bemüht durch den losen Sand.

Die sich darin fanden, hielten sich bei den Händen. Sie hakten sich unter oder umlegten einander die Schultern mit den Armen – und zwar nacheinander, während Rhythmus sie hielt und trug und steuerte. Keiner fiel oder taumelte auch nur. Vielmehr setzten sie ihre Füße und Schrittchen zierlich und akkurat, wiewohl sie sich doch dessen nicht recht inne waren.

Wäre ihnen bewusst geworden, was sie da taten, ihnen wäre es wie dem Tausendfüßler ergangen, der ins Stolpern kam, als jemand von ihm wissen wollte, wie er mit seinen vielen Füßen klar käme.

Tibor drängte durch rhythmische Schläge den Takt voran, bis es ihn nicht mehr hielt, denn hier war er in seinem Element. Er steckte nicht nur die andern Sublimatioren an, es ihm gleich zu tun. Sondern diese steckten wiederum ihre Nebenleute an, sodass der Kreis zu wirbeln begann und sich in Wellen erhob. Es konnte sogar geschehen, dass alle den Bodenkontakt sein ließen, was sie – falls sie es bemerkten – ganz wie den Tausendfüßler erschreckte, zurück plumpsen und sogar stolpern ließ, hätten die Nebenleute sie nicht gehalten. Dazu nun ließen sich Kreischen und Gackern, Johlen und Jauchzen vernehmen, dass es die reine Freude war.

Von woher auch immer tauchte Südmichel auf, hüpfte und sprang leicht wie eine Feder, setzte die zierlichsten Schrittchen, knickste und verbeugte sich unentwegt ohne auch nur im geringsten aus dem Takt zu kommen. So ätherisch wie er war, wogte er durch die Reihe. Er teilte den Kreis gar zur Schlange und führte diese in künstlichen Windungen um die verglimmenden Feuerstellen, da ja nun aller Hunger gestillt war und es an Wärme überhaupt nicht mangelte - eher schon an Kühlung.

Vom Wasser her begann es zu plätschern und im matten Sternenlicht zeigte sich alsbald darin ein schaumig weißer Kreis.

Südmichel verlor sich von der Spitze, wohl nach dorthin, jedenfalls fehlte der Schlange plötzlich ihr Kopf, was sie veranlasste, wieder in ihren Schwanz zu beißen.

Noch einmal erhöhte sich das Stakkato der Gitarrenschläge. Billy-Joe fühlte die Finger nicht mehr. Doch der Rhythmus ließ ihn nicht los, saß ihm im Arm, in der Schulter, im ganzen Körper. Er wurde eins mit seinem Instrument. Zumal Südmichel, - nun die Quetschkommode vor der Brust -, plötzlich wieder inmitten des Kreises aufdrehte und dem Ganzen eine noch melodischere Note zu geben verstand, die zudem um einiges origineller wirken konnte, doch das bemerkte man erst im Kontrast.

Draußen schäumte das Meer. Tausenden drehten sich da inzwischen in Kreisen zu Hunderten. Soweit die Ohren reichten, wogten die Kreise.

Unter Wasser trugen die Schallwellen meilenweit, doch dahin mussten sie erst einmal gelangen. So hatte Südmichel, findig wie er war, kurz mal die große Unterwasserlautsprechermikrophonanlage aus dem Bootsschuppen ausgeliehen und seine Harmonika daran angeschlossen, deren „göttliche Klänge“ für das Meervolk ohnehin das wichtigste waren.

Eine denkwürdige Nacht neigte sich, denn im Osten graute der Morgen, und die Sonne erhob sich alsbald rot glühend aus dem Meer hinter dem Horizont. So sah es aus. Wer etwas anderes sah, der wusste es, denn sehen konnte er es nicht.

‚So ist das nun mal mit unserer sinnlichen Wahrnehmung', dachte Arundelle und fühlte sich gut dabei. Ganz auf das Fühlen allein zu setzen, war denn doch nicht ihr Ding. Trotzdem – eine denkwürdige Nacht, ohne Zweifel. Billy-Joe war ihr noch einmal näher gekommen, dabei wusste sie gar nicht, ob das noch ging. Und wie flott er schon spielte. Oder konnte der etwa schon immer spielen und spielte nur hier nicht?

Irgendwoher war diese unausgesprochene Aufforderung gekommen, sich musisch ruhig auch mal ein bisschen zu bewegen.

„Die Stimme ist nicht allein zum Sprechen da", lautete eine neue Parole. Dabei gab es den Musikraum die ganze Zeit über. Ging nur nie jemand rein - von ihnen jedenfalls nicht.

Auf einmal war er über sie gekommen, dieser seltsame Drang zur Musik. Arundelle fühlte ihn und die Schwestern Hase. Auf einmal war der Drang zur Musik da und ergriff den inneren Kreis der Freunde aus ihrer Arbeitsgruppe. Alle wollten plötzlich auch etwas in dieser Richtung ausprobieren.

Kam dies daher, weil sie schon allerhand zusammen erlebt hatten oder weil sie sich nun mal überhaupt mochten? Vielleicht brauchte es keine Begründung.

Alles konnten sie zusammen machen, nur keine Musik. Das war ihnen in dieser Nacht aufgefallen. So ließen sie die Zeit erst mal Zeit sein und versuchten sich mit Musik. Und auf einmal stellte sich heraus, dass sie alle mindestens ein Instrument spielten oder doch gespielt hatten, bevor sie in die Zwischenschule kamen.

„Ich habe meine Geige gleich daheim gelassen, ich war einfach nicht gut..."

„Und ich die Blockflöte, habe mich geniert, die mitzunehmen..."

„Mir war die Ziehharmonika immer zu groß und zu schwer zum Schleppen..."

„Als ich dann älter wurde, fand ich meine Klavierlehrerin plötzlich doof. Da habe ich dann ganz damit aufgehört..."

Und so ging das fort, jede und jeder wusste noch eine dämlichere Ausrede, weshalb er oder sie nun nichts mehr machten, musikalisch gesehen. Dabei waren hier durchaus günstige Bedingungen.

Schallschluckende Übungsräume, garantiert dankbares Publikum, fachkundige Lehrer, auch wenn es gerade nicht so aussah. Und wenn tatsächlich für ein bestimmtes Instrument mal niemand da war, der sie weiter brachte, war die Schule inzwischen so gut aufgestellt, dass Abhilfe hier ein Klacks wäre.

Dank Dorothea flutschte die Verwaltung nur so und die Spendengelder flossen, wo nicht gerade in Strömen, so doch in recht ansehnlichen Bächen.

Seit der Beach Party war es plötzlich vorbei mit der inneren Drängelei und den ewig gleichen bohrenden Fragen, den mehr oder weniger realen Gefahren und Nöten. Mit ein wenig mehr Gelassenheit ließen sich die Dinge nicht schlechter, sondern besser regeln, soweit sie denn überhaupt, oder schon, oder noch, regelbar waren.

Alles ließ sich nun mal nicht regeln, schon gar nicht, wo es um andere Kulturen ging und um das Glück und die Zukunft von Individuen.

***

„Von Hause aus bin ich an sich Perkussionist", erklärte Billy-Joe ein wenig gespreizt.

Die Musikgruppe saß im Kreis und jede und jeder stellte sich mit seinem Instrument vor. Arundelle deutete auf die Gitarre und sah Billy-Joe auffordernd an.

„Die Gitarre spiele ich nur so. – Nee, ausgebildet hat mich niemand. Trommeln steckt uns Churingas im Blut und das Klimpern schaust du dir ab und lässt dir ein bisschen was zeigen ab und an. Worauf es ankommt, musst du allein rausfinden..."

Arundelle beschloss, das jetzt erst einmal so stehen zu lassen, statt noch mal nachzubohren. Zumal Tibor schon in den Startlöchern stand und nun stolz seine große Pferdekopfgeige präsentierte, die er sich eigens aus seiner Heimat hatte kommen lassen. Er verstand ihr wunderschöne, fremdklingende Töne zu entlocken und war gewiss ein vielversprechendes Talent, ganz gleich, in welche Richtung sich die gemeinsame Idee entwickelte.

Li Mei und Li Chang, die koreanischen Zwillinge, besaßen klassisch ausgebildete Singstimmen und spielten beide Geige. Sie nutzten den Musikraum seit Anbeginn bereits regelmäßig.

Auch Sandor Khan war als mongolische Kehlkopfstimme ausgebildet, außerdem verstand er es, die große Pauke zu schlagen.

Die Schwestern Hase sangen wunderschön und hatten eine indische Tanzausbildung hinter sich. Auch sie übten heimlich und regelmäßig, mit allerlei Klingklang in den Fingern und an Armen und Beinen. Eine Kunstfertigkeit, die der Beherrschung eines Instruments durchaus gleichkam. Selbst Arundelle ahnte davon nichts, die sie doch so gut wie sich selber zu kennen glaubte.

Arundelle selbst stapelte auch tief und tat so, als sei sie auf dem Klavier über den Flohwalzer nicht hinaus gekommen, doch das stimmte nicht ganz, denn Elise gehörte auch zu ihrem – zugegebenermaßen - schmalen Repertoire. Immerhin konnte sie Noten lesen. Außerdem besaß sie musikalische Phantasie. Melodien flogen ihr nur so zu, wenn sie sich einmal hinsetzte. Wortgewandt war sie ohnehin. Ein wenig hoffte sie, den einen oder anderen ihrer Songs, in dieser Formation in Gründung unterzubringen.

Doch alles sollte ganz anders kommen. Eine Schulband würde es schon bald geben, doch sie alle, die sie sich da versammelt hatten, sollten ihr nicht angehören.

26. Mehr Durchblick

Arundelles Pläne behagten dem Advisor überhaupt nicht. „Viel zu viel Aufwand", meinte er, außerdem gäbe es schon eine Schulband. Das hatte sie nur vergessen.

Eine gemischte Schülerband namens ‚Loblollygirls`n boys' spielte schon seinerzeit – ganz zu Anfang bei ihrem ersten Schulfest auf der Insel. Sie hatten es nur vergessen.

„Das ist etwas für die Erstsemester", meinte der Advisor und insgeheim gaben sie ihm ja recht. Sie hatten das damals versäumt, nun war es definitiv zu spät. Außerdem spielte die Begabung letztlich die entscheidende Rolle und die lag bei ihnen denn doch deutlich auf anderem Gebiet, schwerpunktmäßig jedenfalls, ließ sich der Advisor vernehmen, und wandte sich auch an Billy-Joe, der, genau wie Arundelle, diesmal einer seiner dringenden Einladungen gefolgt war.

Vielleicht lag es daran, dass nicht Arundelle mit Fragen an ihn heran trat, sondern er selber das Zepter in der Hand behielt. Ganz klar ging es ihm darum, die große Linie zu bestimmen, die er in Gefahr sah. Partys nach Art ihres Sommernachttraums gehörten nicht zu seinen Plänen mit ihnen.

„Wusste gar nicht, dass der Pläne mit uns hat", murmelte Billy-Joe mürrisch, dessen altes Misstrauen erwachte. Hatten sie gehofft, nun endlich mit ihrem Fragekatalog weiter zu kommen, so sahen sie sich erneut enttäuscht. Alles was der Advisor wollte, war, ihnen das Kiffen und das süße Strandleben zu vermiesen, stellten sie fest.

„Wenn der im Gegenzug nichts zu bieten hat, dann kann der mich mal", moserte Arundelle aufmüpfig. Billy-Joe unterstützte sie sowieso. Er konnte und wollte sein Misstrauen gegenüber diesem Schemen nicht ablegen.

Vielleicht war auch Eifersucht im Spiel. Der Advisor war definitiv von Besitz ergreifender Art, und wurde Arundelle damit nicht gerecht. So durfte niemand mit ihr umspringen. Was er sich selbst verbat, das durften sich auch andere nicht heraus nehmen, fand er zurecht, wie er meinte.

Ein bisschen merkwürdig war das freilich schon gewesen. Woher war der Stoff plötzlich gekommen, den er sich gedankenlos in die Pfeife stopfte, als sei es Pfeifentabak? - Und überhaupt, rauchte er denn?

Vielleicht hatte ihnen jemand schon was in den Tee gemischt oder in die süßen klebrigen Plätzchen zum Nachtisch? Die Gitarre hatte er sich selbst geholt, daran erinnerte er sich genau. Vor Wochen schon ließ er sie sich auf die Insel kommen, einer unbestimmten Regung folgend. - Keine von den ganz großen Marken, aber doch handgearbeitet aus Wildkirschen- und Zedernholz gefertigt. Ans Herz war sie ihm schnell gewachsen.

Der Advisor schien den Widerstand zu bemerken. Er bot ihnen einen Ausflug zur zentralen Schaltstelle im virtuellen Zentrum der kaiserlichen Macht an. Wo sie, so hoffe er, nicht nur eine Überraschung erleben, sondern sich auch eines Besseren besinnen lernen würden.

Die Zentrale machte einen ganz und gar unwirklichen Eindruck. Nichts erinnerte hier an eine Schaltzentrale im üblichen Sinne. Keine Pulte gab es da, oder Telefone. Keine Radarschirme, oder quäkende Lautsprecher. Nicht einmal eine Zugangskontrolle.

Es ging hier zu wie im Himmel – genau so, wie sich jemand früher vielleicht den Himmel vorstellte. Geflügelte Engel, ganz in Weiß, gingen andächtig umher und verdrehten die Augen nach oben. Die Hände hielten sie in ihren weiten Ärmeln versteckt und aus ihren Mündern tönte es unentwegt: „Hosianna“ oder „Halleluja“.

Auf einer rosa Wolke sitzend schwebte knapp über ihren Häuptern ein Bayer in kariertem Hemd und Lederhose. Er trug einen feschen grünen Lodenhut mit Gamsbart auf dem Kopf und auf seinem Schoß hielt er eine kleine Harfe, die er mit wütenden Fäusten bearbeitete. Dazu grölte er mit bierzeltheiserer Stimme sein herzzerreißendes Hosianna, dass Arundelle Tränen in die Augen traten, und auch Billy-Joe einen tiefen Seufzer von sich gab, so dauerte sie der arme Mann.

„Ja, die Ewigkeit kann gelegentlich ein wenig lang werden“, erklärte der Advisor, als er merkte, wohin seine Gäste schauten. „Keine Sorge, der kommt wieder runter, genau wie es im Buch[1] steht.“

‚Welches Buch er wohl meint’, dachte Arundelle und wusste sogleich die Antwort. Immer wieder vergaß sie, wie sehr sie dem Advisor gerade ohne Worte verbunden war.

Sie wollte schon zu einer Erklärung ansetzen, damit auch Billy-Joe Bescheid wisse, zu dessen Kulturkreis das bayerische Wirtshauswesen nicht zählte, als sie auch ihren Vater auf einer

[1] Ludwig Thoma, Der Münchner im Himmel

solchen rosa Wolke bemerkte. Wäre diese nicht rosa, sondern bleigrau gewesen, sie hätte schwören mögen, sie sei in Laptopia und mitnichten im wahren Himmel.

Auch er hielt eine Harfe in Händen, auch er frohlockte, so gut er konnte und auch ihm stand die Langeweile ins Gesicht geschrieben.

Wie lange er das schon mache, wollte Arundelle wissen, bekam aber keine klare Antwort. ‚Wahrscheinlich so lange er hier ist', dachte sie und rechnete zurück und kam immerhin auf beachtliche fünf Monate.

„Gut fünf Monate“, bestätigte Waldschmitt, der er nun wieder sein durfte, - trotz seines falschen Gesichts, das man ihm, der Einfachheit halber, gelassen hatte, - die Schätzung seiner Tochter.

Flügel wüchsen ihm auch schon, bemerkte er stolz und zeigte auf seinen Rücken, wo sich tatsächlich etwas unter dem losen weißen Hemd wölbte. Im Gegensatz zu dem Bayer trug er nämlich bereits himmlische Tracht. „Schon um nicht negativ aufzufallen“, wie er erklärte.

„Der Bayer kommt zurück, auf eigenen Wunsch – deshalb sein Aufzug.“

Ein Gold schimmernder Reif um die Stirn sollte wohl den entstehenden Heiligenschein andeuten, war aber, befand die kritische Arundelle, definitiv aus Blech.

„So also lebst du“, stellte sie fest und man sah ihr an, dass ihr das nicht passte. „Himmlisch finde ich das nicht gerade“, sagte sie so ins Allgemeine hinein, dass auch der Advisor wieder aufmerkte, der sich inzwischen weitgehend erfolglos mit Billy-Joe versuchte.

„Sieht schlimmer aus als es ist“, versuchte Waldschmitt vergeblich zu beschwichtigen. „Ich lerne sehr viel“, setzte er nach - und nach einer weiteren Pause rief er unvermittelt aus: „Ich weiß jetzt auch über den Fluch Bescheid.“

„Ach so, wie sich Segen in Fluch verkehrt, meinst du?“ - Arundelle hielt sich für besonders schlau, als sie die Sache so zuspitzte.

„So was in der Art“, gab er einsilbig zurück und ließ sich kraftlos auf seine Wolke sinken, als ob ihn die Unterredung entmutigte und erschöpfte.

„Ich soll dir übrigens Grüße von Mutti ausrichten. Sie war hier. Wir haben eine schöne Zeit miteinander verbracht. Sie hat jetzt ein eigenes Büro und ist selbständig.“

„Ah, ja? Freut mich zu hören. Was hast du ihr von mir erzählt?“

„Nichts weiter, eigentlich, nur, dass du dich noch immer versteckst, wegen diesem Gangsterverein.

Wir haben dein Buch zusammen gelesen, und Billy-Joe hat es uns erklärt.

Im nachhinein bewundert sie dich und ist stolz auf dich.

Auf der Buchmesse hast du ihr ein Buch signiert, ohne sie zu bemerken..."

Stoßweise kamen die Sätze aus ihr hervor, so, als bereite ihr dieser Informationsaustausch die größten Schwierigkeiten, auf die sie sich weder einlassen wollte noch auch recht konnte.

„Oh, das tut mir aber leid. Grüß sie nur schön, sag ihr, mir geht es den Umständen entsprechend, alles in allem doch recht gut, falls du ihr so viel überhaupt verraten darfst. Sobald ich kann und darf, werd ich bei ihr auch mal vorbei schauen."

Der Advisor machte sein undurchdringliches Poker Gesicht. Das bedeutete erfahrungsgemäß, dass daraus wohl nichts würde, schon gar nicht in nächster Zukunft, schloss Arundelle.

„Wir könnten dir Zinfandor Leblanc oder Wachmann Will Wiesle vorbei schicken, dann hast du ein wenig Abwechslung zwischen all den Engeln hier." Die beiden hatten Roland Waldschmitt schon die Einsamkeit auf dem Mond ertragen helfen, als er sein Buch fertig stellte, und vor seinen Verfolgern beschützt werden musste.

Die Miene des Advisors verschloss sich noch mehr. - Damit war also auch nichts.

„Wie macht sich das Buch?" - fragte Waldschmitt, um die verlegene Pause zu überbrücken, die nun entstand, wo am Advisor alles abschmetterte, was Arundelle vorschlug.

„Sehr gut, meint Grisella. Dorothea legt dein Geld in Schulpapieren an. Da sei es sicher. Doch wie es aussieht, ist Geld so ziemlich das Letzte, was du gebrauchen kannst."

Roland Waldschmitt nickte stumm. „Aber für euch kann es doch nützlich sein, dann seid ihr abgesichert, man weiß ja nie..."

Doch Arundelle zuckte nur mit den Schultern, auch sie machte sich aus Geld nichts. „Wenn's dir recht ist, dann zweigen wir was für Billy-Joes Clan ab, die können Unterstützung gebrauchen."

Billy-Joe schüttelte den Kopf. Solches Geld wollte er nicht. Doch Arundelle ignorierte ihn einfach.

Der Advisor zeigte Spuren wachsender Ungeduld. So verabschiedete Arundelle sich mit einer herzlichen Umarmung. Ihr traten Tränen in die Augen. In sich fühlte sie wiederstreitende Regungen. Zum einen begrüßte sie, was mit ihrem Vater geschah, zum andern bedrückte sie die unausweichliche Veränderung, die damit einher ging.

Der Advisor las ihre Gedanken mit und nickte ganz ernst. „Diese Veränderungen sind unausweichlich, und sie betreffen nicht nur deinen Vater, liebe Arundelle", sagte er, und tätschelte ihr begütigend die Wange. „Seinen Triumph hat er ja nun gehabt. Sein Erdenleben hat sich ihm auf 's schönste erfüllt, was will der Mensch mehr?"

Auch Billy-Joe verabschiedete sich mit einem herzlichen Händedruck. Doch schien ihm Waldschmitts Hand seltsam leicht, kaum dass er sie überhaupt spürte.

Ganz schien das Problem der leiblichen Auferstehung also noch immer nicht lösbar zu sein.

„Ganz schön virtuell geworden, dein Alter", bemerkte er bewusst flapsig. „Findest du?" - fragte Arundelle zurück. Doch sie wusste im Grunde, wie recht er hatte. Sie wollte es nur nicht wahr haben. Für ein richtiges handfestes Zusammenleben war so einer jedenfalls nicht mehr zu gebrauchen, wurde ihr allmählich bewusst, und sie begriff das ganze Ausmaß seiner Lage.

Natürlich verlieren wir immer was von einander, sagte sie sich. Bei jedem Abschied und nach jeder Trennung sind wir nie wieder die, die wir einst waren. Doch dies hier war noch eine Stufe mehr, hier kam eine neue Qualität hinzu. Denn dazwischen lag ein Abschied für immer. So hatte sie es noch nicht gesehen.

So war sein Verschwinden eben doch kein Trick, war nicht nur inszeniert, um die Verfolger abzuschütteln. Roland Waldschmitt hatte diese Welt leibhaftig und unwiderruflich verlassen. Mit eigenen Augen konnten ihn fortan nur noch die sehen, die ihn in Liebe in sich trugen und ein Abbild von ihm ihr eigen nannten, bis auch dieses dereinst verblasste.

„Und wie ist es mit mir?" - fragte sie kläglich und fürchtete sich vor der Antwort, denn sie glaubte sie bereits zu kennen. Doch der Advisor schüttelte lächelnd den Kopf:

„Mit dir ist es etwas anderes, mit deinem skeptischen Begleiter übrigens auch. Euer Schicksal erfüllt sich jedoch keinesfalls in Südmichels Reel, soviel Offenheit muss sein", sagte er schon wieder in diesem überlegenen, spöttischen Tonfall, den Arundelle so überhaupt nicht an ihm leiden konnte. Und wie um noch eins drauf zu setzen, ließ er sich im Entschwinden vernehmen:

Erstrebe das Beste,
Doch schicke dich drein,
Es gibt nicht nur Feste,
Auch Alltag muss sein[1].

Was sollte nun das schon wieder? Wollte er sie für dumm verkaufen?

„Ist aus Black Beauty, kennt doch jeder", ließ sie sich wegwerfend vernehmen. Billy-Joe schüttelte den Kopf:

„Ich nicht", sagte er kleinlaut. Arundelle schämte sich im Erwachen.

[1] Anne Sewell, Black Beauty

„Was für ein Traum“, dachte sie, darüber musste sie unbedingt mit Billy-Joe reden. Vor allem mit Billy-Joe, aber auch mit den anderen. Auch die hatten ein Recht darauf zu erfahren, wieso sie ständig ihre Absichten änderte, so, als sei sie nicht Herr im eigenen Haus, und das war sie auch nicht.

Vielleicht war es gar nicht so schlecht, zurück gepfiffen zu werden. Aus allem, was ihr in den Sinn kam, musste ja nun auch nicht immer gleich ein Riesenprojekt werden oder gar eine Weltsensation.

Da hatte der Advisor schon recht, mit so was machte man doch nur wieder eine neue Baustelle auf, dabei waren schon so viele offen und harrten der Dinge, die sich schleppend oder - wie im Falle der Zeit - ganz und gar nicht taten.

Billy-Joe, wie konnte es anders sein, teilte ihren Traum, er war ja dabei gewesen.

„Angefangen haben wir im Wachen, du erinnerst du dich. Wir wollten zu diesem virtuellen Sitz im Zentrum der Macht und wie ich sehe, hat dich dein Zauberbogen und mich unser Zauberstein hin gebracht. - Der Advisor kam und nahm uns die Dinge aus der Hand. Irgendwann sind wir dann in einen Traum hinüber geglitten. So muss es gewesen sein, doch gemerkt habe ich davon nichts, aber das muss nicht viel heißen.“

„Fandst du den Advisor denn heute wenigstens glaubwürdiger? ...ein bisschen wenigstens? Wenn ich ehrlich bin, dann richte ich mich doch ganz schön nach dem, was er sagt. Auch wenn er nicht viel sagt, oder vielleicht gerade deswegen.“

„Südmichels Reel hat er verworfen, würde ich mal sagen. Da beißt die Maus keinen Faden ab“, bestätigte Billy-Joe.

„Dabei haben wir alle so schön danach getanzt. Das Meer war ganz aufgewühlt davon“, sagte Arundelle versonnen und erinnerte sich so mancher Bilder und Berührungen und Gesten. Galt es etwa, auf dies alles zu verzichten in Zukunft? Das konnte es ja wohl nicht sein.

„Ich glaube, der meinte eher unsern Drogenkonsum. Ich hätte diese Haschpfeife niemals anstecken dürfen“, meinte Billy-Joe schuldbewusst.

„Wir waren doch längst high, wovon auch immer“, widersprach Arundelle: „Gespielt hast du jedenfalls wie ein junger Gott.“

Billy-Joe grinste verlegen und wand sich. Er fand, dass Arundelle zu dick auftrug. Außerdem ging es hier längst wieder um wichtigeres.

„Das Verhältnis von Südmichel und Advisor ist äußerst kompliziert, will mir scheinen“, lenkte Billy-Joe das Gespräch auf eine höhere Ebene, das war beiden nicht erst seit dem Boxkampf aufgefallen. Da herrschte Spannung: „Der Widerspruch von Überblick und Durchblick“ meinte Arundelle -„...und der Widerspruch zwischen ‚Gigantomanie’ des Advisors und ‚Minimanie’ des Südmichel“, ergänzte Billy-Joe und fügte hinzu: „Jeder spinnt auf seine Weise“.

„Und doch ist es keineswegs so, dass der Advisor sich nicht auf Südmichels Dimensionen einlassen kann“, antwortete Arundelle: „Ich weiß mit Sicherheit, dass er sich auch ins Nanoversum einbringt, soviel Flexibilität ist da schon vorhanden. Wie es allerdings umgekehrt aussieht, darüber weiß ich weniger...“

„Nun ja, immerhin zeigt Südmichel sich uns, nicht anders als der Advisor. Das heißt ja wohl, dass er in der Lage ist, sich auf ein Durchschnittsniveau zu begeben, so gesehen.“

„Der eine kommt von seiner Größe **runter**, der andere aus seiner Kleinheit **rauf**.“

27. Sinnlich oder übersinnlich

Die Enttäuschung war riesengroß, als Arundelle und Billy-Joe einhellig verkündeten, nicht mitzumachen. Das habe der Advisor ihnen nahe gelegt. So ganz hätten sie’s zwar auch nicht verstanden. Immerhin sei eins seiner Argumente nicht von der Hand zu weisen. Für ein solches Projekt fehle jetzt die Zeit. Eine Schulband gründete man nun mal im ersten oder zweiten Semester, aber nicht kurz vor dem Examen.

Das hatten sie nicht bedacht. So wie sie sich ja eigentlich überhaupt keine Gedanken gemacht hatten, sondern der Laune des Augenblicks gefolgt waren..

Regulär endete für die meisten ihrer Gruppe die Schulzeit zu Beginn des übernächsten Semesters, also spätestens in einem dreiviertel Jahr. Und da keine Gründe für die künstliche Verlängerung dieser Frist sprachen, würde sie wohl eingehalten werden müssen. Betroffen waren davon außer Billy-Joe und Arundelle, die Schwestern Florinna und Corinia Hase, sowie die mongolischen Brüder Tibor und Sandor Khan. Die andern Mitglieder ihrer virtuellen Band hatten etwas mehr Zeit.

Wie auch immer - damit brach gleichsam das Rückgrat weg. Außerdem hatte niemand von ihnen an die bestehende Band gedacht, die sich allerdings schwer tat. Es wäre nur fair gewesen, erst einmal mit ihr in Verbindung zu treten, statt gleich groß mit einer eigenen Gründung rumzutönen, nur weil ihnen Südmichel mit seinem Reel einen Floh ins Ohr setzte. Viel mehr war ’s eigentlich ja gar nicht gewesen.

Trotzdem fragte Billy-Joe sich natürlich, was ihn bewogen hatte, sich diese nicht ganz billige Gitarre anzuschaffen, ausgerechnet jetzt. Er selbst konnte sich das nicht erklären. Vielleicht, weil er endlich genug Geld hatte? Sein Stipendium war vor gut einem halben Jahr zum Ende des Sommersemesters anlässlich seines achtzehnten Geburtstags großzügig aufgestockt worden. Und eine kräftige Nachzahlung für drei Monate war auf seinem notorisch überzogenen Konto eingegangen.

Im Traum sah er sich spielen, vielleicht sogar jene Szene vom Strand. Doch an Südmichel konnte er sich nicht erinnern, der war in seinem Traum entweder gar nicht vorgekommen oder er hatte ihn übersehen. (Als ob ein Zwerg mit roter Zipfelmütze und in Schottenkaro zu übersehen war!)

Für seinen Anteil am Patent, das von der umsichtigen Dorothea für das Impfserum eingereicht worden war, standen ihm, so hatten die Erfinderinnen und Erfinder das untereinander geregelt, glatte zwanzig Prozent zu. Wie viel dies umgerechnet in Geldwert sein würde, stand noch nicht fest.

Darüber wurde mit einem Pharma-Multi noch verhandelt. „Wird auf eine fünfstellige oder gar sechsstellige Einmalzahlung oder auf eine monatliche Leibrente hinaus laufen", meinte Dorothea. In jedem Fall ein sicheres Polster für einen stellungslosen Jungakademiker mit nativem Hintergrund, was auch im liberalen Australien nicht gerade einen Türöffner hergab.

Seine Entstehung verdankte das Serum ja einem ganz anderen Zweck. Es diente dazu, Versteinerungen aufzulösen, die von einem Entzeitlichungsschock herrührten. Da sich darunter niemand etwas vorstellen konnte – (noch nicht!) -, setzte die clevere Dorothea ganz auf den willkommenen zweiten Effekt, den sie allerdings etwas umformulierte.

„Das Mittel eignet sich als Antidepressivum. Darüber hinaus können damit selbst schwerste Psychosen effizient und erfolgreich behandelt werden."

So las sich das doch schon anders und so fand das Mittel denn auch Anklang und versprach weltweit reißenden Absatz.

***

Billy-Joe machte sich so seine Gedanken, weshalb es ihn plötzlich ins musische Feld drängte. Er ertappte sich dabei, dass er nun oft stundenlang vor sich hin spielte. Er fragte sich dann, was er früher stattdessen getan hatte. So viel war er doch nicht Schwimmen und Segeln gewesen, oder vielleicht doch?

An seinem Lieblingsplatz, oben im verschwiegenen Winkel nahe den Lehrerhäusern, wo er sich seinen Schlafplatz seit Anbeginn eroberte und gegen alle Verdrängungsversuche hielt, saß er und spielte gedankenverloren. Er probierte allerlei, sang auch die vergessenen Lieder seiner Ahnen, oder das, was er dafür hielt.

Die Melodien schienen auf einmal zum Greifen nahe, schwirrten um ihn her oder säuselten zart wie die leisen Winde herbei, die sich hier draußen in seinem verschwiegenen Winkel leicht und gerne verfingen.

Auch Arundelle stellte sich die gleiche Frage und kam damit nicht weiter. Das Musizieren war mit Südmichels Auftritt über sie gekommen. Darin bestätigten sie auch die anderen - allen war es ebenso ergangen. Es war ihnen, als habe der Kontakt mit Südmichel tief drinnen etwas ausgelöst, das zuvor irgendwie im Verborgenen schlummerte.

Immer wieder Südmichel, - was besaß er, was löste er aus, was entband er auf seine merkwürdige durchaus widersprüchliche Weise?

Den Meermenschen galt er als der Gesandte, eine gottgleiche Erscheinung, ein Heilsbringer und Verkünder einer neuen Zeit. Die Demokraten unter ihnen schoben auf ihn ihre Transformation. Die Fleischfresser hielten ihn für den Garanten der bedrohten Tradition. Jeder machte ihn sich zurecht, wie er ihn brauchte.

Und sie, was sahen sie in dem Zwerg mit der roten Zipfelmütze und dem gelben oder grünen Wams über karierter Hose und gelben Stiefelstulpen? Nötigte er ihnen ein wohlwollendes oder auch mitleidiges Lächeln ab? Hielten sie ihn für absolut blauäugig und völlig naiv in seinem Anspruch? Denn er verhieß ja nicht weniger als die Beseitigung oder Überwindung des Kardinalfehlers, (jedenfalls die Beseitigung dessen, was er dafür hielt.) Wie man sah, eine durchaus nicht eindeutige Interpretation, die zum Widerspruch reizte und der denn auch kräftig und immer wieder und allenthalben, widersprochen wurde (und sei's mit dem gewalttätigen Argument der rohen Faust.)

Als Südmichel vom Wendekreis hatte er sich vor einigen Wochen vorgestellt, oder waren inzwischen gar schon wieder Monate ins Land gegangen? Südmichel hatte sie auf das Rückwärts aufmerksam gemacht. Nicht in der Zukunft, sondern in der Vergangenheit wies sein Aufbruch in verheißenes Land und passte damit so recht zum Anspruch der Zwischenschule – School of Inbetween – sich dem liegen gebliebenen Unerkannten zu verpflichten. All dessen, was in den Ritzen des Geschichtsflusses für immer spurlos – für alle Zeit und für alle Zukunft unentdeckt und ungenutzt - zu versickern drohte.

Von daher rührte Südmichels großes Interesse an den Zeugnissen vergangener Zeugen längst vergessener oder untergegangener Zeiten.

Südmichel wies auf all das hin, was unter ihren Füßen lag oder direkt vor ihrer Nase, was sie so manche Nacht heimsuchte und plagte oder auch mit süßen Bildern lockte. – Er wies hin auf alles Selbstverständliche, das alle Welt für gewiss und unanzweifelbar hielt. Er machte das stark, was in Märchen und Fabeln belächelt, und als naiver Kinderglaube abgetan und gnadenlos auf dem Altar des Erwachsenwerdens geopfert wurde.

Womöglich fand sich hier das größte Geheimnis, dem bislang niemand wirklich auf die Spur gekommen war, weil allen der Durchblick und das kindgerechte Staunen und die Kindern eigene Fähigkeit, Wunder auch zu sehen und zu erkennen, fehlte. So war es nur folgerichtig, dass Südmichel im fehlenden Durchblick denn auch den Kardinalfehler der Menschheit erkannte.

Und da nun widersprach ihm der Advisor mit äußerster Schärfe. Seine - an sich ganz virtuelle Erscheinung - verfestigte sich in heiligem Zorn zu jenem Blut treibenden Faustschlag, dessen intergalaktisches Ausmaß überhaupt noch nicht abzusehen war. Ein Faustschlag, - so befand wiederum Südmichel - der die Welt für immer veränderte, denn sie würde nie wieder so sein wie zuvor, ganz gleich, was davon zu halten war, übertrieb der ein bisschen.

Und da konnte ein solcher Advisor noch so viel reden, wegdiskutieren ließ sich solch eine negative Schöpfung nun nicht mehr. Sie war in der Welt, stellte darin ein absolutes Novum dar, wie es Schöpfungen nun einmal so an sich haben.

Es freue ihn ja nun doch ungemein, dass man sich herab ließe, wenigstens den Schöpfungsgedanken hier gelten zu lassen. - Der Advisor vermied die direkte Anrede, so als ignoriere man den Störenfried besser, für den er Südmichel nicht erst seit dessen heimtückischen Faustschlag aufs Ohr nun hielt. Zumal ihm dieser Faustschlag noch immer zu schaffen machten. Auch wenn man - im Gegensatz zu seinem eigenen - davon nichts sah.

Hören aber tat er davon um so mehr, nur, das hörte außer ihm ja keiner. Um so mehr verbitterte ihn Südmichels öffentlich zur Schau getragenes Leid. – Gerade eben jetzt tatsächlich schon wieder, es war kaum zu glauben:

„Von wegen Schöpfung, schöne Schöpfung ist das“, moserte Südmichel gegen ihn an und tastete vorsichtig nach seiner geschwollenen roten Nase, an der sich dieses Novum in gewissem Sinne durchaus erfolgreich versucht hatte. Denn wo hatte sich ein Gedanke jemals derart manifest zur Tat gedrängt, um sie nicht nur anzustoßen und in die Wege zu leiten, sondern selbst auch noch auszuführen? Darin manifestierte sich in der Tat eine neue Qualität und Phänomenologie des Geistes, um es mit den Worten des großen Philosophen zu sagen.[1]

„Besser wohl eine neu entdeckte Qualität“, näselte der Advisor und schien sich damit über Südmichel lustig machen zu wollen. Was diesen wiederum erboste. Alles lief auf eine Neuauflage des Kampfes in der Arena der virtuellen Mitte aller Universen und Galaxien hinaus.

„Nicht mit mir“, stöhnte Südmichel und der Advisor bestätigte - „Da sei Gott vor“. Allein, es war schon zu spät.

Adrian Humperdijk stellte die Kontrahenten bereits vor. Seine in vielen Sportreportagen geübte Lautsprecherstimme dehnte und modulierte der Mode der Zeit gemäß die Silben der Namen, wie um den vorzustellenden mehr Volumen und damit mehr Bedeutung einzuräumen. Was im Falle des Zwergs, den er als Südmichel vom Wendekreis ausgesprochen klangvoll und lautmalerisch wohltemperiert zu intonieren verstand, sehr gut gelang. Mit dem Advisor tat er sich sichtlich schwerer, was dieser prompt als ein böses Omen wertete.

Da seine Überzeugung indes Aberglauben verbat, schluckte er die bittere Pille vorab wie eine Niederlage, die es freilich noch gar nicht gab. Doch wer so in den Kampf zieht, braucht sich dann aber nachher auch über nichts mehr zu wundern.

Pooty als Referee hüpfte wie ein flauschiger Wattebausch durch die Ringmitte. Arundelle betreute den Advisor für diesmal, was ihr nicht so ganz recht war. Nicht, weil sie sich scheute, Verlierer zu betreuen, sondern, weil der Advisor ein schlechter Verlierer zu sein versprach.

Um Südmichel aber kümmerten sich sehr bemüht und mehr rührend als gekonnt Corinia und ihre Schwester Florinna. Die Beiden hatten so etwas in Wirklichkeit noch nie gemacht und freuten sich auf die neue Erfahrung.

Sie trugen - ein wenig unpassend - ihre wunderschönen indischen Saris und den alten Schmuck ihrer Mutter Vasantha. Anscheinend hielten sie dies für den Anlass recht angemessen.

Da es sich hier jedoch auch um keinen gewöhnlichen Boxkampf - sondern um eine prinzipielle Auseinandersetzung metaphysischer Art - handelte, störte sich niemand daran. Ebenso wenig wie am bedenklichen Größenunterschied der Kontrahenten, der normalerweise nicht ins Auge fiel. Wann wurden die beiden je zusammen gesehen?

„Ein großer Name für eine kleine Gestalt“, versuchte sich der Advisor Mut zu machen – vergebens. Ehe er die Fäuste recht oben hatte, hagelte ihn Südmichel springfreudig und quicklebendig nieder, dass ihm alsbald die Sinne schwanden.

---

[1] G.W.F. Hegel, Phänomenologie des Geistes

Adrian Humperdijk bekam keine Chance. Dabei hätte er so gern auch mal was anderes als diese ewigen Pumppummelspiele kommentiert. Die waren zwar auch sehr schnell, doch dauerten sie zumeist lang. Hier jetzt eben hatte er mal gerade Luft geholt.

So begnügte er sich damit, ein Resümee des Kampfes zu ziehen.

Arundelle erschrak in ihrer Ecke, immerhin war sie doch die Betreuerin. Hatte sie möglicherweise etwas falsch gemacht?

Nun lag er da, auf den Brettern, die die Welt bedeuten und rührte sich nicht. Pooty zählte und zählte. Dann kam der Ringarzt. Er fühlte den Puls, und als er keinen spürte, schüttelte er ernst den Kopf.

Ein erneuter Blitzsieg und die Bestätigung des Meistertitels schienen Südmichel sicher. Doch um welchen Preis!

Arundelle erwachte vor Schreck. Wieder war sie weggenickt. Diesmal, als sie sich vor einander wegen des Schulbandprojekts rechtfertigten, das der Advisor ihnen nachdrücklich ausgeredet hatte.

Im Traum nun lag er da und rührte sich nicht mehr. Das hatte er nun davon, schämte sich Arundelle ihrer Häme wegen. War natürlich Quatsch, beruhigte sie sich, so unsterblich wie der war. Und doch gab der Sieg Südmichels zu denken, wenn man's mal prinzipiell betrachtete und sich überlegte, wofür Südmichel alles stand.

28. Auf Mentorensuche

Ja, wofür stand Südmichel eigentlich? „Das wäre doch schon ein schönes Thema für deine Abschlussarbeit“, meinte Frau Professorin Grisella von Griselgreif zu Greifenklau-Schlauberger und bedachte Arundelle mit einem liebevollen Blick.

„Schieb alles beiseite, überlass die große weite Welt da draußen für die nächsten Monate sich selbst“, fuhr sie fort.

So redeten alle und das bei zehn Prüfungsfächern. Aber so richtig fürchtete sie sich, Falls überhaupt, dann vor den Klausuren. Ab sofort zählte eine jede mit, und da noch vier ausstanden, hieß das büffeln und nochmals büffeln.

„Und macht euch ruhig schon mal über eure Zukunft Gedanken. Plötzlich steht ihr dann da, haltet euer Diplom in Händen und wisst nicht weiter. Ist immer wieder das Selbe“, empfahl Frau Professorin Marsha Wiggles-Humperdijk.

Bei ihr fiel grundsätzlich niemand durch, dazu war das Fach zu praktisch. Selbst wenn jemand in der Theorie versagte, bliebe immer noch die praktische Seite des anderen Sehens und das hatte bis dahin noch jede und sogar ein jeder gelernt. Ganz abgesehen davon, dass sich nun aber alle ohne Ausnahme richtig gut kannten. Weshalb die

Begabtesten sich denn auch mit ganz frischen Erstsemestern beschäftigten, solche, denen womöglich die Farbe noch gar nicht eignete, und die deshalb vielleicht sogar in der Prüfung zum ersten Mal hervor gezaubert wurde.

Mit Professor Schlauberger vereinbarte Arundelle ein Prüfungsgespräch. Das war in Ausnahmefällen möglich. Und Arundelle war ein Ausnahmefall. So umging sie die leidigen Themen der klassischen Physik, die ihre starke Seite nicht waren. Zumal wenn's dann an 's Rechnen ging, versagte sie vollends.

Billy-Joe versprach ihr Nachhilfe, wenn sie ihm im Gegenzug bei der Grammatik unter die Arme griff. Sein etwas eingeschränktes Englisch fiel inzwischen kaum noch auf, zumal er sich nicht allein damit schwer tat, dennoch...

Und so kam es, dass Arundelle plötzlich eine ganze kleine Klasse da sitzen hatte, die alle bei ihr lernen wollten, wie man sich richtig ausdrückt und nicht nur schön formuliert, sondern auch richtig schreibt.

***

Wo war sie nur hin, die - flugs in all den Jahren aufgesammelte – Gelehrsamkeit, der Somnioren und Animatioren, die ihnen unvergleichliche Vorteile verhieß?

Es war allzu flüchtiges Wissen; traumleicht und seelenzart sozusagen, nichts von Dauer, wenn es nicht aufgegriffen und gefestigt wurde. Der Umgang mit solchem Wissen war sorglos, denn jederzeit konnte es ja wieder geholt werden, so die vorherrschende Meinung, die auch vom Lehrkörper - jedenfalls weitgehend - geteilt wurde.

Überhaupt hing hier alles der Theorie vom Lernen lernen an und dafür eignete sich ein Naturell wie das von Somnioren und Animatioren ideal.

Leider war ‚das Lernen lernen' selbst aber kein Prüfungsfach. Überhaupt sah man es in der Zwischenschule mit der Prüfung nicht allzu eng. Wichtig war vor allem, niemandem den Zugang zu einer der namhaften Universitäten hier in Australien oder in Amerika, Asien und Europa zu verbauen.

Da war weltweit ein solides Vertrauensverhältnis entstanden, denn die Zwischenschule galt - wo nicht gar als Kaderschmiede, - so doch als eine Art Eliteinstitut von Weltrang, sodass sich eine jede und ein jeder mit ihren Zwischenschuldiplomen überall sehen lassen konnte.

Spätestens zu Beginn des vorletzten Semesters musste sich jede Prüfungskandidatin und jeder Prüfungskandidat einen eigenen Mentor suchen, dessen Aufgabe es war, diese im engen persönlichen Kontakt durch die Höhen und vor allem durch die Tiefen der Prüfungszeit zu leiten.

Ein enges Vertrauensverhältnis wurde dabei vorausgesetzt, das sich im Idealfall bereits über Jahre aufgebaut hatte. Dies war bei starken Jahrgängen gar nicht so einfach, und so war ein Losverfahren entwickelt worden, das allen Kandidaten eine faire Chance auf den Mentor ihrer ersten Wahl gab.

Auf diese Weise kamen auch solche Lehrkräfte in den Genuss der Mentorentätigkeit, die eher weniger beliebt waren. Denn jeder Lehrkraft wurden maximal fünf Prüflinge zugemutet. Das war erfahrungsgemäß allermeist genug.

Nicht alle Menschen sind prüfungsgeeignet, die meisten sind es eher nicht. Von daher reißt die Diskussion um den Sinn und Unsinn von Prüfungen nie ab. So war es auch hier. Auch an der Zwischenschule flammte sie im Gegenteil immer wieder auf. So auch wieder in diesem Jahr. Denn ein starker Jahrgang stand an. Die gemeinte Stärke des Jahrgangs bezog sich nicht nur auf die Anzahl, sondern vielmehr auf die Zusammensetzung. Starke Persönlichkeiten, das waren ohne Zweifel Arundelle selbst und natürlich Billy-Joe, aber auch Tibor, oder Florinna und Corinia, um nur einige beim Namen zu nennen.

Das Vertrauensverhältnis zwischen Mentor und Prüfling bezog sich nicht nur auf persönliche Neigung, sondern vor allem auf die fachliche Eignung, jedenfalls im Idealfall – so stand es in einer prüfungsbegleitenden Empfehlung, der man deutlich die Handschrift der verehrten Professorin Marsha Wiggles-Humperdijk anmerkte. Und für diesmal war an Idealfällen wirklich kein Mangel.

Niemand konnte sich erinnern, je ein so intensives und zugleich fachbezogenes Verhältnis zu seinen Schülern aufgebaut zu haben. Zu viele Situationen hatte es gegeben, wo man sich auf Augenhöhe begegnete oder zusammen gar das Weiße im Auge des Feindes sah. So waren sie Blutsbrüdern gleicher als alles andere, vereint in umfassender, geschwisterlicher Liebe. Manche verdankten einander ihr nacktes Leben. Und auch wenn dies im schulischen Alltag wieder unterging, verloren ging ein solches Gedächtnis nie.

Arundelle schwankte bei ihrer Mentorenwahl zwischen Grisella und Scholasticus, entschied sich aber dann doch für Grisella, zumal Billy-Joe sich Scholasticus aussuchte. Damit war diese Grenze schon mal abgesteckt.

Fachlich stimmte die Wahl in beiden Fällen und auch menschlich war sie in beiden Fällen ohnehin stimmig und ließ keine Wünsche offen. Mit dieser Wahl nun erweiterte sich der

Prüfungsdruck auch auf die Lehrkräfte. Zum einen zeigte sie ihnen ihren Platz auf der Beliebtheitsskala an, zum anderen wollten sie natürlich nur das aller beste für ihre Schützlinge.

***

„Lasst die Farben für diesmal außen vor“, riet die kommissarisch wieder eingesetzte Schulleiterin Marsha Wiggles-Humperdijk – Dorothea war die Doppelbelastung zuviel geworden. Außerdem waren Adrian und Marsha ein eingespieltes Team – im Leben wie in der Arbeit. Dorothea hatte mit der Verwaltung und dem ganzen Öffentlichkeitskram genug am Hals, fand sie und das stimmte auch.

Marshas Ratschläge waren häufig zu nicht viel nütze. Und oft musste man gerade das Gegenteil von dem tun, was sie riet, wie vielleicht in diesem Fall wieder. Allen war völlig klar, dass Sympathie nicht zuletzt eine Frage der Farbe war, die ganz selten einmal versagte - umgekehrt schon viel häufiger. Wobei natürlich taubengrau und blassblau ineinander übergingen und von großen Kontrasten hier keine Rede sein konnte.

Anders verhielt es sich da schon mit einem kräftigen Grün und einem ebenso kräftigen Rot oder gar Blau. Nur die wenigsten verbanden in sich solche Farbdifferenzen oder harmonierten mit Vertretern des komplementären oder benachbarten Gegenübers – so man das auch einmal auf die - den Farben eigene Harmonielehre bezog, was indessen nicht immer unbedingt besonders ratsam erschien.

Fachlich stand es um die Eignung von Moschus Mogoleia nicht besonders. Er unterrichtete mehr recht als schlecht sein Fachgebiet. Darüber hinaus praktisch nichts, denn obwohl ihm ein zweites Pflichtfach abverlangt wurde, ging es in diesem nicht viel anders zu als in seinem Hauptfach und darin spielten nun einmal grüne Wirbel die Hauptrolle. Und da hatte man ihm flugs die Wetterkunde aufgedrückt, obwohl sein geophysikalisches Wissen eher den Kenntnissen eines begabten Erstsemesters entsprach. Immerhin besaß er ein starkes Gespür für Großwetterlagen und Luftwirbel aller Art. Er konnte Wege und Stärken mit großer Sicherheit voraus sagen.

Und so gefühlskalt er sich gab, so gefühlsgeladen waren seine Unterrichtsstoffe doch. Rationale Argumente suchte man bei ihm vergebens. Viele seiner Behauptungen blieben diese, auch wenn sie stimmten. Beweisen konnte und wollte er kaum etwas. Vielmehr war er sehr schnell und manchmal tödlich beleidigt, wenn jemand an dem, was er sagte, zweifelte.

Sollte er sich einen solch anstrengenden Mentor zumuten? Tibor tat sich schwer. Wen er auch fragte, letztlich rieten alle ab. Vor allem fachlich sei Moschus Mogoleia nicht ganz zurechnungsfähig, meinten die einen, die ihn besser kannten oder zu kennen glaubten. - Menschlich aber auch nicht, merkte Arundelle da wohl trocken an, die ihn sich einst zum Staatsfeind Nummer Eins erwählt hatte. Umgekehrt war's freilich nicht besser gewesen. Die Beiden verharrten lange Zeit in einer nachgerade paranoiden, wechselseitigen Ablehnung.

„Ihm tut's gut, und dir schadet es bestimmt nicht", ermutigte ihn Peter Adams, der aus unerfindlichem Grund einen Narren an Moschus Mogoleia gefressen hatte, was ihn durchaus schon in merkwürdige Zwiespälte brachte, und zu den unglaublichsten Anschuldigungen.

Seltsame Klimaumschwünge hatte es in der Tat gegeben, die nachträglich allzu leicht den Miserioren angelastet werden konnten, was so gesehen womöglich, so wähnte Peter Adams, ein wenig - fadenscheinig und eine Spur selbstgerecht gewesen war, jedenfalls im nachhinein gesehen.

Wie sollte Tibor sich nur entscheiden? Entschiede er sich gegen Moschus Mogoleia, so entschied er sich zugleich gegen seine eigene Natur, - oder doch das, was er dafür hielt – und die zu ihm passte, wie eine zweite Haut, ganz gleich was andere davon hielten.

Eine andere Frage war, wieweit er mit sich einverstanden war. Und dazu diente Moschus Mogoleia gleichsam als Gradmesser, insofern dieser ihm spiegelte, was er von sich sonst nicht zu sehen bekommen hätte.

Außerdem machte Sandor es ihm ja vor. Den fochten solche Skrupel nicht an. Ihm erging es wie Tuzla und Patagonia. – Unter sich fühlten sie sich am wohlsten. Nicht dass es immer harmonisch zugegangen wäre, ganz im Gegenteil, aber zu Hause fühlten sie sich, ganz sicher verstanden und aufgehoben, dass sie schon auch mal eine Lippe riskierten oder nach Herzenslust herum zickten, ohne befürchten zu müssen, für alle Zeit unten durch zu sein.

Die also hatten sich endgültig entschieden und Moschus Mogoleia, den Dekan der Sublimatioren, zu ihrem Mentor erwählt. Und dennoch schwankte Tibor. Denn es gab da noch jemand anderen. Vielleicht lagen bei ihm die Dinge eben doch nicht so klar, wie er es sich wünschte. Denn immer schon spürte er auch das Sehnsuchtsband zwischen sich und Penelope M'gamba. Deren geheimes, ungeheuer umfangreiches Fachwissen hatte es ihm angetan. Ihr wäre er liebend gern auf dem Weg in den Schamanimus gefolgt, besäße er nur genug Selbstvertrauen und eine zusätzliche Portion Fleiß.

Wenigstens reden wollte er mit ihr. Vielleicht sah sie ja einen weiseren Weg, der sich nur ihm nicht zeigte. - Mit Moschus Mogoleia konnte er so einfach nicht reden, ohne ihn danach auch zu wählen, das war ein Ding der Unmöglichkeit. Und im Grunde war es das auch im Fall von Penelope M'gamba.

Ob es nun zu spät war oder nicht, sich an die Geheimnisse der Natur auf Schamanenweise zu machen, wollte nicht er entscheiden. Geheime Lockung stand gegen innige Vertrautheit. Durfte er in dieser Frage seiner Neigung folgen? - Besitzergreifend freilich war diese Frau auch - bei aller Liebe. Aber wenn ihn das im Falle von Moschus Mogoleia nicht wirklich schreckte, weshalb sollte es ihn nun hier stören?

Tief in Gedanken versunken trottete der Junge seines Weges. Die neunzehn Jahre sah man ihm nicht an. Das lag vermutlich an seiner zierlichen Gestalt. Sie machte ihn für 's Tanzen mit dem Wind so sehr geeignet.

Unter den hier auf der Insel versammelten Sublimatioren war er als Tänzer ohne Zweifel eine Ausnahmeerscheinung. Sein sehniger Körper strotze vor Energie und sein Einfallsreichtum war unübertrefflich.

Manchmal war er ein wenig zu leichtsinnig und mutete sich und anderen Dinge zu, die er besser gelassen hätte, aber das würde sich mit den Jahren schon geben. Außerdem steigerte die Routine auch die Sicherheit. - Würde er seine große tänzerische Begabung verschenken, wenn er sie in den Dienst des Schamanismus stellte? - Sein eigener Bruder, seine Mitschülerinnen und sein Dekan, würden es wahrscheinlich so sehen, denn sie hatten nun einmal nur ihren Horizont und der war nur scheinbar weit. Er war nicht weiter als die Augen sehen konnten in der Steppe, mit all ihren Nöten und Ängsten - trotz allem, was sie an Freiheit zu bieten hatte.

Lockte ihn der Reiz den Neuen? Aber so neu war die Hinwendung zum Schamanismus nicht. Er war es gewesen, der den Stammesschamanen auf die Insel holte, als es zum ersten Mal darum ging, sich des Miseriorenbefalls zu erwehren.

Damals waren die Inselschweine bei dem Versuch, ihnen Dämonen auszutreiben, kläglich zu Tode gekommen. Und da hatte er den Kitzel zum ersten Mal gespürt und das Gefühl, das kann ich besser.

Er hatte es verschämt beiseite gedrückt, wollte nicht unhöflich gegen den weisen Mann sein, doch spätestens jetzt regte es sich wieder und drängte. ‚Du kannst es besser, wenn du nur schon auch erst einmal richtig wüsstest wie.'

Bei der Professorin herrschte ganz schön Andrang. Auf die Idee, sie als Mentorin auszuwählen, kamen scheinbar auch andere. So setzte Tibor sich bescheiden in den Vorraum auf eines der Stühlchen dort und machte sich auf eine längere Wartezeit gefasst.

Allerlei Einschlägiges lag da ganz beiläufig herum - vieles über Kräuter und Lebenselixiere und all so was. Nicht immer - aber meist aus Afrika, was nur natürlich war, stammte die Professorin doch von dort.

Schließlich fand er einen Artikel über die Schamanen seiner Heimat und die Bedeutung des Pferdekopfgeigenspiels im schamanischen Ritus. Er war wie elektrisiert.

Auch Billy-Joe nämlich war sich nie recht darüber klar geworden, was ihn veranlasste, sich diese nicht ganz billige Gitarre anzuschaffen. So erging es auch Tibor. Er wusste nicht zu sagen, was ihn veranlasst hatte, gerade Jetzt seine alte Pferdkopfgeige mit auf die Insel zu bringen. Das war ihm zuvor im Traum nicht eingefallen.

Er hatte nicht anders gekonnt, hatte sie einfach einpackt und mitgenommen - auch gegen den Widerstand seines Vaters, der darauf bestand, dass dieses uralte Erbstück in der Familie und das hieß für ihn - in der Jurte - blieb. Der Zwang war stärker als das Verbot. Er überkam ihn. Er wehrte sich vergeblich.

Nun las er sich fest in dem Artikel. Er vergaß alles um sich her, bis ihn die freundliche Professorin zu sich bat. Sein vager Wunsch, den er irgendwie gefühlt und irgendwo in sich auch gewusst hatte, verfestigte sich unter den Eindruck des Artikels zur Gewissheit. Er wollte den Weg des Schamanen gehen, wollte ihn womöglich schon immer gehen, nur mussten ihm erst die Augen geöffnet werden und sein Herz und sein Geist.

Die Augen wurden ihm bei der Austreibung der Miserioren geöffnet. Das Herz tat ihm Südmichel mit seinem Reel bei der Beach Party neulich auf. Seinen Geist aber, das wusste er, sollte hier nun geöffnet werden und zwar von niemand geringerem als von Penelope M'gamba.

Solches durchzuckte ihn, als er sich verlegen lächelnd in den Stuhl vor dem Schreibtisch drängelte und sich noch kleiner machte, als er war und wirkte angesichts der mächtigen Erscheinung dahinter.

Penelope M'gamba plauderte fröhlich und gelassen über dies und das. Auf Zinfandor kamen sie wie von allein zu sprechen. Es gehe ihm soweit recht gut, erfuhr Tibor.

Doch dann lenkte die Professorin, nach einem besorgten Blick auf die Wanduhr, das Gespräch auf den Anlass seines Besuchs, mit dem er auch ohne Umschweife sogleich heraus rückte.

Seinen Wunsch begründete er mit seiner Neigung zum Schamanismus. Er wies auf die kümmerliche Erfahrung hin, die er gesammelt hatte und die ihn nun so neugierig machte. Auch seine Pferdekopfgeige erwähnte er, und die magische Verzauberung durch Südmichels Reel.

Interessiert und durch freundlich auffordernde Gesten verstärkt, brachte die Frau ihn dazu, ohne viele Worte vor ihr sein Innenleben auszubreiten. Seine Gedanken zum Öffnen der Augen und zum Öffnen des Herzens fanden ihre Zustimmung. Sie erklärte sich bereit, nun auch seinen Geist zu öffnen.

„Prima“, fasste die Professorin zusammen: „Zeit ist genug da, ich sehe sie vor uns liegen als unabsehbares Meer. Was ich weiß und kann, werde ich mit dir teilen. Hab Geduld mit mir - und vor allem mit dir selbst: ‚cause Rome wasn’t built in a Day’ - hahaha“, lachte sie.

Tibor wollte etwas anbringen, was sie bereits wusste. Nämlich dass sie ihn als Mentorin zur Prüfung hinführen sollte, weil sein letztes Jahr in der Zwischenschule bereits begonnen hatte. - „Steht alles in den Akten. Hier, siehst du“ und sie zeigte ihm die seine. Den Tag seines tatsächlichen Eintritts und den des regelgerechten Austritts.

„Ganz recht, ungefähr noch neun Monate, plus minus... In der Zeit wächst ein Mensch heran, warum dann nicht auch ein Schamane, nicht wahr?“ Sie lächelte freundlich, klappte die Akte zu und erhob sich.

„Wenn es dir recht ist, dann sehen wir uns hier ab jetzt jede Woche einmal zusätzlich...“ und schon war Tibor draußen, wo zu seiner großen Überraschung niemand anderes als Tika wartete.

***

Die beiden Schwestern Florinna und Corinia waren an sich ja ein Jahr auseinander, doch seit sie hier in die Zwischenschule gingen, hatten sie sich einander angeglichen. Corinia wollte einfach nicht mehr ausgeschlossen sein, denn Florinna und Arundelle gingen schon seit den Grundschultagen in eine gemeinsame Klasse. So kam es, dass Corinia enormen Ehrgeiz entwickelte, während es Florinna eher gemächlich angehen ließ, soweit es schulische Leistung betraf.

Beide erfreuten sich allgemeiner Beliebtheit nicht nur unter ihren Mitschülern, sondern vor allem auch bei den Lehrkräften, - bei allen Lehrkräften, ohne Ausnahme. Alle hätten die sympathischen Teenager zu gerne betreut, jetzt wo diese in ihr letztes Jahr kamen. Und alle glaubten zu wissen, was das beste für sie wäre.

Für beide Schwestern schien eine akademische Fortsetzung des Bildungswegs auf jeden Fall selbstverständlich. Nur über die Richtung machte sich jede zunächst ihre eigenen Gedanken und die strebten doch recht weit auseinander. Seit sie das Meervolk kannte, kam für Corinia eigentlich nur noch Meeresarchäologie in Frage. Während Florinna vor allem wusste, was sie nicht wollte.

So waren auch ihre Lehrer den Schwestern nicht wirklich hilfreich. Denn die bewegte eine andere Frage und die stand für sie zentral im Vordergrund und hatte viel mit ihrer ererbten Lebenseinstellung zu tun. Sie wollten sich auf keinen Fall wieder trennen lassen, am allerwenigsten Corinia. Und Arundelle sollten auf jeden Fall mit von der Partie sein. Da war die Studienrichtung erst einmal zweitrangig.

„Zusammen bleiben wir auf jeden Fall“, beschlossen beide also einhellig, „jedenfalls so lange es irgend geht“, meinte Florinna und Corinia fügte entschlossen hinzu: „Koste es, was es wolle.“

Außerdem wollten sie sowieso auf jeden Fall zweigleisig fahren und Archäologinnen werden wie ihr Vater, notfalls mit unterschiedlichen Schwerpunkten. „Und zum Ausgleich machen wir eine richtige, klassische, indische Tanzausbildung.“

Ohne viel Federlesen fragten sie das Schulleiterehepaar, ob sie ihre Mentoren sein wollten und die sagten mit Freuden ja. Adrian wollte sich Corinias annehmen und Marsha Florinnas.

29. Tibor und Tika

Richtig verwunden hatte Tika den Angriff auf ihr Leben nie. Und wenn nun auch tausendfach bewiesen war, dass Arundelle daran nicht den geringsten Anteil hatte, so konnte Tika sich innerlich doch nie ganz von dem Gedanken frei machen, in Arundelle eine Feindin oder eine Konkurrentin zu haben.

Tika hatte zu ihrem Bruder relativ spät gefunden. – Erst als sie sechs Jahre alt war, wurden die beiden Geschwister zusammen geführt. Es war der reine Zufall, dass sie von einander erfuhren. Die Beiden wussten zunächst nicht, dass sie überhaupt Geschwister waren. Dahinter kamen sie erst einige Zeit später. So kam es, dass Tika sich in Billy-Joe verliebte. Als sie dann Bruder und Schwester wurden, gelang es ihr, mit viel Mühe und Selbstüberwindung, ihrer Liebe eine andere Richtung zu geben. Jedenfalls glaubte sie, dass ihr das gelungen war.

Doch das hinderte Tika nicht daran, auf Arundelle eifersüchtig zu sein. Und je mehr sie auch hier in der Zwischenschule an den Rand geriet, um so stärker brannte die Eifersucht in ihr. Wie hatte sie versucht, dagegen anzukämpfen und dieses Gefühl unter Kontrolle zu bringen, es war ihr nie ganz gelungen.

Dann kam Tibor in ihr Leben und alles änderte sich mit einem Schlag. In einem jener magischen Momente, über die niemand sich

Rechenschaft ablegen kann, war das große Gefühl über Tika gekommen. Es hatte zwischen den beiden gefunkt.

Tika blühte auf und zum ersten Mal in ihrem Leben fühlte sie sich gerade in ihrer menschlichen Gestalt wohl, das war absolutes Neuland für sie.

Vieles, was sie an Billy-Joe band, übertrug sie nun auf Tibor. Sie vereinnahmte ihn innerlich so, wie sie zuvor Billy-Joe vereinnahmt hatte. Denn ihr scheues Naturell wurde auch durch diese Liebe nicht ganz und gar verändert.

Zwar gelang es ihr nun, wie andere auch mit ihresgleichen Kontakte zu pflegen. Doch es war zu spät für tiefe innige Mädchenfreundschaften. Diese knüpften sich in den Jahren, als sie sich an ihren Bruder band.

Ausgerechnet in einem Wartezimmer überfiel sie blitzartig die Gewissheit, ihren Bruder endgültig verloren zu haben. Ihre Einsicht überraschte sie. Sie hörte in sich hinein und suchte vergebens nach dem pulsierenden wohlbekannten Schmerz in der Seele. Er stellte sich nicht ein. Und da wusste sie, was die Stunde geschlagen hatte.

Jetzt rächte sich an ihr die Unfähigkeit, Freundschaften auszubilden und über lange Zeit zu ertragen, Kontakte auch dann weiter zu pflegen, wenn der unmittelbare Bezug erst einmal unterbrochen war und von nun an womöglich für immer gestört wäre.

Und so tat der Abschied nun doppelt weh, denn sie wusste, sie hatte Billy-Joe nicht nur an Arundelle, und nicht nur an Pooty und Walter, sondern jetzt auch noch endgültig an Professor Scholasticus Schlauberger verloren.

Die letzte Etappe dieses langen qualvollen Abschieds tat am meisten weh, denn nun erst war die Trennung endgültig. Damit war das Ende eines langen Weges erreicht, der sich nun gabelte und jeden in seine Richtung weiter leitete. Irgend etwas in ihr glaubte zu wissen, dass für ihre beiden Wege kaum künftige Kreuzungen vorgesehen waren.

An eine entferntere Verbindung dachte sie nicht. Die Idee, auch aus der Ferne einander in Liebe zu gedenken, kam ihr sonderbarerweise gar nicht erst in den Sinn. Was um so befremdlicher war, als sie ja räumlich überhaupt noch nicht getrennt waren. Aber vielleicht verhinderte die räumliche Nähe sogar einen Reflexionsprozess, statt ihn anzuregen.

In Wirklichkeit war Billy-Joe für sie längst zu einer Randfigur geworden, das war er in Wahrheit schon lange. Und doch hatte die Bindung gehalten, die ihr erst jetzt, eben seit diesem Augenblick, als es ihr wie mit Schuppen von den Augen fiel, für alle Zeit zerstört schien.

So nutzte sie die Wartzeit ein wenig anders als Tibor vor ihr, obwohl sie doch der gleiche Wunsch herführte. Seit Tibor sich den Floh in den Kopf gesetzt hatte, Schamane zu werden, fühlte auch sie sich plötzlich zum Schamanimus berufen.

Penelope M'gamba, die bekanntlich das Gras wachsen hörte, wenn es um derlei Dinge ging, fühlte ihr deshalb besonders gründlich auf den Zahn. Doch was sie fand, ließ sie eher aufhorchen. Mit Tika saß ihr, zweifellos eine echte schamanische Naturbegabung gegenüber.

Tika hütete sich, Tibor mit ihren Seelennöten zu überfallen. Wenn sie zusammen waren, hatten sie besseres zu tun, als über Brüder und Familienbande zu reden. Zumal da auch Tibor nicht ganz frei war und beide ihr eigenes Päckchen mit sich schleppen. Ja, ganz gleich, wen sie auch fragten, alle steckten bis über beide Ohren im familiären Schlamassel.

Es ging bei manchen um klebrige Bande, die nicht reißen wollten oder konnten, bei anderen fehlte es geradeumgekehrt an der zu früh verlorenen Nestwärme. Denn sie führte zu dauerhafter, seelischer Verschnupfung. Ein zuviel an Zuwendung, zu wenig Liebe, zu milde oder überstrenge Eltern – ein Ideal auf ganzer Linie war die absolute Fehlanzeige.

„Gestört sind wir alle, fragt sich nur wie", lautete Arundelles Faustregel. Tika mit so was zu kommen, aber brachte bei dieser gar nichts. Gegen solche Argumentation von oben her, war sie regelrecht allergisch. Eine Haltung übrigens, die sie mit Tibor teilte, und die zu ihrer wechselseitigen Annäherung beitrug.

Nun, so bestätigte ihre gemeinsame Mentorin ihnen, besaßen sie ein ungleich innigeres Band, geflochten oder gewoben an einem geheimen Ort. Es verband nur ganz besonders auserwählte Seelen und erreichte nur die erhellten Geister in der flüchtigen Welt zwischen Himmel und Erde. Hier, im Pantheon der Weltseele, erwartete sie ihr Totemtier, und hieß sie mit ihm sich verschmelzen oder auf Conversioren Weise eins zu werden, wie es sich ergab.

Tibor überraschte sich im Traum als Pferdekopfgeige, während sich Tika ohne weiteres ihrer zweiten Natur überließ und weder sich selbst noch auch Penelope oder Tibor, die sie gemeinsam begleiteten, sonderlich überraschte. Es sei, dass sie womöglich noch fröhlicher und ausgelassener im Mondlicht spielte als sonst und viel weniger Zeit damit vertat, den Mond nur deshalb anzuheulen, weil er so schön rund und voll am samtblauen nächtlichen Himmel stand.

‚Eine Pferdekopfgeige möchte wohl ein gar schönes Totemtier sein', wunderte Tibor sich und wusste nicht recht, was er von sich halten sollte. - Wunderlicherweise wuchsen ihm jedoch Hände, um sich selber zu bespielen. Und um Melodien war ihm überhaupt nicht bang. So klein sein Pferdekopf auch aussah, darin war ja nun noch allemal Raum genug, wenn es denn überhaupt zutraf, dass Melodien im Kopf entstanden und nicht gleich in Brust und Kehle, wohin sie doch wohl eigentlich gehörten.

***

Der ganze große Streit zwischen Südmichel und dem Advisor – zumal um die Frage nach dem Kardinalfehler, mutete lächerlich an.

Tibors Geige sah sich zu einem gewaltigen homerischen Gewieher veranlasst, das sie auch sogleich - mit großer Kraft und ausdrucksstarker Melodie – (zur Freude der erwachenden Natur) – anstimmte. Sie fuhr der Erde damit ordentlich unter die lose Kruste, was diese veranlasste, sich nur ein ganz klein wenig zu schütteln. So, wie wenn es jemanden fröstelt, weil ihm eine Schneeflocke in den ungeschützten Nacken gefallen ist oder eine Reiherfeder auf den Kopf oder eine glimmende Kippe in den Hemdkragen. - (Letzteres führte dann doch wohl eher zu einem wilden Aufbäumen.)

Wenn dergestalt eins zum andern kommt und ein Anderes zu einem anderen Einen, und dieses wiederum zu einem anderen Andern - und immer so weiter und weiter, - dann wird sich schon zeigen, was daraus noch alles werden kann. – Bis sich womöglich der Flügelschlag eines Kolibris zu einer mächtigen Windhose aufgeschaukelt hat.

Tibor wusste nicht recht, wo er sich befand. Eben noch heulte die verwandelte Tika um ein Vieles weniger als sonst. Allerdings fehlte ihm die Möglichkeit zum Vergleich und auch Penelope M'gamba hielt es auf der Insel selten länger als ein paar Minuten.

Tibor argwöhnte ein wenig, dass für ihn eigentlich kein Platz war. Allein schon die Witterung! So eine Geige ist ein empfindliches Instrument und bedarf der besonderen Obhut und Pflege. Seine dünnen Beinchen trugen ihn mit Mühe und keinesfalls über große Distanzen.

In die Unterstände der Wachleute durfte er nicht, die würden sich gestört und beobachtet fühlen. Eine trockene Höhle, nicht zu tief und vor allem unbewohnt, wäre wünschenswert. Doch die gab es in seiner Reichweite nicht, jedenfalls wurde sie ihm nirgends angezeigt.

Tibors Verschmelzung mit seiner Pferdekopfgeige löste unter den Conversioren eine heftige, sehr kontroverse Debatte aus. Doch da niemand sich an Präzedenzfälle erinnern konnte und auch die entsprechende Literatur nichts Einschlägiges hergab, verhallte der leise Groll ins Leere. Bis nächsten Monat fände sich gewiss eine schalldichte trockene Höhle – schalldicht musste sie sein, baten sich einige Conversioren aus. Die Mehrzahl war jedoch gerade entgegengesetzter Ansicht. Viele hatten Teile der Nacht ob der herrlichen Töne in Verzückung verharrt. Dieser Flügel gewann erst einmal die Oberhand und so konnten die Gegner allenfalls auf Minderheitenschutz machen.

„Die wollen tatsächlich eine Schallschutzmauer quer durch die Insel ziehen, wenn's hart auf hart kommt", hieß es.

„Wer tatsächlich noch Zweifel hatte, dem müssen spätestens jetzt die Augen aufgehen", meinte Südmichel als er von dem Streit erfuhr.

„Was sind das nur für kaputte Typen, dabei sind die schon von der unangepasstesten Sorte. Wer am Vorhandensein des Kardinalfehlers zweifelt, hier hat er den Existenzbeweis, deutlicher geht's ja wohl nicht..."

***

Tika nutzte ihre Zeit für Kräuterkunde, während Tibor als Pferdekopfgeige sich selbst bespielte, was ihn ungemein faszinierte. Die Conversioreninsel wurde von allerlei seltsamen Kräutern und Büschen bewachsen. Der Wind wehte sie über die Jahrhunderte und Jahrtausende heran. Sie kamen von überall her und durchmischten sich hier neu zu den merkwürdigsten Arten.

Mit den Insekten war es kaum anders, nur dass Insekten mehr Mühe hatten, von den fernen Kontinenten herüber zu gelangen. Einige aber schafften es und gründeten gedeihliche Kolonien.

Leider durfte Tika nur in ihrer Totemtiergestalt auf die Pirsch. Dabei wäre sie gern auch mal mit der Botanisiertrommel los gezogen und hätte ihr Schätze gern mit ihrer Mentorin durch geschaut.

Doch diese schien ganz froh darüber zu sein, dass dem die Inselstatuten entgegen standen, sodass sie sich auch nicht über besonders ins Zeug legte und sich um die Ausnahmengenehmigung bemühte, die Tika sich wünschte.

So kam Tibor nicht allzu sehr ins Hintertreffen. Immerhin durchstreiften sie in Menschengestalt gemeinsam die Insel Weisheitszahn, wohin der Wind nicht weniger Samen trug und Tika präsentierte ihm stolz, was sie schon alles wusste; und für manche Pflanzen überlegten sie sich Namen, wobei sie sich der Linneschen Vorgehensweise anpassten[1]. Was Tibor wiederum aufblühen ließ, der

[1] Carl von Linné, schwedischer Naturforscher (1741-1783), entwickelte die binäre Nomenklatur, die jeder Tier- und Pflanzenart eine lateinische Doppelbezeichnung aus einem

nun merken konnte, wie wenig unnütz dieses blöde Latein in Wirklichkeit war.

„Namen sind nicht so wichtig, wichtiger sind Charakter und Wirkung und all so was“, bremste die Mentorin Tibors Eifer ein wenig. „Kennen statt nennen“ lautete ihre Devise.

30. Aller Abschied ist schwer

So strebten alle auseinander. Eine jede und ein jeder in die Richtung, die sie sich letztlich ausgeguckt hatten oder die ihnen auf den Leib geschrieben war. ‚Denn nicht für die Schule, für das Leben lernen wir’, ließ Marsha Wiggles-Humperdijk, die kommissarische Schulleiterin, die Studierenden bei jeder passenden und unpassenden Gelegenheit wissen.

Arundelle arbeitete sich in der Philosophie voran und versuchte, die Denkgebäude der deutschen Idealisten zu durchdringen, was sich als äußerst schwierig herausstellte. Billy-Joe biss sich an Einstein, Feynman, Hahn und Co. nicht weniger die Zähne aus.

Dennoch oder gerade deswegen, war sein Mentor, Professor Scholasticus Schlauberger, mit ihm sehr zufrieden und ebenso zufrieden war die Professorin Grisella von Griselgreif zu Greifenklau-Schlauberger mit ihrem Schützling Arundelle.

Die Zeit flog wie im Rausch dahin. Und plötzlich war er da, der große Tag, der Tag des Triumphs, in den sich freilich bereits der Wermutstropfen des Abschieds mischte.

In einer mehrstündigen öffentlichen Feier wurden nicht nur die Noten aller Prüfungskandidaten einzeln verlesen, es spielte ihnen zu Ehren auch die Schulband.

Sie machte ihre Sache recht ordentlich, fanden die verhinderten Bandmitglieder wehmütig. Denn nun hieß es Abschiednehmen, von der Insel, von einander und von der Jugendzeit.

Hatte es damals vor vier Jahren in dem Grundkurs: ‚Erkenne dich selbst’, noch geheißen: ‚Aller Anfang ist schwer’, so hieß es jetzt: ‚Aller Abschied ist schwer’.

Und war der Anfang auch bisweilen frustrierend gewesen, so tat der Abschied nun um so weher. Dazwischen lag für viele ein Traum,

---

Gattungs- und einem Artnamen gibt.

der zur Wirklichkeit wurde und aus dem zu Erwachen, Schmerz bereitete.

Vergebens vertrösteten sie einander, versprachen sich zu Schreiben, zu Chatten, zu Mailen, einander virtuell zu besuchen. Doch im Grunde wussten alle, dass dies nicht das gleiche war. Am ehesten noch tröstete die Aussicht auf das erste große Wiedersehen – auf den Tag genau in einem Jahr – so war es geplant.

Auch den Somnioren erging es nicht viel besser. Obwohl diese sich nach Belieben zu einander hin träumen konnten. Doch darin lag durchaus auch eine Gefahr, der nicht nur die Aborigines allzu leicht erlagen, die in der Traumzeit nicht selten ihr eigentliches Leben lebten und sich von der Wirklichkeit gänzlich abwandten.

Für alle galt, dass sie von nun an mit ihren Kräften und Gaben allein haushalten mussten, und damit auf sich gestellt waren.

Wäre doch die Insel nicht so klein gewesen. Anfangs hatte es tatsächlich Universitätskurse gegeben und sogar Promotionen waren möglich gewesen, doch seit die Entwicklung derart in die Breite ging, war es damit endgültig vorbei.

Pläne, die Conversioreninsel umzubauen, scheiterten am berechtigten Veto der Conversioren. Sie sahen darin zurecht eine unzulässige Beschneidung ihrer Entfaltungsmöglichkeiten.

Auch der andere Weg, weniger Neuzugänge aufzunehmen, war ins Auge gefasst worden. Doch das hätte bedeutet, dass niemand mehr um die Welt reisen würde, um all die verborgenen Talente aufzuspüren und anzusprechen. Denn davon lebte die Zwischenschule recht eigentlich, das begriffen die Verantwortlichen als ihre ureigenste Aufgabe.

Nun, da sich der Ruf der Zwischenschule derart verbreitet hatte, bewarben sich allerdings auch viele Kinder, die nicht begabt waren und oft taten es für sie ihre Eltern. Da bedurfte es schon eines sehr geschulten Auges aufseiten des Scouts. Aber diese Entwicklung trug keinesfalls dazu bei, den Zustrom auszudünnen.

Kurz und gut – an den Ausbau der Universitären Dimension war nicht zu denken. Das Gegenteil bewährte sich vielmehr. Durch die Herabsenkung des Eintrittsalters erhöhte sich die Chance, alle Talente rechtzeitig zu erkennen und gezielt aufzubauen.

Dadurch hatten die Absolventen nun das Nachsehen. Sie wurde inmitten ihres Erblühens gleichsam gepflückt und mussten sich im vergleichsweise zarten Alter von siebzehn oder achtzehn Jahren in der Welt da draußen allein auf sich gestellt - bewähren.

Noch war überhaupt nicht abzusehen, was daraus würde, denn es gab bislang erst einen recht schwachen Jahrgang, für den es diese verfrühte Abnabelung überhaupt gegeben hatte. Und nun kam gleich dieser besonders - und in jeder Hinsicht - starke - Jahrgang hinzu.

Bang also blickten nicht nur die Absolventen nach vorn, sondern auch die Verantwortlichen. Und so gaben sie allen Abgängern eine Rückkehr-Garantie mit auf den Weg. – ‚Nur zur Sicherheit, ihr werdet 's nicht brauchen, aber falls doch, seid ihr jederzeit willkommen.'

Am meisten Sorgen machten sich die Mentoren um ihre Zöglinge, die aus den entlegeneren Gegenden dieser Welt stammten. Für sie wurde extra ein Fond eingerichtet, da sie zumeist über keine eigenen Geldmittel verfügten, sondern zum Studium auf Stipendien angewiesen waren, was etwa im Falle von Tibor und Tika zu einer absurden Situation führte.

Dank der Hilfe von Penelope M'gamba, aber auch durch eigene Initiative, war es ihnen gelungen, ganz in der Nähe eine Schamanin aufzutun, die sie in die Lehre zu nehmen versprach. Wo die lebte und wirkte, da gab es natürlich keine Verwaltungsgremien, keine Auszahlungsstellen, keinen Campus mit Mittagstisch und abendlichem Umschluss um Mitternacht. Nicht einmal eine Postadresse gab es, wohin Dorothea Geld hätte überweisen können.

Einige Schnüre Kaurimuscheln aber waren als Einstieg willkommen. Sie zu finden erforderte auf jeden Fall mehr Einsatz als das Ausfüllen einer Zahlungsanweisung. Außerdem versprach Penelope den beiden, sich persönlich um sie zu kümmern. Sie vereinbarten dazu eine magische Verbindung zu jedem Vollmond, ‚wenn ein großer Greif den Mond verfinstert'. Denn dann sollten sie sich an einem vorab festgelegten heiligen Ort einfinden, dort würde dann für alles weitere gesorgt, ließ sie die beiden recht geheimnisvoll wissen.

Eine etwas umständliche, aber doch recht originelle Art der Verbindung. Doch Penelope M'gamba liebte es geheimnisvoll. Für sie war es ein idealer Ausgleich. Zumal ihr die Ziele ausgingen, die sich von allen großen Flugrouten tunlichst fernzuhalten hatte. So brütete sie mit Zinfandor Leblanc immer mal wieder über allerlei See- und Luftkarten, um für ihre greif'schen Luftausflüge die entlegensten Wege auszutüfteln.

Billy-Joe und Arundelle bezogen eigene Tantiemen aus Patentrechten oder aus Anonymus' Veröffentlichung, woran sie beteiligt waren, wie übrigens Tibor auch, jedenfalls was das Antibefallsserum anging, zu dessen Entdeckung und Entwicklung er federführend beigetragen hatte. Aber Geld beanspruchte er zur Zeit ja nicht.

Florinna und Corinia war es gelungen, Arundelle, ebenso wie Billy-Joe, zu überreden, mit ihnen gemeinsam eine geeignete

Universität zu suchen. Ihr Vater, Heinrich Hase, selbst ordentlicher Professor der Archäologie, hatte seine Kontakte spielen lassen. Er machte als mittleren Wert aller Interessen zwei Universitätsstandorte ausfindig, zwischen denen sich die vier nun gemeinsam entscheiden konnten.

Dabei spielten neben den klimatischen, auch wissenschaftliche oder ethnische Bedingungen eine gewisse Rolle. Außerdem mussten die dortigen Kollegen den Anforderungen der Mentoren der Zwischenschule genügen und Vater Hase musste seine Zustimmung selbstverständlich auch noch dazu geben.

So fanden sich alle Vier - nach ausgiebigen Ferien in allen vier Ecken der Welt, - im südlichen Herbst – also Anfang März, - sozusagen vor der Haustür der Insel Weisheitszahn, - in Sydney, zu ihrem ersten Universitätssemester wieder ein.

Florinna und Corinia folgten ihrem Vater auf dem Fuß und schrieben sich für die Archäologie ein, Arundelle entschied sich für die Philosophie und Billy-Joe ebenfalls (‚zunächst erst einmal' – wie er betonte), außerdem nahm er noch Physik dazu und Arundelle Soziologie.

War es schon jetzt das Heimweh nach ihrer geliebten Insel, das sie zu diesem Entschluss trieb? Aber nein, die Empfehlung von Professor Hase war ja durchaus wertneutral und objektiv erfolgt und erbrachte weder außerordentliche Vor- oder Nachteile für irgend jemanden.

Von Vorteil war auf jeden Fall die Nähe von Tika und Tibors - gleich nebenan sozusagen. Doch dieser Vorteil – und die näheren Umstände ihres Aufenthalts - sollte sich erst noch erweisen.

Letztlich ausschlaggebend für Sydney war etwas ganz anderes und dafür nahmen alle vier auch kleine Nachteile in Kauf. Denn Billy-Joe war nicht alleiniger Herr im eigenen Haus. Seine Entscheidungen umfassten zugleich immer auch Entscheidungen für Walter und vor allem für Pooty. Und Pooty war in Pretoria nicht willkommen gewesen. Dort herrschte ein allgemeines Tierverbot auf dem gesamten Universitätsgelände.

„Ein echtes Armutszeugnis..."

„Wie rückständig..."

„Man fühlt sich ins frühe zwanzigste Jahrhundert versetzt."

„Die letzten Reste der Apartheid..."

Die Vier waren sich einig. Denn sie waren in Wirklichkeit ja fünf und am liebsten wäre es ihnen gewesen, wenn auch Pooty sich als Student hätte einschreiben können.

Sein Diplom von der Zwischenschule hatte er jedenfalls erhalten und seinen Talar mit dem viereckigen Deckel für den Kopf auch. Es gab sogar ein Foto mit ihm, wo alle Abschlusskandidaten - mit ihm in der Mitte - posierten.

Pionierarbeit rückte ihnen ins Blickfeld. Jetzt wo sie aus der Ferne zum ersten Mal in aller Klarheit zurück schauten, bemerkten sie erst die ganze Fülle und den unermesslichen Reichtum jener School of Inbetween.

Warum sollten sie sich eigentlich mit ihrer Entlassung abfinden? Warum mussten sie sich in ein System einpassen, dass sie im Grunde ihres Herzens äußerst gering schätzten?

Als geduldetes Haustier würde Pooty depressiv werden. Ihm erginge es wie weiland dem Zauberbogen, als der ein kümmerliches Dasein in der Asservatenkammer auf der Insel Weisheitszahn fristete, weil er unter das Waffenverbot fiel.

Die Idee einer ‚Insel-Universität' schimmerte am Horizont auf und wurde gleich der Schaumgeborenen endlich auf rosiger Muschelschale geboren. Lange genug hatte es gedauert. Wie hatten sie sich nur schon erst einmal überhaupt aus ihrer Schule hinaus komplimentieren lassen können? Sie verstanden sich selbst nicht mehr. Das Argument der Sachzwänge hatte sie offensichtlich dermaßen eingeschüchtert und ihnen Verstand und Fantasie abgekauft. Als ob eine solche Einrichtung eine Frage des Raumes oder gar des Wohnraumes war.

Sicher, sie könnten nicht ganz und gar in eine virtuelle Welt abtauchen, jedenfalls nicht auf Dauer. So was rächte sich mit Depressionen und Realitätsverlust. Aber es wäre doch gelacht, wenn sich nicht irgend ein Ort fände.

„Und wenn wir uns eine Raumstation bauen? Vielleicht könnte wir sogar was übernehmen?"

„Warum nicht gleich den Mond?"

„Ja, ganz recht, warum nicht der Mond?"

„Meinem Vater gefällt der Mond..."

„Unser Mond hat keine Infrastruktur und der Mond von Laptopia kann vielleicht mal als Versteck für einen Zeitflüchtling dienen. Mit einer ganzen Universität aber dürften wir da wohl kaum durchkommen. Das verstößt allzu eindeutig gegen das erste universale Realitätsprinzip..."

„Gesetz wolltest du sagen..."

„Meinet wegen!"

„Trotzdem, ein brillanter Gedanke, könnte glatt von mir sein", krähte Pooty, der sichtlich auflebte, jetzt wo wegen ihm alles wieder ins Rollen kam.

Alle lachten. Irgendwie hatte Pooty sogar recht. Nachdenklich schauten nun alle vor sich hin. In die Stille hinein ließ sich Arundelle dann vernehmen:

„Ich weiß nicht recht... seht ihr das nicht auch so? Ich jedenfalls kann mir unsere ‚Inseluniversität' nur in unmittelbarer Nachbarschaft zur Insel Weisheitszahn vorstellen.

Alle nickten. Sie stimmten voll mit ihr überein. Alle hatten im Grunde schon jetzt entsetzliches Heimweh und wären lieber heute als morgen auf ihre Insel heimgekehrt.

„Und wenn wir doch die Conversioreninsel ausbauen? Die ist kaum kleiner als die Insel Weisheitszahn und vor allem im Innern sehr, sehr ähnlich. Da kriegen wir locker wieder über zwanzig Stockwerke unter."

„ Wir müssten halt nur oben für die Conversioren alles so lassen wie bisher."

„Und alle müssten jeden Monat für vier Tage von oben verschwinden, damit die ihre Ruhe haben, auch wie bisher."

„Und drunter soll das Leben abgehen wie immer? - Kann ich mir nicht recht vorstellen. Eine solche Einrichtung kann man doch nicht so hermetisch abschließen, dass da nicht mal ein Laut rausdringt. Immerhin würden da dann ja auch ein paar hundert Menschen wohnen. Wir brauchten einen Landeplatz und ein bisschen Auslauf bräuchte es schon auch und einen Bootshafen und eine Lagune und eine Badeinsel..."

„... und überhaupt – müsste alles genau so sein wie wir es gewohnt sind..."

„Alles hängt an den Conversioren..."

Nachdenkliche Pause. -

„Und was spräche dagegen, die Insel Weisheitszahn aufzustocken?"

„In der Mitte paarundzwanzig Stock in die Höhe?"

„Dann wäre außen rum immer noch viel Platz für Parks und Gärten und den Landeplatz..."

„obwohl man den auch gleich aufs neue Dach verlegen könnte..."

„Oder die Conversioren ziehen ganz weg – irgendwo wird's für die doch eine unbewohnte Insel geben. Müsste nicht mal groß sein."

„Stimmt, mehr als zwanzig sind das nie..."

„Wenn überhaupt..."

„Ist sowieso ne aussterbende Spezies..."

„So, meinst du", entgegnete Billy-Joe ein wenig spitz. Das war auch so ein Problem, mit dem er sich noch gar nicht auseinander gesetzt hatte: wie käme er mit seiner Vollmondphase hier inmitten der großen Stadt wohl zurecht? Einige Male konnte man sich unterdrücken, aber das war auf Dauer keine echte Lösung.

***

Tika und Tibor fühlten sich, als hätten sie das große Los gezogen. Ihre Schamanin war eine herzensgute Frau, uralt an Jahren und noch älter an Weisheit. Sie bevorzugte die tasmanische Lebensart und diese war doch ein wenig gewöhnungsbedürftig.

Doch da sie sich damit nicht aufzwang, machten die Novizen ihr eigenes Ding. Sie bauten sich zunächst ein eigenes Haus und richteten sich häuslich ein. Zuvor kaufte Tibor sich ein Boot, das er mit den Tantiemen, die er für seine Patentanteile bekam, bezahlte. Mit dem Boot konnten sie zur Hauptinsel segeln, wann immer ihnen danach war und Wind und Wetter es zuließen.

Die Insel hatte nicht einmal einen Namen, so klein und unbedeutend war sie. Unbewohnt war sie vor allem deshalb, weil es keine natürliche Süßwasserquelle auf ihr gab. So besorgte Tibor erst einmal einen großen Kanister, den sie vergruben, um ihn als Zisterne zu benutzen. Dazu sammelten sie Regenwasser in flachen Mulden und leiteten es in die Zisterne ein.

Die Beiden fragten sich natürlich, wie ihre Schamanin zu dem legendären Ruf gekommen war, weltabgeschieden wie sie lebte. Als Heilerin tat sie große Wunder und als Geisterbeschwörerin noch größere und das nicht nur auf den vielen diesseitig verstreuten neuseeländischen Inseln, sondern sogar in Tasmanien selbst.

„Fliegen wird sie halt können“, überlegten sie und Tibor dachte an seinen heimischen Schamanen, der seit Menschengedenken die Erde nicht mehr berührte, sondern den Schwebezustand bevorzugte.

Als es dann Vollmond wurde, machten die Novizen eine weitere Entdeckung, die sie einander noch einmal finden ließ. Als Tibor sich nämlich mit zarten Händchen den Pferdekopfgeigenbauch zu streichen begann und Tika ihre fellbedeckten Glieder im Licht des vollen Mondes reckte und streckte. Und bevor sie noch ihre Stimme hören ließ. Da erhob sich ein herrlicher Phönix aus dem offenen Herdfeuer unter dem Überdach der Schamanin und stimmte in Tibors Geigenspiel mit lieblich zwitscherndem Gesang wohl ein.

Und alsbald jubelten und jubilierten die Drei denn gar herrlich dem Monde zu, dass dem vor Rührung eine riesige Träne nach der andern über die bleiche Wange rann. Und auch die aufgeschichteten Steine um das Rund der neu erbauten Zisterne weinten, was sich für diese gut anließ, denn die Zisterne war leer.

Derweil träumten sich drüben in Sydney die drei jungen Frauen auf ihre Insel Weisheitszahn hinüber und suchten mit ihren Querelen die Professorinnen Grisella, Marsha und Penelope heim, soweit sie überhaupt erreichbar oder ansprechbar waren. In beredten Worten legten sie ihre Pläne und Überlegungen dar und baten sich dringend eine außerordentliche Plenarsitzung und Vollversammlung aus.

Sogar mit ausgearbeiteten Alternativprojekten eines beauftragten Architekturbüros, dem freilich zunächst die genauen Maße zugemailt werden müssten, anonym selbstverständlich, wollte man diese dann alsbald beglücken und gut gerüstet zur Sitzung kommen, um die Alternativen auf Vor- und Nachteile hin abzuklopfen.

Für die Professorinnen entwickelte sich der Traum alsbald zum Alptraum, denn sie sahen nicht nur eine unüberschaubare Kostenlawine auf sich zurollen, sondern auch viel Lärm, Schmutz und fluchende Bauarbeiter, die den Frieden stören und das Geheimnis der Inseln zerstören würden.

31. Haus mit Tiefgang

Von hier aus waren es keine fünfzig Meilen nach Weisheitszahn rüber, schätzte Tibor, der wieder ganz er selbst war. Die Pferdekopfgeige lag still und unschuldig im Kasten. Tika trug wieder ein Stoffkleid und die Schamanin – obwohl Maori - die nackte tasmanische Haut, wie sie es seit Menschengedenken nun einmal gewohnt war.

Penelope sondierte die Lage, als Routinebesuch getarnt, doch alle durchschauten alles, so wie es sich für anständige Schamaninnen gehört. Da brauchte es keiner vielen Worte.

Der Traum hatte sie denn doch gehörig aufgescheucht, gestand sie Tika und Tibor - und erzählte dann, was ‚die Verschwörer aus Sydney' (wie sie die heimwehkranken Studierenden dort nannte) nun schon wieder ausgeheckt hatten.

Ihre Mission laute - „Conversioren in Not", erklärte Penelope. Denn so nenne sich ihre geheime Mission, mit der sie sich nun - ganz offiziell - an die hochverehrte, all weise Susamee wende, redete Penelope M'gamba reichlich geschwollen – wie Tibor fand – daher.

Doch die so Angesprochene lächelte milde, nickte und nickte, je länger sie zuhörte, kicherte und nickte und kichert und nickte wieder. So blieb Tibor nur noch, die Route auszuarbeiten. Er stellte sich das so vor: Mit dem Hubschrauber ging es zur Festlandinsel, dort würde er mit dem Boot warten und die Conversioren übernehmen.

„In ein bis zwei Stunden kommt man rüber. Doch da ist bestimmt noch was machen, zeitlich gesehen. Ist natürlich was anderes, als das übliche und für Adrian und Intelleetus müssten sie sehen, aber das gälte für jetzt ja bereits für Corinia nicht minder. Frag mich eh, wie die den Vollmond gerade überstanden hat."

„Abgelegen und menschenleer, gewartet von einem Phoenix, einer Dingohündin und einer sich selbst bespielenden Pferdekopfgeige, was will man mehr?" - fasste Penelope ihren Bericht von der Erkundungsreise nach Susamees Insel zusammen. Es sah fast so aus, als sei die Insel gefunden und mit ihr die Lösung.

Vier Monate Bauzeit Minimum, eher sechs, Baukosten immens, Zuschüsse ungewiss – das war eine Herausforderung nach dem Geschmack von Dorothea. Sie blühte auf wie nie und als habe es so sein müssen, wurde sie ausgerechnet im Monat des Baubeginns schwanger.

***

Der erste Probelauf mit der neuen Insel lag bereits hinter ihnen. Wachmann Will Wiesle berichtete für die Conversioren, die bei Vollmond ja bekanntlich ziemlich weggetreten sind.

Alle fühlten sich wohl. Susamees Insel war dunkel und geheimnisvoll und es gab viel zu erkunden. Groß genug war sie auch. An- und Abfahrt allerdings nähmen doch ganz schön Zeit in Anspruch, zumal wegen der Umsteigerei.

Tibor versprach, seinen Einfluss geltend zu machen und seiner Schamanin die Zustimmung für einen Hubschrauberlandeplatz auf ihrer Insel abzuringen. Irgendwo abseits am andern Ende, wo niemand gestört wurde.

Mit der heimischen Tierwelt gab es wegen der Invasion durch die Conversioren von der Insel Weisheitszahn keine Probleme. Es kamen jeweils ja nur höchstens zwanzig Individuen dazu, die alle auf Friedfertigkeit getrimmt waren.

Außerdem stand für die Beutegreifer unter ihnen immer eine ordentliche Portion frisches Blut zur Verfügung, welches die Kandidaten in dem Monat davor selber zu spenden hatten.

Man war nämlich gänzlich davon abgekommen, frisches Blut aus dem Schlachthaus zu kaufen. Denn erstens war das nie wirklich frisch und zweitens war es vom Grauen des schrecklichen Todes vergiftet und kontaminiert und schmeckte aus diesem Grund selbst den größten Gierschlünden ganz scheußlich.

Die Schamanin Susamee also gab grünes Licht auf der ganzen Linie. Sie freundete sich sogar mit Wachmann Will Wiesle an und dieser blühte ob seiner neuen und so bedeutenden Aufgabe sichtlich auf.

Er umwarb Susamee trotz ihres hohen Alters mit allerlei Geschenkchen, die sie gern und bereitwillig annahm. Sie behängte sich kokett mit Halsketten und Armreifen, sogar mit einem Sari umwickelte sie sich. Außerdem ließ sie sich von Tika die Haare machen.

Einsilbig aber blieb sie noch immer. Und wem die Gabe des Gedankenlesens nicht gegeben war, der stand in ihrer Gegenwart ganz schön auf dem Schlauch, weil er nie wusste, woran er war.

Wachmann Will Wiesle also ließ sich gerne abkommandieren und verbrachte inzwischen mehr Zeit auf Susamees Insel als auf Weisheitszahn und dachte daran, sich dort ein eigenes Heim zu bauen – auch dies ganz im Sinne der Schamanin.

Diese allerdings ließ sich von ihrer gewohnten Lebensweise nicht abbringen, sondern huschte nachts - wie sie es gewohnt war - davon zu ihren Kranken allenthalben oder sammelte Arzneien aller Art an verschwiegenen geheimen Orten, zu denen sie sich auf schamanische Weise Zugang verschaffte.

Aber für Wachmann Will Wiesle schmückte sie sich gern, für ihn wurde sie wieder zur begehrenswerten Frau, die sich hinter ihrem abschreckenden Äußeren verbarg, das niemand durchdrang, es sei, die Liebe öffnete ihm die Augen.

***

Dorothea schaffte es, einen wirklich tüchtigen Bauleiter zu finden, dem es tatsächlich auch gelang, die Zeiten einzuhalten. Da sich die meiste Bautätigkeit zunächst – später wurde es anders - im Innern der Insel abspielte, wirkte das ganz anders. Für Uneingeweihte sah es eher so aus, als sei auf der Conversioreninsel das schrecklichste Chaos aus gebrochen.

Die natürlichen Gegebenheiten im Sockel der Insel begünstigen den Ausbau, zumal Südmichel eine Kolonne seiner Bergwerkszwerge abkommandierte, die dort unten in der Tiefe wahre Wunder vollbrachten.

Die Conversioreninsel unterschied sich von der Insel Weisheitszahn nur unwesentlich. Unter Wasser sah es so aus, als wüchsen zwei Blumen aus einer gemeinsamen Wurzel empor. Die

Wurzel selbst ragte aus dem Festlandsschelf heraus unter dem sich Australis, die Stadt des Meervolkes, befand.

Darin sah Südmichel nun seine ganz persönliche besondere Herausforderung.

„Wieso eigentlich nicht? Wo's sogar noch umsonst ist“, stimmte Dorothea seinen Ideen zu.

„Immens viel Platz gewönnen wir auch.“

„Und wer garantiert uns, dass uns das Ganze nicht eines Tages um die Ohren fliegt“, wollte Marsha besorgt wissen.

„Da bohren wir einfach einen Entlastungskanal quer zu den Schloten, die sie ja nun mal trotz allem doch sind...“, beruhigte Südmichel.

„...Letzte Garantien gibt es da wohl nicht, schon gar nicht für alle Zeiten, das muss uns schon klar sein.“

Seismographisch gesehen, bewegte man sich in dieser Gegend eh auf sehr dünnem Eis, das wussten im Grunde alle. Die Erde müsste hier an dieser Stelle nur mal kräftig pupsen, und all ihre vielen wunderbar über einander geschachtelten Etagen flögen davon. Doch das war auf Weisheitszahn nicht anders und bis jetzt war es dort gut gegangen.

„Auch Vulkane nehmen den Weg des geringsten Widerstands“, erläuterte Südmichel seinen Plan. Es gelang ihm, mancherlei Ängste zu entkräften und die sensiblen Gemüter einigermaßen zu besänftigen.

So kam es, dass sich die australischen Handwerker und die Bergwerkszwerge nie zu Gesicht bekamen. Die einen bohrten und werkelten von oben nach unten und die andern von unten nach oben. Die einen bauten eine um die andere Etage hinunter. Und die Zwerge entwickelten ein System von Gängen und Schächten, durch die sie die beiden Blumenstiele in der Tiefe verbanden. Und während sich die australischen Bauleute durch gerade mal fünfzig Meter voran arbeiteten, schafften die Bergwerkszwerge insgesamt weit über eintausend Meter. Denn gut sechshundert Meter war es bis zum Meeresgrund. Und wäre dort nicht das Schelf gewesen, es wäre noch zehnmal so weitergegangen und selbst solche Tiefe war nichts besonderes in diesen Breiten.

Deshalb fühlte sich Südmichel auch halbwegs sicher mit seinem Versprechen, dass hier in diesen beiden Schloten so schnell kein Vulkan mehr wieder ausbräche, und dass die Entlastungsbohrung in der Tiefe auf jeden Fall was bringen würde.

„Dann kriegt ihr höchstens noch die Flutwelle ab“, meinte er so leichthin. Was die ängstlichen Gemüter nun doch auch wieder nicht gerade sehr ermutigte.

Insgeheim schüttelte Südmichel den Kopf über soviel Unverstand. Und das bei Leuten, die es eigentlich wissen mussten.

Doch vielleicht sprachen die, die sich auskannten, nicht über ihr Wissen mit denen die sich nicht auskannten. Denn die hatten wiederum ihre Stärken.

'Merkwürdige Leute, diese Menschen von heute', dachte er und der Kardinalfehler, den er wieder einmal ganz deutlich sah, leuchtete karmesinrot vor seinem inneren Auge wie eine pulsierende Entzündung.

***

In Sydney, wo das Heimweh zu so ungeahnten Aktivitäten Anlass gegeben hatte, saßen die Verbannten und weinten – (nun nicht mehr), wenn sie ihrer Insel gedachten. Sie freuten sich vielmehr über alle Berichte, die vom raschen Fortgang der Arbeiten kündeten. Nacht für Nacht holten sie sich auf Somniorenweise die neuesten Informationen und waren auf das genaueste im Bilde.

Dorotheas Elan wurde durch das heranwachsende Kind in ihrem Bauch keineswegs behindert, ganz im Gegenteil. - „So eine Schwangerschaft ist doch keine Krankheit", hielt sie ihrem Mann immer wieder entgegen, wenn der sie zu bremsen versuchte.

Für die beiden Schwestern Hase hatte sie sich etwas ganz Besonderes überlegt. Insgeheim korrespondierte sie deshalb bereits mit Professor Heinrich Hase über eine Professur an der Inseluniversität, wie sie die neue Einrichtung provisorisch nannte – „nur bis uns was besseres einfällt", meinte sie, wenn sie deswegen auf zweifelnd fragende Blicke traf.

Die meisten der bereits Lehrenden beabsichtigten zweigleisig zu fahren, so, wie sie es in der Vergangenheit auch getan hatten, soweit sie da hier überhaupt schon unterrichteten.

Leute wie Peter Adams sahen nun ihre Chance und hofften insgeheim auf einen eigenen Lehrstuhl. Und die weniger klaren Fälle prüften und sichteten ihre Unterlagen, wieweit sie überhaupt qualifiziert waren oder besorgten sich schleunigst die Venia legendi[1], indem sie sich eventuell auch nachträglich irgend welche Arbeiten anerkennen ließen, um sie im Rigorosum zu verteidigen.

---

[1] Venia Legendi: universitäre Lehrbefähigung auf Lebenszeit.

Rigorosum: mündliche Verteidigung einer Habilitationsschrift bzw., einer Dissertation.

Habilitation: Schrift zur Erlangung der Professorenwürde.

Dissertation: Schrift zur Erlangung der Doktorwürde.

Noch einmal begab sich Dorothea auf Weltreise und diesmal begleitete sie ihr Mann, was ihr nicht so ganz recht war. Aber als werdende Mutter gebührte ihr auch von der Männerwelt eine etwas anders geartete Aufmerksamkeit, als die, die sie gewohnt war. Sollte er also ruhig dabei sein. Vielleicht half er ihr sogar.

Auch die Börse wurde aufgesucht und neue Aktien aufgelegt, was das Interesse noch einmal ankurbelte. Als Dorothea zurückkam, konnte sie sich vor Bewerbungen kaum retten und forderte dringend Assistenz an. Zumal alle eingehende Post über ihren Schreibtisch lief.

Sie übertrug die Sichtung der Schulbewerber den bewährten Händen von Marsha Wiggles-Humperdijk und die der Universitätsbewerber deren Mann Adrian Humperdijk mit der Auflage, diese entweder rundweg abzulehnen oder an die Zwischenschule zu verweisen.

Sie selbst befasste sich zusammen mit ihrer Schwester mit den Bewerbern für die wenigen Professuren, die neu hinzutreten sollten. Denn beide beherrschten sie die Kunst, zwischen den Zeilen zu lesen und trennten instinktsicher die Spreu schnell vom Weizen.

Es verblieben immer noch viel zu viele, über die dann das gesamte Kollegium zu bestimmen hatte. Über Professor Heinrich Hase wurde schnell Einigkeit erzielt, zumal er den Sehtest der anderen Art mit Bravour bestand (nicht gerade als Somnior, - eher schon als Animatior - jedoch mit ganz ordentlicher, wenn auch ein wenig löchriger Aura in zartem Blassblau.)

Außerdem stand die Archäologie – (gerade vor dem Hintergrund der soeben unternommenen Studien zu Atlantis), – auf der Insel Weisheitszahn hoch im Kurs. Viele Schüler begeisterten sich nun dafür, von denen gewiss noch einige ein vertiefendes Studium ins Auge zu fassen versprachen.

Da die Wissenschaftsauffassung hier auf Weisheitszahn ein wenig anders geartet war und die angeblich zwielichtigen Pseudowissenschaften keineswegs einhellig zurück gewiesen, - sondern im Gegenteil, oft der besonderen Aufmerksamkeit für wert erachtet wurden, - gestaltete sich die Auswahl der geeigneten Kandidaten - zumal in den Grenzbezirken - äußerst schwierig. Scharlatane und Dünnbrettbohrer von wahrhaft Erleuchteten zu unterscheiden, fiel nicht allen gleich leicht, zumal dann nicht, wenn es sich um vergleichsweise junge, gut aussehende Bewerberinnen oder Bewerber handelte.

Professorin Penelope M'gamba war selbst noch sehr um ihren akademischen Ruf bemüht, da ihr universitärer wissenschaftlicher Werdegang mitnichten wasserdicht und lupenrein war.

Sie regte deshalb – (dennoch oder trotzdem) - dazu an, zu erwägen, ob sie nicht vielleicht jemanden wie die Schamanin Susamee (oder gar diese selbst), in den engeren Kreis des Lehrkörpers aufnehmen sollten. Von ihr nämlich gehe die Sage, sie sei der letzte Phoenix. (Am liebsten hätte sie hinzugefügt: ‚Genau wie ich der letzte Greif bin'. Doch das verkniff sie sich wohlweislich. Sie wollte schlafende Hunde nicht wecken.)

***

Das Semester endete. Nichts hielt sie mehr in Sydney. Und für diesmal gab es auch für die Schwestern Hase keinen Grund zu verreisen, denn ihr großer Umzug stand unmittelbar bevor.

Die Bauarbeiten für die Häuser des Lehrpersonals waren abgeschlossen, die Unterkünfte bezugsfertig. Ähnlich wie auf Weisheitszahn erhoben sich die Häuschen der Professorenfamilien über das Inselniveau, gefällig gruppiert zu einem Runddorf mit Dorfanger und kleinen Haus- und Vorgärtchen.

Letzte Grasausrollerkolonnen taten das ihre, nicht anders als die Möbelpacker. Leichter und Lastkähne dümpelten im kleinen Bootshafen. Vor der Küste ankerte das dazu gehörige große Containerschiff. Familie Hase war eine der ersten, die einzog.

Die Mädchen mussten seit Semesterende mit Billy-Joe den Schlafplatz teilen, denn ihre Betten waren längst weiter an Neue vergeben worden. Hier draußen bei ihm war es reichlich provisorisch. Doch das tat der Begeisterung keinen Abbruch, wenn sie nur wieder daheim sein durften, alles andere zählte nicht.

Doch nun war das ja, Gott sei Dank, vorbei. „Du wohnst selbstverständlich wieder bei uns, Arundelle“, bestimmte Vasantha Hase und duldete keinen Widerspruch. Wie eine Glucke sammelte sie ihre Küken und vergas ganz, dass die ehemaligen Küken nun erwachsen waren, und vielleicht bald selber Anstalten machten, Glucken zu werden.

*

Am Nadelöhr Farbensehen wurde auf Biegen und Brechen festgehalten, da gab es kein Vertun. Wem keine Farbe eignete, dem wurde der Zutritt verwehrt. Es gab im Grunde keine Zweifelsfälle. Und niemand, der nicht selber eine Ahnung hatte, verstand, was da vor sich ging.

Und so wucherte das Geheimnis ins Uferlose und machte die Sache um so verlockender. Viel wurde spekuliert, alles mögliche probiert. Falsche Bewerber wurde eingeschleust, die prompt wieder ausgemustert wurden – höflich aber äußerst bestimmt. Das dauerte keine fünf Minuten.

Andere wiederum, verhutzelte, zurückgebliebene Gören aus den Slums dieser Welt, wurden mit Aufmerksamkeit nur so überhäuft.

„Das begreife wer will“, sagten die Spione und kehrten der Insel neidvoll den Rücken. Dabei stand die Welt für sie offen, nur diese kleine Insel nicht.

So blieb die Inseluniversität, (sie behielt ihre provisorischen Namen bei) erst einmal äußerst überschaubar, was die Belegzahlen anging. Kaum fünf Duzend Studierende tummelten sich in den viel zu großen Hörsälen und den leer hallenden Korridoren davor.

Auf Zweihundertfünfzig bis Dreihundert Studierende waren die Gebäude und Einrichtungen ausgelegt. Insgesamt fünfundzwanzig Lehrende waren für sie vorgesehen, die mit ihren Familien hier in dem kleinen Dorf, bestehend aus mehreren Einzel-, Doppel- und Reihenhäusern, traulich um den kleinen Marktplatz gruppiert, eine dauerhafte Bleibe finden sollten.

Dorothea – inzwischen sichtlich guter Hoffnung – zählte die Wochen und Tage bis zur Niederkunft, doch das tat ihrem Elan mitnichten Abbruch. Sie hatte die Planung fest im Griff und duldete nicht den Wildwuchs, der die Zwischenschule einerseits so anheimelnd, andererseits aber auch ziemlich unübersichtlich und störanfällig machte.

Zum Studium auf der Inseluniversität wurden nur diejenigen zugelassen, die zuvor ihren Abschluss auf der Zwischenschule gemacht hatten. Darauf einigten sich alle Verantwortlichen nach zähen und langwierigen Verhandlungen.

Wer unbedingt trotzdem aufgenommen werden wollte, der musste sich zuvor in der Zwischenschule bewähren und insbesondere erfolgreich den Grundkurs vom rechten Sehen besuchen, vorausgesetzt er besaß seinerseits wenigstens den Anflug einer eigenen Aura.

32. Mutterglück

Schamanin Susamee hatte grundsätzlich nichts gegen eine Lehrtätigkeit einzuwenden. So kam Penelope M’gamba mit überein, den Schamanimus in einen praktischen und einen theoretischen Teil zu trennen.

Dies vor allem deshalb, weil Schamanin Susamee sich weigerte, einen Hörsaal zu betreten, schon gar einen, so viele Meter unter Tage. Allein schon die Vorstellung bereite ihr nämlich Klaustrophobie. Im übrigen könne, was die offenen Arme der Mutter Natur scheue, nicht viel wert sein. Mit den offenen Armen, meinte sie alles, was oberirdisch zugänglich war. Rechte Winkel seien ihr darüber hinaus ein unerträglicher Gräuel.

Penelope flog Unmut an. Dennoch spürte sie den leisen Schmerz der Entfremdung und sehnte sich zu einer solch klaren Haltung zurück. Doch sie hatte gelernt, Kompromisse zu machen und bedauerte sehr, dass sie die Grenze längst überschritten hatte, und nun den Rückweg versperrt fand.

Sei es, dass sie zu bequem geworden, sei es, dass sie immer schon zu schwach für so ein konsequentes Leben war. Um so glühender erwuchs ihre Bewunderung. Hier tat sich ein unermesslicher Schatz auf, an dem sich möglichst viele laben sollten.

„Eigentlich ist unter Tage alles mehr rund als eckig", wandte Tibor lakonisch ein und Wachmann Will Wiesle nickte. „Die Zwerge haben's auch nicht mit den rechten Winkeln."

„Du solltest wirklich Südmichel kennen lernen", ergänzte Tika. „Der ist von Hause aus Bergwerkszwerg mit Wurzeln bis nach Atlantis."

Schamanin Susamee merkte auf, sagte aber nichts, sondern dachte sich ihren Teil und hoffte, nicht so genau verstanden zu werden, da sie ihre eigenen Gedanken unausgegoren und beinahe ein wenig dumm fand.

Wachmann Will Wiesle, dem die Liebe aus den Augen schaute, sooft er den ihren begegnete, ließ ihr Herz weich werden und ihre Seele schmelzen, die in ihrer Störrischkeit ihrerseits rechwinklig daher kam, wollte es ihr wohl scheinen.

Ob sie sich doch auch einmal zu einem Besuch überreden lassen sollte? Sie umwickelte sich mit dem Sari, hängte sich allerlei Schmuck an Arme, Beine und an den Hals und bestieg klirrend und stolz den ersten Hubschrauber ihres Lebens. Wiewohl es ihr doch ein Leichtes wäre, auf Schamanenart zu reisen. Nun ja, sie wusste nicht recht wohin.

Das wussten die Piloten um so besser, und so dauerte es keine Stunde, bis sie auf der Insel Weisheitszahn landeten, wo sie von einem Begrüßungskomitee empfangen wurde. Da dieses vorgewarnt worden war, vermied man zunächst alle Gebäudekontakte, vielmehr schlenderte die kleine Gruppe durch die Parkanlagen. Und Adrian wies, bevor ihn jemand ausbremsen konnte, völlig unnötig auf die vielfältigen Bautätigkeiten hin, wie sie allenthalben im Gange waren.

Zum Glück zoomte Südmichel heran und Susamee zeigte sich hoch erfreut, in ihm einen alten Bekannten begrüßen zu können. - Es wäre auch seltsam zugegangen, wenn sich ausgerechnet diese beiden über die Jahre hier in der Gegend aus dem Weg hätten gehen können.

Da Südmichel schwebte, schwebte Susamee auch. Und so entschwebten beide Richtung Paternoster, der hier wie drüben einen Zugang hatte. Die Fahrt durch beide Röhren dauerte im Normalfall eine halbe Stunde, es sei, jemand legte den Turbogang ein, doch das wurde dann ein wenig ungemütlich. Das wollte und durfte man Susamee nicht zumuten, wollte man sie doch insgeheim dauerhaft für einen ordentlichen Lehrstuhl gewinnen.

So führte der Weg zunächst durch alle zwanzig Stockwerke der Zwischenschule. Und da die Gondel gläserne Wände hatte, konnten alle auch sehen, wo die Reise lang ging.

Sobald das Niveau des Meeresspiegels erreicht war, änderte sich die Sicht zunächst nicht wesentlich, da noch immer Fenster nach draußen ins schimmernde Meer blicken ließen, das indes immer dunkler wurde, sodass alsbald auf Fenster ganz verzichtet worden war.

Unmerklich erhöhte sich nun auch die Geschwindigkeit, bis dann der Scheitelpunkt erreicht wurde, wo sich das Tempo wieder verlangsamte, um dann ebenso unmerklich anzuziehen, bis auf der anderen Seite die Fenster das Meer am Inselsockel anzeigten. Und die Fahrt nun gemächlich durch die vielen Stockwerke aufwärts ging. - Hier allerdings werkelten die Bauleute noch emsig. Nur wenige Etagen wurden bereits bewohnt oder bewirtschaftet.

Der Paternoster kam an der Oberfläche inmitten des Dorfangers der kleinen Professorensiedlung zum Stehen. Die Kabinentür sprang auf und die Schamanin trat aufatmend hinaus und begrüßte den Tag, der sie nun wieder hatte, indem sie sich auf die Erde nieder ließ und den Boden küsste.

Dann erhob sie sich und blickte staunend nach drüben auf die - wohl an die fünf- bis sechshundert Meter ferne Nachbarinsel, von der aus sie gestartet waren und mochte es kaum glauben.

Auch hier schloss sich ein Inselrundgang an und Penelope bestand darauf, den bereits eingerichteten schamanischen Unterrichtsraum in Augenschein zu nehmen, auf den sie recht stolz war, denn der war weitgehend ihr Werk.

„Rechte Winkel, Fehlanzeige – alles organisch, alles echt..."

Schamanin Susamee konnte sich weder dafür entscheiden, die Nase zu rümpfen, noch dafür, ihre Reserve ganz aufzugeben. Penelope war es fürs erste zufrieden.

Doch dann band etwas viel wichtigeres Susamees Aufmerksamkeit. Sie horchte ins Leere hinein, kehrte die Augen nach innen, sodass nur noch das Weiße zu sehen war. Dann machte sie eine blitzschnelle Drehung um die eigene Achse und war verschwunden.

Was war geschehen? Dorothea brauchte Hilfe. Genauer - Geburtshilfe und da war die Schamanin in ihrem Element. Im Nu peilte sie die Lage. Drückte hier, schob da, stützte dort und eins, zwei, drei – war das Baby auf der Welt.

Ein Mädchen, schön wie die Mutter, wenn man das tatsächlich schon sehen konnte (Scholasticus konnte) und für die Mutter noch einmal um ein vieles schöner.

Schamanin Susamee wischte es nachlässig mit einem Büschel Blätter ab und drückte es Dorothea in die Arme und bedeutete ihr, es nun ein wenig mit der Zunge zu bearbeiten, wie es sich gehörte und es auch ihren warmen Atem recht spüren zu lassen.

Erst brachte Dorothea es nicht übers Herz, doch dann gab sie nach und schloss die Augen. Und als sie ihr eigen Fleisch und Blut so spürte und schmeckte und von ganzem Herzen annahm, da brach über sie die jubelnde Liebe ohne alle Hemmung herein. Ebenso hemmungslos wie sie sich einstmals der Vereinigung mit Haut und Haaren und allem was sie war und wollte, hingegeben hatte.

***

Flugangst war ihr Problem nicht. Die Schamanin Susamee ließ sich von dem Hubschrauber, der sie her zur Insel Weisheitszahn gebracht hatte, auch wieder zu ihrer eigenen Insel zurück bringen. Dort angekommen, ließ sie ihre Novizen am Stand der Entwicklung teilhaben, denn sie wusste, wie sehr sich diese dafür interessierten.

Da sie Sklavenseelen verabscheute, tat sie alles, um auch nur den Ruch von einseitiger Abhängigkeit zu meiden. Ja, sie bat ihre Novizen sogar, sich bei nächster Gelegenheit auch hinüber bringen zu lassen, um sich mit eigenen Augen anzusehen, was sich dort tat.

Deren Rückkehr war so gewiss wie der nächste Vollmond. Das allerdings wusste sie auch. Insofern hatte es mit der Freiheit, wie sie sie verstand, nicht gar so viel auf sich.

Vielleicht machte sie sich auch die falschen Gedanken. Eine solche Überlegung lag Tibor ferner als der Mond. Im Gegenteil - er geierte darauf, auch einmal zum Sammeln und zum Heilen mitgenommen zu werden, ein Privileg, das Tika ihm voraus hatte. Die Schamanin hielt sie für die natürliche Begabung, oder sah sie in ihr sich selbst als sie jung war? Jedenfalls behagte ihr die Gesellschaft von Tika weit mehr, besonders dann, wenn es darauf ankam – wie beim Heilen oder Gebären oder auch beim Sterben, denn auch das ließ sich nicht vermeiden. Schamanen waren dem Leben so gut verpflichtet wie dem Tod.

***

Sulamiths Geburt stellte alles, was an sich wichtig war, erst einmal in den Schatten. Deutlich wurde, wie beliebt das Elternpaar war. Bis aus Deutschland reisten die Gratulanten an und die ganzen Inseln standen natürlich Kopf. Peter Adams ließ zur Geburtsfeier eigens eine Klesma-Band[1] einfliegen, weil er der Überzeugung war,

---

[1] Musikgruppe, die volkstümliche jiddische Musik macht.

Massltof[2] könne nicht anders als auf diesem Wege beschworen werden.

Susamee, die Schamanin wiederum sorgte sich um das rechte Totemtier und schwankte noch sehr zwischen eigenwilligen Extremen, die sie jedoch nicht veröffentlichte.

„Niemand kommt ohne Totemtier aus", so ihre Ansicht und die Eltern dauerten sie, die dies nicht wussten oder beachteten.

‚Wer draußen in der Natur, in Wald oder Feld geboren wird, braucht sich um Zeugen nicht bemühen. Noch eine jede und jeder hat sie da, doch in einem Raum, mit lauter rechten Winkeln - was für eine Harmonie kann da entstehen?'

Arundelle zog ihren Zauberbogen zurate und dieser diskutierte den Fall mit dem Zauberstein. Weder Pooty, noch Billy-Joe, noch den Hases allen fiel das wohl Rechte ein, als wären sie die Mohren aus fernen Morgenlanden, - gekommen, um eine Königin zu salben. Dabei ging es nur um ein frisch geborenes Mädchen, für das die Eltern nicht einmal einen Namen wussten – jedenfalls mit sich im Zweifel waren, ob der, den sie sich zurecht gelegt hatten, passte oder vielleicht doch eher ein anderer, den sich andere überlegt hatten.

So nahm Arundelle all ihre Kraft zusammen und schenkte der kleinen Sulamith, wie sie das junge Menschenkind im Stillen nannte, einen Namen. Sie ließ ihn vom Zauberbogen auf einen goldenen Pfeil gravieren, den dann der Zauberstein in eine sanfte rosa Wolke hüllte, die gemächlich zu Boden sank, und über der kleinen Wiege zum stehen kam. Dort enthüllte sie sich und gab sich zu erkennen, sodass die Eltern an eine göttliche Fügung glauben konnten.

Damit war die Frage des richtigen Namens erst einmal weitgehend abgeklärt. Die Eltern erstrahlten im Einverständnis. Einige Tröpfchen frischen Wassers besiegelten den Erdenbund. - Eine recht ordentliche Geste der Verwinkelten, die sie ihnen gar nicht recht zugetraut hätte, fand sogar die Schamanin Susamee.

33. Der Paternoster-Unfall

‚Von wegen vier bis sechs Monate!' Nun war Sulamith längst geboren und ein Ende der Bautätigkeit war noch immer nicht abzusehen. Vor allem die Feinarbeit beanspruchte sehr viel Zeit. Und so lief der Universitätsbetrieb ein wenig schleppend inmitten einer Baustelle an.

---

[2] Massltof = Glück

Ganze Stockwerke und Fluchten waren gesperrt, die der Paternoster durcheilte, ohne zu halten oder auch nur abzubremsen. Außerdem wurde die Kabinentür durch einen Automatismus verriegelt.

Doch da die Belegzahlen auf absehbare Zeit gleich bleiben würden, regte sich niemand sonderlich darüber auf.

Ob die leeren Stockwerke und Gänge fertig wirklich schöner gewesen wären? Niemand mochte das – eben, weil sie so menschenleer waren, - recht bejahen.

Bei über zwanzig Etagen, verwinkelte noch dazu, musste mit allem gerechnet werden. Keine war wie die andere, da die natürlichen Formationen der Kanäle, die sich das Wasser in Jahrtausenden gegraben hatte, berücksichtigt werden sollten. – ‚Soweit dies irgend möglich ist', - hieß es seitens des Architekturbüros. Es war sehr stolz auf sein ökologisches Baukonzept. Ja, bei zwanzig individuellen Etagen musste ständig mit dem Unvorhergesehenen gerechnet werden.

Ob es des Unvorhersehbaren einfach zu viel gewesen war? Ob Fehler passierten oder falsches Berechnen? Das Unfassbare geschah. Das, mit dem niemand rechnete und vor dem sich doch jeder fürchtete - vor dem sich alle fürchteten: das große Unglück. Und das kam so:

Die Bergwerkszwerge konnten es nicht lassen, an den Paternosterschächten immer weiter herumzuwerkeln. Sie legten immer neue Hand an, verbesserten, wie sie meinten, die Gleitgeschwindigkeit oder auch die Luftzirkulation, die sie für enorm wichtig hielten.

Da sie sich ja ständig in diesen Tiefen aufhielten, war das natürlich etwas anderes, als mal eben ein dreiviertel Stündchen ab- und aufzusteigen. Zumal die hermetisch geschlossenen Kabinen mit eigenen Sauerstoffreserven ausgerüstet waren, die immer dann zum Einsatz kamen, wenn die Luft im Innern der Kabine dies erforderlich machte.

Das Unfassbare also trat ein, das Unglück geschah. Die Zwerge hatten wohl ein wenig zu tief gebohrt oder zu heftig geschliffen oder hatten sie die Wandstärke falsch berechnet. Jedenfalls kam es zu einem Leck in der Außenwand. Und das ganz weit unten, wohl an die sechshundert Meter unter dem Meeresspiegel.

Wasser trat ein. Erst tröpfelte es nur, dann wurde der Einbruch zum Rinnsal, dann zum reißenden Bach, der den ganzen unteren Teil der Schächte zu fluten begann. Damit drohte das ganze schöne Werk der Schächte vernichtet zu werden.

In höchster Eile tauchten Taucher aus dem sofort alarmierten U-Boot zur Unglücksstelle, die sie dank des Außensogs auch sogleich fanden. Es gelang, ein Lecksegel über die Einbruchsstelle zu spannen, das sich dank des Wasserdrucks auch sofort fest sog und so den

Wasserstrom unterbrach und letztlich ganz unterband. Die größte Gefahr schien erst einmal gebannt.

‚Nicht auszudenken, wenn sich gerade Menschen auf dem Weg von einer Insel zur anderen befunden hätten', dachte Marsha noch, als sie auch schon die Hiobsbotschaft erhielt.

Im Scheitelpunkt, wo das Wasser nun am höchsten stand und jede Rettung unmöglich schien, kündeten leise Klopfzeichen den Arbeitern von Eingeschlossenen.

‚Klopften sie, so waren sie wenigstens noch am Leben', lautete die völlig richtige Schlussfolgerung. Doch wie lange noch?

Höchste Eile war geboten. Unglücklicherweise befanden sich Dorothea und Scholasticus mit der kleinen Sulamith gerade auf Shopping Tour in Sydney, so blieb wieder mal alles an Marsha hängen, die damit völlig überfordert war.

In ihrer Not rief sie nach Arundelle und nach Pooty und dem Zauberstein. Vielleicht könnten die mal wieder Wunder bewirken. Der Zauberbogen beriet sich eingehend mit dem Zauberstein und kam zu einem negativen Ergebnis. Das akzeptierte Arundelle weder, noch verstand sie es. Sie erinnerte sich im Gegenteil an viele Rettungsaktionen, wo sie die Zauberkraft des Bogens aus den verfahrendsten Situationen gerettet hatte.

‚Dies hier sei etwas völlig anderes', ließ sie der Bogen wissen. Hier verlange man ja allen Ernstes den Verstoß gegen das wichtigste aller metaphysischen Grundgesetze, wonach Teufelswerk sei, was der Machtdemonstration diene oder so ähnlich. Arundelle hört schon gar nicht mehr hin, so ärgerte sie sich. Da schwebte jemand in Lebensgefahr, und die wollten nicht helfen.

Was denn hier der Machtdemonstration diene, rief Arundelle empört: „Wir wollen doch nur helfen." - Eben das sei ja der Fehler. „Ihr wollt dem Rad des Schicksals in die Speichen greifen und das mit unlauteren Mitteln. Dazu dürfen wir uns niemals hergeben. Das ist völlig außerhalb jeder Diskussion."

„Aber in Atlantis neulich, da habt ihr uns doch auch geholfen und uns raus geflogen, als es brenzlig wurde", wandte Arundelle ein.

Wieder tuschelten die beiden Zauberwesen auf ihre geheime Weise, dann hob der Bogen die Stimme und ließ sie lakonisch wissen: „Das von damals nehmen wir auf unsere Kappe, egal wie weh uns das tut, das hier jetzt nicht, tut uns schrecklich leid, da müsst ihr euch schon selbst helfen."

Das war's dann wohl. Aus Erfahrung wusste Arundelle, dass es wenig Sinn machte, jetzt weiter in ihren Zauberbogen zu dringen und der Zauberstein war womöglich ein noch härteres Kaliber, was an seiner steinernen Natur liegen mochte.

Als ob die Bergwerkszwerge diesen Ausgang schon geahnt hatten, waren die dabei, sich von Gondel zu Gondel hinunter zu arbeiten. Zu diesem Zweck ließen sie sich von den Tauchern innen im Tunnel des Paternosters elastische Schulter breite Schläuche legen, die dann an den Kabinentüren festgesaugt wurden, sodass sie völlig wasser- und luftdicht anlagen. Danach schnitten die Zwerge mit dem Schweißbrenner exakte Löcher in die Türen und pressten Luft durch den Schlauch, sodass sich die Bergungsteams darin voran arbeiten konnten.

So ging das von Gondel zu Gondel, bis sie schließlich bei den Eingeschlossenen ankamen. Diese schwächelten bereits merklich und jappsten mit hochroten Köpfen nach Luft, denn auch der Reservesauerstoff hatte sich allzu schnell verbraucht. Immerhin saßen die Eingeschlossenen schon gute zwei Stunden fest.

Drei naseweise Zwergteenager hatten sich illegalen Zugang zu den Gondeln verschafft, indem sie sich den Universalschlüssel zum Paternostersystem aus der Baubude klauten, während die Bauarbeiter Mittag machten. Dann setzten sie das System in Gang, das wegen dringender Reparaturarbeiten an der Außenhülle vorübergehend außer Betrieb gesetzt war.

„Die Burschen konnten das System nur deshalb unbemerkt in Betrieb nehmen, weil die Bauleute gerade Mittag machten“, betonte der fassungslose Bauleiter.

Dabei passierte es dann. Eine Stützstrebe aus der Reparaturbaustelle musste sich gelöst haben und wie ein Rammbock mit großer Wucht in die Tiefe geschossen und durch die Außenhaut gestoßen sein, die an dieser Stelle zufällig vergleichsweise dünn war. Dünn genug jedenfalls, um jetzt dem Wasserdruck nachzugeben. So lautete der erste ganz vorläufige Erklärungsversuch, wie es zu dem Unfall hatte kommen können.

Als die Zwerge endlich gerettet waren, atmeten alle erst einmal auf. Zum Glück trat Südmichel auf den Plan, denn mit den Jugendlichen war nicht zu reden. Sie gebärdeten sich wie die Wildkatzen, ließen sich nicht behandeln und versuchten unentwegt zu fliehen. Dabei wussten sie nicht einmal, wo sie sich befanden.

In der Not war niemandem ein geeigneterer Aufenthaltsort als das Lazarett an Bord des U-Boots eingefallen, das noch immer vor der Insel ankerte und auf eventuelle neue Einsatzbefehle wartete.

Vor Südmichel schienen die Jugendlichen Respekt zu haben, zumal auch er nun schwebte und den Boden nicht berührte, da er im U-Boot nur virtuell zugegen sein wollte.

Die drei mussten wohl oder übel noch einmal einige Stunden ausharren, während derer sie strikt jede Nahrungsaufnahme verweigerten. Auch den Tee, der ihnen gereicht wurde, schütteten sie mit allen Zeichen des Ekels auf den Boden oder an die Wände.

So war die Besatzung froh, als sie die Kobolde endlich los wurde, die von einem Zwergpolizeikommando in schicken roten Uniformen, beim Anlegen am heimischen Dock, abgeholt wurden.

Als Arundelle von der Übergabe und überhaupt von den Umständen der Rettung erfuhr, ging ihr ein Licht auf. Hätten ihr die beiden Heimlichtuer das nicht sagen können? Anscheinend hatten die schon geahnt oder gar gewusst, wer sich in der Kabine befand. Und da sie ihre Pappenheimer wohl kannten, hatten sie das zweit-, oder sogar das erst-wichtigste aller Universalgesetze, einfach nur befolgt, welches da lautet:

„Gib deine Kraft niemals in den Dienst des Bösen."

Arundelle fand das Gesetz zwar reichlich hoch gestochen und weit weniger klar, als es der Wortlaut vermuten ließ. Doch an der Auslegungspraxis gab doch allerhand zu bekritteln. Drei ausgeflippte Jugendliche mit dem Bösen in Verbindung zu bringen, schien ihr denn doch ganz schön übertrieben. – Andererseits, wenn man bedachte, was sie angestellt hatten und was alles noch hätte passieren können, dann sah sie schon auch die Hand des Bösen am Werk. Es wäre ja auch ein Wunder, wenn Malicius Marduk sich eine solch günstige Gelegenheit, um Chaos zu stiften, entgehen ließe.

Ob man die besser impfte? Noch war vom Serum reichlich im Umlauf. Vielleicht hatte sogar das U-Boot davon an Bord. - Doch es war schon zu spät, die drei Spitzbuben waren bereits abgeführt und in den Tiefen der Erde verschwunden, wo sich nur Zwerge und Trolle auskennen, und auch diese nur mit Marschkompass und Lagekarte.

Bevor das Tunnelsystem leer gepumpt werden konnte, musste das Leck in der Außenwand repariert werden. Hätte man das Wasser gleich abgepumpt, dann wäre das Lecksegel gerissen, weil es dem Außendruck nicht standgehalten hätte. Das war allen Fachleuten sofort klar.

Aus diesem Grund gestalteten sich die Reparaturarbeiten sehr aufwändig. Statt gemütlich von innen im Trockenen, musste man von außen im Nassen, mit sperrigen Taucheranzügen, arbeiten, und zunächst eine wasserfeste Gondel bauen, die sich hermetisch an die Tunnelwand schmiegte. Erst dann konnten Arbeiter durch eine Schleuse einsteigen und die Wand reparieren.

Nun konnte endlich auch das Wasser im Tunnel selbst abgepumpt werden, was seinerseits eine beachtliche Leistung darstellte. Denn das Wasser musste nicht nur über große Entfernung, sondern auch noch gegen die Anziehungskraft der Erde befördert werden.

Südmichel entschuldigte sich tausendmal, für all die Ungelegenheiten durch die drei Trolle. Er schien auf dieser Sprachregelung zu bestehen und erklärte auf Rückfrage auch warum:

„Ein Zwergenleben dauert in der Regel doppelt so lang wie ein Menschenleben. Dafür entwickeln sich Zwerge langsamer. Bis sie richtig erwachsen sind, vergehen im Schnitt fast dreißig Jahre. Die Phase von zwanzig bis dreißig heißt deshalb die Trollphase. Jeder Zwerg war also in seiner Jugend einmal ein Troll. Sogar ich selbst. Ich kann es kaum glauben.

Die Trolle haben nur Blödsinn im Sinn. Sie lieben gefährliche Streiche, halten sich an keine Regeln, brechen alle Gebote und prügeln sich untereinander. Wenn sonst niemand in der Nähe ist, dem sie Schaden können.

Alle Zwerge wissen das. Deshalb sorgen wir gegen Trolle vor.

Die Trolle werden für ihre Trollzeit aus der Zwerggemeinschaft ausgeschlossen und leben in abgelegenen Stollen und Klüften, aus denen sie nicht entweichen können. Es sei, etwas passiert und dann gelingt eine Flucht eben doch einmal, wie wir gesehen haben.“

Nun wussten die Menschen Bescheid - ‚zum Glück haben wir die Trolle nicht auch noch geimpft. Das hätten uns die Zwerge garantiert übel genommen, allen voran Südmichel’, dachte Arundelle.

Seit seinem Boxkampf mit dem Advisor und der gebrochenen Nase schien es fast, als wolle er in seine Trollphase zurück. Aber das war natürlich eine maßlose Übertreibung.

Arundelle beschloss, mit Dorothea und Scholasticus gleich nach deren Rückkehr auch einmal über die Bautätigkeit der Zwerge zu reden. Einerseits war die natürlich angenehm und hoch willkommen, andererseits machten sie sich auch ganz schön abhängig und verwundbar.

Wie war es ursprünglich überhaupt zu diesem Paternoster Projekt gekommen? Und wessen Idee war das überhaupt?

„Das ist eine gute Frage“, meinte auch Scholasticus. Die kleine Familie war wieder wohlbehalten zurück vom Einkaufsbummel in Sydney. Dorothea konnte sich ebenfalls nicht erinnern. „Ist ja nun fast ein Jahr her und inzwischen ist soviel passiert...“

„Kam die Idee nicht ursprünglich von Südmichel? Jedenfalls war der Feuer und Flamme, als er von dem Bauprojekt erfuhr“, rätselte nun auch Adrian mit, der mit Marsha zu einem Kaffeeplausch bei Schlaubergers weilte, ebenso wie Arundelle und Billy-Joe mit dem unvermeidlichen Pooty im Gebäck.

Es war wieder einer jener herrlichen Sommertage. Die Sonne lachte vom wolkenlosen Himmel und statt bei Kaffee und Kuchen plauschte man in Wirklichkeit bei eisgekühlten Softdrinks.

Der Paternoster war noch nicht wieder in Betrieb und so waren die beiden frisch gebackenen Studierenden der neu gegründeten Inseluniversität mit dem Boot gekommen. Es lag unten im Bootshafen gut vertäut in Sichtweite. Denn Schlaubergers Haus hatte Seeblick. Wie konnte es auch anders sein auf der kleinen Insel. - Nun, manchen Häusern nach der andern Seite versperrte die gewaltige Zackenkrone am Inselrand den Meerblick.

Der Ausgang des Paternosters lag gleich um die nächste Ecke, vielleicht einen Steinwurf weit entfernt. Überhaupt lag hier alles nah beieinander. Auch der Durchmesser der fast kreisrunden, um ein Weniges größeren der beiden Inseln, betrug ja kaum mehr als einen Kilometer.

In der Tiefe wuchsen die Inselkronen in die Breite, jedenfalls einige dreißig Meter unterhalb des Halses, der im Laufe der Jahrtausende von den unentwegt anbrandenden Meeresfluten ausgewaschen und nicht nur löchrig, sondern auch dünn geworden war.

Auch der Krater, dessen Rand die Oberfläche bildete, wuchs in die Tiefe und endete im nirgendwo des Festlandsockels, jedenfalls hofften die Bewohner dies. Es konnte nämlich auch sein, dass diese Schlote bis an den weichen Kern der Erde heran reichten. Doch wenn dem so gewesen wäre, dann hätte es eigentlich ständig irgend eine Art von Ausfluss geben müssen. Ähnlich wie dies bei Islands Geysiren der Fall ist. Also nahmen auch die Geologen, als sie die Inseln ursprünglich untersuchten, an, dass die Schlote im Festlandssockel endeten und durch eine tektonische Verschiebung dort nach unten hin geschlossen worden waren.

Auf diesen Verschluss baute die ganze Besiedlung. Niemand hätte sonst im Ernst über zwanzig Stockwerke in diese Schlote hinein gebaut, in denen einige hundert Kinder schliefen, lernten und lebten. So verantwortungslos wollte und durfte niemand sein. Und die Erfahrungen der vergangenen Jahrzehnte hatten diese Annahme denn auch auf das Schönste bestätigt.

In dieser tektonisch recht instabilen Region galt die Insel Weisheitszahn als sicher. Die Gefahr, von einer Riesenwelle attackiert zu werden, war um ein vieles größer. Doch auch deshalb brauchte sich im Grunde keiner Sorgen zu machen, denn die fast senkrechten Ränder beider Inseln ragten himmelhoch - an manchen Stellen weit über einhundert Meter - aus dem Meer auf. Nur die schmalen Küstenstreifen der Lagunen und Bootshäfen liefen Gefahr, überspült zu werden. Mit diesem Risiko aber ließe es sich leben.

So also verhielt es sich mit den Gegebenheiten. Je tiefer es ins Meer hinab ging, um so breiter wurden die Sockel der Inseln auch. Bis sie auf dem Grund des Festlandschelfs auftrafen, waren sie bereits gänzlich miteinander verwachsen.

Und eben hier unten am Scheitelpunkt, wo sich die Sockel trafen, da wähnte der Geologe, den Scholasticus zuraten gezogen hatte, denn auch den Wassereinbruch. Diese Stelle aber konnte unmöglich mit dem Bericht von Hergang des Unfalls in Zusammenhang gebracht werden. Denn an dieser Engstelle musste die Trasse des Paternosters zwangsläufig waagerecht verlaufen, da es sich um den Wendepunkt handelte, wo der tiefste Punkt erreicht war, und, von wo es wieder aufwärts ging. Also konnte dort auch kein Stützpfeiler in die Tiefe gedonnert sein, um die Wand des Tunnels zu durchschlagen. Der Wassereinbruch, wenn er denn genau an dieser Stelle erfolgte, hatte andere Ursachen.

34. Zwergen Werk

Nun, da es zu dem Unfall gekommen war, fragten sich die Insulaner um so mehr, wie die Zwerge arbeiteten. Dorothea, in ihrer Eigenschaft als Bauherrin, richtete deswegen eine förmliche Anfrage an das Architekturbüro.

Das Ergebnis überraschte nicht wenig. Ein Tunnelprojekt dieser Größenordnung bedürfe zunächst einer Vorlaufzeit von bis zu zwei Jahren, je, nachdem, wie die geologischen Gutachten ausfielen. Sollten sich diese als günstig erweisen, müsse mit weiteren zwei Jahren Bauzeit gerechnet werden, vor allem wegen des Quertunnels. Allein die Einbringung des Querbohrers stelle, technisch gesehen, bereits eine Herausforderung der besonderen Art dar. Dabei müsse mit mancherlei Unvorhersehbarkeit gerechnet werden.

Zusammen mit dieser Auskunft erhielten sie eine schematische Darstellung der ungefähren Gegebenheiten und den möglichen Verlauf des Paternostertunnels, genauer, des Paternosterdoppeltunnels, denn die Gondeln mussten ja auch wieder zurück laufen. Der Betrieb funktioniere wie die Seilbahn eines Skilifts oder wie eine alpine Gondelbahn.

Auf Grund der Verbreiterung der Inselkegel in der Tiefe müsse man sich den Verlauf des Tunnels nicht v-förmig, sondern u-förmig vorstellen. Das U setze sich zusammen aus zwei jeweils ungefähr sechshundert Meter langen senkrechten Schenkeln und einem ebenfalls sechs- bis maximal achthundert Meter langen Querschenkel.

Von diesen knapp zwei Kilometern Tunnelstrecke führten insgesamt nur circa einhundert Meter durch bewohntes Gebiet. Der Rest war unterirdischer Blindflug. - So in etwa habe man sich die Sache vorzustellen. Wer auch immer diese Meisterleistung vollbracht habe, sei seiner Zeit um Jahrzehnte, wo nicht gar Jahrhunderte voraus, hieß es abschließend in den Erläuterungen zu der grafischen Darstellung[1].

In den weiterführenden Empfehlungen hieß es dann noch, es sei ratsam, besonders den Querschenkel komplett mit verzinkten Stahlröhren auszustatten, um künftig gegen Unfälle aller Art geschützt zu sein. Doch genaueres müsse erst durch ein Expertenteam vor Ort entschieden werden. Einstweilen rate man dringend vom Betrieb der Anlage ab.

„Da sind wir dran", ließ Südmichel die gemischte Arbeitsgruppe von der Inseluniversität und der Zwischenschule wissen, als ihm die Pläne und Kommentare der australischen Architekten vorgelegt wurde. - „Nur statt verzinktem Stahl nehmen wir eine gehärtete Goldlegierung, die tut's auch und daran ist bei uns kein Mangel, ganz im Gegenteil, wir tun uns mit der Stahlkocherei schwer."

Dorothea wollte schon abwehren und die Kosten ins Spiel bringen, doch dann fiel ihr ein, dass das ganze Projekt für sie ja kostenlos war und so schwieg sie lieber.

Einstweilen fuhren die Schüler auf der Insel Weisheitszahn weiter mit dem herkömmlichen Lift, den es ja, trotzdem noch gab. Oder sie liefen zu Fuß.

Die Studierenden und vor allem die Lehrkräfte auf der anderen Seite aber durften sich des Paternosters im bewohnten Betriebsbereich der Inseluniversität bedienen, wenn sie es nicht auch vorzogen, zu Fuß zu gehen.

Die Umbaupläne, die unverzüglich verwirklicht würden, wie Südmichel versicherte, klärten die Unfallursache allerdings nicht. Nachdem ziemlich fest stand, dass kein in die Tiefe gestürzter Pfeiler für das Leck verantwortlich war, stand man in dieser Beziehung wieder am Anfang. Niemand konnte sich erklären, wie es zu dem Leck hatte kommen können.

Mit dem abgedroschenen allseits beliebten Sätzchen „Pfusch am Bau", wollte und konnte sich die Zunft der Zwerge nicht abfinden. Eine solche Unterstellung ließen die Bergwerkszwerge nicht auf sich sitzen.

Sie baten um Hilfe durch das U-Boot, denn sie selbst besaßen keine Möglichkeit, in die Tiefsee zu tauchen. Und da das Leck nun von innen wieder vollständig zugemauert war, konnte das äußere

---

[1] siehe Abb.

Lecksegel entfernt werden. Vielleicht entdeckte man darunter die Ursache für das Leck.

Gesagt, getan, Südmichel selbst beaufsichtigte das Unternehmen auf seine schwebende Weise. Die Taucher stiegen aus und entfernten das kaum noch kenntliche Lecksegel, um darunter auf Spurensuche zu gehen.

Durch das Lecksegel hatte sich die Stelle weitgehend im Zustand des Unfalls erhalten. Deshalb fielen den Tauchern sogleich Schmauchspuren einer Phosphorbombenexplosion auf.

Damit war die Ursache für das Leck gefunden. Die Zwerge waren aus dem Schneider und die Trolle traf nun auch keine Schuld an dem Unglück mehr, das ihren Streich deswegen noch lange nicht entschuldigte. Immerhin hatten sie die Schlüssel geklaut und den Paternoster illegal ingang gesetzt.

Als Südmichel von den Phosphorbombenspuren erfuhr und mit eigenen Augen die Schmauchspuren sah, denn er konnte ja durch die Panoramascheiben des U-Boots nach außen schauen, wurde er doch sehr nachdenklich.

Auch ihm entging ja die Entwicklung seiner unterseeischen Anhänger nicht, die ihn verehrten und doch machten, was sie wollten und sich ihn hinbogen, wie sie es brauchten. Da konnte er selber wenig machen. Was nützte da alle Verehrung?

Sollte sich im Untergrund etwa gerade eine Guerillatruppe aufbauen? Hier handelte es sich ja nicht um Trolle, die, bei aller Freude am Schabernack, doch letztlich keine Lust am Morden fanden.

Er wusste es ja, seit sich die Demokratie und der Vegetarismus mehrheitlich durchzusetzen begann, brodelte es unter den Halbnomaden. Auch von den Impfungen hatte er erfahren. Er hielt sie für eine eher fragwürdige Einmischung, mit der er nicht einverstanden sein konnte.

Welche Möglichkeiten hatte er? Südmichel war einigermaßen ratlos. Aus seiner abgehobenen Position konnte er gar nichts machen. Irgendwie musste er an die Leutchen ran. Aber nur wie?

Südmichel überlegte hin und her, vor und zurück, bis ihm endlich eine – wie er meinte - glänzende Idee kam. Er erinnerte sich, wie die Oberirdischen aufgewertet worden waren, seit er sich seinem Volk durch die gläserne Scheibe mit diesen zusammen zeigte. Wie wäre es denn, wenn er seine Möglichkeiten als Gesandter voll ausschöpfte, was er bisher nie getan hatte? Es war einfach nicht nötig gewesen.

Doch nun spitzte sich die Lage zu. Es drohten ernsthafte Konsequenzen und er wusste sich keinen Rat mehr. Ihm, als dem auserwählten Gesandten, standen mindestens zwei Engel zu, die er nach Belieben einsetzen konnte. So stand es schwarz auf weiß im Schöpfungsplan.

Nur um ganz sicher zu sein, rückversichert er sich, ob er diese beiden Engel auch selbst bestimmen durfte oder ob er auf den vorhandenen Bestand an Engeln zurückzugreifen hatte.

Es gäbe da keinerlei Beschränkungen, lautete der göttliche Bescheid. „Setze du nur immer ein, was du für richtig hältst, mein lieber Sohn", hieß es ein wenig gestelzt, fand Südmichel, aber so war der Alte nun mal.

(Von wegen ‚mein lieber Sohn', er fühlte sich zumeist als der Hanswurst vom Dienst, wenn er bedachte, was ihm so alles zugemutet wurde.)

Immerhin hatte er grünes Licht. Kurzentschlossen bestimmte er Adrian Humperdijk zu seinem Erzengel mit dem Feuerschwert und nannte ihn Heskiel und Corinia Hase macht er zur Engelin Bionike mit dem grünen Friedenswedel.

Da er wusste, wie man es anstellt, um Menschen von Sachen zu überzeugen, von denen die sich an sich nicht überzeugen lassen wollen, erschien er den Beiden im Traum. Und zwar in seiner heiligsten und überzeugendsten Gestalt, der sie, - (das wusste er aus Erfahrung) - nicht widerstehen konnten, nämlich als sprechende Wolke. Das machte sich immer gut und kam völlig authentisch rüber. Denn das heilige Feuer ergriff die auf solche Weise Berufenen und entzündete sie ganz in seinem Sinne.

Dabei wollte er groß weiter nichts besonderes von ihnen. Sie sollten nur die Augen offen halten und rausfinden, wie es mit der Spaltung voran ging und was zu machen war, um sie eventuell wieder zu kitten, ohne dass die eine oder andere Seite gänzlich das Gesicht verlor. Zumal der Anhang in den alten Bundesländern für die nicht ganz so kleine Robin Hood Schar von Australis stündlich wuchs. – Unter den Traditionalisten im alten Melisandrien auf der andern Seite der Welt wurden die australischen Mordbrenner gern zum Fähnlein der letzten Aufrechten stilisiert.

Längst ging es zwar nicht mehr um die Frage, wer nun den großen Kurs bestimmen durfte, doch so eindeutig, wie es zunächst im ersten Überschwang der gelungenen Revolution schien, stand die Sache nun für die Vegetarier und Demokraten auch nicht mehr.

Premierministerin Boetie hatte inzwischen einen schweren Stand und bedurfte jeder nur denkbaren Unterstützung, wie sie ihr von Corinia Hase immer schon zugekommen war, die nun zusätzlich mit dem himmlischen Auftrag ausgestattet, womöglich Wunder bewirken und das Ruder entscheidend herumreißen könnte.

Die Rolle des Erzengels mit dem Feuerschwert, die Adrian Humperdijk zugedacht war, hing ein wenig in der Luft. Für ihn gab es so recht noch nichts zu tun. Oder erwartete man von ihm, dass er mit seinem feurigen Schwert dreinschlug, etwa um Tunnel zu zerstören, weil sie dem Lauf der Welt hinderlich waren?

Südmichel steigerte sich in Rage und so fiel ihm kein passenderes Beispiel, besser wohl kein unpassenderes Beispiel für den Einsatz des Erzengels mit dem Feuerschwert ein. Was sollte der schon anderes als dreinschlagen und alles zusammen schlagen mit Stumpf und Stiehl?

Ob er sich die Sache mit den Engeln besser überhaupt noch mal überlegte?

Hatte der Erzengel mit dem blöden Schwert etwa das Unglück verursacht? War der im vorauseilenden Gehorsam schon mal tätig geworden im Sinne der neuen Richtlinie, die ja nun in Kraft getreten war, was der himmlische Vater in seiner großen Übersicht selbstverständlich immer schon wusste?

Waren die Schmauchspuren der Phosphorbombe in Wahrheit - Kerben des feurigen, engelischen Schwertes? –Doch diesen Triumph hätte sich der Advisor sicher nicht entgehen lassen. Südmichel fühlte sich keinen Schritt weiter. Er bestellte die beiden Engel wieder ab. Corinia und Adrian wüssten auch so, was zu tun war und würden sich mit ganzer Kraft für das Wohl des Meervolkes einsetzen. Hier und da müssten sie wohl auch mal ein wenig gebremst werden, aber insgesamt gesehen, machten die ihre Sache ganz ordentlich.

Und ein wenig Demokratie könnte auch den Fleischfressern nicht schaden, wenn sie denn schon auf ihr blutiges Vergnügen nicht verzichten wollten. Vielleicht begriffen sie dann auch endlich ein bisschen besser den Wert des Lebens an sich.

Außerdem glaubte er nun zu wissen, wie er die scheußlichen Opferrituale unterbinden könnte. Es galt, eine Zeichensprache zu finden, die auch der Dümmste unter den Fleischfressern verstand. Denn je mehr er sich über die grauenvollen Rituale aufregte, um so inbrünstiger wurden sie praktiziert. Er schrie „hör auf, hör auf“ und sie verstanden „noch mehr, noch mehr“.

Bei nächster Gelegenheit würde er ihnen den Advisor schicken, der würde sie schon lehren, was es heißt, alles absichtlich zu missdeuten. Er müsste diesen nur auch erst einmal dazu bringen, vielleicht sogar mit feurigen Zungen nieder zu kommen, stellte sich Südmichel vor, dann kämen die dem Geist nicht mehr aus und könnten ihren Schwachsinn leicht selbst erkennen.

Vor lauter Eventualitäten wusste sich Südmichel bald nicht mehr zu helfen. Und wenn die sich nun anfangen, gegenseitig aufzufressen, kam es ihm in den Sinn, das wäre dann ja noch mal viel scheußlicher als jetzt schon.

Dann kam ihm eine Idee, wie er zwei Fliegen mit einer Klappe schlagen konnte. Er würde beide Parteien dazu bringen, einen Opferwettbewerb zu veranstalten. Beide Parteien sollten steinerne Altäre bauen und darauf symbolisch ihre Nahrung verbrennen.

Da dies unter Wasser an sich ein Ding der Unmöglichkeit war, sollte er selbst daran seinen Willen beweisen. Er erschien ausnahmsweise auch einmal dem Opferpriester der Fleischfresser im Traum und gebot ihm also zu tun, was dieser auch hoch und heilig gelobte.

Mit Boetie auf der anderen Seite redete Corinia, die er seit diesem Engelsabenteuer in jeden seiner Schritte und in die meisten seiner Überlegungen einweihte, sodass sie alles brühwarm an die Premierministerin weitergeben konnte. So auch diesmal.

Auch Premierministerin Boetie bezweifelte sehr, dass es gelingen könnte, unter Wasser ein Feuer zu entzünden, aber sie vertraute Corinia, die meinte, „lass mich nur machen". Ihre einzige Bedingung war, dass das Ganze bei Vollmond stattzufinden habe. Darauf einigten sich beide Seiten ohne weitere Umstände.

Die Altäre wurden gebaut, das Brandgut wurde eingebracht und aufgeschichtet und ehe die falschen Priester noch recht fertig waren mit ihrem blutigen Werk, da flammten die Algen und Gräser bereits hoch auf und waren im Nu verbrannt. Da staunten die falschen Priester nicht schlecht. Und das nackte Entsetzen trat ihnen ins Gesicht.

Sie konnten tun, was sie wollten, sie umtanzten den Altar, rissen an den Stücken darauf, warfen glühende Drachenspucke dazu und holten gar flüssige Lava aus einem Spalt unweit der Opferstelle, doch es half alles nichts. Nicht einmal die Lava half, denn sie war zu schwarzem Stein geworden, ehe sie auf den Altar gelegt werden konnte. - Die blutigen Brocken glimmten und kokelten leicht an, aber ein helles Feuer, wie bei den Vegetariern, gab es bei ihnen nicht.

Nun konnten die Priester der Fleischfresser nicht mehr aus. Adrian, obgleich seiner Mission entbunden, erschien mit dem feurigen Schwert und hieb ordentlich um sich, doch zum Glück hatte er seine Brille nicht auf und haute nur ins Leere.

Trotzdem flohen die falschen Priester und schämten sich sehr, dass sie ihr Volk so lange und so glühend belogen hatten, denn im Grunde hatten auch sie es immer gewusst, wie falsch ihre Opferpraxis – ja, ihre ganze Lebensweise - war.

Südmichel war sehr zufrieden mit Corinias Trick. Sie hatte irgendwo davon gelesen, irgend jemandem war der Trick auch schon mal gelungen, und auch wenn da nicht stand, wie er genau funktionierte, hatte Corinia sich doch zwei und zwei zusammen zählen können. Außerdem war sie eine aufmerksame Schülerin und interessierte sich nicht nur für die Meeresbiologie, sondern auch für Chemie, die der Biologie doch sehr verwandt ist.

Und da die Phosphorbombe sowieso in aller Munde war – bildlich gesprochen (ganz wichtig!) – erinnerte sie sich auch wieder. Phosphor brennt mit dem Sauerstoff, der im Wasser gelöst ist. Und da Phosphor in natürlichem Zustand aussieht wie Stein, war es für sie ein Leichtes, einige Phosphorsteine wasserdicht verpackt mitzubringen. Diese brauchte sie dann nur zwischen die Algen und Pflanzen auf dem Altar zu legen und schon brannte alles, was brennbar war, lichterloh.

Südmichel, der die Prozedur von seinem himmlischen Stand unter der Glaskuppel zu Füßen seiner Anhänger beobachtete, zeigte seine Zufriedenheit mit der vegetarischen Opferung ebenso wie er seine Missbilligung für das Opfer der falschen Priester zeigte und zwar unmissverständlich. Da konnte nun niemand mehr kommen und seine Äußerung ins Gegenteil umdeuten. - Vorbei war es nun mit dem Gerücht, die Vegetarier hingen dem falschen Südmichel an, weil der sich von oben zeigte.

- Südmichel ist Südmichel
ob unten oder oben -
der wird nicht umgeschoben -

Skandierten die Anhänger des Vegetarismus und der Demokratie ein wenig schräg und ohne viel Sinn, und machten Corinia zu ihrer Hohen Priesterin.

Das war ihr irgendwie lieber als dieser Engelsjob, den Südmichel ihr hatte aufhalsen wollen, was er zum Glück ja dann doch immerhin auch wieder zurücknahm.

(‚Wer um des dreieinigen Himmels Willen hätte gedacht, dass so einer einen Fehler nicht nur zugibt, sondern auch gleich selbst noch korrigiert' – anerkennender O-Ton, Advisor.)

35. Bombenleger

Als Bombenleger schieden die ausgestoßenen Halbnomaden aus. Spätestens seit dem Opferwettstreit war dies offensichtlich. Denn hätten sie über das pyromanische Wissen vom Phosphor verfügt, dann wäre ihr blutiges Opferwerk in Flammen aufgegangen.

„Oder sie haben die Bombe doch gelegt und wussten nicht, wie sie funktioniert", überlegte Corinia und Adrian Humperdijk pflichtete ihr bei: „So könnte es freilich auch gewesen sein", und er fuhr fort: „Zuzutrauen wäre es ihnen, ganz ohne Frage. Wer ganze Dörfer entvölkert, der schreckt auch vor der Sprengung eines Tunnels nicht zurück, solange er nur Schaden anrichten kann.“

„Ich weiß nicht recht. Vielleicht kehrt jetzt etwas Ruhe ein, denn ich glaube schon, dass Südmichels eindeutige Verurteilung ihrer Lebensweise ein Nachdenken ausgelöst hat“, entgegnete Corinia.

„Wer aber war dann der Attentäter?“ – Beide sahen sich ratlos an.

Sie warteten auf ihre Premierministerin, die gerade in einer Ausschusssitzung steckte. Viel Zeit blieb ihnen nicht mehr, denn der Vollmond verdünnte sich bereits merklich. Eigentlich müssten sie schon auf dem Weg sein. Doch sie verließen sich diesmal ganz auf das U-Boot, das in der Nähe gesichtet worden war. Wenn dieses sie hier aufnähme, sparten sie fast einen halben Tag.

***

Hier unten war Corinia in ihrem Element, das merkte sie immer wieder. Sie hatte sich Florinna zuliebe auf das allgemeine Archäologiestudium in Sydney eingelassen und natürlich wegen Arundelle. Ihr Traum aber war und blieb die Meeresarchäologie. In Sydney waren die drei nämlich wiederum nur wegen ihr. Denn hier gab es wenigstens einen Meeresbiologischen Fachbereich. Nur leider war das ganze Institut in diesem Semester ausgeflogen und forschte irgendwo in der Südsee herum.

Jetzt – durch die Neugründung der Inseluniversität - war sowieso wieder alles ganz anders. Adrian war ebenfalls Feuer und Flamme für ein eigenes Meeresarchäologisches Institut. Das Schiff war auch schon da. Etwas besseres als ein U-Boot konnte ihnen eigentlich gar nicht passieren. Corinia war also guter Dinge.

Endlich hatte die Ministerin Zeit. Adrian erstattete förmlichen Bericht von der heiligen Handlung und Premierministerin Boetie zeigte sich hocherfreut über den Ausgang. Sie zwinkerte Corinia verschwörerisch zu und dankte ihr im Stillen.

Durch diese Demonstration des göttlichen Wohlwollens kam sie in ihrem Programm ein gutes Stück weiter. Die Nachricht verbreitete sich in Australis, wo es ja kein Fernsehen gab, nicht so schnell wie bei den Oberirdischen. Doch immerhin verbreitete sie sich mit Hilfe der weittragenden Schallwellen kaum weniger wirkungsvoll. So konnte von einer Art Rundfunk durchaus die Rede sein, wenn es dazu auch keiner besonderen Empfangsgeräte bedurfte, vorausgesetzt die Schallwellen wurden mit der nötigen Lautstärke und im richtigen Frequenzbereich gesendet.

Nach ihrer Unterredung mit der Ministerin machten die beiden Conversioren, dass sie weiter kamen. Das U-Boot kreuzte ganz in der Nähe in Sichtweite. So hielten sie darauf zu und als sie es erreichten, machten sie Zeichen – unmissverständliche Zeichen, wie sie meinten – an Bord zu wollen.

Die Besatzung freute sich über die schwimmenden Begleiter und die Abwechslung im eintönigen Wachdienst. Leider waren zufällig zwei Neue dran. Sie kannten Adrian und Corinia wohl nicht. Vielleicht waren die durch das Glas auch nicht gut zu erkennen. Jedenfalls machten die keine Anstalten, die Einstiegsluke zu fluten und zu öffnen.

Je aufgeregter die beiden draußen winkten, um so freundlicher winkten sie zurück. Ja, sie lachten und klatschten sich vor Vergnügen auf die Schenkel, so possierlich wirkten die Anstrengungen auf sie.

Die beiden Conversioren konnte sich zum ersten Mal richtig vorstellen, wie es dem armen Südmichel mit seinem Fleischfresseranhang ergangen war.

Adrian griff in seiner Verzweiflung – (die Luft ging ihm schon aus) – einen Stein vom Grund und schleuderte ihn nach der Scheibe, dass es hörbar krachte. Da merkten auch die begriffsstutzigen Wachgasten, dass es sich bei den Zeichen da draußen wohl doch nicht um possierliche Kapriolen, sondern um etwas anderes handeln musste. Jedenfalls alarmierten sie den Kapitän und dieser veranlasste schleunigst das Nötige. In letzter Sekunde wurden die beiden Erstickenden gerettet.

***

Das U-Boot wähnte sich den Bombenlegern auf der Spur, das jedenfalls war der Auftrag und so stand es im Einsatzplan.

Auch Südmichel fand es wichtig herauszufinden, wer hinter dem Anschlag stand. Und dies um so mehr, als er sich überhaupt nicht vorstellen konnte, dass die Ausgegrenzten unter seinem Volk - (wie er das ihm anvertraute Meervolk liebevoll nannte) - dafür verantwortlich zeichneten. Das sah nicht nach ihnen aus. Direkte Aktionen ja, Mord und Totschlag allemal, aber nicht ein so durchdachter Plan, dahinter steckte ein ganz anderes Hirn.

Wenn es niemand von untern war, dann von oben. Eine andere Variante gab es eigentlich nicht. Ohne technische oder sonstige Hilfsmittel aber senkte sich keiner sechshundert Meter ab, ohne Schaden zu nehmen und legte dann auch noch eine Bombe, ja zündete sie sogar, um einen solch gezielten Schaden anzurichten - vor allem, an genau der richtigen Stelle.

So viele Zufälle oder passende Umstände konnte es nicht geben. Die Wahrscheinlichkeit, dass es sich hier um einen wohl durchdachten, von langer Hand gut vorbereiteten Plan handelte, der dann auch noch exakt und punktgenau ausgeführt wurde, ließ sich immer weniger von der Hand weisen. Und um den Plan erst einmal zu schmieden, bedurfte es der genauen Kenntnis der Örtlichkeit.

Nicht einmal der Bauherrin war der genauen Verlauf der Paternostertunnel bekannt - niemandem, auch nicht der australischen Bauleitung, die hatte genug mit sich selbst und dem eigenen Projekt zu tun. Die Paternostersache lag ganz bei den Zwergen. So zwang sich der logische Schluss auf, dass sich bei diesen auch der Maulwurf oder gar der Drahtzieher des Sabotageaktes verbarg.

Die Durchführung freilich wäre deren Sache nicht. Zwerge waren von Natur aus wasserscheu. Sie liebten die Erde und kilometerdicke Erdschichten bereiteten ihnen keinerlei Kopfzerbrechen, wo so manchem die Platzangst ereilte. Doch das flüssige Element war etwas anderes. Bereits die gefühlte Nähe von großen Wassermassen bereitete ihnen Unbehagen, schon gar, wenn sie wussten, wie viel Wasser über ihren Köpfen drohte und wie dünn die Schicht festen Landes dazwischen war.

So hätte es durchaus sein können, dass der Bautrupp schluderte, der so dicht unter der Oberkante des Schelfs schürfte. Doch so war es ja nicht gewesen. Der Tunnel war in Betrieb gegangen und hatte seinen Dienst einwandfrei getan, bis es zu dem Sabotageakt kam, der gerade in dem Augenblick erfolgte, als sich drei Trolle in einer Kabine des Paternosters vor Ort befanden.

Wenigstens bei diesen durfte man Vorsatz wohl ausschließen. Wer begibt sich schon freiwillig in eine Situation, in der er alsbald in die Luft gesprengt wird? Zu Selbstmordattentätern taugten Trolle nun mal nicht. Im Gegenteil, durch die Klopfzeichen aus der Kabine war man auf den Unfall ja erst aufmerksam geworden. Durch das Leck wäre sonst vielleicht noch viel mehr Wasser während der ganzen Nacht geströmt und hätte die gesamte Anlage geflutet, bevor jemand etwas bemerkt hätte.

Ob im U-Boot vor Ort, ob im Studierstübchen an Land, ob allein oder in der Gruppe, nirgends kam die zündende Idee in Sicht. Die Versuche, Licht ins dubiose Dunkel zu bringen, scheiterten auf ganzer Linie.

So setzten alle nun auf die innere Ummantelung und darauf, dass diese gegen Anschlägen aller Art feite. Doch im Grunde wussten alle, dass es hundertprozentige Sicherheit niemals geben würde. Eine so lange Gondelbahn war nicht nur störanfällig, sondern bot dem reißenden Wolf, der da irgendwo draußen im Verborgenen lauerte, immer eine ungeschützte Flanke.

Sollten sie ernsthaft erwägen, das ehrgeizige Projekt ganz aufzugeben? Sie würden den Bergwerkszwergen damit einen Bärendienst erweisen, das wussten sie. Sie würden sie sich gar zu Feinden machen, allen voran Südmichel.

Wollten sie das? Gewiss nicht. Aber reden müssten sie, vor allem mit Südmichel, dass er sein Herz nicht an allzu profane Dinge verlor.

***

Der gefährliche Doppelmörder und ehemalige Assistent von Professor Henry Baranasias von der McGill Universität in Toronto - Dr. Rudolfus Catalanius -, war aufgrund seiner Untaten seiner Freiheit und aller seiner bürgerlichen Rechte und Würden verlustig gegangen. Er saß bereits seit mehr als zwei Jahre im Hochsicherheitstrakt des Staatsgefängnisses von Adelaide, als ihm die wohl spektakulärste Flucht aller Zeiten gelang.

Wie sich denken lässt, war dabei schwarze Magie im Spiel. So etwas geschah nie ohne den Beistand des Bösen, dem es ein Anliegen war, die Seinen immer tiefer und tiefer in die höllischen Abgründe zu locken, sodass es den Weg zurück nach menschlichem Ermessen nie mehr wieder geben konnte. Denn dieser verbaute sich mehr und mehr mit jeder ruchlosen Tat. So auch hier.

Mit Hilfe von Malicius Marduk stiftete Catalanius zu einem Aufstand der Gefangenen an. Dabei ging der Hochsicherheitstrakt in Flammen auf. Einige hundert Häftlinge und Wärter verbrannten bei lebendigem Leibe. Ob Catalanius auch unter den Toten war, ließ sich nach dem Brand nicht mehr feststellen, da die verkohlten Leichen in einander verkrallt vor den Ausgängen lagen. Offensichtlich hatten sie vergeblich versucht diese zu öffnen.

Aber Catalanius war nicht unter den Toten. Als im Gefängnis die Phosphorbomben hochgingen, war er längst über alle Berge und warf gerade die Leiche des Wäschewagenfahrers aus dem Fond.

Die Flucht war gut geplant. Wenige Kilometer hinter dem Gefängnis wartete auf dem abgelegenen Gelände einer ehemaligen Großwäscherei ein Hubschrauber, der den Flüchtigen aufnahm und mit unbekanntem Ziel davon flog.

Einige Tage gönnte Malicius Marduk seinem Schützling in einem zuvor eingerichteten Versteck, um sich an die Freiheit zu gewöhnen und wieder den alten Mumm in den Knochen zu spüren, den er so lange vermisst hatte. Der war, wie er noch immer nicht recht begriff, nicht der seine, sondern war von Malicius Marduk nur geborgt, der sich seiner nun wieder auf ein Neues zu bedienen gedachte.

Die Großfahndung der Polizei nach eventuell Entflohenen war an sich eher eine pro forma Angelegenheit, da niemand recht wusste, wer oder ob überhaupt jemand, bei dem Brand davon gekommen war. Die Sache verlief alsbald im Sande.

Sobald Catalanius sich fit fühlte, ging es weiter an die Südwestküste. Dort befand sich ein ausgedientes altes Militärgelände, wo einst die Rekruten für den Einsatz in Europa ausgebildet wurden. Hier trainierte Catalanius mit allerlei Raketenabschusssystemen unter anderem auch mit Scud-Raketen, die sich aber als viel zu ungenau für seine Zwecke heraus stellten. Um den perfiden Plan von Malicius Marduk zu verwirklichen, bedurfte es einer genauen Zielerfassung und hundertprozentiger Zielgenauigkeit. Außerdem spielte die Reichweite eine sehr wichtige Rolle.

Das Probeeinschießen in Richtung Einsmeer brachte lange nicht die gewünschten Ergebnisse. Doch dann war es so weit, die Raketen schlugen auf den Meter genau am anvisierten Zielort ein. Nun galt es nur noch, die genaue Wassertiefe festzulegen in der die Bombe hochgehen sollte, und der Plan war perfekt.

Wie perfekt er war, zeigte sich an der Wirkung. Der Paternostertunnel zwischen den Inseln der verhassten Gutmenschen ging planmäßig zu Bruch und niemand vermochte sich dort erklären, wie dies geschehen konnte. Das war ein Anschlag so recht nach Malicius Marduks Sinn.

***

Das U-Boot lief ein. Es kehrte von seiner erfolglosen Mission zurück. Immerhin waren zwei Conversioren aufgefischt worden, ein Gutes also hatte die Reise doch noch. Corinias Phosphortrick, von dem sie zu berichten wussten, hellte die gedrückte Stimmung ein wenig auf. Mit dem Phosphortrick war der frisch gebackenen Hohe Priesterin des Meervolks denn doch ein echter Coup gelungen.

Südmichels Position war gefestigt, die Desperados standen weiter im Abseits, soweit sie sich nicht eines Besseren besannen. Und mit Phosphor hatten diese nicht hantiert, das glaubten die Sachkundigen vor Ort ausschließen zu können.

Erst Dorothea aber gelang es schließlich, die richtige Fährte aufzuspüren, zumindest doch eine vielversprechendere als alle Spuren, die sie bis jetzt verfolgt hatten. Beim Studium der Tageszeitungen, die sie als eine der wenigen auf der Insel konsequent durchblätterte, stieß sie auf drei Artikel, die ihre Neugier weckten.

Zum einen handelte es sich um die Gefangenenrevolte und den Großbrand im Staatsgefängnis von Adelaide, zum andern um merkwürdige Explosionen unbekannter Ursache im südlichen Eismeer unterhalb Tasmaniens und zum Dritten, um den Diebstahl einiger der modernsten Fernlenkraketen aus dem atomaren Geheimdepot der australischen Streitkräfte.

Auf Anfrage bestätige Schamanin Susamee die Einschläge im Eismeer. Tibor brachte die Nachricht mit, der deswegen extra eilends anreiste, und von Explosionen ganz in der Nähe ihrer Insel berichtete.

Endlich sah Arundelle ihren Generalverdacht wieder einmal bestätigt: Niemand in ihren Kreisen zweifelte mehr ernsthaft daran, dass Malicius Marduk hinter den Machenschaften steckte, - glaubte man nun doch zu wissen, wie der Anschlag auf den Paternostertunnel ausgeführt worden war.

Die australische Armee war ebenfalls auf den Trichter gekommen und kreuzte eine Zeit lang mit einem Schnellbootverband in der Nähe der Einschlagstellen im südlichen Eismeer herum. Der Ausreißer in Richtung der Insel Weisheitszahn aber entging ihr, zum Glück für die Insel, denn sonst wäre es mit der Geheimhaltung des Standorts vorbei gewesen.

Als auf der Insel Weisheitszahn das ganze Ausmaß der Katastrophe erkannt wurde, war das Entsetzen groß. Malicius Marduk entwickelte eine schier grenzenlose Macht und verfügte über alle nur vorstellbaren Möglichkeiten seine Terroranschläge zu verüben.

Durfte es solche eine Machtkonzentration des Bösen gegenwärtig geben oder verstieß dies gegen die interstellare Verhältnismäßigkeitsdirektive von der Arundelle zu wissen glaubte, ohne sich freilich genau zu erinnern, was einen Besuch beim Advisor unabdingbar machte.

Gesagt – getan mit Billy-Joe und Dorothea diesmal - machte sich Arundelle auf den Weg zum virtuellen Zentrum aller Galaxien und traf dort den Advisor ohne alle Umstände an, was an sich ganz außergewöhnlich für ihn war.

Arundelle trug ihr Anliegen vor und Dorothea verstand es, diese mit all den brutalen Fakten anzureichern, die sie sich zusammen gesammelt hatte. Beredet schilderte sie, wie gänzlich unmöglich es sei, in ein atomares Waffenlager der australischen Armee einzudringen, und dort Raketen zu stehlen. Kaum weniger unmöglich mutete die Brandstiftung und die Flucht des Mörders Catalanius aus dem Staatsgefängnis von Adelaide an.

(Arundelle war er mit teuflischer Fratze im Traum erschienen, als er sich aus dem brennenden Trakt davon machte.) –

Von den Zielübungen und dem Anschlag auf den Tunnel ganz zu schweigen. Ihre ganz einfach Frage lautete deshalb: Darf Malicius Marduk all das in unserer Zeit tun? Kann seine Macht über Menschen hier und jetzt absolut sein?

Die Besucher sahen den Advisor sich winden. Doch sie ließen nicht locker. Schließlich verstieg er sich in einen längeren Monolog über den Selbstwiderspruch des Bösen, was nicht wirklich weiter half.

Er nahm sogar Zuflucht zu einem Stegreifzitat von Deutschlands größtem Dichter[1], der im Teufel eine Art dienstbaren Geist der göttlichen Vorsehung zu sehen schien, indem er ihn sagen ließ:

Ich bin ein Teil von jener Kraft,
Die stets das Böse will und stets das Gute schafft.

Möglicherweise sei ja das eine oder andere ihrer Projekte zur Zeit nicht gerade ausgereift. Formulierte der Advisor spitz und Arundelle sah ihm förmlich an wie ihn sein Tinnitus wieder ankam und ihn gegen Südmichels Bergwerkszwergwerk einnahm.

„Cui bono[2], cui bono?" Flötete er im Entschwinden und ließ die Ratlosen zurück, ohne sie noch eines Blickes zu würdigen. Arundelle vermutete, sie hatten in seinen Augen etwas sehr Wichtiges übersehen oder nicht richtig bedacht.

Vielleicht wusste ihre einstigen Mentorin Professorin Grisella, Freiin von Griselgreif zu Greifenklau-Schlauberger mehr. Sie nahm sich vor, ihr dieses seltsame ‚Cui bono' und den ganzen Zusammenhang, in dem es stand, vorzulegen. Vielleicht konnte sie damit ja etwas anfangen.

36. Inselkoller

Die Professorin wusste eine Menge damit anzufangen. Sie geriet förmlich in Wallung und platzte beinahe vor lauter Wissen.

„Und das hat euch der Advisor gesagt", fragte sie ein wenig rhetorisch, denn eben das hatte Arundelle ja berichtet. Das Goethezitat brachte sie nur in etwa wieder zusammen, aber das brauchte sie gar nicht, denn Grisella wusste sofort Bescheid.

Immerhin handle es sich hierbei um das Grundthema des ganzen Dramas, das sich vor allem dann im zweiten Teil bewahrheite, so Grisella.

Arundelle merkte wieder einmal, wie weit sie noch am Anfang stand. Es gab noch so vieles zu studieren. So wenig wusste sie und so vieles galt es zu wissen, denn ohne Wissen war sie in dieser Welt verloren. Vielleicht war es das, was der Advisor gemeint hatte. Doch

---

[1] J. W. Goethe, Faust 1. Teil

[2] wem nutzt es?

Dorothea sah die Sache ein wenig anders. So hatte sie den Advisor jedenfalls nicht verstanden.

„Ich habe verstanden, wir sollen die Finger von dem Tunnel lassen und überhaupt mit den Zwergen vorsichtig sein und uns von denen in nichts reinziehen lassen, das wir nicht überblicken und das nicht auf unserer Linie liegt.“

‚Da hat jemand gelernt, auf das Wesentliche zu hören’, dachte Arundelle und bewunderte Dorothea dafür. Sie selbst hatte dem Gerede des Advisors so klare Ansagen nicht entnommen. Aber sie hatte auch nur mit halbem Ohr zugehört.

So war das bei ihr meist, sie konnte dem Advisor einfach nicht richtig zuhören. Und vielleicht merkte der das ja, weshalb er sich immer auf seine spöttische Art zurückzog, und sie mit ihren brennenden Fragen allein ließ. Dabei antwortete er ihr womöglich und sie bemerkte es nur nicht.

Sie nahm sich vor, gelegentlich mit Billy-Joe darüber zu reden. Erst einmal aber ging es darum, die Botschaft wohl dosiert und möglichst unaufgeregt weiter zu geben.

Adrian Humperdijk stand Südmichel sehr nahe und Corinia Hase ebenfalls, seit er die Beiden zu seinen Engeln erwählte. Dieser Liebe tat auch die Zurücknahme der Engelposten keinen Abbruch, zumal Corinia nun zu Südmichels Hoher Priesterin berufen war.

Mit der Paternostergondelbahn tat Dorothea sich um nichts leichter. Der goldene Tunnel wartete betriebsbereit. Die Zwerge platzten vor Stolz und wären tödlich beleidigt gewesen, hätte Dorothea die ganze Angelegenheit abgeblasen, was schon allein aus internen Gründen nicht mehr ging.

Die Lehrkräfte und Studierenden hatten sich auf die unterirdische Transportgelegenheit regelrecht eingeschossen. Und es war nicht übertrieben zu sagen, dass viele ihre Identität aus der Bahn zogen und den Trip hinüber oder herüber täglich wohl bis zu vier mal machten. - Die einen des Essens wegen, das sie nun einmal gewohnt waren, die anderen, um Freunde zu sehen oder den geliebten Stammplatz in der Bibliothek aufzusuchen.

Mit dem Fährboot wären so viele Besuche hin und her wahrscheinlich nicht unternommen worden. Aber so konnte eine jede gerade wie es ihr passte in die nächstbeste Gondel hüpfen, es sich auf den samtweichen Bänken bequem machen, träumen, lesen, oder mit dem Nachbarn schwatzen, und in weniger als dreißig Minuten war man zumeist angekommen.

Das kam ein bisschen auf die gewünschte Etage an und auch darauf, ob und wie lange eine Gondel ausgebremst wurde, weil eine

Gruppe unbedingt noch auf jemanden warten musste, um unbedingt in eben dieser Gondel und keiner andern zu fahren.

So standen die Dinge. Dorothea hoffte auf den Reiz des Neuen, dass der beizeiten verbliche, doch dem war nicht so. Je länger die Bahn in Betrieb war, um so lieber wurde sie genutzt.

Das Leben auch herüben normalisierte sich allmählich, als die Bauarbeiten zum Ende kamen. Doch nun bedrückte die Leere, wie zuvor wohl die Handwerker gestört haben mochten. Die Inseluniversität war bis dato nur zu einem Viertel ausgelastet. Es gab erst fünf Fachbereiche und überall war der Aufbau spürbar. Es gab die Fachbibliotheken in den Instituten nicht, wie sie üblich sind und erwartet werden. Auch Fernleihen konnte man im Grunde vergessen.

So riet Dorothea allen, sich die Bücher übers Internet kommen zu lassen – sie entweder online zu lesen oder sie nach Gebrauch auf der Insel an die Fachbereichsbibliotheken weiter zu verkaufen. Dergestalt hoffte sie auf Zustrom von fachgerechter Literatur.

Scholasticus wurde von seiner Rolle als frisch gebackener Vater weit mehr beansprucht, als seine präsidiale Position erlaubte. Doch er wollte so viel Zeit wie möglich mit seinem Töchterchen verbringen und deren Entwicklung begleiten. Er glaubte schon jetzt um die Einmaligkeit dieser neuen Erfahrung zu wissen, denn beide Eltern waren nicht mehr die Jüngsten.

Dorothea war für eine Erstgebärenden mit ihren siebenunddreißig Jahren spät dran. Scholasticus selbst war auch kein Jüngling mehr, stand gut in den Vierzigern, sodass sie zusammen stattliche achtzig Jahre auf die Lebenswaage brachten.

Um all den Aufgaben der Pflege und Förderung seiner Tochter gerecht zu werden, bestellte auch er sich eine Unmenge einschlägiger Literatur. Darüber hinaus holte er Rat von jeder erdenklichen Seite ein. Er kannte da überhaupt keine Berührungsängste. So vertraute er auch der Schamanin Susamee und vertraute ihr bald um so mehr, als sie die unvermeidlichen Kinderkrankheiten stets bereits im Entstehen erkannte und behandelte, ehe sie noch recht ausbrachen.

Außerdem rief er eine Inseleigene Krabbelgruppe für Kleinkinder und ihre Eltern ins Leben. Denn mit der Erweiterung des Lehrbetriebs war es auch zu einer drastischen Personalaufstockung gekommen. Und auch die Professorenhäuschen auf der Universitätsinsel füllten sich mit jungem Leben.

Zusammen mit einer fachkundigen Leiterin übten sich die Eltern in allerlei kleinkindgerechten Unternehmungen vom Schwimmen über Gymnastik bis hin zu Rhythmik und Kleinkindsingen.

Scholasticus ließ es sich nicht nehmen, überall wenigstens dabei zu sein. Außerdem sorgte er sich rührend um die Kleine, fütterte und windelte sie fachgerecht, sorgte für viel Auslauf an frischer Luft, wo er sie nach afrikanischer Sitte im Tragetuch auf Brust oder Rücken trug, und begleitete sie bei ihren ersten Krabbel-, Steh-, und Gehversuchen.

Kein Wunder also, dass ihr erstes Wort ‚Papa' war. Es erschien dem stolzen Vater, der sich vor Glück kaum lassen konnte, nur gerecht. Ja, Scholasticus liebte und verehrte seine kleine Prinzessin abgöttisch.

Bei seinen täglichen Spaziergängen fiel Scholasticus auf, wie klein die Inseln waren. Sie zu umrunden, dauerte keine Stunde. So bekam er eine Idee davon, wie es den Angehörigen der Lehrkräfte und Bediensteten erging, die anders als diese, nicht in einer täglichen Arbeitsroutine eingebunden und folglich viel unmittelbarer den Gegebenheiten ausgesetzt waren.

Gerade zu Anfang, als es noch groß weiter keine Aufgaben für sie zu geben schien, war über so manchen Angehörigen der Inselkoller gekommen. Wer keine klar umrissenen Aufgaben hatte, die tagtäglich bewältigt werden mussten, versank womöglich in Depression.

Vielleicht war dies nicht zuletzt der Grund dafür, dass der Paternoster sich nun so großer Beliebtheit erfreute. Er stellte eine Abwechslung dar – und nicht nur das, denn eine Fahrt durch den Tunnel vermittelte Entfernung und Größe und verhieß Neuland auf der anderen Seite. Und solange die Bautätigkeit anhielt, gab es ja tatsächlich immer wieder etwas Neues zu sehen.

Durch die unterirdische Anbindung verdoppelte sich die Inselfläche nicht nur, sie vervielfachte sich sogar und konnte dies um so eher, als sich das Wasser zwischen den beiden Inseln nun als eine Art Binnenlagune erwies. Ein Eindruck, den die stählernen Haisfischbarrieren noch verstärkten, die seit dem Angriff der schrecklichen Mörderhaie, nun um das Gewässer zwischen den Inseln lagen.

So setzte Dorothea alles daran, dieses Binnengewässer noch attraktiver zu gestalten. Zunächst ließ sie die stählerne Barriere verstärken und höher machen, sodass diese wie ein Wellenbrecher sichtbar aus dem Wasser ragte. Auch die Seitenwände wurden auf zwanzig Meter in die Tiefe verlängert. Den Boden bildete dann eine Art Schleppnetz über den ganzen Grund, ebenfalls aus verzinktem Stahldraht, das jeden Angriff aus der Tiefe unmöglich machte.

Nichts und Niemand der stärker als ein Männerarm war, konnte nun in die ‚Zwischenlagune', - wie sie ihre Konstruktion flugs benannte - eindringen.

Darüber hinaus bestellte an sie erst einmal fünfzig Hausboote, die sie teils zusammenkaufen, teils anfertigen und dann in mehreren

Schleppzügen vom Festland herschaffen ließ. Dergestalt wurde die Lagune allmählich eingesäumt und erhielt ihren typischen Charakter.

Die Hausboote wurden gut angenommen und bald konnte Dorothea sich vor Anfragen nicht mehr retten. Jede Familie wollte plötzlich auch so ein Hausboot haben, um darauf die Wochenenden zu verleben und sich ein wenig der Illusion von Weite und Luxus hinzugeben.

Doch wer gedacht hatte, Dorotheas Vorstellungskraft sei damit erschöpft, der täuschte sich gewaltig. Dorothea schwebte etwas ganz anderes vor. Was sie vorhatte, war durchaus zweischneidig. Denn seit sie das Archiv der Ehemaligen eingerichtet hatte, verfolgte sie ihr weltumspannender Traum. Darin bildete die Insel Weisheitszahn das geistige Zentrum, das in die Welt ausstrahlte. Und dazu bedurfte es nicht nur brillanter Ideen und aufsehenerregender Forschungen, sondern auch des Multiplikators eines weltumspannenden Verteilersystems.

Das Archiv der Ehemaligen stellte in ihren Überlegungen die Grundlage dar. Und auf dieser Grundlage sollte das Netz wachsen. Wenn es ihnen gelänge, hier in der Lagune ein kleines schwimmendes Paradies zu gestalten, ein Inselhotel, bestehend aus lauter in sich abgeschlossenen Hausbooten, so käme sie damit ihrer Vorstellung schon recht nahe.

Dank der in dem Archiv der Ehemaligen gespeicherten Informationen, verfügten sie über die Anschriften aller Ehemaligen. Alles was sie tun müssten, wäre, ihnen ihr ehemaliges geistiges Zentrum schmackhaft zu machen, und sie womöglich auch an ihr Gelöbnis zu erinnern, oder auch an ihre Einzigartigkeit.

Jedenfalls kämen schon Gründe genug zusammen, um auf Weisheitszahn Spurensuche in der eigenen Vergangenheit zu betreiben. Soviel Motiv, und dazu noch verknüpft mit paradiesischen Inselferien, wäre kaum zu überbieten.

Die Klientel wäre überschaubar und vor allem handverlesen und das um so mehr, je eindeutiger der Ehemaligenstatus Richtlinie bildete. Aber darüber müsste das Gesamtplenum entscheiden, dem die ganze Idee auch noch vorgelegt und schmackhaft gemacht werden musste.

Wie nicht anders zu erwarten war, gab es eine Front der Befürworter, die sich Dorotheas Argumenten anschloss und eine Front der Gegner, die auf der absoluten Isolation bestanden, auf die sich der einmalige Ruf der Zwischenschule gründete.

Mit Horror erinnerten sie sich der Einweihungsfeierlichkeiten zur Eröffnung des Archivs der Ehemaligen und all der Pannen, die sich daran anschlossen. Dergleichen wollten die Gegner des Projekts nie wieder erleben müssen. Und ein Inselhotel, wo so ziemlich jeder ein und ausgehen konnte, wie er wollte, leistete einem ungleich größeren Chaos Vorschub.

So heftig tobte der Streit, dass Dorothea sich entschloss, den Antrag zurückzunehmen. Eine so einschneidende Veränderung für alle, mochte sie nicht per Kampfabstimmung durchdrücken, dazu war ihr der Inselfriede zu teuer. Aufgeschoben war nicht aufgehoben.

Die große Doppelsicherheitsschleuse im Helikopterterminal war jedenfalls schon mal da, in der bis zu vier Personen gleichzeitig auf ihre Farbe hin gescanned werden konnten.

Denn daran ließ auch Dorothea nicht den geringsten Zweifel aufkommen, die Insel durfte nur von Berufenen betreten werden.

„Und wie ist es mit deren Angehörigen?" – Ja, das war der wunde Punkt bei dem ganzen Hotelprojekt. „Was machen wir mit den Angehörigen?"

„Wir können die doch nicht wieder heimschicken oder in eine Art Quarantäne packen, - oder vielleicht doch?"

„Was spricht eigentlich dagegen?"

Erst einmal gab Dorothea nach. Jedenfalls tat sie so, als gäbe sie nach. Scholasticus kannte sie besser. Dorothea gab nie nach. Sie suchte nur nach einem anderen Weg zu ihrem Ziel. Doch dieses verlor sie nie aus dem Auge. Darin war sie sich mit ihrer Schwester Grisella zum Verwechseln ähnlich, die sie diesmal – anders als in der Frage nach dem Kardinalfehler - zum Glück auf ihrer Seite wusste.

Der ‚Splendid Isolation', wie die Position der Hotelgegner flugs - und in Anlehnung an ein großes Vorbild[1] genannt wurde, - hingen all jene an, die glaubten, viele Geheimnisse wahren zu müssen, und die sich dabei sowohl um die Meermenschen als auch um die Zwerge sorgten.

Für beide Gruppen war Entdeckung lebensgefährlich. Nicht auszudenken, wenn sich allein nur die internationale Presse auf sie gestürzt hätte, von der Wissenschaft ganz zu Schweigen, die womöglich noch brutaler mit ihnen verfahren würde.

Ja, es gab vielerlei zu bedenken und zu berücksichtigen.

Um nun wenigstens nicht ganz mit dem ehrgeizigen Projekt in Verzug zu geraten, ermutigte Dorothea die Studierenden aller Alterklassen darin, ihre Familien einzuladen. Ohnehin erreichten sie diesbezüglich Bittbriefe zu duzenden, die bis dato aber abschlägig beschieden wurden.

Solche Besucher wurden ab sofort für eine „Drei-Tage-Packgage-Tour" vor Ort willkommen geheißen und ganz ähnlich wie in einem Safaripark am ersten Tag in geschlossenen Fahrzeugen über die Inseln gekarrt. Für diesen Zweck wurde eigens eine

[1] Außenpolitische Doktrin der USA bis zum Ersten Weltkrieg

Schmalspurbahn angeschafft, die auf abenteuerlicher Trasse wie eine Achterbahn über die Zacken des Inselfelsrandes führte.

Am zweiten Tag stand der Besuch im Archiv der Ehemaligen auf dem Programm, ebenso wie eine Hin- und Rücktour mit dem Paternoster und als besonderes Highlight am dritten Tag ein Ganztagsausflug im gläsernen U-Boot (auf dem die Touristen im übrigen zweimal nächtigten), zu Susamees Schamanen-Insel.

Dorothea war der Ansicht, dass solche Familienbesuche keiner besonderen Genehmigung bedurften, denn sie waren von den Schulstatuten her abgedeckt, wenn diese auch nicht genauer bestimmten, wie sie umgesetzt werden durften.

Vor gar nicht langer Zeit noch - vor dem Miseriorensturm - war es manchem Vater sogar erlaubt worden, mit seiner Yacht unten im Bootshafen für ein paar Tage anzulegen. Ganz so strikt war das Anlaufverbot mithin nie gewesen.

37. Splendid Isolation

Familie Hase hatte sich inzwischen gut eingerichtet. Alle Möbel waren gekommen, das Gärtchen war angelegt und Professor Hases Institut entwickelte sich ebenfalls.

Allein die Sichtung und Aufarbeitung der archäologischen Materialien aus Atlantis nahmen Monate in Anspruch.

Es kam zu einer engen Zusammenarbeit mit Professorin Grisella von Griselgreif zu Greifenklau-Schlauberger, deren Ehrgeiz durch die leibhaftige Erkundung des verschollenen Reiches geweckt war. Als Arundelles ehemalige Mentorin und langjährige Vertraute konnte sie ihren Einfluss geltend machen und so marschierte gelegentlich eine fröhlich singende Schar hinaus ins scheinbare Nichts, wie weiland die Hameler Kinder, nur dass es hier nicht einem rachsüchtigen Rattenfänger hinterher ging.

Grisella selbst wahrte inzwischen wieder Abstand. Zu sehr häuften sich die jähen Rettungsmaßnahmen aus dem brodelnden Hexenkessel des dem Untergang geweihten Inselstaates.

Vor allem Professor Hase wollte mit eigenen Augen dieser Kultur beim Sterben zu schauen. Und so bang ihm dabei auch ums Herz war, so faszinierend fand er doch auch, was er zu sehen bekam. Professor Hase war einer jener Wissenschaftler, die für ihre Wissenschaft alles taten.

Und so trieb ein Keil immer tiefer mitten durch die kleine Familie. Florinna hielt es mit dem Herrn Papa, während Frau Hase sich der Position Corinias anschloss, die, wie sich denken lässt, rundheraus gegen das neue Projekt war und lieber auch noch die ganze Inseluniversität drangegeben hätte, als weitere Zugeständnisse zu machen. Selbst die U-Boots-Ausflüge mancher Mitschüler und ihrer Familien hielt sie für bedenklich und äußerst riskant.

Gerade das U-Boot nämlich lockte die naseweisen Teenies dort unten an. Und wie leicht wurden sie beim spielerischen Tanz vor dem Panoramafenster auch einmal beobachtet und gar fotografiert. Nicht auszudenken, wenn solche Fotos erst einmal um die Welt gingen. Der Sturm, der dann losbräche, wäre unvorstellbar.

Vergebens argumentierte ihre Schwester Florinna, um was für Leute es sich bei den Angehörigen handelte, wie ja übrigens überhaupt bei allen ihren möglichen Gästen. Dass ja niemand einfach so auf die Inseln käme, ohne den Test bestanden zu haben. - Sie meinte den Eingangsfarbscan im Helikopterterminal.

Vergebens forderte auch sie Vertrauen. Vergebens war auch von ihrer Seite der Hinweis, wie dicht letztlich alle hielten. Die Position der Inseln bliebe schon deshalb immer geheim, weil damit ein Zauber einher ging, der diese eine Erinnerung gezielt in jedem Gedächtnis löschte, sobald die Insel verlassen wurde.

„Die generelle Abwehr, die über dem Ganzen hier liegt, funktioniert auf eine Weise, die sich uns nicht erschließt. Wir dürfen nur glauben und hoffen und darauf bauen, dass dem so ist. So hat es mir Dorothea erklärt“, endete Florinna ihr heftiges Plädoyer mit Pathos.

Wäre es nur um Vasantha Hase gegangen, die Sache wäre für den Augenblick damit wohl erledigt gewesen. Florinna wirkte sehr überzeugend. Doch Corinia hatte andere Aspekte zu beachten, die in ihren Augen schwerer wogen.

Als Hohe Priesterin im Auftrag des Gesandten Südmichel wusste sie um die Nöte und Hoffnungen des Meervolkes und um die Gefahren, die von oben drohten. Es gab für die Meeresbewohner immer weniger unberührte Flecken am Meeresgrund. Eine Reise um die Welt von Bermudia nach Australis glich einem Himmelfahrtskommando. Inzwischen war die Wahrscheinlichkeit größer, nicht durchzukommen als umgekehrt.

Vor allem die aggressiven Fangmethoden der Fischtrawler machten ihnen zu schaffen. Ins Netz gingen sie ihnen nicht, dafür waren sie zu schlau und wenn doch einmal, dann schnitten sie sich frei.

Wirklich gefährlich waren die Harpuniere mit ihren Bugkanonen und den Dumdumgeschossen, die alles zerfetzten, was sie trafen. Sie nannten die Meermenschen, die sie selten genug einmal zu sehen bekamen, Seekühe, weil sie deren Gesichter entfernt an kuhartige Menschen erinnerten, meinten sie.

Der Konflikt bestimmte so manche Diskussion gerade unter Freunden. Corinia erzählte natürlich, was sie vom Meervolk und der Verfolgung durch die Fischer wusste. Es ärgerte sie, wenn der Konflikt auf eine falsche und viel zu flache Ebene von Geheimhaltung und Vertrauen rutschte. Denn es ging ja längst um die Ausrottung der Meeresbewohner.

„Meinen Vorfahren haben die Weißen ebenfalls ihr Menschsein abgesprochen“, meinte Billy-Joe und bekam ganz große traurige Augen dabei. Auch er hielt es deshalb mit den Isolationisten.

Überhaupt war das Verhältnis zu seinem Mentor nie so eng geworden, wie dies vielleicht wünschenswert war. Weder fachlich noch aber vor allem menschlich.

So widerstand er ihm auch in dieser Frage und ließ die griffigen Argumente Dorotheas nicht gelten, die sich Scholasticus - schon als Ehemann - zu eigen machte.

Arundelle erlebte den Zwist der Schwestern Hase aus nächster Nähe. Sie wohnte an sich gern bei den Hases und auch Billy-Joe kam gern und häufig zu Besuch. Zumal er indirekt ja immer noch für die feldmarschmäßige Marschiererei zuständig war, wenn es nach Atlantis ging.

Vasantha Hase trug in sich die drückende Erbschaft des englischen Kolonialismus. Deshalb verstand sie das Misstrauen gegenüber schönen Worten. Sie klangen gut für den Augenblick, doch sie verwehten im Wind der Zeit.

Trotzdem fand sie, übertrieb Corinia ein wenig, wenn sie die Gefahr für das Meervolk in dieser Weise zuspitzte. Niemand auf der Insel hieß die Fangmethoden der Fischer gut.

Doch es war vor allem die Chance, die sich in Dorotheas Idee bot, und die sie mitriss; die Chance nämlich, dass sich etwas tat in der Welt, und dass die alten Zöpfe endlich abgeschnitten wurden.

Ein neues Wertesystem galt es zu verbreiten. Dazu musste die ‚Splendid Isolation’ aufgegeben werden. Alle Register mussten gezogen, alle Freunde und Mitstreiter mussten an Bord geholt werden. Hier im ‘Nabel der Welt’, - im Zentrum der neuen Kraft - galt es, die Ihren zu sammeln, damit sie gestärkt und mit frischem Mut die Idee weitertrugen, um diese überall hin zu bringen und zu verbreiten.

Da waren sie wieder, die tönenden Worte. Doch was, wenn man der großartigen Idee auf den Grund ging? Was fand sich da? Ein neues Wertesystem, das auf Zeit statt auf Geld basierte. Es bot eine Chance, dass sich dadurch auch das Verhältnis der Menschen zueinander veränderte. Doch was, wenn die negative Utopie eintraf? Was, wenn sich daraus ein noch schlimmeres Ausbeutungsverhältnis ableitete?

Da war sie wieder, die Frage nach dem Kardinalfehler, der sich eingeschlichen hatte und der so schwer auszumachen war.

Wenn es gelänge, das neue Wertesystem ohne den Kardinalfehler einzurichten, dann wäre das Ziel erreicht.

Die Bedenken der Isolationisten, das war in den Augen ihrer Gegner ihr Hauptproblem, gingen völlig am Thema vorbei. Lag dies daran, dass sie wenig oder keinen Anteil am Bewusstseinsprozess hatten, aus dem das Theoriegebäude erwuchs?

So war es nicht. Billy-Joe war sehr wohl in der Lage, Arundelle dies klar zu machen. Doch auch er war nicht sicher, ob es ihm gelang, sie aus dem Sog von Dorotheas Begeisterung zu lösen.

„Weißt du, was uns sogenannte Isolationisten wirklich nervt", meinte er eines Abends als sie bei Hases gemütlich auf der Veranda saßen: „Es ist euer Zwangsoptimismus, mit dem ihr euch besoffen redet und eure illustren Hirngespinste mit wirklichen bodenständigen Tatsachen verwechselt. Jedem geht schon mal der Gaul durch, jeder redet sich gerne in Rage und berauscht sich an seiner Weitsicht oder auch an seiner Übersicht (wie der Advisor) oder an seinem Durchblick (wie Südmichel.)

Von den beiden können wir etwas lernen. Je, nachdem, wo du stehst, verändert sich dein Blick, obwohl du genau das Gleiche siehst wie dein Freund oder Nächster, der ebenfalls das Gleiche sieht, wie du, nur aus einer anderen Perspektive. Und dann ist es eben nicht mehr das Gleiche, sondern wird zu etwas anderem."

Arundelle protestierte. Das Hotelprojekt sei durchaus handfest und bodenständig, das eben sei Dorotheas Stärke.

„Da hast du es, wieder stellst du die Dinge auf den Kopf. Dorothea will überhaupt kein Hotelprojekt an sich, sie will mit ihrem Hotelprojekt eine Einrichtung schaffen, durch die sich eine Idee vervielfältigt und in der Welt verbreitet. Und diese Idee hat ihr Zentrum hier bei uns auf der Insel Weisheitszahn.

Dorothea glaubt an diese Idee, ohne sie sich zu eigen gemacht oder recht verstanden zu haben. Sie handelt in blindem Glauben, denn sie wähnt, dass ihr Mann und ihre Schwester und du, Arundelle, schon den vollen Durchblick haben werdet und genau die richtige Idee, die nur noch verbreitet werden muss."

„Aber Dorothea hat doch so ziemlich alles mitbekommen. Den Wirbel um Anonymus, die Überfälle der Miserioren und überhaupt all das, was da möglicherweise auf uns zukommt. Sie weiß, was sie tut. Mit ihrem Projekt soll einer Entwicklung gegengesteuert werden, die sich drohend abzeichnet", antwortete Arundelle.

„Woher wissen wir, dass wir tatsächlich der 'Nabel der Welt' sind? Was maßen wir uns da an? Nur weil sich dein Vater zu uns bekannt hat, heißt das noch lange nicht, dass wir den Königsweg gefunden haben. Vielleicht hat der echte Widerstand viel tiefere Wurzeln, vielleicht findet er sich in Tasmanien oder im australischen Hinterland oder auch irgendwo in der Mongolei, in Patagonien oder eben auch unter dem Festlandschelf bei den Meermenschen und noch darunter, wo die Zwerge hausen.

Wenn die Menschheit diese letzten Bastionen auch noch verliert, dann hat Malicius Marduk gewonnen, dann kommt, was wir drohend am Horizont der Zukunft aufscheinen sehen. Und der ganze Alptraum wird Wirklichkeit."

„Ach, und du wirst in Laptopia dann Schamane der Churingas und ich die Prinzessin am Hof des allmächtigen Kaisers Rolandus? Ich verstehe, was du sagen willst. Und so leuchtet das auch ein. Das Ganze kommt mir wie eine Schere vor, die immer weiter auseinander klafft, dabei gehören beide Schneiden doch zusammen."

Billy-Joe wusste nicht genau, was Arundelle mit der Schere meinte. Immerhin schien sie ihn zu verstehen. Was er sagte, war auch für sie keineswegs neu. Nur alles hatte ja niemand stets parat. Eine der großen Künste des Lebens war, das Rechte zur rechten Zeit und Gelegenheit parat zu haben.

„Sollte die Alternative wirklich sein, entweder alles radikal zu verweigern, die ganze Zivilisation abzustreifen, wieder nackt wie am Anfang der Menschheit, ein karges gefährdetes Leben zu fristen? Wohl eins mit dem allumfassenden Geist, wohl geborgen im Traumland, und angeschlossen an die Ewigkeit, ausgestattet mit geistigen Gaben der Empathie und Telepathie und mit dem inneren Reichtum der Allseele gesegnet?"

Billy-Joe nickte und in seinem Blick lag so viel Zustimmung und Offenheit und Bereitschaft, dass sie sich wie eine Biene fühlte, der ein sich sehnender Blütenkelch entgegen streckte.

„Aber an diesem Anfang steht die Menschheit nicht. Und an diesem Anfang wird sie nie wieder stehen, jedenfalls nicht als die Menschheit, die wir kennen.

Ich bin dabei, wenn du forderst, dass wir uns um die Verluste bemühen, dass wir ernst nehmen, was uns abgeht, und was uns die sogenannten Primitiven voraus haben. Doch ich weigere mich zu glauben, dass diese Fähigkeiten zwangsläufig mit dem urzeitlichen Darben verknüpft sind. Und dass wir uns dieses innere Universum oder das weite, große Traumland nicht wieder zurück erobern können. Hier in der Zwischenschule geht doch so einiges, findest du nicht? Und dabei leben wir doch alles in allem recht zivilisiert."

Arundelle lächelte schelmisch und steckte sogar Billy-Joe damit an. Vielleicht waren sie ja wirklich auf dem Königsweg, vielleicht befand sich auf ihrer Insel wirklich der 'Nabel der Welt', dachte er und vielleicht war er und überhaupt alle Isolationisten ja nur zu kleingläubig.

38. Das Hotel zum 'Nabel der Welt'

Alle Argumente lagen auf dem Tisch. Beide Seiten verstanden einander nun richtig. Nun galt es, zu einer Entscheidung zu kommen.

Keine Seite wies von sich, 'Nabel der Welt' zu sein. Ganz im Gegenteil. Alle glaubten fest daran, hier etwas geschaffen zu haben, – (so glaubten die einen) -

Etwas bewahrt und wieder ans Licht gefördert zu haben, – (so glaubten die anderen.)

Beiden Seiten versagte die Sprache, wenn es darum ging, das, was da geschaffen oder bewahrt und ans Licht gefördert wurde, näher zu beschreiben oder gar in einer griffigen Formel zusammen zu fassen.

So blieb nichts anderes, als vom 'Nabel der Welt' zu reden und zu hoffen, dass sich darin das Gemeinte schon ausdrücke.

Auch darüber bestand Einvernehmen, dass das, was sich im 'Nabel der Welt' zutrug, dazu geeignet war, der Welt ein neues und besseres Gesicht zu geben. Und auf eine Entwicklung Einfluss zu gewinnen, die ohnehin auf dem Weg war. Als Beweismittel hierzu dienten die Studien zu Laptopia und die bittere Abrechnung des Anonymus mit den Machenschaften der Zeitmaffia.

Den Berichten aus der Zukunft haftete etwas Lähmendes an. Statt sich an eine vorbestimmte Zukunft zu klammern, schlug Arundelle vor, sich für viele Zukünfte zu entscheiden, „die sich an jedem Punkt auf dem Zeitstrahl - (der in Wahrheit eine unendlich breite Autobahn sei), - ereignen. - Sodass Zukünfte zwar Parallelen und Ähnlichkeiten aufweisen, niemals jedoch völlig identisch sind. Gerade so nämlich verhält es sich auch mit jedem Blatt, jedes Jahr und an jedem Laubbaum. Das Blatt erneuert sich, ohne doch jemals mit einem Vorjahresblatt identisch zu sein. Ein Blatt bleibt ein Blatt, das ist sicher, doch damit ist auch schon alles gesagt, denn nun kommt es auf die feinen Unterschiede an. Die mögen dem ersten groben Blick unerheblich erscheinen, doch sind sie es auch? Ich wage zu behaupten - nein.

Wenn wir dieses Beispiel nun auf die Zukunft unserer Welt übernehmen, dann sehen wir zwar auch das große Ganze, das wäre in unserem Falle das neue Wertesystem auf Zeitbasis. - Das wird kommen, wie es aussieht. Doch wie es gestaltet ist, wie viel Unrecht damit einher geht, welche Nutznießer es gibt und ob die Massen wieder die großen Verlierer sind, wie im alten System, das geht so eindeutig nicht hervor.

Was wir wollen, ist klar. Das neue System darf nur zum Besten der Welt und der Menschen benutzt werden. Und dazu gilt es, jetzt die Weichen zu stellen. Es muss ein Bewusstsein in die Welt kommen, das sich darüber im klaren ist. Und da kommen wir ins Spiel und das Hotel zum 'Nabel der Welt', als Umschlagplatz und als Drehscheibe für dieses neue Bewusstsein.

Zutaten steuern wir alle bei, ob Isolationisten oder Weltbürger. Und die bessere Zukunft wollen wir auch alle gemeinsam. So wollen wir auch gemeinsam unsere Schritte bedenken und abwägen, die wir gehen müssen, um uns diesem Ziel zu nähern."

Heftiges Klopfen eifriger Knöchel signalisierte Arundelle die Zustimmung, auf die sie hoffte. Nichts wäre so falsch wie eine Kampfabstimmung. Es ging nicht um die Durchsetzung einer Position, sondern um die gemeinsame Strategie. Es galt, um Vertrauen zu werben und nie die Hoffnung fahren zu lassen, genügend viele Menschen guten Willens zusammen zu scharen, solange noch Zeit war.

„Siehst du nun, was ich meine, Billy-Joe? Lass uns alles dafür tun, dass du nie der Schamane der Churingas wirst. Und ich nicht die dämliche Prinzessin am Hof von Kaiser Rolandus.

Soviel Offenheit muss die gottverdammte Zukunft doch hergeben, in drei Teufels Namen. Malicius Marduk darf einfach nicht das letzte Wort haben."

„Doll finde ich dein Gottvertrauen nicht gerade", ließ sich da der eben einschwebende Advisor vernehmen. Südmichel stimmte von unten ausnahmsweise zu. - (Er war bei Arundelles flapsigen Flüchen ganz schön zusammen gezuckt.)

„Seinem Schicksal entgeht keiner", grummelte Südmichel genüsslich, als er sich fing. Er hängte die Daumen in die Armlöcher seiner gelben Weste und wippte in den Knien.

Für diesmal stimmte ihm der Advisor nicht minder wohlwollend zu. ‚Da bahnt sich doch nicht etwa tatsächlich so etwas wie eitel Sonnenschein an?' - Dorothea warf einen Verschwörerblick zu Arundelle hinüber.

Alle merkten, wie die Stimmung umschlug. Jeder im Saal spürte den Umschwung. Es war, als führe ein Luftzug durch den Raum.

‚Nur jetzt keine Fehler machen', beschwor sich Dorothea und stillte schnell ihr Baby, damit sie beschäftigt war. Außerdem machte sich das gut, gerade bei den Isolationisten, die dies mit Wohlwollen sahen.

Dorothea konnte nun einmal nicht aus ihrer Haut, und die war je zur Hälfte Effekthascherei und Berechnung. Immer spielte sie mit irgend etwas, meist mit ihren weiblichen Reizen oder, wie jetzt, mit ihrer Mütterlichkeit.

Klein Sulamith bekam es trotzdem.

So erhielt das Projekt eine breite Basis und wurde bei wenigen Enthaltungen mit überwältigender Mehrheit angenommen. Nun galt es, noch ein genaues Regelwerk zu erarbeiten. Dazu bildete sich eine gemischte Arbeitsgruppe, welche zu gleichen Teilen aus Isolationisten und Weltbürgern bestand.

Dorothea konnte mit der Bebauung der künstlichen Lagune fortfahren. Ihr Plan sah vor, die gesamten Außenränder mit Hausbooten zu säumen. Im Zentrum aber sollte auf einem großen Ponton das eigentliche Hotelgebäude mit all den nötigen Anlagen, wie Empfang und Speisesaal, Küche, Bars und Fitnessstudios - errichtet werden. Außerdem sah ihr Plan eine hochmoderne Biogaskompostierungs- und Trinkwassergewinnungsanlage mit angeschlossener Restverbrennung vor, welche die entstehende Wärme in elektrische Energie umwandelte.

Es handelte sich bei dem ganzen Komplex um eine verbesserte Ausgabe der Anlagen, wie sie für die Inseln bereits in Betrieb waren.

Alle Hausboote verband unter Wasser ein Frischwasserzulauf- und ein Brauchwasserabfluss-System, das in eine Wiederaufbereitungsanlage hinein- und wieder herausführte. Der ökologische Störfaktor der gesamten Anlage fiel mithin denkbar gering aus.

Breite Laufstege durchzogen die Anlage sternförmig und liefen in der Mitte zusammen, sodass jeder Besucher trockenen Fußes zum Hauptgebäude gelangte. Da auch die Hausboote ein Laufsteg verband, sah die Anlage von oben aus wie ein riesiges Spinnennetz, dessen Nabe das Zentralgebäude bildete.

Zehn chinesische Bogenbrücken gewährten auch weiterhin flachen Booten allenthalben den Durchlass, nur mit den Segeln war es vorbei. Dafür stand nun wieder nur noch der alte Bereich - in der vorgelagerten Lagune der Mutterinsel Weisheitszahn nächst dem Bootsanleger und dem U-Boothangar - zur Verfügung.

Mit ihrem Bebauungsplan schlug Dorothea drei Fliegen mit einer Klappe. Sie entwertete damit ein Stück weit das sabotageanfällige Paternostersystem. Sie verkürzte den Weg zwischen den Inseln auf ungefähr fünf- bis achthundert Meter Fußweg. Und sie ermöglichte es den Hotelgästen, ihre Unterkünfte zu Fuß zu erreichen. Lastkähne für das Gepäck verkehrten freilich noch immer.

Der Weg durch den Untergrund war und blieb dennoch attraktiv, besonders bei schlechtem Wetter für die Insulaner, aber auch vor allem für Touristen. Das zeichnete sich alsbald ab, zumal es sich die Zwerge nicht nehmen ließen, die weitaus längere Strecke durch den finsteren Teil des Tunnels um allerlei befremdliche Einblicke in ihre Welt anzureichern. Auch wenn sie nicht wirklich zeigten, wie sich ihr Innenleben gestaltete.

So kam es, dass sich der lange Weg durch den geheimnisvoll golden blinkenden Untergrund ähnlich wie die Fahrt in einer Geisterbahn ausnahm. Dadurch mauserte sich die Reise im Paternoster ganz zweifellos zu einer touristischen Attraktion erster Güte.

Dorothea ließ die Zwerge gewähren, fragte aber doch nach, weshalb nun plötzlich die Geheimhaltung keine Rolle mehr zu spielen schien. Südmichel argumentierte für die Zwerge, dass dergleichen Darstellungen inzwischen in jedem Freizeitpark rund um den Globus üblich seien. Auf die Idee, dass es sich hier nicht um verkleidete kleine Menschen, sondern um richtige Zwerge handelte, kämen die Touristen überhaupt nicht, schon deshalb nicht, weil an Zwerge niemand glaubte.

Wohlweislich entschied Dorothea nichts mehr von sich aus, sondern legte ihre ganzen Pläne der gemischten Kommission vor und bat diese um Entscheidungshilfe - besonders bei allen Broschüren, die an die Ehemaligen verschickt werden sollten. Schließlich galt es das sinnreiche Ferienparadies in der Südsee bekannt zu machen.

Die Darstellung des Nabels der Welt erforderte viel Geschick und Fingerspitzengefühl, um es vom Verdacht des Größenwahns zu befreien, was letztlich jedoch nicht so ganz und gar gelang.

Doch dergleichen fiel den Ehemaligen viel weniger auf als die Verantwortlichen befürchteten, bemerkten diese alsbald. Vielleicht lebten die Ehemaligen schon zu lange im Bewusstsein der eigenen Besonderheit.

Das Programmangebot ging in der Tat über das Übliche weit hinaus. Durch Arundelles Vermittlung gelang es, Anonymus für eine wöchentliche Seminarsitzung zu verpflichten, in der er sein Werk vorstellte.

Dazu schwebte er sehr effektvoll - zusammen mit dem Advisor – ein. Ein solcher Auftritt stellte allein schon eine kleine Sensation dar.

Roland Waldschmitts esoterische Karriere machte Fortschritte, bemerkte seine Tochter bei diesen Gelegenheiten. Auf seinen entspannten Zügen lag tiefer Friede, wenn er da im Lotussitz saß und die durchscheinenden Hände bisweilen lebhaft, niemals jedoch hektisch, gestikulierten.

Wutausbrüche und jähes Aufbäumen wie ehedem, suchte man nun bei ihm vergeblich. Er ließ sich durch die dümmsten Fragen nicht provozieren und wusste auf alles die treffende Antwort. Es schien fast, als verfüge er über seinen Text auswendig.

Der Erfolg dieses Seminars wiederum veranlasste Südmichel seine Zwerggenossen zum weiteren Ausbau des Paternostertunnels zu ermutigen, wenn auch mit der Auflage, verfremdende Effekte einzubauen, um dem - seitens der Touristen erwarteten - Märchencharakter Rechnung zu tragen, was auch auf das Beste gelang.

Als dann Corinia auch noch eine förmliche Anfrage seitens der Premierministerin Boetie weiter leitete, in der diese ein Wasserballett als Touristenattraktion vorschlug, schreckte die gemischte Kommission aber doch endlich auf.

Dergleichen sei ‚live' völlig indiskutabel. Einen Film jedoch, - so hieß es nach einigem Zögern -, könne man sich durchaus vorstellen. Adrian selbst machte sich anheischig, einen solchen zu drehen. So wurde es denn auch gemacht.

Meerjungfrauen in Kinderfilmen waren beinahe so üblich wie Cowboys und Rinder im Wilden Westen. Niemand unter den Zuschauern würde etwas anderes als gut maskierte Darsteller und perfekt gemachte Tricks hinter dem Film vermuten.

So also konnte man ihn zeigen, ohne Gefahr zu laufen, das Meervolk ans Messer zu liefern und den Pressehaien vorzrfen. Die Filmvorführung gestaltete sich im großen Panoramasaal besonders effektvoll und wurde zu einem abendlichen Highlight.

Den wenigen pensionierten Conversioren unter den Ehemaligen, lag der Besuch auf der abgelegenen Conversioreninsel, natürlich besonders am Herzen, da sie ja nun hinnehmen mussten, dass die heimeligen Jagdgründe ihrer verschwiegenen Lustbarkeiten von einst, nun fleißigen Studierenden als Domizil diente. Sie ließen sich dennoch ohne große Umstände mit U-Boot oder Helikopter zu Susamees Insel bringen.

Und wenn es sich ergab und der volle Mond über Susamees Insel stand, konnte es schon passieren, dass sich für diesmal fremde Laute ins vertraute Stimmengewirr mischten. Wo sonst, wenn nicht hier, war dies erlaubt, ja erwünscht?

Und wenn sich dann der Kreis andächtig Lauschender um die sich selbst bespielende Pferdekopfgeige versammelte, die sich hingebungsvoll die singenden Saiten strich. - Wenn dann eine gelbe Dingohündin die glockenreine Stimme zum höchsten Crescendo anschwellen ließ. - Und die anderen so recht und schlecht es ihnen auch gelang, mit einstimmten, dann konnte es vielleicht wieder einmal geschehen, dass die Steine um den Rand des Blutbeckens weinten. Während sich Phoenix aus den Flammen des offenen Herdfeuers in Susamees Unterstand erhob.

39. Hans Henny Henne

An einen Raketenangriff konnte in der Zwischenschule niemand recht glauben. Der allgemeine Schutzschirm verhindere dies mit absoluter Sicherheit, war die durchgängige Meinung, so wie er auch vor zufälliger Entdeckung schütze, außer vielleicht im Notfall, wenn es darum ging, Schiffbrüchige zu retten oder havarierte Segler zu bergen. Nur dann tauchten die schroffen abweisenden Felsen der Insel - dem Bedürftigen sichtbar - im Meer auf.

Auf der Insel erhärtete sich gleichwohl der Verdacht, dass das Leck im Tunnel eigentlich nur durch eine Fernlenkrakete verursacht worden sein konnte. Andere Möglichkeiten waren nach menschlichem Ermessen inzwischen so gut wie ausgeschlossen. Alle Spuren waren verfolgt und bis ins letzte untersucht worden.

Gewisse unerklärliche Trümmer am Meeresgrund im Bereich des Lecks sprachen eine deutliche Sprache und wiesen ziemlich eindeutig in Richtung Fernlenkrakete. Was die Sache nicht gerade einfacher machte. Denn aufgrund der Sicherheitsmaßnahmen war solch ein Raketenanschlag ein Ding der Unmöglichkeit.

Die Position der Insel Weisheitszahn wurde täglich neu verschlüsselt. Der Code dafür wurde in einer alten Enigma-Verschlüsselungsmaschine aus dem Zweiten Weltkrieg ermittelt. Die Insel tauchte in jedem Radarsystem mithin täglich an anderer Stelle auf. Dem bloßen Auge blieb sie ohnehin unsichtbar. Und ein Energiefeld verhinderte jede Art der Kollision zu Wasser, in der Luft und zu Lande.

Energie bezog das Kraftfeld aus dem Innern der Erde durch einen bionischen Photonenumwandler auf Megananotransmissionsbasis. Der greise Erfinder und Erbauer der Anlage war übrigens für lange nicht auffindbar gewesen, und folglich keiner der ersten Touristen am ‘Nabel der Welt’. Vielmehr kam er recht spät, womöglich sogar zu spät.

Die Untersuchungskommission, die sich nun nach über einem Jahr, noch immer mit dem Leck befasste, freute sich natürlich darüber, endlich einen so fachkundigen Spezialisten gefunden zu haben. Doch auch er konnte im System keine Fehler entdecken. Verschlüsselung und Energiefeld funktionierten einwandfrei, soweit man dies auf den ersten Blick überhaupt feststellen konnte.

„Mit einer Einschränkung“, meinte der greise Erfinder und Emeritus Professor Hans Henny Henne:

„In den letzten Monaten des Krieges gelang es den Alliierten, den Code der deutschen Enigma zu knacken. Selbstverständlich bedeutete das nicht, dass nun alle Welt in der Lage war, die vielen Botschaften, die durch den Äther flimmerten, zu entschlüsseln, denn auch der Bruch des Geheimnisses blieb streng geheim und einem erlesenen Kreis Eingeweihter vorbehalten“, erklärte der Professor. „Wer auch immer jetzt am Werk ist, muss zu diesem geheimen Zirkel Zugang haben, oder zu den Aufzeichnungen. Anders lässt sich der Code nicht knacken.“

„Ja, und wieso sieht uns keiner, der an der Insel vorbei segelt oder rammt uns, weil er uns nicht sieht? Das wird mir ein ewiges Rätsel bleiben. So recht mir die Tatsache als solche auch ist“, meinte der stellvertretende Schulleiter Adrian Humperdijk.

Er nahm Teil am Empfangskomitee, das aus seiner Frau, der kommissarischen Schulleiterin Marsha Wiggles-Humperdijk und aus Dorothea, Freiin von Griselgreif zu Greifenklau-Schlauberger, sowie aus ihm selbst bestand – anlässlich des kleinen Sektempfangs, wo man den Gast sogleich mit den drängendsten Fragen überfiel.

„Das Energiefeld täuscht Dunst vor“, erklärte dieser – „und transformiert zugleich die Imagination eines beliebigen Seegebiets, das dann an dieser Stelle sichtbar wird. Unmerklich wird derjenige, welcher Kurs auf die Insel nimmt, umgelenkt und umfährt die Insel in einem sanften Halbbogen. Er wird die Abdrift einer Meeresströmung zuordnen, soweit er sie überhaupt bemerkt. Da die Inseln doch recht klein sind“, gab der Gast bereitwillig Auskunft.

„Und wie kommt es, dass doch gelegentlich Boote bei schwerer See und schlechtem Wetter hier anlegen“, wollte Marsha Wiggles-Humperdijk, die kommissarische Schulleiterin, wissen, die sich darüber seit den beiden Vorkommnissen grämte, die nun allerdings auch schon wieder Jahre zurücklagen.

Damals rettete sich zum einen ein Segler kieloben an Land, das andere Mal entging eine kleine Yacht nur knapp dem Zugriff eines Zyklons.

„Auf das internationale Seenotrettungssignal reagiert das System, wenn es die Umstände gebieten. Dem scheint in den genannten Fällen so gewesen zu sein. Nur so lässt sich ein

Durchkommen überhaupt erklären“, dozierte Hans Henny Henne ein wenig gestelzt und mächtig stolz.

Nach dem Vergessenszauber gefragt, zuckte Hans Henny Henne freilich die Achseln, davon wisse er nichts und dies sei auch nicht die Liga, in der er spiele.

„Ich bin Wissenschaftler – im übrigen - was gilt es da noch groß weiter zu vergessen, wenn niemand weiß, woran er sich erinnern können soll? Selbst die, die die Insel betraten, wussten ja nicht, wo sie sich befanden und ihr werdet ihnen eure exakte Position ja wohl nicht auf die Nase gebunden haben?“ – Hans Henny Henne lachte dröhnend.

Das hatten sie in der Tat nicht. Nach kurzer Behandlung im Hospital war der Schiffbrüchige mit dem Hubschrauber nach Sydney verfrachtet worden, während der andere aus eigener Kraft weiter segelte, sobald das Wetter es zuließ.

Als stolzer Navigator setzte er seinen Ehrgeiz darein, die Kursbestimmung selbst vorzunehmen und sich seine eigenen Berechnungen zu glauben, die ihn hergeführt hatten, auch wenn diese mit der Wirklichkeit nicht allzu genau übereinstimmten. Australien konnte er nicht verfehlen, auf das er – so grob die Richtung auch sein mochte – doch immerhin zuhielt.

Der rüstige Pensionär Hans Henny Henne – doch schon weit in den Achtzigern - erwies sich als unermüdlich. Was auch immer anstand, jede fakultative Veranstaltung, jeder Ausflug - wurde mitgenommen, ganz gleich wohin es ging, Hans Henny Henne war dabei. Er stellte interessierte Fragen und war zudem keineswegs aufdringlich. Sobald es nicht mehr um seine Erfindung ging, fiel aller Stolz von ihm ab.

Sein besonderes Interesse galt dem Auftritt von Anonymus und dem Advisor, der es sich nicht nehmen ließ, seinen Schützling immer wieder Woche für Woche - nun schon seit mehr als einem Jahr - zu begleiten.

Hans Henny Henne schien das Buch selbst gelesen, ja wirklich durchgearbeitet und durchdacht zu haben, soviel zeigte sich bereits nach wenigen Minuten des Austauschs, was sowohl der Advisor als auch Anonymus sichtlich positiv vermerkten. So viel Sachverstand trafen sie selten.

Und so fragte Anonymus allen Ernstes, ob Hans Henny Henne nicht vielleicht mit ihm kommen wolle. Oder ob die Bande hier drüben noch gar so stark und unlöslich seien.

Dem war nicht so, vielmehr stehe ihm der Sinn nach Höherem ganz eindeutig und ohne jeden Zweifel, meinte Hans Henny Henne und grinste dabei recht schelmisch, als ob er so etwas schon geahnt hatte.

Ja, lebenssatt fühle er sich wohl und alles in allem nicht durch und durch unzufrieden mit dem Erreichten, auch wenn ihm die eine oder andere Erfindung nun doch auf der Seele liege, die er wohl besser nicht gemacht hätte.

„Nein, nein so absolut sehen wir das nun doch noch nicht", schränkte der Advisor die aufkeimende Begeisterung fürs Übersinnliche und Transzendentale ein.

„Besuch heißt wirklich Besuch... – Nun ja, für manch einen wurde in der Tat mehr draus, das wird sich finden...", sprach 's und nahm Hans Henny Henne bei der rechten Hand und Anonymus nahm ihn bei der linken Hand und alle drei entschwebten friedlich, nicht anders wie zuvor, als die beiden sondergleichen und solchermaßen einschwebten.

Ein wenig kurz, und für die Zurückbleibenden enttäuschend, endete die so großartig beworbene Veranstaltung. Doch es stellte sich heraus, dass unter den Hinterbliebenen niemand war, der das Buch auch nur annähernd verstanden hatte, ja manchen war sogar der Titel entfallen.

Sank das Niveau etwa schon? Trat ein, was die Isolationisten befürchteten? Höhlte der leere Tourismus die Angebote aus? Saugte der stete Strom Kraft und Substanz ab?

Vielleicht sollte die Einreiseüberprüfung um einen Schnelltest zum Buch erweitert werden, überlegten die Verantwortlichen, denn sie sorgten sich, ob Ihnen Anonymus und Advisor künftig zur Verfügung standen, als sie vom Eklat erfuhren.

***

Gut an die Tausend Ehemalige zählte Dorothea in ihrer Statistik und freute sich, was in anderthalb Jahren alles möglich war. Sie vergaß ganz den Niveauverlust und wie kontraproduktiv der in Wirklichkeit war.

Hatten sich die Erwartungen auch nur ansatzweise erfüllt? Kam es zum Multiplikatoreffekt? Was tat sich in der Welt in Sachen Paradigmenwechsel? Und wie stand es mit der Gerechtigkeit dabei?

‚Vielleicht hatten sie doch auf das falsche Pferd gesetzt', dachte Dorothea, denn sie stand mit beiden Füßen auf festem Grund. - Im Internet verbreiteten sich Ideen und Nachrichten millionenfach, innerhalb von Stunden. Ein dicker Wälzer war freilich etwas anderes. Aber die Quintessenz, die Botschaft selber, die müsste doch zünden und vielleicht fand sich im Internet ja der richtige Hebel, um endlich an das Milliardenpublikum heran zu kommen.

Oder war sie nur enttäuscht, seit sie von dem Eklat und der Heimholung Hans Henny Hennes wusste, wo Anonymus das Publikum brüskierte, das sich dann in der Tat freilich als völlig unsachverständig erwies?

Die Vorbehalte und Warnungen der Isolationisten waren seinerzeit also doch nicht so ganz aus der Luft gegriffen. Auch von den Ehemaligen suchten viele wohl doch nur den exotischen Kick, wie er hier nicht nur versprochen, sondern tatsächlich geboten wurde und scherten sich um die Botschaft nicht. Schon deshalb nicht, weil sie ihnen völlig äußerlich blieb.

Oder hatten sie hier auf der Insel Fehler gemacht? War es dem Dunkelmann gelungen, weitere Agenten einzuschleusen? Lag es gar am Erfolgsdruck, den sie selbst aufgebaut hatte? Oder daran, dass sich Dinge nun einmal einschleifen?

Den Eingangsfarbscan bestand inzwischen eigentlich jeder, wenn er erst einmal angereist war. Und wo es nichts zu sehen gab, da schauten die Kontrolleure nicht so genau hin. Zumal es sich bei ihnen meist um Erstsemester handelte, die die andere Art zu sehen selbst gerade lernten.

Im Zweifelsfall hieß es dann - „ein kaum sichtbarer Hauch von lichtem taubengrau – ein blassgrüner äußerst feiner Streif – eiswasserfarbene, sehr zarte Tönung“ und dergleichen mehr. Der Gegenkontrolleur winkte dann meist nur noch durch, sobald die erste Hürde genommen schien.

Beschwerden gab es deshalb so gut wie nie, und wenn schon einmal, dann redeten sich die Kontrolleure mit Überlastung oder mangelnder Routine heraus. Konsequenzen hatten weder sie, noch die Kontrollierten zu befürchten.

War der Gast erst einmal durch die Kontrolle, dann wandelte er sich in einen König, dem der Insel-Hofstaat zu Füßen lag. An sich Belehrendes verkam ihm zu reiner Folklore, ganz so wie überall auf der Welt, wo Touristen ihr Unwesen treiben.

***

In diese verkommene und verkorkste Situation platzte Hans Henny Henne wie ein seltenes Urgestein herein – durch und durch ein Kind der Insel und noch immer von jenem seltsamen Fieber gepackt, das jeden echten Schüler irgendwann erfasst, und zeitlebens nicht mehr los lässt. Zudem durch lebenslanges Wirken gezeichnet und ausgezeichnet und nun lebenssatt und eins mit sich, bereit für Kommendes und gewärtig, nun endlich jene Unio mystica vollständig einzugehen, von der zu träumen er nie hatte lassen können und nie würde lassen können, ganz gleich, was ihm geschah.

„Und wär's nur um den einen, hätte sich alles schon gelohnt," sagte sich Dorothea eine Spur trotzig und zeigte doch damit ihren sicheren Instinkt für Wahrhaftigkeit. Sie spürte - viel mehr als sie fassen konnte und was sich ihr selbst ob ihrer Oberflächlichkeit verbarg – mit wem sie es zu tun hatten. Sie hätte darüber weinen mögen, ohne zu wissen weshalb.

Ja, Hans Henny Henne hatte etwas an sich, das sie zu Tränen, ebenso rührte wie zu unbändigem Lachen reizte – Hans Henny Henne, was für ein Name!

So schlug sie bei nächster Gelegenheit vor, auch einmal einen anderen Weg als den gewählten zu erwägen, den sie bisher sträflich vernachlässigt hatten.

„Wir müssen endlich online gehen", fasste sie ihre Überlegungen zusammen, die Hans Henny Henne in aller Unschuld und ohne ersichtliche Absicht ganz ohne Zweifel angeregt hatte.

- Vielmehr und genauer, - Überlegungen, die sich nun einmal so ergaben aus dem befremdlich krassen Kontrast zu der Gruppe, der ihn begleitenden Touristen in all ihrer infamen Unschuld der Ahnungslosigkeit. Wie sie sich an den ausgeklügelten Kontrollmechanismen der Insel schlau vorbei zu mogeln verstanden und doch davon weiter nichts hatten als den plump gefälschten Scheinsieg, der zugleich nun aber das Scheitern der grandios gedachten Idee Dorotheas endgültig besiegelte.

Vielleicht steckte hier der echte Anlass für ihre Tränen oder auch der für das wahrhaft homerische Gelächter, das sie unter den Tränen zurück zu halten, sich oft genug außer Stande sah.

Es bedurfte keiner großen Anstrengung, den Touristenstrom abzuwürgen, sondern nur der geeigneten Kontrolleure, die ihre Sache ernst nahmen und ihren Dienst nach Vorschrift versahen.

Schnell sprach es sich herum, als immer wenigeren die Einreise gestattet wurde. Vielleicht war auch das Reservoir an echten Ehemaligen tatsächlich schon ausgeschöpft. So eine Eliteschule erfasste nun einmal nicht die Massen und hätte sie im übrigen auch nicht bewältigt.

***

Im Empfangsgebäude auf dem Mittelponton wurde es ruhig und ruhiger. Viele der Hausboote standen leer und gingen wieder in den vorübergehenden Besitz der Familien auf den beiden Inseln, für die so ein Ausweichdomizil gelegentlich hilfreich oder mehr noch - eigentlich doch recht komfortabel war.

Billy-Joe kam endlich zu seiner heimlich ersehnten Abgeschiedenheit im Freien unter dem nächtlichen Himmelszelt, wie er es von klein auf gewohnt war und sich zu wünschen nie aufgab.

So atmete die Doppelinsel eher auf, als dass sie sich grämte, zumal allen Verantwortlichen sofort einleuchtete, was zuvor zwar ebenso offensichtlich gewesen war, was aber trotzdem niemand bemerkt hatte: Ein Hebel zur Veränderung des Weltlaufs zu sein, war dem Hotel zum 'Nabel der Welt' nicht beschieden.

Die größte Leistung des Hotels bestand vielleicht in der Heimholung von Hans Henny Henne. Vielleicht musste das Hotel nur solange bestehen, bis der sich meldete, damit sich sein Schicksal erfüllen konnte.

Eine hektische, atemlose Zeit ging zu Ende. Bedachtsamkeit und Friede kehrten ein. Auf einmal spürten alle, wie sie der Betrieb aufgefressen hatte, wie sie, egal an welchem Platz, davon in Mitleidenschaft gezogen worden waren.

Und was war mit Hans Henny Henne? Nahm er sein größtes Geheimnis mit sich? Was gab es so Dringliches zu besprechen? Weshalb waren der Advisor und Anonymus so erpicht darauf gewesen, ihn mit sich zu nehmen, ihn heimzuholen? Und Hans Henny Henne? Wusste er, wohin es ging, was ihn erwartete, und was seiner harrte?

Hans Henny Henne war wie ein Komet der Hoffnung aufgegangen, war seiner Bahn gezogen, von aller Welt weitgehend unbemerkt - und erst jetzt, an seinem Ziel - für kurze Zeit aufgeleuchtet. Er erstrahlte hell und hoffnungsfroh - kaum für länger als für eine Nacht und verbreitete ein ganz unwirkliches Licht, das alles überstrahlte und die Herzen der Menschen mit hellem Glanz und seligem Feuer erfüllte.

Vielleicht wären sie gut beraten, sich auf die Suche nach seinem Vermächtnis zu machen, überlegten die Verantwortlichen der Inseln, und Dorothea fiel auch gleich ein, wo sie anzusetzen hatten.

***

Seit dem geheimnisvollen Verschwinden des Professors waren nun schon viele Wochen verstrichen. Vergeblich hielten sie das Hausboot für ihn bereit, verwahrten sorgfältig seine Sachen.

Angehörige gab es nicht. Sein Ableben wurde offiziell dokumentiert und vom Inselarzt bestätigt. Zu diesem Zweck reisten Arundelle und Billy-Joe noch einmal ins virtuelle Zentrum aller Galaxien auf die kaiserliche künstliche Insel und erbaten eine Audienz, die ihnen jedoch verweigert wurde.

Nicht einmal ihren Vater durfte Arundelle sehen. Der Advisor war äußerst kurz angebunden. Immerhin bestätigte er, dass Hans Henny Henne es vorzog, hier zu bleiben, da er nur hier in aller Ruhe seine Forschungen zum Abschluss bringen könnte, wie ja weiland auch Anonymus Zuflucht genommen hatte.

„Von unten benötigt er nichts“, bestätigte der Advisor lächelnd Arundelles ungestellte Frage. „Aber schön, dass du daran denkst. Das ist nun alles euer.“

Nun wussten sie wenigstens Bescheid. „Normalerweise hinterlässt man ja einen Brief, wenn man solch einen Schritt tut“, meinte Marsha Wiggles-Humperdijk, die kommissarische Schulleiterin der Zwischenschule, die schon von Amts wegen auf Formalitäten scharf war.

„Nun ja, er wusste wohl nicht, wie ihm geschah“, meinte ihr Mann, der stellvertretende Schulleiter, Adrian Humperdijk, nachdenklich und alle in der Runde nickten, die Arundelle und Billy-Joe bei ihrer Rückkehr empfingen und nun neugierig auf deren Bericht waren.

Dorothea bekam grünes Licht. Sie wurde ganz offiziell beauftragt, Hans Henny Hennes Schließfach öffnen zu lassen, da er seine Schlüssel scheinbar noch in der Tasche trug. Arundelle hatte nun wirklich anderes im Kopf gehabt, als an so etwas zu denken, und den ohnehin schon kurz angebundenen Advisor auch noch mit solchen Lappalien zu belästigen.

Da ihnen weder die unzweideutige Erlaubnis - noch das eindeutige Verbot erteilt worden war, sich der Sachen des verschwundenen Professors anzunehmen, legten sie die Angelegenheit zu ihren Gunsten aus, wie es jeder tun würde. Zumal jenes - ’ist nun alles euer’ des Advisors, das Arundelle nun doch noch erinnerte, zu ihren Gunsten sprach.

Außerdem waren sie zum Sterben neugierig und vermuteten die sensationellsten Geheimnisse, denn sie hofften natürlich, dass Hans Henny Henne ihnen hier sein Lebenswerk nachgelassen hatte.

Dem schien auch so zu sein. Das schmale Fach war liederlich voll gestopft mit eng beschriebenen Papierbündeln aller Art, wie die oberflächliche Sichtung ergab.

Das war eindeutig etwas für Spezialisten. Damit kamen Professor Scholasticus Schlauberger und sein langjähriger Assistent und neugekürter Professor der Inseluniversität, Peter Adams, die beiden Astrophysiker der Inseln, ins Spiel.

Aus Gründen, die ihnen selbst ungemein einleuchteten, glaubten beide hier das Zeugnis des absoluten Durchblicks in Händen zu halten, auf den alle Welt so sehnsüchtig wartete, um der Zeit endlich ihr letztes Geheimnis zu entreißen.

Denn wem es gelang, eine ganze Insel nach Belieben verschwinden und wieder auftauchen zu lassen, dem war wirklich alles zuzutrauen.

40. Das Vermächtnis

Bei der Sichtung der Papiere stellten die beiden Wissenschaftler so mancherlei fest. Zunächst einmal fanden sie heraus, wie es Hans Henny Henne mit der Ordnung hielt oder sollte es besser heißen – nicht hielt? Schon daran biss sich Peter Adams, der im Gegensatz zu Scholasticus Schlauberger, immerhin die Geduld aufbrachte überhaupt ans Werk zu gehen, schier die Zähne aus.

Immerhin brachte er nach mehreren Wochen eine einigermaßen stimmige Systematik zustande. Wonach das ursprüngliche Bündel in drei Kategorien eingeteilt wurde, die er fein säuberlich auf separate Häufchen legte, um sie dann in eine sinnvolle innere Struktur zu bringen, zu kopieren, zu lochen und in einem farblich gekennzeichneten Ordner einzuheften.

Gemäß diesen Farben, nannte er den ersten Ordner die blaue Periode, den zweiten die grüne und den dritten die graue. Womit er zugleich beabsichtigte, auf die Art des Inhalts hinzuweihen.

Scholasticus bewunderte ihn zunächst für solch eine geniale Idee und wäre er nicht bereits Professor gewesen, so hätte Scholasticus ihn spätestens jetzt dazu ernannt, so begeistert war er von dem System, obwohl er es noch gar nicht verstand.

Er bewunderte jede Art von Systematik schon deshalb, weil ihm selber eine solche abging. Hier war eindeutig seine Grenze und machte ihm immer wieder bewusst, wie eng seine Möglichkeiten begrenzt und wie bescheiden seine Fähigkeiten doch waren.

Der erste systematische Komplex befasste sich mit de m Zugang der Verschlüsselung und den Missweisungsberechnungen. Ohne eine eigene Enigma waren sie hier bereits am Ende, bevor sie noch angefangen hatten. Die intime Kenntnis der Verschlüsselungsmaschine wurde ebenso vorausgesetzt, wie das Verständnis und die Systematik der Codeerstellung und Verwaltung, einem Endlosschleifensystem in das nur der Eingeweihte hinein gelangte. Wo kriegte man aber solch eine Enigma her und wer vermittelte einem dann die intime Kenntnis des damit verbundenen Verschlüsselungssystems?

Auf der Suche nach beidem, gerieten die Forscher in den äußerst widerlichen braunen Sumpf, der die Erde untergründig umspannte und aus zumeist durchgeknallten Waffennarren, Militariasammlern, aber auch aus menschenverachtenden Elitetheoretikern und rechtsradikalen Globalstrategen bestand.

Zu bieten hatten die beiden Professoren außer Geld praktisch nichts, was deren Interesse geweckt hätte. Und Geld war in diesen Kreisen nicht das zentrale Problem, obwohl alle danach geierten, zumal die Totenkopf-begeisterten Händler auf den vielen tausend Märkten und im Internet, wo sie ihre anrüchige Ware feilboten.

So erstand Adams endlich eine Enigma, doch sie funktionierte nicht. Weshalb dem so war, ob es an ihnen lag oder daran, dass etwas fehlte, konnte ihnen niemand sagen. Was sie eigentlich brauchten, war ein Experte, der sich mit solchen Maschinen auskannte und der sie bedienen und warten konnte. Außerdem musste der sie in die Endlosschleife hinein kriegen, deren Zugang noch geheimer als geheim war.

Hans Henny Henne, seinerzeit ein Intimus von James Edgar Hoover, hatte diese Hürde mühelos übersprungen. So entnahmen sie den Aufzeichnungen. Doch das war nun ganz anders. Nicht nur die Zeit, auch die Weltauffassung und Lebenseinstellung der Einrichtung, für die Hoover einst stand, richtete sich diametral gegen sie.

Ganz abgesehen davon, dass ihre Bezüge zum Geheimdienst eher marginaler Natur waren. Immerhin hatte Peter Adams einen Fuß in dieser Türangel in Gestalt eines alten Kumpels aus frühen Studienzeiten, der sich an ihn womöglich noch besser erinnerte als er sich an ihn und der ihm einen riesigen Gefallen schuldig war.

Doch wie es sich nun einmal mit Uraltlasten verhielt, wurde an sie niemand gern erinnert, schon gar nicht im politisch trüben Fahrwasser, dem die Zwischenschule nach deren Meinung zugehörte.

So musste Peter schon seinen ganzen Charme und seinen ganzen Grips aufbieten, um wenigstens ein Gespräch herauszuschinden. Es blieb ihm im Verlauf dieses Gesprächs dann nichts anderes übrig, als sich als CIA-Agent und Maulwurf anwerben zu lassen. Anders wäre er nicht weiter gekommen und hätte ohne Ergebnis abreisen müssen.

Was tat man nicht alles für die Wissenschaft, sagte er sich und nahm das erst mal auf seine Kappe, was sich als schlimmer Fehler herausstellen sollte.

Immerhin erhielt er sein Spezialtraining an der alten Enigma, die deshalb so geheim war, weil sie noch immer funktionierte und in Betrieb war, und die deshalb, das Rückgrad aller geheimen Geheimcodierungen bildete.

Hier erfuhr Peter Adams nun endlich, warum ihre alte Enigma nicht funktionierte. Ihr fehlten die beiden Walzen mit den Schlüsselcodes, sozusagen das Herzstück der ganzen Maschine, an die praktisch nicht heranzukommen war. Ohne sie war ihre Enigma ein

Häufchen Schrott, mehr nicht, allenfalls ein Schaustück für den Kaminsims im Jagdzimmer eines Militariafreaks.

Doch auch die Walzen waren nichts wert, ohne den Zugang zur Endlosschleife, welche sich seit den Tagen der Erfinder dieser Einrichtung drehte und drehte – eben endlos drehte, wie der Name nahe legte.

Und um diesen Zugang zu erlangen, musste Peter Adams sich noch tiefer in die Höhle des Löwen begeben. Sein ganzes Innenleben wurde durchleuchtet, alle seine Schritte wurden rekonstruiert. Womit er sich beschäftigt, wie er sein Geld verdient, mit wem er befreundet und verbandelt war, wurde geprüft. Denn er erstrebte die höchste Geheimhaltungsstufe – das heißt, er erstrebte sie nicht wirklich, sondern diese stellte die Voraussetzung dar, für den Zugang zur Endlosschleife – so einfach war das und doch so kompliziert und mit äußerst unangenehmen Konsequenzen verbunden, wie Peter Adams alsbald schon merken würde.

Das Wunder geschah. Er nahm auch diese Hürde. Er war im System und wurde zu einem Lehrgang an diesem Wunderwerk der Spionageabwehr ausgebildet. Dabei erwies sich jedoch, dass er mit Kenntnissen allein noch immer nicht weiter kam. Nicht er konnte Informationen hinaustragen, sondern das System verlangte seine Informationen und saugte ihm aus den Fingern, was er wusste.

Da endlich wurde ihm klar, wie er herein gelegt worden war. Er hatte sich wie ein Schuljunge erst Ködern und dann aufs Glatteis locken lassen. Er hatte sozusagen seine Seele verpfändet, um an die Informationen heranzukommen, die er nun zwar besaß, doch nur, um zu merken, dass sie es in Wahrheit waren, die ihn bezwangen und ausnahmen wie eine Weihnachtsgans, die zu schlachten man nicht einmal für nötig befand.

In seiner Not rief er alle erdenkliche Hilfe herbei. Er erreichte zum Glück Arundelle eines nachts, die sich wegen unerklärlicher Schmerzen schon am hellen Tage hingelegt hatte. (Auf der Südhalbkugel gehen die Uhren anders.) Er schilderte ihr in grellen Farben sein ganzes Leid - drüben auf der andern Seite der Welt im Wohntrakt (eher schon Zellentrakt) der Geheimlehrlinge des J. Edgar Hoover-Instituts für angewandte Geheimcodierungstechnologie von Los Alamos.

Arundelle alarmierte Scholasticus und dieser besprach sich erst einmal nur mit seiner Frau und deren Schwester Grisella, um die Mitwisserzahl so überschaubar wie möglich zu halten. Die Drei baten Arundelle einhellig, sich schnellstens zum Advisor zu begeben und sich möglichst auch mit Hans Henny Henne wegen dieser vermaledeiten Enigma zu besprechen.

Überhaupt fand Scholasticus es sowieso besser, gleich selber mitzukommen, um diesem – wie er sich ausdrückte „ordentlich die Leviten zu lesen. – Das ist vielleicht ein schöner Schlamassel, in den er uns da reingeritten hat. Der konnte sich doch denken, was da alles auf uns zukommen würde..."

Dorothea aktivierte inzwischen schon einmal alle ihre Kanäle, um an Peter Adams heranzukommen und womöglich auch gleich aus seiner fatalen Situation zu befreien, in die er da - nicht ganz ohne eigenes Zutun - geraten war.

Immerhin war er unbescholtener kanadischer Staatsbürger und ordentlicher Professor einer kleinen Universität, wenn auch noch in statu nascendi[1] - aber immerhin!

Derweil machte sich die Raumfähre startklar. Pooty führte wie immer das Kommando. Der Zauberbogen aktivierte die schützende Weltraumbedeckung, nachdem er zuvor äußerst langatmig und nicht ohne Unstimmigkeiten über die Route - oder was auch immer - mit dem Zauberstein rang.

Ob es an der Uneinigkeit lag oder an widrigen Umständen außerhalb ihrer Reichweite, die Reise verlief alles andere als glatt. Sondern endete in einer jener Endloswarteschleifen mit telefonischer Ansage und Erkennungsmelodie, die ihnen schon bald aus den Ohren hing. Die Zeit verging und verging und verging und die Endlosschleife machte ihrem Namen alle Ehre.

So fand wenigstens Dorothea Gelegenheit, ihr ganzes Können zu beweisen und auch Grisella war nicht müßig und ließ ihre weltweiten Kontakte spielen. Immerhin ging es um nichts Geringeres als um die Zukunft der Welt, da musste sie sich schon mal ein wenig ins Zeug legen.

Ihr Ruf als 'Nabel der Welt' war nun doch weiter gedrungen als sie angenommen hatten, stellten beide unabhängig von einander – (doch mit der nämlichen Genugtuung) - fest. So ganz wirkungslos war denn das Touristengeschäft doch nicht über die Bühne gegangen, freute sich vor allem Dorothea, die sich ja am meisten engagiert hatte.

Und was da nicht alles für einflussreiche Persönlichkeiten ganz unbemerkt durchgeschleust worden waren! Nicht alle hatten, soviel Aufhebens von sich gemacht, wie der selige Hans Henny Henne, der ihnen nun, soviel Kummer machte mit seinem liederlichen Nachlass.

„Was soll's, über die Davongegangenen soll man ja bekanntlich nichts Schlechtes mehr sagen", meinte Grisella betont leichthin. Denn so davon war Hans Henny Henne ja gar nicht. So stand es mit ihm, wussten sie; – so stand es mit ihm - jedoch auf einem ganz anderen Blatt.

---

[1] im Zustand des Geborenwerdens

„Da mag durchblicken, wer will", murmelte sie zwischen zwei Telefonaten, während sie sein gutes altes Gesicht vor dem geistigen Auge hatte.

Dorothea ließ ihrerseits geschickt durchblicken, wie nahe der Durchbruch endlich schon stehe, von dem alle Welt (soweit sie denn auch schon davon wusste) träumte, seit das Buch von Anonymus sie wachrüttelte.

Sie hob Peter Adams in den siebenten Himmel und lobte ihn über den grünen Klee, dass ihm die Ohren sangen in seiner Klause im fernen Camp.

Die Rolle des ruchlosen Freundes schien auf, von der auch Dorothea über Arundelle wusste. Und in ihrem Mund war sogar plötzlich von Erpressung die Rede und von unlauteren Machenschaften der CIA. Das war natürlich ein Fahrwasser, das allen wohl tat und auf das alle konnten, bis es dann Ernst wurde und Kleinmut ausbrach.

Aber immerhin - Stimmung war so zu machen. Die Dinge kamen in Fluss und begannen Fahrt aufzunehmen. Wohin es auch immer ging.

Nach endlosen Stunden in endloser Schleife gab die ihre Opfer frei und bugsierte sie ins Nichts hinaus, wo sie erneut endlos umher irrten, bis sie ein Sog erfasste, der sich als der Mond von Laptopia herausstellte.

Wo sie nun schon einmal da waren, durchstöberten sie die leeren Räume und fanden tatsächlich so einiges, das Anonymus dem Anschein nach zurück gelassen hatte. Ob es ihm wertlos erschien, ob es ein Versehen war, niemand konnte dies nun mehr sagen.

Da gab es doch tatsächlich schon einen Hinweis auf Hans Henny Henne. Wie war das möglich? Es schien fast so, als sei Hans Henny Henne ebenfalls Mitglied in der Bruderschaft Infernalia gewesen, jedenfalls gab es ein Schreiben an diese, das von ihm unterzeichnet war. In dem Schreiben ging es um die Beendigung der Mitgliedschaft wegen ‚unüberbrückbarer Differenzen', wie es hieß.

Ein ganz so unbeschriebenes Blatt wie er getan hatte, also war der alte Knabe denn doch nicht gewesen. Immerhin hatte er sich irgendwie mit der Bruderschaft Infernalia eingelassen.

Doch waren nicht auch sie gerade in ganz ähnlich zwielichtiger Mission unterwegs? Im Leben kam es wohl immer wieder zu Zwangslagen, die dann zu Fehlspekulationen Anlass gaben, wie eben jetzt im Falle Peter Adams wieder.

Dennoch fand besonders Scholasticus den Brief ausgesprochen interessant und aufschlussreich.

„Nehmen wir mal an, da ist was dran“, überlegte er laut vor sich hin, „dann ist Hans Henny Henne kein ganz so unschuldiges Blatt mehr, sondern steckte genau in dem gleichen Sumpf wie auch dein Vater, Arundelle. Das siehst du doch genauso?“

„...aus dem er sich immerhin am eigenen Schopf heraus zog...“, warf Arundelle ein, der ansonsten nichts blieb, als nur zu nicken, denn Scholasticus setzte seinen Monolog sogleich fort:

„Wenn dem so ist – und daran lässt sich nach Lage der Dinge nun eigentlich nicht mehr recht zweifeln - dann ist es auch kein Zufall, dass Anonymus ihn sich geholt hat oder aber der Advisor, was vermutlich auf das Gleiche hinaus läuft. Vielleicht muss der jetzt auch durch einen Läuterungsprozess wie dein Vater. Das würde bedeuten, dass der gar nicht das Unschuldslamm war, für das wir ihn hielten. Am Ende haben wir da eine Schlange am Busen genährt, deren tödlicher Biss unserm armen Peter Adams gerade arg zu schaffen macht – tödlich im bildlichen Sinne, so hoffe ich doch...“

„Du meinst, wir dürfen von seiner Seite auch ein so epochales Werk erwarten wie das von Anonymus“, mischte sich nun auch - recht ungerührt - Billy-Joe ein.

„Dafür dürfte es in diesem Falle wohl ein wenig spät sein, fürchte ich. Hier haben wir es vielleicht sogar mit einer Last-Minute-Bekehrung, sozusagen auf dem Totenbett, zu tun. Dein lieber Vater zeigte seine Einsicht längst und aus freien Stücken oder doch unter der Wucht seiner Einsichten in das Wesen des Bösen. – Nun ja, hoffen und wünschen wir Hans Henny Henne Nämliches in dieser oder anderer Gestalt – war doch ein recht brauchbarer Bursche irgendwie.“

„Eben, - täuschen können wir uns immerhin auch. Ein solcher Brief sagt doch erst einmal nur aus, dass es da Kontakte gegeben hat, die schon vor Jahren abgebrochen wurden, wie sich aus dem Datum ergibt. Und interessant war allemal, was die Bruderschaft Infernalia an Forschungen betrieb. Das kann einen Wissenschaftler von echtem Schrot und Korn schon aus den Pantoffeln reißen.“

„Erklären würde es zumindest, warum es Malicius Marduk ein Leichtes war, unsere Insel immer wieder ausfindig zu machen und den Code des Abwehrsystems zu knacken, was sonst niemandem gelang.

Sein einzigartiges Werk bliebe Hans Henny Henne mithin unbenommen, auch wenn er uns möglicherweise verriet.

– Bewusst oder unbewusst – das können wir nun nicht mehr sagen. Doch wir alle wissen, wozu Malicius Marduk fähig ist und wie leicht es ihm gelingt, in die Seelen von uns Menschen zu dringen.“

„...und von uns Tieren“, ließ sich Pooty dumpf aus dem Beutel vor Billy-Joes Brust vernehmen.

„Der Fehler steckt also schon viel früher. Ja, das macht Sinn, plötzlich wird einem so manches klar. Und was haben wir uns gewundert und konnten uns das nicht erklären...“, überlegte Arundelle laut und ließ all die kritischen Ereignisse der vergangenen Jahre Revue passieren, soweit sie sich eben erinnerte:

- Der Überfall auf die Conversioreninsel, wo Tika ein beinahe tödlicher Pfeil traf,
- die höhnische Stimme aus dem Wind vor ihrem Absturz ins Meer,
- der Wahnsinn der Schweine,
- Walters schreckliches Leiden und Sterben,
- der Überfall aus der Tiefe,
- und immer wieder die vielen kleinen Nicklichkeiten untereinander – überall wähnte sie immer schon Malicius Marduk am Werk, ohne es je recht beweisen zu können.

Denn nun wurde allmählich klar, dass die Zwischenschule und die ganze Insel Weisheitszahn über die Jahre völlig offen und ungeschützt der Willkür von Malicius Marduk preisgegeben waren, während sich alle unter dem Schutz des Sicherheitsschirms in trügerischer Geborgenheit wiegten.

Ja, so könnte es gewesen sein. Endlich verstand sie. Und das gab ihr ein tiefes Gefühl der Befriedigung im nachhinein, trotz allem.

Jetzt müssten sie nur noch die Codierung auf ein anderes System umstellen und dieses nun aber wirklich geheim halten, sodass Malicius Marduk nicht wieder daran käme. Dann endlich wäre Ruhe vor seinen ewigen Attacken, jedenfalls vor den heimtückischen aus dem Hinterhalt, wo sie sich nicht schützen konnten, weil hier niemand den Feind vermutete.

***

Vom Mond ging es mit dem bedeutenden Schriftstück auf die Inseln zurück, das wenigstens kriegten die beiden Zauberer hin. –

„Wenn sich der Advisor nicht finden lassen will, dann findet ihn niemand“, erklärte Arundelle das befremdliche Versagen. Außerdem war der Zauberbogen eingeschnappt und der Zauberstein war sogar tödlich beleidigt, wegen der blöden Sache, berichtete Billy-Joe, der das von Pooty wusste.

Im Stillen nahm Arundelle sich vor, es auch einmal im Traum zu versuchen. Mit Peter Adams hatte es doch auch geklappt. Der Arme aber saß noch immer fest und die Anstrengungen, ihn aus den Klauen des Geheimdienstes zu befreien, hatten bislang nichts gefruchtet.

Sein Vorpreschen wurde ihm nun zum Verhängnis. Er wusste zuviel, und das konnte nicht ungeschehen gemacht werden, außer, er unterzog sich einer gründlichen Gehirnwäsche. Doch dabei ginge dann nicht nur das bisschen Geheimwissen flöten, sondern auch der ganze Wissensschatz, den er im Laufe seiner akademischen Karriere angehäuft hatte. Denn vom Vergessenszauber hielt der Geheimdienst nicht viel, der stand überhaupt nur auf brachialen Methoden - wie es aussah.

Anderseits durfte sich der Geheimdienst eines zivilisierten Staatswesens nicht über elementare Menschenrechte hinwegsetzen. Und so konnte auch Peter Adams nicht auf Dauer gegen seinen Willen festgehalten werden.

Deshalb konnten Dorothea und Scholasticus den an Leib und Gemüt gebrochenen Peter Adams auch drei Monate später in Guantanamo abholen. Seine Folterer hatten ihm zwar keines Vergessenszaubers unterzogen, sie hatten ihm etwas viel schlimmeres angetan, sie hatten ihm die Fähigkeit, sich an seine CIA-Zeit zu erinnern, genommen, indem sie ihn ganz schrecklich traumatisierten.

Dorothea war entsetzt und Scholasticus nicht minder. Das hätte ein rechtliches Nachspiel, soviel stand für beide fest. So ließe man nicht mit sich umspringen.

Es dauerte Monate, bis Peter Adams sich wieder an die Arbeit machte. Da er der Einzige war, der sich mit dem Nachlass von Hans Henny Henne auskannte, ruhte jede Forschung in dieser Richtung währenddessen.

Auch, ihm selbst war nun nach so langer Zeit, nicht mehr ganz einsichtig, wie er zu seiner Systematisierung gekommen war. Immerhin existierte eine Kopie, sodass er sich ungestraft an eine Neuorientierung wagen durfte.

Die Arbeit gab ihm nicht nur Halt, sondern auch neuen Lebensmut, den er bitter nötig hatte.

Am schlimmsten war während seines Gefängnisaufenthalts die Einsamkeit gewesen und die Ungewissheit, was als nächstes kam. Immer dachten sich die Folterer etwas neues aus, das geeignet war, ihn zu zermürben und um den Verstand zu bringen. Was, so glaubte er nun, das erklärte Ziel dieser ganzen Prozedur war.

Und hätte Dorothea nicht soviel Druck gemacht, und die vielen einflussreichen Persönlichkeiten eingeschaltet, sie hätten ihre Absicht auch verwirklicht. So etwas war lediglich eine Frage der Zeit. Auch die stärkste Psyche hielt soviel Stress auf Dauer nicht stand.

Ganz allmählich kam auch sein Erinnerungsvermögen wieder. Nur dieser ganze Enigmakomplex blieb ausgeblendet. - Ihn auch nur zu berühren, bedeutete physischen Schmerz für ihn. Immerhin hatten seine Peiniger dieses Ziel erreicht.

Scholasticus klärte ihn im übrigen über den Stand der Dinge auf. Der ganze Enigmakomplex sei ohnehin nun null und nichtig, insofern Malicius Marduk zum Kreis der Geheimnisträger gehörte und quasi der Herr im Reich der Endlosschleife war. Die Verschlüsselung der Inseldaten galt es also ohnehin auf ein anderes System umzustellen. Nur so konnten die Inseln verschwinden - oder ganz genau genommen, an einem falschen Ort angezeigt werden.

Zu diesem Zweck war eigens ein Verschlüsselungsexperte angeheuert worden, der auch schon bei der Arbeit war. Bevor die Umstellung jedoch ganz erfolgen konnte, musste die Transmission des Energiefeldes, das ja den gewichtigsten Teil der Verfremdung ausmachte, in allen Parametern erfasst werden. Denn wurde auch nur ein loses Ende frei, drohte nicht nur das System zu kollabieren, sondern womöglich auch noch die ganze Insel (oder deren mittlerweile ja zwei), um sie mit sich in die unweigerliche Totalvernichtung zu reißen.

Am besten wäre es, sie bauten ein naturgetreues Modell der Energiefeldanlage unter Laborbedingungen nach. Bis es soweit war, bliebe weiter nichts übrig, als es beim gegenwärtigen Zustand zu belassen und das hieß ja nun einmal, dass sie wie ein offenes Buch vor den Augen Malicius Marduks lagen. Immerhin waren sie weiterhin vor Zufallsentdeckungen durch umher kreuzenden Yachten oder Fischtrawler geschützt.

Aufgrund der Bauanleitung, die sich im blauen Ordner fand, ließ sich das Labormodell der Anlage rekonstruieren und sogar ingang setzen.

Statt der Erdwärme nahm man zwar Sonnenenergie, doch Wärme ist Wärme. Erdwärme hatte den unschlagbaren Vorteil, konstant zu sein, was der Grund dafür gewesen war, dass Hans Henny Henne seinerzeit auf ihrer Grundlage arbeitete.

„Oder steckte die Solarenergiegewinnung seinerzeit noch in den Kinderschuhen“, gab Billy-Joe zu bedenken.

Drüben auf der Universitätsinsel jedenfalls waren inzwischen alle Dächer mit Sonnenkollektoren ausgestattet. Es gab deren auch eine Menge mehr Dächer, dank der Siedlung der Universitätsbediensteten und der vielen - gleichfalls solar gerüsteten - Hausboote der Hotelanlage.

So sah es Peter Adams auch, der allmählich wieder zur alten Form auflief, jedenfalls soweit es seine wissenschaftliche Betätigung anging.

Die Zeit drängte, alle wollten so bald wie möglich aus der Gefahrenzone in der sie sich wähnten und viele konnten ein Lied davon singen, was ein plötzlicher Überfall durch Malicius Marduk bedeuten konnte. – Ganz abgesehen davon, wie viel Zwietracht und Leid er zugleich damit säte.

Tika hatte sich bis heute nicht wirklich mit Arundelle ausgesöhnt und vielleicht würde dies ja niemals mehr gelingen. Das Misstrauen gegen Arundelle steckte viel tiefer in Tikas Seele als die von Mörderhand verschossene Pfeilspitze im Schulterblatt, denn die war längst entfernt worden.

***

Das Modell funktionierte immerhin. So konnte der Verschlüsselungsexperte in Aktion treten und seine Anlage anschließen. Er gab den Tagescode nach seinem neuen System ein und das Modell verschwand wie durch Zauberhand aus dem Labor. Alle stürzten nach draußen. Sie fanden es wenige Meter hinter dem Labor im Grase vor sich hinflimmern.

Nun galt es nur noch, zunächst die Anlage selbst erst einmal zu finden, was sich als gar nicht so einfach heraus stellte. Denn sie versteckte sich im Innern der alten Insel Weisheitszahn und zwar in einem Bereich, der völlig unerschlossen wirkte. Die Anlage war so gut getarnt, dass Generationen von Schülern daran vorbei gingen, ohne auch nur zu ahnen, um was es sich hier handelte, nämlich um ihrer aller Sicherheit, die hier erzeugt und gewährleistet wurde.

Der Bauplan der Anlage sprach ein weiteres Mal für Hans Henny Henne, insofern der an Genauigkeit nichts zu wünschen übrig ließ. So nur war ja eine modellhafte Rekonstruktion überhaupt erst möglich geworden. Hier stimmte alles auf den tausendstel Millimeter genau und so verhielt es sich auch mit der Anlage selbst, sodass das neue Verschlüsselungssystem in Nullkommanichts installiert war.

Nun müsste es schon mit dem Teufel zugehen, wenn je wieder ein Unberufener heimlich Fuß auf die Inseln setzte, oder Hand an deren Bewohner legte.

***

Das Meer verschluckte die beiden Inseln, (denn vom Erdboden konnten sie hier kaum verschluckt werden) um sie einige Kilometer weiter, mal hier, mal da, auf den Radarschirmen vorbei kommender See- und Luftfahrzeuge erscheinen zu lassen.

Wer aber versuchte, diese Radarpunkte anzusteuern, sah sich alsbald gefoppt, denn sobald er zu nahe kam, änderten die Punkte ihre Position, und der Energieschirm sorgte für die nötige Abdrift, und verhinderte so eine Kollision.

Das Verschlüsselungssystem Simultex funktionierte denkbar einfach. Mit Hilfe eines Zufallsgenerators wurden täglich wechselnde Zahlenkombinationen ermittelt, die sich automatisch und ohne jedes

Zutun in einer Endlosschleife im System generierten, sobald dies einmal angelaufen war. Ein wartungsfreier Betrieb war dadurch gewährleistet.

Alle Verantwortlichen der Inseln atmeten auf – vorbei war die Zeit der endlosen Verschwörungstheorien und der mehr oder weniger begründeten gegenseitigen Verdächtigungen.

Mit dem letzten Miserior - wenn er denn endlich vertrieben war – endete auch für das Meervolk die Zeit der Verunsicherung. Denn inzwischen waren eigentlich alle davon überzeugt, dass die Desperados im Untergrund am Bodensatz Opfer von Miserioren waren und nicht etwa die letzten Getreuen der Tradition, als die zu sein sie sich brüsteten.

All die Gesetzlosen, die man fing, wurden folgerichtig mit dem Impfstoff behandelt und in den meisten Fällen kam es auch zum Austritt einer schwarzen Teufelsfratze, die heulend tiefer ins Erdinnere verschwand, wo sie hoffentlich alsbald in ihre angestammte Hölle fand.

Südmichel war jedenfalls eingeweiht. Denn alle sorgten sich ja nun um die Zwerge, die noch eine Etage tiefer wohnten als das Meervolk unter dem Schelf.

Auch die Zwerge hatten also vorsorglich Impfstoff bezogen, um dem Troll-Unwesen in seinen schlimmsten Auswüchsen zu begegnen. Denn es war ja wohl klar, warum sich die Miserioren diese am liebsten für ihre Umtriebe aussuchten.

Überhaupt gingen auch bei den Zwergen Überlegungen um, das Troll-Unwesen mit zusätzlichen Maßnahmen einzudämmen, und da kam ein solcher Impfstoff natürlich gerade recht. Die Vorstellung, es handle sich bei einer solchen Impfung um einen tiefgreifenden Eingriff in das Wesen der Zwerge, war inzwischen weitgehend entkräftet und eigentlich vom Tisch.

Schließlich wurde auch eine Tuberkuloseimpfung nicht mehr als ein solcher Eingriff verstanden. Einer solchen Impfung nämliche verdankten inzwischen viele Zwerge ihr langes Leben. Ließ doch die lichtarme Lebensweise Untertage die Tuberkulose unter den Zwergen grassieren.

Ähnlich krankhaft ließen sich auch die Schmerzen und Auswüchse der Pubertät begreifen, die nun mit Hilfe einer Impfung gelindert oder vielleicht sogar ganz beseitigt werden konnten.

So hatte die breite Diskussion um Selbstverständnis und Identität bei beiden Stammeskulturen zu einer etwas liberaleren Grundeinstellung geführt. Die Traditionalisten hatten nicht mehr das letzte Wort, denn sie drohten alles Leben in einem Zwangskorsett zu ersticken.

Alle begriffen nun, dass es Veränderungen immer gegeben hatte und immer geben würde. Nicht die Veränderungen waren das Grundübel, sondern die bösen Absichten, die manche Nutznießer damit verbanden.

Vor ihnen konnten sie sich um so besser schützen, je mehr sie zusammen hielten, das bewahrheitete sich immer wieder. Und zusammen halten konnten sie immer dann besonders gut, wenn sie sich einig waren. Ja, und Einigkeit kam zustande, wenn sie sich zusammenfanden, einander zuhörten und mit einander redeten, sich aneinander freuten und einander gern hatten.

41. Das Slow-Motion-Enlarger-Spektroskop

So langsam wurde Peter Adams wieder. Dabei half ihm auch der Universitätsbetrieb. ‚Klein aber fein' schien das Motto zu lauten. Die Seminare bestanden selten aus mehr als zehn Studierenden. Entsprechend intensiv gestalteten sich Kontakte und Kommunikation.

Aufgrund der intensiven Betreuung machten alle Studierenden rasche Fortschritte und füllten ihre Lücken, wo sie sich auftaten.

Die Fachbereichsgrenzen etwa der Physikwissenschaften waren noch kaum festgelegt. Vor allem gegeneinander mochte sich der alte und der neue Professor nicht abgrenzen, dafür war ihr Verhältnis einfach zu persönlich, zumal Peter Adams Dorothea, der Frau seines Chefs, buchstäblich sein Leben verdankte, das war ihm wohl bewusst. Hätte sie nicht so beherzt und schnell gehandelt, er wäre in Guantanamo vor die Hunde gegangen.

Sie konnte sich seiner ewigen Dankbarkeit sicher sein. - Ja, mehr noch, seiner unverbrüchlichen Zuneigung. Nur zu gerne nahm er deshalb das Patenamt an, das der junge Vater ihm antrug. - Patentante wurde übrigens Vasantha Hase auf Dorotheas ausdrücklichen Wunsch hin.

Obwohl sie sich erst kurz kannten, hatte es da sogleich einen Draht gegeben. Es hatte sozusagen zwischen den beiden gefunkt, um es mal so auszudrücken, wenn auch ohne alle Hintergedanken.

Das war ja gerade das schöne, fanden beide, die aus so unterschiedlichen Kulturkreisen stammten, was sie beide doch sehr verwunderte.

Beider Männer, zum Beispiel, kamen über den Austausch distanzierter Höflichkeiten nicht hinaus. Sie hatten sich im Grunde nichts zu sagen, da ein jeder in seinem eng begrenzten Fachuniversum steckte und es beiden offensichtlich sehr schwer fiel, über den Tellerrand hinüber, in das Reich des anderen zu blicken.

Dorothea entging das natürlich nicht, so wenig wie Vasantha und so kam es, dass die Paare sich nicht allein besuchten, sondern immer Peter Adams und andere Singles mit dazu luden.

Überhaupt legten die Professorenfamilien wert auf offene gesellige Häuser, was stillschweigend auch von ihnen erwartet wurde.

Oft trafen sich die kleinen Gesellschaften auch auf neutralem Grund unten bei den Hausbooten, die ja nun wieder zur Verfügung standen, wo die Touristenströme verebbten.

Hier auf dem Wasser war es so schön romantisch. Die Subtropennächte luden zum Verweilen. Drüben auf seinem Ponton saß Billy-Joe und sang leise zur Gitarre. Arundelle leistete ihm oft dabei Gesellschaft, indem sie mit einstimmte und ihre dunkle, stets ein wenig heiser klingende Stimme, so recht Welt umspannend, Phänomene der Musik veranschaulichte. Musik, die schon immer zu gemeinsamen Themen hinführte, so denn überhaupt ein musikalischer Sinn entwickelt war.

Da merkten die Älteren wohl staunend auf, wie wenig konventioneller Small Talk mit Unterhaltung zu tun hat. Und die Professoren spürten schmerzlich, wie einsam sie im Grunde ihrer Herzen waren und wie verloren sie auf der Welt wären, ohne ihre Frauen.

Dies war nicht zuletzt der Grund dafür, weshalb Dorothea und Vasantha heftige Heiratspläne für Peter Adams schmiedcten und eine Kandidatin nach der anderen in der Hoffnung aufmarschieren ließen, diesen unter die Haube zu bringen.

Da Dorothea betriebsbedingte Kündigungen strikt ablehnte und von daher ihre ganze Hotelmannschaft auf halbe Schichten setzte – bei vollem Lohnausgleich, versteht sich – herrschte auch unter dieser nun ein wenig Ferienstimmung.

Eigentlich gab es nämlich überhaupt nichts mehr zu tun für die Mädchen, außer zu flirten und es sich Wohlsein zu lassen. Und da sich unter den Zimmermädchen und Serviererinnen so manche Studentin befand, die sich hier ein Zubrot zum Studium verdiente, sah es für den jungen Professor Peter Adams auch hinsichtlich intellektueller Ansprüche gar nicht so übel aus.

„Jüdin müsste sie aber schon sein“, ließ Dorothea bei Vasantha und ihren Töchtern, und der gleichfalls mit verschworenen Arundelle, durchblicken, die von ihrem Mann wusste, dass Peter Adams zwar kein Strenggläubiger, jedoch Jude genug war, um in diesem Punkt ein wenig orthodox zu sein.

Um so größeren Wert legten die Verschwörerinnen auf Zwanglosigkeit. Je größer der Anlass und um so zufälliger die Begegnung, um so sicherer spränge der entscheidende Funke über, hofften sie, und Arundelle fühlte sich ein wenig wie Amor, der seinen Liebesbogen ja stets bereit hält, so wie sie selbst ihren Zauberbogen.

Amors Pfeil traf ordentlich und wie es sich gehörte - zweimal mitten ins Herz. Judith hieß die Erkorene, eine graduierte Stipendiatin im Nanoforschungsbereich der Teilchenphysik an der physikalischen Fakultät der Universität von Sydney.

In das Hotel zum 'Nabel der Welt' war sie als Animateurin gelangt, wo sie kostengünstig ein wenig auszuspannen hoffte und gleichzeitig Geld verdienen wollte.

Ein wenig kräftig gebaut, war Judith Kornblum doch eine ganz ansehnliche Erscheinung. So recht dafür geeignet, Halt zu geben und für eine Familie zu sorgen. Und Jüdin war sie zu allem Überfluss auch noch, für Peter Adams mithin ‚die Richtige', wie es heißt.

Peter Adams schwebte im siebenten Himmel. Von weit her, aus dem fernen Kanada wurde eine alte Tante angekarrt, die letzte lebende Verwandte, die sich auftreiben ließ, denn nun stand die Hochzeit ins Haus.

Nur drei Monate nach dem sie sich kennen gelernt hatten, wurde geheiratet. Die Kornblums ließen es sich nicht nehmen, den Schwiegersohn und Schwager auf 's Herzlichste willkommen zu heißen, denn sie waren eine große Familie. Judith wartete mit drei Schwestern und zwei Brüdern auf. Alle Kornblums zusammen – es gab ihrer noch etliche Tanten und Onkel, Cousins und Kusinen – bestanden auf einer großen jüdischen Hochzeitsfeier mit allem drum und dran, wie es sich nach altem Brauch nun einmal gehört.

Auch die Kornblums lebten nun nicht etwa alle zusammen, sondern waren ihrerseits über den Globus gut verteilt. Doch bei Judiths Hochzeit wollte niemand fehlen. Und so flossen denn dabei dann doch viele Tränen der Wiedersehensfreude, der Rührung und der seligen Erinnerungen - je, nachdem, aus welchen Augen.

Und dann ging's erst mal ab in die Flitterwochen nach Israel, womit sich beide einen Traum erfüllten.

Erst nach fast vier weiteren Monaten also ging Peter Adams endlich an den letzten verbliebenen Ordner aus der Hinterlassenschaft von Hans Henny Henne. Niemand hatte die Dringlichkeit gesehen. Außerdem war schon auch wichtig, dass er bei Kräften und klarem Verstand war, denn der Ordner stellte eine Herausforderung der besonderen Art dar, wie er bald merkte.

Und ein weiteres halbes Jahr verstrich, bis er so recht verstand, weshalb sich niemand sonst an die heikle Sache gewagt hatte. Vordergründig schoben alle Arbeitsüberlastung vor und das mochte sogar zutreffen. Jedenfalls im Falle von Arundelle und Billy-Joe, die es mit Scholasticus vielleicht hätten aufnehmen können, an dem die ganze Sache aber letztendlich doch wohl hing und eben dann auch scheiterte.

Denn es war während der ganzen Zeit ja nichts geschehen – einfach nur gar nichts. Das war schon recht erstaunlich, bedachte man die Brisanz.

Doch so stand es nun einmal und für Schuldzuweisungen war es jetzt definitiv zu spät. Um so eifriger kniete sich Peter Adams in die Materie, zumal ihm in seiner Frau ganz unverhofft eine Spezialistin ersten Ranges erwuchs.

So werkelten und theoretisierten die Beiden ein weiteres Jahr vor sich hin. Und langsam lichtete sich das Dunkel. Und es schälten sich ganz erstaunliche Fakten heraus, die - und das war das besondere -, verwirklichbar schienen, weshalb Judith es tatsächlich anging und sich daran machte zu verwirklichen, was zu verwirklichen war.

Eines Tages war es dann so weit. Endlich fühlten sie sich bereit, an die Öffentlichkeit zu gehen. Dazu schien ein großes Gesamtplenum beider Einrichtungen der geeignete Rahmen.

„Worum geht es in diesem Teil der Papiere von Hans Henny Henne?“ Eröffnete Peter Adams seine Vorstellung des Slow-Motion-Enlarger-Spektroskops.

„Es war ja meine eigene Ordnung, mein eigenes System, das mir nun etwas so Erstaunliches präsentiert. In einem solchen Falle ist natürlich Vorsicht geboten. Nicht Hans Henny Henne, sondern ich hatte die Bezüge hergestellt, die dem Erfinder seinerzeit womöglich so nicht zu Bewusstsein gelangten. Dergleichen galt es stets im Hinterkopf zu behalten, bei allem, was sich auch immer ergeben mochte an gewagten oder auch weniger gewagten Thesen und Überlegungen - von Spekulationen in diesem Zusammenhang gar nicht zu reden, denn die drängten sich selbstverständlich immer auf. Doch waren sie erst dann zu etwas nütze, wenn sich dafür auch Anhaltspunkte in irgendeiner Wirklichkeit und sei’s der winzigsten und aller feinsten finden ließen. Denn in den Bereichen, in denen sich Hans Henny Hennes Überlegungen bewegen, herrschen unvorstellbar winzige Dimensionen. Und hier steckte auch das Dilemma. Alles ereignet sich, zeitlich gesehen, in unvorstellbar kurzen Intervallen. Und genau hier setzte Hans Henny Henne an, indem er sich anheischig machte, eine Methode der Zeitdehnung gefunden zu haben, eine Art Slowmotiontechnologie im Nanobereich. - Soweit der erste

Schritt, der allein aber zu nichts nütze war, denn sollte etwas von dem, was man in einen Normalbereich des Zeitablaufs herunter gebremst hat, auch gesehen werden, dann galt es, das zu vergrößern. Vergrößerung also war der zweite Schritt. - Der Rest der Papiere dieses Ordners befasst sich mit der Konstruktion eines Apparats. - Die Konstruktion eines Apparats, durch den sich Zeitabläufe soweit dehnen lassen, dass es möglich wird, winzige Lichtpunkte zu erkennen, nachdem diese einer enormen Vergrößerung unterzogen wurden. - Verlangsamung und Vergrößerung hängen von einander ab. Nur was sich dramatisch verlangsamen ließ, kann dann entsprechend vergrößert und damit sichtbar gemacht werden. - So also wird es mit Hilfe der **Slow-Motion-Enlarger-Spektroskopie** möglich, Einblicke in das Nanoversum zu erhalten. Denn das Nanoversum - ich wiederhole es noch einmal - ist für unsere Dimensionen und Verhältnisse an sich viel zu klein und viel zu schnelllebig."

Das Stichwort Nanoversum musste nur fallen, und alle Eingeweihten im Saal waren sofort hellwach. Ja, im Plenum der außerordentlichen Hauptversammlung beider Einrichtungen merkten nun alle Interessierten an Hans Henny Henne umgehend auf, die zuvor ein wenig weggedämmert sein mochten.

„Zum Bau des Slow-Motion-Enlarger-Spektroskops ist es zu Lebzeiten von Hans Henny Henne nie gekommen. Dankenswerterweise hat sich Judith an diese Aufgabe heran gewagt und hat, so darf ich voller Stolz verkünden, dabei einige Teilerfolge zu verzeichnen.", schloss Peter Adams seinen Erkundungsbericht der brisanten Papiere von Hans Henny Henne.

Die mittlerweile nun nicht mehr ganz so frisch gebackene Mrs. Judith Kornblum-Adams, - (immerhin jährte sich ihr Hochzeitstag dieser Tage bereits zum ersten Mal) -, erhob sich – (deutlich sichtbar guter Hoffnung) - und trat neben eine Apparatur, die ein wenig aussah wie ein verkleidetes Moped, aus dessen Lenker so etwas wie ein Augeninnerdruckmessgerät emporwuchs.

Die beiden Griffe des Lenkers waren beweglich und dienten der Einstellung und Feinabstimmung des Bildes, das der Benutzer sah, wenn er durch das Okular des Messgeräts schaute.

„Am rechten Griff justiert man die Verlangsamung", erklärte die junge Frau – „und am linken die Vergrößerung. Scharf wird das Bild im Optimum beider Einstellungen. Und mehr als das, was man dann zu sehen bekommt, ist nicht drin, jedenfalls zum gegenwärtigen Zeitpunkt. Doch wir stehen noch ganz am Anfang mit diesem Apparat. – Er ist der erste Prototyp seiner Art überhaupt", ergänzte sie mit Stolz in der Stimme.

„Und gebaut hat ihn die künftige Nobelpreisträgerin für Teilchenphysik, Dr. Judith Kornblum-Adams“, fügte Peter scherzhaft hinzu.

„Danke, danke, Dank für die Blumen, doch die Ehre gebührt einem anderen. Ich habe nur nach Anleitung gebaut, nichts weiter“, schwächte die sympathische werdende Mutter ab und streichelte ihren Leib, um das wild strampelnde Wesen darin zu beruhigen.

„Ach ja, vielleicht das Wichtigste, der Antrieb. Der Antrieb funktioniert auf die gleiche Weise wie der Abwehrschirm. Doch darüber wissen andere besser Bescheid. Das Spektroskop jedenfalls bezieht seine Energie und sein Kraftfeld von daher.“

Der Abwehrschirm war in der Tat inzwischen Sache von Professor Scholasticus Schlauberger persönlich. Was durfte er verraten? Seit der neuen Verschlüsselung war das System relativ sicher, doch die Betonung lag noch immer auf relativ.

So beschloss Scholasticus, sich bedeckt zu halten. Zu leicht verplapperte sich der eine oder andere Naseweis und sei's auch nur, um Eindruck zu schinden. Und schon war ihre ganze schöne Sicherheit im Eimer – nicht absolut und durchgängig, doch da es schon ein hartes Stück Arbeit gewesen war, das neue Sicherheitskonzept zu verwirklichen, war niemand darauf erpicht, schon so bald auf ein Neues anzupacken. Von den enormen Entwicklungskosten ganz abgesehen, die ein solches System verschlang.

„Der technischen Revolutionen sind für heute genug gewesen“, schloss er daher seine sparsamen Erläuterungen zum Energieaufkommen der beiden Inseln. „Unsere Energien sind ungemein effizient, sauber, ökologisch weitgehend neutral und weitgehend unerschöpflich, soviel darf vielleicht verraten werden, meine sehr verehrten Damen und Herrn“, endete Professor Schlauberger förmlich seine kurze Einlage und nickte zur kommissarischen Schulleiterin hinüber, die dankbar lächelte. Denn der nächste Punkt auf der Tagesordnung, die einmal wieder viel zu voll gepackt war, betraf sie selbst und ihre inzwischen wieder gefestigte Stellung als Schulleiterin der Zwischenschule.

Diskutiert musste werden, ob man sich zu einer Doppelspitze entschließen wollte oder ob die Leitung der gesamten Einrichtung besser in eine Hand gehörte.

Vieles sprach für eine Doppelspitze und ebenso vieles sprach für die Leitungsfunktion in einer Hand, zumal ja noch das Hotel zum 'Nabel der Welt' berücksichtigt werden musste, das schon rein geografisch zwischen beiden Inseln lag.

Die wichtigste Frage, die es zu klären galt, war, ob sich die Belange von Zwischenschule und Inseluniversität grundsätzlich unterschieden, was die verwaltungstechnische Seite anging, aber auch bezogen auf eher inhaltliche Fragen.

Letztlich wies dann doch die spektralanalytische Untersuchung, der sich alle Anwärter unterziehen mussten, die in der Zwischenschule oder an der Inseluniversität aufgenommen werden wollten, den Weg in Richtung Zentralspitze.

Marsha sah ihre Felle davon schwimmen. Denn sie bezweifelte sehr, ob sie einer solchen Mammutaufgabe gewachsen war.

Dorothea hingegen fühlte sich – jetzt wo Sulamith aus dem gröbsten heraus war – durchaus wieder zu Höherem berufen und hätte zu gern an ihre Erfolge von einst angeknüpft.

Doch sie wollte dies keinesfalls auf Kosten von Marsha tun, die sie lieb gewonnen hatte und in der sie eine eher schwesterliche als mütterliche Vertraute sah. (Die beiden waren knapp zwanzig Jahre auseinander.)

Adrian Humperdijk hatte keine Meinung, außer vielleicht der, dass ein wenig mehr Gelassenheit und Schlendrian seiner Frau und ihm selbst gut bekäme und dass eine Mammutaufgabe wie diese, seiner Vorstellung von Gemütlichkeit äußerst abträglich war.

Insofern hatte er also doch eine Meinung. Aber er hätte sich so oder so arrangiert und gegebenenfalls sein Doppelleben ausgeweitet, da er sich mit einem Fuß (bildlich gesprochen) inmitten des Meervolks wusste, während der andere Fuß daheim im und unter dem heimischen Pantoffel feststeckte.

Kurz und gut, blieben die Dinge so wie sie waren, wäre er als Stellvertreter weiter dabei, falls nicht, stünde er nicht länger zur Verfügung.

Das war doch eine klare Ansage. Marsha war ihm ausnahmsweise einmal dankbar für seine Offenheit. Denn diese half auch ihr bei ihrer Entscheidung. Auch sie verkündete, dass sie nur als Teil einer Doppelspitze antreten werde, und folglich nur für eine solche Wahl zu Verfügung stehe.

Damit waren die Karten gemischt und die Kugel rollte. Heraus kam dann aber doch nur die Doppelspitze.

Ob dies ein Sieg der Vernunft war, sei dahin gestellt. So recht konnte sich wohl niemand vorstellen, ohne Marsha auskommen zu müssen und an die Spitze einer Universität gehörte nun einmal ein ordentlicher Professor, da waren sich insgeheim alle einig. Und dieser Titel gebührte Marsha recht eigentlich nicht.

So blieb Marsha der Zwischenschule als Schulleiterin und außerordentliche Professorin erhalten. Scholasticus erhielt ein breites Votum als erster Universitätspräsident, während Dorothea mit überwältigender Mehrheit zur Verwaltungsdirektorin aller drei

Einrichtungen und der zuverlässige Wachmann Will Wiesle ergänzend zum Beauftragten für Sicherheitsfragen gewählt wurde.

Stellvertreterstatus erhielten – das war keine Überraschung – Adrian Humperdijk und Peter Adams. Mit der Wahl endete das große Plenum und mündete in eine Wahlparty.

Vor dem Slow-Motion-Enlarger-Spektroskop bildeten sich lange Schlangen, denn ein jeder wollte möglichst einmal durch den sensationellen Apparat geschaut haben. Doch die meisten stolperten danach verwirrt davon. Sie hatten in den Sternenhimmel bei Nacht geschaut, freilich mit anderen als den vertrauten Sternbildern, und auch die Milchstraße zeigte sich nicht.

Judith versicherte allen, die es wissen wollten, dass sie tatsächlich ins Kleinste hinein schauten, in die Welt der Atome und Teilchen, die zu ihrer Bequemlichkeit heruntergebremst und vergrößert worden waren, nur zu dem einen Zweck, um sie dadurch für das menschliche Auge sichtbar zu machen.

„Genau genommen zeigen wir eine Art Filmaufnahme, die wir dann manipulieren können. Dabei tun wir der Nanowelt keineswegs Gewalt an. Nicht die ganze Welt da drinnen wird verlangsamt und vergrößert, sondern ein filmisches Abbild daraus, - so hoffen wir zumindest und so steht es bei Hans Henny Henne, dessen epochales Werk alsbald auf den Markt kommt, so hoffe ich doch.“

Ob diese Erklärung von Frau Dr. Kornblum-Adams nun zum besseren Verständnis viel beitrug, darf gewiss bezweifelt werden. Doch näher führte der Weg an diese Phänomene nun einmal nicht heran. Das lag nicht etwa an Judiths Fähigkeiten, sondern an der komplexen Materie selbst.

42. Hans Henny Hennes Erdenfahrt

An Zufall mochte Arundelle nicht glauben.. Nein, nein - sie sollten diesen Brief finden, darum ging es. Wie war das doch gleich noch gewesen? Vor allem Scholasticus war die Brisanz gleich aufgegangen, Arundelle versuchte, sich zu erinnern. Ja, Scholasticus fand den Brief ausgesprochen interessant und aufschlussreich.

Wie hatte er sich doch gleich ausgedrückt? Aufgrund des Briefes sei Hans Henny Henne keineswegs so harmlos, wie er tat. Vielmehr hatte er seinerzeit genau in dem gleichen Sumpf wie ihr Vater gesteckt.

Er war eindeutig Mitglied in der Bruderschaft Infernalia gewesen, das ging aus dem Schreiben hervor, jedenfalls glaubte Arundelle sich daran zu erinnern. Doch das ließe sich leicht überprüfen. Der Brief musste ja irgendwo sein. Soweit sie sich entsann, hatte Scholasticus ihn an sich genommen. Bei nächster Gelegenheit wollte sie ihn deswegen fragen.

Jedenfalls, so glaubte sie sich an die Überlegungen von damals zu erinnern, fanden sie es dann ganz logisch, dass Anonymus (oder auch der Advisor) ihn sich geholt hatte. Was eigentlich nur bedeuten konnte, dass auch Hans Henny Henne eben nicht das Unschuldslamm war, für das er - aufgrund seines umgänglichen Auftretens als interessierter Tourist - gehalten worden war.

Was dann Peter Adams alles passierte wegen dieser blöden Verschlüsselungsmaschine, wäre folglich auch kein reiner Zufall mehr gewesen. Obwohl natürlich niemand hatte voraussehen können, wie blauäugig und dusselig der sich seinerseits anstellen würde.

Dennoch konnte es doch sehr gut sein, dass sie eine Schlange am Busen genährt hatten, deren giftiger Biss dem armen Peter Adams dann all das Leid zufügte, das erst Monate später und mit viel Aufwand - halbwegs gelindert und wieder gut gemacht werden konnte.

Denn auch das junge Eheglück konnte nicht völlig darüber hinwegtäuschen, dass ein anderer aus Guantanamo befreit worden war als der, der auszog, die Enigma zu knacken.

Und wie verhielt es sich mit der großartigen Entdeckung und der Bauanleitung für das Slow-Motion-Enlarger-Spektroskop? Passte der Apparat ins Verschwörerbild? Aber vielleicht kam dieser erst später? Vielleicht war Hans Henny Henne zu dem Zeitpunkt des Briefes noch gar nicht soweit gewesen? Denn dass sich die Bruderschaft ein solch epochales Geniestück hätte entgehen lassen, war eigentlich völlig ausgeschlossen.

Die Zeit verlangsamen, die Zeit herunter bremsen – war das nicht genau das, wonach die Bruderschaft Infernalia seinerzeit mit aller Macht strebte, wofür sie über Leichen ging?

Dass Hans Henny Henne mit der Bruderschaft Infernalia zu tun gehabt hatte, stand jedenfalls zweifelsfrei fest.

Was genau stand in dem Brief? Arundelle versuchte sich zu erinnern, doch es fruchtete nichts. ‚Was soll's', dachte sie, da müsste sie doch bloß Scholasticus fragen, der hatte den Brief damals doch an sich genommen, - oder etwa nicht?

Auch Scholasticus erinnerte sich an den Brief, und er war wie Arundelle der Meinung, dass dieser allerhand zu bedeuten hatte, sonst wären sie nicht aus der Warteschleife heraus umgeleitet worden. Dies habe ihm auch Billy-Joe bestätigt, der es von Pooty hatte.

Offensichtlich war es diesem gelungen, die Phase des Schweigens zu durchbrechen in die sich die beiden Zauberfreunde hüllten, wenn es um ‚das Ereignis', wie sie es im Stillen nannten, ging.

Es gab solche Bereiche, an die durfte niemand von den Zweibeinern rühren, wisperten sie einander heimlich im Schutz der Nacht zu; wobei sie ‚Zweibeiner' so merkwürdig von oben her betonten, als handle es sich dabei um absolut lächerliche Schießbudenfiguren.

Nun, Pooty begriff sich nicht als Zweibeiner, nicht im ganzen Wortsinn jedenfalls. Die Tatsache, dass er auf zwei Beinen gehen konnte, machte aus seinen Vorderpfoten noch lange keine Arme, auch wenn es den kleinen Fingerchen nicht an Geschicklichkeit fehlte.

So stellte er die Lauscher - drüben auf dem Ponton vor Billy-Joes Hütte - in den Wind und verstand zwar nicht jedes Wort, aber doch soviel, dass es sich bei der Missweisung seinerzeit um ein Landeverbot gehandelt hatte, das von höchster Stelle ergangen war. Auch die Diversion zum Ausweichziel, dem Mond von Laptopia, gehörte mit zur Landeabweisung.

Uneinsichtig wie sie waren, hatten die beiden Zauberer wieder und wieder den Anflug versucht, uneinsichtig und stur wie sie nun kichernd bestätigten, bis seitens des Towers der virtuellen Weltrauminsel im Zentrum aller Galaxien mit handfesten Abwehrmitteln gedroht wurde, unter anderem mit dem Entzug der Zauberlizenz.

Von da ab flutschte es dann nur so und Schwuppdiwupp fand sich die ganze Mischpoke auch schon am falschen Ziel – eben dem Mond von Laptopia.

Scholasticus hatte den Brief an sich genommen. Auch Billy-Joe erinnerte sich ganz genau, und gelesen hatten sie ihn alle. Nur an den Wortlaut erinnerten sie sich nicht mehr. Der war aber inzwischen wichtig geworden.

Bezog der Brief sich auf den Rausschmiss von Hans Henny Henne oder handelte es sich um ein Aufnahmegesuch? Wollte er mit seinem Brief hinein oder wollte er mit seinem Brief verhindern, dass er hinaus flog?

Wo war der Brief? Scholasticus kramte und wühlte in all seinen vielen Stapeln im Institut, zuhause im Studierzimmer, in Dorotheas Büros, auch bei der Schulleitung ließ er nachsuchen – alles vergeblich, der Brief war nicht zu finden und blieb wie vom Erdboden verschluckt.

Insgeheim haderte ein jeder mit Scholasticus und zieh ihn ob seiner Nachlässigkeit.

Als Scholasticus merkte, wie die Dinge standen, ließ er Billy-Joe erst einmal bei Arundelle vorfühlen, ob ein zweiter Versuch wohl drin wäre. Die hatte nichts dagegen einzuwenden, auch Pooty nicht. Wenn überhaupt, dann moserten Zauberstein und Zauberbogen, weil sie sich schon wieder gegenseitig beschuldigten, nun sogar das Einreiseverbot verursacht zu haben, das nun wirklich nicht auf ihre Kappe ging, sondern ganz eindeutig aus einem völlig anderen Grund verhängt worden war. Wie sonst hätte man die Törichten dazu bewegt, sich auf der Mondbasis noch einmal gründlich umzuschauen?

Das Wichtigste hatten sie dort freilich noch immer nicht gefunden. Von daher stand für den Advisor jetzt schon fest, dass es beim nächsten Anflugversuch wieder zu einer neuerlichen weiteren Diversion zum Mond von Laptopia kommen würde.

Irgendwann begriffe dann ja wohl der Dümmste, dass es dabei nicht mit rechten Dingen zuging. Um nun die Frustration nicht bis zum Siedepunkt aufzuheizen, schickte der Advisor Hans Henny Henne zusammen mit Anonymus auch auf die alte Mondbasis hinunter.

Dort war Anonymus sozusagen Stammgast und kannte sich bestens aus. Und vor allem wusste er, was es dort an Papieren noch alles zu finden gab.

Es geschah wie vorhergesagt, wieder wurde der Weltraumfuhre die Einreise verweigert. Diesmal ‚aus humanitären Gründen', wie es hieß, was den beiden Zauberern noch fadenscheiniger erschien als die letzte Umleitung wegen Überlastung.

Jedenfalls machten sie keine Sperenzchen, sondern folgten dem Richtstrahl brav, der sie zum Mond von Laptopia wies, wo sie dann auch in Sekundenschnelle wohlbehalten und munter ankamen. Anonymus und Hans Henny Henne waren auch schon da.

„Der Advisor lässt sich entschuldigen," erklärten Anonymus und Hans Henny Henne: „dringende Staatsgeschäfte", und boten ihre Dienste an, besonders Hans Henny Henne, - sichtlich um gut Wetter bemüht, als habe er ein schlechtes Gewissen wegen all der Unannehmlichkeiten, die durch ihn entstanden waren, wenn auch nur indirekt. Niemand hatte Peter Adams auf diesen Geheimdiensttrip gehetzt, das hatte er letztlich eigentlich schon selber zu verantworten.

Anonymus erbot sich, umfassend über die Kontakte zu dem damaligen Forschungsleiter des Max Planck Instituts zu berichten. Um niemand anderes handelte es sich nämlich in der Person des Hans Henny Henne.

Nach dem Brief gefragt, den die Weltraumbummler letztens hier gefunden und dann ganz offensichtlich verbummelt hatten, musste allerdings auch Anonymus verneinen. Von einem solchen Schreiben wisse er nichts. Als Vorsitzender der Bruderschaft Infernalia habe er zwar wichtige Personalien stets mitentschieden, doch die eigentliche Personalverwaltung hatte in den Händen der stellvertretenden Vorsitzenden gelegen.

Anonymus machte ein ernstes Gesicht und seufzte tief auf und der Schmerz war ihm anzusehen, den allein schon die Erwähnung der Person auslöste.

Hans Henny Henne hielt sich bedeckt, und konnte sich an nichts erinnern. Persönlich hätten keine Kontakte zu der Bruderschaft Infernalia bestanden, da sei er sich sicher.

„Doch so ein Institut ist größer, als man es sich vielleicht vorstellt", erklärte er leichthin und schaute so treuherzig drein, dass bei Billy-Joe die Alarmglocken anschlugen. (Billy-Joe war von allen womöglich der Sensibelste in dieser Hinsicht.)

Und auch Arundelle und Scholasticus blickten sich vielsagend an. Arundelle dachte, wen sein Gedächtnis derart im Stich lässt, der hat etwas zu verbergen. Da häuften sich die Zufälle gar zu sehr. Es ging höchst wahrscheinlich schon um mehr als um einfaches Verdrängen. Fast schien es, als verleugne Hans Henny Henne bewusst diesen Teil seiner Vergangenheit und das war noch mal etwas ganz anderes.

Zu gerne hätte Arundelle sich nun mit dem Advisor beraten. Doch da dieser verhindert war, hielt sie sich an ihren Vater, - sie versuchte es zumindest, denn der hielt seine esoterische Entrückung durch.

Außerdem ergab sich keine Gelegenheit zu einem Gespräch unter vier Augen, denn Hans Henny Henne war immer zugegen. Da konnte sie ja schlecht mit solchen Fragen über ihn aufwarten.

So durchstöberten sie gemeinsam die weitläufigen Räumlichkeiten des Außenpostens der laptopianischen Zivilisation – zusehends lustlos, denn es fand sich nichts, außer dem üblichen Weltraummüll der Roboter, die im übrigen auf peinliche Ordnung und Sauberkeit achteten, was die menschliche Seite anging. Mit sich selbst waren sie weniger achtsam. Überhaupt hatten die Menschen zunehmend den Eindruck, unerwünscht zu sein. Irgendwie war die Atmosphäre angespannt.

Ob sie wohl bald wieder abgeholt würden, fragte Pooty den Anonymus recht unverblümt, dem es auch langsam ungemütlich wurde. Der antwortete nicht weniger direkt, was so gar nicht zu seiner esoterischen Abgehobenheit passen wollte. - Er habe den Auftrag, Hans Henny Henne zu übergeben. Dessen Erdenfahrt sei beschlossene Sache, die Gründe lägen ja wohl nur allzu deutlich auf der Hand.

Sprach 's und verdünnisierte sich und ließ die verdatterten Insulaner mit dem ebenfalls recht wirr dreinblickenden Hans Henny Henne zurück. Der war von dieser plötzlichen Wendung ganz offensichtlich am meisten überrascht.

„So ist er, der Advisor, die Drecksarbeit überlässt er anderen", kommentierte Arundelle den Abgang ihres Vaters trocken. Sie konnte sich vorstellen, wie schwer diesem solch eine drastische Entscheidung gefallen war.

Vor die Alternative gestellt, allein auf der Raumstation zurückzubleiben oder auf die Erde zurückzukehren, entschied sich Hans Henny Henne für letzteres, zumal dort später Ruhm winkte, wie er den Andeutungen wegen seines Lebenswerks entnommen hatte.

„Die Nazis vom Schlage Braun waren auch keine integeren Persönlichkeiten und leisteten dennoch Großes auf ihrem Gebiet. Den Alliierten reichten in deren Fällen Lippenbekenntnisse völlig aus. Denen wollte niemand ins Herz schauen. - Wozu auch? - Solange die nur ihre Arbeit machten", dozierte Scholasticus ein wenig selbstgefällig. Solche Betrachtungen gehörten an sich nicht in seine Zuständigkeit.

„Nehmen wir Sie also mit, wenn's recht ist und unsere Crew das mitmacht", fügte er betont leutselig hinzu, was Arundelle ein wenig übertrieben fand. Es wurde Zeit, fand sie, dass Hans Henny Henne sich allmählich ein eigenes Gewissen machte. - Das fanden Zauberstein und Zauberbogen auch und weigerten sich, den zwielichtigen Fremden, der Hans Henny Henne in ihren Augen war, zu befördern.

„Hier hat der alles, was er braucht, um in sich zu gehen", meinte der Zauberstein giftig.

Da steckte Hans Henny Henne nun fest auf halbem Weg zurück zur Erde und fühlte sich wie Robinson Crusoe.

Im Nu war die intergalaktische Fuhre entschwunden und die majestätische endlose Weite des Weltraums brandete so recht in der Stille heran, die sich auftat, nachdem die geschwätzigen Raumfahrer abgereist waren. Doch ihm war nicht danach, jetzt stille Betrachtungen anzustellen.

Was sollte er tun? Wovon sollte er leben? Womit sich beschäftigen? All seine Unterlagen fehlten ihm nun um so mehr und sein Labor sowieso. In seiner Panik durchforstete er seinerseits die Station, doch da er ein alter Mann war, ließen seine Kräfte schnell nach, und er ließ sich erschöpft auf ein altes merkwürdig geformtes Sofa sinken, wo er, kaum dass er die Augen schloss, sogleich einschlief.

Wenigstens im Traum träumte er die Erdenfahrt zu Ende. Und als ihn die Erde wieder hatte, durchpulste ihn unerhörtes Glücksgefühl. Allein die Tatsache des Lebens - nur schon das Leben überhaupt zu spüren, bereitete ihm unbeschreibliche Lust, besser gesagt - eine pulsierende Behaglichkeit, die seine Glieder auf ganz neue Art durchströmte, oder war es so, dass er dem zum ersten Mal bewusst nach spürte?

Als Wissenschaftler – wann hatte man da schon mal Zeit, sich zurück zu nehmen und dergestalt in sich hinein zu hören? Vielleicht war diese Erdenfahrt doch keine gar so verkehrte Idee, so wollte ihm nun scheinen. Und er wunderte sich, warum Robinson Crusoe sich nicht auch solche Gedanken gemacht hatte.

Als er erwachte, sah er sich von einer Schar dienstbarer Geister umgeben, die ihn mit ihren Röntgenaugen anstrahlten. Noch im Halbschlaf erschrak er ordentlich, denn wer rechnet mit so was?

Doch dann fiel ihm ein, wo er war und er bestellte sich eine Abendmahlzeit – irgend etwas Leichtes, was nicht belastete und nicht so schwer im Magen lag, denn er sehnte sich zurück in seinem Traum.

Diensteifrig trat ein vierschrötiger Robot-Geselle mit einer großen Tastatur vor dem Bauch heran und wies mit großen Scherenhänden auf Teller und Becher zur Rechten, sowie auf Besteck zur Linken und bedeutete Hans Henny Henne sich zu bedienen, was der auch tat.

Allein, das Essen war enttäuschend – ein undefinierbarer Einheitsbrei unterschiedlicher Färbung von fadem Geschmack. Lustlos stocherte der alte Mann darin herum und nippte beiläufig an dem gleichfalls faden Getränk, das entfernt an Kaffee erinnerte.

Er legte sich alsbald wieder ab, dies mal in ein richtiges Bett, kuschelte sich in eine - wieder erwarten angenehm flauschige Decke und versank ins Gegrübel des Halbschlafs.

Unten auf der Erde blieben die Skrupel unterdessen nicht aus. War es wirklich nötig, den alten Mann so allein da oben zu lassen? Wer hatte diese Idee überhaupt gehabt?

Doch selbst Marsha – als sie davon erfuhr - meinte, man könne den ruhig ein paar Stunden schmoren lassen, vielleicht fiele ihm dann ja wieder ein, wie sein Verhältnis zur Bruderschaft Infernalia wirklich ausgesehen hatte.

Es ging ja gar nicht darum, groß weiter Schuldzuweisungen hin und her zu schieben. Jetzt, wo es ohnehin zu spät war. Aber begreifen musste der schon, dass niemand so tun darf, als herrsche im Elfenbeinturm der Wissenschaft absolute Narrenfreiheit, als könne man sich dort alles erlauben und bräuchte sich um die Konsequenzen nicht zu kümmern. Und die hingen nun mal von den Auftraggebern und ihren Absichten ab, wie könnte es anders sein?

Wäre nur schon erst einmal dieser vermaledeite Brief gefunden, aus dem eben solche Skrupel möglicherweise hervor gingen. Vogel Strauß Politik brachte den greisen Professor jedenfalls nicht weiter. Und so stand erst einmal niemand eindeutig zu Hans Henny Henne.

***

Ein gründlicher Gesundheitsscheck, dem Hans Henny Henne nach seiner Erlösung aus den Klauen der Roboter von Laptopia, unterzogen wurde, brachte endlich Klarheit ins dubiose Zwielicht. Der greise Professor litt an einer leichten Form von Demenz. Kein Wunder also, dass sein Erinnerungsvermögen Lücken aufwies.

Als das bekannt wurde, schämten sich der Zauberbogen und der Zauberstein für ihren Mangel an Sensibilität, den sie in der Transportfrage an den Tag legten.

So blieb nun eigentlich nur noch die Frage offen, weshalb seine Erdenfahrt zurück ins Leben erfolgen sollte, und weshalb ihn die himmlischen Mächte noch nicht als einen der ihren aufnahmen.

Hier unten nahmen die Dinge aber erst einmal ihren Lauf. Und Anonymus, der sich die Sache von oben besah, überkam denn doch auch nostalgische Wehmut, - war ja zuletzt doch eine schöne Zeit gewesen da unten.

Der unermüdlich fleißigen Judith Kornblum-Adams, die bis zuletzt, fast bis zur letzten Wehe an der Überarbeitung der Papiere saß, war es zu verdanken, dass Hans Henny Henne mit seinen nanoexperimentellen Schriften gleich so groß herauskam. - Jetzt endlich - mit zwanzigjähriger Verspätung. Das kam vor allem daher, dass das Slow-Motion-Enlarger-Spektroskop, das nach seiner Anleitung gebaut worden war, funktionierte, wenn auch erst einmal nur in Verbindung mit dem Energiefeld der Insel Weisheitszahn, dessen Geheimnis ihm offensichtlich entfallen und das in seinen Papieren nur bruchstückhaft aufgezeichnet war.

„Ach ja, meine Jugendsünde", so nannte er das geheimnisvolle Bark im Inselinnern, denn dieses war damals quasi seine Abschlussarbeit gewesen. Danach verließ er die Insel. Und wie es das Schicksal so wollte, führte ihn das Leben erst wieder jetzt im Greisenalter zurück, und das auch nur, weil eine kleine Annonce seine Aufmerksamkeit erregte, die Dorothea in allen größeren Tageszeitungen rund um den Globus für viel Geld hatte veröffentlichen lassen.

43. SLOMES

Judith gebar auf Anhieb Zwillinge, einen Jungen und ein Mädchen, woran dies auch immer lag. Es gab deren in der näheren Umgebung jedenfalls reichlich. Verwandtschaftliche Bezüge jedoch gab es diesbezüglich keine, weder von Peters noch von ihrer Seite.

Auch noch Zweieiige! Peter war überglücklich und Judith völlig erschöpft. „Das war's dann aber auch gewesen", kommentierte sie lakonisch die komplizierte Kaiserschnittgeburt, bei der das klinische Inselpersonal über sich hinaus wuchs.

„Mit zweien ist der Stall doch voll genug", trösteten die Männer den jungen Vater, der schon gleich weiter dachte und meinte, seinen Traum von einem Stall voller Kinder beerdigen zu müssen.

„Sei froh und dankbar, dass alles gut ging – relativ gut ging. Stell dir doch mal vor, was alles..."

Doch Peter hielt Adrian schnell den Mund zu. Er wollte gar nicht hören, was alles weiter hätte passieren können, zumal die drei noch nicht zu Hause waren.

*

Die bewährte Grisella übernahm nun die Betreuung des greisen jungen Autors. Fünf Jahre nach dem sensationellen Erfolg der Abrechnung des Anonymus mit seinem früheren Leben als Vorsitzender der geheimen Bruderschaft Infernalia, wurde es Zeit für eine weitere Sensation. Alle Welt wollte ja, dass es voran ging. Überall knisterte es im morschen Gebälk des Geldsystems. Tauschbörsen, durch das Internet begünstigt, umspannen den Globus und basierten zu einem guten Teil auf Vertrauen gegen Vertrauen.

Die Kriminalitätsrate erwies sich hier als ausgesprochen niedrig und lag unter einem Prozent – schön gerechnet. Doch auch realistisch kam man beim besten Willen nicht über die fünf Prozenthürde hinaus.

Was immer sich tat auf dem Gebiet des großen Paradigmenwechsels konnte des breiten öffentlichen Interesses gewiss sein. Die Einblicke von Hans Henny Henne in das Nanoversum gehörten zweifelsfrei dazu, selbst wenn der unmittelbare Bezug zu den Phänomenen der Zeit nicht für alle offen zu Tage trat. Dazu musste man mit der Materie schon auf ein wenig vertrauterem Fuße stehen.

Seine Betriebsanleitung für das **Slow-Motion-Enlarger-Spektroskop** hingegen erwies sich als absoluter Renner. Nach groben Schätzungen wurden allein im ersten halben Jahr nach Erscheinen des Buches mindestens zwei Millionen **Slow-Motion-Enlarger-**

Spektroskop (kurz SLOMES) gebaut. Wie viele davon allerdings in Betrieb gingen und auch noch einwandfrei funktionierten, ließ sich nicht in Erfahrung bringen oder wurde von den Medien nicht weiter breit getreten.

Eine clevere kleine Firma bot Bausätze im Kombipack und vervielfachte so den Umsatz. Wer einen Bausatz orderte, erhielt einen zweiten oder dritten dazu, wenn er sich bereit erklärte, diesen unentgeltlich ebenfalls zu bauen. Bei Abnahme und Lieferung von fünf fertig gebauten, funktionstüchtigen **SLOMES** brauchte er für den eigenen ersten Bausatz überhaupt kein Geld zu bezahlen. Denn er hatte ja, ganz im Sinne der neuen Logik, bereits mit seiner Arbeitszeit dafür bezahlt.

Dieses Verfahren trieb die Zulassungen weiter in die Höhe und der Staat begann sich ebenfalls für die Sache zu interessieren. In den chronisch leeren Staatskassen fehlten weltweit inzwischen Trilliarden und so kam eine neue Zulassungssteuer gerade recht, wobei es den Steuerschuldnern - ganz im Sinne der neuen Einrichtung - freigestellt wurde, ihre Schuld in Geld oder in Arbeits-Credits abzuleisten.

In vielen Ländern besaß bald jeder dritte einen Negative-Credit-Account (kurz NCA.) wurden Soziale Dienste wurden zur Tilgung des NCA eingerichtet, die bei freier Kost und einfachster Logis abgeleistet werden konnten. Das reizte besonders junge Leute dazu an, sich allerlei nutzloses Zeug wie etwa den SLOMES – der bei Licht besehen zu nichts nütze war - anzuschaffen, (eben alles, was auf diesem Wege abgegolten werden konnte und vom Staat ins Kreditsystem übernommen wurde.) - Bis dann jemand die womöglich wunderbarste Entdeckung des Jahrhunderts machte. Vielleicht war es auch nur ein Gerücht, das die - inzwischen zum Mega-Global-Player aufgestiegene - SLOMES Ltd. ausstreute.

Zwei Stunden Meditation vor dem SLOMES erbrachte zwei volle Stunden Lebenszeit extra. Wer, sagen wir, sich um elf Uhr vor den SLOMES setzte, wachte nach zwei Stunden Meditation statt um eins, immer noch um elf Uhr auf. - Jedenfalls nach der eingebauten Uhr gleich neben dem Spektroskop am Lenker, wo auch die beiden Griffe zur Feinabstimmung der Verlangsamung und der Vergrößerung angebracht waren.

Der Effekt hing vermutlich mit dem Verlangsamungsschalter zusammen. Denn alle anderen Uhren im Raum oder im Haus wurden davon nur ganz minimal oder gar nicht betroffen.

Und doch fühlte sich der Absolvent einer solchen Prozedur frisch und ausgeruht und rundum verjüngt. Ob das nun ein Placeboeffekt war oder nicht, die Leute flogen auf diese Prozedur und bald besaß jeder Haushalt – das waren inzwischen insgesamt weltweit eine knappe Milliarde – ein solches SLOMES.

Das SLOMES nahm in den Familien den Platz des Fernsehers ein, und lief bald auch Laptop, Handy und PC den Rang ab.

Warteschlangen bildeten sich vor dem heimischen Spektroskop bis endlich eine multiple Benutzeranlage entwickelt wurde, sodass zunächst bis zu drei, später sogar bis zu fünf und schließlich sogar zehn User parallel ins Nanoversum schauen konnten.

Das war natürlich nicht umsonst. Für ein ordentliches Gerät mit fünf Anschlüssen legte man inzwischen satte zwanzig Credits hin.

„Das klingt im ersten Moment vielleicht nach viel oder wirkt gar überteuert, doch wenn man bedenkt, dass diese zwanzig Credits von fünf oder auch, sagen wir zehn Personen aufgebracht werden müssen, dann relativiert sich ein solcher Preis. Es bleiben pro Kopf gerade mal lächerliche zwei Jährchen und die kann man sogar noch abstottern oder auch übertragen lassen“, erfuhren potentielle oder bereits interessierte Kunden aus der weltweit geschalteten Werbung.

Das Design war inzwischen natürlich auch verbessert worden. Das neue SLOMES sah nicht mehr aus wie ein verkleidetes Moped, sondern wie ein verkleideter Heimtrainer.

In den staatlich gestützten SLOMES-Betrieben arbeiteten inzwischen gleichzeitig stattliche Fünfhunderttausend Kredit-Schuldner ihre Zeiten ab. Je nach Begabung und Vorbildung produzierten oder verwalteten sie, oder sie pflegten und bildeten, ganz wie im wirklichen Leben auch.

Sie schliefen und wohnten in großen Arbeitslagern. Sie wurden versorgt und verpflegt und alles in allem recht ordentlich gehalten. Nur frei waren sie nicht. - Viele erinnerten diese Zeit bei SLOMES später als die schönste Zeit ihres Lebens.

Andere sahen das ganz anders. Unter dem Strich nämlich kam heraus, dass die Extra-Zeit, die sich die Leute vorm heimischen SLOMES ersaßen, zusammen gerechnet zumeist kürzer war, als die Zeit, die sie als Kredit-Schuldner ableisten mussten.

Immerhin stieg das Lebensalter der Bevölkerung (so errechneten die Statistiker) seit der Einführung der SLOMES überdurchschnittlich an - von fünfundsiebzig auf achtzig Jahre, - Tendenz steigend. Hundertjährige waren schon bald eine Selbstverständlichkeit und im Regelfall hielten diese sich auch recht frisch. Und für die Dementen und Schwachen wurde dank der vielen Kreditnehmer, die ihre Zeiten abzudienen hatten, ja gut gesorgt.

Außerdem schlief die Ersatzteil- und Transplantationsmedizin nicht etwa ein. Ganz im Gegenteil, der Bedarf schnellte auch hier sprunghaft in die Höhe. Denn die üblichen Verschleißteile wie Nieren, Herz, Leber, Lunge, Gelenke und Gefäße, bildeten natürlich weiter neuralgische Schwachstellen.

Bei Krebsen aller Art verzeichnete die Statistik weltweit einen deutlichen Rückgang. Die Verlangsamung kleinster Teilchen im SLOMES zog ganz offensichtlich Dominoeffekte nach sich. Die Krebszellen verlangsamten ihren Wuchs.

Auch am Hirn war man verschärft dran und experimentierte mit allerlei Klonmodellen, die bei aller Ähnlichkeit allerdings der Lebenserfahrung ermangelten, sodass sich geklonte Gehirne eher weniger zur Transplantation eigneten, von moralischen Überlegungen ganz abgesehen. Doch diese betrafen letztlich den ganzen Transplantationssektor.

Ethisch einigermaßen einwandfrei war im Grunde nur die freiwillige Organspende, deren Nachteil jedoch die Zufälligkeit war. Als ethisch ebenfalls einwandfrei könnte sich langfristig hingegen die Züchtung einzelner Organe aus zuvor entnommenen Zellkulturen, herausstellen. Dazu gab es bereits sehr erfolgverheißende Versuchsreihen. - Das größte Problem hierbei war jedoch der Zeitfaktor. Meist wurde der Bedarf erst viel zu spät angemeldet, sodass die Nachzüchtung – sagen wir einer Leber – nicht mit dem Verfall des geschädigten Organs Schritt hielt. Um dem vorzubeugen, wurde von staatlicher Seite überlegt, flächendeckend Ersatzteilbanken einzuführen, wo sich jedes Individuum nach Belieben ein eigenes Ersatzteilunterkonto einrichten konnte.

Wer ein solches Depot sein eigen nennen wollte, musste dafür allerdings einige Hundert Credits vorweisen, was beim derzeitigen Stand der Entwicklung praktisch ein Ding der Unmöglichkeit war (wahlweise genügte für eine Übergangszeit auch eine Bürgschaft von mindestens einer halben Million $ oder €.)

Technisch durchführbar war dergleichen ohne Zweifel. Dazu genügte die Entnahme einiger Zellen des betroffenen Organs und der geeignete Brüter und die Züchtung konnte beginnen. Für den versierten Mediziner oder Biologen wäre dies durchaus machbar – und war, so ging das Gerücht – inzwischen in diesen Kreisen bereits üblich.

Als grenzwertig bei diesem Transplantationsansatz galt die Züchtung von Herz und Hirn, die von den Ethikern als Sitz der Seele und der Verstandeskräfte begriffen wurden.

Auch die Mechanitroniker unter den Spezialisten in Sachen Transplantationsmedizin schliefen nicht, sondern erkannten die Zeichen der Zeit, indem sie mit allerlei bionischen Modellen aufwarteten, gerade das Herz betreffend, dessen Nachzucht oft versucht, aber noch nie geglückt war.

Hier war die Kombination von anorganischen und organischen Materialien die entscheidende Stärke. Plaque-resistente

Platinrohrleitungen etwa ersetzten die verstopfungsanfälligen Herzkranzarterien und elektronische Impulsgeber übernahmen oder unterstützten die Vorhoffunktionen.

***

Hans Henny Henne – inzwischen sein bester Kunde vor dem SLOMES – nahm hundertjährig in Stockholm eigenhändig den Nobelpreis für Medizin entgegen. Seine epochale Leistung wurde, so fand er, reduziert auf einen praktischen Nebeneffekt, doch er ließ es damit sein Bewenden haben, wie er überhaupt zeitlebens ein Stiller im Lande war.

Die Vorwürfe, die ihm wegen seiner angeblichen Nähe zu einer verbrecherischen Organisation gemacht worden waren, hatte er noch immer nicht ganz verdaut. Zumal der Anlass für ihn hinter dem Schleier des Vergessens versunken war.

Der Demenz wurde in seinem Falle auf eigenartige Weise – die er noch selbst auf den Weg brachte - Einhalt geboten. Er ließ den gesamten Inhalt seines Gehirns auf Minifestplatten übertragen, die er mit Hilfe der verbliebenen gesunden Hirnteile abfragen konnte. Sie übernahmen auch räumlich den Platz der von Zerstörung betroffenen Hirnbereiche.

Der Eigenart dieser Krankheit gemäß, waren vor allem Großhirn und Schläfenlappen von dem Verfall betroffen, sodass es geraten schien, auf ursprünglichere Bereiche auszichen, die sich im übrigen zur Steuerung ohnehin besser eigneten.

Arundelle argwöhnte inzwischen, dass der Advisor sie mit Hans Henny Henne ganz schön reingelegt hatte, und so erging es auch Billy-Joe. - Sie beide schlossen Freundschaft mit dem umgänglichen Alten und gewöhnten sich schnell an die zunächst befremdliche Verzögerung seiner Denkabläufe aufgrund dieser mechanitronischen Eigenheit seines verschalteten Gehirns.

Denn er war in jeder Beziehung voll da. Ja, er erwog sogar ernstlich, sich auf seine alten Tage endlich zu binden und hielt um Susamees Hand an, die indessen ablehnte, da sie den Wachmann Will Wiesle nicht vor den Kopf stoßen wollte. Befreundet aber wäre sie nur zu gerne mit ihm, ließ sie ihn kokett wissen. - „Einen alten Baum verpflanzt man nicht", meinte sie jovial und sichtlich gut gelaunt. Denn einen Antrag erhielt sie nicht alle Tage, schon gar nicht von einem Nobelpreisträger.

Jener vermaledeite, verlorene Brief, der all das Misstrauen erst gesät hatte, fand sich als Lesezeichen in einen seiner Fachfolianten.

Dass Scholasticus ihn fand, war dem reinen Zufall zu verdanken. Wie der Brief dorthinein gekommen war, würde wohl für alle Zeit ein ungelöstes Rätsel bleiben.

Der Brief antwortete ablehnend auf eine Anfrage um Mitarbeit und entsprach in Stil und Unverbindlichkeit einem jener standardisierten Ablehnungsbescheide, wie sie in der Regel von Sekretärinnen eigenständig verfasst werden.

So war es eben doch nicht der Demenz geschuldet, dass sich Hans Henny Henne an diesen Brief nicht hatte erinnern können. Er hatte ihn vermutlich überhaupt nicht zu Gesicht bekommen, sondern routinemäßig blind in der Unterschriftenmappe abgezeichnet.

***

Sulamith – eine typische Frühbegabung – nahm bereits an der Vorschule teil, als die Zwillinge der Adams gerade mal laufen lernten. Ihre Mutter Judith Kornblum-Adams war seinerzeit neben Hans Henny Henne in Stockholm ebenfalls ausgezeichnet worden. Immerhin war sie die erste, der es gelang, nach Hennes Anleitung tatsächlich ein funktionstüchtiges SLOMES herzustellen. - Die Firma SLOMES Ltd. übrigens ging auf ihre Initiative zurück und war im Kern recht eigentlich ein Familienunternehmen der Kornblums.

Je weiter Arundelle und Billy-Joe mit ihren Studien kamen, um so seltener ließ sich der Advisor blicken. Vielleicht wurden sie nun einfach zu alt für solche Gesichte, überlegten sie, denn eigentlich verstanden sie es beide nicht recht. Zumal weder Zauberbogen noch Zauberstein Anstalten zu irgendwelchen Erklärungen machten. Vielleicht hatten sie ihr Konto mit Hans Henny Henne überstrapaziert?

Dabei sah es im nachhinein so aus, als sei das, was Hans Henny Henne mit seiner Erdenfahrt geschehen war, das Beste gewesen, was ihm in seinem Leben hatte passieren können.

Auch Billy-Joe packte nun der Ehrgeiz. Ebenso wie Arundelle strebte er seinen Doktor an und saß wie diese an einer Dissertation, die ihn ziemlich auffraß, was der Zauberstein mit Missbehagen registrierte. Mit Pooty besprach er sich ernsthaft im Dunkeln des Medizinbeutels, ob sie sich nicht vielleicht doch besser einen geeigneteren Träger suchen sollten.

Sie hatten sich auch schon jemanden ausgeguckt und wäre dazu nicht zugleich auch eine größere Ortsveränderung nötig geworden, sie hätten den Wechsel bestimmt bereits vollzogen. So aber scheuten sie den Schritt, denn der hätte die Trennung vom Zauberbogen bedeutet.

Arundelle war vermutlich nur eine Spur disziplinierter. Sie verlangte sich täglich wenigstens eine intensive Stunde mit ihrem

Bogen ab und trainierte das konventionelle Bogenschießen als Ausgleichssport für das lange, tägliche Sitzen am Laptop.

Dem Bogen gefiel das und manchmal, wenn ihn der Übermut packte, spielte er Arundelle Streiche und setzte jeden Schuss von ihr ins Schwarze, wie ihm eben zumute war, oder bescherte ihr eine Fahrkarte nach der anderen.

So war es besonders für den Zauberstein eine echte Überraschung, als er und der Zauberbogen gebeten wurde, wieder einmal Kurs auf die virtuelle Insel im Zentrum aller Galaxien zu setzen, um dem Advisor und Anonymus einen Besuch abzustatten – einen letzten Besuch vorerst – wie sie im Stillen dachten. Dabei wussten sie doch ganz genau, dass solch ein stilles Denken hier absolut nichts galt.

Der greise Emeritus Hans Henny Henne in Ehren, doch beiden stand der Sinn nach Höherem. Arundelle wollte allen Ernstes den Advisor, und Billy-Joe Anonymus fragen, ob sie nicht die undankbare Rolle des Zweitgutachters bei der Betreuung ihrer Dissertationen übernehmen wollten. Zumal diese thematisch eng an den Interessensgebieten anlagen.

Wobei Arundelle im Falle ihrer Wahl eigentlich gar nicht zu sagen gewusst hätte, worin diese Interessen auf Seiten des Advisors bestanden. Es war bei ihr mehr so ein Gefühl, von dem sie glaubte, dass es sie nicht trog. Ja, sie wähnte, das ‚Ja' bereits gehört zu haben.

So ging es ihr nun nur noch um eine endgültige Versicherung. - Wenn sie sich da nur nicht täuschte. Gerade der Advisor war immer für eine Überraschung gut. Mit vorgefassten Meinungen und zwingender Logik kam man bei dem nicht weit. Vielleicht überbewertete sie ihr Vorhaben maßlos? – Erst einmal aber ging es zunächst jedoch überhaupt um eine Audienz.

Außerdem freute sie sich darauf, ihren Vater wieder zu sehen, dem sie im übrigen Grüße auszurichten hatte. Frau Waldschmitt war ihrer Steuerberaterpraxis ein weiteres Mal entflohen. Und diesmal hatten sich Mutter und Tochter das wunderschöne malerische Neuseeland vorgenommen. - Eben verbummelte Frau Waldschmitt die letzten Tage vor dem Rückflug auf Billy-Joes Ponton unten in der Hotelanlage zum 'Nabel der Welt'.

Billy-Joe wechselte nach seinem Abschluss an der Zwischenschule den Schwerpunkt. Er wandte sich nun den sozialen Folgen des physikalisch inszenierten Paradigmenwechsels zu.

Seit der großen Auseinandersetzung hier auf der Insel Weisheitszahn zwischen den sogenannten Isolationisten und denen, die sich selbst als Weltbürger verstanden, kreisten seine Überlegungen um die sozialen Auswirkungen des Paradigmenwechsels, - und wie man ihn beeinflussen konnte. – Denn auch er war von dessen Kommen überzeugt.

Anonymus nun galt mit seinem epochalen Werk als der authentischste Warner und Augure für Fehlentwicklungen aller Art. So erhoffte sich Billy-Joe von ihm nicht nur Rückendeckung, sondern auch Ansporn und Bestätigung für seinen isolationistischen Forschungsansatz.

Lag es an den guten Absichten oder daran, dass die Stimmung insgesamt gerade gut war auf der kaiserlichen Insel dort draußen im fernen nirgendwo? Die Besucher schwebten jedenfalls ohne alle Probleme direkt ein, und landeten sozusagen zu Füßen der kaiserlichen Kippelstühle. Diese fingen auch sogleich zu wackeln an. Sie wurden in immer heftigere Schwingungen versetzt, wie Arundelle dies schon seit Jahren nicht mehr erlebt hatte - nicht in ihrer Gegenwart, erinnerte sie sich, vielmehr erinnerte sie sich nicht.

Der Advisor versteckte sich wie gewöhnlich hinter einer der Säulen und schwebte dann unvermutet ein. So war es auch diesmal. Billy-Joe wollte schon enttäuscht aufstöhnen, da er den Anonymus nicht mitbrachte, als dieser mit einem eleganten Satz von einem der wippenden Stühle hüpfte. Gerade als dieser einmal wieder fast den Boden berührte. Er trat, wie ein Barrenturner nach absolvierter Kür, einen Schritt neben die Aufsprungstelle, legte die Arme an die Seiten und verbeugte sich artig.

Auch Billy-Joe und Arundelle verbeugten sich nicht weniger ehrerbietig und Billy-Joe machte sogar noch einen Kratzefuß und schwenkte seinen nicht vorhandenen Hut, das hatte er sich bei Südmichel abgeschaut.

Anonymus lächelte kaiserlich und schon ganz schön Rolandus gemäß, fand seine Tochter nicht ohne eine erste Spur leiser Bewunderung. Wenn sie das Mutter erzählte, würde die platzen vor Stolz, dachte sie und Anonymus lächelte noch eine Spur huldvoller.

Doch für familiäres Geplänkel war der Anlass zu offiziell. So bremsten sich alle Beteiligten und fielen nicht aus der Rolle, zumal der Advisor Arundelle nach ihrem Begehr befragte. Was sie ihm denn auch postwendend mitteilte, soweit es ihr eigenes Anliegen betraf. Sie erhielt all die Auskünfte, die ihr auf der Seele brannten und stenographierte eilig mit, denn zum Glück hatte sie an ihre Kladde gedacht.

Der Kaiser nahm Billy-Joe jovial beiseite und schritt würdevoll mit ihm in Philosophengebärde unter den Kolonnaden auf und ab. Billy-Joe lauschte voller Ehrfurcht und stenographierte seinerseits eifrig mit, was dem erlauchten Mund entwich und fühlte sich alsbald gestärkt und bestätigt.

Zu persönlicheren Fragen ließ es das Protokoll nicht kommen. Zwei starke Kerle schnappten den wippenden Sitz und ein dritter hievte den Kaiser auf die Sitzfläche und schon ging es wieder ab nach oben, wo die grüngesichtige Prinzessin, die diesen Pomp reichlich satt hatte, derweil alleine hatte schwanken müssen, obwohl sie doch zur Seekrankheit neigte.

Diese sei des Kaisers natürliche Tochter, erklärte der Advisor voller Wohlwollen, zu Arundelle gewandt. Dabei betonte er das natürliche, als sei dies etwas ganz besonderes.

Ob sie wohl auch eine natürliche Tochter sei, wollte Arundelle da wissen. Immerhin war sie bis dahin der Ansicht gewesen, sie sei die einzige Tochter ihres Vaters. - Wie man sich täuschen konnte. Der Advisor brach in ein homerisches Gelächter aus, in das der ganze Hofstaat einstimmte und sogar Billy-Joe erfasste. Gab es da etwas, was alle begriffen, nur sie nicht?

Die Audienz jedenfalls ging zu Ende. Die schwankenden Stühle verschwanden bereits im Hintergrund. Und kalter Nebel zog hier draußen auf, dem sich Sterbliche besser nicht aussetzten. So hüllten sich die beiden in ihr Weltraumcape, und überließen sich dem Zauberbogen und der bewährten Kunst des Zaubersteins.

44. Die natürliche Tochter

„Hat Papa etwa ein zweites Kind?“ - platzte Arundelle heraus, als sich ihre Mutter endlich meldete. Dabei rief Frau Waldschmitt eigentlich nur deshalb an, um zu bestätigen, dass sie heil und gesund in Deutschland gelandet war.

Doch Arundelle sprudelte sogleich los und erzählte ohne Umschweife, was sie Sensationelles erfahren hatte, was aus Papa geworden war und vor allem berichtete sie von seinem neuen Beruf als Kaiser Rolandus.

„Ja, und da wippte eine grüngesichtige Person neben ihm im Thronsessel, von der behauptet wurde, sie sei des Kaisers natürliche Tochter.“

Auch sie betonte nun am Telefon das natürliche so unnatürlich wie möglich, um es recht zur Geltung zu bringen.

Frau Waldschmitt blickte verwirrt ihr Handy an und legte erst mal auf. Bis sie diesem Wildfang nun auch noch die ökonomische Seite des Lebens anhand von irrwitzigen Handyrechnungen erklärte, triebe der Irrwitz ja bereits auf die Spitze.

Sie fuhr erst einmal ins Büro und ließ sich dort eine Internetschaltung legen, die wenigstens nichts kostete, sondern von der Flatrate abgedeckt war. Es dauerte eine kleine Ewigkeit bis man Arundelle fand und über beide Inseln herbei holte.

So nahm Frau Waldschmitt die Gelegenheit wahr und sah schon mal die Post durch, die während ihrer Abwesenheit – zum privatern Teil jedenfalls – niemand bearbeitet hatte.

Ein angenehmer Nebeneffekt an diesen Camcorderverbindungen war, dass man nicht wie früher das Telefon ans Ohr gepresst hielt, sondern sich frei im Aufnahmebereich der Kamera bewegen konnte.

Ein pompöser Umschlag mit phantasievoller Briefmarke und üppigen Stempelaufdrucken fiel ihr in ihrer Privatpost sogleich auf. Er enthielt eine büttenpapierene Kondolenzkarte mit folgender Aufschrift:

Seiner kaiserlichen Majestät Hofstaat

beehrt sich, die feierliche Inthronisation von Kaiser Rolandus anzuzeigen

Galaktika, am Jüngsten Tag im Jahr 1 neuester Zeit.

Frau Waldschmitt drehte und wendete das vornehme wohlriechende Blatt mit der schnörkeligen Schrift, ob da noch mehr stünde. Sie fand aber nichts, so schmiss sie es in den Papierkorb.

Doch da war am andern Ende des Camcorders Arundelle und wedelte aufgeregt mit den Armen. So vergaß Frau Waldschmitt die merkwürdige Reklame schnell und ließ sich gehorsam von ihrer Tochter löchern.

Was sie ihr über die falsche Tochter sagen konnte, war indessen nicht allzu viel. So erzählte Arundelle ihrerseits erst einmal der Reihe nach, was sich auf der Weltraumstation abgespielt hatte und ihre Mutter staunte, wo ihr quirliges Töchterchen so überall herum kam.

„Kaiser Rolandus sagst du?“ - fragte sie und fischte den büttenpapierenen Brief wieder aus dem Papierkorb.

„Ich glaub, ich habe da was“, rief sie ihrerseits nun eifrig. - Dann war das Schreiben ja von ihrem Ex-Mann, - vielmehr über ihn.

„Scheinen da ja doch recht grundsolide zu sein. Immerhin eine Benachrichtigung. Eine Einladung hätte aber doch wohl schon auch drin sein müssen, bei Licht besehen.“

Arundelle beruhigte ihre Mutter insofern, als auch sie nicht zu den Feierlichkeiten eingeladen gewesen war. Ja, sie hatte nicht einmal einen solchen Brief bekommen. Sie erfuhr eben jetzt gerade - von der wohl erst kürzlich erfolgten Inthronisation.

„Und ich dachte, ich kann dir mal was wirklich Geiles erzählen über Papa. Na, aber sag mal, ist das nicht ein Ding, der und Kaiser – und du solltest diesen ganzen Hofstaat erst mal sehen, der da jedes Mal aufmarschiert. - Scheinbar heißen bei denen alle Kaiser Rolandus, denn den Kaiser, den wir vor - zig Jahren schon getroffen haben, hieß auch Rolandus, nicht wahr, Billy-Joe“, fragte sie nach rückwärts gewandt, wo Billy-Joe pflichtschuldig – „ja“ – aus dem Hintergrund rief.

„Eigentlich sind wir auf der Suche nach Zweitgutachtern für unsere Doktorarbeiten, musst du wissen, und da dachte Billy-Joe an Anonymus, weil der so ziemlich auf seiner Welle liegt mit seinem Buch, doch das geht ja nun wohl nicht mehr, wo der jetzt Kaiser ist. Das heißt, ich weiß das gar nicht.

- Billy-Joe, wird Kaiser Rolandus nun eigentlich deinen Zweitgutachter?“

Billy-Joe nickte heftig, noch immer im Hintergrund und winkte mit seinem Notizblock.

– „Hat mir sogar viele gute Tipps gegeben“, rief er ein wenig selbstzufrieden.

Mutter und Tochter blicken einander vielsagend an, soweit das über den Camcorder ging, denn sie erinnerten die Kommunikation zwischen den beiden auch ganz anders. Doch das war lange Jahre vor Herrn Waldschmitts Bekehrungserlebnis gewesen.

Jetzt, wo ihre Halbschwester gleichsam familiär eingeholt wurde, ergriff Arundelle bei dem Gedanken an sie eine seltsame Scheu. Sie steckte damit sogar ihre Mutter an, die schien noch durch das Netz etwas davon zu spüren, oder glaubte es doch.

‚So fühlt man als Mutter eben’, dachte Frau Waldschmitt und nahm nun so recht Anteil an der Verwirrung ihrer Tochter.

Eines Teils war Arundelle ja froh, dass nicht sie auf diesem schwankenden Rohrstuhl hocken musste, um das ganze Zeremoniell dauernd über sich ergehen zu lassen. Auf der anderen Seite fühlte sie aber doch den Stich der Eifersucht und Zurücksetzung.

Arundelle wollte ihrer Verwirrung eigentlich überhaupt nicht auf den Grund gehen. Immerhin schaute sie in Dorotheas größerem Konversationslexikon nach, das in deren Büro, wohin sie gerufen worden war, vor sich hin staubte, (Billy-Joe tauschte mit ihrer Mutter inzwischen Höflichkeiten aus), um überhaupt erst einmal herauszufinden, was eine natürliche Tochter recht eigentlich sei.

Dort stand, dass es sich bei natürlichen, um außerehelich gezeugte Kinder handelte. – Zumeist von Feudalherren gezeugt, die sich fast zu allen Zeiten wie die Axt im Walde benommen hatten. Am schlimmsten aber in der Zeit des Absolutismus und später noch einmal im pseudofeudalen Sklavenhaltersystem der Südstaaten Nordamerikas.

Billy-Joe meinte – (jetzt wo Arundelle gerade nicht zuhörte) - indessen so leichthin und von oben her mit seinem entwaffnenden Lächeln, der Advisor habe die kaiserliche Prinzessin nur deshalb eine natürliche Tochter des Kaisers genannt, um Arundelle zu verwirren. Er habe sie damit lediglich aus der Reserve locken wollen, was ihm ja wohl auch gelungen sei.

An der Prinzessin sei in jeder Beziehung wenig natürliches. Wobei letztlich alles immer auch eine Definitionssache sei. – Frau Waldschmitt verstand und verstand doch auch nicht.

„Hat aber irgendwie nicht hingehauen, Arundelle ließ sich nicht provozieren", setzte Billy-Joe nach: „Arundelle ist auf diese Spitze überhaupt nicht eingegangen. Vielleicht, weil wir alle lachen mussten", verwirrte er die Mutter vollends, die weiter brav am Camcorder ausharrte.

- „Überhaupt eine tolle Sache das... -", merkte sie eins ums andere Mal in die entstandene Stille hinein an, nickte mit dem Kinn gegen den Bildschirm und harrte der Dinge. Denn Arundelle war gerade mal für kleine Mädchen, so war Billy-Joe ganz frei, Frau Waldschmitt auf die schwierige Gefühlslage hinzuweihen, die sich für Arundelle aus dem Auftauchen der Prinzessin ergab, hatte sie sich doch die ganze Zeit davor gefürchtet, sie selbst würde einmal so enden.

Frau Waldschmitt glaubte nun den Gefühlssalat ihrer Tochter ein wenig besser zu verstehen. Sie wollte denn auch gleich wissen, in welcher Zeitebene sich das prinzessliche Wirken denn ereigne, was wiederum Billy-Joe in Erstaunen versetzte, woher die Frau solch intime Kenntnis besaß.

Doch da war Arundelle schon wieder zurück und Billy-Joe verschluckte den halben Satz, der ihm noch ungesagt auf der Zunge lag.

„Wir sind schon die, die wir sind", wollte er eigentlich sagen, denn er dachte an den Schamanen der Churingas, der auch für ihn immer näher kam. Es mochten statt der ominösen einhundertundsoundsoviel Jahre nun derer nur noch knapp an die hundert sein, wenn er richtig rechnete. Denn er feiert demnächst ja seinen fünfundzwanzigsten Geburtstag.

„Man muss sich einfach immer wieder vor Augen führen, was die Zeit aus einem macht", redete er so an Frau Waldschmitt hin, jetzt wo Arundelle wieder zuhörte: „Ja, und überhaupt, wie viel Zeit einhundert Jahre ist. Dann verliert man vielleicht die Angst vor seinem Alter ego und macht sich klar, wie unwirklich es ist. Vielleicht überbewerten wir einfach nur unsere Fähigkeit zu träumen, uns irgendwo hin zu träumen, jetzt, wo wir mit dem Internet allesamt vernetzt sind und uns jederzeit sprechen und sehen können. Wir müssen nur online gehen, das ist schon alles. Alles ist nun viel eindeutiger. Nur am Zeitstrahl können wir auf diese Weise noch nicht entlang. Aber das kommt schon noch."

Billy-Joe geriet ins Philosophieren. Er vergaß Frau Waldschmitt völlig darüber, die noch immer vor ihrem Camcorder saß, sich zumindest nicht aus dem Zimmer traute – und ganz erstaunt versuchte, ihm zuzuhören, während Arundelle alle Zeichen von Ungeduld zeigte, bis sie sich endlich Bahn brach, als Billy-Joe auch einmal Luft holte.

Sie drängte ihn beiseite, blickte ihre Mutter intensiv durch das Objektiv an und wollte es jetzt genau wissen. So gestand Frau Waldschmitt endlich ein, was Arundelle wohl schon ahnte, nämlich eine folgenreiche eher vor- als außereheliche Liaison ihres Mannes. - „Quasi eine Jugendsünde, wie er mir beichtete, die er jedoch völlig aus den Augen verlor... - und dann kamst ja du, da war dann sowieso wieder alles ganz anders..."

Nun war Arundelle kaum klüger als zuvor, obwohl sie endlich alles ganz genau wusste und auf Ahnungen nicht mehr angewiesen war.

„Da wird man doch sage und schreibe dreiundzwanzig Jahre alt. Was habt ihr euch nur dabei gedacht? Glaubt ihr, das interessiert ein Einzelkind nicht? Wie sehr hatte ich mir immer eine Schwester gewünscht. Wie sehr beneidete ich Florinna und Corinia."

Nun war es ein wenig spät für solche Vorwürfe, fand Frau Waldschmitt und schob alles Roland in die Schuhe, der das verbockt hatte, so oder so.

„Meinst du, für mich ist das einfach gewesen?" - schmollte sie, sodass Arundelle ihre Vorwürfe leid taten, zumal sie diese an die falsche Adresse richtete.

Frau Waldschmitt nahm die Pause, die entstand, wahr, um sich endlich zu verabschieden. Immerhin war sie seit vierundzwanzig Stunden unterwegs. Und wenn sie auch einen Teil des Fluges verschlafen hatte, so sehnte sie sich jetzt doch nach einem richtigen Bett. Zumal Arundelle erst einmal Ruhe gab und wenigstens einsah, dass die Dinge nun nicht mehr zu ändern waren, schon gar nicht von ihrer Seite.

„Ich meld mich, versprochen, lass dir 's gut gehen, mein Schatz."

Immerhin besaß Arundelle nun Klarheit - oder doch das, was sie dafür hielt, denn ganz so unkompliziert, wie sie sich die Geschichte nun zurecht legte, verhielt sich die Wirklichkeit denn doch nicht. So wäre alles auch gar zu einfach gewesen.

Mit ihren Überlegungen zu den Parallelwelten seinerzeit war sie der Wahrheit damals schon bedeutend näher gekommen.

Erst einmal jedoch beruhigte sie der Gedanke ungemein, in einhundert Jahren nicht grüngesichtig in einem albernen Wippstuhl zu sitzen und als Prinzessin das Hofprotokoll abzuarbeiten, von den anderen Widrigkeiten solcher Zukunft einmal ganz abgesehen.

Soweit die eine Seite, denn dachte sie an den Advisor, sah alles wieder ganz anders aus. Die Unterhaltungen mit ihm nämlich genoss sie. Und wenn sie eine Zeit lang auf ihre Gespräche verzichten musste, weil der Advisor sie links liegen ließ oder weshalb auch immer, dann vermisste sie etwas sehr wichtiges und wertvolles in ihrem Leben.

Erst einmal kam ihr der Advisor für die nächsten Monate also nicht aus, denn er hatte ja fest zugesagt, ihre Dissertation als Zweitgutachter zu betreuen. - Das hatte er doch, oder etwa nicht?

Da sie in ihren Gedanken zu einem großen Teil zumeist in ihren Welten lebte, befasste sich auch ihre Dissertation mit den Zeitphänomenen im Multiversum. Sie ging ganz auf darin und konnte hier abtauchen wie in die Traumwelt, deren Realität sie nicht in Frage stellte. Vielmehr bezog sie von daher ihre Sicherheit, indem sie die Realität grundsätzlich neu bestimmte, und sie auf Denkbarkeit und Vorstellbarkeit gründete.

Arundelle erhob mithin die Gedanken in das Reich des Konkreten und setzte sie den scheinbar so handfesten Tatsachen der gegenständlichen Welt gleich.

Denn je tiefer man diesen sogenannten ehernen Tatsachen auf den Grund ging, um so flüchtiger ging es zu. Nach ihrer Begriffsbestimmung war also nicht nur das Konkrete wirklich, sondern auch all das, was vorgestellt und gedacht werden konnte.

Damit erweiterte sie die Grenzen des Begreifens, die an sich zwar längst unhaltbar geworden waren, die aber immer noch das Denken und Forschen in der Physik und den Naturwissenschaften überhaupt, bestimmte und beengte.

Und doch bemerkte Arundelle die neuerlichen Schranken, wie sie sich aus der sprachlichen Verfassung des menschlichen Daseins ergaben. Denn Vorstellungskraft und Denkvermögen folgen zwangsläufig den Bahnen der ererbten Tradition. Ganz gleich, wie frei sich der Mensch dünkte, es bliebe der Horizont doch dermaßen eng.

Alles Vorstellbare war immer noch nur ein zarter Hauch all des Möglichen und Unvorstellbaren. Die menschliche Phantasie erwies sich angesichts sich auftuender Wirklichkeiten als ein mickriges kleines Gänseblümchen inmitten der Orchideenpracht Amazoniens, oder vielleicht auch – ein wenig näher liegend - im weiten Meer einer holländischen Blumenzucht, - da Gänseblümchen in Amazonien nur sehr schlecht oder gar nicht gedeihen.

Das unvorstellbar Mögliche also stelle eine machtvolle Größe dar, der die Gedankensprache nicht beikommt, um es zu denken oder gar in Sprache zu überführen. Da ergehe es allen Menschen wie den Biologen, die in den geheimnisvollen Tiefen der Weltmeere Lebewesen von unbeschreiblicher Eigenart entdecken. Lebewesen, die so fremd sind, dass niemand sie je erträumte oder jemals erträumen könnte. Die menschliche Phantasie lasse uns dabei dort ganz einfach im Stich.

Näher ins Detail zu gehen, hatte Arundelle hier unterm Meer nicht vor, jedenfalls nicht, was das Meervolk betraf. Sicherlich gab es da noch Hunderte, wenn nicht Tausende fremdartiger Lebensformen, von denen sich die kühnste Phantasie nichts träumen ließ. So wie sie uns auch mit dem Unsagbaren allein lässt.

Mit ihrer Mentorin besprach Arundelle sich ausführlich und regelmäßig einmal in der Woche und berichtete von ihren Fortschritten, die zumeist wohlwollend zur Kenntnis genommen wurden. Grisella war insgeheim sehr stolz auf ihre Doktorandin, zumal sie deren Werdegang von klein auf über zehn, zwölf lange Jahre verfolgen durfte.

So viel Zeit war da nun schon wieder verstrichen, und was war da nicht alles passiert! Arundelle war für sie wie eine Tochter, das fühlte sie so recht, wenn sie im tiefgründigen Gedankenaustausch beisammen saßen.

Arundelle würde ihren Weg machen und ihrer Sendung treu bleiben. Das war ihr völlig klar, auch wenn sie sich noch viel weniger vorzustellen vermochte, wie diese aussehen könnte. Sie wünschte sie sich als Assistentin und schätzte sich glücklich, sie erst einmal an der Inseluniversität als Studentin behalten zu haben. Sie würde ihr Möglichstes tun, um ihr hier den Weg zu ebnen.

Dazu gehörte zunächst, dass sie ihr schonend beibrachte, sich von diesem Advisor ein wenig freier zu machen, denn als Gutachter für eine Dissertation kam der nicht in Betracht.

Doch wie sollte sie Arundelle dies klarmachen? Und zwar so, dass die das auch akzeptierte?

Arundelle lebte in ihren Welten – immer schon und oft konnte sie die Wirklichkeitsebenen dieser Welten nicht so recht auseinander halten.

Als Studentin musste sie eigentlich wissen, dass nur ordentlich habilitierte Professoren - möglichst mit einer Venia legendi[1] - prüfungsberechtigt waren und gültige Gutachten verfassen konnten.

---

[1] Lebenslange Lehrberechtigung (siehe auch Fußnote 20)

So dachte Grisella und leiser Unmut überkam sie. ‚Wenn da mal nicht doch auch eine recht exaltierte kleine Prinzessin in ihrem lieben Schätzchen steckte...'

Sie lachte halb ärgerlich, halb teilnahmsvoll in sich hinein. Denn auch sie kannte natürlich Arundelles Schwierigkeiten mit dieser natürlichen Tochter ihres nun doch so gründlich rehabilitierten Vaters, der es angeblich nun sogar bis zum Kaisertitel gebracht hatte.

Doch auch dieser Titel galt hier drüben nun einmal nicht als Ersatz für ein ordentliches Studium und den regelgerechten Erwerb einer Professur. - Wiewohl sie eigentlich keine Zweifel hegte, dass Anonymus mit seinem epochalen Bestseller eine Universität fände, die ihm den Titel nur zu gerne zuerkennen würde und ihm auch gleich noch einen Lehrstuhl antrüge.

Grisella bemerkte ihren Irrtum als sie sich wegen Arundelle und Billy-Joe mit Scholasticus besprach. Nicht ihr Vater, sondern der Advisor sollte Arundelles Dissertation ja begutachten. Mit dem käme man von Regen in die Traufe. So kam sie mit Scholasticus überein, die Arbeiten ihrer beiden Schützlinge wechselseitig in der zweiten Position zu begutachten, um so das leidige Thema Zweitgutachter stillschweigend auszuräumen oder doch zu umgehen, da sie sich mit diesem Deal in eine Grauzone begaben.

Gespannt war sie nämlich auch auf Billy-Joes Arbeit, von der sie nur wusste, dass es darin nicht zuletzt um die jüngst hier ausgebrochenen Querelen zwischen den sogenannten Isolationisten und den sich aufgeschlossen gebenden sogenannten Weltbürgern ging.

Scholasticus fand auch, dass sich hier eine Leerstelle in der Physik auftat, denn das Bewusstsein des landläufigen Physikers endete am Portal des Elfenbeinturms, in dem er saß und forscht„Nicht nur das Bewusstsein von euch Physikern endet da“, meinte Grisella als sie sich über ihre beiden Schützlinge austauschten und überein kamen, sie auch ganz offiziell wechselseitig zu fördern und zu stützen.

Von der Qualität und der Originalität beider Arbeiten waren sie schon jetzt überzeugt, auch wenn diese noch nicht so ganz fertig, sondern erst noch im Entstehen begriffen waren.

45. Hier-Ort und Jetzt-Zeit

„Na, wie wär's, ich bin ja nun wirklich gespannt. Du hast doch bestimmt schon einiges fertig?" - wollte Grisella wissen und stupste Arundelle aufmunternd in die Seite, denn sie wusste ja, was im Busch war. „Lad mir doch einfach mal was rüber auf meinen Laptop, - na, wie wär's? Inzwischen bin ich wirklich neugierig, außerdem hätt ich jetzt gerade ein wenig Zeit."

Arundelle überlegte nicht lange, sondern tat wie ihr geheißen. „Am Anfang steht eine Betrachtung zum Wesen der Zeit - als Einstieg...", meinte sie so beiläufig wie möglich.

<< Hier-Ort und Jetzt-Zeit

1.

Die Zeit sei zunächst wenig mehr als eine Konvention gewesen. Man legte ihr - womöglich von Anbeginn - den Takt des menschlichen Herzens im Ruhezustand zugrunde. Während sich die Tages- und Jahresabläufe gleichsam natürlich ergaben, die man mehr oder weniger fein zu unterteilen verstand. Insoweit als es sich bei dem Zeitmaß um eine lokale Übereinkunft handelte, konnte man sich immer wieder abstimmen, was bisweilen nötig wurde, zumal sich die Kalender nach dem Lauf der Gestirne zu richten hatten. Bedingt durch Jahreszeit und Sonnenstand waren die Tage regional von recht unterschiedlicher Länge, während der weibliche Mond- und Monatszyklus die Monate hinzu ergänzte und die Sonnenumrundung die Jahre und die Jahreszeiten natürlich begrenzte... >>

Grisella hielt inne. Noch sah sie nicht deutlich, wohin diese fast ein wenig langatmige Betrachtung zielte. Man sah dieser die Mühe wohl an, und die Vorbehalte der sogenannten Isolationisten entdeckte man auch wieder. Doch Arundelle glorifizierte nichts, wie es jene taten. Sie verklärte diese erste gesellschaftlich organisierte Lebensform nicht zum verlorenen Paradies. Auf die mythischen Vorzüge dieser naturnahen Lebensweise ging sie nicht ein. Doch das kam vielleicht noch. Nur soviel wollte die junge Autorin fürs erste wohl klar machen: Die Menschheit auf dieser Kulturstufe brauchte keinen Begriff für die Zeit und machte sich deshalb auch keinen.

Soweit so gut, daran gab es zunächst wenig auszusetzen; - am Besten las sie weiter.

Grisella hielt ein weiteres Mal mit dem Lesen inne. Sie blickte auf die Uhr. Ein paar Minuten blieben ihr noch.

Statt auf die Vorzüge der Stammeskultur näher einzugehen, wandte Arundelle sich stattdessen dem Monotheismus zu. Auch diesem gelang es nicht, - so ihre These -, die Schwächen und Mängel des magischen Jenseitsbezugs zu überwinden. Vielmehr verlor er auch noch deren Vorzüge, die sich im naturnahen mythischen Verbund nun einmal unabweisbar finden.

Der Hinweis auf die deutsche Romantik sollte das wohl belegen, traf jedoch nicht den Kern, fand Grisella. Darüber lohnte ein Gespräch. Da war bestimmt noch mehr herauszuholen.

So ging sie erst einmal zum Essen. Am Nachmittag träfe sie Arundelle sowieso in der Sprechstunde. So war es vereinbart.

Dort konfrontierte sie diese mit ihrer Kritik mit der sie nicht hinter dem Berg hielt: „Wo der mythische Verbund mit den Kräften der Natur verloren ging, wird das Göttliche in ein Dreieck aus Ritus, Opfer und Strafe gesperrt. Die eigene Geisteskraft wird preisgegeben, weil die eigenen Nöte alle Inspiration überlagern. Die Stimmen aus dem Jenseits durchdringen das irdische Wehgeschrei immer seltener."

Arundelle nickte und machte sich eifrig Notizen, dann ergänzte sie:

„Ja, da erging es sogar noch Billy-Joes Churingas besser – vielmehr – es wird ihnen besser ergehen, denn es wird sie ja erst in ferner Zukunft geben. - Schon allein an der Tatsache, dass Stammeskulturen nicht auszurotten sind, sieht man, wie wichtig sie doch sind, und dass sie etwas mit sich führen, das überall sonst auf den nachfolgenden Kulturstufen verloren ging", stimmte Arundelle Grisella zu und akzeptierte damit ihre Kritik, die sie unbedingt aufnehmen wollte.

Vielleicht waren sie gerade dabei, die Wiege des Kardinalfehlers zu entdecken. Vielleicht stand diese ja am Übergang von den Stammeskulturen zu den antiken Stadtstaaten und zum Monotheismus, der sich indessen eher antithetisch entwickelte.

„Fragt sich überhaupt, ob den Verlusten echte Gewinne entsprechen, ob das menschliche Leben glückvoller wurde", ergänzte Arundelle sich.

Seit sie in Billy-Joes Gemüt hinein sah, - (den sie für **den** Repräsentanten der Stammeskultur hielt, was vielleicht so nicht ganz stimmte.) - Und seit sie seine Art - das Leben zu organisieren, halbwegs verstand, kam ihr dieser Lebensstil wie ein unerreichbares Ideal vor, und nicht wie eine abgelegte, ausgetretene Stufe der Menschheit, auf dem Weg nach oben zu sich.

„Die Phase der Naturbeseeltheit, als die Menschen in der Lage waren, in den natürlichen Gegebenheiten göttliches Wirken zu erkennen, ist doch nun wirklich faszinierend“, meinte Grisella. „Freilich, wenn man nur die Dämonen und die Schwarzmagier sieht, dann kriegt man vielleicht schnell die Gänsehaut. Doch Leute wie die Schamanin Susamee oder auch Billy-Joe, Pooty und Walter fallen doch auf durch ihre unglaubliche Wissensfülle und durch eine gewisse Art von Weisheit, die nicht nur sympathisch, sondern auch so schnell auf anderen Wegen nicht erreicht werden kann.“ Grisella kam richtig in Fahrt.

‚Fehlt nur noch Südmichel', dachte Arundelle und fragte sich, ob die Zwerge wohl auch unter die Kategorie Stammeskultur fielen oder sogar das Meervolk?

„...Darf man nicht so eng sehen, würde ich meinen“, nickte Grisella zustimmend, als ob sie nun auch schon Gedanken las (eine Fähigkeit, die hier in der Zwischenschule eifrig gepflegt wurde und die zu dieser Kulturstufe passte).

‚Dergleichen ist in der sogenannten Zivilisation doch eigentlich verloren gegangen. Kaum einer glaubt hier mehr an die Kunst des Gedankenlesens oder trainiert sie systematisch, sagen wir als Schul- oder Studienfach, außer wir', ging es Arundelle durch den Kopf und wieder nickte auch Grisella, als habe sie verstanden.

Arundelle überflog ihre Notizen. Grisella blickte auf die Uhr. Die Stunde war im Nu verflogen und draußen wartete bestimmt schon ein nächster Gast und zeigte so recht an, was für eine Hetzerei die lineare Zeit doch war.

So verabschiedeten sie sich. Spätestens in einer Woche kämen sie wieder zusammen. Grisella nahm sich vor, fleißig weiter zu lesen, was sie dann auch tat.

So erfuhr sie von der epochalen Großtat eines jüdischen Propheten aus Nazaret, der die Dinge auf den Kopf stellte. Indem er sich als fleischgewordener Gott für die Menschheit opferte und diese damit aus der beliebigen Belanglosigkeit herausholte und aufwertete. Mit dieser Tat wurde ihr ein Wert an sich zuerkannte, der sie dieses Opfers für würdig befand.

Solch eine Aufwertung des Menschen zeitigte weitreichende Konsequenzen, das hatte Arundelle glasklar erkannt und in einem genialen Streich historisch nachempfunden, was Grisella besonders gut gefiel, da es unmittelbar in ihr angestammtes Fach hinein passte. Nur zum Schluss der Schlenker hin zu einem richtigen Christentum schien ihr denn doch ein wenig aufgesetzt. Vielleicht maßte sich Arundelle hier ein wenig zu viel an. Sie tat gerade so, als wisse sie um

Gottes ureigenste Gedanken. Oder sollte dergleichen in den Traktaten der Evangelien tatsächlich festgehalten sein?

Dunkel erinnerte sie sich an die berühmte Bergpredigt. Vielleicht stammte Arundelles Anmaßung ja von daher und war am Ende gar keine?

Auch der zerreißende Widerspruch, der das Mittelalter so leidvoll prägte, war gut heraus gearbeitet und ausgedeutet worden.

Arundelle nämlich eignete eine lockere Art, Dinge zu streifen, kurz zu beleuchten und scheinbar wieder verschwinden zu lassen, ohne es doch je wirklich zu tun. Grisella war gespannt, wie es weiter ging.

Je weiter Grisella las, um so packender empfand sie das dort ausgebreitete Geschichtsbild. Arundelle überspannte in kühnen großen Linien die Jahrtausende und verband sie mit den - die Moderne leitenden - philosophisch-wissenschaftlichen Interpretationsansätzen.

Hilfreich wäre ohne Zweifel nun auch allmählich die geistige Beschaffenheit allen Seins in den Blickpunkt zu rücken, sonst könnte die Ausführung allzu leicht idealistisch gedeutet werden und führte den Leser damit auf ein völlig falsches Gleis. Es war an der Zeit, den Leser in die Welt der Quarks und der Quanten einzuführen, dachte Grisella. Doch das kam sicher noch.

Erst einmal war Arundelle auf einem guten Weg, fand Grisella und griff schon wieder nach dem Manuskript, um weiter zu lesen.

Marx hymnische Preisungen der klassenlosen Gesellschaft ließen in der Tat keinen anderen Schluss, als den von Arundelle gezogenen zu. Das Reich der Freiheit, wie es Karl Marx postulierte und das Reich Gottes, wie es der Nazarener in zahlreichen Gleichnissen aufscheinen ließ, verschwammen in der Tat in eins, denn dahinter stand ein und das selbe teleologische Denkmuster:

‚Das Himmelreich gleicht einem Senfkorn, das ein Mensch nahm und auf seinen Acker säte; das ist das kleinste unter allen Samenkörnern; wenn es aber gewachsen ist, so ist es größer als alle Kräuter und wird ein Baum, so dass die Vögel unter dem Himmel kommen und wohnen in seinen Zweigen.' (Mt 13, 31)

G.W.F. Hegel habe nichts anderes getan, als das Senfkorn durch die Eichel zu ersetzen, führte Arundelle aus. Diese Gestalt also nimmt eine der Visionen des Nazareners an, und wird zur Grundlage der Geschichtsphilosophie Hegels, die sich Karl Marx dann aneignete und zum Dreh- und Angelpunkt für seine Vision einer klassenlosen Gesellschaft machte.

Warum Hegel die deutsche Eiche dem Senfbaum vorzog, lag vielleicht daran, dass er den Senfbaum nicht kannte. Vielleicht hoffte er auch, dass seine Leser mit der deutschen Eiche mehr anfangen konnten, merkte Arundelle - eine Spur süffisant - an.

Die Menschheitsgeschichte also spiegelte auch er im Gleichnis von der Eichel, die sich zu einer gewaltigen Eiche auswächst. - Das gesellschaftliche Wachstum, das bei dem Nazarener und auch noch bei Hegel allzu naturwüchsig anmutet, so, als wüchsen sich die Dinge nun einmal von allein einfach so aus, wird bei Karl Marx allerdings zu einem gesellschaftlichen (zivilisatorischen und kulturellen) Wachstumsprozess, der durch gewaltige Dynamik bestimmt wird.

Wenngleich Marxens Vorstellung seinerseits die enorme Biomasse Mensch vernachlässigt, deren Kopfzahl im 21. Jahrhundert stracks auf die zehnte Milliarde zusteuert und allein damit bereits alle Grenzen der menschlichen Phantasie sprengende, unvorstellbare Potentiale an Produktivität und Erfindungsreichtum freizusetzen befähigt ist.

Denn die Menschheit wachse – so Grisellas Schülerin weiter - nicht biologisch allein, sondern eben menschheitlich und das umfasse nun einmal alle Dimensionen des Menschseins. Wer immer nur den Alptraum einer ungelenken amorphen Masse Mensch an die Wand male, der habe ein doch recht befremdliches Selbstbild. Ein solcher Mensch achte die eigenen Potentiale gering. Er habe kein Vertrauen in das kollektive Korrektiv, das uns zwar immer und stets zu spät dran zu sein scheint, das aber denn doch äußerst verblüffend und zur allgemeinen Überraschung sich immer wieder Bahn bricht, nicht selten von einer völlig unerwarteten Seite.

Ja, Arundelle war auf dem richtigen Weg. Grisella sah sich auf angenehme Weise bestätigt und an die verlorenen Träume ihrer eigenen Jugend erinnert, die sie im tiefsten Grunde ihres Herzens bewahrt, aber nie vergraben hatte.

Sie lebten nun auf das schönste auf, ja, mehr noch, sie wurden menschheitlich angereichert.

46. Das Fest

Es war geschafft. Arundelle und Billy-Joe ließen sich in einer doch recht feierlichen Zeremonie ihre frisch gebackenen Doktorhüte überstülpen und empfingen ihre Urkunden – übrigens die Ersten der jungen Inseluniversität. Darauf war besonders diese beziehungsweise ihr gesamter Lehrkörper, allen voran der Universitätspräsident Professor Dr. Dr. Scholasticus Schlauberger, ganz besonders stolz.

Inzwischen hallten die Schritte nicht mehr wider in menschenleeren Gängen und Fluchten, denn überall herrschte nun das pralle Leben im Gebäudeturm auf allen vierundzwanzig Stockwerken der Universitätsinsel vor, so prall wie universitäres Leben nur sein kann.

Und schon wieder werkelten Handwerker aller Art in den verborgenen hinteren Gängen und Höhlen des Sockels. Südmichels Zwerge ließen sich nun mal nicht bremsen. Um jedoch dem Treiben einen formellen Anstrich zu geben, mischte immer auch ein ordentlicher Statiker aus dem Architektenbüro mit.

Denn der allerletzte Stand der Untersuchungen des Anschlags auf den Paternostertunnel legte nun gar einen Betriebsunfall ohne Fremdverschulden nahe, ohne allerdings die Raketentrümmer restlos weg diskutieren zu können.

Vielleicht handelte es sich hierbei auch um einen Versuch, die Zwerge zu desavouieren, deren unerhörter Fleiß zu Missgunst Anlass gab. Zumal sie in ihrer absoluten Menschenscheu den Charakter des Unwirklichen nie ganz verloren. All ihr Tun und Lassen behielt immer auch einen zauberischen Anstrich, von dem man sich keine standfeste Dauerhaftigkeit versprach, jedenfalls nicht, wenn man Architekt oder solider Bauingenieur und Maurer oder Zimmermann war.

„Was die da fabrizieren, muss doch einstürzen“, so die vorurteilsgeladene Stimmung. Und das nur, weil die in Nullkommanichts sich mit primitivsten Methoden durch Granit und Gneis fraßen – jedenfalls nahm man an, dass es sich hier um primitive Methoden handelte, ja handeln musste, denn woher hätten die Zwerge schon modernes Wissen beziehen können?

Für die Zwerge war schon schlimm genug, dass jemand von ihnen wusste. Und so ließen sie alles auf sich beruhen und stellten nichts mehr richtig, nachdem Südmichel sich darüber eingehend beraten hatte. Scholasticus, als der verantwortliche Direktor, stellte ihn vor die Wahl, mit seinen Zwergen ganz zu verschwinden oder aber hinfort keine Lippe mehr zu riskieren und sich aller Rechthaberei zu enthalten, wenn ihm an Geheimhaltung wirklich gelegen war. Schon jetzt häuften sich die Anfragen der Presse im Büro bei seiner Frau, die alles noch geschickt abzuwimmeln verstand, aber wie lange noch?

So gelobte Südmichel Besserung. Er und seine menschenscheuen, geltungssüchtigen Zwerge verbissen sich wieder ins Innere der Erde, suchten dort nach den Schätzen, die ihnen draußen aberkannt wurden und behielten allen Glanz und alle Pracht wieder für sich.

Nur ein paar Tunnelchen wollten sie schon noch graben, und hier und da ein wenig mit Gold auskleiden, oder auch mit Platin und Edelsteinen, wie es ihnen gefiel.

Das Terrain wurde abgesteckt. Und solide durchgängige Stahlbetonstreben garantierten die Stabilität der Insel von der Oberfläche bis zum innersten Sockelgrund, der inzwischen ja doch schon auch irgendwie an einen Schweizer Käse erinnerte, so emsig wie die Zwerge zugange waren.

Dorothea musste wegen der Stahlträger tief in die Tasche greifen und so gab sie durch die Zwerge eingespartes Geld doppelt und dreifach wieder aus. Dafür hatte auch niemand so merkwürdig geformte Zimmerfluchten - alle mit künstlichem Licht aus verborgenen Schächten und geheimnisvollen Kuppeln – schon gar keine Universität oder Campus, weshalb diese Räume auch einem engvertrauten Studierendenstab ausgesuchter Graduierter vorbchalten blieben, schon um niemanden zu verführen, nachts an den Glitzerwänden herumzupopeln.

Irgendwie schaurig schön fanden 's die meisten bei einer ersten Begehung und konnten sich nicht vorstellen, dort Tag für Tag zu leben und zu arbeiten. - Und doch gelang dies einigen. Ausgerechnet die Sublimatioren, die doch so Windbesessen waren, liebten die verschwiegene Pracht und hielten es für eine besondere Auszeichnung, dorthin zu ziehen.

Und wäre Tibor nicht seiner glücklich vertrauten Tika anheim gegeben, er wäre wahrscheinlich von Susamees Insel herüber gekommen, nur um in so einem Gemach zu hausen.

„Dem kann abgeholfen werden", ließ sich Südmichel ein wenig großspurig vernehmen als er davon erfuhr. Er kommandierte eine Schwadron Zwerge auf Susamees Insel ab, (der Einfachheit halber per Helikopter), die sich auch sogleich ans Werk machten und in weniger als einer Woche komplett unter der Erde verschwunden war.

Was sie an Materialien nicht vorfanden, das ließen sie sich einfliegen – wohl verpackt und unter strengster Bewachung, ebenso wie allerlei Werkzeuge und äußerst befremdliche Maschinen, wie sie noch nie ein Menschenauge gesehen hatte und vermutlich auch nie wieder zu sehen kriegte.

Da war Wachmann Will Wiesle in seinem Element und ruhte nicht Tag noch Nacht bis die ganze Pracht endlich in der Erde verschwunden war.

Das alles tat Südmichel für Tibor, weil er ihn mochte und weil er ihn bewunderte, diesen Freund der Winde. Er mochte ihn schon deshalb, weil er so ziemlich das krasseste Gegenstück zu einem Zwergesdasein verkörperte und doch der Zwerge Werk zu schätzen wusste, jedenfalls versprach Tibor es ebenso zu genießen wie die Sublimatioren seiner Art drüben auf der Universitätsinsel.

Vor allem aber tat Südmichel dies für Tibor, weil er ihn einmal hatte spielen hören, weil er ihn einmal als sich selbst bespielende Pferdkopfgeige bei seinem steinerweichenden Spiel hatte erleben dürfen. Seither bekam er die göttlichen Klänge nicht wieder aus dem Ohr, dass es fast schon unangenehm an Tinnitus gemahnte und er anfing, den Advisor deswegen nachträglich von Herzen zu verstehen.

Vielleicht, wenn es ihm gestattet wäre, jeden Monat einem Konzert der sich selbst bespielenden Pferdekopfgeige beizuwohnen, so dachte er, ob dann der unangenehme Nebeneffekt verschwände und nur der göttliche Genuss verbliebe?

Jedenfalls hätte er schon mal eine Dependance und zugleich einen Grund, herüber zu kommen und seinen Terminplan entsprechend abzuändern und auch zu rechtfertigen, denn das war nun einmal so. Herr im eigenen Haus war denn auch er nicht so ganz und gar, doch wer war das schon?

Ja, es gab mancherlei Anlass zum Feiern. Arundelle und Billy-Joe feierten bis zum Abwinken. Sie ersäuften ihre Doktortitel das erste Mal in ungewohntem Champagner, was dazu führte, dass ihnen jämmerlich schlecht wurde. Doch zum Glück erst hinterher.

Erst einmal war das Fest rauschend und die sich selbst bespielende Pferdekopfgeige nebst den Chorsängern im Vollmondschein, die sich inzwischen recht eingeübt zeigten, bildeten den musikalischen Höhepunkt. Die sich selbst bespielende Pferdekopfgeige spielte zum Steinerweichen und so weinten alle Steine und die darauf saßen und auch dem vollen Mond kullerten Tränen der Berührung über das runde Vollmondgesicht.

Auch das Meer schäumte und auch die Meermädchen weinten und die Meerjungs tauchten ihre Augen unter Wasser, um nicht weibisch zu wirken, (so waren die halt.)

Unter der Erde lugten Zwergaugen durch Maulwurfshügel, und Südmichel setzte sich virtuell unter den Mond. Der Advisor lag ihm im Arm und beide weinten und verziehen sich den Tinnitus und die blutige Nase.

Nur der greise Emeritus Hans Henny Henne kam mit seiner Gehirnverschaltung nicht zurecht. Entweder lag es am bionischen Getriebe oder daran, dass ihn Musik zeitlebens nie recht erreichen konnte. (Solche Menschen gibt es ja.)

Susamee zog ihn in einen Reigen, der an ihn ging, da er sie heimlich liebte, was Wachmann Will Wiesle, der Susamee ebenfalls heimlich liebte, mit Argusaugen beäugte, sodass sich Schamanin Susamee sogleich auch ihm zuwandte und ihn so bewog, einen flotten Dreier zu wagen. Allerdings rein esoterisch und fast schon virtuell, denn die Jüngsten waren sie nun wirklich alle drei nicht mehr, vom Wachmann Will Wiesle vielleicht abgesehen, der jedoch inzwischen einen grundsoliden und sehr gesetzten Eindruck machte. Und von daher automatisch dem fortgeschrittenen Alter zugerechnet wurde.

„Weib, Wein und Gesang“, lallte ausgerechnet der angetrunkene Hans Henny Henne, dessen bionisches Getriebe eben einrastete, kaum dass er wieder auf seinem tränenfeuchten Stein saß. Denn die sich selbst bespielende Pferdekopfgeige verstummte, die falschen Tiere verstummten auch und krochen angesichts des Silberstreifs am Horizont zurück ins Dickicht, wohin ihnen auch die Pferdekopfgeige auf eiligen Stummelbeinchen folgte, denn auch sie musste das Licht des Tages scheuen.

Eben das war dann der Zeitpunkt, an dem sich Billy-Joe übergeben musste, weil ihm schlecht von dem Champagner war. Arundelle tat es ihm gleich, auch ein wenig der Liebe wegen, wo sie sich doch nun zum ersten Mal allerlei vorstellen konnte, wenn sie wieder einen klaren Kopf hätte.

Printed in Poland
by Amazon Fulfillment
Poland Sp. z o.o., Wrocław

72842931R00223